葛飾北齋畫

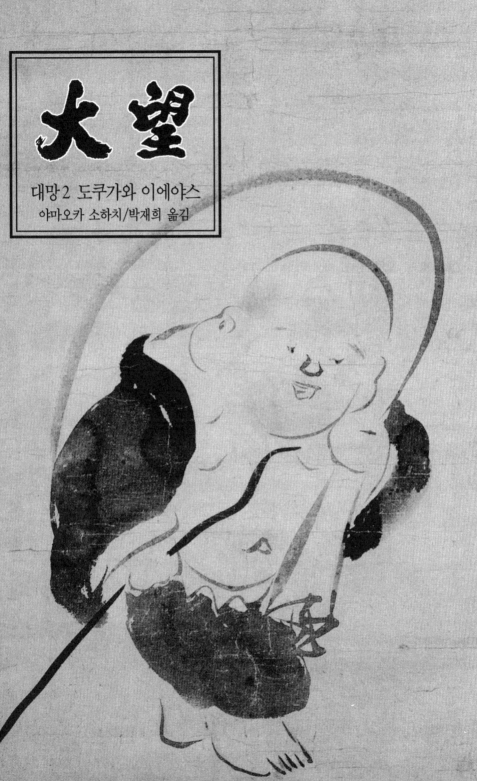

大望

대망 2 도쿠가와 이에야스

야마오카 소하치/박재희 옮김

도쿠가와 이에야스
대망2/차례

꽃장례

뜻하지 않은 아버지의 죽음을 전해 들은 노부나가는 깜짝 놀라 이불을 걷어 차고 일어나 앉았다.

노히메 또한 창백한 표정으로 한순간 멍하니 있었다. 그러나 역시 사이토 도산의 딸이었다. 곧 일어나 옷을 입고 아직 이불 위에 있는 노부나가의 머리맡으로 속옷과 겉옷을 차곡차곡 날라왔다.

노부나가는 그것을 흘끗 보며 고개를 끄덕였다. 상복은 아니었다. 말없이 상(喪)을 숨기라고 하는 것 같기도 하고 그러한 습관을 알고 날라온 것 같기도 했다.

"노!"

"네, 어서 옷을!"

"서두를 것 없어, 이미 돌아가셨다면."

노히메는 잠자코 가슴에 두 손을 합장했다. 정신이 들고 보니 노부나가의 부릅뜬 커다란 눈에서 눈물이 뚝뚝 떨어지고 있다.

"인생 50년…… 8년 일찍 돌아가셨다."

노히메도 별안간 슬픔이 치밀어오르는지 나직한 흐느낌이 이 사이로 새어나왔다.

"노!"

"네."

"울지 마라. 나는 미카와의 다케치요보다 아버지를 10년 이상 오래 가졌어⋯⋯."

"네."

"준비를!"

노히메가 흐느낌을 참으며 뒤로 돌아가자, 노부나가는 한쪽 소매를 꿰다가는 생각하고 한쪽 소매를 입고선 고개를 갸웃했다. 다케치요는 적의 수중에 볼모로 가 있지만 안으로는 행복하게 단결되어 있었다. 그러나 노부나가는 밖에도 적, 안에도 적이었다. 스스로 초래한 것이라고 모두들 말하겠지만, 그렇게 되지 않을 수 없었던 사정을 누구도 생각하려 하지 않았다.

겉옷 끈을 매고 나서 배를 한 번 탁 때리더니 노부나가는 말했다.

"좋아."

그제야 급변을 당한 아버지와 대면할 배짱이 정해진 모양이었다.

칼걸이에서 칼을 들어 내미는 노히메에게 신기하게도 미소를 지어 보이더니 또 울었다.

"노―노부나가의 눈물, 두 번 다시 보이지 않겠다. 웃지 말아줘."

"네⋯⋯ 네."

"아버지는 단 하나의 큰 유산을 이 노부나가에게 남겨주셨어. 그게 뭔지 아나?"

노히메는 순순히 고개를 저었다.

"이 노부나가를 끝까지 알아주셨어. 노부나가야말로 아버지가 꾸다가 이루지 못한 꿈을 꿀 놈이라고⋯⋯ 그것을 믿어주셨어."

"아버님의 꿈이라니요?"

"머지않아 알게 돼. 오와리 한 나라의 노부나가여서는 안 된다는⋯⋯ 오다 일가의 흥망보다 훨씬 더 큰 꿈!"

노히메는 문득 깨달아지는 것이 있었다. 노부히데가 언젠가 히라테에게 했다는 말이었다.

"―이 몸이 기치보시 님 곁에 있는 한 맹세코 오다 가문을 멸망케 하지 않겠습니다."

후계 문제로 그렇게 말했을 때 노부히데는 웃으면서 말했다고 한다.

"오다 가문 따위는 멸망해도 부득이한 일, 좀 더 큰 것이 번영한다면."

노부나가는 지금 그 '큰 것'에 대해 말하는 모양이다.

"그럼, 뒷일을 잘 부탁해. 가신들의 동정과 분위기 말이야."

노부나가는 빠른 걸음으로 침실을 나섰다. 바깥채와의 경계에서 벌써 이누치요가 엄숙한 자세로 기다리고 있었다.

"나고야의 작은주군이 오셨소."

이 말에 좌중은 갑자기 술렁거렸다. 이 소문난 괴벽쟁이가 대체 아버지 죽음을 어떤 표정으로 받아들일까? 아니, 그보다 중신들 의견에 어떤 독설을 퍼부을까 하는 혐오와 경계였다.

머리맡에는 자매들도 쓰치다 마님도 없었다. 상은 아직 정식으로 알리지 않았다. 위독상태로 중신들을 머리맡에 소집한 형식이었다. 히라테, 하야시, 아오야마, 나이토 네 중신 외에 오다 겐바노조(織田玄蕃允), 오다 가게유사에몬(勘解由左衛門), 오다 미키노조(造酒丞). 거기에 사쿠마, 시바타, 히라타(平田), 야마구치(山口), 진보, 쓰즈키가 늘어앉고 노부나가 형제는 노부히로와 노부유키뿐. 이 밖에 어쩐 일인지 노부나가의 매부 노부키요가 이누야마성에서 와 있었다.

"작은주군님 이리로—"

노부나가의 모습을 보자 먼저 히라테가 노부유키의 윗자리로 노부나가를 인도했다.

노부나가는 그것을 무시하고 성큼성큼 아버지 곁으로 다가가 허리를 굽히고 아버지 이마에 손을 대어보았다. 그 버릇없는 자세를 보고 히라테와 하야시가 입을 모아 나무랐다.

"작은주군님!"

노부나가는 귀에 들리지 않는 듯 모두에게 들리는 소리로 혼잣말했다.

"이미 차가워졌군! 극락왕생이다. 어째서 베개를 북쪽으로 돌리지 않는가? 어째서 꽃과 향을 갖다놓지 않나?"

"작은주군님!"

"아직 발상하지 않았습니다."

노부나가는 눈을 부릅떴다.

"뭣이? 죽은 사람을 이대로 내버려둬도 된다는 말이냐? 지시는 내가 한다. 빨리 후루와타리 본성으로 유해를 옮기도록 해라."

이누야마의 노부키요가 못마땅한 듯 선 채로 노부나가를 쳐다보며 혀를 찼다.

"노부나가 님, 우선 앉으시오. 발상을 언제 하느냐는 것은 중대한 일이오."

노부나가는 아무렇게나 책상다리를 하고 앉았다.

"어째서?"

"어째서라니요? 참으로 엉뚱한 말씀을. 동쪽에 이마가와, 서쪽에 기타바타케, 북쪽에 사이토, 안전한 곳은 남쪽의 바다뿐. 후루와타리성으로 운반하는 데는 이의 없지만, 위독상태로 가장하든가 아니면 보통 가마로 아무 일도 없는 것처럼 꾸미든가."

노부나가는 손을 흔들었다.

"필요 없어!"

"뭐, 필요 없다고요?"

"그래. 그런 얄은꾀에 넘어갈 적인 줄 아나? 사실 그대로 밀고 나가라."

노부유키가 한무릎 나앉았다.

"형님, 아버님이 이와무로 부인과 동침 중에 별세하셨다고 세상의 비웃음을 사도 좋다는 말입니까. 그것으로 효도가 된다고 생각하십니까?"

"암, 되고말고. 노부유키, 무장이 싸움터에서 쓰러지지 않고 다다미 위에서 왕생하는…… 것은 좀처럼 얻기 어려운 덕스러운 선물이다. 애첩과 동침 중이었으면 더욱 좋은 극락왕생, 웃는 놈은 웃더라도 모두들 마음속으로 부러워하리라. 건방진 효도 따위를 기뻐할 아버지냐?"

히라테가 참다못해 소매를 끌었다.

"작은주군님!"

그때 중신의 말석에서 목소리가 들렸다.

"실은…… 이 자리에서 꼭 알려야 할 유언이 있습니다."

"뭐, 유언……?"

모두의 시선이 소리 나는 쪽으로 돌려졌다. 말한 것은 시바타 곤로쿠였다. 곤로쿠가 품 안에서 보에 싼 것을 공손히 꺼내자 노부나가의 눈이 가늘어졌다.

"그래? 유언이라, 이리 가져와."

목소리는 매우 온화하여 곤로쿠를 포근하게 감싸는 듯했다. 곤로쿠는 망설였다. 틀림없이 큰 소리로 고함이 터져나올 줄 알았는데 이건 또 무슨 까닭일까?

물론 유언은 가짜였다. 노부히데가 말했을 리 없고 이와무로 부인이 적어둘 턱도 없었다. 따라서 곤로쿠는 그것을 읽기만 하면 되었다…….

노부나가에 대한 반감과 의구심은 그것으로 충분한 효과를 올릴 게 틀림없었다. 노부나가가 그 점에 대해 격노하면 격노할수록 목적은 달성된다. '이것은 가짜다!'라고 고함친다면 사람들은 그 진위를 의심할 것이다. 그만큼 노부나가는 문중의 신뢰를 잃고 있다―고 곤로쿠는 생각하고 있었다.

노부나가는 다시 말했다.

"그래? 유언…… 그거, 잘되었군. 내가 모두에게 읽어주지. 이리 가져와."

다시 온화하게 재촉받고 곤로쿠의 무릎은 저도 모르게 일어섰다. 상대가 너무 조용하여 거역할 수 없었던 것이다.

노부나가는 곤로쿠의 손에서 유서를 받아들자 두 번쯤 이마에 그것을 댄 다음 그대로 품 안에 넣었다.

"유서를 펴기 전에 마지막 모습에 대해 듣고 싶은데, 노부유키, 그대는 숨을 거두시기 전에 아버님을 뵈었나?"

노부유키는 대답했다.

"뵈었습니다. 제가 달려갔을 때는 아직 의식이 또렷하셔서……."

노부나가는 뒷말을 손으로 제지했다.

"흠, 그대는 불효자로군."

"무슨 말씀을…… 어째서입니까?"

"의식도 또렷하고 숨이 있는 동안 어째서 아버님을 이리로 옮겨 간호하지 않았나? 그대는 아까 뭐라고 했지? 아버님은 이와무로 부인과 동침 중에 숨지셨다…… 세상의 비웃음을 받아도 좋으냐고 나를 나무랐다. 잊지 않았겠지?"

"그것은…… 그렇게 말씀드렸습니다만."

"닥쳐라, 노부유키! 너는 형을 조롱할 셈이냐? 동침 중에 숨진 게 사실이라면 부득이한 일이다. 그러나 의식이 있었다면 아버지에게 그 같은 비웃음을 받게 할 필요가 없다. 어느 것이 사실이냐, 똑똑히 일러라."

"황송하오나……."

참다못해 곤로쿠가 끼어들자 노부나가는 웃으며 손을 내저었다.

"그대의 충성심은 알고 있으니 잠자코 있어. 노부유키!"

"예."

"이 유서는 아버지 말씀을 이와무로가 받아썼다고 곤로쿠가 말했는데, 그대도 그렇게 생각하는가?"

"글쎄요…… 그것은…… 그것은 제가 그 자리에 있지 않아서."

"모른다는 말이지? 모르기 때문에 믿을 수 없다는 것이구나. 좋아…… 그렇다면 이 유언은 봐도 소용없다는 것을 알았다. 그대가 의식이 있는 아버지를 만났는데, 그대가 아닌 아녀자에게 쓰게 한 거라면 믿지 못하는 것도 무리가 아니지. 이것은 노부나가가 영구히 맡아둔다. 그런데 곤로쿠!"

"예."

"그대에게 다짐 삼아 한마디 더 묻겠는데."

노부나가는 짓궂게 싱긋 웃고는 어깨를 떨구었다.

노부나가의 미소를 보자 곤로쿠는 온몸에 소름이 끼쳤다. 그가 생각한 것만큼 상대는 단순하지 않았던 것이다. 만일 이 자리에서 더 이상 유서에 대해 언급한다면 알았다며 가볍게 손을 흔들어 물리칠 게 틀림없었다.

"다짐 삼아……라고 하시면……."

곤로쿠는 겨드랑이에 식은땀을 느끼며 진지한 표정으로 노부나가의 얼굴을 우러렀다.

"다름 아니라 발상에 대해서인데…… 얕은꾀를 부리지 않고 발상했을 때 이 노부나가를 얕보고 오와리로 군사를 들이는 자가 있다면 그대는 누구일 거라고 생각하나?"

"글쎄요, 그것은……."

"모르겠나? 왓핫핫핫, 가슴에 손을 얹고 잘 생각해 봐. 자, 누구지?"

이렇게 따지고 들어오자 곤로쿠의 볼이 시뻘게졌다. 아니, 곤로쿠뿐만이 아니었다. 노부유키는 돌처럼 굳어져 눈도 깜박이지 못하고, 이누야마성의 노부키요도, 하야시 사도도 분명 표정이 굳어지는 것을 알 수 있었다.

노부나가는 또 웃었다.

"모르겠나? 나는 잘 알고 있어. 나는 오와리에서 으뜸가는 바보라고 불리면서도 그놈들 뱃속은 환히 들여다보고 있다. 걱정 마라."

"예."

"곤로쿠, 이 노부나가는 오와리가 침략받아야 비로소 싸울 만큼 그런 겁쟁이로, 그렇다고 점잖은 자로도 태어나지 않았다. 상대의 창이 움직일 듯하면 주저없이 뛰어나가 적의 숨통을 끊어놓고 오겠다. 안심하고 유해를 후루와타리 본성으로 옮겨 곧 장례 준비를 서둘러라."

노부나가가 여기까지 말하자, 그때까지 지그시 눈을 감고 있던 히라테가 노부나가의 말을 가로막았다.

"아, 잠깐…… 작은주군님…… 아니, 지금부터는 작은주군님이 아닌 주군이신데, 주군은 그렇게 말씀하셨소. 나 역시 방비가 있다면 겁날 것 없는 일, 어차피 치러야 할 장례식이니 이대로 곧 집행해 그 뒤의 방비로 들어가는 게 오히려 세상의 비웃음을 사지 않는 방법이라고 생각하는데 어떨지요?"

히라테는 조용히 좌중을 둘러보았다. 노부나가의 눈 역시 다시 이전의 매로 돌아가 히라테와 함께 매섭게 좌중을 노려본다.

나이토 가쓰스케가 먼저 한숨을 내쉬었다.

"주군님 분부시라면 따를 뿐입니다."

아오야마도 고개를 끄덕였다.

"지당한 줄 아뢰오."

네 중신 가운데 셋이 동의했으니 다른 반대는 통할 것 같지도 않다—고 판단한 노부유키도 얼른 노부나가에게로 돌아앉았다.

"형님 분부대로 하는 게 좋을 듯합니다."

노부나가는 눈을 부릅뜨고 혀를 찼다. 노부유키의 이 심약함이 노부나가는 못마땅했다. 그 자리의 분위기에 따라 순응할 뿐 자기주장이 없다. 팔방미인이 되고 싶어 하면서 잔재주와 야심만은 갖고 있다.

"그럼, 이제부터 유해를 곧장 후루와타리 본성으로, 그러고 나서 모든 장례 준비를 하시오."

히라테가 조용히 결정을 선언하자 고개 숙인 시바타 곤로쿠는 이를 악물며 무릎에 눈물을 뚝뚝 떨어뜨렸다.

오다의 가신들은 노부나가에 대한 뿌리 깊은 반감을 숨긴 채 노부히데의 장례를 치르게 되었다.

때는 덴분 20년(1551) 3월 7일.

장소는 11년 전 노부히데가 건립한 나고야의 반쇼사(萬松寺), 도사(導師)는 역시 노부히데가 그 절을 열면서 초빙했던 다이운(大雲) 스님으로 결정되었다.

그러나 새로이 본가의 벼슬 가즈사노스케(上總介)를 계승할 노부나가는 그 의논 석상에 얼굴을 보이지 않았다. 하야시 사도와 히라테가 서로의 마음속을 탐색하면서도, 어쨌든 표면의 풍파를 숨긴 채 노부히데의 장례를 끝낼 듯한 눈치였다.

문제는 그 뒤에 있었다. 시바타 곤로쿠, 사쿠마우에몬, 아우 시치로자에몬(七郎左衛門), 하야시 사도, 사쿠마 다이가쿠(佐久間大學), 야마구치 사마노스케, 쓰즈키 구란도 외에 노부나가의 외숙부 되는 쓰치다 시모우사로부터 첩의 몸에서 난 누이를 아내로 맞은 진보 아키(神保安芸), 오다 노부키요까지 노부나가는 오다 가문을 멸망시킬 거라고 펄펄 뛰었다.

'장례식이 끝난 뒤 만일 이들이 소란 피운다면……'

생각하면 노부나가는 가슴이 아팠다. 아버지를 이와무로 부인에게서 떼어내어 본성으로 빨리 돌려보내려 했던 것도 그 때문이었으며, 이마가와는 이미 모든 준비를 갖추고 오와리를 압박하고 있다.

노부나가가 보는 바로 나루미(鳴海) 성주 야마구치 부자는 이미 그 압박을 견디다 못해 은근히 적과 내통하는 눈치였다. 안조는 뺏기고 사쿠라이 또한 적 수중에 있다. 이마가와 편에서는 이름난 장수 가쓰라야마(葛山), 오카베(岡部), 미우라(三浦), 이오(飯尾), 아사이(淺井) 등이 나루미성과 대치하여 활발하게 성채를 쌓고 있었다. 노부히데의 죽음으로 가신들이 내분을 일으킨다면 좋아라고 공격에 나설 게 틀림없었다.

아니, 그뿐이라면 아직 노부나가는 자신 있었다. 그러나 그렇게 되면 노히메의 아버지 사이토 도산이 가만히 있을 리 없었다.

"—내 소중한 사위를 몰아내려 하다니 웬 말이냐?"

노부나가가 구원을 구실로 곧 오와리에 군사를 들여놓고 이마가와와 한 치 땅을 다투게 되리라.

내일이면 드디어 장례를 치르게 되는 6일 오후.

노부나가는 그때까지 벌렁 드러누워 코털을 뽑고 손톱을 깨물더니 갑자기 벌떡 일어났다.

"노! 칼을—"

노히메는 깜짝 놀라 칼걸이의 칼을 집어 건넸다.

"노!"

"네."

"잘 봐둬. 이제야말로 노부나가는 미망(迷妄)을 끊는다!"

그는 말과 행동을 늘 동시에 한다. 홱 웃옷을 걷어붙이더니 노부나가는 메뚜기처럼 뜰로 뛰어내렸다. 그러나 칼은 뽑지 않았다. 불길이 이는 듯한 눈을 부릅뜨고 하늘을 노려보고 있을 뿐이었다.

노히메는 숨이 막힐 것 같았다. 그녀도 노부나가의 괴로움을 잘 알고 있다. 가신들 소동에 이마가와, 사이토 두 집안이 끼어들면 이기든 지든 노부나가의 체면이 서지 않는다. 노부나가는 19살에 다케치요와 같은 고아 신세가 되리라.

"에잇!"

4자 길이 큰 칼이 칼집에서 뽑혔다. 꽃봉오리가 가득 맺힌 뜰의 벚나무가 잿빛 하늘 아래 희미하게 움직인 것 같다.

이튿날—

반쇼사 경내에는 벌써 여기저기 꽃이 피어 있었다. 그 아래에서 노히메는 무거운 마음으로 걸음을 옮겼다.

노부나가는 어제 오후 큰 칼을 휘두르며 "미망을 끊었다!" 하고 그대로 어디론지 나가버린 뒤 오늘 아침까지 만나지 못했다. 아마 후루와타리성의 마지막 의논에 참석했겠지만, 자기 손으로 오늘의 장례식 상복을 입혀주지 못한 게 서운했다.

아니, 서운함은 그뿐만이 아니다. 미노의 아버지가 이번에는 오실 거라고 생각하고 있었는데 한마디의 조문(弔問)뿐, 여전히 오다를 노리는 독수리의 한 마리인 듯한 점이었다. 아버지는 물론 그렇다. 하지만 지금은 남편을 진심으로 사랑하고 있었다. 그 두 사람이 끝내 화합할 수 없는 물과 기름일 줄이야…….

노히메의 모습을 보고 노부히데의 측근이었던 고미 신조(五味新藏)가 손에 든 분향 순서란에 붓으로 표시하면서 안내했다.

"미노 마님이 오셨습니다."

본당에는 이미 가신들이 가득 들어차 있다. 노히메는 고개 숙이듯 염주를 돌리며 상주인 노부나가의 뒷자리에 안내되었다. 상주 노부나가의 자리는 아직 비어 있지만, 그다음에 앉은 노부유키는 상복을 단정히 차려입고 노히메에게 공손히 묵례했다. 노히메는 이에 답례하고 자리에 앉았다.

노부유키 다음에는 마찬가지로 한 형제인 3남 기주로(喜十郞), 그다음에는 3살 난 딸 오이치(於市 ; ^{이찌}). 노부나가를 포함한 이 4명만이 정실 쓰치다 마님 소생이었다.

오이치 다음에는 한때 안조 성주였던 서자 노부히로. 다음이 노부카네(信包), 기조(喜藏), 히코시치로(彦七郞), 한쿠로(半九郞), 주로마루(十郞丸), 겐고로(源五郞)의 출생 순서로 앉았으며 마지막으로 아직 강보에 싸인 마타주로가 이와무로 부인에게 안겨 쪽쪽 소리 내며 주먹을 빨고 있었다.

그다음 줄에는 노히메, 쓰치다 마님과 사이 두고 배다른 딸 12명. 세 번째 줄에는 10명 넘는 측실의 자리가 마련되어 있었다. 어린 상제가 많은 장례식이라 한결 구슬픈 분위기가 감돌 터인데도 배다른 딸들로부터 측실들 열에 이르니 야릇하게도 꽃밭 같은 느낌이 들었다.

노히메는 고개를 돌릴 때마다 눈물이 걷잡을 수 없이 흘러나왔다. 겉으로는 성대한 장례식이지만 안으로는 시기와 증오가 뱀처럼 얽혀 있었다.

유족석 옆에 본가의 기요스(淸洲) 성주 오다 히코고로(織田彦五郞)와 오다 가문의 상전뻘—이라지만 지금은 이미 실권을 잃고 기요스의 식객으로 전락한 명문 시바 요시무네(斯波義統)가 짐짓 엄숙한 표정을 짓고 있고, 그 뒤에 일족과 중신들이 늘어앉아 있었다.

스님 손으로 촛대에 불이 켜지고 향이 살라지자 이윽고 다이운 스님을 선두로 여러 곳에서 모여든 승려들이 들어섰다. 그 수 약 400명. 자신이 건립한 절에서 이토록 성대하게 장례 치르는 노부히데는 과연 환희의 불과(佛果)를 얻고 있는 것일까……?

정면에 세워진 반쇼사의 백목(白木) 위패를 등불이 환하게 비추기 시작했을 때 사람들로 가득 찬 널찍한 불전에 엄숙한 독경 소리가 일었다.

노히메는 안절부절못하고 있었다. 독경이 시작되었는데 상주 노부나가의 자리는 여전히 비어 있는 것이다.

'도중에 무슨 변고라도……?'

생각하니 때가 때이니만큼 마음이 떨렸다.

히라테가 허리 굽혀 노부유키 뒤에서 자기 쪽으로 다가오는 것을 보고 노히메는 다시 가슴이 철렁 내려앉는 것을 느꼈다.

히라테는 주위를 경계하듯 귓가에 입을 대고 빠르게 물었다.

"마님, 주군은? 성을 함께 나오셨지요?"

노히메는 순간 대답할 수 없었다.

"성주님은…… 어제저녁…… 나가신 채."

히라테의 얼굴에서 핏기가 싹 걷혔다. 그러나 노련한 히라테는 더 묻지 않고 두어 번 가볍게 고개를 끄덕이고는 자기 자리로 돌아갔다.

노히메는 머리가 화끈 뜨거워졌다. 히라테의 말로 노부나가가 중신들과 함께 있지 않았음을 알고 자꾸 불길한 쪽으로 상상되었다. 살해된 건 아닐까? 아니면 어디엔가 감금되었을까?

싸움에 익숙한 사람들 사이에 그러한 일은 일상다반사였다. 노부나가의 일상은 본디 너무나 색다르다. 아버지 장례식에도 참석하지 않는다—는 비난을 퍼부으며 뒤로 자객을 보낸다…….

극락왕생의 독경이 진행되었다.

아나나 다를까 사람들 눈이 빈자리로 쏠리기 시작했다. 노히메는 이제 얼굴을 들 용기도 없었다.

"—나를 내보내다오! 내보내지 못하겠느냐! 이놈들아."

우리 속에서 고함치는 노부나가의 환영이 어른거리고, 풀을 움켜잡고 숨진 피투성이 시체가 눈앞을 스쳐 지나가기도 했다.

이윽고 상주의 불참을 눈치챈 듯 승려들의 독경 소리가 차츰 느려졌다. 문득 한 승려가 일어나 도사에게 무언가 귀띔한 다음 성큼성큼 걸어가 중신 우두머리 하야시 사도에게 알렸다.

"분향을…… 상주이신 주군은 어떻게 되셨습니까? 범패(梵唄)를 중단할까요?"

하야시는 못마땅한 듯 얼굴을 찡그리며 옆자리의 히라테를 돌아보았다.

"아직 안 오셨나? 설마 아버님 분향을 잊지는 않으실 텐데."

히라테는 입술을 깨물고 염주를 만지작거렸다.

"곧 오시겠지요."

"그대가 키우신 주군이니 설마 잘못될 일은 없겠지만 장례식에서 독경이 중단되면 우스운 노릇이지……"

히라테는 말없이 고개를 돌려 경내를 둘러보고 객실을 바라보았다. 그 시선에 응하여 두세 사람이 급히 자리를 떴다.

그러나 그들이 자리로 돌아오기 전에 마침내 독경 소리가 끊어졌다. 승려 하나가 또 중신석으로 달려왔다.

분향 순서를 적은 종이를 가지고 고미 신조는 구원을 청하듯 하야시와 히라테를 번갈아보았다.

하야시는 문득 뒤돌아 한쪽 무릎을 세우고 분노를 담은 눈길로 흘끗 좌중을 노려보았다.

"상속자이신 주군은 어디 계시오? 분향하실 차례요! 주군은……"

히라테는 놀란 모습으로 손을 흔들었다.

"잠깐, 상속자인 주군이 늦게 오신다 해서 설마 차남부터 분향할 수야 없겠지요. 조금만 더 기다리시오."

그 모습은 태연하지만 얼굴은 흙빛이었으며 이마에 납덩어리 같은 구슬땀이 끈끈하게 번쩍이고 있었다.

"아버님을 작별하는 일생에 한 번 있는 의식인데 아무리 대담무쌍한 주군일지라도 설마 잊지야 않으셨겠지요."

"히라테 님!"

"예."

"아니…… 아직 말하지 않겠소. 그럼, 조금만 더."

노히메는 귀를 가리고 싶어졌다. 독경 소리가 끊어지는 사이를 누비는 수군거림은 모두 노부나가에 대한 반감과 조소로, 누구 한 사람 동정하는 이가 없었다. 만일 차남 노부유키가 늦었다면 도중에 무슨 변고가 있는 게 아닐까, 하고 말했을 게 틀림없다.

'이런 반감 속에서 대체 어떻게 일족을 다스려갈 것인가……'

감금과 암살 같은 흉사가 없더라도 노부나가의 앞길은 캄캄하게만 여겨진다.

"또 낚시질이라도 하시는 걸까?"

"씨름을 할지도 모르지."

"아니, 춤일 것일세. 꽃놀이 계절이니까."

"아무튼 대단한 주군이야. 큰주군님 장례식을 잊다니."

이러한 속삭임 뒤에 드디어 종가 사람인 오다 히코고로의 목소리가 들렸다.

"중신들에게 묻겠는데, 이대로 내내 기다릴 셈인가?"

히라테가 말했다.

"예, 조금만 더."

"도무지 듣도 보도 못한 일이로군, 히라테."

"죄송합니다."

"아니, 그대가 죄송해할 것은 없소. 하지만 만일을 위해 들어두고 싶소. 이대로 노부나가 님이 나타나지 않으면 오늘의 장례를 중지할 셈인가?"

부드럽지만 가시 품은 말을 들으니, 어지간한 히라테도 우물거릴 수밖에 없었다.

"아니, 그렇게는……."

"그럼, 좀 더 기다려도 오지 않을 때는 어떻게 하겠나?"

"예, 그때는……."

"노부유키 님부터 분향해도 상관없다는 말인가. 아니면 노부유키 님의 분향은 안 된다는 말인가?"

"그럴 리…… 있겠습니까. 아무쪼록 조금만 더……."

이번에는 하야시의 목소리가 들렸다.

"히라테 님! 시간에 대어 오시지 않으니 이대로 끝낸다 해도 우리의 불충은 되지 않을 거라고 생각하는데."

"그렇소."

"친척분들에 대한 예의도 있으니 더 이상 기다린다는 건 좀?"

바로 그때였다. 지금까지 히코고로와 히라테의 대화에 끌려들어 아무도 깨닫지 못하고 있는 동안 불전 입구에 그림자 하나가 비쳤다.

끝자리에 있던 한 사람이 외쳤다.

"앗! 주군! 주군이십니다. 주군이 오셨습니다."

"뭐, 주군이……."

노히메는 저도 모르게 얼굴을 들었다. 아니, 노히메뿐만이 아니었다. 유족도 승려들도 약속한 듯 입구를 쳐다보았다.

'이제 되었다. 이제 히라테의 면목도 서리라……'

이렇게 생각하다가 노히메는 자기 눈을 의심했다. 노부나가의 옷차림이 어제저녁에 입고 나간 그대로의 평상복임을 깨달았던 것이다. 머리는 여느 때와 다름없이 꼿꼿이 묶어 넘기고 상투 끈은 새빨간 것으로 아무렇게나 둘둘 감고 있었다. 눈은 이글이글 타오르고 늠름한 가슴을 쭉 펴고 있었지만, 이런 옷차림으로 어찌 아버지 장례식에…… 하고 노히메는 가슴을 누르며 숨죽였다.

왼손에 4자 가까운 애도(愛刀)를 거머쥐고 오만하게 걸어오는 노부나가의 허리 때만 어제의 것과 달라져 있다. 허리에 둘둘 감고 있는 것은 짚으로 엮은 새끼줄이었다.

"앗!"

히라테도 그것을 발견했다. 그러나 노부나가는 이미 영전에 다가서고 있어 말할 겨를이 없었다.

"이 무슨 해괴한 짓인가, 새끼줄을 매고 계시군."

하야시가 혀를 찼다.

"……."

이 괴짜 아들을 낳은 쓰치다 마님은 자신도 모르게 몸을 일으켰다.

"이 무슨 일인가!"

"옷자락을 봐, 흙이 묻어 있어."

"역시 씨름을 한 것일까."

"어떻든……."

아버지 장례식에 늦는 것만도 있을 수 없는 일인데, 마냥 기다리게 한 뒤 입고 온 옷이 이래서는 너무나 지나친 괴짜 행위다.

승려들은 물론 도사의 눈도 노부나가에게 흘끗 쏠렸다. 그러나 당사자인 노부나가는 아무렇지도 않은 듯 앞쪽을 노려본 채, 당황해하며 통로를 열어주는 사람들 사이로 곧장 영전에 나아갔다. 관 덮개와 그것에 비쳐 번쩍거리는 등불, 400명 가까운 승려와 만당에 가득한 향불…… 그 모든 게 방약무인한 한 젊은이 때문에 존엄성을 짓밟힌 느낌이었다.

이윽고 노부나가는 위패 앞에 우뚝 섰다. 그와 동시에 수군거림이 뚝 그친 것은, 이 젊은이가 들고 온 큰 칼의 칼집으로 마루를 쾅 찔렀기 때문이다. 그 소리에 놀라 고미 신조는 허둥지둥 분향 순서를 읽었다.

"분향, 오다 노부나가 님!"

다시 독경이 시작되었다. 그러나 노부나가는 앉지도 않고 머리도 숙이지 않은 채 오만하게 칼을 왼손으로 마루에 세우고 위패를 노려보며 우뚝 서 있다.

반쇼사(萬松寺) 모모이와도겐(桃岩道見) 대선정문(大禪定門).

사람들은 이미 그 엉뚱한 짓에 홀려 숨을 삼키며 지켜볼 뿐이었다. 노부나가는 오른손을 쑥 내밀어 향을 한 주먹 움켜쥐었다.

사람들은 은연중에 소리 없는 소리를 질렀다.

"아—"

보아라! 노부나가는 한 주먹 가득히 움켜쥔 향을 갑자기 아버지 위패에 확 던졌던 것이다. 향은 사방으로 흩날렸다. 도사인 스님만은 눈도 깜박이지 않았지만, 좌우 앞줄의 중들 가운데는 당황하여 눈을 비비는 자조차 있었다.

"미치셨다! 틀림없이 미치셨다……."

하야시가 중얼거렸을 때, 노부나가는 영전에서 확 몸을 돌려 이번에는 만당에 가득 찬 사람들을 매섭게 노려보았다. 하야시의 속삭임은 그러나 사람들 귀에 들어가지 않았다. 사람들은 이미 상상을 초월한 노부나가의 행동으로 어떤 최면 상태에 빠져 비판할 힘을 잃고 있었다.

영전에 등을 돌리고 잠시 버티고 서 있던 노부나가는 그대로 출구 쪽으로 걸어가지 않았다. 먹이를 발견하고 노리는 매처럼 좌중을 차례차례 둘러보며 사람들의 응시를 받아간다.

히라테가 말했다.

"주군! 저쪽에 자리가……."

그 말이 들리는지 안 들리는지 노부나가는 친척 자리로 성큼성큼 두세 걸음 다가가 기요스의 히코고로 앞에 우뚝 선 채 말을 던졌다.

"수고했소."

실력으로는 노부히데에게 미치지 못했으나 지체는 종가. 히코고로는 새파랗게 질려 눈길을 돌렸지만, 돌리면서도 고개를 끄덕이고 만 것은 거스르기 힘든 노부나가의 압도적인 기세에 질렸기 때문이리라. 노부나가는 곧 이누야마성의 노부키요에게로 시선을 옮겼다.

"여러 가지로 애쓰게 했군."

노부키요는 멍하니 있었다. 만일 그것이 뼈를 찌르는 야유임을 알았다면 그대로 물러날 인물이 아니었지만, 너무 갑작스러운 일이라 응수하지 못한 것이다. 노부나가는 다시 칼을 바닥에 쿵 찌르며 두세 걸음 걸었다.

아버지의 동생, 어머니의 오빠 등 크고 작은 영주들을 군주의 위엄으로 압도했다.

"수고하오—"

"주군!"

히라테가 다시 불렀을 때 노부나가는 이미 출구를 향해 곧장 걸어가고 있었다.

고미 신조는 그제야 정신이 돌아와 떨리는 목소리로 순서를 읽었다.

"다음은…… 노부유키 님."

아직도 사람들 눈길은 대부분 이끌리듯 노부나가를 좇고 있었다.

노부나가는 불전을 내려설 때까지 한 번도 뒤돌아보지 않았다. 엷은 햇살이 비치고 있는 나무 밑에서 아까의 그 칼을 어깨에 휙 둘러메고 한 손을 허리에 두른 동아줄에 찌른 채 어느새 부지런히 산문을 향해 걸어갔다.

노히메는 노부나가가 보이지 않게 되자 비로소 자기가 살아 있다는 것을 알았다. 마음 놓인 것은 아니었다.

'과연 노부나가 님……'

이렇게 생각하기에는 너무도 기행(奇行)이 지나치다. 어제 낮에 배짱이 정해졌다, 미망은 끊었다—고 말한 그 심중을 얼마쯤 알 것 같은 게 오히려 걱정의 씨가 되었다. 일족을 모두 적으로 돌리고 한 발도 양보하지 않겠다고 선언하고 있는 듯 여겨진다. 나루미의 야마구치, 이누야마성의 노부키요 두 사람이 동시에 모반한다면 후루와타리와 나고야의 운명은 크게 뒤흔들릴 게 틀림없다.

'그렇건만 어째서 저렇듯 오만하게 기괴한 압력을 가하는 것일까……'

여기까지 생각하다가 불현듯 히라테 일이 걱정되었다. 지금 오직 하나뿐인 노부나가의 심복…… 아니, 사부인 히라테가 일족에게서 오늘의 처사에 대한 사죄 의미로 배를 갈라 죽게 되는 것이나 아닐까. 그렇게 되면 글자 그대로 노부나가는 고립된 고아로 전락한다. 살며시 중신석을 보니 히라테는 아무 일도 없었던 듯 잔잔한 눈길을 정면에 던지고 있다.

고미 신조는 겨우 침착을 되찾고 맑은 목소리로 노히메를 호명했다.

"노부나가 님 내실!"

노히메가 일어나자 사람들 시선이 일제히 괴팍한 주군의 부인에게 쏠렸다. 아름다웠다. 좌절된 이성이 기댈 곳을 잃어 나긋해진 연약함이 온몸에 스며 있다.

어떤 사람은 딱하게 여기고 어떤 사람은 문득 한숨지었다. 적지나 다름없는 나고야성으로 시집와 의지하는 남편은 그런 엉뚱한 괴짜. 머지않아 일족의 손으로 내쳐질 게 틀림없으리라―고 생각하는 사람들은 미인박명의 슬픔이 이 여인을 두고 하는 말인 듯한 느낌마저 들었다. 향을 사르고 영전에 서자 노히메는 조용히 눈을 감았다.

'저만은 남편 마음을 압니다……'

눈 속에 떠오르는 노부히데에게, 아버지 죽음을 알고 눈물 흘리던 노부나가의 진심을 알리고 싶었다.

'부디 그이를 지켜주소서……'

오로지 그것만을 빌 수밖에 없었다.

분향을 끝내고 자리로 돌아가려는데 3살 난 딸 이치히메(市姫)가 노히메의 소매를 붙잡고 고개를 갸우뚱하며 짧은 혀끝으로 말했다.

"아버지, 죽었어……?"

그 어린 딸이, 인형이 걸어가는 것처럼 사랑스러워 또한 사람들의 눈물을 자아냈다.

쓰치다 마님과 노히메의 분향이 끝나자 많은 서자들이 출생순으로 영전에 나아갔다.

그리고 12남인 마타주로가 이와무로 부인에게 안겨 분향하자 노히메 때와는 또 다른 수군거림이 들려왔다. 이 젊고 아리따운 애첩은 젖먹이와 더불어 남겨진 슬픔과는 다른 아리따움으로 사람들 눈길을 끌었다.

"저러니 큰주군이 스에모리성을 떠나지 못한 것도 무리가 아니지."

"맞아요, 미노 마님과는 또 다른 아름다움을 지니셨소."

"그래, 미노 마님을 활짝 피어난 창포라고 한다면 이는 붉은 모란이라고나 할까."

"게다가 이제 18살. 이제부터 누구의 꽃이 되려는지. 그대로 두면 이 또한 싸움의 씨가 될 것 같군."

주인 잃은 여자에 대한 상념은 슬픔을 넘어 다른 흥미의 중심이 되었다.

히라테는 이러한 속삭임을 중신석에서 묵묵히 듣고 있었다. 히라테에게는 홀연히 나타났다가 바람같이 다시 사라져간 노부나가의 마음이 아직 풀리지 않는다.

'무엇 때문에……?'

생각하노라니 마음속에서 두 가지 감정이 심하게 서로 물어뜯으며 싸웠다. 아무 생각 없이 그런 괴상한 짓을 해치울 노부나가는 아니었다. 하지만 그것은 친척과 신하 모든 이들에 대한 도전이 아닌가. 도전하여 억누를 힘이 노부나가에게 있는 것일까? 없다면 이것은 만용, 필부(匹夫)의 용기이지 장수 된 자의 행동이라고 할 수 없었다.

친척들의 분향이 끝났다.

하야시 사도에 이어 자기 이름이 불리자 히라테는 흠칫 놀라 자리에서 일어났다.

'큰주군님! 용서해 주십시오.'

이 히라테의 교육 방법에 무언가 잘못된 게 있는 것 같다―고 생각하자 향을 사르는 히라테의 눈시울에 눈물이 촉촉이 어렸다.

자리에 돌아오자 히라테는 다시 눈을 감았다. 새끼줄 허리띠를 두르고 아버지 위패에 향을 던지고 나간 노부나가의 모습이 아직도 그를 꼭 붙들고 놓아주지 않았다.

죽음의 간언(諫言)

노부히데의 장례는 어쨌든 끝났다.

그러나 그것으로 일이 끝난 건 아니었다. 시바타 곤로쿠는 다음 날부터 일족 장로들 사이를 분주하게 오가며 노부나가의 장례식 날 행동을 새로운 공격 목표로 삼는 듯했다. 물론 곤로쿠며 사쿠마에게 사사로운 마음이 있는 것은 아니었다. 어디까지나 오다 가문의 장래를 생각해 노부나가는 집안을 멸망하게 만들 거라고 염려하고 있는 것이다.

가이의 다케다 집안에서는 가문의 소중함을 중요시한 나머지 아들 신겐과 사위 이마가와 요시모토가 공모해 아버지 노부토라를 속여 슨푸로 오게 해 감금한 예도 있었다. 아마 노부나가는 노부토라보다 더한 폭군이 될 거라고 곤로쿠도, 사쿠마도, 하야시도 믿고 있다. 따라서 그들의 공격은 날카로웠다. 자신들이야말로 '충신—'이라고 자부하고 있기 때문이었다. 이대로 나가면 아마도 초이레의 법회가 끝난 뒤 정식으로 노부나가의 퇴진이 문중의 의제로 오를 것 같았다.

3월 9일의 어스름한 저녁나절이었다.

이튿날의 법회에 대한 의논을 끝낸 다음 히라테는 반쇼사 주지 방으로 다이운 스님을 찾아갔다.

히라테를 보자 스님이 먼저 웃으며 물었다.

"얼굴빛이 좋지 않은데 주군 일이 걱정되어 그러시오?"

"예, 잘 보셨습니다."

스님은 고개를 끄덕이며 손수 차를 따라 히라테에게 권했다.

"내가 볼 때 걱정하실 시기는 이미 지났다고 생각되는데……."

히라테는 차를 마시면서 말했다.

"그러시면 스님도 역시 노부유키 님에게 상속을?"

스님은 희미하게 고개를 저었다.

"그릇이 다른 것 같소, 노부나가 님과는."

히라테의 눈이 스님의 이마에 못 박혔다.

"앞날이 기대된다는 말씀인가요?"

"그래서 히라테 님 눈에 든 것이 아닌가요? 그러니 이 주군은 세상의 작은 그릇으로는 잴 수 없소."

"무슨 말씀인지? 스님도 큰 인물로 보셨습니까?"

스님은 고개를 끄덕이는 대신 힐난하는 투로 말했다.

"이제 와서 망설이는 것은 불충이 아니오?"

"누구에게?"

"돌아가신 노부히데 님에게."

히라테는 숨을 삼켰다. 여기에도 한 사람의 동지가 있었다……고 생각하니 가슴에 뜨거운 것이 치밀어올라 얼른 말이 나오지 않았다.

"히라테 님."

"예."

"노부나가 님은 이치 밖의 이치를 보고 있소."

"이치 밖의 이치?"

"모든 일에서 무애(無碍)의 법계에 이미 한 발을 걸치고 계시오. 아버지 위패에 향을 던진 그 기백, 그 기백이야말로 모든 것을 인정하기에 모든 것을 파괴도 하는 큰 용기의 창인 것이오……."

스님은 다시 미소 지었다.

"그러므로 보필하는 자가 그에 못 미치면 노부나가 님은 아마 달려가기 힘들 것이오. 알아듣겠소?"

히라테는 문득 마음에 짚이는 것이 있었다.

"가르침, 고맙소."

정중히 인사하고 집으로 돌아가자 그는 종이와 벼루를 책상 위에 놓고 그 앞에 조용히 앉았다.

"—보필하는 자가 그에 못 미치면 노부나가 님은 아마 달려가기 힘들 것이오."

스님의 말이 히라테의 마음에 진드기처럼 달라붙어 떨어지지 않았다.

"—보필하는 자도 목숨을 걸지 않으면 안 되오."

"—이제 와서 망설이는 것은 노부히데 님에 대한 불충일 거요."

속세의 인연으로 다이운 스님은 노부히데의 백부였다. 그 행동과 말씨는 부드럽지만 노부히데보다 더한 날카로운 기백을 안으로 감추고 있었으며, 이마가와 요시모토에 대한 셋사이의 위치와 비슷했다. 셋사이가 때로 진두에 서서 요시모토를 돕는 것과 달리 다이운 스님은 뒤에서 노부히데의 신앙과 사상을 키우는 데 도움 주었다. 지난해의 황실 복구 헌금이며 이세와 아쓰타 두 신궁에 대한 기부 등 노부히데는 늘 다이운 스님과 먼저 의논했다. 그러므로 지금까지 전술 전략에서 낱낱의 행정에 이르기까지 노부히데와 히라테와 스님 셋이서 곧잘 대화를 주고받았다.

그 스님에게서 받아들이기에 따라서는 매우 신랄한 꾸중을 들었다. 노부나가가 달려가기 힘들 것이라니, 이 얼마나 가차 없는 힐난인가.

"—그대가 키운 노부나가는 이미 그대가 모르는 세계에까지 발을 뻗고 있소."

이런 말과 같은 의미를 내포하고 있었다. 히라테는 그것을 단순한 빈정거림으로 받아들이지 않았다. 스님의 말 속에 노부나가를 충분히 인정한 뒤의 격려가 있기 때문이었다.

히라테는 책상 앞에 앉은 채 잠시 눈을 감고 움직이지 않았다.

"아버님, 불을……."

셋째 아들 히로히데(弘秀)가 들어와 가만히 촛대를 놓았지만 히라테는 아무 말도 하지 않았다. 글을 쓸 때는 생각에 잠기는 아버지 버릇을 알고 있는 히로히데가 발소리를 죽이고 살며시 나가려 하자 히라테가 불러 세웠다.

"히로히데—"

"예."

"너는 지금의 주군을 어떻게 생각하느냐?"

"예……."

히로히데는 고개를 조금 갸우뚱했다.

"탈선이 좀 지나치신 것 같습니다."

"음."

히라테는 조용한 눈으로 끄덕이며 부드럽게 말했다.

"고로에몬(五郎右衛門) 있느냐? 고로에몬을 불러라."

고로에몬은 히로히데의 형으로 히라테의 둘째 아들이었다.

히로히데가 나가고 뒤이어 고로에몬이 들어왔다.

"아버님, 부르셨습니까?"

"그래, 좀 물어보고 싶은 것이 있다. 너는 지금의 주군을 어떻게 생각하느냐?"

"어떻게 생각하다니요?"

"밝은 주군이냐, 우매한 주군이냐 말이다."

"밝은 주군……이라고 할 수 있을까요…… 장례식 날 일을 생각한다면."

히라테는 또 고개를 끄덕였다.

"그래, 그것을 물어보고 싶었다. 겐모쓰(監物) 있겠지. 이리로 오라 해라."

겐모쓰는 히라테의 장남이었다. 이 장남은 노부나가를 매우 두려워하고 있었다. 그가 갖고 있던 사나운 말을 노부나가가 달라고 청했을 때 거절하고 그 뒤에 드리겠다고 말했다가 호된 꾸중을 듣고 나서부터였다.

"—필요 없다, 천치 놈아."

이윽고 그 장남이 들어와 히라테 곁에 앉았다.

히라테는 낮은 목소리로 말했다.

"겐모쓰—너는 지금의 주군을 어떻게 생각하느냐?"

"어떻게 생각하다니요?"

"겉으로는 매우 거칠다. 그러나 마음속으로는 넘칠 듯한 정을 숨기고 있다……고 아버지는 생각하는데, 네가 보기에는?"

겐모쓰는 대답하지 않았다. 대답하는 대신 그런 일을 새삼스레 묻는 아버지의 심중을 이상하게 여기는 눈빛이었다.

"착한 분이라고 생각지 않느냐?"

"착한 분일지도 모르지요. 하지만 지금까지는 그 착함이 드러나고 있는 것 같지 않습니다."

히라테는 한숨을 내쉬었다.

"음, 만일 안에 착한 마음이 있다면 그것을 드러내도록 해서 문중의 화목을 도모하는…… 게 우리의 임무겠지."

"새삼스레 왜 그런 말씀을 하십니까?"

"그렇게 섬길 자신이 너한테 있는지 없는지 알고 싶어서다."

"아버님! 저는 아직 미욱합니다. 그럴 자신 없습니다."

히라테는 고개를 끄덕이며 물러가도 좋다고 손짓했다.

겐모쓰는 분명 노부나가에게 반감을 갖고 있었다. 그의 세 아들도—다이운 스님이 말한 것 같은—자신이 바라고 있는 노부나가의 성품을 이해하지 못하고 있다.

히라테는 혼자가 되자 또 잠시 눈을 감은 채 골똘히 생각에 잠겼다. 창밖은 점점 어두워지고 불빛이 흔들릴 때마다 히라테의 그림자도 흔들렸다.

"노부히데 님……."

잠시 있다가 히라테의 입에서 새어나온 말은 죽은 주군에 대한 호소였다.

"이 히라테는 가신들 가운데 당신의 신임을 가장 많이 받았습니다……."

감고 있는 히라테의 눈시울이 축축이 젖기 시작했다.

"분합니다…… 그 신뢰에 보답하지 못하는 게 분합니다."

그런 다음 바로 눈앞에 노부히데가 있기라도 한 것처럼 간절한 혼잣말이 이어졌다.

"저는 지금까지 기치보시 님과 달리기 경주를 했습니다. 기치보시 님이 오와리 한 나라의 주인이 되면 오와리의 사부, 긴키 전체를 손에 넣으시면 그 사부로…… 그러나 그 자부심도 저 혼자서 논 것 같군요…… 아닙니다. 저는 슬퍼서 우는 게 아닙니다. 기쁨과 죄스러움 때문에……."

어디선가 쥐가 부스럭거리는 소리가 났다. 히라테에게는 그 희미한 소리가 노부히데 영혼의 반응으로 생각되었다.

"오, 들어주시는구나……."

소리 난 천장 귀퉁이를 올려다보며 그는 아이처럼 눈물을 뚝뚝 떨어뜨렸다.

"주군! 저는 아무래도 기치보시 님을 따라가지 못하겠습니다. 저로서는 이제 충성을 해도 충성이 되지 않는 위치…… 오히려 걸리적거리는 입장까지…… 그러나 주군! 저도 주군의 발탁을 받은 기치보시 님의 후견인…… 이대로 물러나지는 않겠습니다! 지혜가 모자라는 것은 사죄드리고, 저도 무사의 한 사람이니 반드시 신임에 보답하겠습니다. 그러니 아무쪼록 용서를…… 용서를…… 주군님!"

히라테는 어느덧 다다미에 두 손을 짚고 어깨를 떨며 오열하고 있었다. 중얼거리듯 하는 혼잣말처럼 구슬픈 눈물은 아니었다. 물론 기쁨의 눈물도 아니었지만 어딘지 달콤한 봄비와 같은 감상도 있었다.

'주군은 돌아가셨다……'

그 죽음이 너무나 갑작스러워 인생의 허무함이 강한 힘으로 그를 감싸고 있었다. 노부히데는 죽었다……는 생각은 얼마 안 되어 자기도 죽으리라는 연상으로 '쓸쓸함'이 이어져갔다. 숱한 싸움터를 오가며 지금까지 살아온 것이 이상하게 여겨지기도 하고 무엇 때문에 태어났을까 하는 되물음이 새삼스럽게 되살아나기도 했다.

그리고 그 모든 게 히라테 나름의 이성으로 받아들여지는 것은, 역시 히라테의 성실함 때문이었다. 노부히데와 자기가 지난해의 낙엽으로 져버린다 해도 결코 그 나무의 죽음을 의미하지는 않는다. 올해는 또 올해의 잎이 무성하게 피어나리라. 아니다, 낡은 잎은 썩어 거름이 되고 그 거름으로 한결 줄기를 키우고 가지를 뻗게 하여 생명의 나무가 더 많이 더 훌륭하게 무성해질 게 틀림없다. 노부나가도 곤로쿠도 그런 의미에서 올해의 잎―이라고 히라테는 생각했다.

히라테 자신도 젊었던 시절에는 노부히데가 못마땅했었다. 이런 주군 아래에서는 평생 시원한 꽃을 피우지 못하리라는 냉랭한 계산을 한 적도 있다. 그런데 언제부터인가 노부히데에게 끌려 마침내 기꺼이 심복하게 되어 오늘에 이르렀다.

노부나가 역시 마찬가지, 곤로쿠 따위를 심복시킬 힘이 없고서야 무슨 일을 하랴!

'그것은 순리대로 되어가도록 맡기자……'

그렇다 해서 그것이 소극적인 체념이라고는 여기고 싶지 않았다.

"―기치보시를 그대에게 부탁한다!"

노부히데의 말에 자신은 대답했다.

"―예."

그 맹세는 목숨이 있는 한 끝까지 지켜야 하는 무사의 고집이었다.

울 만큼 울고 나자 히라테는 얼굴을 들었다. 그 표정에 이미 비애와 쓸쓸함은 자취도 없었다. 그는 사방을 둘러본 뒤 젖먹이처럼 벙글거리며 벼루를 당겨 천천히 먹을 갈기 시작했다.

왠지 인생이 즐겁고 우습기도 했다. 부지런히 글공부를 시작한 무렵부터 노부히데 등과 함께 렌가놀이에 흥겨워하던 지난날들까지 모두 이상하게 남의 일처럼 여겨졌다.

먹 향기가 물씬 코를 찔렀다. 모든 게 오늘 이 한 장의 유서를 쓰기 위한 글공부였으며 풍류였던가 하고 생각하니 다시 흐흐흐…… 하고 웃음이 가슴에 솟구쳤다.

먹을 갈고 나서 히라테는 촛불 심지를 잘랐다. 사방이 훤하게 밝아지고 새하얀 종이에서도 또한 향긋한 냄새가 나는 듯했다.

히라테는 붓을 들고 천천히 붓 끝을 훑어내렸다. 집안사람들은 이제 거의 잠들었으리라. 사위가 온통 조용한 정적에 잠겨 있다. 히라테는 먼저 '간언장(諫言狀)'이라고 머리글을 쓴 다음 눈을 가늘게 뜨고 그 먹 자국을 바라보았다.

한번 마음을 정하자 맑디맑은 자신만의 세계로 홀로 걸어들어갔다. 방해하는 것도 없고 방해될 것도 없었다.

"―여러 차례의 간언이 받아들여지지 않은 것은 불초 히라테의 허물이며, 따라서 스스로 배를 갈라 자결합니다. 가련한 이 몸의 죽음을 얼마쯤 불쌍히 여기신다면, 다음에 적는 사항의 하나만이라도 들어주시기를 비오며, 그렇게 해주신다면 비록 땅속에서나마 감사하며 행복으로 여기겠습니다."

여기까지 단숨에 붓을 달리던 히라테는 문득 그것을 찢어버리고 싶은 충동을 느꼈다. 자신이 거짓을 쓴다고는 생각지 않았지만, 이것을 읽는 노부나가의 괴로움을 생각하니 가슴이 아팠던 것이다.

그러나 히라테는 찢지 않았다. 여기서 약해지면 그의 일생은 거짓이 된다. 노부나가와의 경주에서는 상대의 모습이 보이지 않을 정도로 뒤졌다. 하지만 뒤졌다고 해서 달리는 것을 멈추지는 않았다. 지금도 역시 마지막 힘을 다하여 뛰고 있다…….

목숨을 걸고!

히라테는 비록 노부나가에게 아무 가치 없는 글이라 해도, 그것이 자기의 진심인 이상 꾸밈없이 써야 한다고 고쳐 생각했다.

"—하나, 이상한 옷차림은 반드시 그만두실 것. 새끼줄, 아녀자 같은 상투 차림은 삼가십시오. 겉옷을 안 입은 나들이는 물론이요, 벌거벗고 돌아다니는 것은 천만부당한 일, 오와리 한 나라의 근심은 바로 여기에 있습니다."

여기까지 쓰자 히라테는 다시 조용히 눈을 감았다.

어제까지의 자신은 확실히 그것을 걱정하고 있었다. 오와리 으뜸가는 명마 위에서 감이나 밤을 먹고 참외씨를 뱉고 농군들과 미친 듯 춤추기도 하는 노부나가의 모습이 구제할 수 없는 문제아로 보였다.

그러나 오늘은 다르다. 그 문제아의 이면에 숨어 있는 노부나가의 참된 가치가 가슴에 스며드는 것을 느꼈다. 백성을 길거리에서 굶주리게 하고, 황실은 피폐해진 채 버려두고, 자기 욕심만 채우려고 서로 싸우는 무장들에게 노부나가는 통렬한 비판을 던지고 있는 것이다. 정치의 근본을 잊고 무슨 예의며 의식이냐. 새끼줄을 두르고 아버지 위폐에 향을 던진 것도 눈물을 뿌리며 이렇게 외친 것이라고 생각되었다.

"—당신도 같은 무리다!"

따라서 노부나가는 눈물도 보이지 않고 이 유서를 찢어버릴 것이다. 아니, 어쩌면 자신의 시체에 침을 뱉을지도 모른다.

'그러나…… 나는 이렇게 해야만 한다.'

히라테는 다시 붓을 들고 다음 조항을 써나갔다. 하지만 그것은 모두 노부나가를 평범한 상식인으로 끌어내리려는, 경주에 진 늙은이의 넋두리밖에 되지 않았다.

"그러나 이렇게 해야만 한다!"

다 쓰고 나니 이미 한밤중 같은 공기가 느껴졌다. 히라테는 글을 읽으며 밤을 지새우는 자신의 버릇을 아는 집안사람들이 조금도 의심하지 않는 것이 고마웠다.

간언장을 단정히 책상 위에 놓고 히라테는 조용히 일어나 소리 나지 않게 다다미 두 장을 뒤집었다.

"이제 마침내 끝났습니다, 노부히데 님."

칼걸이에서 노부나가의 것과 같은 비젠 추고(備前忠光)의 이름이 새겨진 단도를 꺼내 굽쟁반에 놓은 다음, 그 앞에 앉아 천천히 주위를 둘러보았다.

먼 곳에서 벌써 닭이 울기 시작하는 모양이다.

히라테는 다시 한번 미소 지었다. 자신의 죽음으로 노부나가의 기행이 고쳐질 거라고는 생각하지 않았다. 그러나 노부나가 주위에는 너무나 뒤떨어져 노부나가의 모습이 보이지 않게 된 이들이 많이 있었다. 노부나가 자신이 그 일을 깨닫는 것으로 충분했다.

'혼자서 너무 빨리 달려버리면 정치도 전쟁도 할 수 없게 된다……'

히라테는 천천히 웃옷을 벗었다. 춥지도 덥지도 않은 부드러운 봄 공기가 슬픔도 망설임도 사라진 그의 마음과 하나가 되었다. 천천히 배를 만져보니 주름이 많아진 게 우스웠다.

"지금까지 용케도 살아왔군."

굽쟁반의 칼을 집어들어 칼집에서 뽑은 뒤 휴지로 칼끝을 감아쥐었다.

"그럼, 큰주군님……"

소리 내어 중얼거린 다음 눈을 감고 마음을 가다듬었다. 마지막으로 가다듬은 상념은 영원히 이 세상에 남는 혼백의 의지로 바뀐다고 믿고 있었기 때문이었다.

'노부나가 님을 지켜주십시오! 노부나가 님 몸속에 깃들어 지켜주십시오! 노부나가 님을…… 노부나가 님을……'

칼끝을 옆구리에 푹 찔러 넣었다.

'부디 노부나가 님을…… 노부나가 님을……'

아픔이 느껴지고 팔도 가늘게 떨렸다. 그러나 그것은 어디까지나 피부의 겉을 달리는 감각일 뿐, 눈을 한곳에 모아 허공에 비는 모습은 처절한 의지의 화신이었다.

"노부나가 님을 지켜주십시오!"

상념이 목소리가 되어 나왔다. 칼은 이미 오른쪽 옆구리까지 그어져 창자가 감겨 허연 것이 비어져나오고 있었다. 히라테는 배에서 칼을 뽑았다. 그와 동시에 칼자루를 아래로 하여 다다미에 꽂았다. 눈앞에서 불꽃이 번쩍 튀고 그것이 기묘한 무지개가 되는 순간, 칼끝을 왼쪽 경동맥에 대고 그대로 엎어졌다.

피가 사방에 튀었다. 기묘한 무지개 소용돌이가 어둠이 되었다.

"노부나가 님을 지켜주십시오……."

이미 살아 있는 몸의 마지막 목소리는 알아들을 수 없었다. 일곱 번을 다시 태어나더라도 영혼이나마 노부나가에게 붙어 떨어지지 않겠다는 염원을 품은 채 히라테의 몸은 그 자리에 엎어졌다.

"아버님, 아직 주무십니까? 출사하실 시간입니다."

이튿날 아침 장남 겐모쓰는 반쇼사 법회에 참석할 예복 차림으로 문밖에서 불렀다.

"아버님! 아버님!"

대답이 없어 살며시 방문을 열다가 겐모쓰는 그 자리에 털썩 주저앉았다.

"고로, 히로히데! 아버님이…… 아버님이……."

자결이라고 말하려다가 목소리가 되지 않고 입 속으로 힘없이 중얼거렸다.

"실성하셨다…… 그렇지 않으면 어찌 자결을."

둘째 아들 고로에몬이 달려왔다. 히로히데도 왔다. 그러나 겐모쓰는 불려온 동생들에게 아버지 유해에 손대지 못하게 했다. 노부나가가 무서웠던 것이다.

"히로히데."

"예."

"너는 빨리 성으로 가서 주군께 전해라. 아버지가 실성하셔서 자결하셨으니 손수 검시해 주시지 않겠느냐고. 알겠느냐. 어제 아버님이 물으셨던 말은 입 밖에 내면 안 된다."

셋째 아들은 창백한 표정으로 곧 마구간으로 달려갔다.

노부나가가 히라테의 집으로 달려온 것은 그로부터 반 시간도 되지 않아서였다. 그도 오늘은 순순히 법회에 참석하려는 듯 여느 때의 흐트러진 모습이 아니었다.

고로에몬과 겐모쓰의 안내를 받아 히라테의 거실에 들어선 노부나가의 눈은 찢어질 듯 크게 열렸다.

"겐모쓰!"

"예."

"그대는 아버지가 실성해서 죽었다고 했지."

"예, 그렇게밖에는⋯⋯ 생각할 수 없습니다. 늘 주군의 은혜를 입에 올리며 아무 부족함 없는 아버지가⋯⋯."

노부나가는 소리 질렀다.

"못난 놈! 너에겐 이것이 미쳐서 죽은 걸로 보이느냐? 과연 할아범⋯⋯."

말하다 목이 메어 입을 한일자로 꽉 다물고, 성큼성큼 다가가 히라테의 시신을 두 손으로 안아 일으켰다. 물론 손에도 옷자락에도 피가 묻었지만, 노부나가는 개의치 않았다. 안아 일으켜서 아직도 단단히 단도를 쥐고 있는 오른손 손가락을 하나씩 떼어냈다.

"죄송합니다, 주군! 그런 일은 저희들이 하겠습니다."

고로에몬이 당황해 곁으로 다가가자 노부나가는 고로에몬을 거칠게 떠밀고 칼을 놓은 손가락과 손가락을 모아 합장하게 해주었다.

겐모쓰도 히로히데도 아랫자리에 꿇어 엎드린 채 잔뜩 겁먹은 눈으로 바라보고 있었다. 미쳐서 죽었다 ─고 하지 않으면, 난폭한 노부나가가 노여워 날뛰며 녹봉을 뺏고 자기네 형제들을 추방하지 않을까 두려웠던 것이다.

시신의 손을 합장하게 한 노부나가는 유해를 바로 뉜 다음 버티고 서서 소리 질렀다.

"향을!"

히로히데가 황급히 향을 사르자 다시 말했다.

"겐모쓰, 꽃을!"

스스로 두 손을 모아 쥐지는 않았지만 노한 기색은 없다⋯⋯는 것을 알고 꽃을 바치며 겐모쓰가 중얼거렸다.

"죄송합니다."

노부나가는 날카로운 눈길을 다시 한번 던졌지만 말은 하지 않았다.

그제야 생각난 듯 히로히데가 훌쩍였다.

노부나가는 여전히 선 채 히라테에게서 눈을 떼지 않았다.

"고로에몬─"

"예."

"유서를 가져와!"

"유서……라니요?"

"못난 놈…… 책상 위에 있지 않느냐!"

"예?"

겐모쓰는 깜짝 놀라 책상 위를 보았다. 노부나가는 혀를 찼다. 아들이 삼 형제나 있으면서 죽음을 택한 아비의 마음도 모르다니. 할아범이 가엾어 견딜 수 없었다.

고로에몬은 유서 겉봉을 보고 그만 새파랗게 질렸다. '간언장'이라고 씌어 있었던 것이다. 아버지가 웬일일까. 이 폭군에게 간언을 올리다니, 불길 속에 폭약을 던지는 거나 다름없는 일. 이것으로 우리 집도 마지막이구나—생각하니 노부나가에게 내미는 손이 부들부들 떨렸다.

노부나가는 간언장—이라고 쓴 겉봉을 흘끗 보더니 고로에몬에게 턱짓하며 매서운 목소리로 말했다.

"좋아, 네가 거기서 읽어라."

고로에몬은 떨리는 목소리로 읽어갔다.

'제발 부드러운 표현이기를……'

빌며 읽어나갔으나 모든 게 반대였다. 머리를 매는 일로부터 말버릇까지, 자기들을 꾸중하는 것과 마찬가지로 낱낱이 충고하고 있다. 못난 것이라고 고함치는 말은 좋지 않다든가, 손톱을 깨물지 말라든가, 남이 슬퍼할 때는 함께 슬퍼하고 흥겨워할 때는 함께 흥겨워하라든가, 남을 욕하지 말라는 등 노부나가에게 거의 바랄 수도 없을 일만 열거되어 있었다. 한 조목씩 읽어나갈 때마다 고로에몬은 머리 위로 떨어질 벼락을 예상하며 몸을 굳혔다.

그러나 노부나가는 다 읽을 때까지 한마디도 하지 않았다. 얼굴을 위로 향한 채 지그시 눈을 감고 마음속으로 무언가 응시하고 있었다. 고로에몬이 다 읽은 다음 유서를 싸고 난 뒤에도 잠시 그대로 있었다.

이윽고 노부나가는 눈을 떴다. 그리고 그곳에 유서를 받쳐들고 부들부들 떨고 있는 고로에몬을 보자 고함쳤다.

"못난 것!"

그리고 유서를 받아 품 안에 넣었다. 고로에몬을 꾸짖은 것인지 아니면 히라테의 죽음을 나무란 것인지, 세 아들은 알 수 없었다.

노부나가는 발길을 홱 돌리며 말했다.

"오늘은 세 사람 다 출사하지 않아도 좋다. 알겠나?"

"예."

세 사람은 꿇어 엎드렸다. 미쳐서 죽었다는 등 허튼소리 말고 정중하게 장례를 치러주어라—고 말하고 싶었지만, 노부나가는 굳이 입에 올리지는 않았다.

'아비 마음도 모르는 자식들이 몇 사람 모여 공양해 본들 무슨 공양이 될 것인가……'

"가엾은 할아범……"

한숨 섞인 목소리로 중얼거리며 말 엉덩이에 사정없이 채찍을 내리쳤다. 오늘도 뒤에서 말 타고 따르는 것은 마에다 이누치요. 그러나 노부나가는 그 이누치요조차 잊어버린 듯 쇼나이강 둑을 향해 무작정 달려갔다.

이누치요가 따라잡았을 때 노부나가는 벌써 둑 아래 풀밭에 말을 버리고 물 속의 조약돌이 맑게 들여다보이는 강물 속에 옷자락을 움켜쥐고 서 있었다. 눈은 여전히 강물을 보지 않고 하늘을 보고 있다. 이누치요는 그것이 나오려는 눈물을 억지로 삼킬 때 하는 노부나가의 버릇임을 알고 있었다. 노부나가는 슬플 때 하늘을 쳐다본다. 아니, 그냥 보는 게 아니라 노려보는 것이다.

노부나가는 또 혼자 중얼거렸다.

"할아범…… 할아범은…… 이 노부나가에게 혼자서 걸어가라는 거겠지…… 이보다 더……더욱 강해지라는 것이겠지. 가엾은 할아범……"

여기까지 말하자 더 이상 참지 못하여 눈꼬리에서 눈물이 흘러내렸다.

"할아범!"

노부나가는 외치는 동시에 맑은 물을 탁 찼다.

"이것이 노부나가가 할아범에게 주는 물이다. 마셔라!"

그가 걷어찬 물은 은구슬이 되어 공중으로 흩어지면서 노부나가의 머리에 튀었다.

"할아범!"

노부나가는 응석 부리는 개구쟁이가 되었다.

"자, 마셔라! 물이다! 마지막…… 공양이나…… 어서 마셔!"

노부나가는 실컷 물을 걷어찬 다음 엉엉 소리 내어 울음을 터뜨리더니 두 팔을 흔들며 물속에서 발을 굴렀다.

"할아범! 바보 할아범! 이 노부나가는, 언젠가 할아범 이름이 붙은 절을 세워 공양하겠어. 그때까지 지옥에나 떨어져 있어!"

이누치요는 활짝 핀 벚나무 아래로 노부나가의 말을 끌고 가서 노부나가의 흥분이 가라앉기를 기다렸다.

잠자는 호랑이

슨푸에 있는 다케치요의 집 뜰에도 벚나무 세 그루가 쏟아질 듯 꽃을 달고 있었다. 그 꽃 아래에서 다케치요는 지금 목검을 거머쥐고 한 떠돌이무사와 검술 수련을 하고 있다. 슨푸에 온 지 3년째를 맞아 11살이 된 다케치요의 몸은 몰라보게 자라 있었다.

무사가 고함쳤다.

"덤벼라! 기운이 형편없구나!"

"엿!"

다케치요는 이마의 땀받이 수건에 구슬 같은 땀을 번쩍이고 땅을 차며 몸을 날렸다. 목검이 허공에서 달가닥 소리 내어 얽히며 다케치요의 몸이 상대의 가슴에 쿵 부딪힌다. 상대는 비틀거리면서 후려치는 다케치요의 목검을 아슬아슬하게 받아냈다. 일부러 진 것은 아니다. 틀림없는 다케치요의 실력이라고 여기고 상대 무사는 다케치요를 꾸짖었다.

"기다려! 몇 번 말해야 하나. 틀렸어, 틀렸어."

다케치요는 눈을 부라렸다.

"무엇이 틀렸나? 기운이 형편없다기에 보기 좋게 뛰어들어 쓰러뜨렸잖아."

"그게 틀렸다는 거야. 기운이 형편없다고 한 것은 너를 꾀는 말이었다."

"꾐을 받고도 거꾸러뜨리면 됐잖아?"

"닥쳐! 그대는 졸병이냐, 대장이냐?"

"그야…… 대장이지."

"대장의 검은 졸병의 검과 다르다고 몇 번 말해야 하나. 미카와의 고아는 머리가 나쁘군."

"뭐라고……!"

"기운이 형편없다, 덤벼라! 하는 말을 듣고 덤비는 것은 졸개다. 대장이란 그런 상대의 말 따위에 움직여선 안 되는 거야."

"흠."

"그런 말에 정신 뺏기지 말고 전군의 지휘를 어떻게 할지 잊어선 안 된다. 그러므로……."

무사는 말을 멈추고 느닷없이 덤벼들었다.

"얍!"

어깨를 철썩 맞은 다케치요는 한 발 뒤로 물러났다.

"앗! 비겁한 놈!"

무사는 껄껄 웃었다.

"무슨 소리야. 자기가 먼저 덤벼들어선 안 돼. 그러나 어디서 공격받든 날렵하게 그것을 피해야 한다. 피하는 순간 벌써 전군의 움직임을 살핀다. 즉 공격받으면 반드시 빗나가게 하고…… 반드시 빗나가게 해서 단연코 베이지 않도록 해야 해. 상대를 베어서도 안 되고 이쪽이 당해서도 안 돼. 이것이 대장의 검이다. 그런데 너는……."

말하며 다시 목검을 내리쳤다.

"얏!"

이번에는 이마의 머리띠 위에서 목검이 딱 하고 울었다. 다케치요가 털썩 엉덩방아를 찧자 그 위로 덮치듯 목검을 아래위로 마구 흔들었다.

"이것으로 다케치요는 묵사발이 되었다. 묵사발이 되는 대장은 미덥지 못해. 이곳이 싸움터라면 네 영지는 간데없이 날아가버렸을 거야. 자, 일어나! 일어나서 다시 한번!"

무사는 이 봄에 규슈(九洲)에서 온 오쿠야마 덴신(奧山傳心)이었다. 덴신은 스스로 악동이 된 것 같은 대담한 마음으로 줄곧 다케치요를 야유했다. 그즈음 검술에는 아직 예법의 깊이가 없고 어디까지나 실용 위주로 수련을 쌓는 무술이었다. 그러므로 입과 손과 두뇌와 체력을 한데 모아 상대를 거꾸러뜨리는 게 목적이었지만, 덴신은 그것을 비웃으며 장수의 검과 졸개의 검을 엄격하게 구별 짓고 있었다. 다케치요를 상대할 때면 자기 쪽에서 어린아이처럼 화끈 흥분되는 걸 느낀다.

'왜 그럴까?'

이따금 자신을 돌아보지만 원인을 알 수 없었다. 다케치요라는 소년의 성격 속에 무언가 걷잡을 수 없이 그를 도발하는 이상한 것이 숨겨져 있었다.

"—허둥대지 마라!"

꾸짖으면 그 자신이 고개를 갸웃할 만큼 침착해지고, 투지가 모자란다고 꾸짖으면 확 바뀌어 사나운 표범이 된다. 성미가 온화한가 하면 급하기 이를 데 없고 성급한가 싶으면 태평스레 꿈쩍도 하지 않는 면이 있다.

덴신은 생각했다.

'재미있는 아이다!'

이 다각적인 구슬은 닦으면 닦을수록 갖가지 광채를 낼 것 같아 누구에게 부탁받지 않아도 단련시키지 않고 배길 수 없었다. 오늘도 그는 얼마쯤 어린아이 같은 마음이 되었다. 물론 목검으로 마구 때릴 수는 없는 일, 이따금 형식적인 일격을 한 번 가하고 나머지는 허공을 찌르며 형태를 보여줄 뿐이지만 입으로는 말한다.

"—자, 이것으로 묵사발이 되었어."

그러면 다케치요는 갑자기 어깨를 늘어뜨리고 입술을 일그러뜨렸다.

덴신은 웃었다.

"핫핫하, 형편없는 겁쟁이 대장이로군. 대장이란 묵사발이 되어도 다시 책략을 꾸미는 법이다. 그런데 그냥 납작해지다니, 허 참……"

가까이 가서 다케치요의 머리에 손을 댄 순간이었다. 덴신의 후두부에서 딱하고 소리가 났다. 다케치요가 날쌔게 그의 소매 밑을 빠져나가 멋진 복수를 해치운 것이다.

"아야!"

덴신은 목검을 휘둘렀다. 다케치요는 뒤로 내빼며 손뼉 쳤다.

"아하하하. 고조(五條) 다리에서 우시와카(牛若)가 벤케이(辨慶)한테 어떻게 이겼는지 알아?"

"뭐라고!"

"그것은 기술을 익히면 아이도 어른을 이길 수 있다는 뜻이야. 그러니 기술을 연마하라는 거지. 아하하하, 여기서도 벤케이가 졌구나."

다케치요가 놀려대자 덴신은 시무룩해졌다. 자기가 아이처럼 되어서는 이 끈질긴 아이를 가르칠 수 없다―는 반성 비슷한 것이 씁쓸하게 마음을 스쳤다.

덴신이 말했다.

"장난으로 알아선 안 돼! 자, 또 공격 훈련이다. 반격은 그다음에 한다. 500번! 시작."

엄격한 표정으로 말하자 다케치요는 순순히 고개를 끄덕였다.

벗나무를 상대로 여기고, 그 앞에서 유연한 발놀림으로 목검을 겨누었다 내려치고 내려쳤다가는 또 겨누었다. 다케치요의 그 모습을 언제 나타났는지 할머니 게요인, 지금의 겐오니가 뜰에 서서 넋 잃고 바라보고 있었다.

덴신은 툇마루에 걸터앉아 눈도 깜박이지 않았다.

할머니가 보아도 다케치요에게는 종잡을 수 없는 복잡한 데가 있었다. 지난해 가을 꿈에도 잊지 못하는 오카자키에서 이마가와의 감독 아래 총마름으로 임명된 도리이 다다요시(鳥居忠吉)가 아들 모토타다(元忠)를 데리고 왔을 때도 그랬다.

평소에는 '신(信)―'이야말로 내 집안의 보물이라고 입버릇처럼 말하며 아이답지 않은 깊은 애정으로 측근신하를 두둔하면서도, 머나먼 오카자키에서 측근시동으로 갓 온 모토타다를 발길로 차 거실마루에서 떨어뜨렸다. 모토타다는 다케치요보다 세 살 위인 13살이었는데 다케치요가 때까치를 잡아 매처럼 길들여 노는 것을 보고 말했던 것이다.

"매는 매, 때까치는 때까치의 쓸모가 있지요."

다케치요는 얼굴이 시뻘게지며 격노했다.

"―바보 같은 놈, 한 번 더 말해봐!"

목소리보다 먼저 오른발을 들어 모토타다의 어깨를 걷어찼다. 마루에서 굴러 떨어진 모토타다는 분한 듯이 다케치요를 올려다보았다. 그러자 다케치요는 느닷없이 자기도 땅바닥에 뛰어내려 이번에는 머리에 주먹을 휘둘렀다.

그 광경을 보았을 때 겐오니는 가슴이 미어질 것 같았다. 도리이는 지금까지 다케치요의 생명 줄이었다. 그의 은밀한 원조가 없으면 슨푸에서의 생활을 해나갈 수 없었다. 도리이의 세심한 배려에 늘 감사하고 있으면서 어째서 그 아들에게 그런 난폭한 짓을 하는 것인지. 겐오니는 뒤로 돌아가 아버지 도리이에게 사과하는 수밖에 없었다.

도리이는 웃으며 손을 내저었다.

"—노여워하시는 게 마땅하지요. 모토타다 녀석이 주제넘었습니다. 다케치요 님 마음으로는 때까치도 단련하기에 따라 매가 될 수 있다, 인간은 마음먹기에 달렸다고 생각하고 싶었던 거지요. 과연 기요야스 님의 손자이신지라, 화날 때 사정없이 화내는 점도 훌륭한 듯싶습니다."

그 말에 마음 놓았지만, 그 뒤 다케치요는 그 때까치를 데리고 노는 것을 곧 그만두었다.

"—어떻게 했느냐? 그토록 잘 길들인 것을."

슬쩍 묻자 담담하게 대답했다.

"—기왕이면 역시 매를 길들이는 편이 나을 것 같아서 놓아주었습니다."

'성격이 급해선 곤란한데……'

이렇게 생각하노라면 크게 반성하는 모습을 보이고, 노하는가 싶으면 전혀 노하지 않기도 하고…….

얼마 전에도 암자 맞은편 채마밭에서 나비를 쫓고 있는 다케치요를 이마가와네 가신들 아이들이 많이 몰려와 놀려댔다.

"—미카와의 집 없는 거지."

입을 모아 놀려대도 다케치요는 전혀 상대하지 않았다. 멍한 표정으로 흘끗 뒤 돌아보고 싱긋 웃어 보일 뿐이다. 그것은 참는 얼굴이 아니라 진짜 바보처럼 보였다.

셋사이 선사는 장래성이 있다 하고 오쿠야마 덴신은 재미있다고 한다. 그러나 할머니 입장에서 보면 모든 것이 불만스럽다.

갑자기 덴신이 일어났다.

"좋아, 이번엔 달리기다."

아마 목검 휘두르기 500번 연습이 끝난 모양이다.

"다케치요의 몸은 허리가 너무 길어. 인간은 자기 몸쯤 스스로 만들 줄 알아야 해. 빈약한 몸에는 빈약한 근성밖에 깃들지 않는 법. 자, 따라와. 아베강(安倍川)까지."

덴신은 다케치요의 뒤를 따라 달려가려는 측근시동들을 손으로 제지하고 혼자 그 뒤를 쫓아 문을 나섰다. 문을 나서자 재빨리 다케치요를 뒤처지게 하고 야릇한 억양을 붙여 소리쳤다.

"아베강의 아군이 위태롭다, 어서 달려라."

그리고 바람처럼 달려갔다. 다케치요는 이런 일에도 익숙해져 있다. 상대가 아무리 빨리 달려도 자신이 뛰는 속도를 바꾸지 않는다. 만일 도중에서 낙오하든가 맥이 빠져 주저앉으면 놀림받을 것도 잘 알고 있다.

"―그게 대장이야? 왜 이리 늦는가. 좀 더 빨리 뛰지 못하나!"

"……."

"그러다가 아군이 몰살당하겠다. 무릎을 높이 올리고 손을 크게 흔들며, 자! 좀 더 빨리."

앞서 달려가 제자리걸음 하면서 덴신은 다케치요를 놀려댄다. 그러나 다케치요는 입을 굳게 다물고 덴신의 얼굴도 보려고 하지 않는다.

가미이시 거리(上石町)에서 우메야 거리(梅屋町)로 접어들 무렵부터 다케치요의 얼굴이 한층 창백해졌다. 자칫 입을 열면 피로가 그의 발을 멈추게 한다. 한번 멈추면 어느덧 종아리며 허벅지에 납이 가득 매달린 것처럼 되어 움직일 수 없다.

"조금만 더…… 다 왔다. 빨리!"

다케치요는 마음속으로 소리쳐 욕하지만 발은 변함없이 같은 너비, 같은 속도로 달려간다.

마침내 봄날의 강물이 보이기 시작했다. 여기저기 복사꽃이며 벚꽃이 아직 남아 있고 그 사이에 노란 장다리꽃이 선명하게 아로새겨져 있다. 강가에 이르러서도 덴신은 발을 늦추지 않았다.

"야, 멀리 있는 자는 그대로 듣거라, 가까이 있는 자는 다가와 눈으로 봐라. 바로 내가 천하에 하나뿐인 마쓰다이라 다케치요니라."

외치면서 참고 참으며 달려오는 다케치요를 돌아보았다.

"봐라! 적장은 다케치요의 모습을 보고 말을 탄 채로 강으로 말을 몰아넣었다. 몰아라, 몰아라…… 하지만 이쪽은 말을 타고 가는 게 아니다, 자!"

다케치요가 극도로 지친 것을 알고 덴신은 후닥닥 그 자리에 옷을 벗어 던졌다.

"너도 빨리 벗어라. 적장을 놓치면 안 된다. 이때다! 지금이 다케치요의 운명을 결판낼 때다, 자!"

　덴신은 강기슭에서 제자리걸음을 시작한 다케치요의 옷을 잡아 뜯듯이 벗기기 시작한다.

　참다못해 다케치요가 말했다.

"적……적……적장은 누구냐!"

　통통한 가슴이 파도처럼 들썩이고 심장 고동 소리가 그대로 들려올 것만 같았다.

"약해빠진 몸이로군. 이 나를 봐!"

　덴신은 바위 같은 자기 가슴을 쾅 쳤다.

"적장에 따라선 쫓을 필요 없다는 말이냐? 그런 얕은꾀는 단련의 방해가 된다. 자, 쫓아라, 쫓아."

　말하기 무섭게 벌거숭이 다케치요를 가슴에 안고 물속으로 뛰어들었다. 그리고 차가운 강물에 허리까지 잠겼을 때, 다케치요를 번쩍 들어올려 도도하게 흐르는 강물 속에 풍덩 던져 넣었다.

"헤엄쳐라. 헤엄칠 수 없으면 아베강 물쯤 다 마셔버려라."

　떠올랐다 가라앉았다 하는 다케치요를 손뼉 치며 놀려댄다.

　다케치요는 가까스로 키가 자라는 곳에 이르러 숨을 내쉬었다. 차가운 3월 강물은 땀박질로 느슨해진 피부를 오싹할 만큼 죄어주어 온몸의 근육이 경련을 일으킬 것 같았다. 하지만 차가움에 비명을 올릴 만큼 나약한 다케치요는 아니었다. 올해에도 이미 춥기 시작한 때부터 냉수로 몸을 단련했다.

　그러나 물살과 다리의 피로는 심했으며 강바닥의 물이끼도 그의 뜻을 거슬렀다. 서면 미끄러져 물을 먹고, 그 물을 토하려 하자 또 미끄러졌다.

"앗핫핫하, 먹어라, 먹어. 더 먹어……."

　다케치요가 떠내려간 만큼 자신도 하류로 걸어내려가며 덴신은 야유를 그치지 않는다.

　가까스로 배꼽이 닿는 얕은 데 이르자 다케치요는 다시 헐떡이며 말했다.

"적장은…… 누……누……누구냐?"

"참 끈질기군. 잡았나, 놓쳤나?"

"놓쳤어…… 누……누……누구지?"

다케치요는 빨리 강기슭으로 나가고 싶었다. 졌다고도 항복했다고도 말하지 않고 오로지 강기슭으로 나가 몸을 말리고 싶었다.

"적장은 너와 인연 깊은 오다 노부나가다."

"뭐, 노부나가 님…… 그렇다면 그만둔다. 뒤쫓는 것을 그만두겠어. 다케치요의 동맹군이다."

다케치요는 뭍으로 어슬렁어슬렁 올라갔다.

"꾀부리는구나, 이 간사한 것이."

"간사하다니, 무슨 소리야. 신의를 중히 여기고 쫓지 않을 뿐이다."

"핫핫하, 좋아 좋아. 그럼, 이리 오너라. 그렇게 바로 쉬어선 안 돼. 그래, 춤추는 요령으로 제자리걸음 하면서 손을 뻗어라. 이렇게, 우로 좌로, 좌로 우로……."

덴신은 다케치요와 나란히, 이번에는 요즈음 상인이며 백성들 사이에서 유행하기 시작한 춤놀이 같은 손짓으로 체조를 시작했다. 유연하면서도 온몸의 근육을 발달시키는 아름다운 선의 움직임이었다.

"이봐, 다케치요."

"뭐야."

"뛰고 나서 수영하니 기분 좋지?"

"나쁘지 않아."

"넌 지난해 이 강가에서 돌팔매 싸움을 보았다며?"

"보았어."

"그때 승패를 알아맞혔다지. 많은 쪽에는 신(信)이 없으므로 지고, 적은 편에는 단결이 있기 때문에 이긴다고……."

다케치요는 대답하지 않았다.

"나는 셋사이 선사로부터 그 이야기를 듣고 너에게 반했어. 하지만 내가 반하는 방식은 좀 거칠다. 어때, 귀찮은가?"

"귀찮다고 여기지는 않아."

"그래? 그럼, 이 언저리에서 점심을 먹자. 내가 다 준비해 왔어."

두 사람은 체조를 끝내고 옷을 입었다. 그리고 강둑에 나란히 앉아 덴신이 허리에 차고 온 작은 자루를 풀었다.

"자, 이것이 네 몫인 볶은 쌀. 나는 주먹밥이다."

다케치요의 무릎에 쌀자루를 휙 던져주고, 덴신은 혼자 주먹밥을 맛있게 먹기 시작했다. 주먹밥에는 매실장아찌가 박혀 있고 따로 소금에 절인 빨간 송어가 한 토막 있었다.

다케치요가 부러운 듯 흘끗 쳐다보자 덴신은 고함질렀다.

"못난 놈! 대장이 부하와 마찬가지로 맛있는 것을 먹어서 쓰겠느냐? 이건 네 할머니가 준비한 점심이야."

다케치요는 고개를 끄덕이며 볶은 쌀을 아작아작 씹어 먹었다. 덴신은 심술궂게 입맛을 다시며 절인 송어를 먹고 나서 말했다.

"대장의 단련과 졸개의 단련은 근본부터 달라야 해. 어때, 다케치요도 차라리 누군가의 부하가 되는 게?"

다케치요는 대답하지 않았다.

"부하가 되면 마음 편하지. 목숨도 입도 주인에게 맡기면 되니까. 그런데 대장이 되면 그렇게 안 되거든. 무술은 물론 학문을 닦아야 하고 예의도 지켜야 해. 좋은 부하를 가지려면 내 식사를 줄여서라도 부하를 굶주리게 해서는 안 되지."

"알고 있어."

"알고 있다고 생각하는 게 잘못이야. 아직 네가 무엇을 안단 말이냐? 첫째로 너는 너무 말랐어."

"……."

"그리고 그 눈빛도 좋지 않아. 마른 것은 맛있는 것을 먹지 못해서라고 말하고 싶겠지. 그 생각부터 이미 틀렸어."

"그 생각이 어떤 것인데?"

"맛있는 것을 먹지 않으면 살찌지 않는다는 생각이지. 그건 졸개들이나 생각할 일이지. 대장의 사고방식이 아니야. 대장은……."

"응, 대장은……?"

"아지랑이를 먹고도 통통하게 살찌고 배에서 꼬르륵 소리가 나도 얼굴은 싱글 벙글 웃는다."

"아지랑이를 먹고도 통통하게?"

다케치요가 곧이듣고 고개를 갸우뚱하자 덴신의 눈이 똑바로 쏘아보았다. 언제나 농담 속에 진실을 담고 상대의 마음을 끌어당겨 의문의 과녁을 꿰뚫게 하는 덴신의 방식이었다.

"아지랑이는 피와 살이 안 된다고 생각하는 인물이면 대장은커녕 좋은 졸개도 못 돼. 인간에게는 현명함과 어리석음이라는 차이가 있는데, 다케치요는 왜 그렇다고 생각하나?"

"글쎄……?"

"아지랑이를 먹는 방법에 달려 있어. 하지만 이건 너뿐이 아니야. 네 부모도 좋은 아지랑이…… 즉 바른 호흡을 해야 하지만, 비록 부모가 바른 호흡을 하여 아무 부족 없는 아이를 낳았을지라도 그 아이의 숨결이 고르지 못하면 역시 안 되는 일이야. 알겠니? 이 대기는 온갖 우주의 아지랑이를 품고 있다. 그 속에서 숨결을 고르게 하여 무엇을 섭취하느냐에 따라 그 사람의 그릇 크기가 정해지는 거야."

다케치요는 알 듯하면서도 모르는 구절이 있었다. 덴신은 그것을 눈치채고 또 껄껄 웃기 시작했다.

"셋사이 선사로부터 제안을 받고 난처해하고 있는 중이다. 더 이상 다케치요를 괴롭히지 말까 하고. 그러나 셋사이 선사도 좌선을 가르칠 때, 먼저 숨결부터 고르라고 했을 거야. 숨결이 어지러우면 아무 일도 못한다. 괴로울 때도 슬플 때도 뛸 듯이 기쁠 때도 같은 호흡으로 우주의 영기(靈氣)를 섭취하는, 그런 인물로 키워내려 애쓰고 계시는 거야."

다케치요는 무릎을 탁 치며 고개를 끄덕였다. 덴신은 요즈음 린자이사에서 좌선을 시작한 다케치요에게 조언하고 있었던 것이다.

"자, 끝났다. 그만 돌아갈까."

주먹밥을 다 먹고 나자 덴신은 성큼 일어나 걷기 시작했다. 다케치요는 황급히 쌀자루를 허리에 차고 뒤따랐다.

두 사람이 들길에서 큰길로 나서려는 곳에서 3살쯤 된 사내아이의 손을 잡은 초라한 여자가 말을 걸어왔다.

"잠깐 말씀 좀 묻겠는데요."

나이는 24, 25살쯤 될까. 농군의 아내 같지도 무사의 아내 같지도 않은 태도로, 허리에 짧은 칼을 꽂고 누덕누덕 기운 옷을 입고 있었다. 아이는 눈과 귀만 유난히 크고 영양실조인 듯한 뺨이 볕에 그을려 반질거리는 게 거지처럼 초라하다. 여자는 한 손에 아이 손을 잡고 등에는 누더기에 싼 봇짐을 짊어지고 있었다.

다케치요보다 먼저 덴신이 걸음을 멈췄다.

"허······."

여자의 허리에 칼이 없다면 거지가 이사를 가는 것 같은 모습이었다.

"긴 여행을 해온 무사의 아낙이로군. 묻고 싶은 게 뭔가?"

"네, 슨푸의 미야마치(宮町)로 가는 길을 여쭙고 싶습니다."

"미야마치······."

말하면서 덴신은 흘끗 다케치요를 돌아보았다.

"어째서 큰길로 바로 들어가지 않소? 샛길은 찾기 힘든데."

"네, 보시다시피 어린아이를 데리고 있어서."

"그런가? 그런데 그대는 미카와 사람 같군. 미야마치라면 걸어가면서 가르쳐드리리라. 어느 분 집을 찾아가시오?"

여자는 경계하듯 흘끗 덴신을 쳐다보았다.

"네, 지겐사(智源寺)라는 작은 절을 찾아갑니다."

"허, 지겐사라. 지겐사라면 잘 알고 있지. 주지스님인 지겐(智源) 님도, 절 안 암자에 사는 겐오니 님도······."

그리고 다케치요에게 다가가 작은 소리로 물었다.

"어디서 본 기억이 없나?"

다케치요는 가만히 고개를 저었다. 본 것 같기도 아닌 것 같기도 하며 도무지 생각나지 않는다.

"좋다, 너는 저 아이를 업어주어라. 몹시 지친 것 같구나!"

다케치요는 순간 걸음을 멈추고 결심한 듯 어린아이 앞에 웅크리고 앉았다.

"내가 업어주마. 나도 같은 방향으로 간단다."

아이는 사양하지 않았다. 몹시 고단했던지 하얗게 말라붙은 콧물 자국이 묻은 얼굴을 처박듯 등에 업혔다.

여자는 몇 번이나 고맙다고 인사한 다음 눈치를 보면서 말을 꺼냈다.

"미야마치에는 오카자키의 마쓰다이라 다케치요 님도 계신다고 들었습니다만."

덴신이 말했다.

"응, 있소, 있지. 그대와 무슨 인연이라도 있는 사람인가?"

여자는 고개를 저었다.

"아닙니다, 남편이 살았을 때는 인연도 있었습니다만."

"허, 그럼, 그대는 과수댁인가?"

"네."

"마쓰다이라 집안이 그렇게 되어 생계에 곤란을 겪고 있군."

"네."

"나도 전에 오카자키에 머무른 적 있었소. 그대 남편은 누구셨소?"

여자는 또 경계하듯 흘끗 덴신을 보고 나서 대답했다.

"혼다 헤이하치로라고 합니다."

"허, 혼다 헤이하치로 님 부인이라. 그럼, 이 아이는 그의 아들. 언젠가 헤이하치로의 뒤를 잇겠군. 그래, 그랬군……."

고개를 몇 번 끄덕이고 나서 다케치요를 돌아보았다.

"훌륭한 아이를 업었다. 소문난 용사의 아들이다. 너도 그를 본받아야 해."

다케치요는 두 눈이 빨개져 고개를 홱 돌리고 걸었다. 슨푸에 온 뒤 다케치요는 수많은 유랑민을 보았다. 장정은 드물고 아녀자와 불구자가 많았다. 들도적 노릇도 도둑질도 못하는 불쌍한 걸인들이 쫓아도 쫓아도 성안으로 모여들었다.

'일본 전국에 얼마나 많은 유랑민이 있는 것일까?'

때로 그 생각을 하면 가슴 아팠다. 그 일을 셋사이 선사에게 말하자 선사는 슬픈 표정으로 중얼거렸다.

"─그러니 빨리 천하를 태평하게 만들 자가 나와야지."

다케치요는 아직 그 말 뒤에 숨어 있는 기대까지는 알지 못했다. 그래서 흥겹게 놀 때 다케치요는 유랑민의 일 따위 깨끗이 잊어버렸다. 하지만 지금 눈앞에 그런 사람이 나타나자 숨이 막히는 것 같았다.

할머니가 그 충성심에 대해 늘 이야기해 주던 혼다의 과부. 지금 다케치요가 업고 있는 아이의 할아버지 다다토요는 최초의 안조성 공격 때 아버지 대신 전사했다. 그 아들 다다타카 역시 4년 전 같은 성에 맨 먼저 뛰어들어 아군의 진로를 열어주고는 적의 화살에 쓰러졌다.

그 무렵 다다타카의 젊은 과부는 잉태 중이었다고 한다. 할머니 겐오니는 그 과부를 한 번 슨푸로 데려왔었다. 그러나 의지가 남다른 과부는 여기서 아이 낳는 것을 싫어하여 미카와로 돌아가 남자들 틈에 섞여 밭을 갈면서 키우고 싶다고 했다던가.

"—그러는 편이 조상의 뜻을 잇는 아이가 된다면서."

겐오니로부터 그 말을 들었을 때 다케치요는 뜨거운 응어리가 잠시 가슴에서 사라지지 않았었다.

'나에게는 그런 가신들이 있다……'

생각하면 자랑보다 슬픔이 더 컸다. 그런데 그 혼다의 과부마저 마침내 미카와를 버리고 유랑민으로 떨어진 것인가……?

다케치요는 업은 아이의 옷자락을 살며시 만졌다. 어머니가 미즈노 가문에서 오카자키로 시집올 때 가져왔다는 목화씨. 그 목화를 물레질한 실로 손수 짠 무명이 올도 알아볼 수 없게 해져 있었다. 과부의 옷깃에서도 맨발에 신은 짚신에서도 악취가 풍기는 것 같은 느낌이었다.

다케치요는 등에 업힌 아이에게 마음속으로 사죄했다.

'용서해 다오……'

덴신은 그러한 다케치요의 모습을 흘끗흘끗 살피면서 시치미 뗀 표정으로 과부에게 말을 건넨다.

"어떻소. 이마가와네 성주대리가 가고 나서 살림이 나아진 오카자키 사람들도 있을 텐데."

"아니요, 그런 사람은 없습니다."

"그럼, 이마가와의 세금이 마쓰다이라 때보다 심하단 말이오?"

과부는 그 말에는 대답하지 않았다.

"오와리와의 국경에 있는 성이며 성채에서 이것저것 쓸 일이 많기 때문이겠지요."

"그러면 마쓰다이라의 신하들은 모두 가난한가?"

"네, 첫아들이 태어나 배냇저고리를 지어주었다는 이야기는 들어보지도 못했습니다."

"음…… 그렇다면 슨푸에 계신 다케치요 님이 유일한 의지이겠군."

"네, 그것도……."

말하려다 과부가 입을 다물었을 때, 다케치요의 등에서 별안간 아이가 칭얼거렸다. 배가 고픈 것이리라. 다케치요는 허리의 자루를 풀어 아이에게 살며시 쥐여주었다.

미야마치 어귀에서 다케치요와 덴신은 혼다의 과부와 헤어졌다. 지겐사라면 할머니 겐오니를 찾아가는 게 틀림없었다. 할머니가 입이 닳도록 칭찬하던 혼다의 과부까지 떠나올 만큼 신하들은 곤궁함에 빠져 있는 것일까.

과부가 아이 손을 잡고 지겐사 산문으로 들어서자 덴신은 다케치요의 어깨를 툭 쳤다.

"어때, 따끔한가? 대장이 똑똑하지 않으면 저 꼴이 된다."

다케치요는 대답 대신 크고 긴 한숨을 쉬었다.

"너도 벌써 11살, 어른이 된 증거를 보이고 영지를 넘겨받을 일을 도모할 나이야."

덴신은 다시 부자연스럽게 웃었다.

"지금도 늦지 않다. 미카와 사람들 마음은 아직 무너지지 않았어. 저 과부의 맑은 눈빛! 바르게 아지랑이를 먹으며 살고 있는 얼굴이야."

"응."

"자, 오늘은 이만. 이제부터는 시동들과 맘껏 뛰어놀도록 해. 나는 셋사이 대사를 뵈러 갈 테니."

문 앞에 이르자 덴신은 큰 소리로 고함쳤다.

"다케치요 님이 돌아오셨다!"

그러고 나서 성큼성큼 사라져갔다.

다케치요는 문안으로 들어섰다. 허둥지둥 달려온 히라이와 시치노스케와 이시카와 요시치로를 흘끗 보고는 아무 말 없이 거실로 들어갔다. 거실에는 지난해 슨푸로 온 도리이 모토타다가 단정한 자세로 기다리고 있었지만, 다케치요는 그에게 아무 말도 건네지 않았다. 그리고 책상을 등지고 털썩 앉아 물끄러미 허공을 노려보며 깊은 생각에 잠겼다.

모토타다가 물었다.

"무슨 근심이라도?"

모토타다는 14살로 이미 앞머리가 어울리지 않는 몸집을 하고 있었다.

"모토타다!"

"예!"

"너는 오카자키의 사정을 알고 있을 테지. 모두 그토록 가난한가?"

"예, 넉넉하지는 못합니다."

"먹을 것은 부족하지 않나?"

"예, 조나 피 외에 나물 따위도 있으니까요."

"의복은 어떠냐?"

"예, 작년 가을에 히라이와 긴파치로(平岩金八郎)가 딸을 위해 처음으로 옷을 장만했다고 합니다."

다케치요는 의아스러운 표정을 지었다.

"처음으로…… 그 딸이 몇 살인데?"

"11살입니다."

다케치요는 모토타다를 매섭게 노려보았다. 태어난 지 11년. 처음으로 옷을 지어 입혔다니 이 얼마나 끔찍한 말인가.

"그 밖에는 아기를 낳고도 옷을 새로 지어 입혔다는 이야기를 아직 듣지 못했습니다."

"물러가라, 모토타다!"

"예."

모토타다가 물러가자 다케치요는 으드득 이를 갈았다. 상대는 사실을 말했을 뿐이다. 그 말에 화내다니 이 무슨…… 그렇게 생각해 보지만…… 감정은 의지에 굴복하려 하지 않았다.

일단 물러간 모토타다가 다시 돌아와 문 앞에서 손을 짚었다.

"아룁니다."

다케치요는 자제력을 잃고 고함질렀다.

"귀찮다! 뭐야?"

모토타다는 다케치요를 똑바로 바라보았다.

"오카자키에서 사자가 도착했습니다. 뵙기를 청하고 있습니다."

"뭐, 오카자키에서……."

다케치요는 또 따끔하게 찔리는 것을 느끼며 미간에 힘줄을 불끈 세웠다.

"무슨 일인지, 네가 들어둬라."

그러나 모토타다는 물러나지 않았다. 대담한 눈빛으로 다케치요를 빤히 쳐다본다.

"모토타다!"

"예."

"내 말이 안 들리나? 오늘은 기분이 좋지 않다. 네가 대신 만나라."

다케치요의 말이 끝나기도 전에 모토타다가 말했다.

"주군, 오카자키에서 가신들이 무슨 생각으로 살아가는지 아십니까?"

"뭣이? 네가 나에게 거역할 작정이냐?"

"거역하겠습니다!"

모토타다는 한무릎 더 다가앉으며 냉랭하게 쏘아붙였다.

"가신들이 가슴을 펴도 숨 쉬지 못하고 고개 들고 길을 걷지 않으며…… 살아가는 것도 모르는 주군이라면 거역하겠습니다!"

다케치요는 불길 같은 눈으로 모토타다를 쏘아보았고, 모토타다 역시 눈도 깜박이지 않았다. 두 소년의 눈은 불꽃 튀는 듯한 무서운 힘으로 허공에서 서로 부딪쳤다.

"모토타다!"

"예."

"너는 가신이 나를 생각해서 이마가와 무리들에게 기를 펴지 못한다는 말이겠지."

모토타다는 받아넘겼다.

"아닙니다! 주군을 위해서만 그런 굴욕을 감수하는 것은 아닙니다."

"그건 또 무슨 이상한 소리야? 그럼, 누구를 위한 인내란 말이냐?"

"싸움이 벌어지면 선봉을 명령받아 아비를 잃고 형을 보내고 자식을 전사시키며 그날의 끼니에 굶주리면서도, 이를 악물고 이마가와 무리들에게 꿇어 엎드리고…… 싸움터에서는 한 부대의 용장이 상투 끈까지 아껴 짚으로 매고 팽개질하는…… 그 모습이 주군에게는 보이지 않습니까? 이것을 그저 주군 한 사람을 위한 일이라고만 해석하십니까? 모토타다는 그렇게 생각지 않습니다! 내 주군의 마음에 희망을 걸고 매달려 있는 모습! 의지할 곳이 있기 때문에 할 수 있는 인내인 줄 압니다."

"뭣이?"

"내 주군을 위해서가 아니라, 내 주군이 가신들과 마찬가지로 고생하고 계시며, 그것을 잘 아시리라고 생각하므로 장래에 희망도 걸 수 있습니다. 그러한 신하가 보낸 사자를 어째서 기꺼이 만나주시지 않습니까? 그대들의 고생, 이 다케치요는 잘 알고 있다. 인내해 달라고 어찌 한마디 못 해주십니까?"

모토타다는 엄숙한 자세 그대로 무릎에 눈물을 뚝뚝 떨어뜨렸다.

다케치요는 몸을 부르르 떨며 잠시 묵묵히 있었다. 이제야 비로소 도리이 할아범이 자기 아들 모토타다를 일부러 슨푸로 보내온 의미를 알 것 같았다.

"가신들에게 빚이 있는 주군은 암군(暗君), 가신들이 의지하고 그 믿음에 응하는 주군은 명군(明君)이라고 이 모토타다는 생각합니다. 이래도 저러도 대신 만나라고 분부하시고 빚을 더 쌓아가시렵니까?"

다케치요는 슬며시 모토타다의 시선을 피해 얼굴을 돌렸다. 그렇다. 그저 위함만 받아서는 빚이 된다. 의지하고 매달릴 가치가 있는 주군이라야 진정한 주군이리라.

다케치요는 부드러운 목소리로 말했다.

"모토타다, 오카자키에서 온 사자는 누구냐?"

"네, 혼다 다다타카의 홀어미입니다."

"뭐, 혼다의 홀어미……."

다케치요는 자신의 목소리에 스스로 놀라 빠른 말로 덧붙였다.

"만나마. 네가 하는 말, 모두 맞는다. 만나자."

유랑민―이라고 여겼던 혼다의 홀어미가 자기에게 오는 사자였을 줄이야. 도중의 위험도 고려해서였겠지만, 그래도 그 행색은 너무 초라했다. 가신에게 그런 고생을 시키고…… 아니, 그보다 역시 그들이 의지하고 있구나 생각하자 두 어깨가 뻐근하도록 무거운 짐을 느낀다.

'그 짐을 벗으려 해서는 안 된다…….'

"―무거운 짐이 사람을 만드는 거다. 몸이 홀가분해서는 사람이 될 수 없다."

틈날 때마다 훈계하던 셋사이의 말이 가슴을 때렸다.

모토타다는 물러나더니 곧이어 혼다의 홀어미와 아이를 데리고 들어왔다. 할머니 겐오니도 온화한 얼굴로 염주를 굴리며 뒤따라 들어왔다.

"오, 혼다의 홀어미인가…… 먼 길 오느라 수고했다."

여자는 아직 다케치요의 얼굴을 보지 않고 있었다. 문지방 앞에서 두 손을 짚고 감개에 넘쳐 눈물 머금은 목소리로 말했다.

"별고 없으시다니 기쁘기 한량없습니다."

잘 가르침받고 온 것이리라, 조금 전에 헤어진 아이도 단정하게 두 손을 짚고 머리를 숙인다.

다케치요는 가슴이 메었다. 모토타다 역시 얼굴을 돌리고 입술을 깨물었다. 홀어미는 조금 전의 누추한 옷을 역시 깁기는 했으나 형식적인 솜옷으로 갈아입고 머리를 단정히 빗고 있었다. 몰라볼 정도라고까지는 할 수 없었지만, 꿋꿋하게 살아가는 여자의 기품이 젊음 뒤에서 빛나고 있었다.

"먼저 히사마쓰 마님 말씀부터 전하겠습니다. 아마 늘 불편하시겠지만, 낙심 마시고 반드시 마음을 넓게 가져주십사고…… 이것은 마님이 보내신 물건……."

말하면서 여름옷 세 벌을 내놓고 비로소 홀어미는 놀랐다.

"아!"

아까 내 자식을 업어준 게 다케치요였음을 깨달은 것이다.

"아까의……."

다케치요는 손을 내저었다. 그리고 내밀어진 홑옷 한 벌을 들고 말했다.

"이것을 이번 여름 네 아이에게 입혀라. 나 혼자 입는 건 과분하다."

순간 홀어미는 멍하니 있었다. 그러나 다음 순간 다케치요의 말뜻을 알아차린 것이리라. 그 자리에 엎드려 소리 내어 울었다.

"어찌 그런 황송한 분부를, 이 아이는…… 이 아이는"

다케치요는 그 뒷말을 받았다.

"운 좋은 아이다. 내가 난생처음 업어주었지. 이리 오너라. 안아주마."

아이도 조금 전에 쌀자루를 준 상대인 줄 알아본 것인지 아장아장 걸어와 다케치요의 무릎에 넙죽 앉았다.

"헤이하치……."

그녀가 당황하여 손을 젓자, 겐오니는 웃으면서 제지했다.

"사양할 것 없다. 이 아이 역시 다케치요의 한 팔이니…… 그렇지, 부자 3대에 걸쳐 일할 아이지."

모토타다는 고개 돌린 채 눈시울을 손가락으로 쓱 닦았다.

때아닌 벚꽃

"오쓰루(阿鶴), 이리 오너라."

우지자네는 쓰루히메를 부르며 뜰로 나갔다. 쓰루히메는 얼굴을 붉혔다. 오늘의 꽃놀이에 초대한 처녀들 시선이 한꺼번에 자기 쪽으로 쏠렸기 때문이었다. 고개 숙여 신발을 찾아 신고 밖으로 나서니 꽃 속의 등불이 달무리처럼 아슴푸레해 보인다.

"작은대감님……."

사람들 시선을 벗어나자 급히 다가가 매달리듯 상대의 소맷자락을 움켜잡는다. 우지자네는 돌아보며 웃는 것도 웃지 않는 것도 아닌 무표정한 얼굴로 곧장 연못가를 돌아 동산 그늘로 들어갔다.

17살이 되어 한결 아름다워진 쓰루히메에게 우지자네가 이미 손대고 있다는, 처녀들 사이의 소문이었다. 과연 사실인지 어떤지는 아무도 모른다. 그러나 공차기놀이와 다도(茶道) 말고는 내전의 여자들을 희롱하는 것이 요즈음 우지자네가 하는 일의 모두였다.

아버지 요시모토는 분주한 일에 쫓겨 이 유약한 후계자가 하고 다니는 짓 따위에 그리 간섭하지 않는 눈치였다. 그것을 기화로 요즈음은 일족이며 중신들 집에까지 드나들었다. 세키구치 지카나가의 집에도 봄부터 찾아오더니 벌써 두 번째였다.

동산을 돌자 우지자네는 선 채 쓰루히메에게 말했다.

"이리로—"

거기에 놓인 큰 바위에 앉으라는 것이었다. 쓰루히메는 온몸을 꼬며 두 소매로 얼굴을 가리고 바위에 앉았다.

자라온 환경 탓인지 누구 앞에서나 거리낌 없는 우지자네의 태도는 쓰루히메의 수치심을 일깨워주었다.

"오쓰루—"

"네."

"그대는 나를 좋아하지?"

"새삼스레…… 그런 말씀을."

"나 말고 누구 좋아하는 사람이 있나?"

쓰루히메는 원망스러운 듯 얼굴에서 소매를 치웠다.

"있어, 없어?"

"아니요, 그런 건……."

"그래? 나뿐이란 말이지?"

"작은대감님."

"뭐냐?"

"저는 가신 딸들 사이의 소문이 두려워요."

"어떤 소문인데?"

"대감님 허락도 없이 작은대감님 총애를 받고 있다고."

"괜찮아. 나는 누구의 부하도 아니다. 이건 불의(不義)가 아니야."

우뚝 선 채 말한 다음, 우지자네는 자신도 아무렇게나 바위 위에 걸터앉았다. 그리고 동시에 아무 부끄러움도 없는 덤덤한 태도로 쓰루히메를 와락 끌어당겼다.

"오쓰루—"

"네."

"그대는 나를 좋아하지?"

다시 같은 말이 되풀이되어 대답 대신 쓰루히메가 와락 안겨들자 우지자네는 사뭇 담담한 말투로 이야기해 치웠다.

"그렇다면 그대에게 한 가지 부탁이 있어. 저, 요시야스(義安)의 딸 말이야. 그 아이가 머지않아 이오(飯尾)의 아들한테로 출가한다지. 그 전에 나와 한번 만나게 해다오. 한 번이라도 좋아. 한 번만……."

쓰루히메는 자기 귀를 의심했다. 요시야스의 딸이라면 쓰루히메와 아름다움을 겨루었던 가메히메다. 그 가메히메를, 자기를 좋아한다면서 만나게 해달라고─우지자네는 말하고 있다. 일부다처는 권력자에게 늘 있는 일이지만, 여성에게는 여성의 자존심이 있었다. 비록 여러 명이 있더라도 상대를 생각하여 언젠가는 알게 될 일이라도 우선은 숨기는 게 보통이었다. 그런데 우지자네는 뻔뻔스럽게도 쓰루히메에게 털어놓는 것이다. 날마다 되풀이되는 자극에 싫증 느껴 일탈하려는 것일까? 아니면 쓰루히메의 질투심을 부채질한 뒤의 격렬한 애무를 기대해서일까. 여기까지는 불빛이 미치지 못하여 미묘한 표정의 움직임까지 알 수 없지만, 그 목소리에서는 한 조각의 위로나 부끄러움도 느낄 수 없었다.

우지자네는 말했다.

"어때, 싫은가? 싫다면 할 수 없는 일이지만."

쓰루히메는 현기증을 느꼈다.

"작은대감님!"

"들어주겠어? 그렇다면 오늘 밤이 좋아. 나는 여기서 기다리고 있겠다."

"작은대감님!"

참다못해 쓰루히메는 매달린 팔에 힘을 주었다. 상대가 우지자네가 아니면 마구 짓밟아주고 싶을 정도로 분했다.

"그 말씀을 하시려고 저를 여기까지 불러내셨나요?"

"응, 그래."

"얄미운 사람…… 한 번 더 그런……."

새하얀 이를 뽀드득 갈자 우지자네는 비로소 쓰루히메의 분노를 깨달은 듯 혼자 중얼거리고 상대의 등으로 어색하게 두 팔을 돌렸다.

"아, 그래?"

달이 떠올랐다. 쓰루히메는 우지자네의 품 안에서 숨을 죽였다. 남자…… 아니, 우지자네의 마음을 알지 못하고, 역시 자기에게 질투를 느끼게 하기 위해서였다고 속으로 생각했다.

사방이 흐릿한 은빛으로 밝아오자, 머리 위의 소나무가 그림자를 드리웠다.

"작은대감님."

"뭐냐?"

"빨리 대감님 허락을…… 곁에서…… 곁에서 모시고 싶어요."

우지자네는 그 말에는 대답하지 않고 잠시 뒤 슬그머니 쓰루히메를 놓아주며 말했다.

"어, 덥다―이만하면 내 마음은 알았을 텐데."

"네."

"그럼, 말이야. 아까 그 이야기!"

"가메히메 말인가요?"

"알겠느냐, 오늘 밤이 아니면 나는 못 나온다. 여기서 기다리고 있겠어. 데리고 와다오."

쓰루히메는 다시 찬물을 뒤집어쓴 느낌이었다. 달아나듯 우지자네를 밀어내고 파르스름하게 떠오른 상대의 얼굴을 매섭게 응시한다.

"어서. 나는 여기서 기다리고 있을 테니."

바로 그때였다. 동산 위에서 하품 소리가 크게 들린 것은.

"아―함."

"앗!"

쓰루히메는 우지자네의 품에 달려들었고 우지자네는 못마땅한 목소리로 좀 날카롭게 외쳤다.

"누구냐!"

그리고 위쪽을 쳐다보았다.

"예, 다케치요―"

대답과 함께 역시 오늘 밤 초대받은 다케치요가 어슬렁어슬렁 동산에서 내려왔다.

"달이 떠올랐군요. 그러나 나는 외톨이가 되어버렸어. 오쓰루의 목소리를 듣고 내 상대는 가버렸소."

"상대라니?"

우지자네가 묻자 다케치요는 제법 젊은이다운 투로 대답했다.

"가메히메 아가씨."

가메히메라는 말에 우지자네가 다시 물었다.

"너는 오카자키의 다케치요?"

"예."

"여기로 와봐. 뭐라고 말했지? 가메히메와 네가 사랑을 속삭이고 있었다고?"

다케치요는 어정어정 두 사람 곁으로 내려와 동그란 얼굴을 달빛에 드러냈다. 그러고 보니 요즘 부쩍 몸집이 커지고 차츰 이성을 찾을 만한 활력이 넘쳐 보인다.

다케치요가 대답했다.

"사랑은 아니오. 다만 달이 뜨기를 기다리며 이것저것 이야기했을 뿐이오."

"이것저것 이야기했다…… 너는 몇 살이냐?"

"11살."

"11살이라면……."

우지자네는 자신의 기억을 되살리는 얼굴이 되어 쓰루히메를 쳐다보았다.

"사랑을 할 수 있지! 암, 할 수 있고말고."

쓰루히메는 얼굴을 숙이고 쥐구멍이라도 있으면 숨고 싶은 모습이었다.

"그러면 너는 가메히메를 좋아한단 말이지?"

"가메히메도 나를 좋다고 했소."

"그래?"

눈을 한 번 치켜뜨더니 우지자네는 곧 히죽 웃으며 표정을 누그러뜨렸다.

"네가 좋아하고 상대가 좋아하는 것을 사랑이라고 하는 거다, 다케치요."

"예."

"가메히메가 너를 안았을 테지?"

다케치요는 아무 구김살 없는 표정으로 고개를 끄덕였다. 우지자네는 흐흐흐 웃었다. 아무래도 그의 난잡한 성생활은 정상을 넘은 자극을 좇아 일그러져 있는 모양이다.

"너도 그녀를 안아주었나?"

다케치요는 고개를 조금 갸웃하며 대답하지 않았다. 이미 우지자네를 기쁘게 하는 것이 무엇인지 모를 나이는 아니었다. 어쩌면 우지자네를 놀리고 싶은 마음이 들었는지도 몰랐다.

"안아주지 않았나, 다케치요?"

"안아줄 필요도 없었소. 꼭 안겨 있었으니까."

"그러다가 나와 오쓰루의 목소리를 듣고 떨어졌나?"

다케치요는 다시 고개를 끄덕였다.

"이미 달도 보았고 이야기도 끝났으니까요."

"미련한 놈 같으니······."

우지자네의 목소리가 갑자기 날카로워졌다. 그는 이 소년과 머지않아 출가할 15살 난 가메히메의 풋풋한 정사 이야기를 듣고 싶었던 게 틀림없었다. 그러나 다케치요는 그 점을 애매하게 얼버무렸다.

"다케치요!"

"예."

"여자는, 좋아하는 여자는 이렇게 품는 거다. 잘 봐둬."

"어머나······."

쓰루히메가 몸을 굳히고 피하려는 것을 우지자네는 난폭하게 끌어안았다.

"이렇게······ 이런 식으로······."

"작은대감님····· 제발····· 작은대감님."

다케치요는 달빛 아래 선 채 얼굴빛을 바꾸지 않았다. 마치 감정 없는 나무토막처럼. 그것이 흥을 깨뜨렸는지 우지자네는 별안간 쓰루히메를 떠밀었다.

"에잇, 재미없는 밤이군. 오카자키 애송이가 선수 쳤으니."

그대로 대뜸 연못가를 돌아 집 안으로 돌아간다. 떠밀린 쓰루히메는 바위 위에 쓰러진 채 망연히 우지자네의 뒷모습을 바라보았다.

우지자네의 모습이 집 안으로 사라진 뒤에도 다케치요는 잠시 우뚝 선 채 있었다.

별안간 쓰루히메가 울음을 터뜨렸다. 왜 우는지 다케치요도 알 것 같다. 우지자네의 호색적인 장난을 쓰루히메는 사랑이라 여기고 몸을 맡긴 것이리라. 그렇게 생각하자 그대로 가버리는 게 쓰루히메에게 너무 냉혹하다는 생각이 들었다. 아니, 그뿐만 아니라 어디선가 꿈틀거리기 시작한 사춘(思春)의 흥미도 있었다.

"쓰루히메—"

쓰루히메 옆으로 다가가 아직도 격렬하게 파도치고 있는 둥근 어깨에 손을 대자 다케치요의 숨결이 비로소 가빠졌다.

"울 것 없어. 가메히메와 내가 만났다는 건 거짓말이야."

사실 그것은 거짓말이었다. 쓰루히메 때문이기도 했지만 그보다는 좀 더 다른 남자로서의 감정이 순간적으로 거짓말하게 만들었던 모양이다.

다케치요는 가메히메가 좋았다. 15살이 되어 기품 있는 아름다움이 돋보이는 그녀를 보면 한 번도 만난 적 없는 어머니의 향기가 느껴졌다. 어쩌면 가메히메가 지닌 기품과 아름다움의 어딘가에 할머니 겐오니를 연상시키는 것이 있기 때문인지도 몰랐다.

다케치요는 그 감정을 지난 설날 가메히메에게 호소했다. 장소는 역시 이 세키구치 저택에서였다. 분명하게 말하는 것이 무장답다고 생각했다.

"─나는 그대가 좋아."

상대는 대답했다.

"─저도 다케치요 님이 좋아요."

다케치요는 고개를 끄덕였다. 그것으로 모든 양해가 된 줄 알고 다시 말했다.

"그럼, 대감님에게 이야기해 가메히메를 아내로 청해야지."

그러자 가메히메는 깜짝 놀란 듯 몸을 떼며 희미하게 웃었다.

"─대감님께 그런 말씀을 해선 안 돼요."

다케치요는 태평스럽게 고개를 끄덕였다. 상대가 부끄러워서 마음에 없는 말을…… 하는 거라고 해석한 것이다. 그러나 그 뒤부터 가메히메가 자기를 피하는 것 같아 마음이 슬펐다. 오늘 밤도 사실은 가메히메를 동산으로 불렀지만, 그녀는 웃으며 고개를 살래살래 저었다. 그래서 다케치요 혼자 여기 와서 멍하니 혼다의 홀어미 얼굴과 가메히메의 얼굴을 허공에 그려보고 있었던 것이다.

'여성이란 무엇일까……?'

그러자 바로 발아래 바위 위에서 그 의문에 대답하는 하나의 정경이 펼쳐졌다. 우지자네가 가메히메를 불러오라고 했을 때 다케치요는 왠지 머리가 화끈해졌다. 요시모토를 존경하고 있지만 그 아들 우지자네에게는 흥미 없다. 그런 남자가 가메히메를…… 하고 보이지 않는 것에 대한 반발심이 등을 떠밀어 우지자네 앞으로 그를 나아가게 했던 것이다.

그러나 지금 눈앞에 흐느끼고 있는 쓰루히메를 보자 이 또한 가엾어 견딜 수 없었다.

다케치요는 다시 부드럽게 말했다.

"우, 울지 마. 이젠 다 알았어. 울 것 없어."

얼굴을 가까이 대고 속삭이자, 이게 웬일인가, 쓰루히메의 소매가 찰싹하고 다케치요의 얼굴에 날아왔다.

"아……."

왜 맞았는지 모르는 채 다케치요는 한 발 물러섰다. 다케치요를 때려놓고 쓰루히메는 또 몸을 꼬며 울었다.

달은 더욱 높이 떠올라 엎드려 있는 쓰루히메의 하반신을 요염하게 비추었다. 마음에 몹시 상처를 받은 듯 옷자락에서 흰 종아리가 드러난 것도 모르고 있었다.

잠시 고개를 갸웃하며 생각하고 나서 다케치요는 다시 쓰루히메에게 다가갔다. 비록 달빛 아래일지라도 젊은 여자가 종아리를 보여선 안 된다고 생각했던 것이다.

옷자락으로 살며시 흰 살갗을 가려주고 다케치요는 중얼거렸다.

"나는 돌아간다."

그로서는 감당하지 못할 것 같은 데다 현관 쪽에서 우지자네의 귀성(歸城)을 알리는 소리가 들렸기 때문이었다. 우지자네가 돌아가면 다른 손님들도 돌아간다. 자기 혼자 남아선 안 된다는 생각도 있었다.

그런데 다케치요가 두세 걸음 걷기 시작하자 쓰루히메가 날카로운 목소리로 불렀다.

"잠깐만!"

"날 불렀어?"

"네!"

다케치요는 어슬렁어슬렁 되돌아갔다.

"아파요! 가슴이 아파…… 여기…… 여기를."

다케치요는 고개를 끄덕이며 쓰루히메의 가슴을 눌러주었다.

"다케치요 님."

"응."

다케치요는 손바닥에 달라붙을 것 같은 젖가슴의 감촉이 무서워져 일부러 고개를 돌렸다.

"거기를 좀 더 세게."

"이렇게?"

"응, 그래요. 다케치요 님."

"어째서."

"다케치요 님은 아까 모든 것을 다 보았지요?"

다케치요는 애매하게 고개를 저었다.

"아니, 이야기 소리는 조금 들렸지만 아무것도 보이지 않았어. 그래, 그때는 어두워서 보이지 않았어."

"거짓말…… 다 보고선."

"보지 않았다니까…… 의심 많은 아가씨로군."

"아니, 보았어요. 나는 잘 알고 있어요."

"알고 있으면 왜 물어?"

"그것 봐요…… 아, 어쩌면 좋아."

"아무 걱정 말아. 나는 아무 말 않겠어. 누구에게도…… 맹세코!"

"그 약속, 꼭 지켜주겠어요?"

"지키고말고."

"꼭."

"꼭. 안심해."

"아…… 이제."

안심했다는 의미이리라. 쓰루히메의 손이 가슴을 누른 다케치요의 손에 살며시 포개어졌을 때였다. 조금 떨어진 벚나무 고목 언저리에서 움직이는 그림자가 있었다. 이 저택 주인 세키구치였다.

세키구치는 거기 있는 것이 딸 쓰루히메와 다케치요 두 사람임을 알자, 왠지 발소리를 죽이며 허둥지둥 집 안으로 돌아갔다. 그리고 마루에 서 있는 아내 귀에 대고 걱정스러운 듯 자신에게 들려주듯 속삭였다.

"인연이야. 인연, 이건…… 아무리 그래도 11살치고는 조숙한걸. 이렇게 된 이상 나이 차이를 따지고 있을 때가 아니지. 상대는 다케치요란 말이야. 다케치요……

다케치요······."

세키구치의 눈에는 쓰루히메의 가슴을 눌러주고 있는 다케치요의 표정이 의젓한 젊은이로 보였다. 더구나 머뭇거리는 겁먹은 태도가 아니라, 사뭇 당당하게 여성을 정복하고 난 뒤의 젊은이처럼 보였던 것이다.

오히려 당황해하는 편은 쓰루히메로, 그것이 못마땅할 정도였다.

"어머나, 오쓰루가 다케치요 님과······."

눈살을 찌푸리는 부인을 제지하고 세키구치는 미소 지었다.

"이것도 인연, 결코 나쁘지는 않을 거요. 그토록 의젓한 아이는 아마 이 슨푸에 없을 테니까."

"하지만 대감님 주선으로 오쓰루에게는 미우라(三浦) 님과 혼담이 있는데 미카와의 고아라니 한심스러워요."

"아니, 그것은 당신이 다케치요를 잘 몰라서 하는 말이오. 맡겨두고 보고만 있어요. 대감님도 결코 허락하지 않는다고는 말씀하시지 않으리다."

"하지만 저로선 그런 어린아이와····· 믿을 수 없어요. 오쓰루가······."

"하지만 내가 이 눈으로 보고 왔소. 봐요, 저기 두 사람이 나타났어. 잠자코 있소."

속사정은 어떻든 겉으로는 요시모토의 조카딸이었다. 그런 처녀를 11살 난 미카와의 고아가 정복했다면 온 슨푸에 소문이 퍼진다. 부인은 그것이 분한 듯싶었다.

두 사람이 마루에 다가서자 그만 매서운 목소리가 나왔다.

"너희들, 손님 전송도 않고 무엇을 하고 있었니?"

세키구치의 말대로 다케치요는 태연한 모습이었다.

"동산 아래에서 달구경하고 있었습니다."

"젊은 남녀가 그런 짓을 해서 소문나면 어쩌려고."

"달구경도 하면 안 됩니까? 젊은 남녀는······."

말하다가 다케치요는 비로소 그 말뜻을 깨달았다. 무언가 흡족하고 낯간지러운 느낌이었지만, 상대인 쓰루히메의 축 늘어진 모습을 보자 감싸주지 않을 수 없었다.

"쓰루히메는 잘못이 없습니다. 제가 미처 깨닫지 못했습니다······."

"아니에요, 저도 나빠요!"

"아닙니다. 쓰루히메를 꾸짖지 마십시오."

의젓한 태도로 머리 숙인 다음 쓰루히메를 돌아보았다.

"자, 내가 사과드렸으니 들어가요. 알겠지, 나는 이만 물러가겠으니."

쓰루히메는 점점 더 빨개져 고개를 숙이고, 다케치요는 두 손으로 천천히 옷주름을 펴면서 절했다.

"그럼, 이만 실례를……."

발걸음도 태도도 침착하게, 그날의 종자 나이토 요산베에(內藤與三兵衛)를 손짓해 곧장 현관을 나갔다. 부부는 물론 배웅하지 않았지만, 그 모습으로 보아 세키구치네 가신들에게도 자기 가신처럼 대하며 돌아갈 게 분명했다.

세키구치는 부인을 돌아보았다.

"어떻소, 자연스레 갖추어진 인품이 그 골상(骨相)에도 잘 나타나 있소. 믿음직해, 장래가 믿음직해요."

그리고 더욱 깊게 오해하면서 딸에게도 말했다.

"염려 마라. 대감님에게는 내가 잘 말하겠다…… 그러나 너무 소문나게 해선 안된다. 네 나이가 더 많으니, 세키구치가 제 딸을 억지로 미카와에 들여보냈다는 말을 들을지도 모르니."

부인은 잠자코 있었고, 딸도 오늘 밤은 그 말을 거스를 마음의 여유가 없는 듯싶었다.

세키구치만이 즐거운 듯 또 웃었다.

그날 밤―

다케치요는 여느 때와 다름없이 잘 잤다. 스루가는 그에게 결코 그리운 곳이 못 되었지만, 분노를 견딜 수 없는 땅 또한 아니었으며, 나다니기 싫을 만큼 증오심을 치솟게 하는 고장도 아니었다.

왕고모 히사코가 어머니 대신 자기를 귀여워해 준 오카자키 말고, 아쓰타든 슨푸든 다케치요의 성격은 곧바로 적응해 가는 부드럽지만 굵은 선으로 일관되고 있다.

그는 아침에 한 번 눈을 뜬 다음 다시 기괴한 꿈을 꾸었다. 처음에 꿈속에 나타난 것은 울고 있는 쓰루히메였다. 쓰루히메는 울면서 그에게 무언가 호소했지만 다케치요는 비교적 냉정했다. 그런데 그 울고 있는 쓰루히메가 이윽고 가메히메로 바뀌어갔다. 가메히메가 엎드려 우는 모습은 다케치요를 몹시 조마조마하게 만들었다. 왠지 알 수 없지만 자기도 슬퍼져 울 것만 같았다.

가메히메는 우지자네가 밉다고 했다. 그 말을 듣자 다케치요도 별안간 우지자네가 미워지고, 미워하는 이면에 무엇이 있었는지 상상되어 견딜 수 없어졌다.

가메히메가 우지자네에게 쓰루히메와 똑같은 짓을 당하고 바위 위에 엎드려 우는 것을 알고 다케치요는 꿈속에서 부르르 몸을 떨었다. 노여움……이라기보다 좀 더 안타깝게 지글지글 몸을 태우는 감정이었다. 그 노여움 속에서 다케치요는 가메히메를 끌어안고 분에 치받혀 말했다.

"―좋아, 울지 마―대감님에게는 은혜가 있으니 어쩔 수 없지만, 우지자네 따위에게 내가 어찌 굴할 것인가. 이제 두고 봐! 그놈의 코를 도려내 그대 원수를 갚아주겠다!"

그때 문득 잠이 깨었다. 이미 밖이 훤해지고 새소리도 들리고 있었다.

'일어날 시간이군―'

그러나 왠지 다케치요는 언제나처럼 힘차게 이불을 걷어차고 일어날 기분이 나지 않았다. 가메히메의 얼굴이 너무도 선명하게 눈 속에 남아 있었다.

"가메히메……"

눈을 감은 채 작은 소리로 부르자 다시 온몸에 서글픔과 설움이 넘쳐 눈물이 나올 것 같았다.

'나는 가메히메를 좋아한다. 이것이 사랑인지도 몰라……'

문득 왕고모 히사코의 얼굴이 보이고, 아쓰타의 가토 즈쇼 집에서 본 그의 조카딸 얼굴이 어른거리기도 했다. 그리고 그것이 차츰 현실에 가까운 것이 되어 혼다의 홀어미와 쓰루히메가 서서히 밝아지는 눈 속에서 세 개의 물방울처럼 빙글빙글 돌기 시작했다.

혼다의 홀어미는 가엾게 생각되었다. 사랑해 주어도 좋다고 생각한다. 쓰루히메에게는 좀 화가 난다. 그리고 역시…… 가메히메의 망상이 가장 강하게 다케치요를 죄어왔다.

'좋아!'

다케치요는 눈을 떴다. 가메히메를 우지자네 따위에게 빼앗길 줄 아느냐. 이것도 하나의 싸움이다……

이불을 홱 걷어찼을 때 측근시동 요시치로가 단정히 앉아 아침 인사를 했다.

"안녕히 주무셨습니까?"

아침 훈련이 시작되었다.

뒤껼 활터에서 화살을 30개 쏘았다. 그런 다음 몸에 땀이 흐르도록 목검을 휘두르고 작은 불단 앞에 앉았다.

잠시 숨결을 가누고 아침식사를 한다. 국 한 그릇에 나물 두 접시. 현미밥을 좀 꼬들꼬들하게 지어 한입에 48번 씹는다. 밥은 두 공기, 반찬 접시까지 깨끗이 부셔 먹고, 요시치로나 마쓰다이라 요이치로(松平與一郞)를 데리고 지겐사로 간다.

거기서 주지스님 지겐에게 읽고 쓰기를 배운다. 지겐은 열심히 가르쳤다. 한 달에 두 번 셋사이 선사한테 불려가 학력을 시험받기 때문이었다.

그런데 그날 지겐사로 가서 한 시각 남짓 지났을 무렵, 산베에가 마중 왔다. 대감님이 다케치요를 만나고 싶어 하니 곧 데리고 등성하라는 지시가 있었던 것이다.

다케치요는 집으로 돌아가 옷을 갈아입었다. 집에는 혼다의 홀어미가 머물고 있어 다케치요가 옷 갈아입는 것을 도와주었는데 새 옷이었다.

다케치요는 물었다.

"웬 옷이야?"

"훌륭하십니다. 곧 성인관례……를 올리셔도 전혀 손색이 없을 만큼."

그녀는 떨어져 서서 다케치요를 지그시 바라보며 목소리를 낮춰 보낸 사람의 이름을 말했다.

"도리이 님이 은밀히 보내신 물건입니다."

"그런가. 할아범이 보낸 것인가?"

"네, 그 밖에 금품도 조금 제가 맡아가지고 왔습니다."

"금품도."

"네, 대감님은 그 일을 좋아하지 않으실 거라고 눈에 띄지 않도록 일부러 저에게 시키신 겁니다."

다케치요는 고개를 끄덕이며 옷매무새를 고쳤다.

"그대는 언제쯤 오카자키로 돌아가나?"

"네, 2, 3일 안으로 떠날까 합니다…… 또 밭일이 바빠질 테니까요."

다케치요는 그길로 거실에서 나와 나이토 요산베에를 거느리고 성으로 향했다.

요시모토의 눈을 피해 아직 보지 못한 어머니와 가신들이 오카자키의 체면을 생각하여 물건을 보내온다. 그 정성 어린 옷을 입었다고 여기며 또 생각한다.

'누구에게도 지지 않겠다.'

그리고 그 감개가 언젠가는 자신이 이 성의 주인이 되어 우지자네를 꿇어 엎드리게 하는 환상으로 바뀔 무렵 성문을 지나고 있었다. 공상은 자유롭지만 현실은 그처럼 화려한 게 못 되었다. 큰 현관 앞에서 요산베에는 제지당하고, 같은 또래 시동의 안내를 받아 대기실로 가서 부르기를 기다려야 한다. 시동 중에는 요시모토며 우지자네가 남몰래 총애하는 자도 있어 섣불리 입을 열 수 없다.

그런데 오늘은 얼마 기다리지 않았는데 시동이 마중 왔다.

"다케치요 님, 대감님이 거실에서 만나시겠답니다."

이 시동도 곧잘 다케치요를 시골뜨기라고 놀려댔지만, 다케치요는 상대하지 않았다.

"오늘은 아주 좋은 옷차림으로 오셨습니다."

"응, 봄이라 갈아입고 왔어."

"자, 이리로."

안내받아 거실마루로 들어가자 요시모토가 말했다.

"오, 다케치요. 바빠서 한동안 보지 못한 사이에 많이 컸구나."

목소리는 부드럽지만 가느다란 눈이 흘끔 옷차림을 훑어보고 있었다.

"자, 어려워할 것 없다. 가까이 오너라."

다케치요는 시키는 대로 요시모토 가까이 가서 앉았다. 요시모토는 무언가 읽고 있었던 듯 측근시동에게 책상을 물리게 하고 나가 있으라고 눈짓했다.

"다케치요, 그대는 세키구치네의 사나운 말을 능숙하게 잘 탔다며?"

다케치요는 고개를 갸우뚱하며 생각하고 나서 곧이곧대로 대답했다.

"세키구치 님 댁에 사납다고 할 만한 말은 없습니다."

"그래? 나는 사나운 말인 줄 알았는데…… 그런데 능숙하게 탔다는 것은 사실이냐?”

다케치요는 세키구치네 마구간의 말을 이것저것 떠올리면서 대답했다.

“예—”

능숙하게 탔다는 것은 좀 과장된 말이었지만, 세키구치가 타보라고 하여 마구간의 말들에 대해서는 대개 알고 있었던 것이다.

다케치요의 대담한 대답을 듣고 요시모토는 눈을 더욱 가늘게 뜨며 신음했다.

“음.”

기분 좋은 표정은 아니다. 다케치요의 침착하고 두려움을 모르는 태도가 왠지 비위에 거슬렸다. 그것을 억누르는 얼굴이었다.

“다케치요, 세키구치의 아내는 내 누이, 그러므로 나와 친척이다. 대체 누가 너에게 마음대로 타도 된다고 하더냐?”

다케치요는 무슨 말인지 도무지 알 수 없어 잠자코 있었다.

“도리이냐, 아니면 사카이냐. 누군가 너에게 일러준 자가 있겠지.”

“없습니다.”

“뭣이, 없다고…… 그러면 너 혼자서…… 틀림없는가.”

“예.”

“그럼, 말해주마. 너의 가신들은 나한테 영지와 그대를 돌려달라고 종종 탄원해 온다. 네 아버지가 가엾어 일부러 맡아준 너와 영지, 돌려주지 않으려는 건 아니지만 아무래도 내 호의를 모르는 자들이야.”

요시모토는 말한 뒤 그런 일 따위는 안중에 없다……는 듯이 우아하게 웃었다.

“그래서 나는 누군가 너에게 일러준 줄로만 알았지. 첫째는 네가 이미 어린아이가 아니라는 것, 둘째는 내 친척이 되어 결코 나를 배반하지 않으리라는 것…… 이 두 가지를 나에게 인식시키고 너를 오카자키로 데려가려 한다고 말이야.”

아마도 요시모토는 세키구치로부터 쓰루히메와 다케치요의 정사를 잘못 전해 듣고 혼자 기묘한 결론을 이끌어낸 모양이다. 다케치요는 무슨 이야기인지 도무지 영문을 알 수 없었다.

‘세키구치네 말(馬)과 지금 한 이야기는 무슨 관계가 있는 것일까……?’

“다케치요, 너는 나의 호의를 알고 있겠지?”

“예.”

"나는 너를 나무라지 않겠다. 너 혼자 생각이었다면 천지자연의 이치라고 웃으며 용서해 주마. 그런데……."

다시 날카롭게 미간을 좁히며 말을 이었다.

"그렇게 되면 너는 내 조카뻘이 되니 더욱 오카자키로 돌려보내지 못한다! 미숙한 네가 어찌 그 요지를 지탱할 수 있겠느냐. 오와리의 노부나가 따위는 문제가 아니다. 그는 멍청한 위인이라 아버지가 죽은 뒤 줄곧 가신들과 다투고 있다. 그러나 미노의 사이토도 방심할 수 없고, 에치고의 우에스기도……."

말하다 말고 그는 목소리를 낮추었다.

"가이에도 사가미에도…… 있지 않느냐, 맹장들이. 그러한 맹수들로부터 너를 지켜줄 수 있는 건 나밖에 없다. 알겠느냐?"

다케치요는 물끄러미 요시모토를 쳐다본 채 또 고개를 갸우뚱했다.

요시모토만 한 인물이 이토록 힘주어 말하는 것이니 중요한 일임에 틀림없다—는 건 알겠는데 도무지 말뜻을 이해할 수 없다. 아는 것은 처남인 가이의 다케다에게도, 사돈인 사가미의 호조에게도 요시모토가 마음을 허락하고 있지 않다는 것뿐이었다.

"그러니 나는 네가 한 사람의 훌륭한 무장이 되어 오카자키를 지탱해 낼 수 있다……고 보일 때까지는 그대를 단단히 맡아두겠다. 그것이 그대 아버지의 충성에도 보답하는 길이다."

요시모토는 강하게 말하고 다시 생각난 듯 미소 지었다.

"너는 아무도 일러주지 않았다고 말했지…… 만일 그렇다면 가신들을 꾸짖어줘라. 너는 내 조카가 된다. 그러나 이것은 오카자키로 빨리 돌아가기 위해서가 아니라 그 반대라고 말이다. 내가 어찌 귀여운 조카를 놓아줄 수 있겠느냐. 너의 가신들은 너를 오카자키로 데려가 관례를 올리게 하겠다고들 하지만, 나는 반대야. 관례는 틈을 보아 내가 해주겠다. 성인관례를 올렸다 해서 돌려보내지는 않겠다. 오카자키를 능히 지킬 수 있는 혁혁한 무공을 지닌 대장이 될 때까지 내 곁에 두겠어. 그것이 내 호의인 것을 모르겠느냐며 떠들지 말라고 꾸짖어줘라."

요시모토를 응시하는 다케치요의 눈이 점점 크게 떠졌다.

'내가 요시모토의 조카가 된다는 것은 무슨 뜻인가?'

가신들이 다케치요를 한시바삐 오카자키로 맞이하고 싶어 하는 것은 알고 있었다. 그리고 그 가신들은 다케치요가 요시모토의 조카가 되면 빨리 돌아갈 수 있는 줄 알고 있고, 요시모토는 그러면 더욱 놓아주지 않겠다고 하는 말로 들린다.

'조카가 된다……?'

또 고개를 갸웃했을 때 요시모토가 말했다.

"그건 그렇고 너도 다시 봐야겠는걸."

"……."

"내 조카딸이지만 오쓰루는 사나운 말이지…… 그래서 나도 신랑감을 골라주지 못해 자칫 혼기를 놓칠 뻔했는데 너는 사나운 말이 아니라고 하니. 그 어린 나이에 탔단 말이지. 핫핫핫, 그래, 오쓰루는 얌전하던가?"

다케치요는 번쩍하고 머리 위로 칼날이 떨어진 듯한 느낌이 들었다. 순간적으로 요시모토의 말뜻을 알아차린 것이다. '—내 조카'란 다케치요가 쓰루히메와 결혼하는 일임을 알았다. 또 사나운 말은 마구간 속의 망아지가 아니라 쓰루히메를 가리킨다는 걸 알아차린 것이다.

다케치요는 외치듯 말했다.

"대감님!"

온몸에 땀이 솟아나며 순식간에 삶이 빙그르르 돌기 시작했다. 이게 무슨 일인가? 요시모토는 이미 다케치요와 쓰루히메가 인연을 맺은 것으로 여기고 이야기를 진행시키는데, 다케치요는 마구간의 망아지를 떠올리고 있었으니…….

"대감님!"

그게 아닙니다—하고 말하려 했지만, 다케치요는 뒷말이 나오지 않았다. 곤두박질치는 마음속에서 요시모토에 대한 경계가 번개처럼 사방으로 뻗어갔다.

'요시모토의 오해일까? 아니면 달리 생각이 있어서 강요하는 것일까?'

서투르게 대답하다가 더욱 궁지에 몰리게 되면 이 옷 한 벌을 위해서도 피나는 고생을 하며 살고 있는 가신들은 어떻게 될 것인가!

요시모토는 다시 웃었다.

"하하하…… 얼굴 빨개진 것을 보니 역시…… 오쓰루를 건드린 모양이군."

요시모토는 상대에게 자기의 도량을 보여주고 싶은 것 외에, 의젓한 이 애송이한테서 여자의 비밀을 엿보고 싶은 흥미도 있었다. 요시모토의 아내도 역시 꽤 거친 성품이라 이따금 몹시 애먹고 있었다. 가이의 귀신이라고 일컬어지는 다케다 노부토라의 딸로서 아버지의 사나운 성격을 물려받기도 했으리라.

불쾌할 때는 뾰로통하게 말하며 태연히 요시모토를 거부했다.

"—나보다 시동들이나 데리고 노시구려."

절에서 자란 요시모토가 남색을 즐겨 시동들을 총애하는 탓도 있지만, 그 결과 여자에게 넌더리가 나서 오히려 남색으로 기울어지는 면도 있었다. 시동들의 사랑은 헌신적이고 노예적이어서 오로지 주군만 생각하고 흠모하지만, 여자는 결코 그렇지 않았다. 늘 술책 부리고 변덕 많으며 앙큼하고 생각이 모자랐다. 그래서 지금은 우지자네까지 차츰 여자들에게 싫증 내기 시작하고 있다.

"—사내가 좋아."

그러한 요시모토에게 차츰 성장해 가는 쓰루히메는 전형적인 여자처럼 보였다. 그것을 미카와의 애송이가 능숙하게 정복했다는 것이다.

"어때, 처음에는 얌전했겠지만 지금도 그렇다고는 못할걸. 아니면 다케치요의 말이라면 특별히 잘 듣는가?"

다케치요는 조그만 머릿속의 혼란을 어떻게 수습할지 몰라 초조해하면서도 입으로는 대답하고 말았다.

"예."

"그래? 얌전하다는 말이지…… 그런데 처음에 네 쪽에서 먼저 접근했느냐, 아니면 오쓰루 쪽이냐?"

"글쎄요, 그건……."

"오쓰루 쪽이겠지. 나이 차가 있으니."

"아니요…… 제가 먼저."

바위 위에서 하품하다가……라고 말하려다가 그 변명은 이제 하지 않겠다는 고집이 그제야 가슴속에 자리 잡았다. 자기 뒤에는 유랑민 같은 생활을 견디며 오로지 빛을 기다리는 가신들이 있다. 섣불리 말하여 요시모토의 노여움을 사면 안 된다. 그 일을 요시모토가 기뻐한다면 오해도 좋고, 거짓도 좋다……고 마음먹자 다음 말이 의외로 술술 나왔다.

"저는 곧잘 잊어버리는 성미라 잘 기억하지 못합니다."

요시모토는 웃었다.

"요 녀석아…… 산전수전 다 겪은 늙은이 같은 말을 하는군. 너의 가신들이 시킨 게 아니라면 잊을 리 있나."

"예."

"잊지는 않았을 거다. 어느 쪽이 먼저였지?"

"예, 대감님의 현명하신 추측에 맡기겠습니다."

다케치요는 자신이 몹시 가련해졌다. 참아라, 참아라, 다케치요…… 스스로에게 들려주면서 요시모토를 놀라게 해주고 싶은 패기도 어딘가에서 고개를 쳐든다.

요시모토는 갑자기 눈을 가늘게 뜨고 손뼉을 쳤다.

"중요한 용건이 생각났다. 다케치요를 물러가게 해라."

다케치요는 정중히 절하고 시동의 뒤를 따라 복도로 나갔다.

'이 오해를 푸는 게 좋을까, 그대로가 좋을까……?'

아직 결정하지 못한 다케치요가 복도로 나가자 시동 기쿠마루가 낮은 목소리로 속삭였다.

"다케치요 님, 혹시 대감님 곁에서 시중들라는 분부가 아니었나요?"

그 눈 속에 소년끼리의 심한 질투가 담겨 있었지만, 다케치요는 얼굴도 보지 않고 조그맣게 고개 저었다.

"아냐."

첫사랑

　벚꽃은 거의 지고 창밖 황매화나무에는 노란 공을 나란히 달아놓은 듯 꽃이 가득 달렸다. 그 꽃이 차츰 땅거미에 그늘져갈 무렵이었다. 가메히메는 나비처럼 너울너울 창문으로 날아들어온 흰 종이쪽지를 보고 가슴이 물결쳤다. 쪽지는 말아 접어서 양 끝을 붙인 편지였다.

　발딱 일어나 창밖을 내다보니 조그만 모습이 화살처럼 이웃집 채마밭으로 사라져갔다. 아직은 뒷날의 무사사회처럼 엄격한 가풍이나 법도가 없던 때여서 젊은이들의 사랑이며 교제가 자유로웠지만, 집 안까지 숨어들어 종이쪽지를 던져넣는 대담성은 드물었다.

　이미 혼인날이 정해져 까닭 없이 봄을 아쉬워하는 가메히메. 아시카가 일족으로 미카와에서 꽤 알려진 명문 기라 가문의 딸이면서 요시모토의 볼모 비슷하게 슨푸에서 자랐다. 성과는 다른 임시거처에 교토의 향기가 짙게 깔려 있어 가메히메에게는 정든 고향이 되려는 때였다.

　'누구일까……?'

　가메히메는 쪽지를 펴보기 두려워 창문에서 살그머니 몸을 숨겼다. 채마밭 속에 숨어 누군가 자기를 엿보는 듯한 생각이 들었던 것이다.

　'이미 혼인날이 정해진 것을 알고 보낸 글일까……?'

　잠시 생각하다가 가메히메는 머뭇거리며 매듭을 풀기 시작했다. 이런 무모한 짓을 하는 게 다케치요가 아닐까 하는 생각이 문득 들었기 때문이었다.

"어머나······!"

쪽지를 펼쳐보던 가메히메는 그만 목을 움츠렸다. 쪽지에는 다케치요가 아니라 '쓰루—'라고 끝에 쓰이고 문투까지 멋을 부리고 있었다.

'남자분 글이 아니라 실망했겠지요. 건너편 숲 노송나무 아래로 얼른 나와요. 좋은 소식을 귀띔해 드릴 테니.'

자매처럼 지내온 쓰루히메의 장난인 것 같았다. 가메히메는 다시 한번 밖을 내다보고 얼른 장지문을 열었다. 이미 날이 저물어가고 있지만, 요시모토가 엄하게 다스리는 이곳에 위험한 일이 일어날 염려는 거의 없었다.

가메히메는 중얼거렸다.

"아, 이 짙은 향기······."

세면대 옆의 서향나무에 벌써 꽃이 핀 모양이다. 그 주위에 드리워진 저물녘의 어스름한 빛이 달콤한 봄을 알려주고 있었다.

사립문을 살며시 열고 뒤꼍을 지나 채마밭으로 들어갔다. 그 길을 알고 있는 쓰루히메가 어디 숨었다가 튀어나와 큰 소리로 놀라게 할까 봐 밭을 지나갈 때까지 일부러 발소리를 죽였다.

"도중에는 없어······ 노송나무 밑······."

입 속으로 중얼거리면서 하늘을 우러러보니 달 없는 계절로 접어들어 나직한 하늘이 땀이 날 만큼 눅눅해져 있다. 저도 모르게 소매로 가슴을 가리며 종종걸음을 걸었다.

건너편 숲속의 제신(祭神)은 교토의 기온(祇園; 교토 야사카(八坂) 신 사 언저리 옛 이름)과 같았다. 요시모토가 시주한 도리이(鳥居; 신사 입구에 세 우는 기둥 문)만이 어둠 속에 희미하게 붉은빛을 남기고 있고 그 안의 숲속은 어두웠다.

노송나무는 우물 오른쪽 작은 연못가에 구부러진 가지를 드리우고 있었다. 가메히메는 얼른 그 옆으로 달려가 불렀다.

"쓰루 님."

그러자 연못가에서 그림자 하나가 불쑥 일어났다.

"어머나, 다케치요 님······."

가메히메는 나무라는 눈빛으로 그 자리에 섰다. 쪽지를 보낸 게 쓰루히메인지 다케치요인지 어리둥절했다.

다케치요는 가메히메 곁으로 어슬렁어슬렁 다가섰다.

"쪽지에 써 있었잖아, 좋은 소식을 귀띔해 주겠다고."

가메히메는 희미한 실망과 분노를 느끼며 따지는 말투가 되었다.

"쪽지는 다케치요 님의 장난이었어요?"

다케치요는 고개를 저었다.

"아니, 쓰루—라고 씌어 있었을 텐데?"

"그럼, 역시 쓰루 님…… 그런데 어째서 다케치요 님이 여기에?"

다케치요는 눈을 깜박이며 저물어가는 후지산 언저리의 하늘을 올려다보았다.

"춥지도 덥지도 않은 좋은 계절이지, 가메히메?"

가메히메는 쓴웃음을 지었다.

"다케치요 님은 왜 여기 있는 거예요?"

"나 말인가?"

"어째서 오쓰루 님의 편지 내용까지 자세히 알고 있어요?"

"그건……."

다케치요는 이번에는 시선을 발밑으로 떨어뜨렸다.

"저기 봐! 거북이가 놀고 있어, 바로 저기."

가메히메는 그만 웃음이 나왔다. 어디 있느냐고 되물어주고 싶은 순진한 사랑스러움과 쪽지 따위로 꾀어내는 제법 의젓한 무모함이 그만 생긋 웃음 짓게 만든 것이다.

"다케치요 님."

"응?"

"다케치요 님은 이 나라 으뜸가는 장수가 되실 분이지요?"

"응. 되고말고, 꼭 될 테야."

"그런 분이 가짜 편지 같은 것을…… 남자답지 않아요."

"가짜 편지가 아니야. 그것은 쓰루히메가 쓴 거 맞아."

"그렇다면 쓰루 님은 어디 있어요? 거짓말 그만하셔요."

"거짓말이 아니라니까!"

"어머나, 고집도."

"거짓말이 아니야!"

다케치요는 진지한 눈빛으로 어느새 가메히메에게 몸을 가까이하고 서 있었다.

"그건 정말 쓰루히메가 직접 쓴 거야."

"무엇 때문에?"

"내 부탁을 받고. 거짓말 아니야. 나는 그대가 좋아. 그대를 색시로 삼겠어."

"어머나……."

"그렇게 말했더니 쓰루히메가 써주었어. 하지만 써놓고서 갖다주는 건 싫다고 말했어. 나 대신 쓰루히메가 그대에게 말해준다고 하고선…… 그만 싫다고 했어. 그래서 내가 온 거지. 가메히메! 나는 언젠가 이 나라 으뜸가는 장수가 될 사람이야. 거짓말은 안 해. 알겠지, 가메히메?"

가메히메는 놀라 손을 빼려 했지만 이미 다케치요의 손이 가메히메의 손목을 꼭 붙들고 놓아주지 않았다. 통통한 얼굴이 붉어지고 눈은 커다란 별처럼 열렸으며 거친 숨소리도 심상치 않았다.

"다케치요 님, 놓아주세요."

"싫어."

"어째서 그런 철없는 말씀을 하셔요. 어서 놓아주세요."

"싫어. 그대가 나를 좋아해 줄 때까지 결코 못 놓겠어."

가메히메는 자유로운 다른 한쪽 소매를 입에 대고 저도 모르게 그만 호호호 웃고 말았다.

"가메히메, 나는 가메히메에게 어떤 약속이라도 하겠어. 가메히메가 갖고 싶은 게 있다면 반드시 구해주겠어. 오늘 밤 나와 같이 있어줘."

가메히메는 웃어선 안 된다고 고쳐 생각했다. 사랑은 눈을 멀게 한다고 책에도 쓰여 있다.

"다케치요 님."

"응?"

"저는 다케치요 님을 결코 싫어하는 건 아니에요."

"그럼, 나한테 와주겠어?"

"하지만 잘 생각해 보셔요. 다케치요 님은 아직 당분간 미카와로 돌아갈 수 없는 스루가의 손님, 성인관례도 올리지 않은 몸이잖아요."

"그러니 약속한다고 하잖아. 이 나라 으뜸가는 대장이……."

"기다리셔요."

말하는 동안 가메히메는 차츰 다케치요가 가엾어졌다. 무장의 자식으로서 이 나라 으뜸가는 장수가 되겠다는 꿈은 고사하고 지금은 아직 요시모토의 한마디에 죽고 사는 게 결정되는 무력한 볼모의 몸이 아닌가. 이렇게 생각하자 다케치요보다 가메히메의 마음이 먼저 아파왔다.

가메히메는 다케치요에게 잡힌 손목에 살며시 한 손을 갖다 대었다. 둘은 잠자코 연못을 돌아 사당 뒤 구실잣밤나무 그루터기에 나란히 걸터앉았다.

"다케치요 님, 뜬세상이란 슬픈 것이에요."

"응."

"의리도 있고 참을성도 있어야 해요. 제가 하는 말, 들어주겠어요?"

"싫어."

다케치요는 여전히 가메히메의 손목을 꼭 잡은 채 도리질했다.

"싫어, 나는 그대가 좋아."

"어머나…… 말귀를 못 알아들으시네."

"말귀를 못 알아들을 만큼 그대가 좋아."

"그러면 제가 난처해요."

"난처해도 할 수 없을 만큼 좋아해."

"다케치요 님은 착한 사람이지요. 놓아주세요."

"착한 사람 아니야. 나쁜 사람이 되어도 좋아. 놓지 않겠어."

가메히메는 크게 한숨을 쉬었다. 이미 주위는 축축하게 땀을 머금은 어둠에 싸여 다케치요의 표정조차 보이지 않았다.

"어리광이 심하군요, 다케치요 님은."

다케치요는 잠자코 가메히메의 숨결에 흔들리는 밤공기를 응시하고 있었다. 그는 스스로도 자신을 알 수 없었다. 어째서 이렇듯 가메히메의 손을 놓지 못하는 것인지. 그토록 가메히메가 좋은 것일까, 아니면 고집일까……?

"가메히메, 화났어?"

"아니요."

"화내면 안 돼. 가메히메가 화내면 나 슬퍼져. 응? 가메히메. 나를 언젠가처럼 안아줘."

다케치요는 목소리뿐 아니라 몸을 떨며 눈물을 뚝뚝 흘렸다.

"어머나, 대장이 눈물을……."

그 기색을 느낀 가메히메의 목소리도 야릇하게 떨려왔다.

'여자의 행복……'

그런 감회가 감상과 어우러져 손을 내밀어 안아주지 않을 수 없는 본능 비슷한 감정이 가슴에 치밀어올랐다.

"자, 그럼, 이렇게 안아드릴 테니, 다케치요 님도 제 말을 들어줘야 해요."

살며시 한 손을 등에 돌리자 다케치요는 뛰어들듯 안겨왔다.

여자의 사랑과 남자의 사랑…… 아니, 가메히메와 다케치요의 사랑은 서로 부둥켜안고 있는 동안 전혀 다른 방향으로 나아갔다. 차츰 이성을 벗어나 타오르는 것은 같았지만 그 내용은 달랐다. 다케치요는 스스로도 알 수 없는 힘에 마구 떠밀려 이제는 고집을 위해서도 물러설 수 없었다. 정복욕보다 더 격렬한 투지가 그의 성격에 끈끈하게 들러붙었다. 경우에 따라서는 이대로 가메히메를 어딘가에 납치할 수도 있을 것 같은 무모한 불길의 포로가 되었다.

가메히메는 그 반대였다. 처음에는 이 어린아이가 하고 우습게 생각했다. 그런데 차츰 가엾어지고 귀여워지는 동안 눈물을 보면서부터 모성 본능이 일었다. 포근하게 안아주며 잘 타일러 두 사람의 나이 차이를 설명해 줄 작정이었다.

그러나…… 다케치요가 무서운 힘으로 매달려오자, 이성은 차츰 다른 감각에 압도되었다. 다케치요는 이상한 힘을 지닌 남자였다. 자신의 뜻을 이루기 위해서는 눈물도 흘리고 위협도 하는…… 남자의 속성을 자연스럽게 갖추고 있었던 것이다. 다케치요는 뜨거운 이마를 젖가슴에 마구 밀어붙였다. 그럴 때마다 가메히메의 몸속에서 알 수 없는 불꽃이 치달렸다.

"그대가 싫어하면 이 다케치요는 죽어버릴 테야. 응? 가메히메, 이대로 내일까지…… 아니, 몇 년…… 몇십 년이라도 나를 꼭 안아줘……."

머뭇거리던 다케치요의 오른손이 품 안으로 미끄러져 들어오자, 가메히메는 그만 정신이 아득해져서 온몸을 굳히며 그 손을 위에서 누르고 말았다. 말도 나오지 않았다. 그처럼 꺼리던 나이 차이도, 혼인날이 가까워진 것도, 속살을 더듬는 다케치요의 손가락 끝에 튕겨나가 아무것도 생각할 수 없었다. 의지와는 다른 자연이 지닌 힘의 신비가 다케치요뿐 아니라 마침내 가메히메까지 가두어버린 것일까……?

가메히메 역시 첫 경험이었다. 호감 가는 사람은 있었지만, 이처럼 야릇한 힘이 자기 몸속에 숨어 있을 줄은 생각지도 못했다. 들뜬 감정 속에서 가메히메는 생각했다.

'이것이 사랑……'

몸을 불태워 사랑하는 와카(和歌 ; 일본 고유 형식의 시) 속의 감동이 바로 이런 것이구나 하고 생각했을 때, 마치 그것을 꿰뚫어본 듯 다케치요의 남성에 힘이 더해졌다.

바람이 살짝 일기 시작했다. 별이 하나둘 시커먼 소나무 가지 너머에서 눈을 뜨고 있다. 그러나 두 사람에게는 아무것도 보이지 않고 아무것도 들리지 않았다. 모든 것이 조용하고 뜨겁게 끈적거리고 있었다. 봄날 초저녁 그 어둠의 감촉은 두 사람을 위해 땀에 젖은 날개를 한껏 펼치고 있었다.

사당 뒤에서 나뭇가지가 바스락 흔들렸다. 부엉이가 날아오른 건지도 모른다. 갑자기 다케치요가 가메히메에게서 떨어졌다. 아니, 떨어지려고 하는 것을 이번에는 가메히메의 손이 다케치요의 손목을 붙잡고 있었다. 부끄러움에서인지 아니면 입장이 바뀌었는지, 가메히메가 떨림을 띤 듯한 목소리로 불렀다.

"다케치요 님……."

다케치요는 대답 대신 옷자락의 먼지를 툭툭 털었다.

"다케치요 님……."

"응?"

"이게 어떻게 된 일이에요?"

"어떻게 되긴, 가메히메는 이제 내 사람이야."

"하지만 다케치요 님은 이제 겨우 11살……."

"남자의 가치는 나이에 있지 않아."

"이미 혼처가 정해진 이 몸을."

"그까짓 것!"

다케치요는 가메히메에게 한 손을 맡긴 채 가슴을 펴고 나란히 걸터앉았다.

"이오의 아들 따위, 이 다케치요가 언젠가 부하로 만들 테야."

가메히메는 별안간 울음을 터뜨렸다. 지금까지 자기를 감싸고 있던 신비로운 것이 두둥실 옷을 벗고 밤의 공기 속으로 날아가버렸다. 15살이면 꽃다운 나이, 11살 난 다케치요를 사랑하여 요시모토가 결정한 혼담을 파기할 수 있을까…….

'파혼이 안 되면 어떻게 될까……?'

또 한 겹 옷이 벗겨져 두둥실 날아가버리자 점차 이성이 되살아났다.

다케치요가 말했다.

"난 말이야."

얼굴은 보이지 않지만 말투도 자세도 흥분되어 있음을 알 수 있었다.

"반드시 이 나라 으뜸가는 대장이 되어 우지자네까지 내 앞에 무릎 꿇게 하고 말겠어. 그때 그대는 내 아내가 되는 거야. 누구에게도 머리 숙이지 않도록 할게. 알겠지?"

가메히메는 다시 크게 흐느껴 울었다. 11살 난 다케치요에게 그녀의 감정이 통할 리 없었던 것이다.

'그렇지만 몸은 이미 맺어지고…….'

가메히메는 온몸에 수치심과 뉘우침이 되살아났다. 불안한 듯 다케치요의 손목을 잡고 있는 자신이 가엾어 견딜 수 없었다.

가메히메는 손을 확 뺐다.

"부끄러워요!"

"부끄러워할 것 없어. 나는 그대를 버리지 않아."

"부끄러워요……!"

같은 말을 두 번 되풀이한 다음 가메히메는 벌떡 일어났다. 향주머니의 향기가 주위에 떠돌아, 그것이 그대로 바람처럼 멀어진다.

"가메히메! 위험해."

다케치요는 당황해 일어서다가 나뭇등걸에 걸려 넘어졌다.

"가메히메! 가메히메!"

그러나 그때 이미 밤공기 속에 여자 향기는 없었다. 다케치요는 혀를 차며 두 손에 묻은 모래를 털고 하늘을 우러러 저도 모르게 웃음을 터뜨렸다.

"하하하……."

하늘의 별이 비로소 눈에 들어오며 머릿속이 상쾌하고 가벼운 느낌이었다.

"그래? 그토록 부끄러운 것일까?"

다케치요는 다시 후후후 웃고 걸음을 옮기기 시작했다. 물론 밤에 혼자 다니는 것을 가신이 용납할 리 없다. 표면상으로는 세키구치의 집을 방문한 것이고, 그 집 행랑방에서 아무것도 모르는 나이토가 기다리고 있었다. 다케치요는 쓰루히메에게 부탁해 뒷문으로 몰래 나왔던 것이다.

다케치요는 가슴을 펴고 천천히 채마밭 사이를 빠져나가 아까 왔던 길을 되돌아갔다. 열어놓은 뒷문으로 마당에 들어가 쓰루히메의 별채가 있는 사립문에 이르렀을 때, 자신이 전과는 다른 사람이 된 것 같은 상쾌함을 느꼈다.

사립문을 여니 쓰루히메가 숨듯이 하여 기다리고 있었다.

"다케치요 님? 잘되었어요?"

"아주 잘되었어."

대답하는 다케치요는 나갈 때의 조심스럽던 모습과 달리 어딘지 들떠 보였다. 쓰루히메는 문득 잔인한 시샘을 느꼈다. 멋대로 자란 여자의 버릇으로 자신의 비밀을 누설시키지 않으려는 모략의 이면에서 다케치요와 가메히메에게 질투 비슷한 걸 느낀 것이다.

다케치요가 조르는 대로 가메히메에게 편지를 쓸 때는 자기가 건너편 숲으로 가줄 심정이었다. 다케치요와 가메히메 사이를 주선해 주고, 그것이 소문나는 게 싫으면 자신의 비밀도 이야기하지 말라고 유리한 입장에서 다짐을 받아낼 작정이었다. 그런데…… 편지를 쓰고 나자 마음이 달라졌다. 아무래도 다케치요는 너무 어리다. 가메히메가 웃으며 상대하지 않는다면 그녀 입장이 어떻게 될 것인가?

이것저것 계산하여 마침내 쓰루히메는 가지 않았다. 그런데 돌아온 다케치요는 마치 딴사람이라도 된 듯 활기가 넘쳐 보였다. 얼른 몸을 가까이 가져가며 탐색하듯 속삭였다.

"잘되다나?"

"고마웠어! 아주 좋았어."

다시 같은 말을 되풀이하며 재빨리 문안으로 들어서는 다케치요의 몸에서 가메히메의 향기가 물씬 풍겼다.

'설마……'

아직 믿지 못하는 감정과 더불어 얄미울 정도로 침착한 이면에 숨은 비밀에 야릇한 호기심이 솟아나 쓰루히메는 침을 꼴깍 삼켰다.

"그러면 가메히메가 다케치요 님을 안아주었어?"

"응."

"꼭 끌어안아 주었어?"

"응, 꼭."

"호호……"

자신도 알 수 없는 소리를 내고 쓰루히메는 당황해 입을 가렸다.

"다케치요 님은 거짓말쟁이!"

"거짓말 아니야."

"가메히메는 머지않아 시집갈 몸이니 단념해 달라고 했을걸요?"

"처음에는 그렇게 말했어. 하지만 내가 열심히 설득했지."

"그래도 들어주지 않았을 텐데…… 그래! 다케치요 님은 속아서 돌아왔지?"

"속다니……"

"오늘 밤에는 이대로 돌아가달라고…… 그리고 언젠가 다시 만나자는 약속을 받고."

다케치요는 차분하게 고개를 저었다.

"아니야. 어쨌든 오늘 저녁에는 고마웠어. 나이토가 기다리고 있을 거야. 그럼, 또."

의젓한 태도로 그냥 돌아가려 한다. 쓰루히메는 머릿속에 이상한 피가 왈칵 솟구치는 걸 느꼈다. 두 사람의 정사에 대한 호기심인지 질투인지 알 수 없었다.

"기다려요, 다케치요 님!"

다케치요의 소매를 와락 잡으며 몸을 찰싹 붙인다. 다케치요는 깜짝 놀란 듯 우뚝 섰다.

"그럼…… 그럼…… 가메히메가 다케치요 님에게 몸을 맡겼단 말이에요?"

다케치요는 쓰루히메와 바짝 붙어 선 채 천천히 눈으로 끄덕였다.

"하지만…… 설마……"

쓰루히메는 가볍게 숨을 헐떡이며 무슨 생각을 했는지 다케치요의 손등을 꽉 꼬집었다.

"아직 돌려보내지 않겠어요! 자세한 이야기를 듣기 전에는…… 자, 내 방으로 가요, 다케치요 님."

그리고 두말 못 하게 마루 쪽으로 걸어갔다.

재빨리 자기 방으로 다케치요를 끌어들인 쓰루히메는 장지문을 탁 닫았다. 불빛 아래에서 보니 쓰루히메의 눈이 요염하게 빛나고 젖가슴이 부풀어 파도치고 있다.

"다케치요 님, 나쁜 사람!"

자기를 천연덕스럽게 바라보는 다케치요가 순간 놀랄 만큼 어른스러워 보였다. 아니, 그냥 어른이 아니라 얄미운 우지자네의 모습을 지닌 남자로 보였다.

"그 시치미 떼는 얼굴."

쓰루히메는 느닷없이 다케치요에게 덤벼들어 으스러지게 끌어안았다.

"가메히메가 다케치요 님을 이렇게 안았단 말이에요?"

다케치요는 어리둥절해 고개를 끄덕였다.

"그리고 뭐라고 했어요?"

"가메히메도 다케치요가 좋다고 했어."

"그러고 나서……?"

"가메히메는 그 좋아하는 증거를 나에게 보여주었어."

"좋아하는 증거라니?"

"글쎄……."

"깍쟁이!"

쓰루히메는 다시 한번 으스러질 듯 두 팔에 힘을 주었다.

"자, 숨기지 말고 다 말해요. 다케치요 님이 한 말, 가메히메가 한 말 그대로."

"아까 말했잖아. 나이토가 기다리고 있어. 놓아줘."

"놓지 않을 테야. 안 놓아, 누가 놓아줄 줄 알고?"

다케치요는 크게 숨 쉬며 고개를 갸웃했다. 부드러운 쓰루히메의 몸에서 바로 조금 전 가메히메의 체온과 같은 것이 옷을 통해 여지없이 전해져왔다.

'상대는 가메히메가 아니다!'

다케치요는 그만 두 사람을 혼동할 것 같아 두 팔로 쓰루히메의 몸을 밀어냈다. 쓰루히메는 핏발 선 눈으로 다케치요에게 다시 덤벼들었다.

"심술쟁이! 내 마음도 모르고, 가메히메와…… 심술쟁이 다케치요 님!"

"놓아줘. 나이토가……."

"싫어, 싫어, 이대로 돌아가면 두 사람 일을 대감님께 이를 테야."

"뭐, 가메히메에 대한 일을……?"

"그래, 일러줄 테야. 대감님은 이 쓰루를 다케치요의 색싯감이라고 아버지에게 분명히 말했대요."

쓰루히메는 말하다 말고 흠칫했다. 왜 이런 말을 하는 것일까? 나는 다케치요를 싫어하지 않는 것일까……?

그 대답보다는 걷잡을 수 없는 호기심의 불꽃이 더 컸다. 그 호기심이 미친 듯 온몸을 훑으면서 머리도 가슴도 화끈 달아올랐다.

사랑일까? 질투일까? 아니면 남자가 그리운 것일까? 그 어느 것이기도 했고 그 어느 것도 아닌 듯싶기도 했지만 쓰루히메는 어느새 다케치요의 무릎에 매달려 울고 있었다. 설움에 복받쳐 우는 게 아니라 울면서 자세를 허물어 다케치요를 시험하려는 교태와 계산이 있었다.

"자, 가려면 가봐요. 나는…… 다케치요 님이 좋아요. 나이 차가 나서 꾹 참고 있는 동안, 우지자네 도련님에게 당한…… 그 마음도 모르고…… 쓰루는 너무 분해요."

다케치요는 난처한 듯 어깨가 흔들리도록 한숨을 내쉬었다. 쓰루히메가 전혀 터무니없는 말을 한다고는 생각하지 않았다.

'그래, 이 쓰루히메는 이토록 나를 좋아했던가…….'

별안간 상대가 가엾어져 살며시 어깨로 손을 돌렸다. 그러자 쓰루히메는 더욱 몸부림치며 흐느껴 울었다.

이렇듯 우는데 그냥 내버려둬도 괜찮을 것일까. 사나이는 좀 더 큰마음으로 가까이 오는 자에게 감정을 기울여줘야 한다…… 다케치요는 쓰루히메의 목에 살며시 입술을 대었다. 우지자네와의 정사를 목격했으면서도 이상하게 그리 불결하게 여겨지지 않았다.

다케치요는 혼잣말을 했다.

"그래…… 그대가 나를 그토록 생각해 주는 줄은 몰랐어."

쓰루히메는 흠칫 몸을 굳혔지만 저항하지 않았다. 교태와 야유와 시샘의 기교가 어느새 본능의 도가니 속으로 그녀를 끌어들여 꼼짝 못 하게 하는 주문에 걸리고 만 것 같았다.

쓰루히메는 울음을 그쳤다. 다케치요는 아무 말도 하지 않았다. 조용한 집 안에 안채 주방에서 상을 치우는 소리만 아련히 들려왔다. 잠시 뒤 다케치요는 일어났다. 하룻밤에 두 번의 경험을 한 자신을 알 것 같기도 모를 것 같기도 한 종잡을 수 없는 심정이었다. 쓰루히메는 아마 더 복잡하고 냉정한 반성에 빠져 있을 것이었다.

다케치요가 말없이 방에서 나가려 하자, 다다미 위에 엎드린 채 불러 세웠다.

"다케치요 님!"

다케치요는 뒤돌아보고 고개를 갸웃하면서 다음 말을 기다렸지만 쓰루히메는 아무 말도 하지 않았다.

다케치요는 조용히 한 걸음 되돌아갔다.

'무언가 한마디 해주어야 한다……'

그런데 엎드려 있는 쓰루히메의 한쪽 볼이 희미하게 움직이며 이상스레 빨갛게 보여 그만두고 말았다. 그 빛은 성에서 본 신선한 분홍빛 수줍음이 아니라 땀에 더럽혀진 느낌의 붉은 색깔이었다.

다케치요는 그대로 복도를 건넜다. 싸늘한 밤공기 속에서 자기도 문득 울고 싶은 허전함을 느꼈다.

'이것으로 됐어……'

등롱에 켜진 불빛이 등잔 밑을 어둡게 하며 둥글게 엷은 빛무리를 만들고 있었다.

"이제 어른이 되었어……"

가메히메를 정복했을 때의 자신감에 무언가 개운치 않은 그림자가 낀 것 같은 느낌이었지만, 지난 일을 후회하는 성품은 아니었다.

복도를 건너자 다케치요는 주위도 보지 않고 행랑 쪽으로 곧장 걸어갔다.

"나이토, 돌아가자."

다케치요는 자신도 놀랄 만큼 엄한 목소리로 이르고 현관마루로 나갔다.

첫사랑─

왠지 모르게 허무한 슬픔이 느껴졌지만, 그 원인을 깨닫기에 다케치요는 아직 너무 어렸다.

나이토는 다케치요의 뒤를 말없이 따라갔다.

끝없는 인종(忍從)

오카자키성이 자랑하는 망루에 눈을 머금은 납빛 구름이 나직이 걸리고 잎을 떨군 벚나무 가로수에 바람이 쌀쌀하게 울고 있었다.

"오, 모두들 모였소? 늦어서 미안하오."

신파치로는 백발이 부쩍 많아진 머리를 잔뜩 졸라매고 토끼가죽옷 위에 입은 소매 없는 겉옷을 툭툭 털며 들어왔다.

"어떻게 되었소. 이번에는 설득시키고 돌아왔겠지?"

여기는 노미가하라(能見原)에 있는 나가사카 히코고로(長坂彦五郎)의 퇴락한 집이었다.

주인 히코고로가 투덜대며 대답했다.

"좀체 결판이 안 나는군. 이러고 보면 오카자키 일족이 모두 죽어 없어지기를 기다린다……고 판단할 수밖에 없지."

히코고로는 지야리 구로(血鎗九郎)라는 이름으로도 불리며, 기요야스 대로부터 꼽아 적의 목을 93개나 베어 창끝에 피가 마를 날이 없었다. 언제나 피 묻은 창을 거머쥐고 싸움터를 달리며 특히 붉은 칠한 긴 창을 휴대할 수 있도록 허락받은 무장이었다. 성미 급하고 고집스러운 점에 있어 신파치로에게 지지 않았다.

"그래, 아직 결판나지 않았단 말인가. 설마 교섭이 서툴러서 그런 건 아니겠지?"

신파치로는 슨푸에서 돌아온 사카이와 우에무라를 흘끗 쏘아보며 자리에 앉았다. 도리이, 이시카와, 히라이와, 아마노, 아베 외에 이 언저리에 사는 사카키바라도 와 있었다.

다케치요가 슨푸로 간 지 벌써 6년의 세월이 흘러, 오카자키 일족의 곤궁함은 그들의 옷차림에도 뚜렷이 드러나고 있었다. 짚으로 상투를 맨 자며 옷자락 사이로 걸레 같은 누더기가 내다보이는 자조차 있다. 그러나 눈빛과 칼에 대한 자부심만은 그대로 남아 있었다.

"다케치요 님은 이미 14살. 성인관례를 올려 오카자키로 돌려보내도 될 나이인데 대체 뭐라던가요?"

이야기가 서툴렀던 게 틀림없다—고 생각하며 신파치로가 다시 신랄한 말투로 묻자 지야리는 주먹을 휘둘렀다.

"말도 안 돼! 오와리의 노부나가가 형제 싸움을 보기 좋게 수습하고 세력을 착착 확장하는 걸 보고, 우리에게 또 한바탕 나가 싸우라고 한다네. 아니, 그뿐이라면 또 괜찮지만 다케치요로는 위태로워서 오카자키를 맡길 수 없다고 분명히 말했다는군. 나는 이제 참는 한계가 지났다고 생각하네."

"뭣이, 맡길 수 없다고…… 그토록 허약한 우리에게 어째서 선봉만 맡기나? 이보시오, 두 분, 그 말은 물론 했을 테지?"

사카이는 대답 대신 옆을 보며 말했다.

"오쿠보 님에게 뜨거운 물을."

혼다의 홀어미가 시커먼 보리차를 곧 내오자, 신파치로는 벌컥 한 모금 마시고 대들듯 사카이를 노려보았다.

홀어미 옆에서 언젠가 슨푸까지 데려갔던 헤이하치가 반짝이는 눈빛으로 이야기를 듣고 있었다.

옆에서 우에무라가 말을 가로챘다.

"대감님은 믿고 기다리라고 말씀하셨소. 다케치요 님을 위해 대감님의 조카딸을 주시겠다고 하더군. 이마가와와 마쓰다이라가 이제 인척이 되면 나쁘게 해줄 리 있겠느냐, 그러니 다시 한번 가신들의 활약을 보여달라고 하시오……."

여기까지 말하자 지야리가 커다란 목소리로 가로막았다.

"그것은 사탕발림이야. 나는 승복할 수 없소. 부처님 낯짝도 세 번이라는 말이 있지. 한 번씩 싸울 때마다 형과 남편과 자식들이 죽어가고 있소. 오카자키를 돌려줄 마음이 정말 있다면, 이 우리의 힘이 어찌 지금의 성주대리 따위에 뒤질쏜

가. 세키구치의 딸을…… 어쩌고 하는 것부터가 도대체 수상쩍어."

"세키구치의 딸이라니?"

신파치로가 이번에는 우에무라를 쏘아보았다.

"다케치요 님 측실로 주겠다는 건가?"

우에무라는 쓴웃음만 지으며 대답하지 않았다.

"물론 정실로겠지. 그런 것을 고맙다고 받을 시대인가. 그 계집은 몇 살이 되었지?"

"19살이라고 들었소만……."

"그럴 줄 알았어. 표면상 19살이라고 말했다면 아마 23살쯤 되었을지도 모르지. 차마 눈뜨고 볼 수 없을 도깨비 상통일걸."

"아니, 슨푸에서 이름난 미녀이고 재녀라는 소문이오."

"그러면 소박맞은 여자겠군. 몇 번이나 쫓겨왔다던가?"

"첫 출가이지, 소박맞은 분이 아니오."

하나하나 말허리를 잘려 신파치로는 성이 풀리지 않는 듯 혀를 찼다.

"귀하들은 대체 무슨 일로 슨푸에 갔었나? 설마 혼담 때문에 간 것은 아니겠지. 그렇잖소, 지야리? 나도 이쯤에서 결단 내려야 할 때……라는 귀하 생각과 동감이오."

지야리가 신나서 입을 열려고 하자, 혼다의 홀어미가 그 앞에 다시 보리차를 따라주며 가로막았다.

"우선 따뜻한 것을."

격해지려 하면 여자다운 마음씨로 융화되도록 한다. 그러나 분위기는 점점 날카로워져 갔다.

역시 감정을 이마에 드러내면서도 목소리만은 조용하게 사카이가 말했다.

"그럼, 오쿠보 님에게 묻겠는데 결단을 내린다면 어떤 계책으로 나갈 것인지 그 점을 확실하게 말해주시오. 설마 홧김에 앞뒤 생각하지 않고 다케치요 님이 요시모토의 손에 잡혀 있는 걸 잊은 건 아니겠지."

신파치로가 대꾸했다.

"물론이오. 무릇 교섭에는 고자세와 저자세가 있소. 귀하들은 너무 저자세인 것 같소. 좀 더 강경하게 대해보시오."

"그 수단을 자세히 듣고 싶소."

"자세하고 뭐고 없소. 다케치요 님을 돌려주지 않으면 이번 싸움에는 나가지 않겠다고 말할 뿐이지."

"그 뜻은 알았소. 하지만 그러면 할 수 없지, 그대들에게 부탁하지 않겠다고 한다면 어떻게 하겠소?"

"그때는 싸우지 않으면 되지. 그보다도 귀하들은 거기까지 생각하기 때문에 약해지는 거요. 오다 군은 노부히데 때보다 한층 더 정예화되었소. 노부나가는 드물게 보는 맹장인 데다, 이상한 무기까지 손에 넣었다 하오. 소리로 사람 죽이는 무기를…… 그런 오다 군에게 우리가 아니면 맞설 수 있을 것 같소. 그런 자신감을 갖고 부딪쳐서 부서지자는 거지."

"말씀을 삼가시오."

"뭐라고?"

"부딪쳐서 부서지다니 그게 무슨 말이오? 부서지면 끝장이오."

두 사람이 무릎을 마주하고 서로 노려보자 그때까지 조용히 눈 감은 채 듣고 있던 도리이가 두 사람을 말렸다.

"잠깐, 두 분 말에 다 일리가 있소."

도리이는 이미 여든이 넘어 얼굴이 신선처럼 고요했다.

"두 분 말에 다 일리가 있으니 서로 감정을 죽이고 납득되도록 이야기합시다…… 그렇잖소, 오쿠보 님. 늙은이는 성미가 급하다……고 한다면 내가 가장 성미 급할 거요."

"그렇지요."

"그러면 우리들이 저마다의 의견에 말없이 귀 기울이고 있는 이 안타까움을 헤아려주시구려. 나는 슨푸에서 다케치요 님을 더 오래 돌려보내 주지 않는다면…… 오카자키로 돌아오신 다케치요 님을 이승에서는 못 만날……지도 모른다 싶어 성미 급하게 서둘러선 안 된다며 자신을 꾹 억누르고 있소…… 그렇잖소, 오쿠보 님……."

신파치로는 노인 말에 귀 기울였다.

"그렇군요. 이거 참, 나잇값도 못 했소. 그럼, 우선 여러분 의견을 들읍시다."

그러고는 입을 굳게 다물고 침묵을 지켰다.

도리이 노인이 말했다.

"그럼, 계속해 주시오."

우에무라가 고개를 끄덕이며 말했다.

"오늘날까지 참기 어려운 일들을 참아왔소. 그러니 하다못해 산에서 나오는 1000관(貫)쯤 되는 수입이라도 우리에게 나눠주고 성인관례를 올리는 대로 빨리 돌려보내 주십사고 탄원해 다시 한번 대감님 말에 따르는 것이."

이번에는 신파치로 대신 지야리가 버럭 소리 질렀다.

"뭐, 탄원? 약속한 것을 돌려받는 데 무슨 탄원이오? 그렇듯 교섭하니 점점 상대에게 얕잡아 보이지. 오늘 당장 다케치요 님과 영지를 돌려달라고 왜 한번 말하지 못하오?"

"당신답지 않은 말이군. 물론 그 말을 했지. 그러나 대감님은 다케치요가 아직 어리니 좀 더 곁에 두어 성인관례와 혼인을 치러주며 기회를 보겠으니 그렇게 알고 있으라고 했단 말이오."

"그러니 귀하들은 겁쟁이라는 거지."

"뭐라고, 어째서 겁쟁이인가?"

"이미 나이는 충분히 드셨소. 신하들이 모두 바라는 일이니 오카자키로 돌아와 성인식을 올리고, 혼인은 그 뒷일, 진정으로 이마가와 가문의 힘을 기르려면 먼저 오카자키를 굳건히 지킬 수 있는 대장이 필요하다고 왜 말 못 하는 거요."

"물론 그 말도 누누이 했소. 그러나 성주대리로는 지휘를 못 하는가, 다케치요의 부하들은 내 성주대리의 지휘에 따르지 못하겠다고 하던가…… 하고 얼굴빛이 달라지며 말씀하였소. 더 이상 노하게 해서 다케치요 님 신상에 만일의 일이라도 생긴다면 어쩔 셈이오?"

"에잇, 답답해! 그때는 두 번째 조건을 내놓아야지. 그럼, 성주대리의 지휘에 따르겠으니 그쪽도 몇 년 몇 월 며칠에 다케치요 님을 돌려주려는지 그 약속을 해달라고 왜 말 못 하오?"

"그런 말을 어떻게 할 수 있소."

"그러니 겁쟁이라는 것 아니오."

"뭐라고, 폭언은 용서 않겠어, 지야리!"

"용서 않겠다는 건 내가 할 말이야. 겁쟁이 같으니!"

지야리가 눈을 부릅뜨고 오른쪽의 칼을 왼쪽으로 바꿔 쥐자 우에무라도 찰 가닥 칼을 뽑았다.

"덤빌 테냐, 지야리!"

동시에 강온(強穩) 두 파가 무릎을 세우자 방 안에는 미동도 할 수 없을 만큼 격렬한 살기가 감돌았다.

당연히 말릴 줄 알았던 도라이는 무슨 생각을 하는지 눈을 감은 채 가만히 있었다. 그 도라이와 겨루듯 신파치로도 눈을 딱 감고 있다.

별안간 혼다의 홀어미가 엎드려 소리 내어 울음을 터뜨렸다. 너무나 갑작스러운 일이라 그때까지 묵묵히 있던 사카키바라가 말을 걸었다.

"왜 그래? 어디가 아픈가?"

홀어미는 더욱 소리 높여 울었다.

"정말 너무들 한심하십니다…… 참을성 없는 분들이세요. 할아버님도 그렇고, 지야리 님도 그렇고."

"아녀자가 뭘 알아. 잠자코 있어."

"아니, 가만있지 않겠어요. 이 자리에 제 시아버님이나 남편이 살아 있었다면 이런 불충은 말렸을 터인데."

"뭐, 불충…… 이 지야리가 불충하다는 말이냐?"

"네, 불충이지요. 이 중요한 모임에서 사사로운 일로 칼을 뽑다니…… 두 분 다 더할 나위 없는 불충입니다. 모두들 잘 생각해 보세요…… 스루가에서 성주대리가 온 뒤의 그 고생을…… 이 6년 동안의 고생이 남자들에게만 쓰라린 건 아니었을 거예요. 아녀자에게도 남자들이 모르는 고생이 있었어요……."

"그러니 더 참을 수 없다는 거지."

"들어보세요. 처음에는 졸개들이 숨어들어와 진귀한 것을 빼앗고 짐승처럼 아녀자를 겁탈했지요. 농부의 아낙 가운데는 남편 눈앞에서 겁탈당하여 혀를 깨물고 죽은 이도 있고 아비 모르는 자식을 낳고 미친 처녀도 있어요. 가신의 아낙들조차 두려워서 얼굴에 숯검정을 바르고 오가다 만나면 꿇어 엎드리거나 길을 피하며, 스루가 무리라면 듣기만 해도 치가 떨려서……."

홀어미가 심각하게 말하기 시작하자, 어린 헤이하치는 걱정스러운 듯 어머니 어깨에 손을 얹고 그 얼굴을 들여다보았다.

"게다가 하루 세 끼 먹거리 걱정. 사철 몸에 걸칠 누더기 걱정. 쌀 한 톨 없으면 서도 말이 여윌까 봐 노심초사했지요. 그 고생이 고통스럽다고 누가 말하던가요. 이제 더 못 견디겠다고 누가 약한 소리를 하던가요. 어디 한번 말씀해 보세요! 몇 십 년이 걸리든 다케치요 님이 무사히 돌아오셔서 옛 영화를 되찾을 때까지 이를 악물며 견디고 있는 그 아녀자들에게 모두들 부끄럽지 않다고 생각한다면 말리 지 않겠어요. 자, 칼을 뽑아 싸우세요. 마음껏 싸우고 이왕이면 이 홀어미도 베어 주세요……."

주위가 갑자기 조용해졌다. 할 말을 다 하고 나자 과부는 다시 몸을 엎드려 경 련하듯 흐느껴 울었다.

맨 먼저 사카이가 흐느꼈다. 사카키바라는 한 무릎 두 무릎 뒤로 물러나며 눈 물을 닦았다. 신파치로는 아직 고집스럽게 눈을 꼭 감은 채 검붉은 주름 속에 은 빛 물줄기를 가로세로 흘리고, 도리이 역시 눈물을 삼키고 있었다.

"자, 싸우세요. 그런 못난 사나이들 밑에서 살고 싶지 않아요. 자, 빨리."

우에무라가 살며시 칼을 놓았다. 그것을 보고 지야리는 갑자기 벌집을 쑤셔놓 은 듯한 목소리로 울음을 터뜨렸다.

"……용서하시오! 잘못했소. 지야리가 잘못했어. 용서하시오."

그러고는 어린아이처럼 목 놓아 운다…… 혼다의 홀어미가 한 말은 지야리뿐 아니라 모두의 가슴에 인종으로 지새운 지난 6년의 세월을 생생하게 상기시켰다.

다케치요가 슨푸로 옮겨가고, 이마가와의 성주대리가 부하를 거느리고 입성한 날 신하들 모두에게 사발통문이 돌았다.

"어떤 무리한 일을 강요해도 무조건 인종하라. 저항해선 안 된다."

아무리 정당한 이유가 있더라도 결코 말하지 마라. 오늘부터 오카자키 일족은 인간임을 잊고 살아라. 그렇지 않으면 다케치요 님이 위태로워진다.

"다케치요 님이 계셔야 오카자키 일족도 있다. 알겠느냐? 무익한 저항은 중지 하고, 우리 오카자키 사람은 일본에서 인내심이 가장 강하니…… 그것을 마음에 깊이 새기고 부디 견뎌다오."

지야리는 그때 말했었다.

"좋아! 나는 오늘부터 개가 되겠다. 개는 먹을 것만 주면 어떤 놈에게든 꼬리를 흔든다. 나는 이마가와의 성주대리에게 꼬리를 흔들며 살겠어! 알겠나? 모두들

개가 되는 거다. 개 가족이라는 것을 잊지 마라. 길에서 만나면 졸개들에게도 꼬리를 흔들도록 해."

만나는 사람마다 그렇게 말하며 눈물을 흘린 지야리였다. 물론 모두들 그런 마음으로 살아왔다. 그것을 기화로 그들은 모자라는 식량마저 뺏어갔다.

"이건 우리가 가져가겠다."

"여자는 없나, 여자는?"

침실 안까지 흙발로 기웃거리는 무례를 경험하지 않은 이는 하나도 없었다. 그래도 반항다운 반항 한 번 하지 않고 이를 악물며 참아왔다. 그리고 전쟁이 벌어지면 그 울분이 무서운 불꽃이 되어 폭발했다. 그래서 이마가와 사람들 중에는 고개를 갸웃하며 이상히 여기는 이들조차 있었다.

"그 얌전한 고양이 같은 오카자키 놈들이 어떻게 저렇듯 용감해지는 것일까?"

지야리는 말했다.

"그 인종의 맹세를 나부터 깨뜨리고 성질을 부렸소. 이 지야리가 잘못했소. 자, 이 벗어진 대머리를 마음껏 때리고 용서해 주시오."

본디 고지식한 지야리인지라 비는 것만으로는 마음 놓이지 않는 모양이다.

"나는 이마가와 편에서 다케치요 님을 그리 박절하게 대접하지 않는다……고 생각한 때부터 마음의 열쇠, 인내의 자물통이 느슨해진 것 같소. 그렇소! 다케치요 님이 우리 성으로 돌아올 때까지 나는 개로 있어야만 했소. 그것을 잊은 불충! 자, 때려주오! 마음껏 때려주오."

피를 토하듯 말하더니 지야리는 걱정스러운 듯 어머니 옆에 서 있는 헤이하치의 손을 끌어다 자기 머리를 철썩 때렸다. 헤이하치는 별안간 손을 잡혀 화가 난 모양이었다. 다음에는 정말로 세게 지야리를 철썩 때렸다.

"오, 잘 때렸다. 고맙다! 이로써 나는 마음을 고치겠다…… 아니, 나 지야리 규로, 입으로만 하는 사과로 끝낼 사나이가 아니야. 네가 언젠가 혼다라는 이름으로 세상에 나가면, 틀림없이 네 부하가 될 것이다. 응? 용서해 다오."

그 소박한 말을 듣자 좌중에 다시 새로운 눈물이 솟아났다.

"얼굴을 드세요, 지야리 님. 알아주시니 그것으로 됐어요. 각오하고서 하는 인종이니 다케치요 님을 맞을 때까지는 마음을 하나로 합치도록 부탁드리겠어요."

그녀의 말에 우에무라가 눈물로 얼룩진 얼굴을 돌리며 말했다.

"나도 나빴소. 용서하시오."

"그럼—"

분위기가 가라앉기를 기다려 도리이 노인이 눈을 떴다.

"우리가 뽑은 사자이니 사카이, 우에무라 두 분의 교섭을 뒤에서 모두들 힘껏 밀어줍시다."

아베 오쿠라가 고개를 끄덕였다.

"맞습니다. 그럼, 이대로 계속 인종할 것인지, 아니면 다시 한번 교섭할 것인지, 그것을 의논합시다."

"이 도리이에게 한 가지 생각이 있소."

사카이가 몸을 내밀었다.

"들어봅시다."

"무엇보다 중요한 것은 다케치요 님이 성인이 되셨을 때 슨푸에서 과연 영지를 돌려줄 마음이 있는지 없는지를 알아내야…… 한다고 생각하오. 성인관례며 혼인이며 모두 대감님에게 맡기겠으니, 성인관례를 올리는 동시에 조상의 성묘차 한번 오카자키로 보내주십사고 청해보면 어떨까요?"

"옳지…… 참으로 묘안이군. 그런데 그걸 허락하지 않을 때는?"

"그때는 다시 생각해야지요."

도리이 노인의 태도는 조용했으나, 말꼬리에 강한 힘을 풍기며 좌중을 돌아보았다.

"대감님 덕분에 성인이 되었으니 그 모습을 조상에게 보이고 싶다! 그것이 가신들의 희망이라고 말한다면 거절할 구실이 없을 거요. 만일 쾌히 승낙한다면 우리 역시 대감님을 믿어도 좋을 거라고 생각하오."

"그렇소."

"이토록 신하들이 고대하고 있소. 끝없는 인종을 감내하고 있소. 그런 가운데 다케치요 님을 맞아 우리의 뜻을 자세히 말씀드릴 수만 있다면 모두 마음이 흡족하지 않겠소?"

"노인장의 말씀이 옳소. 한 번이라도 좋으니, 우리도 보고 싶소! 가족들에게도 보여주고 싶소!"

신파치로가 말하자 도리이 노인은 다시 조용히 말을 이었다.

"그런데 문제는 그다음 일이오. 그다음에 다케치요 님을 중심으로 한 오카자키 일족의 단결은 깨뜨릴 수 없는 쇳덩어리임을 요시모토 님에게 인식시켜 다케치요 님을 선두로 공을 한번 세우게 하심이 어떨까 교섭하는 거요. 그리고 그 공을 방패 삼아 오카자키를 지킬 실력이 없다는 말을 못 하게 하는 것…… 말고는 우리들의 인종을 살릴 길이 없다고 생각하는데, 어떻소?"

모두들 갑자기 조용해졌다. 역시 마지막에는 단결된 힘밖에 없는 것이다. 그렇게 생각하자 모두들 움켜쥔 주먹에 절로 힘이 주어졌다.

"이의가 있다면 듣고 싶소. 이의가 없으면 수고스럽지만 두 분에게 다시 슨푸로 가서 성인관례와 성묘에 대한 일을 제안하도록 하는 게 어떻겠소."

"이의 없소."

"묘안이라고 생각합니다."

"그럼, 그렇게 결정하고 우리가 가져온 탁주 한 잔씩 나누면서 다시 한번 인종을 다짐합시다."

노인은 이 집의 주부와 혼다의 홀어미에게 조용한 미소로 준비를 재촉했다.

풍운

아구이 작은 성은 화창한 햇볕 속에 있었다.

"노송나무를 스치는 바람 한 점 없군."

히사마쓰 도시카쓰는 양지바른 툇마루에서 노는 두 아들의 머리를 쓰다듬으며 오다이 부인의 가슴을 살며시 들여다보았다. 두 사람 사이에 생긴 첫아이는 사부로타로(三郎太郎), 다음은 겐자부로(源三郎), 그리고 지금 오다이 부인의 젖을 힘차게 빨고 있는 건 셋째인 조후쿠마루(長福丸)였다.

둘째 겐자부로는 아버지가 앉자 곧 기어와 그 무릎에 올라가 난폭하게 아버지 턱을 쥐고 흔들었다.

"아프구나, 겐자부로."

도시카쓰는 눈을 가늘게 뜨고 오다이와 서로 얼굴을 마주 보았다.

"꼭 거짓말 같군. 내 집만이 이렇듯 평화로우니."

오다이는 유모를 불러 아이를 내주었다.

"자, 다로도 부로도 조후쿠와 함께 놀아요."

두 아이를 방에서 내보내고 남편에게 차를 권했다.

"나루미에서 오타카에 걸친 방비는 아직 끝나지 않았나요?"

"바로 그 일이오. 이마가와는 한 치의 땅이라도 더 차지하려고 오와리에 끼어들고, 오다는 한 발도 들여놓지 못하게 하려는 일촉즉발의 전운이 시시각각 다가오는 느낌인데, 그에 비해 우리 집은……"

"네."

"조상 덕분이오. 당신과 우리의 신앙 덕분이야."

"정말이에요……."

새로이 세 아이의 어머니가 된 오다이의 얼굴은 침착한 인자로움을 담고 눈물이 어리는 듯했다.

"싸움 같은 것 없이 이대로 지냈으면 얼마나 행복할까 이따금 생각해요."

"그러나 그렇게는 안 되지……."

도시카쓰는 차를 마셨다.

"이마가와와 오다는 물과 기름, 한번은 반드시 불붙겠지. 더욱이 이번에는 어느 쪽인가 반드시 재가 될 거야. 노부나가 님은 선대보다 성품이 훨씬 격렬하시니."

"그토록 강한 신하들의 반감을 끝내 모아 하나로 만드셨으니 예사 분은 아니지요."

"예사 분은커녕 지혜도 도량도 비할 데 없는 대장이지."

"예사 분이라면 시바다, 하야시, 사쿠마 님들을 모두 베었을 거예요."

"바로 그거요. 선선히 용서한 그 도량, 그대들 역시 내 가문을 위해 품은 반감…… 하시며 벼슬도 전혀 깎지 않았으니, 예사 분으로선 할 수 있는 일이 아니지. 그러니만큼 싸움이 커질 것이오. 아무튼 이마가와는 강대하니까."

노부나가의 그릇이 클수록 다음 전쟁도 커진다……는 것은 노부나가로서는 아직도 요시모토에게 이길 수 없을 거라는 불안을 뜻하고 있었다.

"어떻든 우리는 우리 영토 안에서 덕을 펼 따름이오."

근위무사가 복도에서 알렸다.

"말씀드립니다."

"뭐냐?"

"히사로쿠 님이 후루와타리에서 돌아오셨습니다."

"오, 히사로쿠가 돌아왔다고? 어서 이리로 들도록 전해라. 마님과 둘뿐이다. 곧 오라고……."

근위무사가 물러가자 도시카쓰는 오다이를 흘끗 보고 옷 주름을 고쳤다.

"기쁜 소식이면 좋겠는데……."

히사로쿠는 두 사람에게 묵례하고 그대로 도시카쓰 앞으로 나아가 얼굴을 들었다.

"길흉이 여러 가지라, 먼저 노부나가 님 근황부터 말씀 올리겠습니다."

노부나가는 가신들의 반감을 가까스로 씻어내고 이번에 처음으로 장인 사이토 도산을 만났다. 미카와에서 이마가와가 압력을 더해옴에 따라 미노의 장인과 굳게 손잡을 필요가 있었다.

하지만 역시 방심할 수 있는 상대는 아니었다. 만일 사위에게 허술한 데가 있다고 판단되면 곧 오와리를 집어삼키려 할 게 뻔했다. 그런데 노부나가는 첫 대면에서 도산을 완전히 압도해 버렸다.

두 사람의 회견 장소는 돈다(富田)의 쇼토쿠사(正德寺).

"그 쇼토쿠사로 간 오와리 군은 총 100자루, 세 간(間)짜리 자루가 달린 긴 창 500개."

"잠깐! 총을 100자루씩이나……."

"예, 사이토 도산이 총을 손에 넣으려고 얼마나 애쓰고 있는지 알고서 한 시위입니다."

도시카쓰는 신음했다.

"흠."

한 자루도 금처럼 귀한 총을 그렇게 많이 모으다니, 겨드랑이에 땀이 흐르는 느낌이었다.

"붉게 칠한 세 간짜리 긴 창도 미노의 간담을 서늘케 했지만, 노부나가 님의 차림새가 그들의 넋을 더욱 빼앗았다고 합니다."

"또 그 이상한 차림이었군."

"이상한 것도 이상한 나름입니다. 호랑이와 표범의 가죽을 조각조각 꿰맨 잠방이 같은 겉옷 허리둘레에 부싯돌주머니며 표주박이며 볶은 쌀자루 등을 잔뜩 매달고, 새끼줄 허리띠를 두른 데다 물들인 홑옷 한쪽을 보란 듯 벗어부치고 계셨습니다."

"음, 눈에 선하군. 그래, 회견의 결말은?"

"모든 면에서 노부나가 님의 승리로 회견이 끝나자 사이토 도산은 진지하게 술회했다고 합니다."

"뭐라고 하셨나?"

"내 자식 놈들은 언젠가 노부나가의 말고삐를 잡게 될 거라고."

"그래? 미노와의 동맹이 성립되었군. 이마가와와의 결전이 드디어 머지않았어."

잠자코 두 사람의 이야기를 듣고 있던 오다이는 남편이 한숨짓는 의미를 알수 없었다.

"머지않았다는 증거로 좋지 않은 소식을 말씀드리겠습니다."

"좋지 않은 소식……?"

"예, 마쓰다이라 다케치요 님이 드디어 성인관례식을 올리고 오와리 침입의 선봉을 명령받은 듯싶습니다."

"네? 그럼……."

오다이는 저도 모르게 몸을 내밀며 고개를 푹 숙였다. 오다이가 가장 두려워하던 일이 시시각각 다가오고 있다. 교토로 가려는 요시모토가 오카자키 사람들의 순박한 용맹성을 이용하지 않을 리 없었다.

"오카자키로 돌아가고 싶으면 공을 세워라."

이 말을 듣고 한껏 분발하고 있을 다케치요가 눈에 보이는 듯하다. 그러나 그것은 결코 다케치요와 오카자키 사람들의 행복을 약속해 주지 못한다. 노부나가의 정예부대와 맞서 이마가와의 야심의 길에 시체를 늘어놓게 되는 일 이외의 아무것도 아니리라.

"다케치요가…… 그럴 테지."

"마님! 그 밖에 또 하나…… 마음을 진정하고 들어주십시오. 다케치요 님의 혼인을 앞두고 게요인 님이 돌아가셔서……."

"네? 어, 어머님이……."

다케치요의 혼인에 대한 소문도 오다이는 처음 들었다. 그것이 히사로쿠의 입을 통해 생모의 죽음과 함께 알려진 것이다. 이제 완전히 히사로쿠가 되어 있는 그 역시 같은 게요인의 아들이 아니던가. 남편에 대한 조심성으로 울음소리를 삼키며 히사로쿠를 훔쳐보니 그는 이미 감정을 차분히 가라앉힌 표정이었다.

"태어나는 자도 있고, 죽어가는 자도 있고, 길과 흉이 끝없이 번갈아드는 게 인생, 그렇긴 해도 너무 쓸쓸한 임종이었다고 들었습니다."

"그래. 당신 어머님도 돌아가셨군. 참을 것 없소. 마음껏 우시오, 오다이."

"네."

"그리고 제삿날 기도를 정성껏 올리오. 히사로쿠, 임종하신 날은?"

도시카쓰가 묻자 히사로쿠는 잠시 고개 숙인 채 대답했다.

"11월 23일 해 지기 전이었다고 합니다."

"그 밖에 뭐 들은 건 없나? 주저 말고 이야기하게."

"예, 게요인 님은 다케치요 님 혼사를 그리 탐탁지 않게……."

"그 혼인 상대는 누구 딸인가?"

"세키구치 지카나가의 딸, 요시모토에게는 조카딸이 됩니다."

"요시모토의 조카딸……?"

오다이는 저도 모르게 남편을 보며 한숨지었다. 여기서도 역시 살아남기 위한 정략이 사람과 사람 사이의 자연스러운 삶을 일그러지게 한다.

"그렇다면 아마 다케치요보다 손위일 텐데……."

히사로쿠는 고개를 끄덕였다. 다케치요 자신도 그 혼담을 싫어하고 있다고는 말할 수 없었다. 그가 얻은 정보에 의하면, 오카자키의 가신들이 한시라도 빨리 영지를 되찾고 다케치요를 맞이하려고 세키구치를 통해 요시모토에게 열심히 운동했다고 전해 들었기 때문이다.

"그래서 게요인 님은 숨을 거두실 때 사카이 다다쓰구(酒井忠次)에게 출가한 막내따님까지 일부러 물리치고 다케치요 님과 단독 대면하시어 무언가 누누이 일렀다고 합니다."

"다케치요 혼자만 불러들여서……."

"예, 다케치요 님을 불러들이셨을 때는 아직 의식이 맑으셨답니다. 그러는 동안 다케치요 님의 흐느낌 소리가 새어나왔다더군요. 좁은 암자 안이므로…… 막내따님을 비롯하여 조카 오코우치(大河內) 님이 허둥지둥 머리맡으로 달려가자 다케치요 님이—들어오지 마라! 소리 높여 꾸짖었다고 합니다."

"왜 그랬을까? 그런 일을……."

"할머님과 둘이서 생각할 일이 있으니 아무도 들어오지 말라고 하시며 그날 밤은 유해 곁에서 혼자 가만히 게요인 님을 지켜보고 있었답니다."

오다이는 고개를 끄덕였다. 14살이 된 다케치요가 이 불행한 할머니의 생애에서 무엇을 느끼고 무엇을 받아들였는지 알 것만 같다. 게요인도 아마 임종하기 전에 무언가 남기지 않고는 있을 수 없었던 모양이다.

'어쩌면 게요인이 세상 떠난 뒤에도 오다이와 계속 연락을 가지라고…… 그리고 오다, 이마가와 두 집안의 결전에 말려들어 꼼짝 못 할 빚을 만들지 말고 살아남을 길을 찾으라고 타이른 게 아닐까.'

"그래, 11월 23일이라. 미처 알지 못해 공양을 올리지 못했군. 당신 어머니는 우리 자식들에게도 소중한 할머니. 곧 향을 사르도록 하시오."

도시카쓰에게서 이 말을 듣자 오다이는 비로소 얼굴을 가리고 울기 시작했다.

오다이는 향을 피웠다. 히사로쿠는 감정을 겉으로 드러내지 않는 물 같은 표정으로 말없이 바라보고 있다가 이윽고 물러났다.

히사로쿠는 현관을 나서자 아구이 골짜기를 굽어보며 크게 한숨짓고 급히 한길을 내려갔다. 그의 집은 성문에서 나와 왼쪽 언덕 아래 있었다. 하인이 허둥지둥 나왔지만 잠자코 거실로 들어가 말을 던졌다.

"지금 돌아왔소."

방 안의 이야기 소리가 뚝 그쳤다.

"아, 돌아오셨소? 오다이 부인이 낙담하셨으리라."

이렇게 말한 것은 가사데라(笠寺)의 볼모 교환 이래 이 가까이에 모습을 보이지 않던 다케노우치 나미타로였다. 그 앞에 예사롭지 않은 얼굴의 나그네중이 앉아 무화과를 먹고 있다.

히사로쿠는 그 두 사람 사이에 앉아 불쑥 말했다.

"역시 울더군요."

여전히 앞머리를 내린 그대로인 나미타로는 히사로쿠를 보며 냉정하게 물었다.

"어머님 유언도 말하셨소?"

히사로쿠는 고개를 끄덕였다.

"히사마쓰는 그 유언의 내용까지는 깨닫지 못할 것이오. 하지만 오다이 부인은 알아들었을 거요."

히사로쿠는 대답하는 대신 창 너머로 추녀를 덮을 듯이 무성한 치자나무 가지를 보았다.

나그네중이 나미타로에게 물었다.

"그런데 방금 하던 이야기오만, 에치고의 우에스기와 가이의 다케다 가운데 귀하는 어느 쪽을 택하겠소?"

나미타로는 그 말을 가로막았다.

"잠시 기다리게! 그대에게는 어머니의 죽음이니 슨푸에 한번 가겠소?"

히사로쿠는 창밖의 하늘을 보며 조용히 고개를 저었다.

"이 히사로쿠에게 혈육은 없소."

나그네중이 소리 높여 웃었다.

"앗핫핫핫…… 혈육이든 아니든 수명이 다하면 모두 죽는 걸세. 우리가 이야기하고 있는 것은 수명이 다하기 전에 죽는 놈을 살리고 싶은 것뿐. 그런데 누가 그것을 해낼 수 있을까?"

다시 입 안에 무화과를 두 개 거듭 집어넣고 네모진 손바닥을 나미타로의 코끝에 들이대듯 하며 손을 꼽았다.

"사이토, 마쓰나가(松永), 오다, 이마가와, 호조, 다케다, 우에스기. 모두 만나봤지만 그릇이 작아. 하지만 오다의 솜씨는 아직 모르겠는데, 그대 생각은 어떤가?"

나미타로는 대답했다.

"다케다, 우에스기, 오다가 하나로 합쳐야 해."

"그러면 그대 역시 이마가와와 오다를 서로 물어뜯게 할 작정인가?"

"물어뜯게 하지 않으면 하나가 되지 않을걸."

"하나가 된 다음에는 어떻게 되나?"

"다케다……."

나미타로는 말하며 히사로쿠를 돌아보았다.

"그대는 어떻게 생각하오? 다케치요를 한 번 더 보고 싶소. 후루와타리에서 노부나가를 오랜만에 만났을 때 자신의 적수는 다케치요뿐이라더군."

히사로쿠는 나미타로를 흘끔 보며 크게 한숨지었다.

나그네중은 언젠가 하늘과 땅을 한입에 삼켜 석가여래의 위업을 잇겠다고 큰소리치며 바람처럼 훨훨 여러 나라를 떠돌아다니는 히에이산의 학승 즈이후였다. 나미타로가 히사로쿠에게 말을 건네자 가볍게 코웃음 쳤다.

"미즈노(水野)씨는 아직 세속에 있어."

나미타로는 그것을 가로막고 다시 물었다.

"노부나가…… 아니, 내게는 여전히 옛날의 기치보시지만, 기치보시의 말을 어떻게 생각하시오?"

히사로쿠는 대답했다.

"뛰어난 분이지. 오카자키를 적으로 돌리지는 않을 거요…… 그러면 오와리의 자기 가문이 위태로울 걸 알고 다케치요를 칭찬하는 거지요."

나미타로는 연거푸 세 번 고개를 끄덕였다.

"그대도 역시 그렇게 봤소? 미노의 사이토와도 힘을 합칠 것 같군. 우리의 소망은 역시 오와리 땅에 싹트게 되는 걸까."

"아냐 아냐, 당신들은 성미가 급해. 나는 좀 더 마음을 느긋하게 갖겠소."

즈이후는 책상다리한 무릎을 두드렸다.

"하지만 다케치요는 아니야. 여러 나라를 둘러보는 동안 두 개의 주옥(珠玉)을 캐냈지."

"두 개의 주옥…… 어디서?"

"하나는 미노, 하나는 스루가."

"미노라면 사이토 가문인가?"

"그것이 말이지, 아케치(明智) 고을의 이름 없는 애송이야. 아마 이름이 주베에(十兵衛 ; 아케치 미쓰히데(明智光秀))라고 했지."

나미타로의 눈이 빛났다.

"호, 그 영재를 스님은 어떻게 했소?"

"히에이산으로 올려보냈지. 부처님 가르침을 좀 맛보게 하려고."

"또 하나 스루가의 주옥이란?"

"아, 그는 이 집에 데리고 왔어."

"뭐, 이 집에?"

"음, 불러서 보여드려도 좋소. 내가 천하와 때의 흐름에 대해 말해주었더니 내 옆을 떠나려 하지 않더군."

"그래, 스루가의 어디 태생인가?"

"그건 모르오. 히쿠마노(曳馬野)의 주막에서 만났는데, 바늘장수를 하는 역시 천하의 떠돌이지."

"스님은 그 떠돌이의 어떤 점을 높이 사셨소?"

"어떻게 하면 천하를 손에 넣을 수 있는지, 그것만 캐묻거든. 게다가 일하는 게 여간 아니오. 기(氣)와 마음이 다 함께 자연의 뜻에 어울리더이다."

히사로쿠는 두 사람의 말을 듣는 것도 안 듣는 것도 아닌 표정으로 잠시 말없이 창문 너머로 시선을 던지고 있더니 처음으로 물었다.

"스님이 데리고 온 하인 말입니까?"

"오, 그자요. 이곳에 오자마자 이 집 주위를 청소하며 다니고 있소. 그 녀석 하는 말이 재미있어. 바늘이 안 팔려도 결코 굶주리지 않는다. 그 묘법을 알고 있다고 나에게 가르쳐주더군."

"허, 굶주리지 않는 묘법을."

"그렇소……".

즈이후는 생각난 듯 껄껄 웃었다.

"변소 말이오. 변소 청소를 시켜주십시오, 그것이 소원입니다, 하고 말하면 어디가든 반드시 먹을 것을 얻는다고 용케 꿰뚫어보고 있거든."

그때 20살쯤 된 젊은이가 원숭이와 꼭 닮은 표정으로 쟁반을 받쳐들고 들어왔다.

"감자가 익었습니다. 잡수십시오."

히사로쿠는 흠칫 놀라며 그 젊은이를 다시 바라보았다. 확실히 본 기억이 있었다. 5척이 될까 말까 한 작은 사나이로 젊은이답지 않게 이마에 주름이 잡히고 눈에만 흰빛이 깃들어 있다. 이 사내를 히사로쿠는 여러 곳에서 본 적 있었다. 때로는 '수상쩍은 놈?' 하고 마음으로 경계하면서 그 거동을 살핀 일도 있었다.

시대가 크게 요동치는 까닭에 문벌 가문이 멸망하는 틈바구니에서 온갖 인간이 머리를 쳐들기 시작하고 있었다. 노부나가의 기상천외한 두뇌와 성격도 그 하나였지만, 그의 장인 사이토 도산도 지난날 거리에서 재미있는 가락을 외치고 다니던 기름장수였다.

"자, 나는 기름을 깔때기로 따르지 않습니다. 이 한 푼짜리 동전 구멍에 실을 꿰듯 부어 보이겠소. 만일 한 방울이라도 흘리면 기름을 공짜로 드리리다."

그 기름장수가 어느새 미노를 움켜잡고 있는 시대였다. 즈이후도 그 가운데 한 사람이지만, 큰 꿈을 품고 돌아다니는 떠돌이가 요즘 부쩍 늘었다. 이 원숭이 같은 사나이도 그런 사람들 가운데 하나일까?

히사로쿠가 물었다.

"나는 그대를 나고야에서도, 가리야에서도, 오카자키에서도 보았는데."

"예, 바늘을 팔러 스루가에도 갔고 도토우미에도 갔습니다."

"고향은 어딘가?"

"오와리의 나카무라(中村)입니다."

"이름은······?"

거듭 묻자 이 늙은이 같은 젊은이는 붙임성 있게 흐흐흐 웃었다.

"걱정 마십쇼. 결코 오다 님의 첩자는 아닙니다."

"이름을 묻고 있는 거야, 그대의."

"이름을 댈 만한 놈이 못 됩니다. 마을 사람들은 히요시(日吉)라고도 부르고 원숭이 놈이라고도 부르지요. 돌아가신 아버지는 오다네 하인이었습니다만······ 이 근방에서는 바늘장수 원숭으로 통하고 있습죠."

"그래, 그대는 어떤 무예를 수련했나?"

"수련하다니요······ 성급하신 말씀을. 저는 아직 어립니다. 모든 건 이제부터이니 앞으로 잘 부탁드리겠습니다."

히사로쿠는 천천히 나미타로를 돌아보았다. 나미타로의 눈이 찌를 듯 이 젊은이를 쏘아보고 있었기 때문이다.

나미타로는 히사로쿠의 뒤를 이어 물었다.

"나도 분명히 어디선가 보았는데······ 그대는 누구한테 종사할 생각이 있나? 예를 들어 그대 눈에 든 주인이 있다면?"

젊은이는 다시 맑은 목소리로 웃었다.

"아하하······ 이리저리 여러 나라를 돌아다녀 보고 역시 오와리가 좋다고 비로소 깨달은 참이지요."

"오와리가 어째서 좋은지 말해봐."

"풍요로운 토지, 교토로 가는 지리적 조건. 그 밖에 또 매우 마음에 든 것이 한 가지 있습니다."

"뭔가, 그게?"

"노부나가 님의 상투 맨 머리. 주인을 섬긴다면 역시 그분뿐입니다만, 그분은 저의 변소 청소 따위는 그리 쉽사리 알아주시지 않을 겁니다."

젊은이는 들고 온 쟁반에서 삶은 감자를 하나 집어들고 먹기 시작했다.

"독이 있는지 먼저 맛보았습니다. 이제 드십시오."

"음."

히사로쿠와 나미타로는 또 얼굴을 마주 보며 쓴웃음 지었다. 난세의 땅에 싹트는 것은 늘 전후파(戰後派)적인 기발함을 띠며 자라나게 마련이지만, 어느 틈에 히사로쿠의 하인들을 제치고 쟁반을 받쳐들고 주제넘게 나타난 배짱이니만큼 이 젊은이도 완전히 사람을 얕보고 있다. 전형적인 하룻강아지 범 무서운 줄 모르는 자……라고 판단하자 나미타로의 눈이 부드러워졌다. 이러한 인물이 늘어날수록 새로운 시대의 도래도 빠르다—고 나미타로는 믿고 있다.

"그대는 지금 노부나가의 상투 맨 머리가 몹시 마음에 들었다고 했는데, 무엇이 그토록 마음에 들었나?"

"호호호, 우선 첫째로 여러 곳의 장수들이 신경질적으로 국경을 굳혀가는 때 반대로 온갖 사람들을 자유로이 오가게 하는…… 그 두뇌가 마음에 들었습니다."

주저 없이 말하자 즈이후는 자못 자랑스러운 듯 말했다.

"어떻소, 보통 원숭이가 아니지 않소?"

나미타로는 저도 모르게 한무릎 다가앉았다.

"자유로이 오가게 하여 노부나가는 무엇을 얻을 수 있나?"

"첫째로 백성들의 감사, 여기저기서 뺏기는 관문 통행료만으로도 나그네는 매우 고통받고 있습니다. 그 근심이 없어지면 여러 나라의 장사꾼들이 기뻐하며 오와리에 모이지요. 여기서 생기는 이득은 통행료나 다리세 따위와 비교가 안 됩니다…… 그보다 더 큰 이득은 자유로이 오가게 하여 첩자 밀정 따위는 안중에도 두지 않고 모든 것을 사람들 눈에 드러내 보이는 배짱! 이것입니다."

상대가 차츰 웅변적이 되는 것을 나미타로는 고개를 끄덕이며 듣고 있다가 물었다.

"그럼, 그대에게 오다 가문에 종사할 수 있는 길을 열어줄까?"

"예?"

젊은이는 귀를 세우더니, 곧이어 싱글벙글 혼자 웃었다.

"당신한테 그만한 줄은 없을 겁니다."

"있다면 어떻게 하겠나?"

"있더라도 부탁하지 않겠습니다. 남에게 의지했다……면 노부나가 님이 용납하지 않으리라고 생각합니다. 그보다 노부나가 님이 원숭이 놈을 필요로 할 만한 아주 큰 바람을 불러일으켜 주시지 않겠습니까?"

"뭐, 그대를 필요로 할 큰 바람이라고?"

히사로쿠가 묻자 원숭이는 조금 전과 사람이 달라진 듯 헤헤 웃었다.

"예, 아무래도 천지가 조용해질 때까지 큰 바람은 멎지 않을 겁니다."

"이마가와와 오다의 충돌 말인가?"

"예, 노부나가 님은 눈에 흙이 들어가기 전에는 이마가와 아래로 들어갈 리 없고, 그렇다 해서 요시모토가 노부나가 밑에 들어간다는 건 더욱 생각할 수 없지요. 그렇다면 크게 부딪쳐 어느 쪽인가 이 세상에서 사라져야 할 운명. 그렇게 정해졌다면 어느 쪽이든 너무 강해지기 전에 싸우게 하는 게 스루가, 도토우미, 미카와, 오와리 네 나라 백성을 위한 길입니다만."

"그러면 그대는 그 전쟁을 기다리고 있다는 말인가?"

"아하하…… 오타카든 나루미든 뒤에서 조금만…… 건드리면 곧 불이 붙을 것 같은데요."

원숭이는 갑자기 매서운 눈빛이 되어 나미타로에게서 히사로쿠, 히사로쿠에게서 즈이후에게로 눈길을 옮겼다.

'확실히 예사 떠돌이가 아니다.'

나미타로는 조용히 눈을 감았다. 그의 견해에 의하면, 역사 흐름의 전환은 늘이 같은 떠돌이의 언동 속에서 그 징조를 나타냈다. 그것을 꿰뚫어보고 대비하는 자를 현자라 부르고, 그 현자의 말에 귀 기울여 백성을 사랑하고 군사를 움직이는 사람—난세에서는—이 명장이며 영웅이었다. 그러므로 그는 그 견해에 따라 히라테의 청을 받아들여 노부나가인 기치보시에게 자기 사상의 숨결을 불어넣었다. 노부나가가 된 기치보시는 그가 기대한 것 이상으로, 그 자신도 때로 한발 물러서서 고개를 갸웃할 만큼 성장해 버렸다.

"낡은 것을 깨뜨려라!"

이렇게 가르친 것은 무력해진 귀족 문화의 주머니 속을 더듬지 마라, 이미 거기에는 말라비틀어져 자양분이 되지 않는 마른 뼈다귀만 있을 뿐—이라는 뜻이었는데, 노부나가는 귀족 문화를 부정하는 것뿐 아니라 온갖 관습을 짓밟아버리는 야생마의 말발굽으로 성장하고 있었다. 그 때문에 히라테까지 할복하고 말았다.

더욱이 노부나가는 지금까지 정치, 경제에서 인사행정에 이르기까지 이렇다 할 실수가 없었다. 가신들의 혼란 진압 방식, 이번의 영내 통행 자유 조치, 무엇 하나 사람 간담을 서늘하게 하지 않은 일이 없었으며, 그러한 기인에 가까운 노부나가에게 이 떠돌이 바늘장수 같은 자들의 동경과 인기가 모이기 시작한 일은 지각 있는 자들로서는 예사로 보아넘길 수 없는 중대사였다.

잠시 뒤 나미타로는 눈을 떴다.

"원숭이라고 했겠다. 그럼, 그대는 노부나가와 요시모토를 싸우게 하고 그 싸움판이 무르익을 때 노부나가에게 종사하겠다……는 말인가?"

"예."

"그럼, 그 승부는 노부나가가 이긴다고 생각하는군."

"그것은 모릅니다."

"뭐, 모르면서 종사하겠다는 건가?"

"예."

"그럼, 묻겠는데 그대는 다음 세상의 기둥이 되는 것은 신도(神道 ; 일본민족 전통신앙)의 신이라고 생각하나, 부처님이라고 생각하나?"

원숭이는 또 주저 없이 고개를 저었다.

"모릅니다. 그런 일은 신불(神佛)에게 맡기는 게 좋겠지요. 인간들이 어찌 알겠습니까. 인간은 강하고 올바르면 됩니다."

"그 올바름은 누가 정하지?"

원숭이는 여기서 또 히죽 웃었다.

"신이나 부처님이 정하지요. 그러니 저는 싸울 자는 싸우게 해서 어느 쪽이든 빨리 신불이 결판내게 해야 한다고…… 말씀드리는 거지요."

나미타로는 다시 나직이 신음했다.

"음, 좋아. 그럼, 우리도 그렇게 마음먹을까?"

"부탁드립니다. 하루라도 빠르면 하루빨리 평화가 옵니다. 그럼, 원숭이는 다시 부엌으로 가서 일을 돕겠습니다."

마치 자기 집인 것처럼 혼자 먹어치운 감자 쟁반을 들고 성큼 물러갔다.

'정말 기묘한 놈이 나타났어. 그래, 내일 아침에 다시 한번 불러 이야기해 보자.'

그런 다음 노부나가에게 데려가도 좋을 거라고 나미타로는 생각했지만, 이 원숭이는 이튿날 아침 이미 이 집에 없었다. 하인이 일어나기도 전에 뜰이며 마구간 구석까지 청소를 끝내고 현미 서 되를 지어 자기 몫으로 사람 머리만큼 큰 주먹밥을 다섯 개 만들어 부지런히 아구이 골짜기를 떠나갔다고 한다.

　"인연 있으면 또 오겠습니다. 여러분에게 인사 전해주시오."

뜻의 씨앗

고지(弘治) 원년(1555)만큼 다케치요에게 많은 일이 일어난 해는 없었다. 인생의 희비가 한꺼번에 닥쳐와 눈도 깜박이지 못하게 하는 느낌이었다.

가신들의 애씀과 노력이 효과를 나타내어 3월에 요시모토가 손수 나서서 성인 관례식을 올려주었다. 요시모토는 15살이 되면—하고 생각했으나, 들락날락 탄원해 오는 가신들에게 쫓겨 끝내 1년이 빨라졌다.

성인관례식 날 요시모토는 내내 기분이 좋았다. 자기 지시로 만들게 한 새 어른 옷—이날까지는 어린 옷—을 입히고 에보시(烏帽子 ; 관례를 올릴 때 쓰던 모자)를 머리 위에 얹어주며 자기 이름의 '모토(元)—' 한 자를 주어 식을 끝냈다.

그날부터 다케치요는 앞머리를 없애고 마쓰다이라 모토노부(松平元信)라는 성인(成人)이 되었다.

가신들은 더할 나위 없이 기뻐했다. 그러자 그 기쁨에 너무 마음 놓였던지 바로 이어 할머니 게요인, 겐오니의 죽음이 찾아왔다.

어머니가 없어진 뒤의 어머니라기보다 스루가로 오고 나서 겐오니는 세상을 꺼려 표면상 혈연으로 나설 수 없는 가엾은 은둔자였으며 그늘의 사람이었다. 끊임없이 다케치요의 옷과 음식에 마음 쓰며 속속들이 자애롭게 보살피면서도, 요시모토의 저택에 가서 문안드리는 것조차 허락되지 않았으며 세키구치 저택에도 스스로 사양하여 한 번도 얼굴을 내밀지 않았다.

그 할머니의 죽음을 맞았을 때, 이제 다케치요 아닌 모토노부는 밤새도록 머리맡에서 통곡했다. 할머니가 그에게 남긴 단 한마디는 멀리 아구이성에 있는 생모 오다이에 대해서였다.

"언젠가 대감님이 교토에 상경할 날이 올 것이다. 그때는 반드시 너를 함께 데려갈 게 틀림없다. 그렇게 되면 가리야도 아구이 골짜기도 격렬한 싸움터가 되겠지만, 그 싸움터에 할머니를 이리로 보낸 소중한 어머니가 있다는 것을 잊지 말아라. 알겠니? 어머니는 너를 위해 반드시 무언가 좋은 일을 생각해 내줄 것이니, 대감님에게 청해 모자가 상면할 수 있도록 늘 명심하고 있거라."

모토노부는 눈을 동그랗게 뜨고 이 말을 마음에 새겼다.

'어머니는 너를 위해 반드시 무언가 좋은 일을 생각해 내줄 것이다…….'

그 어머니를 위해 만일 자신이 아무것도 생각하고 있지 않다면 어떻게 될까? 적의 무장으로서 어머니가 계신 성을 공격해야 될 때는 어떻게 해야 할까?

'그만한 일쯤 못 피할 것도 없겠지.'

그러나 14살 난 모토노부로서는 그러한 때의 수단까지는 생각할 수 없었다.

그렇게 할머니를 떠나보내고 얼마 동안 망연히 있는데 이번에는 결혼 허락이 내렸다. 모토노부로서 반드시 만족스러운 혼인은 아니었다. 그러나 지금의 그는 이오에게 시집간 가메히메를 억지로 설득할 무렵처럼 단순할 수 없었다. 가메히메에 대한 사모는 마음 한구석에 그대로 남아 있었지만, 아내로 맞이하는 데 요시모토의 조카딸과 기라의 딸은 비교도 되지 않았다.

요시모토는 그를 일부러 거실로 불러 말했다.

"오, 훌륭한 젊은 무사 차림이로다. 모토노부, 그대가 원하던 쓰루를 내년 정월에 너에게 내려주마. 가신들에게 혼례 준비를 하라고 명하도록."

이 말을 들었을 때 모토노부는 진심으로 감사했다.

쓰루히메에게는 좀 다루기 힘든 고집 센 데가 있었지만, 모토노부는 그리 꺼리지 않았다. 조숙한 탓인지 같은 또래 처녀들보다 손위인 쓰루히메가 더 의지가 되었다. 그뿐 아니라 쓰루히메와의 약혼 소식을 듣고 모토노부를 보는 여러 장수들의 시선이 사뭇 달라졌다. 어제까지 '미카와 고아!'라고 비웃던 사람들까지 손바닥을 뒤집듯 은근해졌다.

전에는 걸핏하면 교만하게 굴던 쓰루히메도 요즘은 한결 순하고 부드러워져서 그녀 방에 찾아가면 손수 보료를 고쳐놓기도 한다.

'이제 평생의 아내도 정해졌다……'

생각하면 문득 청춘이 너무 단조로운 것 같았지만, 그리 큰 불만은 없었다. 오늘도 모토노부는 세키구치 저택에서 두 시간 남짓 지내고 쓰루히메의 몸에서 밴 향긋한 향기를 품은 채 임시거처로 돌아왔다. 쓰루히메를 맞이하기 위해 임시거처에는 또 한 채를 더 짓기 시작하는 가신들의 땀 밴 도끼 소리가 울려퍼지고 있었다.

모토노부가 한 바퀴 둘러보고 현관으로 들어서려 할 때 먹물 들인 장삼 소매를 등에 훌쩍 걷어붙인 셋사이의 시승(侍僧)이 불렀다.

"다케치요 님…… 아니, 모토노부 님."

"오, 린자이사의…… 선사님 심부름을 오셨소? 자, 들어오시오."

"급한 볼일이니 곧 모시고 오라는 분부십니다."

시승은 왠지 조마조마해 보이는 눈치였다.

"실은 선사님께서 몸살이 나신 모양입니다."

"뭐? 병환이라고!"

"예, 아직은 대감님을 비롯하여 중신 여러분에게도 비밀로 하고 있습니다. 그전에 먼저 다케치요 님…… 아니, 모토노부 님을 모셔오라고…… 어서 가주시기 바랍니다."

"수고했소."

모토노부는 고개를 크게 끄덕였다.

"말을 타고 가리다. 먼저 실례하겠소."

곧바로 다시 세키구치 저택으로 돌아가 세키구치의 말을 끌어냈다. 아니, 세키구치의 말이란 표면적인 것이고 실은 모토노부의 밤색 말이었다.

아직 요시모토에게 알리지 않고 중신과도 만나지 않았다는 말을 듣고 일부러 종자는 데려가지 않았다. 안장을 놓게 하는 동안에도 초조해하며 곧바로 린자이사를 향해 혼자 말을 달렸지만 거성(巨星) 셋사이의 병은 그의 마음을 폭풍처럼 뒤흔들었다.

만일 이대로 일어나지 못한다면 이마가와는 대체 어떻게 될까? 군사와 정치 양면에 걸쳐 거의 요시모토를 움직이고 있던 셋사이. 가신들 중에는 셋사이의 뒤를 이을 만한 지혜로운 자가 하나도 없었다. 모토노부 자신도 오늘날까지 요시모토에게 완전히 신임받고 있었다고는 할 수 없었다. 그가 무사히 자라온 것도 셋사이가 있었기 때문이다. 요시모토의 아들 우지자네는 어리석고, 셋사이만 한 인물이 없다. 이 일은 슨푸성을 소용돌이 속으로 몰아넣고 모토노부 자신까지 날려보낼 큰 바람이 될지도 모른다.

말을 재촉하여 산문 앞길에 이르자 이미 단풍 든 나뭇잎들이 우수수 꽃잎처럼 지고 있었다. 산문 앞에 말을 매어둘 무렵 모토노부의 손이 가늘게 떨리기 시작했다. 모토노부가 부르기 전에 발소리를 듣고 절의 중이 마중 나와 있었다. 모토노부는 배에 힘을 주며 한 손에 칼을 들고 법당을 지나 최근에 지은 별채로 안내되었다.

"모토노부인가?"

"예."

"그대로 머리맡으로."

둘러친 병풍 속에서 뜻밖에 또렷한 목소리를 듣고 오히려 모토노부의 가슴이 메었다. 시키는 대로 머리맡으로 돌아갔다.

"병환은 좀 어떠십니까?"

"날씨가 좋군, 저것을 보게."

셋사이는 조용한 목소리로 말하며 봄볕을 가득 받아 매화 가지가 또렷이 비치는 창문에 시선을 던졌다.

"이렇게 누워 있으니 나 자신이 해님이 되었다 매화가 되었다 하는군. 기분 좋아."

창문에 그려진 매화에는 잎이 세 개밖에 남아 있지 않았다.

"봄이 가면 여름이 오고 가을이 끝나면 겨울이 되지. 자연이 하는 일은 위대하다네."

"선사님, 병환은?"

"알 수 없지. 겨울이 온 거야, 알겠나?"

"예."

"그래서 봄이 가까운 그대에게 생명의 씨앗, 뜻의 씨앗을 남겨야겠어."

눈에 띄게 수척해져 있었다. 빙그레 웃는 웃음 뒤에 투명한 겨울 하늘의 준엄함이 스며 있었다.

"나도 그대의 혼인을 축하하고 싶었는데 내년 봄이라고…… 모토노부."

"예."

"솔직히 말해서 이 혼인, 그대를 위해 피하고 싶었다."

"그러시면……?"

"모르겠구나. 그대의 무거운 짐이 또 하나 늘어난 거야. 이마가와에 대한 의리라는 크고 무거운 짐이."

모토노부는 고개를 끄덕였다.

"지난날의 의리는 그대 아버지와 이마가와 두 사람 사이의 거래였다. 그러나 그 일족에서 정실을 맞이하면 다음의 자식은 혈연이 된다."

"예."

"그래서 나는 처음에 반대했지…… 그러나 고쳐 생각하고 찬성했어. 왜 그랬는지 알겠는가?"

"잘 모르겠습니다."

"그대에게 곧잘 말했듯 인생의 짐은 무거울수록 좋다는 걸 깨달았기 때문이야. 그 무거운 짐을 견디는 일이 그대를 더욱 크게 키울 것이다…… 그대는 그것에 지지 않을 강함을 지니고 있어. 알겠는가!"

"예!"

"그렇게 생각하고 찬성했지만, 글쎄, 그대에게 그것을 어떻게 설명할지 잠시 망설였다."

모토노부는 날카로운 말투 끝에 심하게 흔들리기 시작한 새하얀 이불을 보고 있으려니 임종이 다가오고 있다는 느낌이 들어 하마터면 눈시울이 젖어들 뻔했다.

"그대에게…… 그것이 얼마나 무거운 짐인지 차라리 알리지 말고 그냥 둘까…… 아니, 그래서는 마음 놓이지 않는다, 역시 설명해 주자……고 생각한 것은 내가 이 창문을 통해 햇빛과 벚나무와 매화나무에 날아드는 참새와 달을 벗기 시작하고부터였다."

"예."

"그대는 앞을 곧잘 내다볼 줄 안다. 지금 요시모토의 조카딸과 맺어두면 집안의 화목을 도모할 수 있다고 생각하겠지만, 이 셋사이의 죽음을 생각한 적이 있었나? 솔직히 말해보게."

모토노부는 힘없이 고개 저으며 마침내 눈물 한 방울을 무릎에 뚝 떨어뜨렸다.

"생각한 적 없을 거야, 무리도 아니지."

셋사이는 가만히 눈을 감았다.

"젊었을 때는 정면으로 맞닥뜨리지 않으면 죽음을 모른다. 그러나 인간은 누구나 반드시 죽지. 그런데 내가 죽으면 어떻게 될 것인가…… 알겠나, 대감님은 반드시 교토로의 출발을 서두를 것이다. 대감님도 그런 의미에서는 죽음을 잊고 있다. 그러나 내 죽음에 자극받아 서두를 게다. 호조, 다케다와 동맹이 성립되는 날이 교토로 출발하는 날이 되리라."

모토노부는 셋사이의 눈동자를 지그시 지켜보며 고개를 끄덕였다. 창문에서 들어오는 햇빛에 반사되어 늙은 스승의 표정은 목각탈처럼 고요했다.

"물론 오와리에서 오다 군을 무찌르고 지나갈 작정일 테지만, 오다 역시 가만있지 않겠지. 에치고와 동맹 맺고, 가이를 위협하고, 미노와 손잡아 이마가와 군을 막을 것이다. 그렇게 되면 대감님은 미노와 오와리의 동맹군과 결전을 벌이지 않으면 안 돼. 만일 내가 지휘한다면 거기서 천천히 맞서면서 기회를 살피겠지만, 대감님은 그렇게 하지 못한다."

"어째서입니까? 그리 성급하신 분도 아닌데."

"성미가 급한 건 아니지. 그렇지만 뒤가 마음에 걸릴 거야. 내가 지휘한다면 대감님은 승패가 결판날 때까지 슨푸에서 오다와라의 호조를 지켜볼 수 있지만, 직접 출전하면 우지자네를 슨푸에 남겨둔 게 마음에 걸려 서두르지 않을 수 없게 되지…… 그리고……."

말하려다 머리맡의 물그릇을 가리켰다.

"목이 마르구나. 물을……."

모토노부는 시키는 대로 물을 먹여주었다.

"게다가 대감님의 일상생활은 싸움터에서 몹시 불리하다. 공차기놀이며 노래는 그렇다 하더라도 미식(美食)하는 습관은 긴 싸움을 견디지 못하지. 이것도 급히 서두르게 되는 원인의 하나……."

모토노부는 셋사이가 정확하게 짚어가는 한 마디 한 마디에, 자기 머릿속의 안개가 한 꺼풀씩 걷혀가는 게 이상했다.

'이 노인에게는 자신이 죽은 뒤의 세상이 똑똑히 보이고 있다…….'

"그래서…… 일을 서두르게 되면, 적을 무찌를 수 있는 대군을 이끌고 단숨에 밀어붙여야 하는데…… 그 제1진은 물론 그대다."

모토노부는 무릎 위에서 주먹을 꽉 쥐었다. 그는 아직 셋사이가 죽고 난 뒤의 이마가와를 생각한 적이 없었다…….

"알겠나, 모토노부…… 그때 만일 그대와 그대 부하에게, 선봉은 모두 전사하라는 명령이 내린다면……."

"글쎄요……."

"그대는 어떻게 하겠나? 그것을 신중히 생각해 둬야 한다."

어느새 창문의 매화 가지에 새가 한 마리 날아와 앉아 있다. 멧새인 것 같다. 그 새가 무심히 지저귀기 시작하자 모토노부는 숨이 막힐 듯했다.

"대장부란 늘 미리 앞선 각오를 해두는 게 중요하다. 당황하면 뒤처진다. 내 추측이 그대 생각과 다른 게 있다면 말해보아라. 나는 반드시 그렇게 될 거라고 생각하는데, 그대는 어떤가?"

"저도…… 그렇게 생각합니다."

"그때 그대의 정실은 슨푸에 있게 된다. 아내가 있으면 자식도 생기리라. 대감님은 뒷일을 잘 도모해 줄 테니 걱정 말라고 하겠지만, 그들은 바로 그대를 대신할 볼모…… 처자를 볼모로 뺏긴 채 전사하라……고 강요할 때 그대는 어떻게 하겠나?"

모토노부는 자신이 놓인 위치가 비로소 똑똑히 보이는 느낌이 들었다. 요시모토의 조카딸과 맺어져 이마가와의 인척이 됨으로써 마쓰다이라 가문의 안전을 도모할 수 있을 거라고 생각한 게 오산까지는 아니더라도 결코 유리한 일이라고만 할 수는 없다. 셋사이의 말대로 그것은 오히려 모토노부를 자기 손안에 장악하기 위한 요시모토의 교묘한 정략이기도 했던 것이다.

"알겠나? 그대의 아내와 자식은 슨푸에 볼모로 있고, 그대는 전사를 명령받는다……."

중얼거리듯 다시 다짐하는 말을 듣고 모토노부는 아랫배에 힘을 주었다.

"여기서 대답해야 합니까?"

셋사이는 조용히 눈을 뜨고 힘없이 고개 저으며 미소 지었다.

"내가 그대에게 남기는 마지막 중요한 숙제다. 그러나…… 대답이 생각났을 때 나는 이미 이 세상에 없겠지. 그래서 말인데, 모토노부."

"예."

"그대는 그 대답을 그때 실제 행동으로서 내 영혼에 보여줘야 한다."

"예."

"내가 왜 이런 숙제를 그대에게 남기는가? 내가 어째서 대감님에게 그대를 움직일 계책을 알려드리지 않고, 오히려 그대를 먼저 머리맡에 불러들였는가……."

모토노부는 별안간 어깨를 떨며 흐느껴 울기 시작했다. 셋사이 선사가 요시모토보다 자기를 사랑하고 있다는 게 이처럼 뚜렷이 몸에 스며든 일은 없었다. 그것은 세상에서 흔히 볼 수 있는 작은 사랑은 아닐 터였다. 드높은 불도를 실현하기 위해 불살(不殺)의 검으로 무장하고 삼군(三軍)을 질타해 온 호걸승이 지닌 비원(悲願)의 혈맥을 전하려는 엄숙하고도 숭고한 사랑으로 받아들여야 했다.

모토노부가 어깨를 떨며 우는 동안 셋사이는 다시 눈을 감고 희미한 숨결을 모으고 있는 것 같았다.

눈물을 닦고 모토노부는 부르짖듯 말했다.

"선사님! 지금 대답해 드리고 싶습니다."

숨을 거둔 뒤에는 안 된다. 지금 똑똑히 대답하여 노스승의 평화로운 미소를 보고 싶다는 젊은 정열이 그만 저도 모르게 말이 되어 나왔다.

"허, 지금 이 자리에서 이 숙제를 풀 수 있다는 건가?"

"예, 풀 수 있습니다."

"들어보자, 말해보게."

"모토노부는 슨푸에 남긴 처자에 대해서는 잊겠습니다."

"잊고 싸우다 죽겠다는 건가?"

"그것은 모르겠습니다."

"어째서 모르나?"

칼로 내려치듯 되묻자 모토노부의 얼굴이 발갛게 달아올랐다.

"처자를 잊고 대국을 살피겠습니다. 모토노부가 가신들과 더불어 전사하는 것이 불살의 진실에 맞는 일이라면 깨끗이 싸우다 죽겠습니다. 그러나 그 반대로 판단되면 비록 대감님 명령이라도 단호히 물리치겠습니다!"

"어리석은 것!"

흠칫 몸을 물리려 했을 때 모토노부는 그 자리에 있던 몽둥이로 왼쪽 어깨가 부서지도록 얻어맞았다.

"간덩이 부은 교만한 놈이구나. 다시 한번 말해보아라."

"예, 몇 번이라도 말씀드리겠습니다. 비록 대감님 명령이라도……."

이번에는 머리 위에 심한 일격이 가해졌다. 두 번째 몽둥이에 모토노부는 기가 꺾이고 말았다. 노스승의 어디에 이처럼 힘찬 기백이 남아 있는지 놀랍기도 했지만, 이러한 무리가 꺼져가는 생명의 불꽃을 꺼뜨릴지 모른다는 두려움에 저도 모르게 그만 꿇어 엎드렸다.

셋사이는 다시 누웠다. 거친 숨소리가 잠시 방 안을 가득 채우자 모토노부는 다시 소리 죽여 울기 시작했다.

"모토노부……."

"……예."

"그대는 어째서 알지 못하는 일을 그렇듯 가벼이 입에 담나……? 그대에게는 아직 아내도 자식도 없다. 있지도 않은 것은 맛을 모른다. 그 맛도 모르는 자가 잊겠다니 이 무슨 건방진 생각이란 말인가."

"예……."

"처자라는 게 그처럼 쉽게 잊을 수 있는 거라면 이 세상에 그 일로 말미암은 고뇌는 일체 없을 것이다."

모토노부는 자신의 경솔한 대답이 스승을 노하게 했다면 사죄하고 싶었다. 이 스승의 가르침이라면 참기 어려운 일도 참을 각오로 대답한 것이다.

"그대 어머니는 지금껏 그대가 무사하기를 기도하며, 아구이성에서 여간 마음 쓰고 계시지 않는다…… 그것이 어미의 마음…… 알겠는가…… 어미 마음은 또한 가장 자연스러운 하늘과 땅의 마음 표현이다."

"예."

"그것을 가볍게 인위적으로 끊는 것은 하늘과 땅의 마음에 대한 반역, 그리고……."

말하려다 손을 흔들며 물을 찾았다.

"그대가 대감님 명령에 복종하지 않는다면, 대감님이 그대로 그대를 용서할 줄 아느냐? 그것이 어린아이의 망상임을 깨닫지 못하겠느냐?"

모토노부는 머리의 피가 한꺼번에 싹 가시는 느낌이었다.

'그렇다!'

한 사람의 모토노부 따위가 오로지 교토를 향해 치닫는 요시모토 앞에서 군율에 항거할 수 있을 리 없었다. 그는 늙은 스승을 위로하려다 하나부터 열까지 실망시키는 얕은 생각을 드러내고 만 것이다.

"용서해 주십시오!"

그러자 이번에는 회오리바람 비슷한 통곡이 그의 몸을 휩쌌다. 셋사이는 다시 눈을 감았다. 어느덧 창문의 해가 움직여 빛이 사라지고 있었다. 새소리도 들려오지 않았다.

모토노부가 통곡을 그치자 셋사이는 말했다.

"돌아가거라. 이 대답은 역시 황천에서 듣기로 하겠다. 알겠는가, 서투른 궁리로는 내 영혼을 구원하지 못하고 그대의 몸도 멸망한다. 그리고 지상의 수라세계(修羅世界)는 끝없이 계속될 것이다."

"깊이 생각하겠습니다. 반드시! 부디 용서를……."

"그래. 산문에 누군가 온 모양이다. 어쩌면 대감님이 오신 건지도 모르지. 돌아가거라."

"그럼…… 이것이 작별입니까?"

"또 그런 말을. 방금 한 말을 잊었느냐? 작별이 아니라 올봄부터 그대의 몸에 내 뜻의 싹을 숨기는 거야."

"예."

"도중에 누군가 만나거든 내가 불러서 왔다는 말은 해선 안 된다. 그대 쪽에서 여느 때처럼 설법을 들으러 왔더니, 내가 앓아누워 있어서 그냥 돌아간다고 말해라."

"예, 그럼 저는 이만 하직하겠습니다."

"몸을 아껴라."

"예."

"성급하게 굴지 마라. 성급함은 사람을 눈멀게 만든다."

"……예."

모토노부가 절을 나설 때 셋사이의 병세를 전해 들은 사람들이 벌써 산문에 줄을 잇고 있었다. 셋사이가 염려한 것처럼 모토노부의 한발 빠른 병문안을 의심하는 자는 아무도 없었다. 이 일은 그만큼 이마가와 집안을 놀라게 한 사건임에 틀림없었다.

요시모토는 이튿날 셋사이를 직접 방문하고 그 병이 위독한 데 놀라 여섯 시의에게 약을 짓게 했지만, 셋사이 자신이 술회한 것처럼 인생에 찾아온 겨울은 역시 사람 힘으로는 어쩔 수 없었다.

이튿날 10월 10일, 셋사이는 마침내 세상을 떠났다. 자못 호쾌하고 담담한 임종이었지만, 숨을 거둘 때 모토노부는 임시거처의 거실에서 향을 사르며 할머니와 셋사이의 유언이 비슷한 것을 새삼 생각하지 않을 수 없었다.

할머니는 어머니와의 싸움을 피하라 하고, 셋사이는 자기 뜻을 이으라고 한다. 두 사람 다 다음 비극의 초점이 요시모토의 상경에 있음을 지적한 점에서는 같았다. 그러나 할머니의 유언도 셋사이가 남긴 숙제도 14살 난 모토노부로서는 그냥 받아들일 뿐, 이렇다 할 계책을 당장 세울 수 있는 성질의 것이 아니었다.

셋사이의 말은 그의 장례가 끝나자 곧 사실이 되어 나타났다.

이해 3월 미요시(三好)는 하리마(播磨)의 아카시(明石)와 미키(三木) 두 성을 함락했고, 에치고의 우에스기는 다케다와 가와나카지마(川中島)에서 싸워 그 역량을 무시할 수 없음을 나타냈을 뿐 아니라, 이번에는 호조의 영토인 간토(關東)에까지 그 날카로운 창끝을 들이댈 기세였다. 그것만 해도 충분히 주목을 끄는 사태인데, 셋사이의 발상이 예정된 10월 중순에 이르러 그가 풀어놓았던 밀정이 모리 모토나리(毛利元就)가 이쓰쿠시마(嚴島)에서 스에 하루카타(陶晴賢)를 격멸하고 드디어 상경을 도모할 것 같다는 정보를 전해왔다.

'인간에게는 죽음이 있었다…….'

불혹에 가까운 장년기에 이르러, 요시모토는 이제 궐기하지 않을 수 없는 사방의 정세를 보고만 있을 수 없게 되었다.

군웅(群雄)들이 모두 왕도인 교토를 노리고 있다. 호조도, 우에스기도, 다케다도, 미요시도, 모리도…… 이제 교토로의 상경은 그들을 한 줄로 나란히 세워놓고 어느 쪽이 빠른지 시간의 경주를 벌이는 양상이 되었다. 정치적 계략으로 오다를 휘하에 거느리지 못한다면 짓밟고라도 지나가지 않으면 이 시기를 놓치게 되고 만다.

'인간에게는 죽음이 있었다!'

요시모토의 초조한 마음은 결국 모토노부의 혼인날마저 1월 5일로 앞당기게 했다. 이 일을 명하기 위해 불러들인 모토노부에게 요시모토는 기분 좋게 웃는 얼굴로 말했다.

"드디어 너도 어른이 되었구나. 혼례를 올리면 오카자키에 한번 들러 조상의 성묘도 할 겸 가신들에게 얼굴을 보여주도록 해라."

모토노부는 아직 해답을 얻지 못한 인생의 숙제를 마음에 숨긴 채 과묵하게 고개 숙이는 수밖에 도리 없었다.

"감사합니다."

희미한 햇살

　고지 2년(1556) 정월은 세키구치 지카나가에게 기쁨과 희망으로 넘치는 달이었다.

　그는 예년과 다름없이 새해 인사를 끝내고 돌아오자, 곧 점괘를 뽑아 오는 초닷새에 혼례 올리는 딸의 신랑감 모토노부의 운수를 점쳐보았다. 성안의 큰방에서 요시모토가 내뱉은 한마디가 왠지 마음에 걸려서였는데, 그것은 분명 기우라고 점괘에 나왔다.

　요시모토는 축하연 자리에서 모토노부와 쓰루히메의 혼인 날짜를 발표한 뒤 세키구치를 손짓해 불렀다.

　"그대한테는 의논했을 텐데, 모토노부의 모토(元)는 이 요시모토가 내린 것이지만 노부(信)는 어디서 따왔나?"

　세키구치는 그런 것을 왜 묻는지 이상하게 생각하며, 요시모토를 물끄러미 바라보았다. 그러자 요시모토는 쓴웃음 지었다.

　"질투겠지. 질투겠지만, 뜻밖의 소문이 들려서."

　"소문이라면?"

　"노부는 노부나가(信長)의 노부라더군. 아쓰타에 있을 때부터 다케치요가 노부나가와 친했기 때문……이라고 말하는 자가 있던데."

　세키구치는 강하게 고개를 저었다.

　"천부당만부당한 말씀입니다! 노부나가의 노부 따위를 어찌 이름에 가져오겠습니까. 이것은 가이에 계신 하루노부(晴信) 님의 노부를 받은 것. 당대의 영걸로 주군 다음으로는 가이의 대감님인 줄 알고, 주군의 이름을 위에 두고 다음 글자는 가이의 대감님 이름에서 따오겠다는 이야기를 분명 들었습니다."

"그런가. 그렇다면 됐네. 나도 그런 줄 알고 있었어……."

요시모토는 그대로 넘어갔지만, 그런 중상을 하는 자가 있다는 게 세키구치는 불안했다. 그래서 점괘를 보니 존귀와 근친 모두 모토노부에게 좋은 것으로 나왔으므로 달리 운수가 나쁠 염려는 없을 것 같았다.

그는 빙그레 웃으며 산통을 치우고 시동에게 일렀다.

"쓰루히메에게 이리로 들라 해라."

그러나 다시 시동을 불러 세웠다.

"모토노부도 이미 돌아왔을 게다. 내가 할 말이 있으니 오라고 해라."

쓰루히메는 이미 3, 4년 전부터 새해 축하연에서 술 따르는 일을 하지 않고 있었다. 상대역인 가메히메가 이오에게 출가해 학과 거북의 짝이 맞지 않게 된 까닭도 있지만, 그 무렵부터 쓰루히메는 이미 소녀라기에는 너무나 요염해져서 축하연 자리에 어울리지 않았기 때문이다.

쓰루히메가 먼저 아버지 거실로 들어왔다. 부녀 사이에는 이미 성으로 가기 전에 새해 인사가 오간 듯 쓰루히메는 시키는 대로 아버지 곁으로 가 앉았다.

세키구치는 눈을 가늘게 뜨며 머리와 화장과 옷매무새를 살펴보았다.

"혼인은 5일로 정해졌다. 그날 대감께서는 참석하지 못하시고, 작은대감님을 대리로 보내신다더라."

"어머나, 작은대감님이……."

쓰루히메에게 있어 우지자네는 아직도 미운 사람이었다. 아니, 미울 뿐 아니라 두 사람 관계를 알고 있는 모토노부에게 아마도 찬물을 끼얹는 듯한 불쾌한 기억을 불러일으키게 할 것이 틀림없다.

쓰루히메는 말했다.

"고마운 말씀이지만…… 작은대감님의 참석은 거절하고 싶어요."

"뭐? 거절…… 제정신이냐?"

세키구치는 이내 표정이 굳어지며 딸 쪽으로 돌아앉았다. 요시모토가 성에서 나와 모토노부의 임시거처를 방문하는 것은 바랄 수 없는 일이었다. 따라서 우지자네를 보내는 것은 파격적인 호의였고, 그것도 혈연이기 때문이었다.

'영광으로 여겨야 할 일을……'

세키구치는 자세를 바로 하고 딸을 쏘아보았다.

"그런 고집은 아비가 용서치 않겠다!"

엄한 목소리로 누른 다음 목소리를 낮추었다.

"앞으로는 어떻든 출가하면 너는 마쓰다이라 가문 사람이다. 분수를 생각해야지."

그러나 쓰루히메는 거듭 고개를 저었다.

"싫어요, 작은대감님이 오시는 건……."

가까스로 잊어가는 상처를 혼인날 다시 떠올리게 된다는 건 견딜 수 없는 일이었다. 아니, 쓰루히메 혼자라면 참을 수도 있다. 그러나 이제 과거를 잊고 손아래 모토노부와 잘 지내리라 마음먹고 있는 때, 그 일을 떠올리는 건 죽기보다 싫었다.

"아버님이 못 하신다면 제가 직접 거절하고 오겠습니다."

"쓰루! 그건 크게 잘못 생각하는 것이다. 작은대감님이 참석하는 것만으로도 마쓰다이라 가문에 얼마나 큰 무게가 실리는 일인지 모르느냐. 어째서 그런 철부지 같은 소리를 하는 거냐?"

"작은대감님은……."

쓰루히메는 다시 강하게 말하려다가 머뭇거렸다.

"농담이 지나치셔서."

"핫핫하, 그럴 줄 알았다. 알았어, 농담하지 않으시도록 내가 부탁드리마."

그때 모토노부가 들어왔다.

"모토노부, 실은 5일의 혼례식에 우지자네 님이 대감님 대리로 참석하실 거라고 했더니, 쓰루가 거절하겠다는군. 그래서 안 된다고 타이르는 참인데 자네도 나와 같은 의견일 테지?"

쓰루히메는 흠칫하며 고개를 숙였다. 모토노부의 표정이 순식간에 굴욕감으로 일그러지는 것을 알았기 때문이다.

"조금 전에도 말했지만, 작은대감님의 참석 여부로 마쓰다이라 가문을 보는 세상의 눈이 달라진다. 자네도 물론 알고 있겠지만."

모토노부는 잠시 대답하지 않았다. 생각하지 않으려 해도 자신의 눈으로 목격한 쓰루히메와 우지자네의 추태가 눈앞에 떠올랐다.

"어떻게 생각하는가?"

다시 재촉받고 그제야 모토노부는 석연치 않은 목소리로 말했다.

"예, 고마운 일이라고 생각합니다."

"그럴 테지. 이것도 다 혈육이므로 베푸시는 호의지. 다음은 대감님이 친히 분부하신 일인데, 쓰루가 자네한테 출가하면 세키구치 마님이라고 하지 말고 스루가 마님이라 부르라시더군. 오쓰루는 나의 조카딸이라고 말씀하셨네."

"고맙게 받아들이겠습니다."

쓰루히메는 속눈썹 아래로 모토노부의 표정을 살피며 살펴보았다. 새삼스레 후회한들 소용없는 일이지만, 우지자네와의 정사가 두 사람의 일생에 불쾌한 그늘을 남길 것 같아 마음에 걸렸다.

"그 밖에도 두세 가지 주의가 있었지만, 다 너희들의 새 출발을 염려하는 고마운 분부셨지. 그날 초대할 여러 무장들에 대한 일까지 염려하고 계시더군. 이 은혜를 잊지 말도록."

모토노부는 다시 조용히 고개 숙였지만 표정은 납처럼 무거웠다. 그것을 보자 쓰루히메는 별안간 안타까운 마음에 몸을 꼬면서 모토노부의 무릎에 매달렸다.

"용서해 주세요, 모토노부 님…… 저는 반드시 좋은 아내가 되겠어요."

모토노부는 잠자코 있었다. 쓰루히메의 어깨에 가만히 손을 얹었지만 이런 경우에는 할 말이 없을 것 같았다.

'약자는 언제나 비참한 것이다……'

우지자네 따위가 희롱하고 버린 여자를 아내로 맞이해야 한다. 그것도 굽실거리며 영광스럽게 여긴다는 뜻을 표하면서. 그러나 그 비참한 마음은 무모한 노여움으로 바뀌지 않고 무겁게 마음에 쌓여간다.

'모토노부, 노하면 안 돼.'

소리 없는 소리가 남의 일처럼 들려온다.

'어깨의 짐은 무거울수록 좋다. 그대는 그것을 능히 짊어질 수 있는 사나이다……'

그것은 셋사이의 목소리가 되기도 하고 짚으로 머리를 묶은 오카자키의 가신들 목소리가 되기도 했다. 그러한 목소리를 들을 수 있는 냉정함 속에는 쓰루히메 역시 가엾은 약자라는 긍정도 들어 있을 것이다.

세키구치는 깜짝 놀란 듯 딸을 쳐다보았다. 그로서는 오쓰루가 어째서 별안간 이렇게 울기 시작하는지 전혀 알 수 없었다. 수줍어서일까? 아니, 그런 것 같지 않다. 기쁨의 표현으로는 너무 엉뚱했고 응석치고는 너무 버릇없다.

"쓰루! 무슨 짓이냐?"

엄한 목소리로 꾸짖자 어린 사위가 비로소 무겁게 입을 열었다.

"꾸짖지 마십시오. 쓰루는 다만 저에게 맹세한 것뿐이니까요."

"그런가?"

세키구치는 고개를 끄덕였다. 혼인날이 다가와 흥분한 것이다. 맹세의 말에 눈물이 따르는 것도 자신의 나이가 위임을 부끄러워하고 있던 쓰루히메의 안도감 때문인가……

하지만 무릎에 엎드려 우는 쓰루히메와 그것을 위로하는 모토노부의 침착함은 어느덧 나이를 넘어서고 있었다. 그것도 세키구치에게는 매우 믿음직스럽게 보였다.

'과연 내 마음에 쏙 드는 사위……'

"자, 눈물을 닦으시오."

모토노부는 쓰루히메의 어깨를 다시 한번 부드럽게 어루만진 다음 혼인날에 대한 의논으로 옮겨갔다. 요시모토의 호의를 기화로 결코 호화롭게 하지 않도록 유념할 것. 간소하다는 말을 듣는 것은 건방지다고 비웃음받는 것보다 앞날을 위해 훨씬 도움이 된다고 설명하면서, 모토노부는 몇 번이나 눈시울이 뜨거워졌다. 쓰루히메와 살 집을 짓는 비용 때문에 그의 경제는 매우 궁색해져 있었다. 호화로운 혼례는 오카자키의 가신들 살림을 그만큼 쪼들리게 하는 것이었다.

처음에 세키구치는 그것이 몹시 불만인 모양이었다. 그는 그의 눈에 든 이 나라 으뜸가는 사위와 대감 조카딸의 혼례를 되도록 화려하게 올리려고 마음먹었던 모양이다.

그러나 모토노부는 세키구치를 교묘하게 설득했다. 우지자네의 참석은 어떻든 무장들 초대는 되도록 범위를 좁힐 것. 그렇게 하지 않으면 질시받게 된다고 말했다.

"좋아, 자네 의견에 따르도록 하겠네. 자네가 나보다 몇 갑절 앞을 내다보고 있구먼."

마음에 드는 사위라 더 이상 말하지 않고 한 걸음 물러섰다.

그동안 쓰루히메는 말없이 아버지를 보고 모토노부를 보고 있었다. 그러나 그녀는 두 사람의 대화를 듣고 있는 게 아니었다. 이렇듯 굴욕감을 억누르며 자기를 용서하려는 모토노부에게 자기 역시 여자의 진실을 보여줘야 한다는 것만 골똘하게 생각하고 있었다.

이튿날인 1월 3일—

혼인을 이틀 앞두고 쓰루히메는 이른 아침부터 시녀의 시중을 받으며 머리를 감고 공들여 화장하기 시작했다.

날은 활짝 개었고 뜰에서는 이따금 가냘픈 꾀꼬리 소리가 들렸다. 하늘이 파랗게 맑은 걸 보니 창문을 열면 추녀보다 높은 후지산이 보일 게 틀림없었다. 그러나 쓰루히메의 표정은 결코 밝지 않았다.

지난밤 꼬박 생각하느라 잠을 설친 탓도 있지만, 막상 혼롓날이 닥쳐오니 새삼 자신의 경솔한 과거가 후회되었기 때문이다.

처음에는 지금의 모토노부인 다케치요를 그까짓 어린아이……라고 생각하며 자신의 상대로 생각지도 않았다. 그 방심은 한 남자의 아내가 되기에는 절도를 벗어난 야유와 태도로 바뀌어갔다. 지금에 와서 모토노부의 입장에서 생각하니 자신이 얼마나 음탕하고 방자한 여자로 각인되었을까 하는 생각이 들었다.

아이라고 여겨 예사로 끌어안고 볼을 비벼대기도 했다. 가메히메가 좋으냐 자기가 좋으냐며 놀리기도 하고, 미우라(三浦)의 작은성주님을 연모하고 있다는 둥 마음에 없는 장난으로 소년의 호기심을 시험하기도 했다. 그리고 끝내 보여선 안 될 우지자네와의 정사까지 들키고 말았다. 더구나 모토노부의 아내가 될 자신의 운명을 알지 못하고, 우지자네와의 비밀을 지키기 위해 스스로 몸을 맡겨 사태를 더욱 어처구니없게 만들고 말았다.

모토노부는 지난해 여름부터 한달음에 자신을 따라붙었다. 겐오니의 죽음으로 부쩍 어른이 되더니, 이제는 자기를 제치고 생각도 분별도 너무 조숙하다 할 만큼 단숨에 성장하고 말았다.

그리고 이제 이틀 뒤면 자신은 그의 아내로 불리게 된다. 아버지와 요시모토의 호의에 보답하여 자기를 사랑하려 노력하면서도 한편 쓰루히메가 생각 없이 보여주고 만 과거의 행실에 괴로워하고 있다. 쓰루히메 자신도 눈을 감고 가슴에 두 손을 얹어보니 모토노부는 어느 틈에 애절할 정도로 사랑스러운 존재가 되어 있었다.

화장이 끝났을 때 어머니가 들어왔다. 어머니는 쓰루히메의 엄청나게 짙은 화장에 눈을 크게 뜨며 고개를 갸웃했다.

"어디 가려는 거냐?"

쓰루히메는 대답 대신 고개 숙이며 시녀가 입혀주는 화려한 비단옷에 팔을 꿰었다.

"어디 가는 거지?"

"대감님을 뵈러요."

"무슨 일로? 대감님은 아직 내전에 계실 텐데……."

"고마운 배려에 대해…… 인사드리려고요."

어머니는 비로소 고개를 끄덕였다.

요시모토가 그토록 귀여워한 쓰루히메였다. 혼자 인사하러 가더라도 혈육이므로 기꺼이 내전에 불러들이리라 생각하고 미소 지었다.

그러나 쓰루히메는 요시모토에게 갈 생각이 아니었다. 우지자네를 찾아가 혼인날 모토노부의 집에 오지 말라고 은밀하게 부탁하고 올 셈이었다. 본디 공차기와 남색과 술과 춤놀이에 탐닉하여 중요한 때는 감기에 걸리는 것이 우지자네의 버릇이었다. 그러므로 그날 병이 나서 못 온다 해도 전혀 이상할 게 없었다. 우지자네가 혼례에 참석하는 것은 남편을 위해 용납할 수 없는 일이라고 생각했다.

쓰루히메의 가마가 성으로 들어가 우지자네의 거처에 이르렀을 때는 10시 가까이 되어 있었다.

우지자네는 오다와라에서 맞이한 아내 사가미(相模) 부인과 원만하지 못해 언제나 자기 거실에서 많은 시동들 시중을 받으며 살고 있었다. 오늘도 막 일어난 우지자네는 이불 위에 길게 배를 깔고 누웠고 처녀 같은 가노(加納)가 허리를, 기쿠마루(菊丸)가 쭉 뻗은 다리를 주무르고 있었다.

쓰루히메가 들어가도 일어나지 않은 채 과음해 부석한 얼굴로 말했다.

"어제는 공차기를 너무 했어. 이번에 드디어 출가한다던데, 상대가 오카자키의 애송이라니 그대가 가엾군."

쓰루히메는 새침하게 우지자네를 쏘아보았다.

"과분해요."

"응, 과분하지. 이렇듯 아름다운 그대를."

"아니요, 모토노부 님이…… 저한테는 과분하다는 말씀이에요."

우지자네는 뜻밖이라는 표정으로 다시 한번 핥듯이 쓰루히메를 아래위로 쳐다보았다.

"그대도 어른이 되어 아버지의 강요를 이해하게 된 모양이군."

"대감님의 강요라니요?"

"가이나 사가미의 일문이라면 또 몰라도 오카자키의 애송이니 말이야. 하지만 아버지가 교토로 올라갈 때 중요한 길목이니, 못마땅하겠지만 이해해 줘, 응?"

쓰루히메는 울컥 화가 치밀었다. 우지자네는 쓰루히메가 요시모토의 정략에 따라 싫으면서도 출가하는 것으로 알고 있었다. 그 속에 교만함이 노골적으로 드러나 보이는 것은 우월감이 숨어 있기 때문이리라.

'내가 손댄 그대를 다케치요 따위에게……'

쓰루히메는 자세를 바로 하고 우지자네를 똑바로 쳐다보았다.

"작은대감님은 뭔가 오해하고 계시는군요."

"내가 오해…… 무엇을?"

"제 마음을. 저는 기쁜 마음으로 출가하는 거예요."

"알고 있다. 알고 있어."

우지자네는 가볍게 고개를 끄덕이며 빙긋 웃었다. 그것은 쓰루히메가 지금껏 우지자네에게 예전 그대로 연모를 품고 있는 줄 알고 있는 의기양양한 고갯짓이었다.

쓰루히메는 애가 탔다. 그리고 한결 안타깝게 경솔했던 자신의 과거를 저주했다.

'어째서 나는 이런 남자에게 옆에 있게 해달라고 애원했던 것일까……'

"작은대감님."

"뭐냐?"

"사람을 물리쳐주세요."

가노와 기쿠마루가 매서운 질투의 눈초리로 쓰루히메를 흘끗 보았지만, 쓰루히메는 눈치채지 못했다.

"응? 사람을 물리치라고……."

우지자네까지 음탕한 일을 연상하는 듯 싱그레 웃음 지었다.

"정초부터 어지간하군. 좋아, 가노도 기쿠도 잠시 물러가 있거라."

두 사람은 서로 얼굴을 마주 보며 일어나 나갔다.

우지자네는 여전히 이불 위에 배를 깔고 누운 채 슬며시 손을 뻗어 쓰루히메의 무릎을 만지려 한다.

"자, 말해봐. 무슨 일이지?"

쓰루히메는 홱 몸을 물리며 날카롭게 눈꼬리를 치떴다.

"작은대감님!"

"왜 그래. 그렇게 핏대를 올리고?"

"일어나세요. 그런 모습으로는 말씀드릴 수 없어요."

"핫핫하, 이건 또 사가미 부인보다 더한데. 점잖은 척하는 허식은 난 싫다. 귀가 있고 눈도 있으니 하고 싶은 말을 해봐."

쓰루히메의 입술이 바르르 떨렸다. 더 이상 거역할 수 없는 게 분했다.

"작은대감님! 저는 모토노부 님에게 출가하여 잘 살고 싶어요."

"허, 진심인가, 그게?"

"네, 모토노부 님은 저에게 더없이 훌륭한 남편이라고 생각해요."

우지자네는 또 히죽 웃었다. 성미 드센 여자가 무슨 소리냐고 하고 싶은 듯 말의 속뜻을 생각하며 웃는 웃음이었다.

"그래서 소원이 있어요."

"말해봐. 사양할 것 없다. 나와 그대 사이니."

"혼례식 날 대감님 대리로!"

쓰루히메가 말하려 하자 우지자네는 손을 저었다.

"그 일이라면 알고 있어. 나도 그대와 다케치요가 나란히 있는 모습을 꼭 보고 싶다. 염려 마라, 반드시 가마."

쓰루히메는 다시 굴욕에 몸을 떨며 고개 저었다.

"아니, 그게 아니에요. 저는 작은대감님이 오시는 게 싫어요. 대감님에게 비밀로 하시고 오시지 말도록…… 부탁드리러 왔어요."

"뭐? 오지 말라고……."

"네, 모토노부 님은 작은대감님과 저 사이를……."

"잠깐!"

"네."

"그러면 나와 그대의 일로 다케치요가 이러쿵저러쿵 따진다는 말이냐? 만일 그렇다면 내가 불러서 꾸짖겠다. 분수도 모르는 괘씸한 놈 같으니!"

우지자네는 벌떡 일어나 앉았다.

"정말 그랬느냐?"

쓰루히메는 핏기를 잃었다. 전혀 상상하지 못한 뜻밖의 되물음을 받은 것이다. 우지자네는 자기가 손댄 쓰루히메를 모토노부가 영광으로 여기며 받아들일 줄 생각하고 있다.

"뭐라고 말했지? 말에 따라서는 그냥 두지 않겠다. 다케치요 놈이 한 그대로 말해봐."

"작은대감님!"

쓰루히메는 이제 가만히 있을 수 없었다. 이러다가는 일부러 찾아온 일의 결과가 오히려 반대가 된다. 모토노부가 우지자네의 노여움을 사게 되면 마쓰다이라 집안에 결코 좋을 리 없었다.

"작은대감님은 제 마음을 모르셔요. 모토노부 님이 무슨 말을 한 게 아니라, 그날 오시지 말라는 건…… 제 생각이에요."

"그렇다면 그대는 내 얼굴이 보기 싫다는 말인가?"

"네, 혼례식 날만큼은."

"흥. 전과 달라졌군, 그대도."

"달라졌어요. 작은대감님보다 모토노부 님에게."

"마음이 기울어졌단 말인가?"

"네."

이번에는 우지자네의 얼굴에서 웃음이 걷혔다.

"잘 말했다. 똑똑하게 잘도 말했다, 내 앞에서."

우지자네는 한쪽 무릎을 세우고 쓰루히메 쪽으로 천천히 다가왔다. 쓰루히메는 저도 모르게 무릎걸음으로 뒤로 물러났다. 우지자네의 눈 속에서 일찍이 본 적 없는 끈끈한 증오의 빛을 보고 목소리조차 선뜻 나오지 않았다.

"쓰루—"

"네…… 네."

다시 무릎으로 물러나며 쓰루히메는 본능적으로 우지자네와 그의 뒤에 있는 칼걸이를 보았다. 만일 거기로 손이 간다면, 과연 이 자리를 무사히 벗어날 수 있을까 하고.

"주제넘은 계집 같으니!"

"기분에 거슬렸다면 용서를."

"내가 좋아할 줄 알고 왔나?"

"네, 도련님은 마음 너그러우신 분이니…… 사리를 밝혀 부탁드리면……."

우지자네는 신경질적으로 고개 저으며 가로막았다.

"닥쳐라!"

그리고 엷은 입술이 경련하듯 웃음으로 바뀐 것은, 우지자네의 노여움이 잔인한 생각으로 비약했기 때문이었다.

"이 혼인, 우지자네가 깨고 말겠다."

"네?"

"그대를 그렇게 괴롭히나…… 아버지에게 말씀드려 파혼시키겠다."

다시 와락 한무릎 다가앉아 우지자네는 쓰루히메의 어깨를 움켜잡았다.

"용서를……."

쓰루히메는 몸을 움츠리며 옆으로 피했다. 무엇 때문에 우지자네가 이토록 화내는지 쓰루히메는 알 수 없었다.

우지자네는 다시 웃음을 거두고 뱀 같은 눈으로 쓰루히메의 떨리는 입술을 지그시 지켜보았다.

"그대 본심은…… 파혼시켜 달라는 것이겠지?"

"아니에요, 거짓말은 하지 않습니다."

"그렇다면 다케치요와 인연 맺고 싶다…… 그러기 위해서라면 나에게 아무리 상처를 주어도 괜찮다는 말인가?"

쓰루히메는 놀라며 우지자네를 다시 보았다. 우지자네가 화내는 원인을 그제야 깨닫고 등골이 오싹했다.

"그대만큼 나를 깔본 여자는 없어. 싫다고 뻔뻔하게 말했을 뿐 아니라 아버지 대리에 대한 일까지 이러쿵저러쿵 요구를 해? 그러고도 그대는 내가 노여워하지 않으리라 생각하나?"

"네…… 네, 저는…… 저는…… 인정상 사정을 봐주실 줄 알고 있었던 거예요. 용서를."

"안 된다!"

우지자네는 쓰루히메의 검은 머리채를 다짜고짜 움켜잡고 끌어당겼다. 쓰루히메는 비명을 지르려다가, 그러면 우지자네를 더 화나게 할까 봐 얼른 입을 다물었다. 우지자네는 검은 머리채를 무릎으로 누르고 거친 숨을 몰아쉬며 잠시 부들부들 떨고 있었다. 가슴에 소용돌이치는 광포한 감정을 한껏 비꼬아 가장 뼈아프게 들릴 말을 찾고 있는 것이었다.

"쓰루!"

"……네."

"네 청을 받아들여 혼례식에는 얼굴을 내밀지 않으마."

"제…… 제 청을 들어주시는 겁니까?"

"그 대신 오늘은 네 몸을 내 마음대로 하겠다."

"네?"

"그렇지 않고는 내 화가 풀리지 않는다. 다케치요 따위만도 못하다니."

"아, 용서를……."

쓰루히메는 방에서 나가려고 이를 악물고 머리를 당겼다. 그러나 그때는 이미 우지자네의 오른손에 목이 잡혀 쓰러지듯 끌려가고 있었다. 성미 드센 여자와 권력을 가진 남자의 싸움, 어차피 여자에게는 승산이 없었다. 그보다도 남자의 바보스러운 질투심을 눈치채지 못한 여자가 어리석었다고나 할까.

우지자네의 손에서 벗어나 옆방으로 뛰어들었을 때 쓰루히메는 금방이라도 심장이 터질 것만 같았다. 이보다 비참한 패배감은 없었다. 그것은 단순한 애무가 아니라, 어디까지나 여자의 육체와 감각을 잔인하게 놀리고 조롱해 희롱감으로 삼았던 것이다.

'이미 지아비가 정해진 몸을……'

울 수도 없고 성낼 기력마저 둥실 허공으로 빠지고 말았다.

'대체 이 일을 어떻게 하면 좋단 말인가……?'

뉘우침도 반성도 이 모욕을 지울 힘이 되지 못했다. 더욱이 우지자네는 쓰루히메를 놓아주자 부끄러움도 거리낌도 없이 손뼉 쳐 시동을 불렀다.

"손 씻을 물을 가져오너라!"

쓰루히메는 정신이 아찔해지는 것을 가까스로 견디며 머리매무새를 고치고 옷깃을 매만졌다. 그러한 자신의 당황한 모습을 비춰주고 있는 것이 우지자네의 거울이라고 생각하자 집어 던지고 싶은 충동이 일었다.

"아니, 쓰루히메 님이 아직 여기에……?"

기쿠마루는 방문을 열며 일부러 여자같이 비꼬는 말을 던졌다.

"됐느냐? 이것으로 모레, 나는 참석하지 않는다."

시동이 날라온 물에 손을 씻으며 우지자네가 비웃음을 던졌을 때 쓰루히메는 성큼 방을 나서 복도로 나갔다. 이 얼마나 값비싼 교환 조건이란 말인가. 우지자네가 참석하지 않는 대신 자신은 평생 이 굴욕의 기억 때문에 고통받아야 하다니…….

아랫성의 큰 현관에서 엷은 햇살 속으로 가마를 타고 나간 뒤 쓰루히메는 생각했다.

'차라리 자결을……'

곳곳의 시녀들 방에서 정초의 즐거운 웃음소리가 새어나오고 있었지만 쓰루히메의 마음은 바늘이 가득 들어 있는 것처럼 무거웠다. 혼례를 앞두고 자결한다. 물론 유서에 우지자네에게서 받은 굴욕을 가지가지 적어 남길 셈이었다. 그렇게 하지 않고는 드센 성미가 삭지 않을 것 같았다.

'하지만……'

쓰루히메는 다시 망설였다. 모토노부는 쓰루히메의 괴로움을 이해해 주리라. 그러나 그 유서가 과연 세상에 발표될지 어떨지. 상대는 우지자네이다. 부모는 아마 요시모토가 두려워 비밀에 부쳐버리지 않을까? 만일 그렇게 되면 세상의 평판은 전혀 반대가 되리라. 쓰루히메는 마쓰다이라 모토노부와 혼인하는 것이 싫어서 죽은 거라고 소문날 게 틀림없다.

가마가 집 현관에 들어선 뒤에도 쓰루히메는 가마 안에 멍하니 앉아 있었다. 시녀가 나와 가마 문을 열었다.

"이제 돌아오세요?"

쓰루히메는 조용히 가마에서 나왔다. 핼쑥한 얼굴도 하얗게 질린 입술도 화장에 가려져 있었지만, 메마른 눈빛은 넋 나간 인형 같았다. 쓰루히메는 위태로운 걸음걸이로 비틀비틀 자기 방에 들어가 그대로 다다미에 엎드렸다. 눈물은 나오지 않았다.

쓰루히메의 자결이 우지자네의 마음에 복수의 손톱자국을 얼마나 낼 수 있을 것인가. 죽어서 귀신이 되어 붙을 수는 있을까, 그런 생각이 머릿속에서 끝없이 맴돌고 있었다.

두견새

　그날도 노부나가는 새벽 6시가 되기 전에 애마를 몰아 성 아랫거리에서 열리는 장터를 돌아보았다. 이른 아침의 말달리기는 아버지 노부히데가 세상 떠난 뒤 하루도 거른 적 없는 일과였는데, 요즘은 특히 그것이 즐거웠다.

　여러 나라에서 자유로이 모여드는 상인으로 오와리는 하루하루 번화해져 갔다. 센슈(泉州)의 사카이(堺)가 바다 밖에서 부(富)를 모아오는 큰 시장이라면, 이곳은 뭍으로 개방된 사카이였다. 호조 일족이 차지한 오다와라에도 번화한 장이 서지만, 지금은 오와리가 그것을 능가한다는 소문이 떠돌고 있다.

　이렇듯 개방된 오와리므로 물론 다른 나라 첩자도 들어올 테지만, 노부나가는 그것 또한 교묘하게 이용했다. 남보다 총을 많이 손에 넣은 것도, 신축성이 자유로운 갑옷을 새로 만들게 한 것도 이곳에 밀어닥치는 자유의 물결 덕분이었다.

　아니, 그것 말고도 여러 고장으로 흩어져가는 상인들을 통해 마음먹은 대로 유언비어와 소문을 퍼뜨리기에 더할 나위 없는 장소였다. 다케치요가 모토노부라는 이름으로 성인식을 올렸다는 소식도 여기서 들었고, 그 모토노부의 노부가 노부나가를 은근히 사모하는 표현이라는 것과 요시모토의 조카딸을 아내로 맞아 스루가 마님이라고 부른다는 소문도 여기서 쉽사리 들을 수 있었다. 그가 부리는 첩자가 상인으로 꾸며 자유로이 드나들 뿐 아니라 또한 상인 패거리의 소문을 낱낱이 수집하여 노부나가의 귀에 들려주기 때문이었다.

　그날 아침 노부나가는 아침 장 변두리에 가게를 벌인 생선장수 앞에서 말을 내렸다. 그는 하인 우두머리 후지이(藤井)에게 고삐를 맡기고 북적거리는 인파 속에 끼어들었다. 이미 초여름이라 생선 가운데 가다랑어는 아직 눈에 띄지 않았지만, 영지 안 바다에서 잡히는 새끼 농어 비늘에 산뜻한 초여름 향기가 배어 있었다.

노부나가를 알아보고 정중히 인사하는 자도 있지만 대부분 그의 얼굴을 모른다. 그의 옷차림이 한동안의 괴짜 차림에서 검소한 차림으로 바뀐 까닭도 있고, 시장을 순시할 때는 일부러 눈에 띄지 않도록 조심하고 있기 때문이기도 했다.

"올해 채소농사는 어떤가?"

"채소는 이제부터지. 아직 장다리무를 거둬들일 때라서."

"그런가? 씨앗은 이미 뿌렸을 텐데, 좀 가문 것 같군."

"뭘, 이제부터야. 오와리는 하느님이 특별히 봐주시거든."

"그런가, 특별하다는 말이지."

생선장수들 다음에 채소시장이 서고 그 안쪽에는 낡은 무구(武具)로부터 활, 칼, 옹기 등의 가게가 늘어섰으며 그 사이를 사람들이 줄줄이 꼬리 잇고 있다.

거울장수가 부지런히 허리 굽혀 거울을 닦고 있는 곳에 이르렀을 때 노부나가는 문득 걸음을 멈추었다. 그 옆에 바늘을 몇 개 늘어놓고 노부나가를 빤히 올려다보는 젊은이의 얼굴이 세상의 여느 얼굴과 너무도 달랐기 때문이다.

"허!"

노부나가는 발을 멈추고 저도 모르게 웃음 지으며 말을 던졌다.

"이봐, 바늘장수, 그대는 원숭이띠렷다."

노부나가가 말을 걸어도 괴상한 용모의 젊은이는 웃지도 않았다.

"그렇소, 난 원숭이띠고 당신은 말띠로군."

노부나가는 흐흐흐 웃었다. 자신이 태어난 해를 가리키는 게 아니라 자신의 긴 얼굴에 대해 말하는 거라고 여겼던 것이다.

하지만 이 젊은이는 어쩌면 이렇듯 얼굴에 묘한 주름을 가득 새기고 있는 것일까. 얼핏 봐도 원숭이로 보이지만, 자세히 보니 더욱 그렇게 보였다.

"그래, 나는 말띠다. 잘 맞혔어. 그런데 그대는 원숭이로되 여느 원숭이는 아닌 것 같군. 원숭이해, 원숭이달, 원숭이날에 태어난 낯짝인데."

젊은이는 거만하게 고개를 끄덕였다.

"그렇소. 그것을 제대로 알아본 당신도 보통 사람은 아닌 것 같군. 그래서 내가 점을 좀 봐줄까 하는데, 당신 신변에 오늘 안으로 변고가 생길걸."

"뭣이, 내 신상에 변고가…… 왓핫핫핫, 원숭이가 그것을 어떻게 아나?"

"나는 사정이 있어 여러 나라를 떠돌아다니며 지금은 보다시피 바늘을 팔고 있지만 위로는 천문, 아래로는 지리, 이 세상의 이치에 통달하지 않은 것이 없어. 참, 그 변고의 내용은……."

그러고는 더욱 기분 나쁘게 목소리를 낮췄다.

"그러나…… 이 변고가 어쩌면 당신의 불행이…… 되지는 않을지도 모르지."

노부나가는 왠지 가슴을 섬뜩하게 때리고 지나가는 바람을 느끼고 쓴웃음 지으며 젊은이 앞을 지나갔다. 위로는 천문, 아래로는 지리, 모르는 게 없다……고 말하는 과장 속에 문득 어떤 불안이 느껴졌기 때문이었다.

'이놈이 무슨 꿍꿍이속이 있어서 한 말이구나……'

노부나가는 시장을 한 바퀴 돈 다음 기다리고 있는 후지이한테서 고삐를 받아들었다.

"먼저 돌아가겠다."

말에게 철썩 채찍질을 한 번 하고 우거진 녹음 아래를 달려 곧장 성으로 돌아갔다.

그리고 급히 노히메가 있는 내전으로 들어가 불러댔다.

"노히메! 미노에서 누가 오지 않았소?"

그러나 노히메의 대답은 없고 허둥지둥 나온 노녀가 대답했다.

"마님은 지금 불단 앞에 계십니다."

노부나가는 노녀의 얼굴을 흘끗 보고 그 눈이 울어서 빨갛게 부은 것을 알자 불단을 향해 성큼성큼 걸어갔다.

불단 앞에는 역시 눈이 퉁퉁 부은 노히메가 새로운 네 개의 위패를 놓고 향을 사르고 있는 참이었다. 그 옆에 위패를 가져온 듯싶은 30살 가까운 여인이 하나, 아직 나그네 차림으로 고개를 푹 숙인 채 힘없이 앉아 있다.

노부나가의 예감이 들어맞았다……기보다, 그 원숭이 같은 바늘장수가 이러한 사정을 알고 노부나가에게 야릇한 예언을 한 것이라는 생각이 들었다.

노부나가는 노히메 뒤에 조용히 서서 위패의 글을 읽었다. 첫 번째는 '사이토 도산 공 신위(齊藤道三公神位)였고, 그다음은 '도산 공 부인 신위(道三公夫人神位)', 나머지 둘은 '다쓰모토 신위(龍元神位)', '다쓰유키 신위(龍之神位)'였다. 모두 이나바성(稲葉城)에 있는 노히메의 부모와 형제 이름이었다.

"음."

노부나가는 숨죽이고, 노히메에게 말을 건네기에 앞서 고개 숙이고 있는 여자의 어깨를 먼저 칼자루 끝으로 가볍게 건드렸다.

여자는 깜짝 놀라 얼굴을 들더니 그 자리에 엎드렸다.

"아……."

본 적 있는 얼굴이었다. 틀림없이 아버지의 애첩 이와무로 부인의 몸종이었던 여자. 스에모리성에 있을 때부터 뛰어난 미모로 이런저런 문제를 일으켰던 여자였다.

맨 먼저 이 여자를 마음에 둔 것은 노부나가의 아우 노부유키였다고 들은 적 있다. 그런데 여자는 그보다 먼저 이미 노부유키의 시동과 눈이 맞았던 모양으로, 노부유키는 오히려 두 사람 사이를 용서했다던가. 그런데 이 여자를 연모하는 사나이가 또 있었다. 노부유키의 중신인 사쿠마의 아우 시치로자에몬(七郎左衛門)이었다. 시치로자에몬은 노부유키가 시동과 여자의 사랑을 용서해 준 데 격분하여 시동을 죽이고 자취를 감추었다.

그 일로 이 여자의 유랑이 시작되어, 이윽고 여자는 미노의 사기야마(鷺山) 성주인 노히메의 배다른 오빠 요시타쓰(義龍)의 총애를 받다가 다시 아버지 도산의 첩이 되었다. 도산과 요시타쓰 부자가 계집을 두고 다투어 사기야마성과 이나바성이 험악한 공기에 휩싸여 있다고 세상에 소문나게 한 그 원인이 된 여자가, 도산 이하 네 사람의 위패를 가지고 나타난 것이다.

노부나가는 칼을 짚고 우뚝 선 채 여자를 찌를 듯 노려보며 마침내 올 것이 왔다고 생각했다.

"이름이 오카쓰(勝)였던 것 같은데."

도산이 목숨을 잃었다면, 아마 아들 요시타쓰에게 살해되었을 것이다. 그만큼 이 부자는 사이가 나빴다.

도산이 천한 기름장수의 몸으로 도키(土岐) 가문을 섬기다 마침내 주인을 내몰고 미노를 손에 넣었을 때 요시타쓰의 생모 또한 도키 가문에서 도산의 내전으로 들어왔다. 그러자 도산을 괘씸하게 여기는 도키의 유신들이 온갖 소문을 퍼뜨렸다.

도산의 내전으로 옮긴 얼마 뒤 태어난 요시타쓰에게 기회 있을 때마다 이런 말을 귀에 속삭였다.

"도련님은 도키 핏줄입니다."

어느덧 요시타쓰는 그 암시에 걸려들었다.

한낱 기름장수에서 일어선 도산의 눈에 맏아들 요시타쓰는 성에 차지 않았다. 심한 꾸중이 내릴 때마다 교묘하게 속삭여온다.

"친자식이 아니기 때문에 속으로 미워하고 있소."

게다가 도산 자신의 생각도 이러한 의심을 짙게 하는 데 부채질했다.

"이 세상을 살아가려면 힘이 있어야 한다."

실력으로 미노를 차지한 도산은 자기 행위에 대한 변명도 포함하여 아들 앞에서도 이따금 큰소리쳤던 모양이다.

"힘 있는 자는 언제든 내 손에서 다시 빼앗아가라."

그러한 일들을 노히메한테서 듣고 노부나가도 못마땅하게 여기고 있었는데, 그 불화가 드디어 미노에서 현실로 나타난 모양이었다.

"장인은 대체 어디에 계셨나? 산성에 계셨나?"

우뚝 선 채로 묻자 오카쓰는 희미하게 고개를 저었다. 깨닫고 보니 몸만 가까스로 도망쳐나온 듯했다. 얼굴에 숯검정이 묻었고 주름살이 그려졌으며 그것이 눈물로 얼룩져 엷은 줄무늬를 만들고 있다. 그러나 노부나가의 눈에는 이 여자에 대한 가엾음보다 인생의 덧없음이 야릇한 불길을 뿜으며 돌아가는 수레바퀴가 되어 비쳤다.

"성을 나오셔서 센조다이(千疊臺)의 별채에 계셨습니다."

여자의 목소리는 꺼질 듯이 낮았다.

"그대가 모셨나?"

"네."

"방심하셨군, 장인답지 않게."

노부나가는 혀를 차며 칼자루 끝으로 마루를 쿵 울렸다. 이나바성에 있었다면 그렇듯 쉽사리 죽음을 당했을 리 없다. 급수로에서 8정 반, 구불구불한 고갯길이

13정, 1100척이나 되는 높은 곳에 있는 요새지였다.

"그러면 성안에 내통자가 있었겠지. 누구냐!"

"네, 다케이(武井) 님."

"아래에서는 요시타쓰, 윗성에서는 다케이…… 그러면 마님이랑 다쓰모토, 다쓰유키는 성안에서, 장인어른은 센조다이에서 당하셨나?"

"……네."

노부나가는 날카로운 눈길로 흘끗 노히메를 보고 꾸짖었다.

"울지 마라!"

노부나가가 오카쓰에게 묻는 동안 노히메의 울음소리가 점점 높아졌기 때문이다.

"그래. 그대와 자고 있다가 기습받았단 말이지?"

노부나가는 크게 한숨짓고 잠시 천장을 노려보더니 이번에는 묻는 목소리가 작아졌다.

"그래, 유해는? 목은 물론 요시타쓰가 잘라갔을 테고, 유해는 어떻게 되었나?"

"네, 하세강(長谷川)에 버려졌습니다."

"장모님은?"

"모두 불에 타서 흔적도 없습니다."

"노히메!"

"……네."

"알겠나? 그대 옆에는 노부나가가 있다."

이 경우 아내를 위로할 말을 달리 찾을 수 없었다. 노히메는 노부나가의 말을 듣자 다시 소리 높여 흐느껴 울었다.

오와리로 출가해 오와리에 뼈를 묻어라, 너를 출가시켰다 해도 아비는 결코 오와리를 공격하는 데 주저하지 않을 것이다—떠다밀다시피 그렇게 말한 자신만만했던 아버지. 성 아랫거리를 번창시켜 과연 서민의 편이라고 상인과 농부들의 존경을 받았던 아버지. 무장들 사이에서는 잔인한 장수라고 욕먹으면서도 실력을 인정받던 아버지. 그 아버지의 목 없는 시체가 지금도 어딘가 강물을 떠내려가고 있다…….

그뿐만이 아니었다. 도키 일족이었던 아케치(明智) 가문에서 출가해 와 다쓰모토, 다쓰유키 형제가 똑똑하지 못한 탓으로 늘 조마조마해하며 노심초사해 온 어머니까지……

노부나가는 다시 입을 열었다.

"노히메, 향불을 피웠거든 이 여자를 쉬게 해. 그리고……"

벌써 불단을 떠나며 말을 이었다.

"끝나거든 내 방으로 와. 이야기할 게 있어."

"……네."

노히메는 노부나가의 뒷모습에 대고 손을 모았다. 세상의 여느 남편이라면 비참한 최후를 마친 부모를 위해 자기와 나란히 한 번만이라도 공양을 부탁하고 싶었지만, 자기 아버지 위패에도 향을 집어 던진 노부나가였다. 그러나 노히메는 이제 그 노부나가 외에 의지할 사람이 아무도 없었다.

노히메가 영전을 향해 다시 앉자, 이번에는 오카쓰가 몸을 비틀며 울기 시작했다.

창문 너머로 두견새 울음소리가 지나갔다.

잠시 뒤 오카쓰는 센조다이의 별채가 기습당한 엊그제 밤의 상황을 다시 띄엄띄엄 노히메에게 이야기하기 시작했다.

새벽녘이었다던가. 그때도 안개가 걷히기 시작한 산장을 스치며 두견새가 울고 지나갔다. 오카쓰가 문득 그 소리에 눈을 떴을 때 도산이 이불을 차고 일어나 곧장 창문을 열었다.

"……이상한데?"

먼 파도 소리처럼 아래쪽에서 함성이 들려왔다.

"아뿔싸."

도산은 중방에 세워놓은 창을 집어들고 곧 뜰로 뛰어나갔다. 아래쪽에서 공격받고 있다면 곧 성으로―라고 생각했을 때, 이미 뒷산의 안개가 시뻘겋게 물들며 타오르고 있었다. 성안에 있던 다케이가 아래에서 쳐올라오는 요시타쓰보다 한발 앞서 도산이 달아날 성에 불을 지르고 있었던 것이다.

"오카쓰! 오와리로…… 사위에게!"

그것이 도산이 오카쓰에게 남긴 마지막 말이었다. 63살의 도산은 그길로 난입해 오는 공격군 속으로 창을 들고 돌진했다.

"아마도 대감님은 오와리 대감님에게 원수를 갚아달라고 말씀하고 싶으셨던 게지요."

노히메는 고개를 끄덕이며 오카쓰를 위해 세숫물을 가져오게 했다. 오카쓰는 이따금 생각난 듯 훌쩍이며 얼굴의 검정을 씻고 머리매무새를 다듬었다. 노히메가 물러가 쉬라고 권했지만 위패 앞에서 일어나려 하지 않았다.

"잠시 동안만 불단에 이대로 있게 해주세요……."

노히메는 오카쓰를 남기고 불단을 나와 휘청거리는 다리에 힘을 주며 노부나가의 방으로 들어갔다. 노부나가가 요시타쓰를 이대로 내버려둘 리 없었다. 될 수 있으면 위패 앞에서 그가 하는 말을 똑똑히 듣고 싶었다.

노부나가는 배를 깔고 엎드린 채 뜰의 녹음을 노려보며 말했다.

"노! 나는 잠시 그대를 멀리할까 생각해."

"네? 저를 멀리하다니요."

뜻밖의 말에 놀라 노히메는 노부나가의 머리맡에 앉았다.

"무슨 말씀인지 잘 모르겠어요, 좀 더 자세히."

"말해도 놀라지 않겠나?"

시선을 여전히 뜰로 보낸 채 노부나가는 말했다.

"슨푸에 있는 다케치요에게."

"네, 모토노부 님에게……?"

"아이가 태어난다더군."

"그래서요……?"

"당신이 아이를 못 낳으니, 소실을 둘까 하는데."

때가 때이니만큼 노히메의 얼굴이 흐려졌다. 언제나 뜻밖의 말만 꺼내는 노부나가에게 익숙해져 있었지만, 돌계집이라는 말을 듣자 노히메는 살을 에는 듯 쓰라렸다.

"어째서 그런 말씀을, 하필 오늘 같은 날……."

"지금 말하지 않으면 안 되기 때문이야. 불만 없겠지?"

노히메는 물끄러미 노부나가의 옆얼굴을 지켜보며 눈도 깜박이지 못하고 있었다.

"오늘부터 직접 첩을 구하러 나서야겠어. 잠시 당신을 멀리하고."

"어째서 새삼스럽게 그런 말씀을! 제 허물은 저도 잘 알고 있어요."

"그러니 불만 없을 거라고 하잖아."

"불만도 질투도 없어요. 하지만 부모님 부고를 듣고 어찌할 바 모르고 있는 이때, 어째서 요시타쓰를 쳐서 원수를 갚아주겠다는 말씀은 하지 않으세요?"

노부나가는 잠자코 코털을 뽑기 시작했다. 도산의 지모(智謀)와 재치를 이 여자도 고스란히 타고났다고 생각했지만, 역시……

잠시 있다가 노부나가는 불쑥 말했다.

"요시모토는 이 노부나가를 짓밟고 교토로 올라갈 준비를 완전히 끝낸 모양이야."

"그것과 측실이 무슨 상관 있는지요?"

노부나가는 다시 침묵을 지켰다.

"있다고도 할 수 없지만 없다고도 할 수 없지."

"좀 더 분명히 말씀해 주세요. 어디 마음에 드신 여자라도?"

노부나가는 고개를 끄덕였다.

"음, 없지도 않지."

노히메는 다시 숨죽이며 노부나가를 쳐다보았다. 없지도 않지……라는 말은, 있다는 의미는 아닌 모양이었다. 그렇다면 노부나가에게 무슨 생각이 있어서 하는 말—이라고 그제야 눈치챈 것이다.

이마가와의 상경 준비가 끝났다. 그런 때 힘을 빌려주려던 아버지 도산이 암살당하고 미노는 오빠 요시타쓰의 손에 넘어가 분명 노부나가의 적이 되었다. …… 여기까지 생각하다가 노히메는 가슴이 섬뜩하게 찔린 느낌이 들었다. 노부나가는 자기를 멀리하여 요시타쓰의 적대감을 누그러뜨릴 생각이 아닐까? 그렇게 하면 적어도 요시타쓰를 방심하게 하는 효과는 있다. 그렇지 않다면 요시타쓰는 아버지를 죽인 김에 자기 쪽에서 오와리에 전쟁을 걸어올지도 모른다.

'그렇구나…… 그 때문이었구나……'

그렇게 짐작되자 눈물이 솟아났다. 아버지의 죽음으로 더욱 의지할 데를 잃은 자신에게 남편마저 등 돌리려는 것이다. 다케치요의 생모 오다이 부인의 비극이 마침내 노히메에게도 찾아오려는 것일까.

갑자기 노히메는 남편을 향해 두 손을 짚었다.

"잘 알겠습니다. 저는 아이를 못 낳는 여자, 대감님께는 벌써 아들이 있었어야만 했습니다."

노부나가는 놀란 듯 얼굴을 들어 노히메를 쳐다보았다.

'역시 깨달았구나……'

이렇게 생각하자 더욱 사랑이 밀려왔지만 지금은 입으로 위로할 말이 없었다.

"저는 결코 분별없이 대감님을 탓하거나 하지 않겠어요. 마음에 드는 사람을 곁에 불러들이세요."

"알아들었나?"

"네, 뼈에 사무치도록……"

"노!"

"네."

"언젠가는 요시타쓰 놈을…… 알았지, 지금은 참아줘."

노히메는 마침내 그 자리에 엎드려 몸부림치며 울기 시작했다. 엎드려 우는 노히메를 남겨두고 노부나가는 어디론지 나가버렸다.

이곳은 지난날 본성이었던 후루와타리성이 아니었다. 시바(斯波)는 이미 멸망했고 오다의 종가 히코고로(彦五郎)도 주저앉아 노부나가는 기요스성으로 옮겨왔으며, 오와리를 통일할 만한 실력을 그는 충분히 갖추고 있었다.

노히메는 그러한 패업(覇業)을 늘 뒤에서 지켜보았다. 노부나가는 전략보다 오히려 경영하는 능력이 뛰어난 것을 노히메는 인정하고 요즈음 스스로 황홀한 행복감에 젖어 있었다. 해마다 장마철에 홍수가 지는 기소강(木曾川)의 둑 쌓기에 마음을 기울이고, 여러 고장의 장사치를 끌어들이느라 애쓰고, 형제들의 불평불만을 가라앉히고…… 더욱이 언제나 전광석화(電光石火), 남이 엿보지 못할 기책을 마음껏 구사하여 차츰 가신의 신망을 모으며 백성을 잘살게 해나간다.

미노에 아버지가 있고 오와리에 남편이 있……며 마음속으로 은근히 웃음 짓고 있을 때 전혀 예기치 못하게 아버지가 횡사한 것이다. 그 죽음은 그녀의 마음 균형뿐 아니라, 노부나가의 생애마저 발밑에서부터 크게 무너뜨리는 소용돌이를 일으키려 하고 있었다…… 아버지를 믿는 마음이 컸던 만큼 노히메가 받은 타격도 컸다.

'인생이란 이토록 덧없는 것일까……?'

아버지의 생애도 한낱 꿈이었고, 미노의 경영도 어머니의 노력도 허무했다. 아니, 그 허무함은 결코 부모 일에 그치지 않고, 노히메의 모든 희망과 힘까지 앗아 가려 하고 있다.

이성으로는 다음에 곧 대비해 나가는 노부나가의 움직임이 늠름하다—고 느끼면서도, 머지않아 '허무한—' 것으로 바뀔 날이 올 듯한 심정이 드는 건 어째서일까……?

노녀가 발소리도 내지 않고 들어와 조그맣게 불렀다.

"마님."

노히메는 눈물에 젖은 얼굴을 힘없이 들어 희미하게 미소 지으려 했다. 어떤 때 약함을 보이지 않으려는 성품에서 우러나오는 그 미소는, 그러나 노녀의 겁먹은 눈초리를 보자 굳어졌다.

노녀는 숨을 헐떡이며 말했다.

"불단에서…… 오카쓰 님이 자결하셨습니다."

"뭐, 자결……."

노히메는 순간 놀라며 눈을 감았다. 여기에도 슬픈 인간의 종말이 기다리고 있었단 말인가. 아름답게 태어났기 때문에 이 남자 저 남자를 전전하며 많은 싸움의 씨를 뿌려야 했던 박복한 여자의 종말…….

이제 어떤 일이 일어나도 놀라지 않으리라 다짐하며 노히메는 일어섰다.

하늘이 차츰 흐려졌다. 비가 내리기 시작하면 서서히 장마철로 접어들리라. 하다못해 얼마 동안 하늘만이라도 활짝 개어주었으면 싶었다.

노녀는 앞장서 불단으로 들어가 두 손을 합장하며 나직하게 말했다.

"보시다시피……."

노히메는 선 채로 다다미 위에 엎드려 있는 오카쓰의 옆얼굴을 내려다보았다. 아직 완전히 숨이 끊어져 있지는 않았다. 젖가슴 아래를 꿰뚫은 단도가 움직이고 있다. 그러나 그 옆얼굴에는 아무 고뇌의 빛도 떠올라 있지 않았다. 오히려 이제야 안식을 찾은 얼굴이었다.

노히메는 입 속으로 중얼거렸다.

"오카쓰……."

섣불리 손대는 것도 위로하는 것도 오히려 잔혹하게 여겨질 정도로 오카쓰의 옆얼굴은 아름다웠다. 숯검정을 칠하고 도착했을 때는 30살쯤—으로 보았는데, 지금은 노히메보다 살결이 젊고 윤기 있어 보였다.

많아야 25, 26살이리라. 그동안 노부유키에게 사랑받고, 노부유키의 시동에게 사랑받고, 그리고 시치로자에몬에게 사랑받다가 요시타쓰에게 옮겨가 아버지 도산과의 싸움의 씨가 된 여자. 이러한 슬픈 여자의 생애에 대체 누가 저주를 퍼붓고 있는 것일까……? 아마도 이 여자는 어떤 남자의 팔에 안겨서도 기쁨보다는 슬픔을, 평화보다는 불안을 느끼며 살아오지 않았을까.

옆에 노히메가 서 있는 것을 알고 오카쓰는 가늘게 입술을 움직였다.

"오―오…… 마님."

이미 시력은 없는 듯싶다. 엉뚱한 쪽으로 뜨인 눈이 갓 태어난 동녀(童女)처럼 순진해 보였다.

"저는…… 저는…… 죄 많은 여자…… 용서해 주세요."

노히메는 별안간 걷잡을 수 없는 노여움을 느끼며 오카쓰의 어깨에 손을 얹었다.

"죄 많은 것은 그대가 아니야! 그대에게 무슨 죄가 있겠느냐?"

그러나 그 목소리는 이미 오카쓰의 귀에 닿지 않았다. 오카쓰의 영혼은 어디서 무엇을 보고 무엇에 닿고 있는지, 다시 한번 조그맣게 말했다.

"용서를……."

그리고 그대로 굳게 입술을 닫았다.

노히메는 노녀를 돌아보며 재촉했다.

"이와무로 부인을."

이 여자가 노부나가의 아버지 노부히데의 마지막 애첩 이와무로 부인이 총애하던 시녀였음을 깨달았던 것이다.

노녀는 허둥지둥 불단을 떠나 지금은 이 성에서 아들 마타주로를 키우고 있는 삭발한 이와무로 부인을 불러왔다.

"오카쓰가 와 있다지요?"

들어온 이와무로 부인은 오카쓰를 보고 위패를 본 다음 얼어붙은 듯 서버렸다.

"곧 숨이 끊어질 테니 말씀을……."

노히메에게 재촉받은 이와무로 부인은 어깨에 손을 얹으며 오카쓰의 얼굴을 들여다보았다.

"오카쓰!"

잠시 그대로 있더니 우는 대신 멍하니 노히메에게로 시선을 돌렸다.

노히메는 다시 격렬하게 흐느끼기 시작했다. 오카쓰도, 이와무로 부인도, 자기도 모두 같은 나이 또래였다. 그 가운데 하나는 이미 생애의 막을 닫았고, 하나는 검은 머리를 자른 여승이 되었고, 그리고 자기는…… 하고 생각하자, 보이지 않는 것에 대해 목청껏 저주를 던지고 싶은 충동이 치밀었다.

'어째서 여자는 이처럼 모두 가엾은가……'

노녀는 오카쓰의 머리맡에 조용히 향을 피워주었다. 오카쓰의 혼백은 파르스름한 그 연기를 타고 하늘하늘 공간을 기어가는 것 같았다. 염불을 하려다가 노히메는 도중에 그만두었다.

'구원받겠는가…… 이 영혼이!'

흐느낌을 삼켰을 때, 이와무로 부인이 소녀 같은 목소리로 말했다.

"아! 또 두견새가…… 흐린 하늘에."

그러고 보니 바람 한 점 없는 정원의 나무 위에 어느새 나직하게 구름이 드리워지고, 가느다란 빗발이 아슴푸레 빛나며 내리고 있었다.

노부나가 구도(構圖)

노부나가는 여느 때와는 달리 걸어가고 있었다. 눈에 띄지 않게 모리(毛利)를 거느리고 여느 때의 질풍 같던 행동과는 전혀 다른 걸음걸이였다.

기요스성은 고조강(五條川) 서쪽에 자리하고 상점과 시장은 동쪽에 펼쳐져 있었다. 거리만 해도 이제 30개를 넘으며 갈수록 확장되고 있다.

기요스의 오다 히코고로가 모시던 시바를 쳤을 때, 노부나가는 이미 기요스로 옮겨 오와리 전체를 호령하려는 배짱을 정하고 있었다. 그리하여 모리 산자에 몬(森三左衛門)을 보내 히코고로를 베어버린 뒤 시바의 아들 간류마루(岩龍丸)를 데리고 후루와타리성에서 옮겨왔고, 그런 의미에서는 이미 목적을 이루고 있었다.

하지만 오늘의 발걸음이 무거운 것은 그러한 노부나가의 구상이 사이토 도산의 죽음으로 어떤 차질을 빚어낼 것 같은 두려움이 있기 때문이라고 볼 수밖에 없었다.

노부나가는 비가 오락가락하는 하늘 아래 다시 시장으로 들어갔다. 야채며 생선은 이미 자취를 감추고 무구와 옹기그릇 따위를 늘어놓은 상인도 하늘을 쳐다보며 가게를 걷기 시작했다. 노부나가는 그 사이를 지나 지난번 그 바늘장수의 얼굴을 삿갓 밑에서 찾고 있었다.

'그 녀석, 틀림없이 아직 있을 거야.'

미노의 변고를 노부나가의 첩보망보다 먼저 알려준 원숭이처럼 생긴 젊은이. 그 뒤의 조사로 장인 도산의 방심과 요시타쓰의 기습에 대해 상세하게 알았지만,

예사 놈이 아닌 듯싶었다.

노부나가에게 호의를 갖고서 한 통보일까? 아니면 요시타쓰가 보낸 첩자일까? 어느 쪽이든 노부나가가 다시 한번 그를 찾아갈 것을 상대도 알고 있을 것만 같았다.

'음, 역시 있군.'

오늘도 앞서와 같은 자리에 바늘을 펴놓고 익살맞은 표정으로 손님을 부르고 있다.

그의 모습을 발견하자 노부나가는 일부러 할 일 없이 산책하는 듯한 걸음으로 다가갔다.

"이봐, 원숭이. 바늘은 잘 팔리나?"

천연덕스레 말을 걸자 젊은이는 흘끔 삿갓 안을 들여다보며 자못 친밀하게 싱글거리며 웃었다.

"누군가 했더니 말님이시군. 어떻소, 말님. 내 예언이 맞았소?"

"원숭이는 대체 누구를 기다리고 있었나?"

"물론 당신이지."

"무엇 때문에?"

"도움이 좀 되어줄까 하고."

"무슨 까닭으로?"

"그건 모르오. 천문, 지라…… 나의 온갖 지식이 왠지 당신에게 마음 쏠리게 만들거든."

"원숭이는 어디서 잡혔나? 스루가인가…… 아니면 가이 언저리인가?"

상대는 간단하게 고개를 저었다.

"아니오, 훨씬 더 가깝지. 말님 발밑이오."

"내 발밑……?"

노부나가는 더 이상 물으려 하지 않고 단려한 얼굴을 원숭이 앞에 바짝 들이대며 엉뚱한 방향으로 화제를 돌렸다.

"어때, 나도 자식을 얻을 수 있을까?"

너무도 엉뚱한 화제의 전환이라 원숭이도 어리둥절했던지 움푹 팬 주름투성이 눈을 끔벅거리며 얼떨결에 되물었다.

"자식?"

"어때, 생기겠나? 그대는 관상과 골상을 모두 안다고 하지 않았나?"

젊은이는 고개를 끄덕였다.

"물론, 생기지! 얼마든지 생기고말고."

대답했지만 무엇 때문에 그런 걸 묻는지 몰라 당황하는 얼굴이었다. 노부나가는 유쾌하게 웃었다.

"어떤가, 원숭이. 나도 그대 관상을 좀 봐줄까? 그대는 천하에 큰 난리가 나기를 원하고 있군."

"어이구, 무슨 말씀을. 그건 아니오."

"아니긴 뭐가 아니야. 어딘가에서 난리를 만나 장수 목이라도 줍고 싶다고 이마의 주름에 씌어 있는걸. 그래? 아이가 생긴단 말이지. 그럼, 이제부터 계집을 찾아야겠군."

"예?"

"자식을 못 낳는 계집은 밑 빠진 독에 물 붓기나 마찬가지. 게다가 그것이 똑똑한 체하면 더욱 밸이 꼴리거든."

원숭이의 눈이 순간 무지개를 토할 듯 번쩍 빛나다가 꺼졌다.

"아, 사이토의 따님······."

말하는 것과 노부나가가 걸음을 옮기기 시작한 게 동시였다.

'역시 나를 알고 있다!'

"기회를 잡을 마음이 있다면 따라와."

원숭이는 다시 익살맞은 소리를 질렀다.

"오! 계집 찾으러 함께······ 물론 기꺼이."

장사는 그대로 팽개친 채 원숭이가 따라나서는 것을 보고 걱정된 모리가 성큼성큼 걸음을 빨리했으나 노부나가는 가볍게 손을 저어 물리쳤다.

"사람이란—"

"예."

"나이 들면 걷잡을 수 없이 자식이 갖고 싶은 거야."

"그것은 천지자연의 이치, 너무도 당연한 일입니다."

어느새 원숭이는 말투까지 달라져 있었다. 노부나가는 그것이 재미있기도 하고 방심할 수 없는 심정이기도 했다.

"자네는 아내를 거느린 적 있나?"

"있습지요. 그런데 미모만 내세우며 뽐내는 쌀쌀한 여자라서."

"어디서 얻었지?"

"엔슈(遠州)에서, 이마가와의 가신 마쓰다이라 가헤이지(松平嘉平次) 님 중매로."

"그런데 어째서 오와리에 와 있지?"

젊은이는 웃었다.

"헤헤헤…… 표면상으로는 갑옷을 사오라는 주인의 심부름입니다."

"뭐, 갑옷을?"

"예, 오와리에 가서 갑옷 한 벌을 사오라고 하셨지요…… 그런데 그 돈을 다 써 버리고 지금은 한 푼도 없습니다."

노부나가는 새삼 이 괴상한 젊은이를 돌아보았다. 아무래도 자기 밑에서 일하고 싶은 생각인 것 같은데 그런 것치고는 말에 너무 꾸밈이 없다.

"그러면 주인의 돈을 가지고 도망친 게로군?"

젊은이는 다시 웃었다.

"헤헤…… 그것도 따지고 보면 다 여편네가 싫어서 도망친 것입죠. 참말이지! 예쁘기만 한 여자는 따뜻한 돌을 품는 것보다도 멋대가리가 없지요. 그것이 또 입을 열 때마다 남편인 나를 원숭이 같다고 하니."

노부나가는 참다못해 그만 웃음이 터질 듯하여 급히 시무룩한 얼굴을 지어 보였다.

"그래, 자네 마누라까지 그렇게 말했단 말인가? 그건 용서할 수 없지. 잘 도망 쳤다."

젊은이는 또 고개를 갸웃하며 노부나가를 쳐다보았다. 웃기려 하면 시무룩한 얼굴을 하고 허풍을 떨면 웃어넘긴다. 무서울 듯하면서 부드럽고, 격렬할 것 같으면서 태평스러워 노부나가는 과연 포착하기 힘들다. 그러나 솔직히 말해 이 젊은 이가 오와리를 떠나지 못하고 있는 것은 그 매력에 이끌렸기 때문이었다. 그 노부나가가 '계집 찾기—'라는 묘한 수수께끼를 던져왔다. 그것을 멋지게 덥석 물어 주고 싶지만 노부나가는 아직 그것을 풀 열쇠를 주지 않는다.

이윽고 두 사람은 시장을 빠져나와 성 남쪽 언저리에 이르렀다.

"여기다. 따라 들어와."

"여기는 틀림없이 이코마(生駒) 님 저택인데, 저도…… 들어가도 됩니까?"

"내 신발하인으로 따라와."

"신발하인이라니 너무하십니다. 실은 저는……."

"다른 말을 들을 만한 일이라도 했다는 건가?"

"그렇기는 하지만……."

그러더니 반격하듯 덧붙였다.

"그럼, 원숭이라고 불러주십시오!"

노부나가는 고개도 끄덕이지 않고 이코마 저택 문을 들어가고 있었다.

"이코마, 있는가? 노부나가다. 차를 한잔!"

과연 들은 대로 방약무인한 태도다. 집이 떠나가도록 소리 지르며 거침없이 뜰 쪽으로 돌아갔다. 젊은이는 그 뒤를 넉살 좋게 따라갔다.

노부나가의 목소리를 듣고 집 안이 갑자기 술렁거리기 시작했다. 급히 마루로 나와 두 손을 짚은 이코마는 노부나가보다 너덧 살쯤 위일까.

"어이구, 주군 어서 오십시오……."

"아부는 필요 없다. 차나 내와!"

"무슨 그런 말씀을, 곧 준비시키겠습니다."

"이코마!"

"예."

"그대에게 누이가 있었지?"

"예."

"이름이 뭔가?"

"오루이(類)라고 합니다."

"몇 살인가?"

"17살 되었습니다."

"좋아, 잠시 이리로 차를 나르게 해라."

"예……."

이코마는 고개를 갸우뚱했다.

"그대에게 측실이 있나?"

"무슨 그런 말씀을……."

"나는 내전이 정말 싫어졌다. 돌계집인 데다 재녀이니 나는 내전을 멀리해야겠어."

"말씀하시는 뜻을 잘 모르겠습니다…… 그처럼 의좋으신……."

"싫어졌어."

노부나가가 외치듯 말한 것과 동시에 점잖은 얼굴로 댓돌 아래 한 무릎을 꿇고 있던 젊은이가 무릎을 탁 쳤다. 노부나가는 문득 젊은이가 뭐라고 지껄일 줄 알았는데, 과연 능청스럽게 한 번 두들긴 무릎에서 톡톡 먼지를 털며 그 자리를 얼버무렸다.

"그렇다 해서 겁낼 것까지는 없어. 오루이가 싫다면 내놓으라고 하지 않겠다. 차를 가져오게 하여 그대가 오루이에게 물어봐. 서두르는 게 좋아."

이코마는 그제야 그 엉뚱하기 짝이 없는 말이 오루이를 둘째 부인으로 삼겠다는 청혼인 줄 알고 허둥지둥 안으로 들어갔다. 전에 아버지의 애첩 이와무로 부인을 내놓으라고 하던 무례함과 그 뒤에 숨은 위로와 깊은 생각을 알고 있으므로 이코마는 마음이 솔깃했다. 그가 들어가자 원숭이를 닮은 젊은이가 훗훗훗히 하고 방자하게 웃기 시작했다.

노부나가는 딱딱한 표정으로 젊은이를 돌아보았다.

"원숭이! 뭐가 우스우냐?"

젊은이는 또 헤헤 웃었다.

"우스워서 웃은 게 아닙니다. 저는 감탄하면 웃는 버릇이 있습지요."

어느덧 나를 '저—'라고 고쳐 말하며 시치미를 뚝 뗀 표정으로 턱을 쓰다듬는다.

"묘한 버릇이군. 그러나 내 앞에선 용서치 않겠다."

"알겠습니다. 그렇지만 과연 이 원숭이의 주인이시라, 하시는 말씀이 천지의 뜻에 어긋남이 없구먼요. 상대가 싫다고 하면 내놓으라고 하지 않으시겠다니……."

"또 천지냐……."

노부나가가 쓴웃음 지었을 때, 이코마가 잔뜩 긴장한 표정으로 마루에 나타났다. 뒤에 17살 난 오루이를 데리고 나온 그는 노부나가의 얼굴빛을 흘끗 살피는 눈에 공포가 서려 있었다.

가신들은 노부나가를 무척 두려워하고 있었다. 젊다고 얕보이지 않으려는 탓도 있었지만 전광석화요 질풍 같은 행동이 유례없는 성격에 뿌리내리고 있다고 알려져 있기 때문이기도 했다.

그런데도 원숭이를 닮은 바늘장수 젊은이는 도무지 노부나가를 무서워하지 않았다. 아니, 이 젊은이뿐만 아니라 지금 이코마의 뒤를 따라 마루에 나온 오루이의 얼굴에도 무서워하는 기색이 없었다.

"어서 오셔요."

단정히 두 손을 짚고 인사한 다음, 받쳐들고 온 차를 노부나가 앞에 놓고 천천히 뒤로 물러가 노부나가를 똑바로 쳐다보았다.

노부나가보다 젊은이가 먼저 신음했다.

"흠, 이거 참······."

아름답다고 말하려 한 것일까, 아니면 주눅 들지 않는 순진한 태도에 감탄한 것일까? 노부나가는 오루이 쪽은 쳐다보지도 않고 후룩후룩 차를 마셨다.

"오루이—"

"네."

"그대는 아이를 낳을 수 있겠나?"

"혼자서는 낳지 못합니다."

"멍청이 같은 것. 누가 혼자 낳으라고 했나? 이 노부나가의 자식을 낳을 수 있겠느냐 말이다."

이코마는 깜짝 놀라 누이를 돌아보았다. 아마도 세상의 여느 남녀 사이에서는 주고받지 않을 괴상한 문답이었다. 그는 겨드랑이에 흐르는 땀을 느끼며 목덜미까지 벌게졌다.

"대감님 자식이라면 낳아도 좋을 것 같습니다."

노부나가는 이내 고개를 끄덕였다.

"그래? 그대는 기요스에서 으뜸가는 미인이라지. 나는 예쁘지 않은 것보다는 예쁜 편이 좋아."

그러고는 곧 옷 주름을 툭툭 털며 일어나 말했다.

"원숭이, 따라와!"

그리고 이코마 쪽을 돌아보았다.

"들은 대로다. 알았거든 내일이라도 성으로 데리고 와."

"내일이라도……?"

"그래, 빠를수록 좋다. 원숭이! 가자."

젊은이는 다시 한번 감탄한 듯 고개를 갸우뚱하더니, 허둥지둥 이코마 남매에게 절을 꾸벅 하고 노부나가의 뒤를 따랐다. 문을 나서서 노부나가에게 삿갓을 건네주며 젊은이는 또 감탄사를 연발한다. 아마도 노부나가가 자신이 생각했던 것 이상으로 엉뚱하고 분방했기 때문이리라.

밖으로 나가자 노부나가는 빠른 걸음으로 오른쪽으로 꺾어들어갔다. 아직 성으로 돌아가는 게 아닌 모양이다.

원숭이가 물었다.

"이제부터 어디로?"

"잠자코 따라와. 너는 말이 많아."

노부나가는 삿갓을 들고, 스가구치(須賀口) 쪽으로 걸어가기 시작했다. 원숭이를 닮은 젊은이는 고개를 갸웃하며 뒤따랐다.

이번에 노부나가가 걸음을 멈춘 곳은, 역시 그의 중신인 요시다 나이키(吉田內記)의 집 문 앞이었다. 노부나가는 문지기에게 기합 넣는 것 같은 소리를 지르며, 여기서도 성큼 뜰을 지나 서원의 마루로 들어갔다.

문지기가 황급히 주군의 행차를 전한 것이리라, 나이키는 뚱뚱한 몸을 출렁거리며 미간을 모으고 마루 끝에 엎드렸다.

"무슨 변고라도?"

"그렇소. 변고가 없다고는 할 수 없지."

여기서 노부나가는 미노의 변을 말할 줄 알았는데, 이렇게 말했다.

"답답하고 마음이 울적해 오늘은 사냥을 해야겠어."

"하지만 매사냥꾼도 거느리지 않으시고……."

"매는 필요 없어. 내 손으로 직접 생포하겠다. 어떤가, 나이키. 그대의 딸은 몇 살인가?"

"딸……이라면 나나(奈奈) 말씀입니까? 16살입니다만."

"허, 알맞은 나이군. 잠깐 이리 나오도록 해라. 차는 조금 전에 마셨으니 물이나 가져오도록 해."

나이키는 의아한 눈으로 고개를 갸웃하며 가신을 불러 명했다.

"나나에게 주군께 드릴 냉수를 가지고 이리로 들라 해라, 급히."

노부나가는 털썩 마루에 걸터앉았다.

"이제 곧 홍수철인데, 금년에는 둑이 터지지 않았으면 좋으련만."

"기소강…… 말씀입니까?"

"그렇지. 미노 언저리에서 터지면 농민들이 고생하거든."

"미노 언저리에서……?"

나이키가 잠시 생각하는 표정이 되었을 때, 옷자락 스치는 소리가 나며 얌전하고 아직 앳된 나나의 목소리가 두 사람의 대화를 중단시켰다.

"냉수를 떠왔습니다."

"주군, 나나입니다. 잘 봐주십시오."

"오, 많이 컸구나. 아버지를 닮아 토실토실 살쪄서 몸집이 좋은 편이군."

나나는 얼굴을 붉히며 고개 숙였다.

원숭이를 닮은 젊은이는 눈을 둥그렇게 뜨고 처녀와 노부나가를 번갈아 쳐다보고 있다. 아까의 그 오루이가 잘 닦은 거울이라면 이쪽은 아직 김이 나고 있는 인절미 같은 느낌이었다. 나이는 이쪽이 아래인데도 수줍음에서 흘러나오는 색향이 짜릿하게 몸에 스며든다.

"나나……."

노부나가는 이내 고개를 흔들며 고쳐 불렀다.

"나이키―"

"나는 마누라가 아이를 못 낳는 여자라 소실이 필요하다."

"예…… 소실을?"

노부나가는 고개를 끄덕였다.

"실력에 따라 성은 얼마든지 차지할 수 있지만, 자식은 몸이 닳도록 노력해서 만들지 않으면 안 되거든."

"지당한 말씀입니다."

"그래서 하나는 마누라의 시녀 중에서 고른 미유키(深雪), 또 하나는 이코마의 누이 오루이인데, 그것만으로는 좀 모자랄 것 같아. 그러니 나나를 나에게 주게."

"예……?"

나이키가 멍해진 것도 무리가 아니었다. 여자 문제에 있어서는 깨끗한 줄 알고 있던 노부나가가 갑자기 아내를 넷으로 늘리겠다는 것이다……

"주군! 설마 농담은 아니시겠지요?"

믿을 수 없다는 표정으로 나이키는 흘끗 딸을 보았다. 딸의 뺨에서 목덜미까지 연지를 찍은 듯 물들어 있었다.

그즈음 풍습으로 일부다처는 조금도 이상할 것이 없었지만, 상대가 노부나가니만큼 선뜻 믿어지지 않았다.

"농담……?"

노부나가는 되물으며 일어났다.

"농담이 아니야! 나나가 좋다고 하면 데리고 와라, 빠를수록 좋아."

나이키는 두 손을 짚은 채 대답하는 것도 잊고 노부나가를 전송했다. 오는 것도 가는 것도 갑작스러우며 용건은 더욱 엉뚱했다. 딸은…… 어떤가 하고 보니, 이미 노부나가의 뜻을 알아차리고 얼어붙은 듯이 서 있다. 그러고 보니 괴상한 옷차림을 하지 않게 된 노부나가는 기막힌 미남이었다.

"주군이 원하신다면 거절할 수 없지요……"

불쑥 중얼거렸을 때 노부나가의 목소리가 들려왔다.

"원숭이!"

알고 보니 아까 그 젊은이가 아직도 뜰아래 웅크리고 있었던 것이다. 젊은이는 나이키에게 꾸벅 머리 숙이고 노부나가 뒤를 쫓았다.

"주인님—"

"아직 네 주인이 아니다."

"미유키에 오루이에 오나나입니까?"

"버릇없이 굴지 마라."

"단단히 새겨두겠습니다. 그나저나 노부나가 님의 음란함에는 정말 질렸습니다."

노부나가는 말없이 이번에는 성 쪽으로 걸어갔다.

"저는 가헤이지 밑에 있을 때 기노시타 도키치로(木下藤吉郎)라고 불렸습니다. 도키치로, 정말 질려서 할 말이 없습니다."

도키치로는 뜀박질하듯 따라가면서 익살스러운 눈빛으로 노부나가의 등을 쏘아보고 있었다.

"그럼, 이 바늘장수 놈은 미노의 사기야마(鷺山)로 가서, 노부나가 님은 겁을 잔뜩 먹고 요시타쓰 님을 의식해 마님을 멀리하셨다고……."

"누가……?"

"헤헤헤, 주인님께서."

"아직 주인이 아니라고 했을 텐데."

"그러나 소문이나 유언비어를 퍼뜨리는 건 자유일 테지요. 그래서 외로움을 참지 못해 미유키에 오루이에 오나나까지…… 정말 소문대로 겁쟁이인 것 같다고……."

노부나가는 웃지도 않고 걸어간다. 도키치로는 다시 걸음을 재촉하여 바짝 뒤따랐다.

"주인님, 미노 다음은 어디가 좋을까요?"

"내가 알 게 뭐야, 그런 것."

"스루가가 먼저냐, 이세가 먼저냐…… 아니, 어느 쪽이 바늘이 잘 팔리겠습니까?"

"……."

"대답이 없으신 것은 마음대로 하라는 말씀인가요…… 하지만 제가 노부나가 님이라면, 또 하나 중요한 곳에 포석을 두겠습니다만."

"……."

"다름 아닙니다. 이 포석은 멀리 에치고, 에치고의 우에스기에게. 하긴 이쪽은 음란한 행동을 한다는 소문이 없습니다만……."

이 말을 듣자 노부나가는 걸음을 딱 멈추었다. 이미 고조강 기슭에 이르러 강 건너편의 호젓한 기요스성과 숲이 보이고 있었다.

노부나가가 도키치로를 홱 돌아보자, 그는 다시 교활하게 웃었다.

"도키치로라고 했나."

"예, 주인님."

도키치로는 어떻게 해서든 이 자리에서 노부나가를 주인으로 삼을 셈인 모양이었다. 노부나가는 곧 다시 엄한 표정으로 입을 다물었다.

'예사 젊은이가 아니다…….'

그렇다 해서 그 놀라움에 흔들릴 노부나가도 아니었다.

'그렇다! 이마가와 요시모토의 배후를 위협하는 수단은 바로 에치고에 있었다……'

노부나가는 새삼 도키치로의 행색과 얼굴을 뜯어보면서 꾸짖었다.

"바보 같은 놈! 그런 중요한 포석을 내가 잊었을 줄 아나?"

도키치로는 다시 웃었다.

"헤헤…… 혹시나 해서 말씀드렸습죠, 주인님."

"아직 주인이 아니라니까!"

"그러시면 미노에서 이세, 스루가로 돌아와도 괜찮겠습니까?"

"이세는 됐어. 아니, 스루가도 필요 없다."

"그럼, 미노……만."

"난 모른다!"

노부나가가 또 내뱉듯 말하며 고개를 저었다.

"예, 그럼."

도키치로는 천연덕스럽게 가슴을 가볍게 두들겨 보였다. 그리고 자못 사람을 놀리듯 고개를 끄덕이고 나서 이번에는 자기 쪽에서 얼른 아까 왔던 시장 쪽으로 걸어가기 시작했다.

노부나가는 잠시 그 모습을 바라보았으나, 그는 뒤돌아보지도 않았다.

"이상한 놈이야!"

노부나가의 입가에 비로소 엷은 미소가 떠올랐다. 이로써 요시타쓰가 성급하게 오와리로 쳐들어오는 일은 아마 없으리라. 아버지를 죽였으니 아직 내부에 적이 있을 터, 그들에 대한 설득과 진압에 전념한 뒤 얼마 동안은 오와리의 동정을 살피는 데 그칠 것이다.

"모리, 돌아가자."

모리는 맞은편 둑 너머 버드나무 밑에서 일어나 어슬렁어슬렁 다가왔다.

"그 원숭이 같은 사나이는 뭐 하는 놈입니까?"

노부나가는 즐거운 듯 대답했다.

"그놈 말인가……? 언젠가는 나의 한 팔이 될…… 놈일지도 모르지."

"그러시면 전부터 부리던 첩자입니까?"

"아니, 어제 처음 만났어, 시장에서."

"어제 처음으로…… 믿어도 되겠습니까?"

"모리!"

"예."

"사람과 사람은 처음에는 모두 초면이다, 형제든 부모 자식이든."

성으로 들어가는 다리 언저리에 이르러 노부나가는 다시 말했다.

"첫 만남에서 자신의 장점을 상대에게 보여줄 줄 모르는 자라면 아무 쓸모 없지. 그놈은……."

웃으려다 다시 생각을 바꾼 듯 말을 이었다.

"그건 그렇고, 그보다도 나는 측실이 될 여자를 보고 왔다."

"예?"

"성 밖에서 두 사람, 안에서 한 사람…… 그런데 노히메가 뭐라고 할까?"

흐린 하늘에서 다시 빗방울이 또닥또닥 떨어지기 시작했다.

이 하늘과 땅 사이에

오카자키 사람들이 그토록 기다리던 날이 왔다. 슨푸에 있는 모토노부에게 딸이 태어나자 마침내 성묘가 허락된 것이다.

태어난 딸의 이름은 가메히메(龜)라고 지어졌다. 어째서 그런 이름이 지어졌는지 오카자키 사람들은 알지 못했다. 아니, 모른다기보다 슨푸에 퍼지고 있는 소문이 여기까지는 미치지 못했다.

딸은 달을 채우지 못하고 태어났지만, 남의 자식일 거라는 소문은 없다. 반대로 부모가 혼인 전에 이미 관계를 맺었던 게 아닐까…… 하는 소문이었다.

딸의 이름은 스루가 마님의 뜻에 따라 지어진 듯했다. 요시모토는 스루가 마님을 아명인 세나히메(瀨名姬) 대신 기라의 딸과 함께 쓰루와 가메라는 이름으로 불렀었다. 그 '가메—'에게 마님은 왠지 마음 끌렸던 모양이다. 모토노부의 가슴속에 있는 '가메히메'에게 구애받는 게 아니라, 오히려 자신의 양보를 뜻하고 있었는지도 모른다.

어쨌든 그 딸의 탄생으로 요시모토는 마음 놓였는지 섣달 초순께에 이르러 오카자키로 가는 것을 승낙했다.

"설날까지는 돌아오도록."

그 기별이 오카자키에 닿은 것은 모토노부가 이미 슨푸를 출발하고 난 뒤였다. 어떤 약속 아래 허락된 것일까? 아무튼 철없는 다케치요 시절인 옛날 2인용 가마로 떠나간 지 10년 만의 귀향이었다.

우선 숙소를 어디로 할 것인가……? 그 일로 의견이 둘로 갈라졌다. 슨푸에서 와 있는 성주대리는 모토노부를 위해 본성을 내줄 기색이 전혀 없었다. 하지만 만일 아랫성으로 맞아들인다면 가신들의 감정이 가만히 있지 않으리라. 사정을 이야기하고 잠시 본성을 내달라고 하자는 파와, 그것은 오히려 이롭지 못하다는 파로 갈렸다.

"만일 주군이 이대로 슨푸로 돌아가지 않을 결심이라면, 적이 지키는 성안으로 들어가지 않는 것이 좋다."

"아니, 그럴 리 없을 거다. 마님과 따님을 남겨두고 오시니."

"하지만 성인이 되신 주군의 가슴속을 자네가 어찌 아나?"

두 파가 또 대립할 듯했으므로 별성에서 행정을 맡아보고 있는 도리이가 나서서 중재했다.

"우선 다이주사(大樹寺)로 모신 다음 주군의 의견을 듣는 게 좋을 거요. 성묘하러 오시니 그것이 가장 온당하오."

이리하여 모토노부가 된 다케치요가 오카자키에 도착한 것은 12월 8일. 하늘은 새파랗게 개여 구름 한 점 없는 오후였다.

가신들은 큰길까지 마중 나가 겨울의 추위도 잊고 마른풀 위에 앉아 기다렸다. 오늘도 역시 가지각색 옷차림이었다. 남자들은 그래도 무사다운 차림이었지만 여자들은 농부인지 장사치인지 구별하기 어려웠다. 그 군중 속에 섞여 혼다 헤이하치로만이 깨끗한 명주옷을 입고 있다. 어머니와 함께 사자로 슨푸에 갔을 때 다케치요가 준 명주옷을 고이 간직해 두었던 것이라.

"아직도 안 오시나?"

키가 부쩍 자란 헤이하치로가 어머니의 손을 잡고 흔들었을 때 누군가가 외쳤다.

"저기, 오신다."

"오, 오신다!"

"아이고…… 저런…… 훌륭하기도 하셔라."

"어쩌면…… 저렇듯 늠름하게 말을 타시고."

마중 나온 사람들의 속삭임은, 그러나 곧 흐느낌으로 바뀌었다.

뒤에 사카이와 우에무라를 거느리고, 앞에는 히라이와에게 창을 들려 천천히 말을 몰아오는 모토노부에게 10년 전의 모습은 아무 데도 없었다. 그때는 다만 토실토실하게 살찐 천진난만한 어린이였었는데 지금은 우람한 근육과 뼈대가 다 부져 보이는 젊은이로 바뀌어 있었다. 그래도 노인이나 노파에게는 그 젊은 모습 속에 할아버지 기요야스를 연상시키는 것이 충분히 있었던지 여기저기서 속삭임이 일어났다.

"오, 기요야스 대감님과 꼭 같구나……."

도리이와 오쿠보 신파치로가 맨 먼저 말 앞으로 다가가자, 그들보다 먼저 모토노부가 말을 멈추고 말을 건넸다.

"오, 할아범들인가. 수고했다."

"예, 주군께서도 무사히……."

신파치로는 갑자기 왓핫핫핫하 웃기 시작했다. 목이 메어 뒷말이 계속되지 못했던 것이다.

도리이는 잠자코 모토노부의 말에 다가가 고삐를 잡고 사람들 쪽으로 돌아섰다. 역시 말이 안 나오는 모양이다. 주위가 조용해지며 콧물을 들이마시는 소리밖에 들리지 않았다.

혼다의 홀어미가 헤이하치로의 손을 잡고 성큼성큼 앞으로 나섰다.

"그 고삐, 부디 헤이하치로에게 잡도록 해주십시오."

그 말이 끝나기도 전에 헤이하치로는 도리이의 손에 달려들며 소리쳤다.

"주군! 어서 오십시오."

모토노부는 아직 걸음을 떼지 않았다. 등에 후끈후끈 내리쬐는 따뜻한 볕이 이토록 안타깝고 고맙게 가슴에 스민 적은 없었다.

'나 같은 사람을……'

이렇게도 생각했고, 어떤 고난을 참고라도 이 사람들의 마음의 기둥이 되어야 한다고도 생각했다.

도리이가 말했다.

"그럼, 절로 갑시다."

마른풀 위에 앉아 숨죽이고 있던 사람들이 흠칫 놀란 듯 고개를 들었을 때, 행렬은 조용히 그들 앞을 떠나가기 시작했다.

"잘되었다, 잘되었어. 이제 오카자키에도 주군이 생겼다. 천만 명의 힘에 버금가는 주군이 생겼어."

사정을 모르는 하급무사들 가족 중에는 모토노부가 이대로 오카자키에 머무를 것으로 지레짐작하는 자도 있는 듯 행렬을 뒤따라 걷기 시작하며 갖가지 속삭임이 일었다.

"이제는 슨푸의 대감님과 친척이 되셨어."

"그렇지. 슨푸 사람들이 물러가면 오카자키는 다시 우리들의 것. 힘을 내세."

"음, 힘내고말고. 지금처럼 있다가는 굶어 죽기 십상이지."

"어쨌든 경사스러운 일이야. 다른 곳보다 먼저 봄이 왔구먼."

올 때의 행렬은 겨우 4, 5명에 얼마 안 되는 짐을 짊어진 일행이었지만 오카자키에 들어서자 축제 날 군중 같은 행렬이 되었다. 어느 얼굴에나 고생을 잊은 웃음이 떠올라 있었다.

모토노부는 천천히 말을 몰며 울음이 터져나올 것 같아 몇 번이나 하늘을 올려다보았다. 군중의 기쁨을 알수록 모토노부의 가슴속은 안타까웠다. 그는 아직 이러한 사람들의 기대에 보답할 아무 힘도 갖고 있지 못했다. 다만 요시모토가 명령하는 대로 볼모의 몸으로 성인식을 올리고 결혼한 뒤 성묘를 하는 데 불과했다.

그리고 그다음에 무엇을 명령받을지도 너무나 잘 알고 있었다. 요시모토가 상경하는 길잡이…… 노릇은, 나날이 안으로 단단히 힘을 기르고 있는 노부나가와 싫든 좋든 결전을 강요당하는 일이었다. 지칠 대로 지친 가신들이 차츰 강해져 가고 있는 오와리의 정예부대와 전멸을 각오하고 싸우는 장면을 상상하면 몸을 난도질당하는 느낌이었다.

오늘도 봐라! 내 조상의 무덤이 있는 곳에 돌아와도 묵을 집이 없는 형편이 아닌가. 다이주사도 이마가와의 승낙이 있기 때문에 그를 맞아주는 것이다.

'집 없는 영주인가…… 나는…….'

아니, 영주라기보다 모든 힘을 교묘하게 박탈당한 한낱 볼모에 지나지 않았다. 더욱이 자기 혼자뿐만 아니라 새 아내도, 태어난 딸도.

자신의 성을 왼쪽으로 보면서 행렬이 오른쪽으로 꺾어들자 모토노부는 태도만은 의연하게 앞서가는 도리이에게 말했다.

"그렇지, 무엇보다 먼저 이가 하치만(伊賀八幡)부터 참배하자."

"그게 좋겠군요."

대답한 다음 도리이는 문득 말 옆으로 다가왔다.

"겟코(月光) 암자는 나중에 가십시오."

모토노부는 고개를 끄덕이는 대신 다시 맑은 하늘을 쳐다보았다. 아버지 히로타다의 유해는 일단 다이주사로 보내졌다가 겟코 암자에 밀장되어 아직 그대로 있다고 들려준 것도 도리이였다. 도리이는 사람들이 이토록 의지하고 있는 모토노부가 비탄에 잠긴 모습을 보이면 어쩌나 하고 그것을 염려한 것이리라.

"불쌍한 사람은 나뿐만이 아니다……."

바로 머지않은 오른쪽 노미가하라(能見原) 너머의 땅속에 구원받지 못한 아버지가 또한 잠들어 있었다. 아무튼 나중에 성묘하기로 하고 오늘은 아버지도 잊자.

이가 다리(伊賀橋)를 건너자 마쓰다이라 가문 대대로 신앙이 두터웠던 이가 하치만이 왼쪽에 보였다. 모토노부는 거기서 말을 내려 신전 앞에서 긴 기도를 올렸다.

15살의 젊은 나이에 마음속의 안타까움을 숨기는 재주만은 이미 훌륭히 몸에 지니고 있다. 신전지기 시바타(柴田)가 흔드는 신장대 아래에서 신전에 오로지 정신을 기울이는 모토노부의 모습에는 비탄이나 감상의 조각이 전혀 없었다.

"이제 무운도 길이길이 이어지리다."

눈에 눈물을 가득 담고 말하는 우에무라에게 가볍게 고개를 끄덕이고 신전 앞을 물러나 그는 다시 천천히 말에 올랐다.

"할아범…… 이 언저리의 땅을 조부님도 걸으셨겠지."

도리이보다 먼저 신파치로 노인이 고개를 끄덕였다.

"예, 바로 그것입니다. 내가 지금 생각하고 있던 것이…… 지야리가 붉은 창을 메고 이 신파치로가 말 재갈을 잡고 이곳을 몇 번이나 지나셨던가. 그때의 용맹스러운 모습을 주군은 그대로 닮으셨습니다. 핏줄이겠지요, 핏줄……."

이렇게 말하고 그는 또 우는 대신 가랑잎이 날아가는 듯한 목소리로 웃었다.

그들이 가모다(鴨田) 마을의 다이주사에 도착한 것은 그럭저럭 해가 중천에 떠올랐을 무렵이었다.

마쓰다이라 집안 4대조 지카타다(親忠)가 세운 이 절은 이 언저리에서는 성 다음가는 건물이었다. 모토노부의 조부 기요야스가 덴분 4년(1535)에 칠당가람(七堂

伽藍)을 수리한 지 이미 22년의 세월이 지났건만, 아직 무너진 데가 없었고 산문을 닫으면 성채보다 견고했다.

"오, 참으로 잘 오셨습니다."

주지 덴쿠(天쏜) 스님이 손수 마중 나와 은근히 인사했다. 그 뒤에 죽 늘어선 늠름한 중들은 그럭저럭 40명쯤. 그들은 이 난세에 폭력으로부터 법당을 지키기 위한 경호승이었으나, 따로 승병이라고 부르지는 않았다.

모토노부는 문 앞에서 말을 내려 덴쿠 스님에게로 성큼성큼 다가가 말을 걸었다.

"일이 뜻대로 되지 않아 폐 끼치게 되었소. 용서하시오."

"무슨 말씀을. 마쓰다이라 가문과 깊은 인연이 있는 절이니 염려 마십시오. 자, 어서 객실로 드시지요."

앞장서 걸으면서 다시 찬찬히 모토노부를 돌아보았다. 15살인데 세상사에 아주 능숙하다. 그러나 그것은 아버지 히로타다처럼 소심한 데서 오는 게 아니라 강한 자부심의 표현이라고 스님은 생각했다.

객실은 세 칸으로 나뉘어 있었다. 그 맨 안쪽이 건립자 지카타다와 조부 기요야스가 휴식처로 쓰도록 정해졌던 방으로, 정면에 조촐한 윗자리가 마련되고 옆방 외에 마루도 붙어 있었다. 모두 합하여 다다미 24장 크기. 이곳이 오카자키에 머무르는 동안 거실이 되고 침실이 되며 가신과의 접견실이 되는 셈인데, 슨푸의 임시거처에 비하면 마치 궁전같이 여겨졌다.

노신들은 장지문을 사이에 둔 별실로 들어갔다.

먼저 차를 내오게 한 뒤 주지스님은 다시 모토노부의 얼굴을 찬찬히 뜯어보았다. 평범한 상이 아니었다. 천 사람 속에 섞여도 금방 눈에 띌 얼굴과 귀를 가지고 있다. 그러나 그 눈에서 눈썹으로 지나치게 강한 선과 빛이 새겨져 있었다.

"조부님과 꼭 닮으셨다……."

성급하거나 아니면 사나움 때문에 몸을 망칠 염려가 충분히 느껴졌다. 깊은 통찰력을 지녔으면서도 울컥 치밀어오르는 혈기 때문에 몸을 그르칠 수도 있는 위험이.

"차를 한잔 드시고 곧 성묘하시겠습니까. 아니면 좀 더 쉬신 다음에……."

지금 곧―하고 말할 것을 뻔히 알면서도 스님이 말을 건네자 모토노부는 대답했다.

"모두가 좋을 대로."

스님은 뜻밖이라는 듯이 다시 보았지만, 이것은 달리 생각이 있어서 한 대답은 아니었다. 모토노부는 무언가 보이지 않는 것에 압도되어, 여기서는 자신이 소멸되어 버릴 듯한 생각이 들었던 것이다. 조금 전에 바라본 성은 제쳐두고라도, 자신의 조상들은 무엇을 바라고 무엇에 의지하여 이런 칠당가람을 세웠는가⋯⋯ 그 정신에 속속들이 깃들어 있는 것을 아직 그는 짐작도 할 수 없었다.

'이 건물은 대체 무엇일까⋯⋯?'

그때 노신들이 줄줄이 들어와 보고했다.

"성묘하실 준비가 되었습니다."

볼모에서 볼모로의 생활에 익숙해진 모토노부에게는 어딘지 방랑자 같은 정신의 가벼움이 있었다. 듬직하게 자리 잡고 끈덕지게 살아온 인간의 역사를 접할 기회가 적었다.

나고야성을 봐도, 덴오사며 반쇼사를 봐도, 슨푸의 장대한 성곽을 접해도 다만 그 큰 규모가 어린 마음을 두근거리게 하는 점은 있었지만 그 이면을 꿰뚫는 깊은 데까지는 느껴지지 않았다.

그런데 지금 자기 선조가 건립하고 조부가 수리했다는 칠당가람을 보고 있으니 오늘 자신을 있게 한 생명의 불가사의함이 생생하게 마음을 압도해 왔다.

'한 사람의 모토노부는 결코 우연히 있는 게 아니다⋯⋯.'

스스로는 깨닫지 못했던 시대에서 시대를 세로로 꿰뚫고 내려와 그 끝에 자신이 있음을 잘 알 수 있었다. 아니, 자신에게도 이미 딸이 태어났다. 그렇다면 자기를 한 점으로 하여 앞으로도 영원히 이어질 것이다.

덴쿠 스님의 안내를 받아 중신들을 거느리고 먼저 조상의 묘에 참배했다. 머리 위로 큰 소나무가 다섯 그루 서 있고 그 가지에 부엉이 집이 몇 개 있었다.

"밤이면 저 부엉이들이 묘를 지킵니다."

스님은 이마를 손으로 가리며 가지를 우러러본 다음 묘 앞에 향을 피웠다.

모토노부는 석양을 향해 합장했지만, 뭐라고 기도해야 할지 몰랐다. 내 생명의 근원이 이곳에 있다. 왈칵 그리움이 치밀었다.

자신까지 헤아려 9대⋯⋯ 그리고 앞으로 몇 대를 더 이어갈 것인가.

성묘가 끝나자 덴쿠는 다시 산문으로 안내하여, 그 누각에 걸려 있는 고나라(後奈良) 천황의 액자를 가리켰다.

다이주사라고 씌어 있다.

"기요야스 공 시절, 덴분 2년(1533) 11월에 하사하신 것입니다."

스님은 그 무렵부터 모토노부의 가슴에 오가는 것이 무엇인지 깨달은 모양이다. 다음으로 다보탑에 안내하여 거기에 쓰인 조부의 필적을 보여주고, 지카타다가 시주한 아미타여래 화폭 앞으로 인도하기도 했다.

그동안 모토노부는 말없이 다만 고개를 끄덕일 뿐이었다. 지금까지는 자신을 중심으로 한 가신들과 옆으로 이어진 고리밖에 보이지 않았는데 어느덧 수많은 조상들과 함께 걷고 있었다.

그들은 다시 객실로 돌아왔다.

"또 보여드릴 게 있습니다. 중신들께서도 부디 이리로 오시지요."

덴쿠는 모토노부 앞에 중신을 불러들인 다음, 선조들이 시주한 보물들을 그들 앞에 하나하나 펼쳐놓았다. 겨우 24살에 세상 떠난 아버지가 시주한 것이 뜻밖에 많아 모토노부의 가슴에 애절하게 스며들었다.

파란 자개문갑이 있었다. 쇼토쿠(聖德) 태자의 화상(畵像)이 있었다. 목계(牧谿; 중국 남송의 화가)가 그린 족자가 있었다. 손수 쓴 시가 있었다.

모토노부가 그러한 유품들을 유심히 바라보고 있는데, 함께 자리한 도리이가 조용한 목소리로 혼잣말을 했다.

"모처럼 귀국하셨으니 와타리에 있는 제 집에도 들러주십시오. 이 늙은이도 보여드릴 게 있으니까."

그 혼잣말을 귀담아들으면서 모토노부는 아버지가 시주한 물건들로부터 아직 눈을 뗄 수 없었다.

모토노부가 와타리에 있는 도리이의 집으로 간 것은 그다음다음 날이었다.

전날 성으로 들어가 이마가와의 성주대리에게 가벼운 인사를 해두었다. 상대는 아직 모토노부를 어린아이로 보고, 요시모토에게서 통지가 있었으므로 이즙오채(二汁五菜) 요리로 식사를 함께하면서 정치에 대해서는 거의 언급하지 않았다.

"머지않아 대감님이 상경하실 때 함께 가실 것이니 부지런히 무(武)를 닦으시기를."

교훈 비슷한 말과 이런 말을 하기도 했다.

"모처럼 귀향하셨으니 가신들에게 충성을 잊지 않도록 일러두시는 게 중요합니다."

모토노부는 과묵하게 고개를 끄덕이며 마음에 켜진 한 점의 불을 응시하고 있었다.

자신의 부족한 기개.

가엾은 가신들.

그리고 또 하나, 여기서 보고 듣는 것은 모두 슨푸에서 들었던 것보다 더 할머니의 유언과 셋사이 선사의 숙제에 강한 울림으로 연결되었다.

다음에 올 때는 전쟁이 벌어질 것이다. 점점 더 괴로워지는 자신의 입장을 생각하니 피가 왈칵 솟구친다.

"내 성이니 이대로는 돌아가지 않겠다!"

대담하게 아내도 딸도 버리고 이대로 성에 쳐들어가고 싶어진다.

도리이가 별성의 자기 관사로 안내하지 않고 와타리의 본가로 그를 데려간 것도 이러한 혈기를 눈치챘기 때문인 것 같았다.

와타리에 이르니, 무성한 사철나무 숲으로 둘러싸인 도리이 저택은 작은 숙영지보다 훨씬 큰 구조였다.

"이것이 할아범의 집입니다."

모토노부는 처음으로 미소 지을 수 있는 집다운 집을 보았다고 생각했다. 토담에 둘러싸인 문도 훌륭했고, 벽도 퇴락하지 않았다. 이만큼 갖추어진 집에 살고 있는 것은 가신들 가운데 도리이 한 사람뿐. 풍족하므로 슨푸까지 갖가지 뒷바라지를 해주었겠지만 이처럼 잘살 줄은 생각하지 못했다.

집안사람들의 마중을 받아 방으로 들어가니 거기도 어쨌든 서원 구조였다. 손수 농사도 짓는 모양으로, 집안 식구도 하인도 꽤 많이 거느리고 있었다.

먼저 차와 과자가 나온 다음 가족들이 차례로 인사했다. 집 구조에 비해 모두 검소한 무명옷 차림이었지만, 그래도 넉넉함이 엿보였다.

여기서도 겨울 햇살이 따뜻하게 장지문에 비치고 있었다.

"휴식이 끝나셨으면 주군께만 이 할아범이 보여드릴 게 있습니다."

모토노부를 재촉해 서원 마루에서 뜰로 내려섰다. 뒷담을 빙 돌자 마초(馬草) 냄새가 코를 찌르고 그 맞은편에 광이 네 채 죽 늘어서 있다.

그 앞에 서서 도리이는 하인을 불러 광 열쇠를 가져오게 한 다음 명했다.

"너는 물러가 있거라."

세 번째 광의 문에 열쇠를 꽂았다. 튼튼한 문이 삐걱거리며 열리자 도리이는 말했다.

"자, 들어가십시오."

대체 무엇을 보여주려는 것일까 하고 허리를 구부리고 들어가자 모토노부는 그만 눈이 휘둥그레졌다.

"아니?"

바닥에 돈꿰미가 수북하게 쌓여 있었다.

도리이는 조용히 말했다.

"주군, 돈은 이렇듯 세로로 쌓아놓으면 결코 썩지 않는 것이니 알아두십시오."

"이 많은 돈, 대체 누구의 것인가?"

돈을 쌓아두는 법보다 모토노부는 그 주인을 알고 싶었다. 노인 개인의 축재로는 너무 양이 많았다. 몇천 관이나 되는지 젊은 그로서는 눈대중도 할 수 없었다.

"누구의 것이냐니, 박정한 말씀. 모두 주군 것이지요."

"뭐? 내 것이라고……."

그러나 도리이는 그 말에 대답하지 않고, 모토노부의 놀라움이 가라앉기를 기다렸다.

"주군이 귀성하실 때는 전쟁……이 벌어질 거라고 이 할아범은 생각합니다. 전쟁에 가장 필요한 것은 군비. 그때 백성을 괴롭히며 허둥지둥 마련하면 백성의 원한만 쌓이지요."

이렇게 말하면서 조용히 밖으로 돌아나와 눈시울을 적시며 문을 닫았다.

"주군은 주군 뒤에 가신들의 온갖 쓰라린 고난이 숨겨져 있음을 잊어선 안 됩니다."

그다음에 연 광에는 마구(馬具)며 갑옷이며 칼이며 창 등이 가득했다.

"먼저 돈을 쌓고, 무구를 갖추고, 다음에는 군량을 마련하는 거지요. 이것은 모두 주군의 첫 출전을 위한 준비입니다."

"음, 군량도 있단 말이지."

"우선 당면한 싸움에는 부족함이 없습니다. 사람도 말먹이도…… 마른풀도 2000관은 베어두게 했습니다."

모토노부는 더 이상 대꾸할 수 없었다. 이 노인이 이런 준비를 하고 있었을 줄이야…… 더욱이 가신들의 빈궁한 생활을 위해 쓰지 않고 이렇듯 비상시의 대비로 비축해 두다니…….

"할아범—"

"예."

"나는 울고 싶어졌다. 평생 잊지 않겠다! 그러나 할아범에게 또 하나 묻고 싶은 것이 있어."

"말씀하십시오. 무엇입니까?"

"그대는 이마가와로부터 위탁받은 토지세 감독 자리를 이용하여 불미한 짓을 한 것이겠지."

도리이는 놀란 듯 어두컴컴한 광 안에서 모토노부를 다시 쳐다보았다. 상대가 나무라는 얼굴이 아닌 것을 알자 안심하고 준엄하게 대답했다.

"본디 마쓰다이라 가문의 영지이니 거기서 거둔 것이므로 잘못이 없습니다."

"그렇지, 불미하다고 말한 것은 내 잘못이야. 그러나 할아범 집에 이것을 비축한 것은 상대가 눈치채어 일이 곤란해졌을 때 혼자 누명 쓸 작정에서였겠지."

도리이의 늙은 어깨가 심하게 물결쳤다.

"오, 거기까지 살펴주는 주군이 되셨군요."

"할아범!"

"주군!"

"할아범…… 나는 좋은 가신을 두어서 행복한 사람이야. 조상님들…… 덕분이겠지…… 이렇게…… 할아범……."

모토노부는 무릎 꿇고 도리이의 주름투성이 손을 잡았다. 도리이는 하는 대로 맡겨둔 채 울음을 터뜨렸다.

모토노부를 따라와 있던 도리이의 아들 모토타다가 큰 소리로 광 밖에서 말했다.

"아버님! 주군! 어디 계십니까. 급한 일이 생겨 오카자키에서 사카이 님이 달려왔습니다."

두 사람은 그제야 눈물을 닦고 밖으로 나갔다. 광에서 나오니 바깥 햇살이 눈부시게 밝았다.

두 사람이 모토타다와 함께 방으로 돌아가자, 말을 타고 달려온 사카이는 마루에 서서 땀을 닦고 있었다.

"무슨 일이 생겼소?"

노인이 묻자 사카이는 돌아보며 다른 사람은 자리를 비키라고 눈짓으로 알렸다. 모두들 서원에서 나가자 모토노부와 노인의 얼굴을 번갈아보며 말했다.

"노부나가가 오타카성에 걸어왔소."

"싸움을?"

사카이는 고개를 끄덕였다.

"미노의 장인 도산이 살해되어 그쪽에서 먼저 걸어오지는 않으리라 생각했는데, 어쩌면 장인의 원수인 요시타쓰와 동맹한 것은 아닌지."

노인은 조심스럽게 고개를 갸웃했다.

"요시타쓰와 손잡지는 않을 거라 생각했는데…… 아무튼 노부나가 쪽에서 싸움을 걸어오다니 참으로 무모한 짓이군……."

모토노부는 입을 다물고 두 사람의 대화를 듣고 있었다. 노부나가의 성품을 얼마쯤 보아온 그로서는 심상치 않은 일로 여겨졌다. 우선 생각되는 일은 노부나가의 세력이 이미 장인의 생사 따위에는 조금도 영향을 받지 않는다……는 과시. 다음에 생각되는 것은 그 반대였다. 마음을 합쳐 이마가와의 상경을 저지하려고 요시타쓰와 묵계가 성립된 증거가 아닐까.

아니, 노부나가의 행동에는 늘 이면의 이면에 또 하나의 다른 이면까지 준비되어 있었다. 이것은 어쩌면 모토노부의 귀향을 알고 '슨푸에 거역하려면 지금이 그시기! 노부나가는 언제든 옛날의 다케치요를 도와주겠다'는 사신이 나타날 전제로 생각되지 않는 바도 아니었다.

바로 얼마 전 가신의 딸들을 소실로 직접 청하며 돌아다녀, 한꺼번에 아내를 넷으로 늘려─역시 멍청이라는 소문이 어디선지 모르게 들려왔었는데.

사카이는 다시 노인에게 말을 걸었다.

"이것은 노부나가의 무모한 짓으로…… 슨푸에서 가만히 있을 리 없소. 이것을 기회로 주군은 이대로 성에 머무르시며 우리를 지휘하시도록 청해보는 게 어떻겠소?"

노인은 눈을 감았다. 사카이의 말에도 분명 일리가 있지만, 과연 그것이 상책인지 아닌지는 결단 내리기 어려웠다. 지금 이대로 성안에 맞아들인다면, 요시모토가 없는 싸움이니 성주대리의 선봉으로 세워질 것이다. 그보다는 일찌감치 슨푸로 돌려보내 요시모토가 직접 출전할 때 다시 맞이하는 편이 좋지 않을까……?

모토노부는 두 사람과 전혀 다른 생각을 하고 있었다. 그가 지닌 젊음은 지금까지 망설여온 것…… 언젠가 처자를 버려야 하는 일에 대한 결단을 요구받은 것이다.

'언젠가 버릴 것이라면 과감하게 지금……'

생각하니 가슴이 뜨거워졌다.

도리이가 눈을 떴다. 그리고 사카이보다 모토노부에게 들려주는 말투로 조용히 자기 무릎을 어루만졌다.

"2, 3일 오와리의 동정을 보아 사정에 따라서는 곧 슨푸로 돌아가셔야 합니다."

노부나가가 던진 바둑돌 하나!

모토노부는 노려보듯 도리이를 바라보았다.

봄 꾀꼬리성

이미 벚꽃이 피었는데, 여기저기서 꾀꼬리가 울어댔다. 이른 봄의 어린 목소리가 아니라 아름다움을 겨루는 부드러운 음색이 늘어앉은 무장들 귀에 기분 좋게 흘러들었다.

슨푸 본성 뜰이었다. 이마가와 요시모토의 후계자 우지자네가 교토에서 슨푸로 와 있는 나카미카도(中御門)와 함께 공차기를 하며 그것을 여러 장수들에게 구경시키고 있었다. 요시모토도 오늘은 드물게 마루에 휘장을 둘러치고 보료를 깔게 하여 이 유서 깊은 왕성의 풍류를 바라보고 있었다. 공차기가 끝나면 주연이 있을 예정이었으며, 꾀꼬리 소리와 탄력 있는 공차기 소리가 자못 한가로운 느낌이었다.

요시모토는 뚱뚱한 몸을 팔걸이에 가볍게 기대고 교토풍으로 화장한 눈썹을 그린 얼굴로 공차기보다 여러 장수들의 표정을 번갈아보고 있다. 속으로는 이 유서 깊은 유희를 할 장소를 슨푸가 아닌 교토로 옮길 때가 드디어 이르렀음을 생각하고 있는 것이다. 부조(父祖) 대부터의 오랜 야망이었다.

그동안 오다와라의 호조, 가이의 다케다와 이중으로 맺은 인척 동맹이 그로서는 역시 선뜻 믿어지지 않았다. 요시모토가 교토를 향해 출발하면 어느 쪽인가 반드시 배후를 찌를 우려가 있었다. 더구나 그 위험은 호조보다 다케다에게 충분히 있었다.

다케다의 누이를 아내로 맞고 그의 아버지를 슨푸성에 억류해 놓은 요시모토였지만, 다케다의 야망이 자신과 마찬가지로 교토로 가는 것임을 알고 있었고 언젠가 한번은 싸워야 할 숙명임을 느끼고 있다. 그런데 그 다케다가 당분간 야심을 누르고 움직이지 못하게 되었다. 에치고의 우에스기와 싸움이 벌어져 옴짝달싹 못 할 장기전이 되고 말았기 때문이었다.

'지금이다!'

그러므로 요시모토의 머릿속에는 이미 출발 시기와 방비가 쉴 새 없이 세세하게 검토되고 있었다. 세키구치, 오카베, 오하라…… 공차기에 눈이 팔려 있는 중신들을 둘러보다가, 문득 그 시선이 모토야스(元康)의 옆얼굴에 멈추었을 때 요시모토는 잊어버리고 있던 한 가지 일을 생각해 내고 슬그머니 자리에서 일어났다.

"그렇지!"

주위 사람들의 흥을 깨뜨리지 않도록, 일어날 때 부축한 시동 하나만 거느리고 슬며시 휘장 안으로 사라졌다.

모토노부는 15살 정월에 조상의 성묘를 마치고 오카자키에서 돌아오자 '모토야스'로 이름을 바꿨다. 모토노부의 노부가 오다 노부나가의 노부로 통하는 것을 요시모토가 싫어하는 눈치였기 때문이다.

요시모토는 성 한복판의 높은 망루 옆 복도를 지나 내전 거실로 돌아갔다. 여기서도 꾀꼬리 소리가 잇달아 들리고 복사꽃이 난간 아래 가득히 먼 아지랑이처럼 아련하게 피어 있었다.

그 마루 끝에 한 여자가 어린 계집아이의 손을 잡고 앉아 있다.

"오, 오쓰루, 기다렸느냐"

요시모토는 허리 굽혀 여자가 데리고 있는 3살쯤 된 아이의 머리를 쓰다듬었다. 여자는 모토야스에게 출가한 그의 조카딸이며 세키구치 지카나가의 딸인 세나히메였다.

오쓰루—라는 애칭으로 불리자 세나히메는 공손히 인사를 올렸다. 모토야스의 장녀 가메히메 아래로 다음 아이를 잉태하고 있어 산월이 가까웠다. 이제는 예전의 처녀티가 없어지고 무르익은 여인 모습이었다. 나이도 모토야스보다 여섯 살 위인 24살이었다.

요시모토는 뚱뚱한 몸을 거추장스러운 듯 팔걸이에 기대면서 임산부의 투명한 살결을 찬찬히 바라보았다.

"그대를 부른 것은 다름 아니라, 모토야스 일로 묻고 싶은 게 있어서다."

"무엇이든지 말씀하세요."

"이번 2월 첫 무렵 오와리의 노부나가까지 상경했었다더군. 미요시(三好) 무리들에게 단단히 혼난 쇼군 요시테루(義輝)를 농락하기 위해서였을 게야. 오다의 애송이 따위가 설마 무슨 일을 저지르지는 않겠지만, 나도 이제 슬슬 일어나볼까 한다."

세나히메는 굳은 표정으로 고개를 끄덕였다.

"그래서 이것저것 생각해 봤는데, 어떠냐, 모토야스와 그대 모녀 사이는?"

"어떻다니요?"

"화목하게 잘 지내고 있느냐?"

세나히메는 살며시 자신의 부른 배를 옷소매로 가렸다.

"이번에는 아들을 낳았으면 좋겠다고 모토야스 님도 말하고, 저도 원하고 있어요."

"하하…… 걱정할 것 없단 말이지."

"안심하셔요."

"좋아, 좋아."

요시모토는 가볍게 고개를 끄덕이고 나서 다시 진지한 눈빛으로 돌아갔다.

"내가 상경할 때 모토야스에게 선봉을 명하는 게 좋을지 어떨지 망설이고 있다."

"모토야스 님 마음에 의심되는 점이라도 있으신지요?"

"방심은 어디까지나 금물이거든."

요시모토는 다시 한번 자상하게 세나히메의 얼굴이며 몸을 바라보았다.

"그대가 모토야스보다 손위라서 하는 말이 아니다. 듣건대 모토야스의 일족 가운데 아직 오다 편에 마음을 통하는 자가 있다더라. 선봉을 명받은 모토야스가 그런 가신들에게 조종되어 그대들 모녀를 버릴 작정으로 오다 편과 손잡는 일이 있으면 상경 계획에 중대한 차질을 빚게 된다."

세나히메는 미소 지으며 고개 저었다.

"그런 염려는 없다고 믿습니다."

"모토야스의 마음을 단단히 잡고 있단 말이냐?"

"손위이므로 질투가 많아 소실 하나 두지 못하게 합니다. 모토야스 님도 그것에……."

"만족하고 있단 말이지. 그대에게 그만한 자부심이 있다면 틀림없겠지."

세나히메는 걸어가려는 가메히메의 띠를 뒤에서 받쳐주며 말을 이었다.

"정 의심스러우시면, 상경에 앞서 대감님이 모토야스 님의 마음을 시험해 보셔요."

"그래, 그래도 되지."

요시모토는 기질 센 조카딸의 말에서 문득 어떤 암시를 받은 느낌이었다. 노부나가는 이따금 가사데라(笠寺), 나카네(中根), 오타카의 경계선에 성가신 싸움을 걸어오고 있었다. 우선 그 언저리로 첫 출전을 시켜 모토야스의 능력과 가신 다루는 솜씨를 보아두는 것도 한 가지 방법이었다.

요시모토가 뜰의 햇볕에 시선을 던지며 생각에 잠긴 것을 보자 세나히메는 다시 야무지게 말했다.

"저는 모토야스 님의 아내이자 대감님의 조카예요."

기질 센 세나히메는 남편이 요시모토에게 의심받고 있는 게 견딜 수 없이 안타까웠다. 모토야스에게 자기와 아이를 뿌리치고 오다 편에 붙을 용기가 있을 리없었다. 아이가 또 하나 늘 것이고, 대감의 조카딸이라는 자부심과 체면은 손아래 남편에게 똑똑히 일러놓았다.

"그래? 그러면 그대 의견을 따라보기로 하자. 모토야스에게는 오늘 이야기를하지 말아라."

"네."

"마님한테 가서 아이에게 교토에서 가져온 과자라도 주도록 해라. 나는 다시밖으로 나가봐야겠다."

그리고 일어나려다가 발이 저려 비틀거렸다.

"조심하셔요."

세나히메가 달려가 요시모토의 몸을 부축했다. 요시모토는 잠시 조카딸의 손에 의지하며 얼굴을 찌푸렸다.

"알겠느냐, 모토야스의 마음을 놓치지 않도록. 손위이니 몸가짐을 조심해서."

"알고 있습니다."

"명령 투로 말해선 안 돼. 여자란 사랑스럽게 응석 부리는 게 좋아."

세나히메는 웃으며 고개를 끄덕였다. 그런 점에서는 빈틈없이 하고 있다—는 의미를 담은 콧대 높은 미소였다.

요시모토가 걷기 시작하자, 세나히메는 딸의 손을 잡고 마님 방으로 가지 않고 현관으로 나갔다. 이제 모토야스의 첫 출전이 결정되었다고 생각하니, 자기 일처럼 마음이 들떴다. 18살이 되도록 가신의 지휘를 맡지 못한다는 것은 모토야스로서도 세나히메로서도 무척 쓸쓸한 일이었다. 능력을 인정받지 못하는 게 아니라 그 거취를 의심받고 있는 것이다. 그러면서도 상경이 결정되면 오카자키 말고는 오와리 공략의 선봉을 맡을 자가 없었다.

세나히메는 모토야스에게 비밀히 하라는 말까지 그대로 남편에게 알려줄 생각이었다. 물론 첫 출전은 미카와와 오와리의 경계쯤 되리라. 거기서 오와리의 노부나가 군에게 한바탕 용맹을 떨쳐 과연 기요야스의 손자, 세키구치의 사위라는 칭찬을 듣게 하고 싶었다. 요시모토의 조카딸이며 모토야스의 아내가 아닌가. 남편을 위해 내조하는 것이 아내의 길. 이것저것 세심하게 마음 써서 모토야스의 각오를 굳건하게 만들어놓자.

모토야스 역시 이 연상의 아내 말에 잘 따랐다. 따르지 않을 수 없게 만드는 세나히메의 성미 때문이기도 했지만.

"모토야스 님을 위하는 일이니—"

세나히메가 끝으로 한마디 하면 18살의 모토야스는 어른스럽게 늘 고개를 끄덕였다.

"아가야, 꾀꼬리와 꽃을 잘 봐둬라. 올해는 아버님에게도 마침내 봄이 찾아올 거야."

기다리고 있던 유모에게 가메히메를 안게 하고 현관을 나서자, 세나히메는 기분이 좋아져서 딸을 어르며 꽃 아래로 걸어갔다.

바깥뜰에서는 공차기가 끝난 듯 이번에는 피리와 작은북 소리가 들려오고 있었다. 남편은 언제쯤 물러나올까?

여자로서 모토야스를 잠시도 곁에서 놓아주고 싶지 않은 모순도 지닌 세나히메였다. 인연이란 이상한 것이지만, 여자라는 생물도 생각하면 할수록 이상한 느낌이 들었다. 처음에는 다케치요 시절의 모토야스를 놀려주고 싶은 마음 말고는 없었다. 그런데 어쩌다 마음을 주고 말았고, 처음에는 그것을 후회하기도 했다.

'이런 어린아이와 어떻게 이런 일이.'

그것이 차츰 고집으로 바뀌어 놓아줄 수 없게 되었고, 혼인 전에는 모토야스를 위해 스스로 우지자네를 찾아갔다가 끔찍한 봉변을 당했다. 가메히메를 임신한 것을 알았을 때, 그녀는 인생이 캄캄해지는 듯한 낭패감을 느꼈다. 아무리 생각해도 모토야스가 아닌 우지자네의 자식인 듯한 느낌이 들어 견딜 수 없었던 것이다.

이제는 그 불안도 사라지고, 처음부터 모토야스를 위해 존재한 듯한 안정감을 느끼고 있다. 나이 어린 남편이라는 거리낌도 없었다. 혼례 전부터 관계했던 일에 대한 부끄러움도 없었다. 남편—이라고 생각만 해도 몸이 욱신거리듯 사랑스럽다. 어쩌면 주위 사정이 모토야스의 젊은 기운을 발산할 기회를 주지 않아 이 부부의 교접이 세상의 여느 부부보다 훨씬 더 짙었던 탓인지도 모른다. 모토야스는 쉴 새 없이 아내의 몸을 요구했고, 아내 역시 모토야스가 옆에 없으면 잠을 이룰 수 없을 정도였다.

머지않아 둘째 아이가 태어난다. 이번에는 아무 의심할 것 없는 모토야스의 씨였다.

세나히메는 마음이 들떠 마구간 곡성을 돌아 문을 나섰다. 양지바른 둑의 벚꽃은 이미 7할쯤 피었고, 파릇파릇한 풀 그림자가 해자의 물에 한들한들 비치고 있었다.

"유모, 이번에는 아들을 낳았으면 좋겠어."

"도련님이 탄생하신다면 여러분들이 얼마나 기뻐하시겠어요."

"마쓰다이라 가문의 맏아들이니 대감님의 아명인 다케치요를 잇는 아이가 되지. 그대도 기도해 줘."

"물론이지요……."

세나히메는 해자 가장자리의 벚꽃 가지를 하나 꺾어 가메히메의 손에 쥐여주었다.

"지금 온 일본 안에 이렇게 아녀자들끼리만 걸어다닐 수 있는 곳은 슨푸밖에 없다는군. 어디에나 도적이며 부랑자가 득실거린다니 여기서 사는 우리는 정말 행복해."

유모는 그 말에 대꾸하지 않았다. 이 유모는 오카자키에서 온 가타다(堅田)의 아내로 언제 고향에 돌아갈 수 있을지 속으로 늘 손꼽아 기다리고 있었다.

미야마치에 있는 모토야스의 임시거처로 돌아온 것은 오후 3시쯤이었다.

해는 아직 높지만, 이 뜰에는 봄을 장식하는 정원수가 없었다. 싹트기 시작한 차(茶)나무와 배나무 사이에서 사카이가 부지런히 밭벼(陸稻) 씨앗을 뿌리고 있었다.

세나히메는 방으로 들어가자 곧 사카이를 불렀다.

"모토야스 님은 아직 안 돌아오셨나요?"

사카이는 흙 묻은 무릎에 손을 놓고 애매하게 웃었다. 그의 눈에 비치는 스루가 마님은 정이 너무도 짙었다. 하나에도 모토야스 님, 둘에도 모토야스 님, 화창한 봄 날씨 같은 화목함은 좋다 하더라도, 이 마님에게는 오카자키에 대한 그리움이 없는 모양이다. 그것이 모토야스의 오카자키 귀향을 늦추고 있는 듯한 느낌이 든다.

"대감님을 뵈러 가셨다고 들었습니다만, 대감님 기분은 어떻습니까?"

사카이는 교묘하게 말을 돌리고 살피는 눈빛이 되었다.

"그 일로 모토야스 님께 말씀드릴 게 있어요. 그렇지, 그대에게도 다 털어놓고 말까?"

세나히메는 온몸에 넘칠 듯한 애교를 보이며 철부지 여자아이처럼 소리 죽여 웃었다. 사카이의 씁쓰름한 표정 따윈 마음에 두지도 않는다.

"대감님은 아무에게도 말하지 말라고 하셨지만 비밀로 할 게 뭐람. 서방님은 내 목숨이나 다름없는데."

"그 말씀이란 무엇입니까?"

"우리 모토야스 님께는 좋은 일이지요. 마침내 출전 허락이 내렸어요."

"출전……?"

"사카이, 나도 싸움터에 따라가면 안 될까요?"

사카이는 이마를 찌푸리며 고개를 갸웃한 채 대답하지 않았다.

"첫 출전이라 오래 걸리지 않겠지요. 하지만 오와리 국경 언저리까지…… 날짜가 얼마나 걸릴까. 너무 나가 계시면 견디기 힘들어요."

세나히메는 사카이의 고지식함을 놀리듯 고개를 갸우뚱했다.

사카이 역시 세나히메를 무시하는 태도로 대답했다.

"글쎄요, 오와리 국경이라면 1년이나 2년…… 어쩌면 평생 못 돌아올지도 모르지요."

"사카이 님!"

"예."

"어째서 그런 불길한 말을 하나요?"

"마님이 농담하시기에 저도 우스갯소리를 했습니다."

"농담도 정도가 있지. 첫 출전이 가깝다는 말을 듣고 그대에게는 숨기지 않고 말하는 내 마음을 알 만도 할 텐데."

"마님, 기뻐할 수만은 없는 일입니다."

"어째서?"

"상대인 노부나가는 마침내 집안의 어지러움을 바로잡고 오와리를 통일하여 지금 욱일승천의 기세에 있습니다."

"그래서 간단하게 이길 수 없다는 건가요?"

"주군은 18살이 되시도록 아직 군사 지휘를 한 번도 허락받지 못한 분. 상대는 13살의 첫 싸움 이래 지금은 노련한 무장도 따라가지 못할 만한 경험을 쌓았으니 무사히 개선하실 거라고만은 할 수 없지요."

꾸밈없는 사카이의 말을 듣고 세나히메는 노골적으로 불쾌한 표정을 지었다.

"모토야스 님을 도와서 공을 세우게 하는 게 그대들 소임이 아닌가요? 처음부터 그렇듯 기죽는다면 어떻게 한담. 좋아요, 그대는 물러가 밭이나 갈아요."

사카이는 그 말대로 일어났다. 무언지 마음에 못마땅한 게 남는 것은 마님이 주군의 생모 오다이 부인과 너무나 거리가 먼 느낌이었기 때문이다. 슨푸와 미카와 여자의 차이. 한쪽은 얌전하고 건실한데, 슨푸 여자는 화려한 옷차림으로 바깥일까지 사사건건 참견했다. 노골적으로 남편의 애정을 입에 올리고 이곳에서의 생활이 언제까지나 계속되리라 믿고 있는 것 등이, 사카이뿐 아니라 근위무사들의 불만의 씨앗이 되고 있다. 그것을 주군 모토야스는 결코 억누르려 하지 않았다. 마님이 하는 대로 내버려두고 때로는 무릎을 베개 삼아 누워 한가하게 귀를 후벼내게 하거나 멍하니 하루 종일 팔짱을 끼고 생각에 잠기곤 한다.

'그래, 드디어 시험받을 때가 왔구나.'

사카이가 다시 밭에 서서 볍씨 바구니를 집어들었을 때, 모토야스가 시종 히라이와 시치노스케를 거느리고 한가한 표정으로 문을 들어서는 게 보였다.

모토야스는 사카이 옆으로 가서 아무렇지도 않게 멈춰 섰다. 사카이는 일부러 말을 걸지 않았다. 성안에서 요시모토로부터 듣고 온 이야기를 스루가 마님이 할 게 틀림없었다. 이 젊은 주군이 어떤 반응을 보일 것인지 잠자코 지켜보고 싶은 사카이였다.

"사카이—"

모토야스가 부르자 하는 수 없이 대답한다.

"아, 이제 돌아오십니까."

사카이는 볍씨 바구니를 안은 채 얼굴을 들었다. 오후의 햇살이 파헤쳐놓은 새까만 흙 위에 소나무 그림자를 던지고 있었다. 모토야스의 얼굴이 그 흙과 그림자의 대조로 하얗고 자못 유약해 보인다.

"공차기가 참 재미있더군. 그대도 구경한 적 있나?"

"없습니다. 보고 싶지도 않습니다."

"어째서, 매우 풍아(風雅)한 놀이인데."

"우리와 인연 없는 왕도의 풍습이라 아무 흥미 없습니다."

모토야스는 옆의 시치노스케와 흘끗 얼굴을 마주 보았다.

"할아범…… 몹시 초조해하고 있군. 지금 시치노스케와 그 이야기를 하며 오던 참이었지. 할아범한테 이렇게 말하면 이렇게 대답할 거라고 말이야. 바로 그대로였어."

사카이는 눈을 치뜨고 모토야스를 보며 대답하지 않았다.

"무리도 아니지. 나도 이제 18살이야. 오카자키에서 볼모로 온 때가 6살, 12년은 결코 짧지 않은 세월이지. 그리고 아직 언제 오카자키로 돌아갈지 알 수 없는 몸……."

모토야스는 여기서 문득 말을 끊었다가 다시 이었다.

"나는 지금 어떻게 하면 애태우지 않고 봄 다음에 올 여름을 기다릴까 궁리하고 있어. 자연은 애태우지 않지. 오늘도 성안 숲에서 꾀꼬리들이 예쁜 목소리로 울고 있더군. 하지만 자연은 꾀꼬리를 언제까지나 울 수 있도록 내버려두지 않아. 그렇지, 할아범?"

"예."

"그대는 공차기놀이를 그대와 인연 없는 왕도의 풍습이라고 했지."

"예, 인연이 없지요."

"난 그렇게 생각지 않아. 나는 양지바른 뜰에서 꾸벅꾸벅 졸면서 그대들 모두에게 그것을 보여줄 날을 생각하고 있어."

그러고는 시치노스케를 재촉하여 현관으로 걸어갔다.

사카이는 쏘는 듯한 눈길로 그 뒷모습을 바라보았다. 모든 것을 자연에 맡기고 때를 기다린다—그렇게 말하는 뜻은 알겠지만 그것조차 왠지 화가 치밀었다. 천하에 제일가는 명궁으로 일컬어진 조부. 그 조부 기요야스는 26살에 전사할 때까지 얼마나 크게 날개를 퍼덕였던가. 그렇지만 이미 18살이 된 그 손자 모토야스는…… 인간도 칼도 마찬가지로 오래 쓰지 않고 두면 녹슬기 쉽다. 성에 불려가 왕도의 풍습을 구경하고 물러나와 스루가 마님의 무릎을 베고 있는 동안 오카자키 일족이 오직 빛으로 우러러보는 모토야스가 그대로 녹슨 칼로 변할 것만 같아 견딜 수 없었다.

시치노스케가 현관에서 큰 소리로 주군의 귀가를 알렸다. 그렇다고 많은 무사들이 마중 나올 신분도 아니다.

사카이는 안고 있던 볍씨 바구니에 가만히 눈길을 떨구며 자신의 눈이 흐려지는 것을 깨닫자 당황해 소매로 눈을 닦고 다시 씨앗을 뿌리기 시작했다.

모토야스는 도리이 모토타다와 이시카와 요시치로의 마중을 받고 현관에 올라섰다. 모토야스가 6살에 오카자키를 떠날 무렵에는 모두 철부지 아이였는데 지금은 늠름한 젊은 무사로 바뀌어 있다. 이들의 마음은 사카이를 비롯한 오쿠보 일족, 도리이, 이시카와, 아마노, 히라이와 등의 노신들보다 얼마나 더 뜨거운 혈기와 불안을 감추고 있는 것일까?

그 생각을 하면 모토야스는 어디까지나 멍청이 같은 한가로움을 꾸며 보이지 않을 수 없게 된다. 아니, 다만 꾸며 보이는 것만으로는 괴로워 견딜 수 없었다. 그때그때의 환경에 따라 교묘하게 자기를 융화시켜, 봄에는 꾀꼬리, 여름에는 두견새며 매미 울음소리를 황홀하게 들을 수 있는 너그러움을 터득하고 싶었다.

모토야스는 현관에 올라서자 고개를 끄덕여 보이고 곧장 안으로 들어갔다.

"수고한다—"

안채와의 경계에서 눈을 빛내며 자기를 기다리고 있을 세나히메 스루가 부인의 얼굴이 눈에 보이는 것 같았기 때문이다. 언제 아이를 낳을지 모르는 몸으로, 당연히 산실을 지어주고 벌거해야 했지만 아직 짓지 못했다.

"가엾은 사람."

지금의 모토야스는 아내에게 모든 것이 미안하기만 했다. 제멋대로 행동하는 것 같지만, 아내 역시 봄 꾀꼬리의 한 마리에 지나지 않는다.

린자이사의 셋사이 선사라는 거목이 쓰러진 무렵부터 슨푸의 봄은 너무 무르익어 버렸다.

큰 의미로는 세나히메 역시 아무 자유도 갖지 못하는 희생자라고 할 수 있었다. 오카자키 사람들을 부리기 위해 볼모 모토야스에게 주어진 살아 있는 노리갯감. 그 노리갯감의 임자는 때가 오면 일족과 가신들을 위해 떠나야만 한다. 떠난 뒤에는 아마도 이 가엾은 노리갯감을 돌아볼 여유가 없으리라.

"처자를 버릴 각오가 없으면"

셋사이 선사가 남긴 숙제는 결국 모토야스에게 여차할 때 처자를 택하겠느냐, 아니면 고절(苦節) 10여 년의 오카자키 일족을 택하겠느냐는 것이었다.

오카자키에는 2대, 3대에 걸쳐 조상을, 남편을, 형을, 아우를 자신의 집안에 바치고 말로 다할 수 없는 고난을 겪으며 살아온 사람들이 많다. 그 사람들을 저버리고 처자와 자신의 안전을 도모한다는 것은 생각지도 못할 일이었다.

지금 모토야스는 머릿속으로 선사가 남긴 숙제를 똑똑히 이해할 수 있었고, 이해하기 때문에 세나히메가 더욱 가엾어 견딜 수 없었다.

"이제 오세요?"

생각한 대로 세나히메는 눈을 빛내며 안채 복도에 마중 나와 있었다. 두 소매로 칼을 받으려고 뻗은 오른 손가락에 엷게 연지가 찍혀 있다.

산월이 가까워져서 그런지 눈이 이상하리만큼 파랗게 맑았으며 교태를 머금고 촉촉이 빛나고 있었다.

모토야스는 생각했다.

'아름답다!'

여자의 아름다움은 처녀 시절보다 유부녀, 유부녀는 아이를 낳으면 더욱 다른 아름다움이 깃든다. 그리고 모든 생활이 남편의 사랑을 받으려고 의지하는 형태가 되면, 그 의지가 이윽고 남자의 모든 것을 소유하고 지시하고 싶은 본능으로 발전해 가는 모양이었다.

세나히메는 고개를 살짝 기울이며 가쁜 숨결로 모토야스에게 말했다.

"모토야스 님! 어서 들어오세요. 중대한 이야기를 듣고 왔어요."

그가 세나히메 방으로 들어가자 시녀들은 슬그머니 그 자리를 피해주었다. 남편과 단둘만의 자리에 누가 가까이 있는 것을 싫어하는 마님의 성미를 알고 있기 때문이었다.

세나히메는 남편의 칼을 받아 칼걸이에 걸자 몸을 찰싹 붙이고 앉았다. 도코노마에는 어디서 가져왔는지 자줏빛 철쭉꽃이 주위가 환하게 꽂혀 있고 향로에는 가라(伽羅) 향을 피워놓았다.

세나히메는 두 손을 모토야스의 무릎에 올려놓고 말했다.

"모토야스 님! 나가신 뒤 성안에서 사자가 왔었어요."

"누구에게?"

"저에게요. 사자의 말로는 가메히메가 보고 싶어 대감님이 부르신다고."

"허, 가메히메를 대감님이 보고 싶어 했다고?"

세나히메는 응석 부리는 태도로 고개를 저었다.

"그것은 구실이고, 그대는 모토야스에게 사랑받고 있느냐고 물으셨어요."

모토야스는 이상하다는 듯 세나히메를 내려다보았다. 이렇게 있으면 24살 난 세나히메와 18살 난 모토야스가 조금도 어색해 보이지 않고, 오히려 모토야스가 더 의젓해 보였다.

"모토야스 님! 저를 꼬옥 안아주세요. 저는 사랑받고 있다고, 행복하다고…… 대감님께 대답했어요. 그것이 틀림없지요, 모토야스 님?"

모토야스는 진지하게 고개를 끄덕이며 원하는 대로 어깨를 안아주었다.

"그런데 대감님이 왜 그런 것을 물었을까?"

"상경할 때가 다가왔으니 그때에는 드디어 모토야스 님에게 오카자키 군을 지휘하게 하여 왕성까지 데려가신다고…… 저는 가슴이 쓰라렸어요…… 모토야스 님과 헤어져 얼마나 기다려야 하나 하고. 그렇지요, 모토야스 님?"

"……"

"대감님은 그때 선봉을 맡은 모토야스 님이 오다 편으로 돌아서 저와 가메히메와 배 속의 아이를 버리는 일이 있어선 안 된다고, 그것을 염려하셨어요."

모토야스의 눈썹이 꿈틀 움직였다. 눈은 쏘아보듯 세나히메에게 향해지며 한순간 숨이 멎는 듯한 느낌이었다.

"그래, 그대는 뭐라고 대답했소?"

"그럴 리 없다고."

"분명하게 대답했겠지?"

"예, 만일 의심스러우시면 그 전에 한번 첫 출전을 명해보시라고."

모토야스는 그제야 마음 놓고 고개를 끄덕였다.

'방심은 금물이다. 그래…… 대감님이 그런 의구심을 느끼고 있단 말인가.'

"모토야스 님, 기뻐해 주세요!"

세나히메는 또 세차게 모토야스의 무릎을 흔들었다.

"모토야스 님께서 그날을 얼마나 기다리고 있는지 저는 잘 알아요. 모토야스 님이 안 계시는 건 쓸쓸하지만 참아야만 한다고 여겨 슨푸 대감님에게 청해 대감님도 그럴 마음이 드신 거예요."

"그래? 그것참, 잘했소."

"모토야스 님! 칭찬해 주세요. 제 공이라고요."

"칭찬해 주지. 칭찬해 주고말고……."

어리광 부리며 매달리는 세나히메를 안으며 모토야스는 저도 모르게 가슴속이 뜨거워졌다.

'드디어 살아 있는 노리갯감이 눈물을 흘릴 날이 다가오는구나.'

그것도 모르고 어리광 부리는 세나히메의 눈동자가 슬프다.

난세의 모습

모토야스가 어깨로 돌린 팔에 힘을 주자 세나히메는 사르르 눈을 감는다. 엷게 기미 낀 임부의 눈언저리에서 짙은 속눈썹이 떨리고 있었다. 그 떨림은 여자의 행복을 황홀하게 바라보고 있는 것 같기도 하고, 행복이란 무엇일까 끊임없이 고개를 갸웃거리는 영혼의 울림으로도 보였다.

모토야스는 처음에 이런 감상은 자기 마음이 지나치게 약한 탓이 아닐까 하고 의심했다.

세나히메도 불쌍하고, 자기도 불쌍하고, 차례로 태어나는 아이도 불쌍한 생각이 들어 소리 내어 울고 싶은 때가 있었다. 아내에게 진실을 이야기하는 것은 어림없는 일이고 자식에 대한 감정을 살릴 길도 없다.

'나는 대체 무슨 죄를 짓고 태어난 것일까?'

그러나 지금은 그 미망에서 벗어났다. 부모가 있어도 부모를 믿지 못하며, 자식이 있어도 자식을 믿지 못한다. 형제끼리 칼을 겨누고, 사위와 장인이 서로 죽인다. 그것은 결코 모토야스에게만 부과된 게 아니고 가이의 다케다에게도, 에치고의 우에스기에게도, 오와리의 오다에게도, 아니 현재 이 슨푸에도 지난날 있었고 앞으로도 있을 게 틀림없는 난세의 모습이었다.

어느 집을 보나 아내는 적의 첩자였고, 형제는 가장 가까운 적이라고 할 수 있었다. 다케다 신겐의 아버지 노부토라는 아들과 사위 요시모토 때문에 지금도 슨푸성 안에 감금되어 있으며, 노부나가도 자기 아우 노부유키를 마침내 베었다고 했다. 노부유키가 형의 지위를 노렸기 때문이었다. 노부나가의 장인 사이토 도산도 아들 요시타쓰의 기습을 받아 죽었다.

이러한 골육 사이에 얽힌 불신은, 그 원인이 없어질 때까지 가차 없이 인간들 위에 끝없이 펼쳐질 지옥인 듯했다.

사상(思想)의 난리라고도 할 만한 도의의 상실. 무엇이 선이며 악인지 모르는 채 살아남으려 발버둥 치는 인간들의 본능이 또렷하게 그려내 보이는 무간지옥의 모습이었다.

손자(孫子)는 말했다.

"싸움을 즐기는 자는 멸망한다."

모토야스는 그 한마디의 의미를 곰곰이 생각하고 있다. 강대한 무력만으로는 골육상잔의 이 지옥을 결코 끝나게 할 수 없다. 그렇다면 무턱대고 첫 출전의 무공을 조바심 내기보다 지금의 불행을 신이 준 기회로 삼아 신중히 생각하려고 애써왔다.

'나는 무엇을 할 것인가.'

황홀하게 눈을 감고 있던 세나가 이마를 찌푸렸다.

"아…… 배 속의 아기가 놀아요. 아파요…… 모토야스 님!"

"그래? 쓸어줄까."

"네……."

모토야스는 세나를 포옹한 채 한 손을 옷 밑으로 집어넣었다. 둥글게 부푼 복부의 매끄러움이 따뜻하게 손바닥에 느껴졌다. 그 손바닥을 천천히 돌려주자 세나는 눈을 가늘게 뜨고 방싯 웃었다. 그 웃는 얼굴이 모토야스에게는 신비롭게 보인다.

'남편이 옆에 있을 때만…… 이 여자는 자기 행복이 믿어지는 것이다.'

어느덧 해가 기울어졌는지 지겐사의 저녁 독경 소리가 들려왔다.

내일을 믿을 수 없는 시대에 사는 인간들에게 살아 있다는 것을 확인시켜 주는 것은 찰나의 만족인 모양이다—하고 모토야스는 생각한다. 그 찰나의 만족 가운데 남녀의 성행위가 가장 또렷하게 '삶'을 확인시켜 준다. 그러므로 난세일수록 남녀의 성행위가 빈번해지고, 빈번해질수록 가엾은 씨앗은 늘어간다. 그러나 언제 헤어져야 할지 모르는 아내를, 그 일만으로 탓한다는 것은 가혹하다는 생각이 든다.

"이제 괜찮은가?"

세나는 고개를 저었다.

"아니요."

언제까지라도 남편에게 배를 쓰다듬게 하고 싶은 것 같았다. 아니, 언제 해산할지 모르는 몸으로 단지 가까이 기대는 것만으로 만족하지 못하고 끈덕지게 행위를 요구해 온다. 그런 일이 태아를 위해 과연 용서되는 것일까?

적어도 자신이 태어날 때는 그렇지 않았다고 들었다. 어머니인 미즈노 마님 오다이 부인은 검소했지만 산실로 옮겨가 밖으로의 출입을 삼가며 부처님에게 기원드리고 목욕재계하면서 자기를 낳아주었다고 한다…….

그러한 반성이 모토야스의 마음을 날카롭게 찔렀지만 그것을 말할 용기가 없었다. 첫째로는 산실을 지어주지 못하는 사정에 있었고, 둘째로는 세나가 가엾어 거스를 수 없었다. 아니 어쩌면 그 이상으로, 난세의 인간 가운데 하나인 자신 속에 색욕의 세계를 헤엄쳐나갈 힘이 과연 얼마나 있는지 고집스럽게 시험해 보려는 마음이 있었는지도 모른다.

세나는 또 어리광 부리듯 입술을 조금 비틀었다.

"모토야스 님, 태어나는 아이가 아들이면 다케치요라고 이름 지어주세요."

모토야스는 고개를 끄덕였다. 다케치요는 조부 기요야스의 아명이며 자기의 아명이기도 했다. 그것은 마쓰다이라 가문의 후계자로 삼아야 한다는 세나의 마음인 것이다.

"그리고 첫 출전은 이 아이가 태어난 뒤에 나가시도록 대감님께 잘 말씀드리겠어요. 아기의 얼굴을 보고 가주세요."

"알고 있소. 이제 아픈 것은 괜찮소?"

"아니요."

모토야스는 다시 조용히 둥그런 배를 쓰다듬었다. 불행한 아버지, 음란한 아버지, 부정한 아버지, 슬픈 아버지. 그 아버지가 아내의 배를 쓸어주는 것이 아니라 그 배 속의 아이에게 지금 빌고 있는 심정이었다.

"착한 아이가 되어 태어나거라. 이 아버지는 네 어머니에게 진심을 말하지 않지만, 너는 아직 신의 세계에 있으니 알 수 있을 것이다."

뒷날 이 자식에게 어떤 잔인한 바람이 불 것인가. 하지만 그것 역시 너 한 사람에게만 부는 게 아니다. 그것은 난세의 바람이다……

'이 아비는 그 바람을 막을 길을 어디선가 찾고 싶다! 너만은 알아다오.'

그때 복도에 발소리가 났다.

"주군, 마님도 함께 계신 줄 압니다만, 들어가도 괜찮겠습니까?"

밭벼를 다 뿌린 듯싶은 사카이의 목소리였다. 모토야스는 배에 손을 댄 채 태연히 대답했다.

"그래, 들어와."

사카이는 들어오자 못 볼 것을 본 듯이 노골적으로 눈살을 찌푸리며 두 사람에게서 고개를 돌리고 문가에 앉았다.

"씨뿌리기는 끝났소?"

"예, 오카자키 사람들을 잊지 않기 위한 밭일. 씨를 뿌리면서 이따금 주책없이 눈물이 흘렀습니다."

"알고 있소. 그 눈물이 거름되어 머지않아 세상에 귀한 수확이 있을지도 모르지."

"농담이 아닙니다, 주군!"

"누가 농담하나? 그러나 할아범, 세상에는 흐르지 않는 눈물, 마른 눈물도 있는 법이야."

사카이는 얼굴을 외면한 채 무릎 위의 주먹을 굳게 쥐고 있었다. 그도 속으로 우는 사나이의 눈물을 모르는 건 아니었다. 아니, 이따금 흠칫하며 반성하는 것은 사카이와 모토야스의 위치가 언제부터인지 반대가 되어 있는 일이었다. 전에는 조급해하는 다케치요를 언제나 사카이가 타일렀다. 그런데 요즘은 오히려 모토야스에게 훈계를 받고 있다.

'그만큼 나는 주군에게 응석 부리고 있는 것이다.'

사카이만 한 사나이를 저도 모르게 응석 부리게 만드는 주군의 기량을 새삼다시 보려는 심정이 들었지만, 마님 문제에 이르면 도무지 못마땅했다. 마쓰다이라 가문은 대대로 여자를 좋아하는 경향이 강했으며, 때로는 그 일로 화를 입기도 했다.

조부 기요야스가 미즈노 다다마사의 아내, 오다이 부인의 생모 게요인을 데려와 아내로 삼은 것도 못마땅했고, 아버지 히로타다가 죽은 원인에도 애꾸눈 하치야의 여자로 말미암은 원한이 느껴졌다. 그 아들 모토야스가 또, 아무리 외로운 처지라고는 하나 여섯 살이나 위인 세나히메에게 손대어 얄궂게도 이마가와의 인척이 되고 만 것이 사카이로서는 돌이킬 수 없는 큰 실수로 생각되었다. 게다가 이 무슨 추태인가. 자기 앞에서 태연히 불룩한 아내의 배를 쓰다듬고 있다니.

"주군! 마님에게서 들으셨겠지요, 첫 출전에 대해."

"음, 자세히 들었어."

"첫 출전의 싸움터는 오와리 국경일 거라고 생각되시지 않습니까?"

"알고 있어. 가사데라나 나카네나 오타카 언저리일 테지."

"그런데 주군께 승산이 있습니까? 이 첫 싸움에서 주군의 실력을 시험하여 상경하는 선봉에 알맞은지 어떤지를 보려는 것인데, 적은 파죽지세의 오다 군입니다."

"그럴 테지. 그럴 거야."

"그런 줄 아시면서 불안하지 않습니까?"

"할아범—"

세나의 어깨 너머로 모토야스는 한쪽 눈을 찡긋하며 고개를 저어 보였다.

"싸우기도 전에 기죽어선 안 되는 법이야."

"싸워서 지면, 이미 뉘우쳐도 돌이킬 수 없는 게 싸움입니다."

사카이는 왠지 모토야스보다 세나에게 많이 화나 있는 모양이다. 모토야스의 눈짓을 못 본 척하고 다시 말을 이었다.

"첫 출전부터 전사하는 불행한 일이 생기면 어떻게 하시렵니까?"

"하하하……."

모토야스는 웃어넘겼지만, 그때는 벌써 세나가 번쩍 얼굴을 들고 있었다.

"사카이! 그대들은 첫 출전에서 주군을 전사시킬 만큼 못난 사람들이오?"

"무슨 그런 괴이한 말씀을. 파죽지세의 오다 군을 무찌를 만큼 오카자키 사람들이 무력을 기를 수 있도록 슨푸 대감님이 허락하셨다고 마님은 생각하십니까?"

"그게 무슨 소리요……."

세나는 눈썹을 곤두세우며 모토야스의 손을 뿌리치고 거칠게 옷매무시를 바로 했다.

"예사로 들어넘길 수 없는 말을 하는군요. 슌푸 대감님이 일부러 오카자키를 괴롭히고 있다는 말처럼 들리오. 만일 슌푸 대감님 도움이 없었다면, 그대들이 그처럼 무서워하는 오다에게 벌써 오래전에 짓밟혔을 것을 생각지 못하오?"

세나의 매서운 반발을 듣자, 사카이도 무릎의 옷자락을 와락 움켜쥐고 몸을 앞으로 내밀었다.

"마님, 제가 감히 항변하는 것은 주군을 소중히 생각하기 때문입니다. 말이 지나친 점은 용서해 주실 것으로 믿고 말씀드리겠습니다."

"오, 말해봐요. 들어봅시다."

"슌푸 대감님의 호의가 없다고는 하지 않겠습니다. 그러나 그 호의는 결코 오카자키 일족이 만족할 만한 게 못 되었습니다. 그 까닭은 주군의 어린 시절은 고사하고 이미 성인관례식을 올린 지 4년이 되도록 지금껏 오카자키에 성주대리를 두고 계시기 때문입니다. 이 사실을 마님은 어떻게 생각하십니까. 주군이 성주대리보다 실력이 없다고 대감님이 얕보신 증거로 여겨지지 않으십니까?"

"나는 그렇게 생각지 않아요!"

세나는 눈을 번뜩이며 고개를 세차게 흔들었다.

"모토야스 님은 소중한 일족의 사위님이기 때문에 슌푸 대감님이 특별히 생각하시어 신중에 신중을 기하시는 것인데…… 그것을 그렇게 해석한다면 오카자키 사람들은 자격지심이 많다고 경멸당할 거예요."

사카이는 흘끔 모토야스 쪽을 본 다음 말을 이었다.

"마님!"

모토야스는 세나에게 뿌리쳐진 손을 어색하게 무릎 위에 놓고 눈을 스르르 감은 채 듣고 있다.

"저는 슌푸 대감님의 인정을 말씀드리는 게 아닙니다. 오카자키의 성주대리보다 실력 없다고 인정하는 주군에게 어찌 상경의 선봉을 명하시느냐는 거지요. 어째서 주군을 오카자키성에 들여놓으시고 성주대리에게 선봉을 명하지 않느냐는 겁니다. 그러면 주군은 안전하실 것이고, 우리는 정들고 익숙한 성이라 선봉으로 나선 성주대리가 만일 패하더라도 단호히 오카자키를 지켜낼 겁니다. 그렇게 하지 않고 오다 군에게 주군을 먼저 내보내니 드리는 말씀이지요. 그러니 어쩌면 첫 출전부터 살아 돌아올 수 없는 싸움이 될지도 모른다고 말씀드린 게 우리의 용기 부족입니까?"

세나는 몸을 부들부들 떨면서 말했다.

"용기 부족이오. 성주대리에게 명하지 않는 것을 모토야스 님에게 명하시는 것이 실력을 인정하고 계신 증거요. 그것을 이러쿵저러쿵하는 것은 겁이 나서가 아니고 무엇이오."

사카이는 못마땅한 표정으로 혀를 찼다.

"참으로 난처한 일이군요, 마님!"

"뭐가 말이오, 사카이?"

"말이 지나친 점을 사과드립니다. 그러나 마님이 만일 진정으로 주군과 따님과 태어나실 아기님을 사랑하신다면 부탁드리겠습니다. 주군을 오카자키성으로 들여보내 주시고 지금 오카자키 서쪽에 있는 여러 장수에게 선봉을 명하시도록, 마님께서 요시모토 님에게 간청해 주십시오……."

여기까지 말했을 때였다. 모토야스가 준엄한 목소리로 꾸짖었다.

"닥쳐라, 사카이! 세나는 모토야스의 아내, 지시할 일이 있으면 내가 하겠다. 주제넘게 나서지 마라."

"예……."

사카이는 무너지듯 다다미에 두 손을 짚었다.

"소……송구……합니다."

반백의 상투를 떨며 사카이는 잠시 얼굴을 들지 못했다. 세나는 단순하게 요시모토를 믿고 있다. 그러나 요시모토의 뱃속을 사카이는 믿을 수 없었다. 지금까지도 성을 돌려주지 않고 상경 때 선봉을 맡기려 하는 것은 그 얼마나 엉큼한 처사란 말인가. 요시모토의 뱃속은 모토야스가 지휘하는 살아남은 오카자키 군과 떠오르는 태양 같은 세력의 오다 군을 맞부딪치게 하여 그 둘을 기진맥진하게 만든 다음 당당히 본대를 오와리로 진격시킬 작정임에 틀림없었다.

그러므로 오카자키 군과 오다 군은 아즈키 고개 싸움과 안조성 공격 때보다 더욱 처절한 사투를 되풀이해야 된다. 오다 군도 물론 큰 상처를 입을 게 틀림없다. 그러나 오카자키 군은 마침내 온갖 고난을 다 겪은 13년의 원한을 남긴 채 전멸에 이르리라. 그것을 뚜렷이 알므로 사카이는 그만 마님에게까지 지나친 원망의 말을 했지만, 모토야스의 책망을 받고는 입을 다물 수밖에 없었다.

손을 짚은 채 언제까지나 울고 있는 사카이를 보고 모토야스는 부드러운 목소리로 말했다.

"할아범, 지금은 난세, 아무리 생각해도 어쩔 수 없는 일이야. 네거리에 서서 지팡이가 쓰러진 쪽으로 걸어가는 거지…… 요시모토 님이 지금 그 지팡이를 쓰러뜨려 주셨어. 그것으로 됐잖은가. 나도 잘 생각할 터이니 그대도 물러가 생각해봐."

어느덧 사방이 어둑어둑해져 좁은 주방에서 나는 음식 끓는 냄새가 여기까지 흘러오고 있었다.

"예…… 알겠습니다…… 그럼, 물러가겠습니다."

사카이는 힘없이 일어섰다. 아직 이마를 곤두세운 세나에게 꾸벅 절하고서.

세나는 사카이가 나갈 때까지 말끄러미 남편 얼굴을 보고 있었다. 사카이의 말을 듣고 갑자기 불안이 느껴진 것이다. 다름 아니라, 전쟁에 따르는 인간의 죽음이라는 현실에 대해서였다.

'모토야스가 만일 첫 출전에서 전사한다면……'

그것은 생각하면서도 잊고 있었던 불길하고 가증스러운 두려움이었다. 다시 모토야스 쪽으로 몸을 돌리며 세나는 말했다.

"모토야스 님은…… 승산이 있으실 테지요?"

"있소, 있으니 걱정 마오."

"비록 오다 군이 무섭게 저항하더라도…… 만일 모토야스 님이 전사하신다면 아기들은 어떻게 될까요?"

모토야스는 살며시 세나의 어깨에 손을 얹었다.

"걱정 마오. 몸에 해롭소."

"몸…… 아! 배 속의 아기가 또……."

진통의 시작이었다. 세나히메는 모토야스의 무릎을 할퀴며 몸을 뒤틀고 신음하며 입술을 깨물었다.

"아! 괴로워요. 아기가…… 아기가……."

모토야스는 그제야 눈치챈 듯 불렀다.

"여봐라, 게 누구 없느냐? 누가 와서 도와줘야겠다."

그 목소리에 세 여자가 허둥지둥 방으로 들어왔다.

"등불을…… 이불을."

"더운물을!"

모토야스는 여자들에게 세나를 맡기고 비로소 일어나 옷 주름을 고쳤다.

'또 태어나는구나…….'

기뻐해야 할지 울어야 할지 모르는 심정으로, 모토야스는 천천히 산실로 바뀌고 있는 방에서 복도로 나갔다.

"또 아이가 하나 태어난다……."

모토야스는 자신의 방으로 들어갔지만 거기에도 앉아 있을 수 없었다. 어떤 운명을 지닌 어떤 아이가 태어날까. 살기 위해서는 먼저 상대를 쓰러뜨려야 하는 난세에, 인간은 왜 자꾸 태어나는 것일까? 탄생을 단순히 축하할 수 있는 시대라면 좋지만, 지금은 그런 시대가 아니다. 그렇다고 전혀 기쁘지 않은가 하면 그렇지도 않았다.

모토야스는 조마조마한 마음으로 방 안을 서성거리다가 뜰로 나갔다.

"시치노스케, 목검을 가져와."

하늘을 우러러보니 벌써 별이 반짝이고 있었다. 바람다운 바람이 없건만 지겐사의 소나무는 여전히 울고 있고, 서쪽 산은 아직도 흐릿하게 능선을 남기며 하늘에 솟아 있었다.

'남자에게도 진통이 있는가 보다.'

시치노스케가 가져온 목검을 건네주자 모토야스는 말했다.

"태어나면 알려다오. 난 잠시 여기 있겠다."

그러고는 웃통을 벗고 목검을 높이 번쩍 쳐들었다. 내리쳐야 할 것이 무엇인가. 정안(正眼)으로 태세를 갖추어 호흡을 가누며 무념무상으로 나아가자, 오히려 주방 쪽의 허둥거림이 느껴졌다. 이따금 세나의 신음 소리가 아닐까 의심되는 소리까지 마음에 들려왔다.

"얏!"

목검을 내리치고 딱 멈출 때 남아 있는 느낌. 스르르 오른쪽 하늘에서 별 하나가 흐른다.

'행복한 아이가 되어다오.'

할아버지는 26살, 아버지는 24살에 저마다 남의 손에 죽임당했으며 모토야스 자신에게도 시시각각 그것이 다가오는 듯한 느낌이 들어 견딜 수 없었다. 첫 출전은 어떻든 요시모토 상경의 선봉이 되면 거의 살아남지 못할 거라는 생각이 든다. 그때는 지금 태어나려는 아이가 기어다닐까, 일어설 수 있을까, 아무튼 걸음마를 할 때까지는 아직 이르지 못하리라.

"얏! 얏! 얏!"

모토야스는 나직한 기합 속에 온갖 망상을 가두어버리려고, 발을 내딛으며 연거푸 목검을 휘둘러 허공을 베었다. 이렇게 하고 있는 동안만은 아이 생각이 염두에서 사라진다. 자식이 태어나는 일은 이미 인간의 의지가 아닌 우주의 뜻인 것이다.

"얏! 얏! 얏!"

등에 땀이 솟기 시작했다. 요시모토도, 노부나가도, 자신도, 아내도, 가신도, 허공도 마구 베어버리고 싶은 충동 속에 영혼만이 작은 눈을 가늘게 뜬 채 떨고 있다. 현세의 모든 것을 꿈으로 볼 것인가. 아니면 끝까지 끈질기게 현세에 집착할 것인가.

별을 노려보면 앞엣것이 떠오르고 주방의 허둥거리는 소음이 귀에 들어오면 뒤엣것이 마음을 차지한다. 결국 인간은 살아 있는 한 영혼의 눈을 두려워하며 늘 무엇인가를 베려 조바심하고 고함치는 수밖에 도리가 없는지도 모른다.

다시 똑바로 목검을 겨누고 조용히 숨결을 가누고 있을 때 사카이가 나타났다.

"주군, 뭘 하고 계십니까?"

아마도 사카이 역시 조금 전의 이야기며 해산 소동으로 가만히 있을 수 없었던 것이리라.

산의 능선이 차츰 밝아져왔다. 곧 달이 떠오를 모양이다. 모토야스는 사카이의 말에 대답하지 않고 아직도 목검 끝에 눈길을 집중시키고 있다……

"주군, 아까는 주책없이 실없는 말씀을 드렸습니다."

사카이는 모토야스에게 다가가 자신에게 들려주는 듯한 투로 말하며 발걸음을 멈추었다.

"달이 떠오르는군요. 곧 아기님이 탄생하시겠지요."

"……."

"이번에는 다음 아기님이 성인이 되실 때까지 무운의 혜택을 받아도 좋을 때라고 생각했습니다만."

"할아범—"

"예."

"그대는 내가 전사할 거라고 생각하나?"

"적은 예전의 오다 군이 아닙니다."

"알고 있어. 그러나 나는 이제 주저하지 않겠다."

"그것은 스스로 사지(死地)에 들어가시겠다는 말씀인지……."

모토야스는 그제야 사카이를 돌아보며 목검을 내렸다.

"할아범, 내 결심은 이미 정해져 있어. 이야기해 줄 테니 말을 내면 안 돼."

"결심……이라니요?"

"나는 처자에게 속박되지 않겠다. 그 영역에서는 이미 벗어났어."

사카이는 얼굴을 바짝 가까이 하고, 모토야스의 번뜩이는 눈에 비치는 별을 응시했다.

"나를 속박하는 것은 단 하나, 오카자키에 남은 가신들이 오늘날까지 해온 인내다. 알겠나, 내 말을?"

"예, 잘 알고 있습니다."

"나는 슨푸성을 떠난 순간부터 그대들 것이 되리라. 아내도 생각하지 않겠다. 자식도 버리겠다……."

"주군!"

"그것으로 나를 용서해 줘. 그러고는 싸울 뿐이야."

"……예."

"싸우고 싸우고 또 싸우겠다. 승패며 생사에 대한 것을 인간 힘으로 어쩌겠는가. 이것만은 내 힘이 미치지 못하고, 요시모토나 노부나가의 힘도 미치지 못한다. 할아범! 하늘을 봐."

"예."

"숱한 별이 반짝이고 있잖나."

"예."

"봐, 또 하나 떨어졌어. 저 속의 어느 것이 내 별인지 그대는 아는가?"

사카이는 고개를 저었다.

"모르겠지. 나도 모른다. 그러나 언제 떨어질지 모르면서 다만 반짝이고 있을 뿐이다."

"할 일을 다 하고 천명을 기다리시겠다는 분부이신지."

"아니, 할 일을 다 하지 못한다 하더라도 다하는 것임을 깨우치라는 거야."

"예."

"살아남으려고 떨어지는 순간까지 저마다의 지혜만큼, 힘만큼 필사적으로 버둥거리는 게 인간의 본성이지. 나도 그 가운데 하나라고 믿어줘. 그리고 나에게 지혜도 힘도 없다면, 그때는 모두 함께 죽을 결심을 해줘."

사카이는 말이 목에 걸려 나오지 않았다. 처자를 버리고 오카자키를 위해 희생할 테니 그것으로 납득해 달라는 말인 것이다. 사실 그 이상 무슨 방법이 있단 말인가. 여차하면 버릴 처자이니 그것을 통해 요시모토에게 획책하는 일만은 그만둬달라는 의미로도 해석되었다.

"알겠나? 말을 내면 안 돼."

"……예."

고개를 끄덕이는 사카이를 보고 모토야스는 다시 목검을 높이 쳐들었다.

"나는 말이야, 할아범. 어쩌면 운이 좋은지도 몰라."

"그 일에 대해선 이제 듣고 싶지 않습니다."

"운이 없었다면 6살 때 오이즈 해변에서 살해되었을지도 모르지. 아쓰타에 볼모로 있을 때도 자주 생명의 위협을 받았어. 오늘날까지 무사히 살아온 것은, 하늘이 나에게 무언가를 기대하고 있는 건지도 몰라……."

다시 목검을 내리쳤을 때 시치노스케가 마루에서 떠들썩하게 외쳤다.

"주군! 주군! 태어나셨습니다. 옥동자입니다, 주군!"

모토야스보다 먼저 사카이가 대답했다.

"뭣이! 아드님 탄생이시라고? 곧 대면하시렵니까, 주군?"

모토야스는 사카이에게 목검을 건네주고 마루로 성큼성큼 다가갔으나, 거기서 딱 걸음을 멈추었다.

사내아이. 다케치요.

새로운 생명이 마쓰다이라 가문의 계승자라는 것에 무언가 무서운 숙명이 느껴졌다. 자신도 미즈노 가문이라는, 마쓰다이라에 있어 적이 되는 어머니 배에서 태어났는데, 그 자식 또한 가신들이 은근히 불만을 품고 있는 이마가와 일족인 어머니에게서 태어났다.

"주군! 지금 목욕시키고 있습니다. 곧 만나보십시오."

모토야스는 움직이지 않았지만, 사카이는 부지런히 집 안으로 들어갔다. 남아 출생이라면 젊은 주군을 번거롭게 하지 말고 형식적으로나마 포도(胞刀)와 활시위 울리는 의식을 올려야만 되었다.

시치노스케가 다시 불렀다.

"주군!"

"좋아, 만나지."

모토야스는 그제야 고개를 끄덕이고 마루로 올라갔다.

"의복을 갈아입어야겠다. 시치노스케, 거들어라."

"예."

시치노스케는 오늘 등성할 때 입었던 예복을 가져와 모토야스의 뒤로 돌아갔다. 모토야스가 엄숙한 표정으로 그것을 입고 있을 때, 안에서 사카이가 울리는 활시위 소리가 들려왔다. 악마를 근접하지 못하게 한다는 예로부터의 관습인 그 활시위 소리.

그것마저 모토야스에게는 왠지 납득할 수 없는 인간의 나약함으로 느껴졌다. 그런 관습이 얼마나 우스꽝스러운 시대인지 모두들 잘 알면서도 역시 그대로 따르는 것이다.

의복을 갖추자 시치노스케가 먼저 안으로 달려갔다.

"주군께서 지금 이리 오십니다."

그 소리까지 훤히 들리는 좁은 집 안에서, 지난해 가을부터 와 있는 앞머리를 내린 혼다 헤이하치로가 의젓하게 칼을 받쳐들고 뒤따랐다. 무슨 장난 같은 느낌이었다. 장엄함과는 거리가 멀다. 그러나 태어난 아이에게 해야 할 일은 모두 했다고 말해주기 위해 이 또한 어쩔 수 없는 아버지의 소임으로 여겨졌다.

그래도 등불은 여느 때보다 화려했으며, 모토야스가 들어가자 가메히메의 유모가 공손히 갓난아기를 안아 내밀었다. 모토야스는 그것을 보았다. 붉고 조그만 살덩어리가 새하얀 강보 속에서 눈을 감고 있었다. 코가 가냘프게 발름거리는 것이 가슴을 아프게 했다.

"아들인가……."

모토야스는 중얼거리고, 입술이 새하얗게 질려 눈을 가늘게 뜨고 있는 세나에게 시선을 옮겼다.

"세나, 수고했소."

세나는 가냘프게 입술을 움직여 미소 지었다.

수어상회(水魚相會)

　불어난 강물 위에 아침 안개가 서려 있었다. 그 왼쪽의 푸른 논에는 군데군데 새하얀 백로가 앉아 있다.

　두 필의 말이 그 안개 속을 화살처럼 달려간다. 앞의 것은 노부나가, 조금 뒤떨어져 이누치요. 이누치요는 이미 이전의 시동 모습이 아니었다. 2만 석 남짓한 영지를 가진 아라코(荒子) 성주 마에다 도시하루(前田利春)의 후계자. 성인식을 올려 마에다 도시이에(前田利家)라 부르고 있었다.

　두 사람은 강을 끼고 30리쯤 숨도 돌리지 않고 마구 달렸다. 아침마다 30리 이상 달리는 것. 이것이 요즈음 노부나가의 첫 일과였다.

　노부나가가 하는 일은 여전히 사람들 의표를 찌르는 것뿐. 진심으로 사랑하는 노히메라는 아내가 있으면서도 오루이, 나나, 미유키 세 측실을 한꺼번에 맞아들여 저마다 아이를 낳게 했다. 처음에는 딸이었지만, 그다음에는 잇따라 아들이 태어났다.

　처음으로 태어난 아들을 보았을 때, 노부나가는 그 빨간 볼을 살짝 만지며 말했다.

　"기묘한 낯짝이로군. 기묘마루(奇妙丸)라고 이름 지어라."

　두 번째 사내아이는 머리카락이 길었다.

　"허, 재미있는걸. 이대로 상투를 틀어줘도 되겠구나. 이 녀석 이름은 차센마루(茶筅丸)다."

그리고 세 번째 사내아이는 바로 얼마 전인 3월 7일에 태어났다.

"귀찮다. 산시치마루(三七丸)라 해둬라."

습관이나 관습을 전혀 무시하고, 동생 노부유키와 곤로쿠의 모반을 진압하고 나서는 이따금 마을로 춤추러 갔다. 농민들 틈에 섞여 영주 스스로 야릇한 차림으로 흥겹게 놀았으므로, 처음에는 깜짝 놀라던 그들도 어느새 노부나가에게 이상한 친근감을 느꼈다.

"이분이야말로 우리 주군이시다."

여러 나라 상인들에게 자유로이 출입을 허락하고 있으면서도 영내에서 신변에 위험을 느낄 염려는 없었다.

단숨에 30리쯤 달리고 나서 노부나가는 말을 세웠다. 아직도 강 안개가 걷히지 않아 눈앞의 상수리나무 숲이 흐릿하게 보였다.

"도시이에, 이쯤에서 한숨 돌리자. 올 농사도 잘될 것 같군."

"예, 풍년일 듯합니다."

도시이에도 젊음이 팽팽한 이마에 구슬 같은 땀을 흘리며 말에서 내렸다.

"쉬어라, 풀밭에 앉아서."

"어떤 경우에도 앉아서 쉬지 말라……는 것이 주군의 가르침이었습니다만."

"때로는 바꿔도 괜찮아. 쉬어라."

말하며 이슬이 마르지 않은 풀 위에 자신도 벌렁 드러누워 목덜미에 스치는 차가운 감촉을 느끼며 기지개를 켰다.

"아, 기분 좋다."

그때 숲속에서 묘한 차림의 사나이가 나타났다.

"실례하오."

도시이에는 깜짝 놀라 벌떡 일어났다.

"웬 놈이냐?"

노부나가는 풀 위에 드러누운 채 히죽 웃었다.

나타난 것은 구겨진 시퍼런 무명 겉옷을 걸치고 칼등이 흰 칼을 두 자루 허리에 꽂고는 상투를 꼭대기에 빳빳이 묶어맨 원숭이처럼 묘하게 생긴 사내였다.

도시이에가 다시 소리 질렀다.

"웬 놈이냐!"

"대장, 노부나가 공을 만나고 싶소."

원숭이 같은 사나이는 터무니없이 큰 목소리로 대답한 다음 에헴 하고 헛기침을 덧붙였다.

"뭐, 주군을 뵙겠다고."

도시이에는 이 기묘한 모습의 사나이와 처음 만났다. 혹시 노부나가가 알고 있는 게 아닌가…… 하고 돌아보니, 노부나가는 시치미 떼고 눈길을 좁혀 아침 하늘을 바라보고 있다.

"그냥 뵙고 싶다고 해서는 안 돼. 이름을 대라."

그러나 원숭이 같은 작은 사나이는 사람을 깔보는 듯한 웃음소리를 흐흐흐 냈다.

"당신은 마에다 도시이에일 테지. 이 사람 이름은 기노시타 도키치로라고 하며 위로는 천문, 아래로는 지리, 세상일에 대해 모르는 것이 없는 지혜주머니요."

"뭐, 수상한 놈 같으니. 위로는 천문, 아래로는……."

말하려다 혀를 찼다.

"대꾸하기도 싱겁다, 미친놈이로구나. 가까이 오면 단칼에 베어버릴 테다."

"그 무슨 좁은 소견이오. 대장님이 아침마다 말을 몰아 성을 나오시는 게 무엇 때문인지 아오?"

"뭐라고? 아직도 지껄여댈 셈이냐?"

"그렇소. 천하를 위해선 지껄여야만 하오. 도시이에 님은 지금의 천하를 어떻게 보고 계시오? 대장님 마음을 잘 헤아려보시오. 스루가, 도토우미의 총대장 이마가와 요시모토가 드디어 대군을 몰아 상경하려 하고 있소. 그 앞에 굴복할 것인지, 싸울 것인지 고민하고 계시는 모습이 눈에 보이지 않는단 말이오? 굴복한다면 영원히 요시모토의 막하 장수, 이것을 무찌른다면 도카이도(東海道)의 패자(覇者). 무찌르는 데는 단 한 가지 방법밖에 없소. 요시모토의 무장들은 모두 저마다 예로부터 성을 지키던 성주들, 전쟁터의 계략은 배웠지만 잡병이나 도적들의 전법은 모르리다. 그래서 대장님은 그러한 전법에 밝은 인재를 찾으려고 아침마다 말을 몰아 성을 나오시는 거요. 나를 만난 것은 하늘의 은혜요, 나 하나를 얻는 것은 천하를 잡는 상서로운 조짐이오."

도시이에는 기가 막혀 슬며시 노부나가를 돌아보았다. 구태여 이야기할 필요도 없이 이 무지막지한 허풍은 그대로 노부나가의 귀에도 들렸기 때문이었다.

노부나가는 눈을 가늘게 떴다.

"도시이에, 그 원숭이 놈을 졸개 우두머리에게 데리고 가거라."

"괜찮겠습니까?"

"별일 없을 거야. 내 말이나 돌보게 하라고 해."

이 말을 듣자 무명옷을 입은 사내는 히죽 웃었다.

노부나가는 일어나 기지개를 켰다. 그리고 풀을 뜯고 있는 애마 질풍의 목을 가볍게 토닥거리며 말에 훌쩍 올라탔다.

"도시이에, 먼저 간다."

뒤에 남은 도시이에는 기묘한 사내와 눈싸움하는 꼴이 되어 서 있었다.

"도키치로라고 했겠다."

도키치로는 고개를 꾸벅했다.

"위로는 천문, 아래로는 지리라고 했겠다."

그러자 도키치로는 성큼성큼 다가와 도시이에의 어깨를 툭 쳤다.

"그건 엉터리였소, 이누치요 님."

"이누치요라니, 친한 것처럼 함부로 부르지 마라."

"그럼, 도시이에 님이라고 불러드릴까? 나도 본디 오와리 출신으로 나카무라 마을의 야스케라는 사람 아들이오. 아버지는 선대 노부히데 님의 졸개였지만 지난번 싸움에 발이 잘려 농군이 된 자이니 잘 봐주시오. 맹세코 충성하리다."

도시이에는 이 기묘한 사내를 가만히 지켜보았다. 왠지 노여움이 사라지고 웃음이 터질 것 같은 우스꽝스러움이 남아 있다.

"그럼, 그대는 전에 주군을 만난 적 있나?"

"아니, 만나지 않은 것으로 해두십시오. 오늘 지금이 초면으로 도시이에 님이 추천해 주셔서 은혜 입어 졸개가 되었으니 기노시타 도키치로, 이렇게 감사드립니다."

그러면서 도시이에의 손에서 고삐를 냉큼 받아들었다.

"자, 호위하겠습니다. 말을 타십시오."

도시이에는 마침내 하늘을 보며 왓핫핫핫하 웃고 말았다. 남의 이름을 마구 부르며 위로는 천문, 아래로는 지리니 뭐니 지껄이는가 하면, 이번에는 공손하게 떠받든다. 그러면서도 이상하게 미운 생각이 들지 않는다. 사람인가 하면 원숭이를 닮았고 미쳤나 싶으면 말을 타라고 정중하게 말한다.

"좋아, 잠시 걷자. 도키치로라고 했겠다."

"예."

"그대는 아까 잡병, 들도적의 전법에 밝다고 했지?"

"예, 하치스카(蜂須賀) 마을의 고로쿠(小六), 미카와 서쪽의 구마 도령, 그리고 혼간사(本願寺) 무리들의 전법에 통달했습지요."

"통달했다고? 큰소리치기는."

"아니, 사실입니다. 이러한 난세에는 성을 가진 이들의 전법만으로는 백성을 다스리지 못합니다. 성 같은 건 갖지도 않고 마을이나 산에 부하를 매복시켰다가 유사시에는 우르르 모여 군단이 되고, 흩어지면 그대로 양민 속에 섞여들지요. 이 편이 얼마나 강한지 모릅니다. 그런 점에 착안하여 농군들과 흉허물 없이 함께 춤추고…… 대장님은 과연 훌륭하시더군요. 그래서 언젠가 나도 눈에 들어 발탁해 주실 거라고 믿고 있었습니다만."

"흠, 성을 지키는 전법만으로는 지금 세상을 다스릴 수 없단 말이지."

"예, 의심스러우시면 도시이에 님 영지에 이 도키치로가 숨어들어 보름 만에 쑥밭으로 만들어 보여드릴깝쇼?"

"아니, 그럴 것까지는 없어. 그 경우 맨 먼저 어디부터 손대나?"

"첫째는 방화입니다."

"위험한 놈이군."

"불을 보면 인간은 공포심을 일으킵니다. 두 번째는 침입 강탈."

"허."

"세 번째는 선동이지요. 영주님은 백성을 조금도 지켜주지 않는다, 지킬 힘이 없는 자에게 공물을 바쳐서 될 말이냐고."

"음."

"자, 우리 모두 함께 영주를 쓰러뜨리자. 나를 따르라……고 하면 겉으로는 폭동이지만, 제가 도시이에 님을 대신해 영주가 될 수 있지요. 보름이면 넉넉합니다."

도시이에는 대답하지 않았다.

'기분 나쁜 말을 지껄이는 놈…….'

확실히 그런 수단으로 나가면 무너질 곳이 숱하게 생기리라.

"도키치로."

"예."

"그대는 그런 좋은 전법을 알면서, 어째서 그 짓을 않지?"

도키치로는 빙그레 웃으며 고개 저었다.

"작군요, 작아요. 그래서야 고작 들도적 출신의 작은 영주밖에 안 되지요. 깨달아서 막아내고 천하를 평정하는 게 아니면, 이 난세는 구원받지 못합니다. 그러니 졸개로부터 정성을 다해 충성을 바치겠습니다. 도시이에 님, 잘 좀 봐주십시오."

도시이에는 다시 소리 내어 왓핫핫핫 웃었다. 어느 틈에 안개가 걷혀 푸른 하늘 아래 초록빛 논과 은빛 강물이 또렷하게 하늘과 땅에 번쩍이고 있었다.

두 사람이 기요스로 돌아간 것은 점심때가 가까워서였다. 도시이에의 눈에 도키치로는 이상하리만치 싱싱하게 비쳤다.

나카무라 마을의 이름 없는 농민 자식으로 태어났다면서 스루가, 도토우미에서 미카와, 오와리, 미노, 이세에 이르기까지 화제가 종횡으로 무궁무진이다. 그 인물평도 세상의 여느 무장들과는 큰 차이 나게 하나하나 감동을 준다. 도토우미에서 이마가와 일족의 장수 마쓰다이라 가헤이지 아래 잠시 몸을 의탁했으나, 이마가와 가문의 앞날에 광명을 느끼지 못했다고 한다. 왜냐고 묻자, 자못 그럴듯한 표정으로 금방 교훈을 이야기하는 말투가 되었다.

"세상의 여느 성주들은 모르고 있지만 난세가 너무 오래 계속되면 자기만의 안전이란 없습니다. 이마가와는 지금 태평스레 교토의 풍습을 즐기며 백성들의 살림살이를 모르고 있습니다. 백성도 산 존재이니 언제까지나 영주들에게 살해되거나 고통받고만 있지는 않습니다. 언젠가는 잡병들과 손잡고 거적기치를 세우든가 폭동에 가담할 겁니다. 더구나 지금 같은 난세의 영주 가운데 서로 적을 갖지 않은 자는 아무도 없습니다. 외부의 적에 대비하기 위해 백성을 괴롭히며 군비를 갖추는 만큼 내부에도 적을 만들어가지요. 그러면 군비를 아무리 튼튼히 한들 쓸모없는데, 그 점을 도무지 깨닫지 못합니다. 거기 비하면 대장님은 장래성이 있습니다. 자유롭게 출입시켜 백성의 살림을 살찌우고 계십니다. 자신의 대에 이르러 백성들의 공물을 내리고 게다가 농군들과 뒤섞여 즐겁게 춤도 춥니다. 이렇게 해놓으면 대장님은 언제든 마음 놓고 영지를 떠나 출전할 수 있지만, 이마가와는⋯⋯."

도시이에는 상대의 말투가 이따금 너무 안하무인격인 큰소리가 되는 게 마음에 걸렸지만, 이자의 이야기라면 이틀이나 사흘쯤 듣고 있어도 싫증 나지 않을 거라고 생각되었다.

기요스성 문을 들어가 아랫성 한 모퉁이의 행랑채에 사는 졸개 우두머리 후지이 마타에몬(藤井又右衛門)의 집 앞에 이르렀을 때 도키치로가 기묘한 차림으로 나타난 까닭을 그제야 깨달았다.

'아하, 그랬었군.'

도키치로는 하나에서 열까지 노부나가에게 반해 있다. 노부나가도 이미 도키치로를 부리고 싶은 마음이 되어 있었다. 어쩌면 두 사람 사이에 오늘 이렇게 만나 정식으로 후지이의 지휘 아래 들어가도록 이미 의논되어 있었던 것인지도 모른다.

"게 누구 없소."

도시이에가 부르자 누군가가 맑은 목소리로 대답했다.

"네."

후지이의 딸 야에(八重)가 문 앞에 나타났다.

"후지이는 안 계신가?"

"네, 하지만 곧 점심때니 오실 거예요."

"그래? 그럼, 여기서 잠시 기다릴까."

야에는 도시이에의 어깨 너머로 살며시 도키치로 쪽을 보았다. 토실토실한 볼과 시원스럽고 순한 눈을 가졌으며 둥그스름한 귓불이 버찌처럼 물들어 있었다. 젊은 무사들이 너도나도 사윗감을 자청하고 나서는 졸개 우두머리의 외동딸이다.

"실은 이 사람이 오늘부터 그대 아버지의 부하가 되었는데⋯⋯."

도시이에가 말하자, 도키치로는 무엇을 생각했는지 하늘에 대고 너털웃음을 터뜨렸다.

"야, 이거 정말 눈이 번쩍 뜨이는 미인이십니다, 왓핫핫핫⋯⋯."

야에는 깜짝 놀라 도키치로를 다시 쳐다보았다. 도시이에도 어처구니없다는 얼굴로 벌게져 있다. 도키치로는 가슴을 펴며 말을 이었다.

"도시이에 님도 기막힌 미장부이십니다만, 이 아가씨도 그림 같군요. 이 사람은 기노시타 도키치로라 하오. 잘 봐주시오."

"야에라고 해요. 그럼, 어서 이리로."

야에는 더욱 당황해서 현관 옆의 사립문을 열고 툇마루로 두 사람을 안내했다.

"이토록 미인이시니 아마 귀찮을 정도로 혼담이 들어오겠군요. 그렇지요, 야에 님?"

"네…… 아, 아니에요."

"아니, 젊은 무사들이 가만히 있을 리 없을 거요. 아름답다는 것은 하나의 공덕이지요. 도시이에 님도 사뭇 기분 좋은 듯 얼굴이 벌게져 있지만, 이 사람도 활짝 핀 꽃 앞에 선 듯한 상쾌함을 느꼈소. 아마 부친께서도 틀림없이 흐뭇해하시겠지요."

야에가 도망치듯 가버리자, 도시이에는 그만 얼굴을 찡그리고 말했다.

"이봐, 도키치로, 말이 지나치지 않는가. 야에 님은 그대의 그런 아첨에 넘어갈 여자가 아니야."

도키치로는 마루에 걸터앉아 방약무인하게 웃으며 손을 내저었다.

"글쎄요, 이제 반드시 보리차가 나올 테니 두고 보십시오."

"그대는 대체 몇 살이지? 부끄러운 기색이 조금도 없으니."

"하하하, 있지만 드러내지 않을 뿐이지요. 나도 남자니까요."

도시이에는 다시 웃음을 터뜨릴 뻔했다. 나이는 자신과 거의 비슷해 보이는데, 이마에 늙은이 같은 주름이 있다. 잘 생각해 보니, 아까 그 속이 들여다보일 듯한 칭찬의 말도 이 작은 사나이의 수법인 것 같았다. 우스꽝스럽게 비치든 비웃음당하든 상관하지 않고, 여기에 이러한 사나이가 있다는 것을 뚜렷이 상대에게 인식시킨다.

"도시이에 님."

"뭔가?"

"나는 오늘부터 말 시중꾼, 대장님 눈에 자주 띌 거라 생각합니다만, 공을 한 번 세우실 길을 가르쳐드릴까요?"

"공을 세울 길?"

"그렇습니다. 도시이에 님은 미카와의 마쓰다이라 기요야스의 손자가 슨푸에 있는 것을 아십니까?"

"다케치요……라면 알고 있지. 어릴 때 주군을 모시고 가서 곧잘 함께 놀던 사이니까."

"그 다케치요 님…… 지금은 성인식을 올려 모토야스라고 합니다만, 가까운 시일 내에 출전하게 된 것은 모르시겠지요."

"뭐, 다케치요가? 어디로 출전하나?"

"뻔하지요. 주군의 영지인 마루네(丸根), 와시즈(鷲津), 나카지마(中島), 젠쇼사(善照寺), 단게(丹下) 가운데 어느 곳이겠지요."

도시이에는 눈을 크게 떴다.

"그것을 그대가 어떻게 알고 있나?"

"하하…… 위로는 천문, 아래로는 지라……."

도키치로가 재미있다는 듯이 목을 움츠리고 말하기 시작했을 때 안쪽에서 장지문이 열리며 야에가 쟁반을 받쳐들고 나와 두 손을 짚었다.

"보리차를 가져왔습니다."

"이거 참, 고맙소. 그러잖아도 목이 마르던 참인데, 마음이 절로 통한 모양이군요. 자, 도시이에 님."

도키치로는 야에의 손에서 쟁반을 받아들고 시치미 뗀 얼굴로 히죽 웃었다.

두 사람은 야에가 물러갈 때까지 잠시 말없이 보리차를 마셨다.

행랑채 끝 아랫성 벽의 큰 팽나무에서 때까치가 줄곧 울어대고 있었다. 그 소리가 어딘지 도키치로를 닮은 게 우스웠다.

야에가 가고 나자 도시이에는 찻잔을 딸그락 소리 내며 내려놓았다.

"도키치—과연 그대는 지혜주머니 같군. 야에는 분명 보리차를 내왔어. 하지만 다케치요가 오와리로 출전해 온다는 건 보리차를 예언하는 것과는 달라. 어떤 천문으로 읽었는지 말해봐."

도키치로는 찻잔 뒤에서 눈을 가늘게 떴다.

"사물의 이치를 말했을 뿐이오."

"그렇다면 무턱대고 하는 짐작이냐?"

"아닙니다, 이 세상은 모두 하늘의 이치를 좇아 움직입니다. 밤이 되면 날이 저물고 아침이 되면 날이 새는 것만큼이나 확실한 일이지요. 먼저 그 이치를 푸는 방법부터 가르쳐드리겠습니다. 요시모토가 상경하여 아시카가(足利) 쇼군을 대신해 천하를 호령하고 싶어 하는 것은 알고 계시겠지요."

"알고 있어."

"그러려면 그때 맨 먼저 오와리를 지나가야 합니다."

"뻔한 일이지."

"노부나가 님이 순순히 항복할 것인가, 싸울 것인가. 싸울 각오로 진용을 굳힌다면 이쪽에선 과연 누구를 선봉으로 세우는 게 좋을까."

"다케치요에게 선봉을 명한다는 말이로군."

"달리 사람이 없으니까요."

도시이에는 고개를 갸웃했다.

"흠, 없지는 않지. 아사히나(朝比奈), 우도노(鵜殿), 미우라(三浦) 모두 상당한 맹장들이다."

"그렇게 생각하는 게 이치를 풀 줄 모른다는 증거로, 그들은 대대로 내려오는 요시모토의 소중한 심복. 오와리를 무사히 지났다고 바로 다음이 교토는 아닙니다. 미노도 있고, 오미(近江)도 있지요. 그러니 오와리에서 전멸당하더라도 요시모토로선 그리 아깝지 않을 자를 뽑는 게 인지상정, 자연의 이치란 말입니다. 그 이치에 알맞은 자는 모토야스 단 한 사람뿐, 모토야스의 오카자키 군과 주군이 피투성이 결전을 벌인다면 요시모토는 아마 손뼉 치며 좋아하겠지요. 아무튼 오카자키 군은 돌아갈 성이 없는 굶주린 호랑이들뿐이니 이것만이 살길이라며 용맹을 떨칠 것입니다……."

도시이에의 목소리가 다급해졌다.

"도키치! 과연 이치에 맞는 말이다. 그럼, 그대는 모토야스와 미리 통해놓으려는 것이냐?"

"그런 것까지는 난 모릅니다. 나의 소중한 소임은 말 시중. 다만 모토야스와 주군이 피투성이 혈전을 벌인다면 요시모토가 손뼉 치며 기뻐할 거라는 것만 주군께 말씀드리십시오. 그것이 도시이에 님의 출셋길이 됩니다."

출셋길—이라는 말을 듣자, 도시이에는 다시금 쓸쓸한 표정이 되었다.

그러나 한번 돌아가기 시작한 도키치로의 혀는 멈추지 않았다.

"자, 선봉은 모토야스로 확정되었습니다. 그러면 요시모토는 다음에 무엇을 생각할까요. 만일 선봉이 오와리에 들어가 주군과 손잡는다면 큰일이니, 그 움직임을 먼저 보려고…… 그렇지, 장마철이 되면 지리의 형편이 좋지 않으므로 이 보름 남짓한 동안에 소규모 싸움을 걸어올 겁니다."

"누가?"

"뻔한 일이지요, 모토야스를 보내."

태연하게 잘라 말하자, 도시이에는 저도 모르게 눈을 깜박거렸다.

아마 그때 이 집 주인 후지이가 돌아오지 않았다면 도키치로의 혀는 끝없이 움직였을 게 틀림없다. 청산유수……처럼 이야기하고 있는 동안 어느새 신분의 경계가 없어지고 2만 석 넘는 영주의 아들을 타이르기도 꾸짖기도 놀리기도 한다.

"남에게 속이 들여다보여 할 일을 눈치채게 하는 놈은 쓸모없다."

버릇처럼 말하는 노부나가의 비위에 맞을 만한, 난세에 적합한 전형적 괴인물로 도키치로는 우선 쓸모 있어 보였다.

"오, 이거 도시이에 님 아니십니까."

후지이가 점심 먹으러 돌아오자 원숭이 같은 도키치로는 이야기를 뚝 그치고 옷 주름을 바로잡으며 공손히 일어났다.

"여기 이 사람은 이번에 새로 채용된 기노시타 도키치로라는 자인데 그대 아래 두어 주군의 말 시중을 시키라는 명이오."

도시이에의 말에 뒤이어 도키치로는 깍듯이 절했다.

"나카무라 마을에 사는 선대 주군의 졸개 야스케의 자식입니다. 이번에 아비를 대신하여 주군을 모시게 되었습니다. 아무것도 모르는 덜렁이오니 잘 이끌어주시기를 아무쪼록 부탁드립니다."

"오, 나카무라 마을 야스케의 아들인가. 그러고 보니 어딘지 닮았어. 그래, 어머니는 편안하신가?"

"예, 소인이 출세할 것을 학수고대하고 계시지요."

"그래, 충성을 다하여 열심히 일해라. 그러는 동안 주군께 여쭈어 성안 숙소로 들어오게 해주마. 그럼, 도시이에 님, 틀림없이 맡았습니다."

후지이가 순박하게 인사하자 도시이에는 마루에서 일어났지만, 왠지 도키치로와 아직 헤어지기 싫은 생각이 들었다.

"그럼, 나는 이제부터 마구간으로 간다. 마구간에서 주군이 타시는 말을 가르쳐주마. 그런 다음 동료들과 인사시켜 주지. 도키치, 오너라."

"그럼…… 나중에 또."

도키치로는 자못 은근하게 고개 숙여 보인 다음 도시이에의 뒤를 따랐다. 그곳을 나오자 그는 부지런히 도시이에의 말고삐를 잡았다.

'조금도 빈틈없는 놈이군.'

"도키치—"

"예."

"나와 단둘이 있을 때는 친구처럼 대해도 좋아."

"이거 참, 황송합니다. 2만 석짜리 대감님과."

"입으로는 그렇게 말하지만, 그대 뱃속은 달라. 아까는 내 출셋길을 일러주었지. 그대 쪽에서 나를 이끌어주려 하고 있잖나."

"핫핫핫…… 정통으로 맞히셨는데요. 그렇게 아시면 그런 셈으로 있지요. 그 대신 도시이에 님, 도키치로는 언젠가 도시이에 님의 힘이 되어드릴 겁니다."

"그건 그렇고, 그대는 말을 다뤄본 적 있나? 주군이 타시는 말은 모두 천하의 명마라 성미가 몹시 사나운데."

"말을 다룬 적은 없습니다만, 사나운 인간은 많이 다루었지요. 말 뱃속에 뛰어들어 말과 일심동체가 되면, 저쪽도 이쪽의 체면을 세워줄 겁니다."

그는 온 얼굴을 주름투성이로 만들며 태평스럽게 웃었다.

마구간에는 노부나가의 애마 12필이 두 곳으로 갈라져, 어느 것이나 늠름한 얼굴로 말구유에 목을 내밀고 있었다. 명마가 있다는 말을 들으면 어디까지라도 사람을 보내 모은 준마들로, 칼과 함께 젊은 노부나가의 자랑거리였다.

그 첫 번째에 매여 있는 게 오늘 아침 도키치로가 본 흰색과 검은색이 섞인 바탕에 잿빛 점이 있는 말이었다. '질풍—'이라는 이름이 걸려 있다.

다음의 흰빛 말은 '월광—'

세 번째 밤색 말은 '번개—'

네 번째 갈색 말은 '떼구름—'

차례차례 보는 동안 번개가 도키치로의 어깨 언저리에서 큰 소리로 히힝 하고 울었다. 그는 흠칫 놀라 옆으로 뛰었다. 그 꼴이 개구리처럼 보여 도시이에는 배를 잡고 웃었다.

"앗핫핫핫…… 도키치, 그래 가지고 어디 말을 다루겠느냐."

도키치로는 이마의 땀을 맨손으로 문지르며 번개에게 슬금슬금 다가갔다.

"야, 나쁜 버릇이야. 인간님을 속이려 하다니. 나니까 괜찮지, 간이 작은 자라면 다쳤겠다."

그런 다음 조심스럽게 손을 뻗어 번개의 콧잔등을 쓸어주었다. 쓰다듬는 대로 순하게 가만히 있는 것을 알자 눈과 눈 사이를 콱 쥐어박으며 도시이에를 돌아보았다.

"놀라게 하면 이제부터 이렇게 해줄 테다."

도시이에는 다시 웃음을 터뜨렸다. 그가 하는 짓에는 지지 않으려는 고집, 어린애다운 순진함, 배짱과 조심성이 우스꽝스럽게 섞여 있었다.

"도키치―"

"예."

"그대는 상대를 먼저 쓰다듬어 놓고 쥐어박는 버릇이 있나?"

"당치도 않습니다. 남을 놀라게 하면 저도 놀라게 된다는 하늘의 이치를 실제로 가르쳐주었을 뿐입니다."

"엉터리 같은 소리 마라. 그러나 친구의 의리로 가르쳐주마. 주군은 언제나 '말!' 이라고밖에 말씀하시지 않는다."

"과연 '말!' 틀림없이 이놈들은 말이군요."

"그 '말!' 하고 불렀을 때 어느 말을 끌고 갈 것인지, 어느 말을 찾고 있는지 판단하지 못한다면 주군의 말 재갈을 잡을 수 없다."

"과연, 그렇겠군요."

"주군의 얼굴빛, 행선지에 따라 오늘은 이 말이다 하고 알 수 있겠나?"

도키치로는 가슴을 툭 치며 끄덕였다.

"말 시중은 소인이 듭니다. 주군보다 그날그날 말의 마음을 도키치가 알고 있으면 해결되겠지요."

바로 그때였다. 12필의 말이 소리 모아 일제히 힝힝거린 것은.

"아―"

도키치는 얼굴빛이 달라져 사방을 둘러보았다. 그러자 말들의 시선 끝에 노부나가의 모습이 있었다. 노부나가가 다가오는 모습을 보고 일제히 힝힝거리는 말들.

도시이에가 다시 웃었다.

"하하하하, 말들은 시중드는 그대보다 주군이 더 좋다는군. 핫핫핫……."

노부나가가 다가가자 질풍이 먼저 코를 대고 목을 울리며 반겼다.

노부나가는 질풍의 목을 토닥거리며 도키치로를 불렀다.

"원숭이!"

풍운이 일다

노부나가가 부르자 도키치로는 머리를 꾸벅 숙이며 다가갔다.

"너에게 엄히 일러둘 말이 있다."

"예, 어떤 일이신지요."

"지껄이고 싶은 대로 지껄여도 좋다. 그러나 말은 때리지 마라."

"헤…… 보고 계셨습니까."

"노부나가의 눈은 늘 팔방으로 번뜩이고 있다는 걸 잊지 마라."

"잘 알겠습니다. 조심하지요."

"그리고 너는 말보다 빨리 달릴 수 있는 다리를 가져야 해."

"예, 그렇지 않고는 싸움터에서 대장님의 말 재갈을 잡을 수 없지요."

"누가 너에게 말 재갈을 잡으라고 했나."

흘끗 노려보자 도키치로는 다시 꾸벅 절했다.

"그만 말이 헛나갔습니다. 주군님 말 앞에서 죽을 각오로 있으므로…… 예."

노부나가는 도키치로의 몸짓이며 말 따위에는 상관하지 않았다.

"너는…… 사랑도 받지만 미움도 받는다. 오늘부터 남에게 사랑받겠다는 생각은 하지 마라."

"예……?"

이번에는 도키치로가 고개를 갸웃했다. 아마도 그 반대의 말을 들을 줄 알고 있었음에 틀림없다.

"남에게 사랑받으려고 자기를 잃어버리는 놈이라면, 이 세상에 비로 쓸어낼 만큼 많다. 나는 그런 놈을 보면 속이 뒤집힌다."

"과연⋯⋯."

"알았나, 남에게 미움받더라도 말한테 사랑받는다는 마음으로 해나가도록. 말은 정직하지만, 지금 세상의 인간들은 비뚤어져 있어."

도키치로는 큰 소리 나게 이마를 탁 때렸다.

"틀림없이 여기 새겨두겠습니다."

"새겼으면 후지이한테 가서 거처를 배정받고 와!"

말하다가 다시 생각난 것처럼 덧붙였다.

"참, 네 낯짝을 보니 여자에 대한 버릇도 좋지 않은 모양이다. 후지이의 딸 야에한테는 손 내밀지 마라."

"황송한 말씀, 그것도 명심하겠습니다."

다시 한번 이마를 탁 치고 그대로 총총히 가버렸다.

노부나가는 차례차례 말 목덜미를 토닥거리며 돌아다녔다.

"도시이에, 원숭이가 뭔가 말했겠지."

"했습니다. 보름쯤 안, 장마철이 되기 전에⋯⋯."

"모토야스가 국경에 싸움을 걸어올 거라고 말했나?"

선수 치는 바람에 깜짝 놀란 듯 도시이에는 노부나가를 올려다보았으나, 그때 노부나가는 벌써 등을 보이며 마구간 안쪽의 무기고 쪽으로 걸어가고 있었다. 무기고 맞은편 활터에서 일과인 화살 50개를 쏠 작정인 것 같다.

상투에 햇빛을 받고 있는 키 큰 뒷모습이 더욱 늠름해 보인다. 노부나가는 걸으면서 작은 소리로 노래 부르기 시작했다.

누구나 죽는 것
생각한들
무슨 소용이랴.
정해둔 이야기나
남기도록 하리라.

활터에 이르자 노부나가는 윗옷을 벗고 등나무활을 잡았다. 그러나 활쏘기에 열중하지 않고 화살을 쥐고는 잠시 고개를 갸웃하고 한 번 쏘고 나면 또 무언가 곰곰이 생각한다.

자신의 생애에 동쪽으로부터 두 번 큰 위기가 닥칠 것은 일찍부터 알고 있었다.

그 하나는 요시모토의 상경.

다른 하나는 그것을 무찌른 뒤 다케다 신겐의 침공.

그러나 두 번째 위기는 첫 번째 위기를 벗어난 뒤 생길 것이었다.

그러므로 남의 눈에는 여전히 날 듯이 활달해 보이는 노부나가의 거동 속에 헤아릴 수 없는 고뇌가 뿌리 깊이 숨겨져 있었다.

50개를 쏘고 나자 노부나가는 하인에게 활을 휙 내던지듯 건네고 다시 노래 부르며 본성으로 돌아갔다.

햇살은 녹음에 쨍쨍 내리쬐고 망루 지붕에는 비둘기가 떼 지어 있다. 하늘은 활짝 개어 푸르렀으며, 나무를 흔드는 바람도 없었다. 그러나 요즘 노부나가의 눈에는 소용돌이쳐 달리는 풍운밖에 보이지 않았다.

"모든 것이냐, 무(無)냐……."

만일 요시모토의 상경을 막아낸다면 그의 생애에는 찬란한 햇살이 비칠 것이고, 막아내지 못한다면 끝없는 암흑이 찾아올 운명의 기로에 서서 혈기와 깊은 음모와 망설임과 초조가 차례차례 그를 할퀼 것이다.

노부나가는 거칠게 자기 방으로 들어가자 허리띠를 풀었다.

"노히메―땀!"

옷을 벗어 뒤로 홱 동댕이치고 늠름한 알몸을 마루에 드러내자, 알아차리고 달려온 노히메가 온몸의 땀을 깨끗이 닦아낼 때까지 인왕(仁王)처럼 우뚝 선 채 밖을 노려보고 있었다.

노히메는 사뭇 즐거운 듯 남편의 몸을 닦고 나자, 그 어깨에 새 홑옷을 걸쳐주고 허리띠를 매어주었다.

노부나가는 노히메가 하는 대로 내맡겼다.

"노―나는 드디어 하겠어……."

"무엇을…… 하시렵니까?"

되묻자 비로소 자기 말을 깨달은 듯 노부나가는 싱긋 웃으며 앉았다.

"무엇을 할 거라고 생각하나?"

"측실도 자식도 생겼어요. 오와리는 평정되었습니다. 이번에는 미노……."

말하려 하자 노부나가는 고개를 저어 가로막았다.

"장인의 원수를 갚으란 말인가. 그것은 나중 일이다."

노히메는 벗어 던져진 남편의 옷을 개면서 고개를 끄덕였다.

'잊지만 않는다면 됐어.'

자기 멋대로 하는 남편이지만 노히메는 믿을 수 있었다. 오빠 요시타쓰를 쳐서 아버지 원한을 풀어주리라.

"노, 자식은 그대가 낳아줬으면 좋았을걸!"

"네…… 뭐라고 하셨어요?"

"아이 말이야. 그대가 낳은 아이라면 안심할 수 있을 텐데……."

노히메는 일부러 못 들은 척했다. 아이를 못 낳는 아내로서 아이 말이 나오는 게 가장 쓰라렸다. 지금은 세 소실에게서 네 아이가 태어났다. 더구나 그 아이들에 대한 집착이 분방한 노부나가의 마음을 속박하기 시작하고 있다고 생각하니 노히메는 한없이 쓸쓸했다.

노히메가 아이를 낳았으면 좋았을 거라는 건 역시 기질은 소실보다 정실인 노히메가 뛰어나며, 그대의 자식이라면 안심하고 생사를 초월해 싸울 수 있다는 의미 같았다. 노부나가는 자신의 생각을 그대로 말하면 아내가 위로받을 줄 아는 모양이지만, 노히메는 그런 말을 듣는 게 한층 괴롭고 안타까웠다.

"노, 내가 말이야."

"네."

"아이들에게 묘한 이름만 지어준 심정을 그대는 알 거야."

노히메는 웃으며 고개를 끄덕였다. 이코마 가문에서 온 오루이 부인이 맨 먼저 낳은 딸 도쿠히메(德姬)는 그렇다 치더라도, 다음에 같은 배에서 태어난 아들은 기묘마루, 그다음은 차센마루, 그리고 미유키의 배에서 태어난 것은 산시치마루.

더구나 차센마루와 산시치마루는 한날한시에 다른 배에서 태어나 차센마루를 형으로 정했는데, 그때도 노부나가는 정실부인인 노히메 앞에서 껄껄 웃었다.

"그리고 보니 나는 같은 날 두 아이를 만든 모양이군, 왓핫핫핫!"

이러한 노부나가의 마음속에는, 자신은 세상의 여느 어버이와 자식의 관계에 빠지지 않는다, 무시하겠다 — 는 어디까지나 상식을 뛰어넘는 불길 같은 혁명아의 의기가 엿보였다.

그러나…….

그 노부나가도 역시 혈육이라는 자연 앞에 마침내 무릎 꿇으려 하는 것일까.

"오랜만에 기묘마루를 이리로 부를까요?"

오루이 부인에게서 태어난 아이에게 노히메는 어머니의 사랑을 기울이려 하고 있다. 기묘마루도 정실부인을 잘 따랐다.

"음, 아이란 기묘한 것이라고 처음부터 생각하고 있었지만…… 불러봐. 그 기묘한 낯짝을 보고 있는 동안 무슨 묘책이 떠오를지도 모르지."

노히메는 무슨 뜻인지 알아차리고 오루이 부인한테 갔다.

노부나가는 손뼉 쳐 시동 아이치 주아미(愛智十阿彌)를 불렀다. 주아미는 지난날의 이누치요와 총애를 다투었던 젊은이. 재기 발랄하고 보기 드문 미남으로 아직 성인식을 올리지 않았다.

"주아미, 구마 도령을 기다리게 해두었겠지?"

"예, 주군님이 뭘 하고 계시느라 좀처럼 나타나시지 않느냐며 기다리고 계십니다."

"그래, 좀 더 기다리시라고 해. 정중히 대해야 한다."

"예."

화사한 모습의 주아미가 물러가자, 곧 이어 노히메가 3살 난 기묘마루의 손을 잡고 들어왔다.

"기묘마루야, 아버님이 기다리고 계신다."

누가 가르쳐주었는지 기묘마루는 단정히 앉아 고개를 숙였다.

"아버님, 문안드립니다."

노부나가는 고개를 갸우뚱한 채 아이를 바라보았다. 말을 거는 것도 얼러주는 것도 아니다. 아주 이상한 것을 바라보는 눈으로 찬찬히 훑어보았다.

기묘마루는 그 시선에 겁먹은 듯 노히메를 흘끗 쳐다보았다. 노히메의 웃는 얼굴을 보고 마음 놓이는지 조그맣게 한숨지었다.

노부나가는 흐흐흐 웃었다.

"알았다! 바로 이거야."

벌떡 일어나더니 노히메를 돌아보고 말했다.

"기묘에게 과자를 주도록 해."

그리고 바람처럼 방을 나갔다.

자기 아들 기묘마루의 작은 한숨에서 무엇을 느꼈는지, 노부나가는 방을 나가자 그길로 손님을 접견하는 서원으로 갔다.

서원에서는 주아미가 역시 화려한 차림으로 마치 형제처럼 보이는 구마 마을 호족 다케노우치 나미타로와 마주 앉아 있었다. 나미타로는 노부나가가 기치보시였던 유년 시절에 신도(神道)에 대한 이야기를 자주 들으러 갔던 신관으로, 사사건건 사람의 의표를 찌르며 구습을 타파하는 노부나가의 격렬한 성격에 큰 영향을 준 인물이었다.

그즈음 오와리에서 미카와에 걸쳐 여러 장수들이 휘어잡지 못한 괴인물로는, 한쪽에 잡병 우두머리인 하치스카 마을의 고로쿠(小六)가 있었고 다른 한쪽에는 구마 마을의 나미타로가 있었다. 고로쿠는 늘 짐승가죽을 몸에 걸친 자못 산적 같은 풍모였고, 반대로 나미타로는 여전히 화려한 비단옷 차림이었다. 나이는 노부나가보다 열 살이나 위일 텐데 아직 앳된 티가 남아 있는 희고 고운 젊은이처럼 보인다. 윤기 나는 긴 머리를 뒤에서 하나로 묶고, 손에 든 부채에서는 은은한 백단(白檀) 향기가 풍겼다.

"주아미, 물러가라."

노부나가는 주아미를 물리친 다음 예의 없는 자세로 나미타로 앞에 앉았다.

"언제쯤 장마가 들까."

"글쎄, 아마 대엿새 안일 거요."

"지금 기묘마루를 불러 말없이 노려보았더니, 겁먹으며 한숨을 쉬더군."

나미타로는 하얀 얼굴에 희미한 미소를 띠었다.

"그래서…… 나에게 대체 무엇을 명하시려는 거요?"

노부나가는 스승과도 같은 나미타로에게 전혀 존경심을 보이지 않고 느닷없이 말했다.

"오카자키의 애송이를 칠까, 도와줄까."

"오카자키의 애송이라니 다케치요 말이오? 귀하의 말은 여전히 잘 비약하는군. 나는 모르겠는걸. 다케치요가 머지않아 무슨 일을 벌인단 말이오?"

노부나가는 시치미 떼지 말라는 표정으로 웃었다.

"그대는 이미 알고 있을 거요. 데라베(寺部)의 스즈키 시게타츠(鈴木重辰)가 나에게 알려왔어. 그것을 공격하게 한다는 것은 구실이고, 요시모토 놈은 다케치요의 솜씨와 마음을 시험하기 위해 출전시키는 거요."

"허, 있을 법한 일이군."

"그러나 문제는 그 뒤의 상경인데, 다케치요의 첫 출전을 때려눕혀야 좋을지, 아니면……"

노부나가가 여기까지 말하자, 나미타로는 흐흐흐 웃었다.

"때려눕히려다가 그러지 못하면, 어떻게 될까."

"그러면 오카자키를 격파할 실력이 내게 없단 말이오?"

"또 비약하는군. 질 좋지 않은 풋망아지처럼. 내 말은 어디까지나 때려눕히려다가 때려눕히지 못했다……는 것으로 충분하지 않느냐는 거요."

"뭣이!"

"귀하는 아까 자식을 노려보았더니 한숨지었다고 했소. 나중에 웃어보시오. 상대는 틀림없이 또 한 번 긴 한숨으로 그 웃음에 응할 것이오."

노부나가는 찢어질 듯 눈을 부릅뜨고 나미타로를 노려보았다. 노부나가의 생각과는 아마도 반대인 게 틀림없다.

노부나가는 모토야스에게 한껏 겁을 주려고 하는데, 나미타로는 때려눕히려 해도 할 수 없는 것으로 여기게 해두라는 것이다…….

노부나가는 오른쪽 어깨를 불쑥 앞으로 내밀었다.

"도령! 그러면 다케치요에게 공을 세우게 하라는 건가?"

"공을 세울 능력이 있다고도 했소."

나미타로는 부채 뒤에서 여자 같은 눈을 내보이며 가는 목소리로 덧붙였다.

"나는 적의 없는 자를 구태여 적으로 돌리는 건 아까운 일이라 생각하오!"

"흠."

"일부러 적으로 때려눕힌다면…… 아깝소! 결사적인 오카자키 군을 때려눕히려면 귀중한 병력을 손해 보는 게 당연한 이치니까."

노부나가는 고개를 끄덕이는 대신 천장을 쏘아보았다. 확실히 나미타로의 말대로였다. 오카자키 군은 이번 모토야스의 첫 출전에서 반드시 영토를 되찾으려고 결사적으로 덤벼들 게 틀림없었다. 그것을 굴복시키려면 노부나가도 손쉽게 끝낼 수 있는 일이 아니었다.

"문제는 다케치요가 아니고 어디까지나 요시모토인데, 진짜 상경 때 다케치요가 아닌 새로운 대군을 맞는 것도 어리석은 일이고 자신의 힘을 손해 보는 것도 어리석은 일."

나미타로는 말하며 탁 트인 뜰로 시선을 보냈다.

"오, 바람이 일기 시작하는군. 시원한데. 밀려오면 물러나고 물러나면 밀고 들어가야지…… 아니, 바람에 대한 저 어린 새잎의 유연함. 방법은 있소. 아구이성에 다케치요의 생모도 있고, 가라야의 미즈노 노부모토는 큰외삼촌이 되오."

노부나가는 갑자기 목젖까지 보이며 웃어댔다.

"알았어. 계산은 끝났소. 그러면 되겠지."

나미타로는 쓴웃음 지었다.

"나에게 볼일은 그것뿐이오?"

노부나가는 다시 진지한 표정으로 돌아가 고개를 저었다.

"본말전도(本末顛倒), 할 이야기는 따로 있소."

"그럼, 들어봅시다."

노부나가는 힘주어 말했다.

"상경 시기! 그대의 천문에는 어떻게 나와 있나?"

"글쎄, 다케치요의 솜씨를 보고 난 뒤 총대장이 출전할 테니 들도적이나 잡병들처럼 손쉽게 되지는 않으리라. 일러야 춘3월, 늦으면 5월……."

"그러면 그때도 역시 여름인가."

"아마 그렇게 될 거요."

"병력은?"

"많을수록 좋지. 대충 3만?"

노부나가는 신음했다.

"흠."

북쪽에 미노를 둔 노부나가로서는 이를 맞아 싸울 수 있는 병력이 겨우 3000

이었다. 그것을 알면서도 나미타로는 적의 수는 많을수록 좋다고 한다.

"어떻소. 10분의 1 병력으로는 기치보시도 이길 수 없다는 말이오?"

"그대도 도와라! 그것이 용건이야."

나미타로는 여자 같은 목소리로 웃었다.

"호! 또 강제적으로 떠맡기는군. 나가 싸울 것인가, 농성할 것인가?"

노부나가는 대답했다.

"모른다! 밀려오면 물러나고 물러나면 밀고 들어간다고 누가 말했잖나. 나는 그 반대로 말하겠어. 밀면 민다! 물러나면 이쪽도 낮잠을 자겠어."

노부나가는 말한 다음 다시 한번 눈을 부릅뜨며 다짐을 주었다.

"알겠지, 나를 돕는 거야!"

나미타로의 눈이 별안간 빛났다. 노부나가의 비약하는 두뇌가 불꽃 튀는 듯한 격렬한 힘으로 하나의 확신을 찾아낸 모양이었다.

"허, 그러면 귀하는 스루가, 도토우미, 미카와 세 나라의 총병력을 상대로 당당히 낮잠을 자 보이겠다는 말이오?"

노부나가는 노래라도 부르듯 천장을 노려보며 코털을 뽑았다. 노부나가는 득의양양할 때 코털을 뽑곤 했다.

"그러니 도우라는 거지. 지는 싸움인 줄 알고 도와줄 도령이 아니니까."

"도울 만한 일은 못 하지만, 다케노우치식 병법을 이용할 수 있다면 하시오. 그럼, 이쯤에서 물러가겠소. 하늘이 흐려오는군. 흐리면 장마가 되지. 장마가 오기 전에 가라야로 돌아가 껍데기를 좀 말려두고 싶소."

나미타로는 수수께끼 같은 말을 남기고 천천히 자리에서 일어났다. 그도 역시 노부나가 따위는 무시하고 아무 거리낌 없이 행동한다.

이러한 인물이 나타나는 것도 전국(戰國) 탓이리라. 공방이 일정치 않아 갑에게 뺏기고 을에게 점령되는 가운데 뿌리 깊은 토착(土着)의 힘을 숨기고 있다가, 새로운 영주가 오면 오히려 그를 위협해 어느새 영주와 대등한 위치를 차지한다. 영주를 지상의 정부라고 한다면, 이것은 지하의 지배자에 해당되었다. 나가서 싸울 경우가 많으므로 뒤를 어지럽히지 않으려고 영주 또한 이러한 호족들을 우대하면서 이용했다.

나미타로가 나가자 노부나가는 벌떡 일어나 창문을 밀어 열었다. 아무도 없는 뜰을 향해 빙그레 한 번 웃음을 던지고, 다시 털썩 고쳐 앉았다.

"누구 없느냐. 도시이에를 불러오너라. 그리고 주아미도."

두 사람이 곧 나타났다. 노부나가는 더없이 사랑하는 두 사람을 나란히 놓고 쓰다듬듯 바라본다. 하나는 여자로 속을 만큼 앞머리를 기른 젊은이. 하나는 이미 성인식을 올려 골격이 늠름한 도시이에.

노부나가는 먼저 도시이에에게 말을 건넸다.

"도시이에—그대는 주아미에게 이누(犬), 이누, 라고 불려 화내고 있다면서?"

도시이에는 얼굴을 번쩍 들어 노부나가를 똑바로 쳐다보았다. 사실이었다. 재기 발랄한 주아미는 도시이에의 머리가 둔하다면서 성인식을 올린 지금도 아명인 이누치요를 줄여 이누라고 마구 불러댄다.

"이누."

도시이에는 그것이 비위에 거슬려 되받아넘긴다.

"아이치 애송이, 무슨 볼일이냐."

그러나 노부나가가 두 사람을 나란히 불러놓고 어째서 그런 말을 하는지 알 수 없었다.

"어때, 그 무사 차림으로 아직 머리도 올리지 않은 주아미에게 개라고 불린다면 가만히 있을 수 없겠지. 화가 안 나나?"

"나지요."

"그럴 거야. 그렇다면 오늘 밤 10시에 본성 망루 밖에서 주아미 놈을 죽이고 달아나라. 무사의 고집으로 용서할 수 없을 테니."

"예?"

도시이에가 깜짝 놀라 흘끗 주아미를 돌아보니, 그는 아리따운 몸짓으로 목을 움츠리며 소리 죽여 웃었다. 도시이에는 피가 왈칵 끓어올랐다.

'이놈이, 또 깔보는군!'

노부나가가 말했다.

"어때, 자신 있나? 나는 사사로운 싸움을 금하고 있다. 그러니 죽이면 달아나야만 할 거야."

도시이에는 그제야 어렴풋이 의미를 깨닫기 시작했다. 베는 것처럼 꾸미고……도망친 것처럼 꾸미며 어디론가 사자로 가는 것임을.

"갈 곳은······."

도시이에가 진지하게 묻자 주아미는 또 소리 죽여 웃었다. 도시이에는 주아미 쪽으로 돌아앉았다.

"무엇이 우스워? 무례하지 않나."

주아미는 꾸벅 고개를 숙여 보였다.

"미안해. 용서! 하지만 나도 모르게 웃음이 치미는군. 주군의 노여움을 피해 달아나는 몸이 주군에게 행선지를 묻고 있으니 이상하잖나."

노부나가는 주아미 쪽으로 흘끔 시선을 옮겼다.

"너는 알고 있느냐?"

"예."

"그럼, 도망갈 곳은 나도 말하지 않겠다. 주아미, 도시이에에게 멋지게 베이도록 해."

"분부대로 하겠습니다."

노부나가는 흐흐흐 웃었다. 웃으면서 뜰아래를 굽어보고, 이어서 옆방을 엿본 뒤 일어났다.

"장마철이 오기 전에······ 나도 껍데기를 말리기로 할까."

그길로 성큼 서원을 나가버렸다.

"주아미!"

"뭐야, 이누."

"너는 자못 똑똑한 것처럼 알고 있다고 했는데, 그래도 되는 거냐?"

"그럼, 너는 아직 자신이 갈 곳을 모르나?"

"못난 놈 같으니, 신중을 기하고 있는 거야."

"그렇다면 충분히 신중을 기해서 가도록. 나는 이 세상에서 사라질 테니."

"어디로 가나?"

"저세상으로."

"주아미, 그러면 너는 자신의 행선지까지 나에게 감출 셈이냐?"

"칼을 맞고 죽으라는 말을 들었어. 죽는다면 갈 곳은 저세상이겠지. 아니면 이누는 나를 죽인 다음, 어정어정 스루가 언저리라도 여행할 셈인가?"

도시이에는 혀를 차며 무릎 위의 주먹을 부르르 떨었다. 도키치로라는 원숭이 비슷한 사나이의 수다에는 어딘지 애교가 있지만, 주아미는 뼈를 찌를 듯한 독설만 내뱉는다. 도시이에는 노여움을 억누르고 웃어 보였다.

"베여서 죽더라도 원한은 남겠지. 귀신이 되어 어디에 나타나겠냐고 묻고 있는 거야."

주아미는 비웃었다.

"하하하하…… 그게 이누가 생각해 낸 멋인가. 놀랐는걸! 그런데 이누, 행여 그대는 내 귀신과 같은 곳으로 도망치지 마라. 그러다간 나중에 웃음거리가 돼."

도시이에는 다시 화끈 몸이 달아올랐지만 가까스로 노여움을 억눌렀다.

"그럼, 10시에 본성 망루 밖이라고 했겠다."

칼을 움켜잡고 벌떡 일어나자 주아미도 따라 일어섰다.

"이누, 너는 정말 알고 있나? 모르면 사나이답게 가르쳐달라고 하는 게 좋을걸. 주군 말씀도 그런 뜻이야."

도시이에는 대답하는 대신 거칠게 발소리를 내며 가버렸다.

주아미는 아름다운 얼굴을 일그러뜨리며 싱글벙글 웃었다. 어째서 그토록 도시이에를 놀리고 싶은지 알 수 없었다. 그 성실한 인품도, 솜씨도, 담력도, 수수함도 사랑하고 있었다. 그러면서도 자못 점잖은 표정과 아래턱이 얼마쯤 불룩한 침착한 얼굴을 보고 있으면 저도 모르게 놀리고 싶어진다. 역시 호적수라는 경쟁심과 노부나가의 총애를 다투는 소년다운 감정에서 오는 것인지도 몰랐다.

'너무 놀려선 미안하다.'

이렇게 생각하면서도 깨달았을 때는 이미 채찍 같은 독설을 찰싹찰싹 퍼부어 버린 뒤였다. 그 속마음에는 역시 도시이에를 존경하며 응석 부리는 면도 있는 것 같았다.

'그는 어지간한 일에 노하는 속 좁은 인물이 아니다.'

노하지 않을 줄 알고 독설을 퍼붓는 건 비겁한 듯하지만 응석 부리며 말하는 것은 친근감의 표현이기도 했다. 그러므로 주아미의 독설과 그에 응수하는 도시이에의 입씨름을 듣는 사람들은 조마조마해져 가슴 죄었다. 노부나가는 그것을 잘 알므로 도시이에가 화를 참지 못해 주아미를 벤 것으로 하라는 이야기였다.

주아미는 이 말을 들었을 때 기뻤다. 도시이에는 주아미를 베고 도망치고, 주아미는 살해되어 죽는 것이다. 도망친 쪽은 언제든 돌아올 수 있지만, 죽은 쪽은 당분간 모습을 나타낼 수 없다. 주아미는 날카로운 두뇌로 자신의 행선지를 오카자키로 정하고 있었다. 오카자키에 가서 모토야스의 중신들을 만나, 노부나가에게 모토야스를 적으로 삼을 의사가 없음을 알려둔다. 더욱이 알리고 곧 돌아오면 되는 게 아니었다. 적어도 요시모토 상경의 대군을 맞아 싸우는 죽느냐 사느냐의 일전이 끝날 때까지 오카자키의 움직임을 감시하며 노부나가에게 알려야 된다고 생각했다. 그러기 위해서는 자신의 몸을 볼모로 삼아 그들을 안심시켜야 한다. 죽은 것처럼 보이게 하는 건 그러한 필요에서라고 해석하고 있다.

그렇다면 베고 달아나는 도시이에는? 아구이의 도시카쓰한테 몸을 숨기면 된다. 그리고 거기서 같은 사실을 모토야스의 생모 오다이 부인에게 알려, 오다이 부인이 가리야의 노부모토와 오카자키의 노신들에게 넌지시 그 뜻을 통보하게 하는 것이다.

주아미가 지레짐작하고 스루가에는 가지 말라고 도시이에에게 말한 것은 성실한 도시이에가 잘못 알고 모토야스한테까지 그 말을 하러 어정어정 갈 것 같았기 때문이었다. 만일 그렇게 하여 일이 탄로 나게 되면 요시모토는 모토야스까지 베어버릴지도 모른다.

'이누란 놈, 정말 주군의 속뜻을 알아차릴 수 있을까.'

주아미는 밤이 되기를 기다려 모리에게 두 사람의 결투 입회를 부탁했다. 다행히 사형당한 밤도둑이 있었다. 그 시체에 거적을 덮어 모든 준비를 해놓고 밤이 되기를 기다렸다.

"아이치 주아미와 마에다 도시이에, 여느 때처럼 입씨름하다가 흥분하여 마침내 결투에 이르러 주아미는 살해되고 도시이에는 도망쳤습니다."

만일 사람 눈에 띌 경우를 대비해 일부러 화려한 시동 모습으로 봄날 밤 달빛에 들떠 성안을 거니는 것처럼 보이게 했다.

약속 시각이 되었다.

주아미는 허리에 퉁소를 꽂고 본성을 나섰다.

흐르는 별

약속한 망루 밖에는 늙은 단풍나무가 울창하게 가지를 펼치고 있었다. 막 수리를 끝낸 토담에 달빛이 푸르스름하게 드리워지고, 어디선가 개구리 우는 소리가 달빛을 따라 흘러왔다.

주아미는 허리에서 퉁소를 뽑아 입술에 갖다 댔다. 이 길로 얼마 동안 이 성에서 사라진다고 생각하니 감회가 없을 수 없다. 약속 시각까지는 아직 좀 일렀다. 그동안 진정으로 피리를 즐길 셈이었다. 그런데—

단풍나무 너머 구실잣밤나무 아래에서 희미하게 사람이 움직이는 기척이 났다. 모리가 벌써 와 있을 리는 없다. 누굴까 하고 그쪽으로 성큼성큼 걸어갔다.

많은 사람이 보아줄수록 좋은 것이다.

"누구냐?"

소리치자 도시이에의 목소리가 대답했다.

"주아미냐?"

그런데 도시이에 혼자가 아니라 그 옆에 조그만 그림자가 또 하나 기대선 채로 움직이고 있다.

"이누, 혼자가 아닌 모양이군."

"그렇다."

"누구를 데리고 왔나?"

"오마쓰(阿松)다, 내 약혼자야."

"뭐, 여자를 데리고 왔어?"

어지간한 주아미로서도 까닭을 알 수 없어 나무 밑 어둠 속을 살펴보았다. 과연 올해 11살 된 도시이에의 약혼녀가 불안한 표정으로 이쪽을 보고 있다.

"이누, 대체 무슨 생각을 하고 있는 거지?"

도시이에는 잠자코 있었다.

"11살 난 신부를 데리고 갈 작정이냐?"

"묻지 않아도 알 텐데, 너는 무엇이든 꿰뚫어보니까."

"음, 이것이 너의 복수인가. 그렇다면 지지리도 못난 바보로군. 그 걸리적거리는 것을 데리고 대체 어디로 갈 작정인가?"

주아미의 혀는 차츰 자신도 알 수 없는 힘에 의해 돌아가기 시작했다.

"설마 여자를 데리고 스루가로 가려는 건 아니겠지. 창피당하고 싶으면 오와리에서 당해라. 미카와, 도토우미에서 스루가까지 자신의 못난 짓을 떠벌리고 다닐건 없겠지."

"너의 얕은꾀로는 그렇게 생각하겠지. 도망치기로 정했으면 아내도 데려가야지. 너는 미노의 아케치 주베에(明智十兵衛)라는 자를 아나?"

"사이토 도산 마님의 조카 말인가. 그것과 이 일에 그대 머리로 무슨 억지이론을 붙일 수 있단 말인가."

"음, 그도 아내를 데리고 여러 나라를 떠돌아다녔어. 어디서건 주군을 섬길 수 있도록. 하지만 그것은 표면적인 꾸밈이고 실은 도산의 첩자였어. 나는 신부를 데려가겠다."

주아미는 어처구니없다는 듯 한숨지었다.

"음, 놀라운걸. 정말 감탄했어! 그러나 암캐를 데리고 가는 건 좀 이르다는 것을 모르는군. 역시 개야, 그대는……."

그때 오마쓰가 참다못해 입을 열었다.

"아이치 님, 말이 지나치셔요."

"오, 마님이시군요. 버릇없는 주둥아리를 부디 용서하시기를……."

"암캐라는 건 저를 두고 하신 말씀이겠지요?"

"비록 그런 말을 했다 해도 못 들은 척하시오. 그건 이누에게 한 말이니까요."

신들은 이따금 사람 지혜로는 헤아릴 수 없는 것을 창조한다. 주아미도 그 헤아릴 수 없는 창조의 하나였다. 겉보기는 마치 보살 같지만 그 독설은 악마가 쳐든 칼과도 같았다. 아름다움에 있어서는, 노부나가의 측실들도 여성이면서 그에게 훨씬 미치지 못했다.

노히메와 노부나가의 막냇누이 오이치의 용모가 가까스로 그에 버금갈까. 그러므로 그의 독설은 상대방에게 한층 더 매섭게 울렸다.

"아무리 아이치 님이라 해도 용서할 수 없어요. 이누에게 하는 말이라 암캐라고 했다니. 자, 제가 어째서 암캐인지 말해주세요."

11살 난 오마쓰는 몸은 작지만 성미가 드세기로 기요스에 소문난 처녀였다. 노히메 곁에 드나들며 그 감화도 받아 어린아이로 여길 수 없는 날카로움을 나타내기 시작하고 있다.

노히메는 곧잘 말했다.

"틀림없이 이누치요에게 없어선 안 될 현명한 부인으로 자랄 거야."

그 오마쓰가 대들자 주아미의 혀는 점점 더 매끄럽게 돌아가기 시작했다.

"이거 참, 마님께서 대단한 질문을 하시는군요. 개란 본디 주인에게 충성하므로, 두뇌 활동에 좀 모자라는 점은 있지만 반드시 모멸하는 말이라고만은 할 수 없지요. 그 개님의 마님이니 암캐라고 했소. 이것은 수놈 암놈으로 이어지는 말의 짝이오. 아시겠소?"

오마쓰는 나무 그늘에서 썩 나서 달빛 속으로 나왔다. 아직 철부지 소녀지만 그 눈이 분노로 번쩍번쩍 빛나고 있다.

"그러면 주아미 님도 개, 자신은 수캐라는 말씀이군요."

"나 말이오…… 유감스럽지만 나는 개가 아니오. 그것은 좀 빗나갔는데요."

"아하, 그러면 주아미 님은 인간이면서 동물에게 반하셨군. 호호호, 암캐에게 연애편지를 보냈다가 따끔하게 거절당한 것을 잊으셨나요?"

"뭐……뭣이……."

주아미는 당황했다. 그러나 전혀 기억에 없는 일은 아니었다. 노히메가 오마쓰를 아주 칭찬하므로 장난삼아 연문을 써보낸 일이 있었다. 그러자 11살 난 소녀는 마치 어른 같은 의젓한 답장을 보내왔다―이 몸은 이미 정해진 남편이 있으니, 주아미 님 청을 받아들인다면 부도(婦道)를 어기고 인륜의 길에도 벗어나므로 단념해 달라는 답장이었다.

그 말이 나오자 도시이에 앞이라 주아미는 차마 그 독설의 창끝을 더 이상 들이댈 수 없었다.

"설마 인간이 암캐를 사랑하지는 않겠지요. 그렇다면 주아미 님은 암캐한테까지 따돌림받는 들개인가요?"

도시이에가 말했다.

"잠깐! 끊임없이 나를 욕할 뿐 아니라 내 아내에게 유혹의 손길까지 뻗었다면 무사의 체면이 서지 않는다. 칼을 뽑아라, 주아미!"

도시이에는 이쯤에서 연극으로 들어갈 때라고 생각한 모양이다. 누가 들어도 이쯤 되면 정말 결투로 보이리라. 주아미는 아직 도시이에의 행선지를 묻지 못했다. 그러므로 이것은 분명 도시이에가 정말 화난 것으로 해석했다.

그렇다 해서 '용서하라—'고 말할 수도 없는 주아미의 성품이었다.

"좋고말고, 덤벼라."

두 사람은 거리를 두고 달빛 아래 칼을 마주 겨누었다.

이제 슬슬 모리 신스케가 죄인의 시체를 날라올 무렵이었다. 빠져나갈 곳은 조조(上條)에서 거름을 퍼내는 수구문. 거기서 밤을 틈타 모습을 감출 계획이었는데, 드디어 사라질 단계에 이르자 도시이에보다 주아미가 더 힘들었다. 한쪽은 도망치는 것이니 사람 눈에 띄어도 괜찮다. 그러나 죽은 주아미를 보았다는 사람이 있어서는 안 되었다.

주아미는 초조했다. 어떻게든 빨리 두 사람의 행선지에 대해 의논해야 한다. 베고 도망친 도시이에와 베여 죽은 주아미가 오카자키성 언저리에서 딱 마주친다면 그야말로 웃음거리다.

칼을 겨눈 채 주아미는 말했다.

"흠, 개한테도 질투심은 있는 모양이로군. 그처럼 소중한 신부라면 섣불리 품 안에서 내놓지 못할걸. 배꼽 언저리에 단단히 묶어둬."

"실없는 소리 마라. 이젠 용서 않기로 마음먹었다. 그러니 결단코 베겠다. 나는 너같이 주둥아리만 놀리는 자가 아니다."

"벨 수 있거든 베어봐. 그러고 나서 소중한 신부를 둘러메고 어디로 도망치지? 아구이의 히사마쓰한테냐? 응……?"

히사마쓰한테 가라는 의미도 포함해서 말하자, 도시이에는 주아미 앞으로 칼을 쓱 들이대며 고개 저었다.

"도망치는데 어찌 우리 편을 의지한단 말인가. 오와리의 적에게 몸을 의탁하겠다."

"뭐, 적 속으로…… 이는 더더욱 용서 못할 역적 같은 놈이군."

주아미는 당황했다. 도시이에의 생각에도 과연 일리는 있다. 주군의 총신을 베고 도망치는 자가 같은 편으로 도망치는 것보다 적 쪽에 몸을 의탁하는 편이 자연스럽다.

'이누 녀석도 오카자키로 가려는구나…….'

한번 정하면 어지간해서 생각을 고치지 않는다, 성실하지만 완고한 도시이에의 성품이 주아미의 무거운 짐이 되었다.

도시이에가 나직하게 말했다.

"나는 모토야스와 안면이 있다. 모토야스의 시동들도 알고 있지. 그 연줄에 의지하면 몸을 숨기는 데 어려움이 없어."

자꾸 빗나가고 있었다. 확실히 그 말대로였다. 그러나 그 이면도 있다는 것을 알려주려고 주아미는 세게 혀를 찼다.

"이누! 그대 머리는 어디까지 돌대가리인가. 그대만 한 자가 모토야스의 가신한테 몸을 의탁한다면 일을 망치는 거나 다름없어. 바보 같으니!"

"잔소리 말고. 덤벼라."

"오, 덤비고말고!"

겨눈 칼에 힘이 주어졌다. 힘껏 내미는 주아미의 칼끝을 왼쪽으로 비키며 도시이에는 노부나가를 상대하며 단련된 칼을 오른쪽으로 내리쳤다.

"음."

뜻하지 않은 반응에 도시이에는 뒤로 물러나며 몸을 숙였다. 주아미 역시 같은 히라타 산미(平田三位) 아래에서 가르침받은 능숙한 병법가. 당연히 피할 줄 알았는데 찔러온 서슬에 나무뿌리인지 돌부리에 발이 걸린 모양이었다. 도시이에가 내리치는 칼 바로 밑에 그대로 몸이 놓였던 것이다.

"이누…… 정말로 베었구나!"

나직한 소리로 중얼거리며 주아미는 그 자리에 털썩 엎어졌다.

"주아미……."

빨려들 듯 주아미에게 다가가더니 그제야 비로소 신음하듯 중얼거렸다.

"아뿔싸!"

오마쓰는 나무 밑 어둠으로 되돌아가 뚫어지게 두 사람을 지켜보고 있었다. 도시이에는 오마쓰에게 아무 말도 하지 않았지만, 오마쓰는 영리한 머리로 오늘의 칼싸움 뒤에 숨겨진 의미가 있음을 깨닫고 있었다.

도시이에는 몸을 굽혀 상처를 살펴보았다. 자신이 생각해도 어이없을 만큼 잘 베어져 있다. 왼쪽 목덜미에서 가슴팍까지 베어내려져 주위의 풀이 피에 질척하게 젖어 있었다.

"주아미, 너는 어째 이다지도 불운하단 말인가."

그의 아버지는 아즈키 고개 싸움에서 장렬하게 전사하여 그는 어릴 적부터 고아였다. 겨우 성인식을 올릴 나이가 되어, 이번 일에 성공하면 몇천 석이 주어져 가문을 다시 일으킬 수 있었을 텐데. 도시이에의 목소리가 귀에 들리는지 안 들리는지, 주아미는 마지막 힘으로 풀을 움켜잡고 짓밟힌 메뚜기처럼 몸을 뒤틀며 경련했다.

"이누…… 가라……."

필사적으로 무언가 말하려 한다. 그러나 뒷말을 알아들을 수 없었으며, 이윽고 흐릿한 달빛 속에 축 늘어진 하얀 옆얼굴이 드러나 보였다.

"자, 달아나요. 누가 이쪽으로 오고 있어요."

모든 게 의논되어 있었던 듯 오마쓰는 얼른 다가와 풀 위에 한쪽 무릎을 꿇고 있는 도시이에를 재촉했다.

그는 놀라 일어났다. 모리가 두 옥졸을 시켜 시체를 날라온 모양이다. 도시이에는 한 손을 들어 주아미에게 절하고 종이로 재빨리 칼을 닦았다.

인생에는 이 얼마나 예기치 못한 우연이 있는 것인지. 너무도 심한 주아미의 독설에 단번에 베어버릴까—생각한 적은 여러 번 있었다. 그 생각을 도시이에가 아끼는 칼 아카사카센슈인 야스쓰구(赤坂千手院康次)가 알고 저 혼자 움직인 느낌이었다.

칼을 칼집에 꽂자 그는 말없이 어린 신부에게 등을 돌렸다. 신부는 순순히 두 소매를 벌리며 업혔다. 그것을 한 번 추슬러올린 다음 그는 망루 밑을 왼쪽으로 꺾어들어 상수리나무 숲속에서 모리를 지나보냈다.

그런 다음 다시 걱정되어, 저도 모르게 뒤로 7, 8간 되돌아가 귀를 기울였다.

모리는 주아미가 쓰러진 곳에 이르자 중얼거렸다.

"성급한 놈이군. 벌써 죽었어. 알겠느냐, 그 송장을 내던지고 대신 가져온 거적으로 이 사람을 싸서 날라가라."

죄인의 시체를 날라온 것은 옥졸이 아니었다. 만일 누설되면 안 되므로 졸개 중에서 뽑아온 것이리라. 하나는 틀림없는 도키치로였다.

도키치로는 상대와 둘이서 들고 온 것을 풀밭에 내려놓고 그 위에 거적을 덮은 다음 주아미의 시체에 다가갔다.

"아니, 피를 많이 흘렸군."

"피까지 흘렸나. 빈틈없는걸."

모리는 우뚝 선 채 쓴웃음 지었다. 모두 주아미의 연극인 줄 알고 있었다.

"대체 누가 누구를 벤 것입니까?"

"그것 말인가, 마에다 도시이에가 주군이 총애하시는 아이치 주아미를 벤 것이다……."

"예? 도시이에 님이…… 이거 야단났군! 그러면 도시이에 님은 성에 있을 수 없습니다. 어딘가로 도망치시겠군요."

모리는 나직이 웃으며 발밑의 조약돌을 찼다.

"도시이에 님이 어째서 주아미 님과 다투셨을까. 그럴 분이 아니신데…… 앗! 이건 정말 멋진 칼솜씨다. 왼쪽 목에서 가슴까지 단칼에 베었어."

"잔소리 말고 빨리 거적에 싸서 버려. 그리고 자네들에게 말해두는데 입조심해. 주아미 녀석, 주군의 총애를 뽐내며 너 나 구별 없이 지나치게 독설을 퍼부어대더니 결국 이런 꼴이 됐다. 나도 한번 발길로 차주고 싶었을 정도였어."

모리는 주아미가 죽은 척하고 있는 줄 알고 말을 할 수 없을 때 마음껏 울분을 풀 셈이었다.

"예, 예, 입을 삼가겠습니다. 이것은 주제넘은 말입니다만, 어째서 시체를 바꿔치기합니까?"

"그런 일은 자네들이 알 바 아니야."

"그렇긴 하지만…… 저, 저, 목이 떨어지는데요. 목이, 목이 반 이상이나 잘려 있습니다."

모리는 그제야 곁으로 다가왔다.

"뭣이……? 목이 떨어지다니, 어떻게 된 거냐?"

도키치로가 안아 일으킨 주아미의 얼굴에 다가와 허리를 구부리던 모리가 소리쳤다.

"앗!"

은가루를 뿌린 듯 흐릿한 달빛 속에 이를 악물고 숨이 끊어진 주아미를 또렷이 보았던 것이다. 더욱이 풀에 닿았던 얼굴 반쪽에는 흥건하게 검은 피가 묻어 있었다.

모리는 당황해 이마를 만져보더니 나직이 말했다.

"내려놔, 나를 것 없어."

평소의 원한을 참지 못하고 도시이에가 정말로 주아미를 베어버렸다. 주군으로부터 중대한 사명을 받은 마당에…… 모리는 이제 노부나가에게 이 사실을 알리는 수밖에 없다고 생각했다.

"서둘러라! 가져온 시체를 이 길로 수구문으로 날라가고 급히 문을 닫아버려."

적어도 주군의 명을 어기고 동료를 벤 도시이에. 그대로 도망치게 해선 안 되었다. 아직 성 밖까지 나가지는 못했으리라. 서둘러 이곳저곳의 문을 닫게 하여 도시이에를 잡아야 한다. 노부나가가 그것을 어떻게 처리할 것인지는 모리가 상관할 바 아니었다.

도키치로는 다른 한 졸개와 함께 시키는 대로 일단 내려놓았던 죄인의 시체를 들것 위에 다시 얹고 달리기 시작했다.

도시이에는 자기 앞을 달려 지나가는 세 사람을 침울하게 바라보았다. 등의 신부는 아직 사정을 모르는 듯 도시이에의 귀에 입을 대고 하늘을 가리켰다.

"아, 별이 떨어졌어요."

그는 다시 한번 천천히 어린 신부를 추슬러올리며 불렀다.

"오마쓰—"

"네."

"그대는 혼자서 노히메 마님한테로 돌아가야겠다."

오마쓰는 고개를 저었다.

"싫어요. 저는 마님의 하녀가 아니에요, 도시이에 님 아내인걸 뭐."

"그런데 그 도시이에는 뜻밖의 실수를 저질러 주군에게 목이 잘릴 몸이 되었어. 그대는 아무것도 몰라. 난 말이지, 실수를 저질러 주아미 님을 죽이고 말았어."

"네……?"

어린 신부는 비로소 눈을 크게 뜨고 어깨 너머로 도시이에의 얼굴을 들여다보았다.

"주아미 님을 참말로 죽이셨어요?"

오마쓰가 얼굴을 들여다보자 그는 고개를 끄덕였다.

"그러니 그대는 혼자 돌아가야만 해. 그대까지 꾸짖지는 않으시겠지. 알겠나?"

"싫어요……."

오마쓰는 등에서 연달아 목을 흔들어댔다.

"도시이에 님이 베인다면, 마쓰도 함께."

그는 씁쓸히 웃으며 걷기 시작했다. 아직 어린 오마쓰의 말 따위를 들을 생각은 없었다. 내전 뜰에 숨어들어 꾸짖어서라도 내려놓고 노부나가한테 모든 것을 고하려 했다. 뒷일은 노부나가에게 맡기고 도마 위의 잉어가 될 작정이었다.

"오마쓰―"

"네."

"그대는 영특하게 태어났어. 고집과 분수를 삼가고 너그러운 마음으로 사람들에게 사랑받아야 해."

"네."

"착한 아이지, 오마쓰는……."

"도시이에 님, 저, 저 소리는 무엇일까요?"

"나를 찾는 소리겠지. 봐, 여기저기 문을 향해 횃불이 움직이는군…… 알았지. 문이 닫히면 밖으로 나갈 수 없어. 달아나 숨는다면 일생의 수치가 되는 거야. 얌전히 노히메 마님에게 빌어야 해."

그러나 등 뒤의 오마쓰는 그 말을 듣고 있지 않았다. 흐릿한 밤 풍경 속에 점점이 늘어가는 횃불을 좇더니 등에서 외쳤다.

"앗, 수상한 자가……."

바로 가까이의 싸리나무 그늘에서 검은 사람 그림자를 발견한 것이다. 도시이에는 저도 모르게 한 발 물러나 땅 위를 살폈다.

"마에다 도시이에, 도망치거나 숨지 않는다. 누구냐!"

그러자 검은 그림자는 쉿 하고 말했다. 소리 내지 말라는 신호인 모양이다.

도시이에는 다시 물었다.

"누구냐……."

"위로는 천문, 아래로는 지리……."

"신출내기 도키치로냐. 상관 말거라, 우리에게."

"신출내기가 아니오. 신출내기라고 생각하는 것은 당신 눈이 흐린 탓. 내가 주군과 천하대세를 논한 것은 지난해 9월이오."

"도키치로, 그만해다오. 그대의 농담을 듣고 있는 시간이 아깝다."

"어리석은 사람! 나를 따라오시오. 나도 문답 시간이 아깝소."

"그대 뒤를 따라가 어떻게 하라는 거냐."

"주군을 위해 수구문으로 빠져나가 도망치시오."

"안 돼!"

"못난이! 지금 자수하면 그 사나운 말이 당신을 베어버릴 것이오."

"베일 것은 각오한 바다."

"그러니 바보라는 거요…… 주군의 귀중한 부하가 하나 죽었는데, 당신까지 또 죽는다면 주군의 손해는 두 곱이 되오. 그만한 계산도 할 줄 모르니 정말 돌대가리로군. 달아나시오. 당신을 베고 나면 주군은 반드시 나중에 후회하게 되오. 뉘우치게 하는 게 충성은 아닐 거요. 이 자리에서 달아나 언젠가 두 사람 몫의 일을 하는 게 지각 있는 행동이오."

도키치로가 단숨에 말하자, 등에 업힌 오마쓰가 방울벌레 같은 목소리로 동의했다.

"맞아요! 누군지 모르지만 좋은 말을 하시는군요. 그것이 옳아요. 자, 도시이에 님, 어서 도망쳐요."

도시이에는 우뚝 선 채 성안에 점점 늘어가는 횃불을 바라보았다.

'벤 뒤에 노부나가가 후회한다…….'

그 한마디가 이상한 날카로움으로 가슴을 바늘처럼 찔러온다. 그토록 총애받고 있는 줄 알면서 도망친다는 게 성실한 그로서는 견딜 수 없었다.

도시이에가 생각에 잠긴 것을 보고 도키치로는 성큼 다가와 그 손을 잡았다.

"어리석은 생각은 하지 않는 게 낫소. 길은 하나뿐이오. 그렇지요, 신부님?"

오마쓰가 등 뒤에서 대답했다.

"네. 성주님에게 두 곱의 손해를 끼치는 것은 불충이니, 자, 빨리."

이렇게 말한 다음 이 소녀는 무엇을 생각했는지 도시이에의 어깨를 딱 때렸다.

"누군지 모르지만, 부탁이 있어요."

"예, 무엇이든지. 나와 도시이에 님은 마음을 허락한 벗이 되리라고 은밀히 맹세했던 사이니."

"그럼, 우리가 도망친 뒤 실수로 베었다고 하지 말고, 주아미 님이 이 마쓰를 짝사랑하여 무사의 고집으로 베었다……고 사실 그대로 소문내주세요."

"예?"

어지간한 도키치로도 웃음이 터질 듯하여 부리나케 입을 틀어막았다. 도키치로는 생각했다.

'이제 구원은 받겠다……'

이 명랑하고 천진난만한 부인이 곁에 있어서, 도시이에의 어두운 반성을 구원해 줄 것이다.

"알았습니다. 그것이 사실이었나요? 과연 그렇다면 용서할 수 없는 일. 자, 빨리."

도키치로가 마구 손을 끌며 걷기 시작하자, 도시이에는 움직이기 시작했다. 울고 있었다. 입술을 한일자로 굳게 다물고 하늘을 노려보며 울었다.

"주군은 드디어 풍운이 급박한 것을 짐작하시고 나 같은 것도 옆에 두시는 그런 중대한 때요. 오다의 가신 가운데 가장 이름난 이누치요 님이 개죽음당해서야 될 말이오."

"오, 정말 그래요."

"부인은 이해가 빠르시군. 도시이에 님은 살아만 계신다면 반드시 주아미 님 몫까지 일하실 분이지. 그렇지요, 부인."

"물론이에요. 히라타 산미 님도 우리 주인이 가장 세다고 하셨어요."

세 사람은 나무 밑 어둠을 골라 내성 해자의 물이 마른 골짜기를 건넜다. 도중에 찾아다니는 사람들을 한 무리 만났지만 도키치로는 오히려 큰 소리로 상대에게 호통치며 지나갔다.

"거기 가는 게 누구냐. 우리는 후지이 님 부하, 수구문으로 가는 통로를 지키고 있다. 이름을 대고 지나가라."

터무니없이 큰 소리로 외치니 상대는 그냥 아랫성의 군량 곡간 쪽으로 돌아갔다.

"신출내기 놈이! 우리도 같은 부하다."

도키치로가 어떤 머리로 어떻게 손써놓았는지 안으로 잠긴 수구문은 아무도 감시하고 있지 않았다.

"자, 도착했소. 마음을 넓게 가지고 세상 구경하고 오시오."

도키치로는 천연덕스럽게 자물통을 열고 빗장을 뽑았다.

하늘에서는 잇따라 별이 흐르고, 내리막길 성 밖 논에서는 개구리가 비 쏟아지는 소리로 울어댔다.

"도키치!"

밖으로 나가자 등에 업은 오마쓰를 추슬러올리며 도시이에는 비로소 조그맣게 중얼거렸다.

"도시이에는 만나자마자 그대에게 빚을 졌어. 살아 있는 동안 잊지 않겠다."

"뭐, 이까짓 일로…… 뜻밖의 재난이었소. 그럼, 잠시 작별하겠습니다. 몸조심하시고……."

도키치로 역시 눈물을 흘리고 있었다.

장마길

이마가와 요시모토는 땀 흘리는 것을 싫어하여 시동들에게 양쪽에서 부채질하게 하면서 찌르는 듯한 눈초리로 모토야스의 말을 듣고 있었다.

뒤를 이을 다케치요도 태어났다. 형식적인 첫 출전은 데라베성을 소규모로 공격시켜 보는 것으로 끝내려고 요시모토는 생각하고 있었다. 그 공격에서 한 부대의 대장으로 과연 어떤 역량을 보일 것인가? 이를테면 이번 출전은 교토 진입 전의 예행연습인 셈이었다.

요시모토는 모토야스의 진(陣) 방비에 대해 듣고 난 다음 조용히 말했다.

"가장 중요한 보급행정관을 누구로 하려는가? 오와리의 노부나가 놈이 시건방지게 공세로 나왔어. 오타카성이 포위되어 우도노(鵜殿)가 양식과 구원병을 청해왔지. 원군이라기보다 이것은 양식 반입이 목적이라고 할 수 있어. 양식만 있으면 쉽사리 함락될 성이 아니야."

모토야스는 요시모토의 뱃속을 짐작하는 조용한 태도로 대답했다.

"그래서 사카이 우타노스케에게 보급행정관을 명할까 합니다."

"과연, 사카이라면 노련하니 안심할 수 있겠지. 그러면 호위군은?"

"도리이 모토타다, 이시카와 가즈마사, 히라이와 시치노스케……."

"모두 젊어서 염려되는 점도 있다만……."

요시모토는 모토야스가 젊은이답지 않은 조심성으로 노련한 중신들을 되도록 일선에 내세우지 않으려 하는 것만 같았다.

"아직 오쿠보 신파치로가 있고 도리이 다다키치가 있다. 이들 가신은 어디로 돌리나?"

"유격대입니다."

"허, 그러면 본대 지휘는 누가 하고?"

"모토야스가 직접 지휘하겠습니다. 그러나 앞부대와 우익의 지휘는 이시카와 아키의 아들 이에나리(家成), 뒷부대와 좌익의 지휘는 사카이 다다쓰구에게 명하겠습니다."

"이에나리는 몇 살인가?"

"25살입니다."

"우에무라 신로쿠로(植村新六郎)는 어디에 두나?"

"제 곁에."

"그대 의논 상대로?"

문득 고개를 갸우뚱하며 생각한 다음 요시모토는 말했다.

"사카이 쇼겐도 두도록 해. 가신들에게 위엄을 줄 걸세."

그리고 다시 손꼽기 시작했다.

"오쿠보 일족, 혼다 히로타카, 사카키바라 일족, 이시카와 기요카네(石川淸兼)…… 그리고 도리이도 움직이게 해야만 할 거야. 괜찮겠지? 그대 생각과 내 생각이 대개 들어맞았다. 곧 출발하도록."

모토야스는 조용히 고개 숙이고 앉았다. 요시모토는 오카자키 군이 선봉이 될 실력이 없으면 오다 군과 맞붙게 하여 옥쇄를 강요할 게 틀림없었다. 옥쇄냐 승리냐? 모토야스의 동요는 이미 가라앉아 운명과 맞대결할 심정이 되어 있었다.

느릿한 걸음으로 큰 현관을 나서자 기다리고 있던 혼다 헤이하치로가 뛰어와 허리를 굽혔다. 헤이하치로는 13살이 되어 이미 늠름한 모습으로 자라 있었다.

"헤이하치, 어쩐 일이냐. 히라이와는?"

들어올 때의 호위는 히라이와였는데 어느 틈에 헤이하치로로 바꾸어 있었다.

"예, 오카자키의 어머니한테서 편지가 와서."

"고향의 과부댁이 뭐라고 했느냐?"

"너도 이미 13살이니 주군께 부탁드려 꼭 첫 출전하라고 알려왔습니다. 말 재갈을 잡게 해주십시오."

모토야스는 대답하지 않고 그대로 밖으로 나갔다. 어제까지 좋던 날씨가 무거운 구름을 머금고 똑바로 우러러보이던 후지산 꼭대기를 엷은 먹빛으로 가리고 있었다.

모토야스가 잠자코 걸어가는 뒷모습을 쫓아가며 헤이하치로는 말했다.

"주군! 승낙해 주신 거지요? 만일 두고 가시면 저는 어머님을 뵐 낯이 없습니다."

"……."

"아마도 주군께서는 아직 이르다고 하실 테니 너는 잠자코 슨푸를 도망쳐오라고 씌어 있습니다. 주군께서 대답하지 않으셔도 저는 따라가겠습니다."

그래도 모토야스는 대답하지 않았다. 기질 센 혼다의 홀어미이니 그 정도는 써보냈으리라. 그러나 죽을지 살지 알 수 없는 싸움, 요시모토가 일일이 지적한 가신들은 어쩔 수 없더라도 어린 자는 남겨두고 싶었다. 그들이 어떻게 자랄지 사람의 지혜로는 헤아릴 수 없다. 지금 모토야스 자신도 가메히메와 다케치요 두 아이를 남기고 출전한다. 아니, 모토야스뿐만이 아니다. 장수로 함께 출전하는 사카이 다다쓰구도 그 아내가 기요야스와 게요인 사이에 태어난 딸이어서 모토야스로선 부모 양쪽의 고모와 이모가 되므로 볼모의 의미를 포함해 슨푸에 처자를 남기고 간다. 이를테면 뒤에서 의리와 볼모의 총구를 겨누어 사지로 몰아넣는 싸움이라고 할 수 있었다.

정문을 나서자 해자에 드리워진 녹음이 흔들리는 것을 바라보며 헤이하치로는 다시 말을 꺼냈다.

"어머니는 편지에 주군께서 전사하실 각오이신지도 모르니, 다음 기회에 하라시면 무사에게 다음 기회 따윈 없다고 말씀드리라고 하셨습니다. 주군, 데려가주십시오. 거치적거리지 않겠습니다. 할아버지의 손자, 아버지의 아들입니다."

모토야스는 참다못해 꾸짖었다.

"성가시다!"

헤이하치는 어깨를 으쓱거리며 대꾸했다.

"무엇이 성가십니까! 충성스러운 가신의 말을 귀찮아하는 건 못난 대장입니다."

"뭣이, 그 말버릇이 뭐냐."

"말버릇 같은 건 문제가 아닙니다. 주군은 이 헤이하치의 심정을 모르십니까?"

"어처구니없는 놈. 너는 마치 나를 꾸짖고 있는 것 같구나."

"꾸중 듣기 싫으면…… 주군, 데려간다고 해주십시오. 저는 알고 있습니다."

"뭘 알고 있어?"

"주군은 슨푸로 안 돌아오십니다."

"뭐?"

모토야스는 깜짝 놀라 헤이하치의 얼굴을 쳐다보았다. 헤이하치의 눈에까지 그렇게 비친다면 요시모토가 경계하는 것도 무리가 아니었다.

'그런가. 이 꼬마 녀석에게까지 그렇게 보였구나.'

당황을 감추고 모토야스는 한숨지었다.

"너는…… 내 말 재갈을 잡고 모두에게 뒤처지지 않게 달릴 수 있겠느냐?"

"달릴 수 없다면 적의 말을 뺏어 타겠습니다."

"헤이하치, 너는 너무 기질 센 어머니 밑에서 자라 좀 거친 데가 있구나. 내 군율은 엄하다. 그것을 제대로 지킬 수 있겠느냐?"

승낙할 것을 눈치채고 헤이하치는 장난꾸러기처럼 목을 움츠렸다.

"흐흐흐, 싸움이란 산짐승이나 마찬가지라 그때의 분위기를 봐서 움직이지요. 군율 같은 건 대수롭지 않습니다. 주군, 주군에게 만일의 경우가 있을 때는 이 헤이하치가 대신 전사하겠습니다. 뒤떨어진다면 할아버지나 아버지에게 면목이 없습니다."

헤이하치는 3대째 주군 옆에서 죽을 작정인지 태평스러운 표정이었다.

"헤이하치—"

"예, 주군."

"싸움에는 죽음이 따른다. 그것을 좀 더 곰곰이 생각해 봐."

헤이하치는 간단히 고개를 저었다.

"그런 건 생각지 않겠습니다. 어머니가 말씀하셨지요, 그런 것은 어머니 배 속에 있을 때 생각한 것으로 여기라고요. 그렇지 않습니까. 주군, 싸움에는 승리와 패배가 있을 뿐입니다."

모토야스는 기가 막히는 듯 헤이하치로를 돌아보며 다시 입을 무겁게 다물었다.

삶과 죽음의 문제는 어머니 배 속에서 해결했다 ―그렇게 생각하라고 홀어미가 들려준 게 틀림없다. 어떻든 싸움에는 승리와 패배가 있을 뿐이라니, 이 얼마나 준엄한 진리인가. 하지 않을 수 없는 싸움이라면 철저하게 승리를 좇는 자가 이기고 그 방법이 허술한 쪽은 패배한다.

'그렇다. 다른 일에 마음을 빼앗겨 미처 생각하지 못하는 일이 있어선 안 된다.'

"데리고 가시는 거지요, 주군?"

헤이하치가 다시 다짐을 주자 모토야스는 대답했다.

"그래."

그리고 그대로 머릿속에서 진의 배치를 생각했다.

이번 출전에서 노부나가는 아마 직접 그의 앞에 나타나지는 않으리라. 기치보시 시절의 옛 모습으로 노부나가가 나타나면 싸우기보다 그리움이 앞설 것 같아 불안했다. 그러한 인정을 내던지고 완전히 하나의 무기가 되어야만 한다. 선진은 보급대를 지키는 앞쪽 4, 5정에 두고, 후진은 뒤쪽 4, 5정 되는 곳에 배치한다. 양 옆은 저마다 반 정 위치에서 활과 총으로 지키게 하고 노신들 유격대는 기회 보아 어디로든 펼칠 수 있는 진형으로 뒤에 둔다……고 생각하다 보니, 다시금 걱정되는 것은 총의 수였다.

아마도 총은 노부나가가 가장 많이 갖고 있지 않을까. 첩자 보고에 의하면, 노부나가는 여러 나라 상인들에게 나고야, 기요스, 아쓰타에 자유로이 시장을 열게하여 백성들 이외의 자릿세 수입으로 총을 날로 늘리고 있다고 했다. 하시모토 잇파(橋本一把)라는 사격 명인을 시켜 우수한 졸병들에게도 쉴 새 없이 연습시키고 있다. 육박전이 된다면 모르지만, 이 신식 무기로 위협당하면 사람도 말도 무섭게 기가 꺾인다.

'도리이 할아범은 대체 총을 얼마나 준비하고 있을까?'

미야마치에 있는 임시거처 문을 들어설 무렵 하늘에서 빗방울이 뚝뚝 떨어지기 시작했다.

출전을 앞두고 슨푸에 있는 가신은 물론이요 오카자키로부터 여러 장수의 연락병이 삼삼오오 모여드는데, 집이 좁아 모두 수용하지 못하고 세나히메의 친정 세키구치 지카나가의 저택까지 차지하고 있었다.

"주군이 돌아오셨다."

언제든 출발할 수 있는 차림으로 허리갑옷을 입은 모토타다가 큰 소리로 외치자, 현관 앞에 있던 사람들이 재빨리 좁게 길을 열어주었다.

사카이가 물었다.

"주군! 출전은?"

"내일 이른 새벽, 오늘 밤에는 푹 쉬어둬라."

모토야스는 말한 다음 현관에 꿇어 엎드린 여자들 모습에 눈을 크게 떴다. 한 사람은 슨푸에 살고 있는 고모, 또 한 사람은 헤이하치로의 어머니인 혼다의 홀어미가 아닌가.

"과수댁, 헤이하치는 그대한테서 편지가 왔다더니 본인이 와 있었군."

혼다의 홀어미는 자못 감개무량한 듯 얼굴을 들어 모토야스를 우러러보았다. 여전히 어깨를 누덕누덕 기운 무명옷을 입고 있다. 젊어서 남편 헤이하치로 다다타카를 여읜 이 홀어미로서는 모토야스가 주군인 동시에 영혼의 연인이며 마음의 등불인 듯싶었다.

"반갑습니다. 소중하신 주군의 출전을 앞두고, 이 홀어미 하나만 어찌 오지 않을 수 있겠습니까. 편지는 다른 사람에게 맡겼습니다만, 뒤이어 이 몸도 쫓아왔습니다."

말하는 홀어미의 햇볕에 그을린 싱싱한 뺨이 모토야스에게는 건강한 아름다움으로 비쳤다.

"그랬는가. 그대는 이제 여인이 아니구나. 안에도 들어가지 않고 남자들과 뒤섞여……."

웃으며 마루에 오르자 홀어미는 부지런히 모토야스의 뒤를 따라 바깥거실로 들어갔다.

"헤이하치, 첫 출전의 소원이 이루어졌느냐?"

헤이하치는 싱긋 웃으며 모토야스의 손에서 칼을 받아 칼걸이에 걸었다.

"무슨 할 말이 있어서 왔나?"

모토야스가 천천히 앉자 홀어미는 즐거운 듯 생글생글 웃었다.

"네, 헤이하치가 첫 출전하기 전에 성인식을 올려주십사 하고."

일부러 큰 소리로 말한 다음 얼굴을 긴장시켰다.

"사람을 물리쳐주십시오."

무언가 다른 비밀 용건을 부탁받고 온 모양이다. 모토야스는 고개를 끄덕이며 손을 흔들어 사람들을 물러가게 했다.

"과부댁에게 긴한 말이 있다. 모두들 잠시. 그래, 사기는 어떤가?"

"네, 모두들 용기백배해 있습니다. 그리고 제가 오는 도중 산속의 무리들을 졸개에 이르기까지 하나하나 부채질해 놓고 왔습니다."

"그래, 용건은?"

"먼저 도리이 님으로부터."

"응, 할아범이……?"

"총은 충분히 준비되었으니 안심하시라고."

"그런가, 고맙군."

"다음엔 오와리로부터……."

말하려다 사방을 둘러보았다.

"아라코(荒子)의 마에다 도시하루의 아들 도시이에가 노부나가 님의 시동 아이치 주아미를 사사로운 원한으로 죽였다면서 망명해 왔습니다."

"뭣이, 마에다 이누치요가……."

"네."

홀어미는 의미심장하게 한쪽 뺨을 일그러뜨렸다.

"노부나가 님은 요시모토 님 상경전 때 다케치요 님을 다시 뵙겠다고 말씀하고 계신답니다."

모토야스의 눈이 복잡하게 깜박거렸다.

"다시…… 다시 만나잔 말이지."

"네, 다음에는……."

"또 있나?"

"아구이의 히사마쓰 님한테 계시는 어머님으로부터……."

"어머니로부터 뭐라고?"

"상경전 때 만나고 싶다고."

"상경전 때……면 이번엔 만나서 안 된다는……."

모토야스가 저도 모르게 무릎을 탁 치자, 홀어미는 의미심장하게 웃으며 고개를 끄덕였다. 혼다의 홀어미가 가져온 정보는 모토야스에게는 하나같이 중대한 것이었다.

마에다 이누치요의 망명.

상경전 때 다시 만나자고 하는 노부나가.

이번 싸움에서 만일 목적대로 오타카성에 군량을 반입하여 우도노를 구할 수 있다 할지라도 그 여세를 몰아 어머니를 만나려 하지 말아달라는 의미인 듯싶은 오다이 부인의 전갈.

"그대는 내 생모의 말을 어떻게 생각하나?"

혼다의 홀어미는 여전히 웃음을 지은 채 대답했다.

"주군님이 생각하시는 대로라고 여깁니다."

"지금 만나서는 좋지 않다……는 것은 알지만, 그 뒤의 해석 방법에는 두 가지가 있지."

모토야스 역시 미소를 머금고 고개를 갸우뚱했다.

"망설이지 마십시오. 이기고 만나시지 않는 게 좋습니다."

"이기고 말이지……."

"네, 오로지 이겨야만 합니다."

홀어미의 말에서 억척같은 성품이 풍겨나와 모토야스는 흐흐흐 웃었다.

"과부댁—"

"네."

"헤이하치의 이름이 떠올랐어."

"성주님이 지어주시렵니까?"

"내가 지어주지. 혼다 헤이하치로 다다카쓰, 오로지 이긴다는 뜻이다."

"헤이하치로 다다카쓰…… 그러면 다다는?"

"3대를 이어 충성하는 다다(忠) 일문. 그 다다에 오로지 이긴다는 카쓰(勝)지."

홀어미의 얼굴에 크게 웃음이 떠올랐다.

"다다카쓰!"

"마음에 안 드나?"

"고맙습니다."

홀어미가 기뻐하며 고개 숙이자, 모토야스는 다시 조금 전의 감정을 보이지 않는 침착한 태도로 돌아가 추녀를 타고 떨어지기 시작한 빗소리에 귀 기울였다. 아직 장마가 들기에는 이르다. 그러나 계절이 계절인지라 오와리 가까이에 이르렀을 때 논과 논 사이의 전진이 걱정되었다. 그렇다 해서 오타카성에서 농성하는 우도 노를 군량 부족으로 후퇴하게 하면, 모처럼 굳혀놓은 이마가와 쪽의 전선이 크게 무너지게 된다.

'상경전 때 다시……'

모토야스는 노부나가가 말했다는 그 한마디를 되씹었다.

"관례는 오늘 저녁에 올리겠다."

홀어미에게 이르고 자리에서 일어났다.

다 알 것 같으면서도 알 수 없는 것은, 사사건건 의표를 찌르는 노부나가의 성품을 알기 때문이었다. 다시 만나자는 말은 이번에 오카자키로 나온다면 이제 요시모토가 뭐라든 다시는 슨푸로 돌아가지 말라는 암시인 것 같기도 하고 그 반대인 것 같기도 하다. 무사히 이긴 뒤 슨푸로 돌아가 요시모토의 신용을 얻어라. 그리고 다음 기회에…….

모토야스가 일어나자 헤이하치로는 서둘러 칼을 받쳐들고 뒤따랐다. 비가 내리기 시작하여 말이며 무기를 임시헛간으로 옮기느라 바깥이 부산스러웠다. 모토야스가 안채와의 경계에 이르자, 헤이하치로는 씩씩하게 안채를 향해 소리 질렀다.

"주군님, 납시오!"

그 소리에 유모에게 젖먹이를 안긴 세나히메가 빠른 걸음으로 방에서 나와 쏟아질 듯한 교태를 머금고 헤이하치로에게서 모토야스의 칼을 받았다.

"이제 돌아오세요."

세나히메는 다케치요의 산신 참배가 끝나기도 전부터 짙은 화장으로 모토야스에게 다가왔다. 대개 소실이 생기는 것은 정실이 산욕기에 있을 때가 많다. 세나히메는 그것을 경계하여 옷을 젊게 차려입고 연지를 짙게 발랐다.

산신 참배는 이미 끝났다. 산욕기의 수척함도 회복되어 살결에는 점점 더 한창 나이의 여자다운 매끄러운 윤기가 흘렀다.

"다케치요, 아버님이 돌아오셨어요."

방으로 들어가자 세나는 남편 앞에 젖먹이를 내밀었다. 모토야스는 그 얼굴을 들여다보며 얼러주었다. 아직 깊은 애정은 솟아나지 않고, 이것이 자기 생명에서 갈라져나왔는가 싶은 이상한 느낌이 들 뿐이었다.

"모토야스 님······."

다케치요를 내보내자 세나의 목소리는 절로 두 사람만의 달콤한 목소리가 되었다.

"내일 이른 새벽에 출전하신다고요."

모토야스는 그 말에는 대꾸하지 않았다.

"가메도 다케도 마마 같은 것에 걸리지 않게 하고 당신도 감기 조심하오."

"모토야스 님······ 저는 걱정되는 일이 있어요."

세나히메는 어느덧 두 손을 모토야스의 무릎 위에 놓고 윗몸을 쏟아질 듯 무너뜨리고 있었다.

"내가 질 것 같소?"

세나는 고개를 저었다.

"아니요, 뒤에 요시모토 님이 계신걸요. 싸움엔 이기십니다."

"그럼······ 걱정되는 것이란······."

"모토야스 님의 습관, 저는 잘 알고 있어요."

"내 습관······?"

"모토야스 님은······."

세나히메는 몸을 꼬며 모토야스의 턱을 손바닥으로 받쳤다.

"여자가 없으면 못 배기는 분이에요."

모토야스는 못마땅한 듯 눈살을 모았지만 손은 뿌리치지 않았다.

"못난 소리, 출전을 앞두고."

"아니, 저로선 중요한 일이에요. 이틀 사흘은 참을 수 있지만, 닷새를 넘기지 못하시는 모토야스 님의 습관, 군대 생활의 따분함에서 시골 여자라도 사랑하시지 않을까······."

모토야스는 대답하고 싶지도 않아 밖의 소리에 귀 기울이고 있었다. 어딘가에서 부글부글 치미는 분노와, 무엇인가를 느끼고 걱정하는 여자의 가엾음이 연기처럼 마음에 얽혔다.

"모토야스 님······ 약속해 주세요. 개선하실 때까지 여자에게는 눈길도 주지 않겠다고······."

모토야스는 목소리를 높여 대답했다.

"알았어!"

외면한 채 모토야스는 세나가 말하듯 그 같은 여유가 자기에게 있을까 하고 생각했다. 사느냐 죽느냐, 버리느냐 버림받느냐를 골똘히 생각하고 있는 이때―이렇게 생각하다가 무언가 섬뜩한 차가운 것에 부딪쳤다. 그것은 세나의 말 속에 여자로서의 자기 고백이 숨겨져 있는 게 아닐까 하는 의심이었다. 모토야스가 없으면 살 수 없는 여자. 그것은 남자 없이 견디지 못하는 여자라는 의미도 된다. 세나는 자신이 모토야스 이외의 남자에게 눈길이 갈 것을 두려워하여 약속을 구하고 있는지도 몰랐다.

"알았어, 약속하지."

모토야스는 감정을 누르고 부드러운 목소리로 말하며 세나의 어깨를 쓰다듬어 주었다. 세나는 모토야스의 손 밑에서 잠시 황홀하게 남편의 턱을 올려다보고 있었다. 이 세상에 싸움이 있는 것을 알려고도 하지 않을 뿐 아니라, 알지도 못하고 있는 표정이었다. 태평세월이라면 남자도 아마 이 세나와 똑같은 황홀경을 탐닉하는 생활을 하려 할 것이 틀림없다.

그러나 이 방 밖에서는 살아남기 위해 어떻게 필사적으로 싸울까 하는 절실한 바람이 몰아치고 있다.

"이번에야말로 기필코 적장의 목을 베고야 말 테다."

"그렇다고 사지에 일부러 뛰어들지는 말게. 이번 싸움은 군량을 오타카성에 무사히 반입하는 게 목적이니까."

"그건 알고 있어. 그러나 무사히 반입하기 위해선 싸워야겠지."

"싸우긴 하겠지만 한 사람의 병력도 잃고 싶지 않은 게 주군 생각이야."

세나의 거실 뜰까지 누가 말을 매어두러 온 모양이다. 하나는 아베 마사카쓰 (阿部正勝), 또 한 사람의 목소리는 아마노 사부로효에(天野三郎兵衛) 같았다.

"주군이 그런 마음으로 계신다고 해서 우리가 분발하지 않는다면 더 큰 손실을 보지 않겠나."

"분발하지 말라는 게 아니야. 침착하게 잘 생각해서 혼자만 공을 세우려고 전선을 어지럽히지 말라는 뜻이지."

"알았어. 그러나 젊은 사람들은 그러고 싶어 견딜 수 없나 봐. 혼다 헤이하치도 드디어 관례를 올리고 따라간다더군. 첫 출전에서 벌써 장수의 목을 노리고 있더라."

"그 애도 어머니를 닮아 기질이 세. 그 아이가 벌써 관례를 올리는군."

"이름도 벌써 정했다고 콧대가 높던데. 다다카쓰, 오로지 이긴다, 어떤 자에게
도 오로지 이긴다는 다다카쓰……"

이러한 대화를 들으며 모토야스는 세나의 머리 향기를 맡고 있었다. 엷게 연지
찍은 세나의 귀에는, 그러한 창밖의 대화조차 들리지 않는 모양이었다.

오로지 자신의 행복만 움켜잡고 놓치지 않으려 한다. 이 세상에 자기만의 행복
이란 있을 수 없음을 깨닫지 못하는 여자의 가련함.

"세나……"

"네."

"내가 출전한 다음 대감님한테 가서, 모토야스는 반석 같은 자신감을 가지고
출전했다고 말하구려."

"물론이지요."

"이 모토야스가 어떤 솜씨로 싸움을 다룰 것인지, 잘 보시라고. 나는 남의 전법
은 따르지 않겠어. 만반의 태세로, 적의 의표를 찔러 보이겠다 하더라고 전하오."

"믿음직한 말씀, 안 계시는 동안의 쓸쓸함을 그 말씀으로 위로 삼겠어요. 충성
스러운 자들로 신변에 사람 울타리를 만드시어 빗나간 화살 따위도 맞지 않도록
하세요."

모토야스는 어린아이를 달래는 심정으로 고개를 끄덕였다.

"걱정 마오. 자, 그럼, 이제부터 군사회의를 열어야겠으니 당신은 사카이의 고모
와 이야기하도록 하오."

"모토야스 님, 약속 잊지 않으시겠지요?"

"알았소, 알았소."

모토야스가 일어나려 하자 세나는 다시 한번 모토야스의 턱에 볼을 찰싹 밀
어붙이고는 아쉬운 듯 손을 놓았다.

비는 오락가락했다. 헤이하치로의 관례가 끝나 형식적인 출전 축하를 끝냈을
때는 새벽 4시였다. 다케치요도 유모에게 안겨 전쟁에 이기기를 기원하는 밤과
다시마를 얹은 상 앞에 앉아, 술잔의 신주를 이마에 찍어 발랐다.

그 무렵부터 세키구치의 집에 머물고 있던 인마도 모토야스의 임시거처 앞으로 모여들어 미야마치는 말 울음소리로 법석거리기 시작했다.

선진부대 대장은 이시카와 아키의 아들 이에나리.

후진부대 대장은 모토야스의 고모부인 사카이 다다쓰구.

오타카성으로 들어갈 군량은 오카자키에서 도리이 노인이 준비하고 있으므로, 보급행정관 사카이 우타노스케는 그때까지 총대장 모토야스의 옆을 경계하며 진군하기로 했다. 진군 도중에 오쿠보 신파치로가 일족을 거느리고 합류할 예정이었고, 오카자키에 닿으면 괭이를 버리고 옛 신하들이 모두 모여들 것이다.

총병력은 2000명이 될 예정이었으나, 오늘 아침에는 아직 600명쯤.

달려온 세나의 아버지 세키구치가, 갑옷을 입고 현관 앞 걸상에 앉아 있는 모토야스에게 흰 부채를 펴들고 축하말을 했다.

"오, 무장 차림이 늠름해 보이십니다!"

모토야스는 비로소 일어나 흐린 하늘을 향해 손바닥을 펴보았다. 비가 그치려는지 안개 같은 실비가 내리고 있다. 모토야스는 조부의 유품인 갑옷에 같은 유품인 군선(軍扇)을 들고 있었다. 성인식을 올린 헤이하치로 다다카쓰는 의기양양하게 모토야스의 마표를 잡고 있다.

모토야스는 조용한 표정으로 군선을 펴서 빗속에 흔들었다. 사카이가 그것에 응하여 신호하자, 노노야마(野野山)가 가슴을 펴고 소라고둥을 불었다. 나이토 고헤이지(內藤小平次)가 모토야스 앞으로 말을 끌고 왔다. 모토야스가 말시장으로 나가 직접 골라온 갈색 말로, 겉으로는 순해 보이지만 아무리 먼 거리를 달려도 끄떡없는 5척 1치의 살찐 말이었다.

모토야스가 갈색 말에 훌쩍 올라타자 선진부대 대장 이에나리가 그것을 따라 최선두로 달려갔다. 고난에 고난을 거듭하며 18년 인생에서 13여 년의 세월을 볼모로 지내온 청년 모토야스의 운명을 건 출전이었다. 비는 개였다. 바람 한 점 없이 무더운 공기가 사방에 고여 있었다. 하늘이 어느덧 밝아오기 시작한다.

모토야스의 말이 문을 나서자, 사카이가 푸른빛을 띤 검은색 말을 몰아 모토야스에게 다가왔다.

"주군!"

모토야스는 뒤돌아보며 미소 지었다.

"이겨야 합니다. 그러나 이기자, 이기자, 하다가 어깨에 너무 힘이 들어가면 지게
됩니다. 마음을 편히 가지십시오."

모토야스는 다시 미소 지으며 사카이에게 말했다.

"걱정 마라, 나는 벌써 이겼어."

행렬이 임시거처를 모두 나서자, 잠시 뒤 혼다의 홀어미가 가뿐한 여행 차림으
로 사카이 다다쓰구 부인의 전송을 받으며 웃는 얼굴로 대열을 따라갔다.

조각달 소리

아구이 골짜기에 세 겹으로 안개가 끼어 있었다. 조금 전까지 계속 내리던 비는 그쳤지만 소나무도 느티나무도 축축이 젖어 있고 햇볕 구경은 아직 하지 못할 것 같았다.

히사마쓰 도시카쓰에게 재가한 오다이 부인은 히사마쓰 가문의 시주절 도운사 언덕길을 내려오면서 줄곧 손꼽고 있었다. 오다이 부인이 다케치요라고 부르던 모토야스를 오카자키에 남겨놓고 마쓰다이라 가문에서 이혼당한 지 벌써 16년 세월이 흘렀다. 14살에 시집가 17살에 이별의 슬픔을 맛보았다. 마쓰다이라 가문에 머문 것은 겨우 3년 남짓했지만, 그녀에게는 전반(前半)의 생애로 여겨졌다.

"나도 벌써 33살이 되었구나……."

여자 나이 33살은 액년(厄年)이라고 미신으로 전해져온다. 무슨 일이 없었으면 좋으련만. 걱정되는 것은 역시 눈앞에 없는 자식에 대한 일이었다. 어느덧 18살의 늠름한 무장으로 성장했다는 말이며 가메히메와 다케치요 두 아이의 아버지가 되었다는 말을 들으니 눈물이 나올 듯한 감회에 사로잡혔다. 자기에게는 손자뻘 되는 모토야스의 자식들을 할머니로서 과연 만날 날이 있을지……?

이런 심정으로 집안일을 돌보는 틈틈이 경문 베끼기와 기도드리기를 해온 오다이였다. 그 오다이한테 모토야스의 출전 소식이 전해졌다.

"드디어……."

오다이의 가슴은 크게 설레었다.

첫 출전인 모토야스와 이미 날랜 장군의 풍모를 갖춘 노부나가가 맞붙으면 아무리 생각해도 모토야스가 이길 승산은 없었다. 오다이는 남편을 움직이고 가리야 성주인 오빠 노부모토에게 밀사를 보내기도 하여, 모토야스를 구할 방법이 없을지 의논했다. 모토야스 뒤에서는 요시모토가 엄하게 감시하고 있다. 만일 노부나가가 히사마쓰에게 오타카성을 공격하도록 명한다면, 남편과 내 자식의 싸움이 된다…… 오다이는 그것을 피하게 하려고 다시 자신의 피로 관음경을 베끼며 팔방으로 마음 썼다.

그 기원이 통한 것으로 오다이는 생각한다. 노부나가는 남편에게 출전 명령을 내리지 않았다. 그리고 사흘 전인 5월 15일에 이상한 종대(縱隊) 대형으로 모토야스 군이 오카자키를 떠났다고 한다.

오다이는 다시 손가락을 꼽았다. 오늘이 벌써 18일, 오다이가 모르는 곳에서 승패는 아마 결판나고 있는지도 모른다. 이기더라도 의기양양해 어머니를 그리워하며 아구이 골짜기에 들어오지는 말라고 일러놓았지만 십중 칠팔까지는 승산 없는 싸움이었다.

언덕을 다 내려가자 오다이는 성 입구와 반대쪽인 히사로쿠의 집으로 갔다. 히사로쿠 역시 오다이 이상으로 이 싸움의 귀추를 걱정하고 있었다. 그곳에 혹시 무슨 소식이 와 있지나 않을까 하여, 오늘의 절 참배는 히사로쿠를 방문하기 위한 구실에 지나지 않았다. 히사로쿠의 집 앞에서 오다이는 따라온 하인을 먼저 돌려보냈다.

히사로쿠의 집은 문 안쪽에 대나무를 심고 산에서 맑은 물을 홈통으로 끌어들여 무인의 집이라기보다 풍류인다운 취미로 차츰 바뀌고 있었다.

오다이는 주위의 말발굽 자국을 보고 숨 막힐 듯한 긴장감을 느끼며 안내를 청했다.

"계십니까."

오다이의 목소리가 안까지 들린 듯 히사로쿠의 목소리가 났다.

"내가 나가마."

그리고 곧 안쪽의 삼나무문이 열렸다.

"마님 목소리…… 오실 줄 알고 기다리고 있었습니다."

히사로쿠는 완전히 가신이 되어버린 태도로 오다이 부인을 맞아들였다.

"실은 구마 마을에서 나미타로 님, 그리고 또 두 분의 진귀한 손님이 와 계십니다."

"나미타로 님이……."

오다이는 히사로쿠를 따라 방으로 안내되어 안에 있는 손님을 보고 깜짝 놀랐다. 나미타로가 와 있는 것은 예상하고 있었다. 그 나미타로와 나란히 마에다 도시이에와 귀여운 인형 같은 소녀가 앉아 있었던 것이다.

"혹시 이분은 마에다 이누치요 님?"

나미타로 옆에 앉으며 오다이가 말하자 지난날의 이누치요는 고개를 꾸벅 숙이며 인사했다.

"관례를 올려 지금은 마에다 도시이에라 하오."

"이분은 도시이에 님 누이동생이신가요?"

"아닙니다."

도시이에는 무뚝뚝하게 고개를 저었다.

"아내입니다."

오다이는 눈을 동그랗게 떴지만 웃지는 않았다.

"그러셔요. 히사마쓰의 아내입니다."

"마에다 도시이에의 아내, 마쓰라고 합니다."

어린 인형은 아무 스스러움 없이 오다이 부인을 상대했다.

"지금 셋이서 이번 싸움의 뒷일을 이것저것 평하고 있던 참인데, 마쓰다이라 모토야스, 과연 훌륭하였소."

도시이에가 말문을 열자, 오다이는 저도 모르게 윗몸을 내밀었다. 야릇하게 설레는 가슴을 가까스로 누르고 오다이는 말했다.

"그러면 싸움이 벌써 끝난 모양이군요."

도시이에는 고개를 끄덕였다.

"이번만은 어지간하신 주군도 깨끗이 넘어가셨습니다. 모토야스, 병력 손실이 거의 없이 무사히 오타카성으로 군량 반입을 끝냈습니다."

"네? 그럼, 그 모토야스가……."

안도의 숨을 내쉬며 나미타로를 쳐다보니, 그는 조용히 부채질하고 있고 히사로쿠는 희미한 미소를 머금고 고개를 끄덕였다.

"기요스 성주님이 지셨다……니, 마쓰다이라 군은 대체 어떤 전법을?"

이번에는 히사로쿠가 뒤를 이었다.

"우리 쪽은 이마가와 편에서 오타카성으로 군량을 반입할 때, 와시즈(鷲津)와 마루네(丸根) 두 성채가 힘을 합해 저지할 예정이었는데, 마쓰다이라 군은 느닷없이 데라베성을 공격했다고 합니다."

"저런…… 데라베성을……?"

"데라베는 와시즈와 마루네에 구원을 청했습니다. 당연한 일이지요. 양쪽 다 원군을 데라베로 보내 싸움터에 이르니 집집이 불길을 뿜으며 타고 있는데 적병 모습은 전혀 없더랍니다. 아뿔싸! 데라베를 공격하는 체한 것은 속임수였던가, 그러면 유격대와 본대는 어디 있을까, 되돌아가자—고 오타카성 정면에 와보니, 모토야스는 이미 본진처럼 보였던 보급부대를 이끌고 성으로 들어간 뒤라 사쿠마 다이가쿠(佐久間大學), 오다 겐바(織田玄蕃) 같은 백전노장들이 이를 갈며 분해하고 있다고 합니다."

"저런, 물론 분하셨겠지요."

오다이는 눈물이 나올 것 같아 여간 난처하지 않았다. 오타카성에 들어가려고 데라베를 공격하여 오다 군을 데라베로 유인하고 그 틈을 노려 오타카성으로 들어간 것은 확실히 멋진 작전이었다.

18살의 모토야스가 진두에 서서 지휘하는 모습이 오다이 부인 눈에 선했다. 아니, 그 환상 속의 모토야스는 오다이의 첫 남편 마쓰다이라 히로타다의 갑옷 입은 모습이었지만…….

"그랬군요. 사쿠마 님도, 겐바 님도……."

내 아들에게 속아넘어갔다고는 말하지 못하고 속으로 생각하며 한숨 쉬었다.

갑자기 나미타로가 말을 꺼냈다.

"노부나가는 와시즈를 공격해 마루네의 병력을 와시즈로 유인한 다음 오타카성으로 들어갈 것으로 예상했던 모양이오. 이번 싸움은 내가 보기에도 재미있더군요."

"재미있다니요?"

도시이에가 끼어들자, 나미타로는 우뚝한 콧날에 주름이 잡히도록 웃음 지었다.

"모토야스라는 사나이의 힘을 요시모토, 노부나가 두 사람이 모두 인정했지. 이를테면 무장 시험에 급제했다고나 할까. 인정한 자가 한쪽은 적이고 한쪽은 한편인 게 재미있어."

나미타로는 어디까지나 냉철한 제삼자의 눈을 지니고 있다.

"이윽고 모토야스를 한편으로 끌어들일 수 있는 자가 도카이도의 패자가 되는 거지…… 그러한 힘을 보여준 의미에서 이 싸움은 모토야스를 높은 위치로 밀어 올렸소. 재미있어……."

도시이에가 다그쳐 말했다.

"나미타로 님은……."

그는 오다 가문을 위해 나미타로의 이러한 냉정함이 못마땅했다.

"성에 들어간 마쓰다이라 군을 그대로 무사히 오카자키로 돌려보낼 셈이오? 잡병을 시켜 도중에 습격하지 않습니까?"

나미타로는 희미하게 고개 저었다.

"습격하지 않겠소."

"어째서?"

"흥미 있는 싹은 밟지 않는 게 좋지요. 꽃도 피기 전에 독풀이라고 정해버리는 건 어리석은 일이오."

"흠."

도시이에는 고개를 갸웃하며 생각했다. 이 사나이 역시 요시모토의 상경 때 이마가와와 오다가 반드시 한바탕 맞붙을 것으로 보는 모양이다. 그 싸움으로 성질이 서로 달라 조화되지 않는 두 집안의 운명은 결정되고, 거기서 새로운 무엇인가가 생겨난다. 그날을 위해서도 모토야스를 가만히 내버려둘 생각인 것 같았다. 도시이에는 더 이상 캐물을 필요가 없었다. 지금의 그는 노부나가가 모토야스에게 깊은 증오심을 갖지 않는다는 것만 오다이에게 인식시키면 충분했다.

나미타로의 뜻을 알자 도시이에는 오다이 쪽으로 갑자기 똑바로 앉았다. 자기가 도망쳐나온 몸인 것도 잊고 그는 말했다.

"우리 주군은 아시다시피 활달하신 성품이라, 지금쯤 기요스성에서 축배를 들고 계실지도 모르겠습니다. 다케치요가 이겼다! 그는 내 동생이다, 라고 말씀하시면서."

"설마……."

"아니오. 오카자키 군에 손실이 없는 것은 오다 군에도 손실이 없는 게 되므로 주군 마음도 가벼우실 겁니다. 주군은 모토야스 님에게 특별한 친근감을 느끼고 계시니까요."

나미타로는 부채 뒤에서 오다이 부인의 표정 움직임을 가만히 지켜보고 있었다.

오다이의 마음은 복잡했다. 슨푸의 요시모토는 아직 오다 편과 싸워서 질 거라고 생각하지 않고 있다. 그러나 오다 편에게는 다음 싸움이야말로 지상에서 말살되느냐 안 되느냐의 여부가 판가름 나는 위기였다.

오다이는 그것을 잘 알고 있었다. 그러므로 온갖 수단이 차례차례 강구되고 있을 게 틀림없다. 노부나가가 나미타로를 기요스로 일부러 초청한 것은 나미타로의 세력 아래 있는 잡병이며 농민이며 신자들을 동원해 요시모토 침공 때 배후 교란을 부탁하기 위해서였을 테고, 마에다 도시이에가 주군에게서 도망쳐 유랑하는 것도 무언가 의미 있는 일로 느껴졌다. 그러므로 섣불리 아무 말에나 맞장구치지 못하는 것이다. 노부나가의 명백한 의뢰가 있다면 모르되, 오다이와 모토야스 사이에 무슨 연락이 있는 줄 눈치채게 해서는 어떤 화근의 씨가 될지 몰랐다.

"그런데 히사마쓰 님 마님께서는 미즈노씨라고 들은 바 있습니다. 미즈노 집안 선영(先塋)은 오카와의 명찰 겐콘사이니, 어떻습니까. 성묘를 겸해 우리 부부를 안내해 주시지 않겠습니까?"

도시이에가 말하자, 오다이보다 먼저 나미타로가 부채로 얼굴을 가리며 말했다.

"오카와의 겐콘사로……."

나미타로는 도시이에가 말하려는 것을 우스꽝스러울 정도로 똑똑히 알기 때문이었다.

"예, 요리토모(賴朝) 공의 묘소가 있는 가키나미(枾竝)의 다이미도사(大御堂寺)에도 가보았고, 도키무네(時宗) 공의 수도장으로 알려진 오하마(大濱)의 쇼묘사(稱名寺)도 참배했습니다. 유랑길의 시름을 잊을 겸 덕망 높은 분의 가르침을 조금이나마 배울까 하고요. 오카와의 겐콘사 주지 또한 교토에까지 알려진 성인이라고 들었습니다. 천거해 주시면 17일쯤 참선할까 합니다만."

오다이는 바로 대답하지 못했다. 더욱 사려 깊고 원숙한 눈길을 도시이에로부터 히사로쿠에게로 조용히 옮겨갔다.

"어떨까요, 성주님이 허락해 주실까요?"

"마님 뜻대로 하라고 하시겠지요."

오다이는 조용히 고개를 끄덕였다. 그러나 다시 생각에 잠기는 것을 보고 11살난 신부도 영리하게 오다이에게 졸랐다.

"나도 보고 싶어요, 그 큰 절을. 데리고 가주세요. 부탁드리겠어요."

'절에 가는 게 목적은 아닐 것이다…….'

오타카성에서 물러가는 모토야스와 만나게 해주려는 게 틀림없었다. 오다이는 미소 지었다. 만나게 해서 어떻게 할 것인지 잘 알고 있었다. 만나고 싶었다. 한번 만나서 슨푸까지 몰래 의복과 식량을 보내주었던 내 자식의 모습을 보고 싶었다. 하지만 지금은 섣불리 모자의 정 따위를 좇을 때가 아니었다. 모토야스는 노부나가의 적이며, 더욱이 노부나가에게 이기고 돌아가는 길이다. 지금은 괜찮지만, 나중에 엉뚱한 의심을 받게 되면 히사마쓰 가문을 멸망시킬 구실이 될지도 모른다.

"어떻습니까, 데리고 가주시겠습니까?"

오다이는 조용히 고개를 끄덕였다. 이미 마음이 정해진 모양이다. 따뜻한 미소로 볼이 활짝 밝아지며 차분히 가슴에 스며드는 목소리로 대답했다.

"모처럼의 신앙이신데 우리 모두 부처님 자식이니 거절한다면 부처님 뵐 낯이 없습니다. 안내해 드리지요."

오다이의 관찰은 들어맞았다. 도시이에는 오다이와 모토야스를 비밀히 만나게 하여 노부나가에게 그러한 호의가 있음을 모토야스에게 보여주려고 마음먹은 것이었다. 상경전이 벌어질 때 그것이 무엇보다도 오와리에 이익이 된다고 믿고 있었다. 또 하나는 주아미의 마음도 헤아려 두 사람 몫의 일을 실수 없이 해내려 성실히 노력하고 있었다.

오다이가 오카와로 가는 것을 승낙하자 나미타로는 벌떡 일어났다. 언제나 감정을 드러내지 않는 사나이다. 그가 무엇을 생각하는지는 모르지만 그 일어나는 태도는 당돌했다.

"그럼, 나는 이만 실례하겠습니다."

히사로쿠가 당황해 현관으로 배웅 나갔다.

"쓸데없는 짓을 하는군."

나미타로는 안쪽을 향해 턱짓하고는 그길로 채찍을 들고 마구간 쪽으로 돌아갔다. 도시이에가 쓸데없는 짓을 한다는 것인지? 아니면 오다이 쪽을 가리키는 것인지?

하늘에는 아직 비구름이 잔뜩 드리워져 후덥지근한 바람이 땅을 감싸고 있다.

히사로쿠도 따라갔다. 나미타로의 말이 성문 앞 소나무 뒤로 보이지 않게 될 때까지 전송하고 있었다.

나미타로는 가다가 안장 뒤에 조그만 붉은 기를 세웠다. 보기에 따라 그것은 빨간 작은 헝겊이 의미 없이 날아와 등의 허리띠에 걸린 것처럼도 보였다. 그는 큰길로만 달리지 않고 이따금 마을 안으로 들어갔다가 비로소 길이 막힌 것을 깨달은 것처럼 되돌아나오기도 했다.

그리고 오케 골짜기(桶狹間)에서 흘러나온 물이 사카이강(境川)으로 흘러드는 고이시가하라(小石原)에 이르자 말을 내려 오카와로 건너가는 나루터 움막으로 성큼성큼 들어갔다.

"아이고, 구마 도령님, 어서 오십시오."

안에 있던 50살 가까운 사공이 머리띠를 풀고 허리를 굽실거렸다.

나미타로가 말했다.

"싸움이다."

"적은?"

"오카자키 군의 철수를 노려서 덤벼라. 누구냐고 묻거든 가리야의 미즈노 복병이라고 하며 공격하되, 추격할 필요까지는 없다."

"누구냐고 묻거든 가리야의 미즈노, 추격할 필요는 없다."

사공은 되뇌더니 곧 배를 저어 상류 쪽으로 올라갔다.

이 언저리의 사공, 농민, 향사(鄉士)들 중에는 나미타로의 부하가 많다. 그들은 필요할 때는 잡병이 되기도 하는 양민이었다. 싸움의 형세에 따라 영주는 곧잘 바뀐다. 그러한 토민의 불안을 눈치채고 나미타로는 그들에게 조직과 지혜와 무기를 주었다. 흉년이 들면 나니와와 사카이로 나가 바닷길을 이용해 식량을 날라다주고, 정신적인 면에서는 남조의 후예로 자처하며 신도(神道) 신앙을 은밀하게 서서히 넓혀가고 있었다. 그런 의미로 서부 미카와에서 동부 오와리에 걸친 이 고장 토민은 영주의 백성이기 전에 먼저 나미타로의 가신이었다.

하지만 모토야스를 슨푸로 무사히 돌려보내겠다던 그가 무엇 때문에 별안간 돌아가는 오카자키 군을 습격할 마음이 들었는지? 더욱이 모토야스의 외숙부 미즈노 노부모토의 이름을 사칭하여서.

버드나무 그루터기에 말을 매고 그는 움막 안으로 들어갔다. 무뚝뚝한 표정으로 나미타로는 움막 구석에서 야채절임통처럼 보이는 낡은 통을 꺼냈다. 그 뚜껑을 열고 안에서 허리갑옷을 꺼내 무표정하게 입기 시작했다. 사카이며 하카타(博多)에 남만의 쇠가 수입되기 시작하고 나서 생긴 신식 갑옷으로 쓸모 있고 활동하기 편하게 만들어져 있다.

그때까지의 옷차림이 여인처럼 아리따웠으므로 그것을 입자 사람이 달라 보였다. 한낱 잡병이 섞여들어온 것으로밖에 보이지 않는다. 이마의 머리띠까지 남만의 쇠로 만든 자못 수수해 보이는 것이고, 화려한 의상은 갑옷을 꺼낸 통 속에 감추어졌다.

움막 구석의 짚과 그물 뒤에 창도 있었다. 칼도 잠시 전까지 지녔던 가느다란 것이 아니고 등에 짊어지는 야전용 큰 칼이었다.

몸차림을 끝내고 그가 다시 움막 밖으로 나왔을 때, 어디서 저어왔는지 물가에 벌써 네댓 척의 나룻배와 고기잡이배가 모여 있었다. 나미타로는 그 한 사람한 사람에게 매복할 장소를 지시하고 자기는 다시 말에 올랐다.

사방은 이미 숨이 답답할 정도로 흐린 채 저물어가고 있었다. 그는 여전히 안장 뒤에 무슨 신호인 듯싶은 붉은 기를 세우고 상류를 향해 둑 위를 달려간다. 그 자신이 도령식이라고 부르는, 들에 매복하는 전법인 것 같다. 그의 모습을 보자 밭에서도 강에서도 일하던 사람들 모습이 사라졌다. 허둥지둥 집으로 돌아가 무장할 게 틀림없다.

이러한 포진이 착착 진행되는 가운데 오타카성에서 물러나온 모토야스의 부대가 당도한 것은 밤 9시가 지나서였다. 달은 아직 뜨지 않고 땅 위에는 캄캄한 온기 속에서 개구리 울음소리가 시끌끌하게 솟아나고 있다. 빛이라고는 이따금 생각난 듯 날아가는 개똥벌레뿐이었다.

맨 앞에 가는 것은 사카이 다다쓰구, 후군은 이시카와 이에나리로 갈 때의 반대였다. 사카이는 모토야스와 말을 나란히, 중앙의 본대 한가운데 있었다. 적이 뒤쫓아오기 전에 양식을 들여놓고 철수해 버리는, 입성 때 이상으로 놀랍도록 빠른 질풍 같은 계략이었다.

사쿠마와 겐바는 아마도 오늘 저녁 오타카성으로 들여보내고 만 오카자키 군을 어떻게 전멸시킬지 이마를 맞대고 작전을 의논하고 있을 게 틀림없다. 그동안 재빨리 오카자키로 철수하여 한 명도 손실 나게 하지 않으려는 게 모토야스의 생각이었다. 홀연히 들어가고 홀연히 사라진다.

그 작전은 예상대로 들어맞았다. 어스름한 어둠을 타고 나온 오카자키 군의 철수를 가로막는 건 아무것도 없었다.

모토야스는 이따금 조심스럽게 귀 기울이며 사카이에게 말했다.

"이 주위에 잡병이나 들도적 따위는 없나?"

"염려 없습니다. 이 언저리 사람들은 구마 도령이라는 자의 부하들인데, 도령인 당사자는 주군에게 호의를 품고 있습니다. 습격하는 자가 있다면 베겠다고 알려 놓았답니다."

이렇게 대답했을 때였다. 오른편의 나지막한 언덕 언저리에서 한 줄기 붉은 봉화가 하늘로 쑥 치솟았다. 사카이도 모토야스도 저도 모르게 그쪽을 보았다. 동시에 뒤쪽에서 함성을 지르며 좌익으로 습격해 온 자가 있었다⋯⋯.

이미 뒤쫓는 적이 없다고 판단하여 안심하고 있을 때이니만큼 마쓰다이라 군 본대의 놀라움은 컸다. 선진부대의 다다쓰구는 이미 고이시가하라 변두리에 이르러 강을 건너려 하고 있었고, 후진부대인 이에나리는 조금 뒤떨어져 아직 앞쪽을 내다보지 못하는 골짜기에 있었다.

아니, 그보다도 더욱 기분 나쁜 것은 먹칠한 듯한 어둠이었다. 상대의 수도 알 수 없고 누구의 복병인지도 모른다. 오른쪽에 오른 봉화는 아마도 선진부대와 후진부대 모두 보고 있으리라. 그러나 이미 본대가 습격당하고 있는 줄은 모를 것이다. 모두들 깜짝 놀라 진군을 멈추고 저마다 습격당했을 때의 방비태세로 들어가고 있을 게 틀림없었다.

"에잇, 숨어 있었구나!"

좌익을 습격당했다고 생각한 순간 13살 난 혼다 헤이하치로는 메뚜기처럼 모토야스 앞으로 뛰어나와 칼을 뽑았다.

그러자 눈 깜짝할 사이에 그 눈앞을 왼쪽에서 오른쪽으로 가로질러 간 적의 그림자가 있었다. 소리도 내지 않거니와 함성도 지르지 않고 등에 짊어진 칼의 길이와 늠름한 말의 모습만이 헤이하치로의 눈에 남았다.

다시 적과 아군이 질러대는 와―하는 함성 소리. 한편은 신나게 습격하는 소리이고, 한편은 당황한 목소리가 되는 건 어찌할 도리 없는 일이었다.

"대열을 흩트리지 마라. 뭉쳐라."

우에무라의 목소리에 섞여 모토야스의 본대임을 눈치채지 못하게 하려고 어둠 속에서 사카이가 큰 소리로 고함쳤다.

"누구냐, 이름을 대라. 사카이 우타노스케 부대를 습격한 게 누구냐!"

헤이하치로는 말고삐를 잡은 손에 침을 탁 뱉고 칼을 고쳐 쥐었다.

"주군! 곁에 헤이하치로 다다카쓰가 있습니다. 안심하십시오."

그 설쳐대는 목소리가 우스워 모토야스는 저도 모르게 말 위에서 웃고 말았다. 왼쪽에서 오른쪽으로 가로지른 사람 그림자가 이번에는 오른쪽에서 왼쪽으로 가로질렀다. 마쓰다이라 군의 간담을 서늘케 하여 고이시가하라에서 옴짝달싹 못 하게 하려는 게 틀림없었다. 만일 여기서 시간 끌어 밀물 때가 되어 강을 건너지 못하고 있을 때, 배후에서 오다 군이 쳐들어온다면 이긴 싸움이 단번에 고전으로 바뀐다.

"잡병 놈들이구나."

모토야스가 중얼거렸을 때 오른쪽 20간 남짓한 곳에서 누군가 큰 소리로 외쳤다.

"마쓰다이라 모토야스의 본대에 고한다. 고이시가하라는 우리 미즈노 노부모토의 막하가 지키는 곳, 한 치의 땅도 침범케 할 수는 없다. 감히 지나려 한다면 시체의 산을 쌓아주겠다!"

"뭣이, 외숙부님 막하라고……"

모토야스는 말 위에서 창을 거머쥔 채 고개를 갸우뚱하며 생각했다.

"외숙부님이 일부러 우리를 맞아 치라고는 생각되지 않는다. 참으로 이상한데……?"

단숨에 짓밟고 지나가는 게 좋을까, 아니면 왼쪽으로 크게 길을 돌아 사상자를 피하는 게 이로울까.

그때 칠흑같이 어둡던 땅 위가 서서히 밝아오기 시작했다. 느지막이 달이 떠오른 모양이다. 하늘을 달리는 비구름이 부산하게 움직였다.

사카이가 모토야스에게 다가와 물었다.

"어떻게 하시겠습니까? 밀고 나가는 게 상책이라고 생각합니다만."

모토야스는 제지했다.

"기다려!"

다시 오른편 둑에서 위협하는 적의 함성이 올랐다. 구름이 어지럽게 움직여, 이러면 얼마 안 있어 구름 사이로 달이 비칠지도 모른다. 지리에 익숙한 적은 어둠이 좋겠지만, 마쓰다이라 군에게는 빛이야말로 구원이었다.

"사카이."

"예."

"달아나자."

"예, 달아난다고요?!"

소스라치게 놀라는 목소리로 말한 것은 말 앞에 우뚝 서서 손에 침을 바르고 있던 헤이하치로였다.

"다다카쓰는 달아나지 않아."

모토야스는 말을 탄 채 사카이에게 다가갔다.

"쓸데없이 다투어 모처럼의 승리를 헛되게 한다면 이가 하치만을 볼 낯이 없으리라. 내가 보건대 상대는 잡병들이다. 외숙부님에게 은혜 입은 자들이 아무 제지도 하지 않고 우리를 통과시키면 오다 편에 미안하다고 여겨서 하는 행동 같은데."

"과연."

"봐, 함성뿐이지 아직 쳐들어올 생각은 하지 않는다. 왼쪽으로 빙 돌아서 달아나자. 고전(苦戰), 알겠나, 고전하는 것처럼 여기게 하고."

"……"

"아직도 모르겠나? 상류로 달아나기만 하면 언제든 강을 건널 수 있다. 하류에서 밀물이 올라오면 협공당한다."

"알겠습니다."

사카이는 대답하고 떨어져갔다. 아마 선진부대와 후진부대에 그 뜻을 연락하기 위해서리라. 소리 죽인 목소리로 모토야스를 둘러싼 사람들 울타리 속에서 젊은 무사들을 손짓해 불렀다.

"히라이와는 어디 있나? 히코에몬(彦右衛門)은? 모토타다는?"

모토야스는 헤이하치로에게 비로소 말을 건넸다.

"헤이하치! 따라와."

"달아나는 겁니까, 주군?"

"다음 싸움에 대비하기 위해서다. 다음에는 칼이 톱날처럼 되도록 싸워야 한다."

"그렇다면 다음 싸움까지 먼 길을 돌아가는 것이군요. 좋아요, 갑시다."

헤이하치로는 짊어진 칼을 능숙하게 칼집에 꽂고 모토야스의 말과 나란히 구르다시피 달리기 시작했다.

"뒤따르라!"

우에무라가 칼날을 높이 쳐들었다. 그 칼날이 번뜩일 만큼 사방은 이미 밝았고, 하늘을 우러르니 구름이 골짜기의 시냇물처럼 갈라져 있었다.

노부나가는 장마가 들기 전에 모토야스가 올 것으로 계산하고 있었으나 일부러 장마철까지 기다리게 하여 진격하고는, 들어가자 동시에 질풍처럼 철수했으며, 여기서도 또한 당연히 한바탕 싸움을 벌일 거라고 여겼더니 그마저 피해 달아나는 식으로 적의 예상을 모두 뒤엎고 병력의 손실을 최대한 피한 솜씨는 지금까지 전혀 볼 수 없었던 멋진 군략이었다.

대열은 고이시가하라에서 상류를 향해 움직이기 시작했다. 후진부대의 지휘자 이에나리와도 연락이 닿은 듯 그 부대가 조용히 강 옆으로 산개(散開)하여 보이지 않는 적의 진격에 대비했다. 구름 사이로 조각달이 얼굴을 내민 것은 그 얼마 뒤였다.

마에다 도시이에는 때아닌 인마 소리를 듣고 이불을 확 걷어찼다.

마쓰다이라 군이 벌써 철수해 오리라고는 생각도 할 수 없다. 그러나 철수한 뒤라면 오다이 부인을 데리고 간다 하더라도 무의미해진다 ─ 이렇게 생각하여 일부러 가마를 재촉해 히가시우라(東浦)까지 이르러 아버지와 친했던 그곳 호족

센다 소베에(仙田惣兵衛) 집에 잠시 묵고 있었던 것이다.

"겐콘사에는 내일 아침 일찍."

오다이 부인과 오마쓰를 별실에서 쉬도록 하고 자기는 옆방에서 혼자 자고 있었다.

'이상하다!'

그는 칼걸이에서 칼을 집어들고 살며시 덧문을 열어보았다. 초저녁부터 뒤덮여 있던 비구름이 어느새 걷혀 젖꼭지나무 산울타리 너머 저 아래 사카이강이 은빛으로 반짝이고 있었다.

도시이에는 나막신을 신고 가만히 밖으로 나갔다. 하늘 꼭대기에 걸린 조각달이 그의 모습을 뚜렷이 지상에 그려내고, 상류를 향해 강기슭을 달려오고 있는 인마의 모습이 먹구름처럼 선명했다. 이미 의심할 여지가 없었다. 모토야스는 우도노와 더불어 성에 농성하여 오다 군과 싸우는 어리석음을 피해 양식을 반입하자 곧 철수한 게 분명했다.

"비상한 솜씨!"

중얼거리며 도시이에는 급히 집 안으로 되돌아갔다.

'얼마나 만나고 싶을까.'

이 생각만으로 주저 없이 오다이의 방으로 들어갔다.

"마님, 일어나십시오."

오다이 부인은 벌써 잠이 깨어 있었던 듯 곧 이불 위에 일어나 앉았다.

"무슨 일입니까."

"보여드리고 싶은 게 있습니다. 어서 밖으로."

오다이는 이미 그의 마음을 알고 있었다. 잠자코 일어나 매무시를 가다듬고 그 뒤를 따랐다.

오다이 옆에서 자고 있던 오마쓰는 천진스러운 얼굴로 무심히 꿈길을 더듬고 있다.

도시이에는 오다이에게 신발을 권하고 자기는 맨발이 되었다.

"제가 옆에 있으니 안심하고 서두르십시오."

오다이는 고개를 끄덕이며 따라갔다. 한쪽은 강변에 쌓아올린 7척 남짓한 돌축대, 삼면은 토담이었다. 그 북쪽에 나 있는 샛문을 열자 갑자기 시야가 넓어졌다.

　그는 강변을 지나가는 검은 그림자를 보고 이마 위에 손을 대어 모토야스가 있는 본대가 어느 언저리인지 눈으로 가늠했다. 선두에 기마 두 필, 그리고 잠시 보병이 이어지고 다시 7, 8기가 무리 지어 달리는 곳이 있었다.

　'저기로군.'

　생각했을 때 선발부대가 행진을 멈추었다. 나미타로의 잡병들이 뒤쫓아오지 않는 것으로 판단하고 그쯤에서 대오를 가다듬을 셈이었는데, 도시이에는 그것을 알지 못했다. 그는 본대를 찾아가 어머니와 아들을 10여 년 만에 재회시켜 오와리의 호의를 모토야스에게 넌지시 암시해 주면 충분한 것이다. 아니, 그렇게 하는 것도 하나의 모략―이라고 생각했었는데, 언제부터인지 뒤에 따르는 불운한 어머니의 마음이 되어 자신도 그만 자칫하면 눈물이 나올 것 같은 심정이 되어 있었다.

　의심받아 접근하기 전에 화살이 날아와서는 안 된다 싶어 그는 둑에 난 개암나무인 듯싶은 5, 6그루의 나무 그늘을 타고 행렬로 곧장 다가갔다.

　바로 눈 아래 선발부대 대열이 있었다. 말 탄 사람은 말에서 내려 물을 먹이고, 보병은 창을 짚고 발을 쉬며 본대가 다가오기를 기다리고 있었다.

　말소리가 손에 잡힐 듯 개암나무 밑까지 들려왔다.

　"정말로 가리야의 미즈노가 야습해 온 것일까?"

　"그게 아니면 뭐겠어? 우리는 그것을 뚫고 지나왔다고."

　"뚫고 지나왔다니 과장이 심한걸. 나도 적의 모습을 보긴 했지만……."

　"무슨 소리! 외숙부와 조카 사이라 해도 미즈노 가문은 오와리 편이오. 한 번도 군사를 풀지 않고 통과시킨다면 그냥 끝날 일이 아니잖소?"

　"과연. 그래서 뚫고 지나왔단 말이지."

　"그렇소, 굉장한 고전이었소."

　대화의 의미가 도시이에에게는 납득되지 않았다. 그는 다만 이 나무 밑에서 본대가 도착하기를 기다렸다.

　"마쓰다이라 모토야스에게 이르노라―"

　이렇게 말한 다음 생모가 이곳에 와 있는 것을 알릴 셈이었다. 모토야스 모자가 얼마나 기뻐할지 상상만 해도 젊은 그의 가슴은 뿌듯해졌다.

갑자기 오다이 부인이 도시이에의 소매를 당기며 작은 소리로 말했다.

"도시이에 님, 보여줄 게 이 행렬이었나요?"

"예, 이것은 오타카성에 군량을 반입한 모토야스의 철수 행렬입니다."

"도시이에 님."

오다이의 목소리가 날카롭게 번뜩이는 것 같았다.

"저에게 어째서 마쓰다이라 군의 행렬을 보여주시는 거지요?"

뜻밖의 말에 아연하여 그는 오다이를 다시 쳐다보았다.

"저는 오다 편인 히사마쓰 도시카쓰의 아내입니다."

"알고 있습니다. 그러나 동시에 마쓰다이라 모토야스의 어머님이시기도 하잖습니까?"

"도시이에 님, 잔인한 말씀을 하시는군요. 적과 아군이 되어 사는 어미와 자식이 손잡고 이야기할 수 있는 시절인가요?"

"그럴 수 없다는 겁니까?"

"만날 수 있을 리 없지요. 만나면 이 손으로 찔러야만 됩니다. 그것이 히사마쓰의 아내에게 주어진 이 세상에 대한 의리입니다."

"뭐……뭐……뭣이, 모토야스 님을 찔러야 한다고요."

오다이는 가만히 달빛에 얼굴을 드러낸 다음 조용히 끄덕였다.

"호의는 잊지 않겠습니다. 그러나 히사마쓰 집안에 두 마음은 없습니다. 그것을 똑똑히 마음에 새겨주시기를."

오다이는 입술을 깨물며 고개를 푹 숙였다. 어깨가 가냘프게 떨리고 있다. 울고 있는 것을 알 수 있었다.

도시이에는 잠시 말없이 서 있었다. 자기의 젊음과 오다이의 매서운 각오에 대한 뉘우침과 존경이 새롭게 솟아났다.

'안이했다!'

사실 기뻐하며 모토야스를 만날 오다이라면, 오다이뿐인가 남편 히사마쓰까지 믿을 수 없는 아군이 된다.

'그래, 그것을 깨닫지 못했구나……'

그가 길게 한숨을 내쉬었을 때, 둑 아래 강가에서 모토야스가 우에무라와 말머리를 나란히 새벽 달빛을 받으며 나타났다.

"제가 잘못했습니다! 용서하십시오."

도시이에는 귓가에서 속삭이고 가만히 강가를 가리켰다.

오다이의 온몸이 떨리고 있었다. 마음속으로 도시이에에게 얼마나 감사하고 있었는지 모른다. 그러나 섣불리 그 감사를 입에 올릴 수 없었다. 노부나가에게 개운치 않은 오해를 남기는 일이 있게 되면 지금까지의 고생이 물거품으로 돌아간다. 히사마쓰의 아내는 주군에 대한 의리로 만날 수 있는 자식도 만나지 않았다—이런 말을 들어야만 오다이에 대한 노부나가의 신뢰가 비로소 높아질 것이었다.

모토야스의 말 탄 모습이 눈 아래 나타났다.

"오……."

어느덧 훌륭한 무장의 모습, 달빛을 받은 늠름한 얼굴은 첫 남편 히로타다보다도 오다이의 아버지 미즈노 다다마사와 꼭 같았다. 모습이 닮았으니 성품도 어딘가 틀림없이 닮았을 것이다. 다다마사는 사려와 인내심이 몹시 강했다. 그러므로 이 전국 난세에 다다미 위에서 눈을 감을 수 있었던 것이다.

'이 자식도 부디 전쟁터에서 죽는 일이 없도록…….'

마쓰다이라 가문에서는 조부도 아버지도 비명에 쓰러졌다. 3대 째에는 그렇게 되지 않도록 바라는 오다이의 기원, 오다이의 경문 베끼기는 그 때문에 계속된다고 해도 좋았다.

눈 아래 강가에서는 바로 지척에 어머니가 있는 것을 알 리 없는 모토야스가 말을 멈추었다. 모토야스를 태운 채 서 있는 갈색 말에게 한 사람이 통에 담은 물을 갖다주자, 말은 맛있게 그 물을 마셨다.

모토야스가 불렀다.

"사카이."

풀 위에서 대답이 들렸다. 그는 말에서 내려 오줌을 누고 있었던 것 같다.

"무서웠어."

"예?!"

사카이는 젊은 대장의 말뜻을 알아듣지 못한 눈치였다.

"정말 무서웠다. 아까 그 야습부대가 외숙부님 군대라고 들었을 때 소름이 오싹 끼쳤어."

"아하……."

"외숙부님뿐 아니라 이 언저리 잡병들도 틀림없이 가담해 있었어. 그들이 마음을 합쳐 습격했던 거야. 이 일만은 잊지 않도록 슨푸에 돌아가면 대감님에게 말씀드려야겠어."

"예, 옳은 말씀입니다."

사카이는 비로소 모토야스의 말뜻을 알아차린 듯 똑똑히 대답했다.

"틀림없이 말씀드려야 할 것입니다."

"이 언저리의 잡병들은 이마가와 쪽에 심한 반감을 가지고 있다고 말이야. 다시 나타날 때는 매우 조심하는 게 좋을 거라고."

"아, 예……."

사카이의 대답이 다시 애매해졌다. 미즈노 노부모토가 오다 편에 충실했다는 걸 알릴 필요는 이해되었지만, 이 언저리 잡병들이 이마가와 쪽에 반감을 갖고 있다고 알리는 게 오카자키 군에 대체 얼마나 이익이 된다는 것인지 이해되지 않는 눈치였다.

"호랑이 굴에서 가까스로 벗어났다. 이제 그만 가볼까?"

알아차리고 우에무라가 신호했다. 선발부대의 사카이 다다쓰구가 행진을 시작했다.

달빛이 점점 밝아져 사방에 명암을 뚜렷하게 그려가고 있었다.

어머니 바로 앞에서 달을 우러러보며 모토야스는 중얼거렸다.

"마치 맞춤달 같구나."

오다이 부인은 이를 악물며 그것을 지켜보았고, 도시이에는 말없이 나무 그늘에 얼어붙은 듯 서 있었다.

구름을 부르는 자

에이로쿠(永祿) 2년(1559)은 오다 군도 이마가와 군도 같은 선에 못 박힌 채 저물어갔다.

첫 출전이나 다름없는 싸움에서 오타카성에 무사히 군량을 반입한 모토야스를 요시모토는 크게 치하했다.

마쓰다이라 가문의 노신 혼다 히로타카와 이시카와 아키가 그 기회를 놓치지 않고 모토야스의 오카자키 귀환을 간청했지만, 그것은 단호하게 물리쳐졌다. 모토야스에게 실력이 있다고 여길수록, 요시모토로서는 교토로 가는 대망을 이룰 때까지 슨푸에 붙잡아둘 필요가 있었다.

무사히 교토 진입에 성공하면 노부나가는 멸망하거나 굴복하게 된다. 요시모토의 생각으로는 모토야스의 오카자키 귀환은 그 뒤의 일이었다. 만일 노부나가가 굴복하여 자기의 교토 진출이 성공한 뒤면 노부나가를 충분히 막아낼 만큼 군사를 주어 돌려보내면 되고, 노부나가가 계속 날뛴다면 우선 방패막이로 써야 한다.

에이로쿠 3년 2월이 되자 요시모토는 더욱 유리한 입장이 되었다. 가와나카지마에서 대치하고 있는 우에스기 겐신과 다케다 신겐의 승부가 드디어 장기전으로 들어가, 화해도 못 하고 그렇다고 어느 쪽을 무찌를 수도 없는 유착상태에 들어갔다.

3월부터 요시모토는 드디어 중앙으로 진출할 본격적인 준비에 착수했다. 겨울부터 계속 사들여놓았던 양식을 오와리와 미카와의 접경까지 세력 아래 있는 모든 성에 반입시키고 명령 내렸다.

"가능한 군사를 모아 보고하도록."

요시모토의 중앙 진출이 성공하면 도카이도의 여러 장수들은 모두 영지를 소유하는 영주가 된다. 지금이야말로 공을 세울 때라고 저마다 온 힘을 다하여 병력을 모았다.

이러한 때 셋사이 선사가 살아 있다면 얼마나 큰 힘이 되어주었을지 모르지만, 요시모토는 그리 아쉬워하지 않았다. 혈육도 믿기 어려운 시절인지라, 자기가 없는 동안 오다와라의 호조가 배후를 위협하지 못하도록 슨푸에 남기고 갈 우지자네의 인원에 가장 고심했다.

상경군은 2만 5000쯤 될 예정이었다.

선봉인 마쓰다이라 군 2500.

제2진 아사히나(朝比奈) 2500.

제3진 우도노 2000.

제4진 미우라(三浦) 3000.

제5진 가쓰라마야(葛山) 5000.

제6진 요시모토 본대 5000.

그 밖에 보급대 약 5000.

이것만 거느리고 가며 슨푸, 하마마쓰(濱松), 요시다(吉田), 오카자키의 여러 성에는 저마다 후방군을 남겼다.

그즈음 일본에서 이만한 대군을 동원할 수 있는 자는 이마가와 요시모토 외에 없었을 것이다. 노부나가는 겨우 5000이었다. 우에스기는 8000, 다케다는 1만 2000, 호조는 1만쯤밖에 움직이지 못했다.

5월에 들어서자 요시모토는 맨 먼저 모토야스를 슨푸성으로 불러들였다. 구마 마을의 나미타로가 예언한 여름철이 다가오고 있었다. 장마 전이면서도 올 더위는 유별났다. 42살이 되어 더욱 뚱뚱해진 요시모토는 부드러운 표정으로 모토야스를 거실로 맞아들였다.

"오, 왔느냐. 드디어 때가 되었어."

아직 서쪽 하늘의 태양이 뜨거운데도 요시모토는 장지문을 모두 닫게 하고,

교토 풍습으로 화장한 이마에서 목덜미에 걸쳐 잔뜩 땀을 흘리고 있었다. 올해는 더위가 일러 어느새 모여드는 모기의 침입을 몹시 싫어한 요시모토는 해가 있을 때부터 장지문을 닫게 했다.

"올해는 유난히 덥구나. 자, 편히 앉게."

자신의 양쪽에서 시동들에게 부채질하게 하며 물었다.

"출전 준비는 다 되었겠지?"

"예, 다 되었습니다."

"어떤가, 쓰루의 기분은? 아이들은 건강한가?"

쓰루란 스루가 마님 세나히메의 애칭이었다. 모토야스는 그 말을 듣자 좀 농담조로 대답했다.

"쓰루와 가메, 모두 별일 없어 마음 놓고 출발할 수 있습니다."

"그것참, 반갑군."

그리고 문득 무언가 생각났는지 요시모토가 물었다.

"그러고 보니 이오에게 출가한 가메 말인데."

모토야스는 뜨끔했다. 기라 요시야스의 딸 가메히메는 11살 난 모토야스가 처음으로 안 여자였다.

"가메는 아이를 못 낳는다더군. 여자는 아이를 낳는 게 좋아. 이 점에서는 쓰루가 이겼어."

그러고는 자못 천연덕스럽게 말했다.

"알겠나, 모토야스, 이번에는 그대가 제1진이다."

각오하고 있는 일이라 모토야스는 잠자코 고개 숙여 끄덕였다.

"내가 말할 것까지도 없겠지만 마쓰다이라 가문으로서는 이번이 천재일우의 좋은 기회다. 잘 알겠지."

"예."

"오다는 그대의 할아버지와 아버지 2대에 걸친 숙적이다."

여기서 갑자기 말투를 무겁게 하여 덧붙였다.

"그대의 조부 기요야스는 모리야마성까지 쳐들어갔으면서도 끝내 오다를 죽이지 못했고, 그대 아버지는 평생을 두고 오다와 싸웠다. 다른 장수에게 그 쌓인 원한의 적과 싸우게 해서는 그대의 할아버지와 아버지를 볼 낯이 없다. 그러므로 그대에게 선봉을 명하는 것이다."

모토야스는 가슴에 끓어오르는 감정을 억누르며 조용히 머리 숙였다.

"고마운 말씀……."

분노보다 왠지 웃고 싶은 심정이 들었다.

"어떤가, 오다 군은 고작해야 4500쯤일 것으로 생각되는데, 그대의 군세만으로 한번 본때를 보여줄 수 있겠나?"

"마쓰다이라 군만으로 오다 군을 무찌를 수 있느냐고 분부하시는 것인지요?"

"그렇지. 부조(父祖) 대대로 내려오는 숙적이다. 아니, 그대 가신들에게도 부조의 피를 한없이 흘리게 한 미운 적이 아니냐."

"황송하오나, 마쓰다이라 군만으로 덤빈다는 것은 감히 생각지도 못할 일입니다."

"그 말은 그대가 오다 군을 두려워하고 있는 것처럼 들리는데."

"두렵지는 않습니다만, 만전의 대비가 없으면 당하지 못합니다. 그 일대의 농민을 비롯해 잡병, 들도적 무리 등이 모두 오다 군과 한편이기 때문입니다."

"흠, 그대는 그런 말을 곧잘 했었지. 그러나 나의 대군이 나아가면, 그들은 반드시 이로운 쪽으로 기울어진다. 가는 길목마다 안도장(安堵狀 ; 소유자나 구영토의 소유권을 인정하는 증서)을 발행하여 어느 쪽에 붙어야 이익이 되는지…… 아니, 그런 일은 나에게 맡겨두는 게 좋아. 다만 오다 군을 하나도 남기지 않을 작정으로 무찌르기만 하면 된다."

모토야스는 감정을 눈치채지 않도록 밝은 표정으로 고개를 끄덕였다.

"예."

그러고 나서 그는 자못 걱정스러운 듯 무릎의 부채를 만지작거렸다.

"마음에 걸리는 일이 또 있나?"

요시모토가 끌려든 듯 입을 열자, 모토야스는 수긍하는 듯 부정하는 듯 우물우물 말을 얼버무렸다.

"그 언저리의 토민들 중에는 상당히……."

"상당히, 라니 무슨 일인가?"

"기골 있는 자들이 숨어 있습니다. 지난해 제가 갔을 때도 철수 도중에 기다렸다가 포위하여 야습해 왔으므로 아군은 하마터면 그들의 밥이 될 뻔했습니다."

"또 잡병 이야기인가?"

"예, 방심할 수 없습니다. 대감님도 충분히 조심하셔서."

"알았다, 알았어."

요시모토는 웃었다. 달리 무슨 깊은 생각이 있어서가 아니라, 자신의 신변을 염려하여 방심하지 말라는 뜻인 듯했다.

"충분히 마음에 새겨두지. 하지만 모토야스, 그들도 3만에 이르는 대군과 그들을 거느린 내 본진의 위용을 본다면 아마 불온한 마음을 먹지 못할 거다. 안심하고 가신들을 격려해 두도록."

그러고 나서 요시모토는 신기하게도 좋은 기분으로 말했다.

"모토야스에게 술을 내려라."

모토야스는 잔에 입을 대는 시늉만 하고 요시모토의 거실에서 일찌감치 물러나왔다. 더울 때 요시모토는 자신의 흐트러진 자세를 보이기 싫어 오래 있으면 반드시 기분이 나빠진다는 것을 잘 알기 때문이었다.

방을 나오자 모토야스는 쓴웃음 지었다. 이번에 출전하면 슨푸로 돌아올 마음이 없었다. 요시모토를 따라 그길로 상경할 수 있다 해도, 오다 군과 싸워야 하게 되더라도. 그 두 가지 경우를 그는 치밀하게 계산해 두었다. 오다 군에게 단숨에 덤벼들라고 하면 가리야 영토의 잡병들 무리에게 습격당하여 전진할 수 없다고 할 작정이었다. 그러는 사이 후속부대가 도착할 터이니 그럭저럭 나아가면 된다.

오카자키 군만으로 노부나가의 정예군과 충돌해 옥쇄하는 어리석은 짓을 해서는 가신들이 불쌍하다고 마음으로 정하고 있었다. 그 때문에 만일 요시모토의 노여움을 산다면, 노부나가보다 약한 주위 어딘가의 전혀 다른 방향으로 혈로(血路)를 뚫을 생각이었다. 1년이라는 세월이 모토야스를 그토록 대담하게 만든 것을 요시모토는 아직 눈치채지 못하고 있는 모양이었다.

성문을 나서니 해는 벌써 떨어져 있었다. 저녁노을이 진 후지산은 새빨간 꼭대기를 하늘에 드러내고 모토야스의 웅심(雄心)을 부채질해 주는 듯 보였다. 모토야스는 후지산을 우러르며 마음속으로 중얼거렸다.

'오랫동안 신세 졌다…… 슨푸는 나에게는 좋은 도량(道場)이었다. 후지산이 있었고…… 셋사이 선사님이 계셨다…… 그리고 자애로운 할머니 무덤과 아내와 자식……'

멈춰 서서 그는 앞자락을 벌리고 해자 둑에 유유히 오줌을 누기 시작했다. 문득 볼모로 온 지 얼마 안 된 무렵인 새해 축하연석에서 오줌을 누었을 때의 일이 생각났다.

'그때도 새 출발, 이번에도 새 출발, 그때의 불알은 작았지만 지금은 이렇게 크다. 보아다오, 후지여.'

모토야스는 문득 우스워져 껄껄 소리 내며 혼자 웃었다.

기요스성 주방은 들보 4간에 넓이 8간인 마루방이었다. 그 중앙에 한 간 사방의 화덕이 마련되어 있다. 화덕 앞에 새로 주방 우두머리가 된 기노시타 도키치로가 네모지게 책상다리를 하고 앉아서 큰 소리로 고함쳤다.

"여봐라, 시식할 상은 아직 멀었느냐?"

주방 하인이 대답했다.

"예, 지금 곧."

"빨리해라. 배고프다."

도키치로는 대답하고 다시 고쳐 말했다.

"배고픈 것은 내가 아니다. 주군께서 하시는 말씀이야."

1년이라는 세월은 이 원숭이 같은 사나이의 신상에도 큰 변화를 가져왔다. 그는 이제 후지이 마타에몬 휘하의 졸개가 아니었다. 30석의 녹을 받으며 오다 가문의 주방을 책임지는 주방 우두머리인 것이다.

처음에는 마구간 청소당번이었다가 어느 틈에 노부나가의 신발하인이 되고, 말 재갈을 쥐더니, 다시 산림을 맡아보는 소임에서 주방장으로 돌계단을 뛰어오르듯 출세했다. 이 원숭이 같은 사나이가 어째서 그토록 노부나가의 마음에 드는 것인지 아무도 확실히 몰랐지만, 이 사나이는 그것을 스스로 재미있는 이야기로 꾸며 사람들에게 들려주었다.

"인간이란 코로 숨 쉴 수 있는 동안에 머리를 써야 하는 거야."

그가 화로 너머에서 말하기 시작하면, 하인과 하녀들은 또 시작이라는 표정으로 소리 죽여 웃었다.

"좀 얼뜬 놈은 입으로 헉헉 숨을 몰아쉬게 되고 나서야 비로소 머리를 쓰기 시작하지. 그러면 늦어! 물고기도 입을 벙긋거리기 시작했을 때는 벌써 죽을 때가 가까운 거야. 그런데 좀 더 얼뜬 놈이면 머리란 죽어서 쓰는 것인 줄 알고 있지. 알겠나? 머리는 살아 있는 동안, 코로 숨 쉴 수 있는 동안 쓰는 게 좋은 거야."

오쓰네라는 하녀가 언제나 놀리듯 입을 나불거렸다.

"주방장님은 그래서 출세하셨어요?"

"그렇지. 내가 마구간지기였을 때는 어떻게 하면 말과 이야기할 수 있는 사람이 될까 고심했어. 말과 이야기할 수 없으면 좋은 마구간지기가 못 되지. 고생고생 끝에 꼬박 사흘이 걸렸어. 말의 말을 배우는 데."

"그럼, 신발하인이셨을 때는 신발의 말을 배우셨겠네요."

"바보. 신발이 무슨 말을 해. 그때는 아침마다 남보다 두 시간 먼저 일어나 신을 등에 넣어 따뜻하게 해놓았지. 배로 따뜻하게 하면 허리병이 생기니까."

"호호호, 그럼, 산림을 맡아보실 때는 어떻게 하셨어요?"

"누워서 떡 먹기지. 도벌을 하지 않은 것뿐이야. 인간은 윗사람 눈을 속이고 주인 것을 훔치려는 근성이 있으면 출세하지 못해. 모두들 명심하도록."

점잔 빼며 말하면서 이 새 주방장은 식사 때마다 노부나가와 똑같은 요리를 2인분 만들게 하여 화롯가에서 입맛을 다시며 먹었다. 따라서 이 성에서 지금 가장 맛있는 음식을 먹고 있는 것은 노부나가와 도키치로였다.

"식사 준비가 다 되었습니다."

"그래, 수고했다."

시원하게 대답하고 그는 젓가락을 들었다.

"흥, 맛있군. 됐어."

소반에 연노랑 탕기가 놓이고, 국은 닭고기가 들어간 된장국. 무생채, 그리고 작은 도미구이와 짠지가 곁들여져 있었다. 여느 때는 이 일즙삼채(一汁三菜)뿐이지만, 오늘은 두 번째 상에 생전복과 껍질째 요리한 호두를 곁들여 살짝 쪄서 구운 은어가 딸려나왔다. 쓰시마(津島) 고을 촌장들이 은어를 헌상하여 특별히 만든 요리였다.

도키치로는 먼저 그 은어부터 날름 입에 넣었다. 두 번째 상이 따를 때는 술이 곁들여진다. 대개 3홉이지만, 노부나가의 주량은 한도가 없었다. 흥이 나면 도를 넘었고 누구에게나 억지로 권할 때도 있다.

맛있게 은어를 먹어치우는 도키치로를 보고 요리를 만든 고히사이 소큐(小久

井宗久)가 꿀꺽 군침을 삼켰다.

"어떻습니까, 양념 맛이?"

"나쁘지 않다고 말했잖아."

"나쁘지 않다고 말씀하신 것은 잡숫기 전이었습니다."

"너는……."

도키치로는 다시 한 마리를 입 안에 집어넣었다. 두 마리씩 담겨 있었다.

"무릇 생선이란 싱싱한지 아닌지로 판단해야 하는 법이다. 입에 넣기 전에 맛을 모르는 인간이라면 주방장을 못하지."

고히사이는 못마땅한 듯 혀를 차며 외면해 버렸다.

상 선반과 공기 선반 외에 쌀뒤주가 죽 놓이고, 그 너머에 나날이 소요되는 쌀섬이 20섬쯤 쌓여 있다.

"이 전복은 맛이 별로 좋지 않군. 그러나 된장국은 언제 먹어도 맛있어. 여봐라, 밥을 퍼라."

큰 공기에 수북이 담아온 밥을 도키치로는 마치 게 눈 감추듯 배 속에 우겨넣었다. 그리고 두 공기째를 내밀었을 때 밥통을 안고 있는 오쓰네의 표정이 여느 때와 좀 다른 듯싶더니 갑자기 바로 뒤에서 꼭대기로 벼락이 떨어져왔다.

"이 원숭이 놈!"

10리 사방에 울린다는 노부나가의 성난 목소리였다. 그러자 그 목소리에 지지 않을 만한 큰 목소리가 대답했다.

"예! 주군께서 웬일이십니까?"

노부나가는 못마땅한 듯 도키치로의 상 위에 먹다 남은 음식과 입 가장자리에 붙어 있는 밥풀을 노려보았다.

"옛!"

대답과 함께 냉큼 고쳐 앉은 도키치로의 얼굴에는 전혀 겁내는 기색이 없다.

"이런 데까지 일부러 납시다니 무슨 분부이신지요?"

"오너라. 내 방으로 와."

"예, 곧 가겠습니다. 여봐라, 시식상을 치워라."

그는 침착하게 노부나가 뒤를 따라갔다.

거실로 들어가자 노부나가는 갑자기 웃음을 터뜨렸다. 도키치로는 움찔했다.

노부나가가 화낼 때는 무섭지 않다. 그러나 웃기 시작하면 가슴이 조마조마해진다.

"원숭이!"

"예."

"무슨 일로 불렀는지 아느냐? 말해봐."

"글쎄요, 잔뜩 먹은 것이 밥통에 차 있어서인지 머리가 도무지 돌아가지 않으므로."

"그럼, 말해주마. 너에게 상을 줄까 한다. 하루 세 끼니마다 시식하느라 수고했다."

노부나가는 노여움을 누르고 비꼬았다.

"오늘 시식은 특히 애먹었을 거다. 닭국에 은어에 새끼 도미와 생전복이었으니."

노부나가의 말에 도키치로는 공손히 절했다.

"칭찬해 주시니 시식한 보람이 있습니다. 아무튼 이 원숭이 놈은 험한 음식에 익숙한 천한 출신이라 오늘 같은 진수성찬은 보기만 해도 현기증이 납니다. 그것을 참으면서 먹는 고생이란……."

"원숭이!"

"예!"

"뻔뻔스럽게 잘도 꾸며대는구나. 앞으로 밥 시식은 한 공기다."

"분부대로 하겠습니다."

"그리고 된장이 너무 짜."

"좀 뜻밖의 말씀이군요. 된장은 주군뿐만 아니라 성안에 근무하는 졸개까지 먹습니다. 무릇 몸을 쓰는 자는 짠 것을 좋아합니다. 달면 몸이 약해지지요."

"건방지다. 소금은 생명의 근원이다. 드디어 일전을 벌일 때 소금이 부족하면 싸울 수 없다. 소금창고가 너무 줄었어."

도키치로는 눈을 치떠 노부나가를 흘끗 쳐다보면서 잔소리하는 사나이로군, 하는 눈빛이 되었다.

"분부대로 하겠습니다."

"원숭이……."

"예."

"천문을 볼 줄 안다고 했지?"

"또 놀리는 말씀……."

"어떤가, 요시모토가 슴푸를 출발하려 하고 있다. 며칠이나 걸려 오카자키에 도착하겠는지 생각한 대로 말해봐."

"말씀드리지 않겠습니다. 말씀드려 봤자 헛일이니까요."

"뭣이……."

노부나가는 사방을 둘러보고 목소리를 낮췄다.

"헛일이라니?"

"상대는 일찍이 본 적 없는 대군을 거느리고 행군해 온다고 합니다. 그 군대가 하마마쓰에 언제 도착하건, 요시다와 오카자키에 며칠 있건 이쪽과 상관없는 일입니다. 아니면 주군은 얼마 안 되는 가신을 이끌고 구름안개 같은 적진 속으로 원정이라도 나가시겠습니까?"

노부나가는 다시 언성을 높여 고함질렀다.

"바보 같은 놈! 내가 너에게 묻고 있는 것이다."

"그만 탈선했군요. 그러나 저 같으면 며칠에 오와리로 올 것인가? 그 이전의 일은 생각해도 헛일이니 생각하지 않겠습니다."

"또 그러는군. 건방진 놈 같으니!"

노부나가는 여기서 다시 목소리를 떨어뜨렸다.

"너는 마에다 도시이에가 사죄하러 와 있다고 했지."

"예, 주군이 총애하시는 아이치 주아미를 죽이고 달아난 것은 거듭거듭 괘씸한 짓, 하오나 아무쪼록 용서하시기를."

"안 된다! 또다시 그런 말을 하러 오면 내가 베겠다더라고 말해라."

도키치로는 대답 대신 찬찬히 노부나가의 얼굴을 보았다.

'대체 어떻게 된 일일까?'

정말로 노한 것인지, 아니면 이마가와와의 싸움 때 공을 세우고 돌아오라는 뜻인지? 노부나가가 말할 때 지레짐작하는 것은 금물이었다.

"대장님 분부대로 전하면, 고지식한 도시이에 님이라 사죄를 위해 할복할 것이라 생각됩니다만……."

살짝 마음을 떠보니 노부나가는 무뚝뚝하게 화제를 돌렸다.

"국이 식겠다. 너는 어째서 시식을 끝내고도 여태껏 상을 내오게 하지 않느냐? 괘씸한 주방장 같으니."

"죄송합니다. 곧 가져오도록 하겠습니다."

도키치로가 일어나려 하자 노부나가는 빈정대듯 웃으며 불러 세웠다.

"됐다, 네가 갈 것까지 없다. 시동을 보내고 네 상도 이리로 가져오게 해서 같이 먹자."

노부나가는 손뼉 쳐 시동을 불러 빙그레 웃으며 도키치로의 밥상도 함께 가져 오라고 일렀다. 도키치로의 얼굴에 순간 당황하는 빛이 스쳐 지나갔다. 그의 밥 상―이라고 해서 특별히 차리게 한 적은 없었다. 독이 들어 있지 않은지 검사하는 시식으로 배불리 먹으며 끼니를 때우고 있었던 것이다. 지금 새삼스레 노부나가의 명령을 전한다면, 주방에서는 어리둥절하여 어떤 상을 차려올지 알 수 없었다. 노부나가는 물론 그것을 알면서 명령하고 있다. 노부나가와 같은 상을 가져 온다면 큰일이었다.

"원숭이―"

"예."

"내기할까?"

"무엇이든 하겠습니다."

"밥상 말인데."

노부나가는 싱글싱글 웃었다.

"자네는 부하들 교육을 틀림없이 잘 시켜두었겠지."

"예."

"그런데 얼굴빛이 좀 좋지 않구나. 그 은어구이에 독이라도 들어 있었나?"

도키치로는 정색하며 얼굴을 쓰다듬었다.

"주군님! 독은 대장님 입에 있습니다."

"무엇을 내기할까, 원숭이."

"글쎄요, 만일 제 소임에 허물이 없다면 이마가와 군과 싸울 때 이 원숭이에게 도 한 부대의 지휘를 맡겨주십시오."

도키치로는 속으로 조마조마해하면서도 기회를 잡아 한마디 하는 것을 잊지 않았다. 그 성격이 노부나가에게는 재미있기도 하고 괘씸하기도 했다.

"그럼, 소임에 허물이 있을 때는?"

"처분에 맡기겠습니다."

노부나가는 '흥' 하고 코웃음 치며, 교묘하게 난처한 입장을 얼버무리는 도키치로를 지켜보았다. 하야시 사도와 사쿠마, 시바타 같은 중신들에게는 없는 천연덕스러움을 이 원숭이는 가지고 있다. 사람 비위를 잘 맞추지만 지나치게 경박한 느낌은 없다. 거침없이 할 말을 다 하면서도 상대의 마음을 사로잡는다. 잠시 그의 상급자였던 후지이의 말에 의하면, 그 꼴에 또한 몹시 바람둥이라고 했다.

"그 얼굴로 설마 했습니다만, 졸개들 아낙이며 딸들이 몰래 그의 집으로 음식 같은 것을 나르곤 했습니다. 난처한 일이지요."

고지식한 후지이는 이렇게 다시 덧붙였다.

"야에에게도 조심하라고 엄하게 타일렀습니다만."

그러한 도키치로에게 노부나가는 지금 한 가지 일을 명해야 할지 말아야 할지 망설이고 있었다. 이런 난세에서는 살아남는 데 몇 가지 조건이 필요하다. 그 첫째는 물론 능력과 수완이었다. 도키치로는 그것에 이미 급제했다고 봐도 좋았다. 그러나 두 번째는 후천적인 소질 이상의 것…… '운(運)—'이라고 세상에서 부르는 걸 과연 갖고 태어났는가 하는 것이었다.

노부나가는 지금 그 도키치로의 '운—'을 시험하려 하고 있다. 상이 날라져왔는지, 시종들이 옆방에서 일어나는 기색이다.

먼저 노부나가의 상이 들어왔을 때 도키치로는 제법 염려스러운 듯 그것을 점검했다. 그리고 자기 상을 받쳐들고 온 시동 쪽은 일부러 보지 않고 있었다. 상이 놓였다. 꾸중 듣게 될지 어떨지 운명은 이미 도키치로의 뒤에서 결정되고 있었다. 그러나 도키치로는 끝까지 침착하게 뒤로 물러나 자신의 밥상을 쳐다보았다. 노부나가도 날카롭게 그것을 흘끔 보고 있었다. 도키치로는 가까스로 마음 놓고 노부나가 쪽으로 곧 고쳐 앉으며 꿇어 엎드렸다.

"죄송합니다. 이 내기, 원숭이 놈의 패배입니다. 처분대로 하십시오."

상 위에는 무생채와 짠지와 볶은 된장이 놓여 있을 뿐이었다. 노부나가의 얼굴에 쓸쓸한 웃음이 떠올랐다. 이겼다!고 생각하면 곧 반대로 엎드려 사죄한다. 약삭빠른 놈이라고 여겨졌지만, 사죄한 이유를 뭐라고 둘러댈지 듣고 싶었다.

"발칙한 놈, 너는 이것으로 끝났다고 생각하나?"

"죄송합니다. 앞으로는 이런 잘못이 없도록 잘 단속하겠습니다."

"듣고 싶다. 어떻게 타이를 것인지 말해봐."

"예, 평소에 절약을 으뜸으로 삼도록 입버릇처럼 일러 이 같은 잘못을 저질렀습니다. 이래서는 대장님 앞에서 우리의 여느 때 식사가 얼마나 허술한지 빈정대는 것밖에 되지 않습니다. 대장님이 분부하실 때는 우리도 같은 상을 차리라고 잘 타이를 작정입니다."

노부나가는 혀를 차며 잇몸을 드러냈다.

"원숭이 놈!"

그러나 뒷말은 하지 않았다. 아무 말도 이르지 않았다는 것은 처음의 당황하던 태도로 알고 있었건만, 운도 좋지만 머리도 얄미우리만큼 잘 돌아간다. 이만하면 살아남을 거라고 노부나가는 생각했다.

"좋아, 먹어라."

노부나가는 손수 고려자기 술병을 기울여 술을 남실남실하게 따라 마시면서 도키치로에게는 마시라고 하지 않았다.

주종은 잠시 배를 채워갔다.

"원숭이—"

"예, 이제 많이 먹었습니다."

"밥을 말하는 게 아니다. 나는 이마가와 군이 성문 앞에 몰려올 때까지 잠이나 잘까 한다."

"과연, 농성하시려면 그게 좋겠지요."

"너도 말했듯 요시모토가 하마마쓰에 도착하든, 요시다와 오카자키에 이르든 적지로 쳐나갈 수는 없으니 나는 잠을 자야겠어. 그러나 오와리에 이른다면 눈 만은 슬슬 뜨고 있어야 되겠지."

"옳은 말씀입니다."

"그러니 너는 적이 미즈노 영내에 닿은 무렵부터 자세히 동태를 알리도록."

"그러시면 저도 이번 싸움에 참가할 수 있습니까?"

"못난 것, 농성은 아녀자까지 싸우는 거다."

"고마운 분부십니다."

"알겠나? 그날 나는 자고 있겠다. 슬슬 눈을 떠도 좋을 무렵이 되거든 깨워. 단단히 일렀다. 알겠나?"

시중들던 시동들은 얼굴을 마주 보며 고개를 갸웃거렸지만 도키치로는 된장 그릇을 부신 뜨거운 물을 마시며 공손하게 고개 숙였다.

"분부대로 하겠습니다."

오케 골짜기 전주(前奏)

노부나가가 무슨 생각을 하고 있는지 도키치로는 어렴풋이 알아차렸다. 노부나가에게 있어 참으로 중대한 갈림길이었다. 세상의 상식으로 말한다면 사느냐 죽느냐의 싸움이 아니라, 죽느냐 항복하느냐의 싸움이다.

그 싸움에서 노부나가는 아무래도 죽기를 택하겠다고 확고하게 각오를 정한 모양이다. 아마도 온갖 면에서 검토한 결과 '승산이 없다'고 결론을 내린 게 틀림없다. 그러나 노부나가는 자신이 남의 가신으로 전락하면서까지 목숨을 부지할 성격으로 태어나지는 않았다는 것도 뚜렷이 깨닫고 있었다.

"재미있게 되어가는걸."

도키치로가 노부나가를 주군으로 선택한 것은 반드시 그의 전략과 경영 재능이 뛰어남을 인정해서만이 아니었다. 시바타, 하야시, 사쿠마 같은 중신들이 노부나가의 결점으로 하나같이 못마땅해하고 있는 그 성격—대장이 아니고는 살아갈 수 없는 기질. 노부나가가 도키치로가 지니고 태어난 '운—'을 시험해 보려는 것 이상으로, 도키치로도 노부나가의 '운—'에 깊은 흥미를 갖고 있었다. 그러므로 노부나가가 이 경우 '—일단 이마가와에게 항복하고……' 등의 말을 꺼낸다면, 그는 일찌감치 노부나가를 버리고 다른 데로 갈 작정이었다. 그런 곳에 도키치로 인생의 '도박장—'은 없었다.

그런데 노부나가는 도키치로가 생각했던 대로 항복하기보다 '죽음—'을 선택했다. 노부나가의 기질로는 무턱대고 농성만 하지 않을 것이다. 그러나 치고 나갈 기회를 제대로 잡지 못한다면 자신은 어쩌면 성안에서 정말 잠든 채 죽을 작정인 지도 몰랐다. 그만큼 노부나가는 남이 한 일을 그대로 뒤쫓아 하는 것을 싫어했으며, 도키치로가 높이 평가하는 것도 그 점이었다.

"재미있게 되었어."

노부나가 앞을 물러난 도키치로는 다시 주방의 화롯가로 돌아가 주방서기인 고히사이를 손짓해 불렀다.

"여봐, 고히사이, 장부책을 좀 만들어주게."

"무슨 장부책 말입니까?"

"이제부터 된장을 사러 나간다."

"예, 된장이라면 충분히 사들여놓았습니다만."

"모자라, 모자라."

도키치로는 단호하게 고개 저으며 진지하게 말했다.

"농성이다. 대장님 생각은 농성으로 결정되었다. 그렇게 되면 성 밖 가신들 가족까지 모두 성에 들어온다. 양식은 그만하면 되겠지. 그러나 된장이 모자란다."

"그렇다면 곧 메주를 쑤어, 속성으로……."

"그건 안 돼. 콩은 콩대로 쓸모가 있을 테니, 농민이나 장사치로부터 조금씩 된장을 나누어달라고 해야 한다. 장부를 만들어다오."

고히사이는 어처구니없는 듯 도키치로의 얼굴을 쳐다보더니, 이윽고 미농지를 접어 장부를 한 권 만들었다.

"음, 이만하면 됐어. 벼루를 가져와."

시키는 대로 고히사이가 벼루를 가져가자 평소에 글씨 같은 것을 쓴 적 없는 도키치로가 신기하게도 붓을 축여 겉장을 썼다.

―된장 구입 인부장.

그것을 공손히 떠받들 듯하여 따로 꺼낸 붓통과 매어 허리에 찼다.

"당분간 집을 비울 터이니 된장이 도착하면 받아놓도록."

도키치로는 뒤도 돌아보지 않고 밖으로 나갔다.

모든 인생을 걸고 하는 도박만큼 상쾌한 것은 없다. 더욱이 그렇게 하리라 여겼던 노부나가가 예상한 대로 주사위를 던지려 하고 있다. 그렇게 되면 도키치로 역시 온갖 지혜를 쥐어짜 이 승부에 임해야 한다. 그는 죽을 때까지 달릴 터인 노부나가라는 폭주마(暴走馬)에 자기 생애를 걸었던 것이다.

도키치로는 성을 나서자 해자가에서 잠시 생각했다.

"그런데 된장을 사 모을 인부로는 누구의 부하가 좋을까?"

점잖은 중신들은 안 된다고 그는 생각했다. 핫토리 고헤이타(服部小平太)나 이케다 신자부로(池田新三郎), 아니면 모리 신스케(毛利新助)일까 생각하다가 무릎을 탁 쳤다.

"그래, 야나다가 좋겠군!"

야나다 마사쓰나(梁田政綱)는 별성 안에 살고 있다. 그는 해자 안으로 되돌아가 마사쓰나의 집을 찾아갔다.

"뭐, 원숭이가 찾아왔다고……."

마사쓰나도 도키치로를 인정하지 않았다. 주군의 별난 취미 정도로 생각하고 주방 우두머리로 올려준 데 대해 못마땅하게 여기고 있었다. 그 원숭이가 밤인데 자기를 찾아왔다는 것이다. 그는 직접 현관으로 나갔다.

"무슨 황급한 일이라도 있는가?"

"그렇습니다."

도키치로는 조금도 주저하지 않고 당당하게 허리에서 장부를 끌렀다.

"뭐야, 그것은?"

"씌어 있는 대로입니다."

"된장 구……입 인부장이 뭐지?"

"된장 구가 아니라 된장 구입 인부장입니다."

"된장을 구입……하는 일과 내가 무슨 상관이 있나?"

"마사쓰나 님답지 않으신 말씀. 당(唐)나라 천축(天竺)이라면 몰라도 된장과 상관없는 인간은 우리 일본에 단 한 사람도 없으리라. 모두 볶은 된장을 먹고 된장국을 마시며……."

여기까지 말하고 히죽 웃었다.

"아무튼 긴히 드릴 말씀이 있어서."

마사쓰나는 근엄한 얼굴로 고개를 갸우뚱했다. 무언가 까닭이 있는 것 같았다.

"들어오게."

말을 던지고 바깥거실로 들어갔다. 도키치로는 어슬렁어슬렁 뒤따라 들어가 앉기 전에 말했다.

"된장을 사 모을 똑똑한 인부를 5명쯤 빌리고 싶습니다."

마사쓰나가 똑바로 쳐다보자 도키치로는 다시 덧붙였다.

"대장님은 농성하실 의향입니다. 그러려면 된장이 필요해서."

"뭣, 주군이 농성한다고……? 누가 그러던가?"

도키치로는 태연한 얼굴로 대답했다.

"아무도 말하지 않았지만, 그럴 겁니다. 나루미, 가사데라 일대 언저리로부터 안조, 가리야까지 사러 갈지도 모르겠습니다. 똑똑한 자로 4, 5명 빌려주십시오."

장부를 무릎에 펼쳐놓고 붓통의 붓을 서투른 손짓으로 들며 말했다.

"누구누구를 빌려주시겠습니까? 그 이름을 여기 적어야겠는데……."

"뭐…… 내 부하가 된장 사러……."

마사쓰나는 처음으로 눈앞에 똑똑히 보는 도키치로의 괴상한 생김새를 찬찬히 쳐다보았다.

"자네가 하는 말을 나로선 잘 알아들을 수 없다. 좀 더 자세히 까닭을 말해보게."

마사쓰나가 말하자 도키치로는 코끝에서 가볍게 손을 저었다.

"더 이상 이야기해도 소용없습니다. 된장 구입 인부는 어디까지나 된장 구입 인부지요. 귀하에게 말해둘 것은, 이 된장 구입 인부가 돌아오기 전에 싸움이 시작될지도 모른다는 것뿐입니다."

"뭐, 돌아오기 전에 싸움이 시작된다고……?"

"예, 싸움이 시작되고 드디어 오와리에 불이 붙을 때까지 열심히 된장을 사 모으러 다닌다……고 생각해도 좋습니다."

"흠."

"싸움이 시작되고 나서 돌아오니 보통 재간으로는 돌아오기 전에 목숨을 잃게 됩니다. 똑똑한 자……란 그 점도 잘 고려한 뒤의 일, 아시겠습니까?"

평소 버릇대로 그는 어느새 마사쓰나에게 훈계하는 말투가 되어 있었다.

마사쓰나는 다시 입을 다물고 도키치로를 응시했다. 납득될 듯하기도 하고 안 될 듯하기도 한 것은 이 조그만 사나이가 어쨌든 노부나가의 신임을 받아 노부나가의 마음속을 누구보다도 잘 아는 입장에 있다는 것이었다.

"뭐, 어렵게 생각하실 것 없습니다. 농군이나 장사치에게서 된장을 사들일 수완이 있는 자, 전쟁이 시작되더라도 귀하에게 돌아올 수 있는 자……"

말을 계속하려다가 그는 이마에 잔뜩 주름살을 짓고 흐흐흐 웃었다.

"귀하는 여러 장수 중에서도 특히 입이 무겁습니다. 그것을 믿고서 드리는 부탁입니다."

마사쓰나는 대답하는 대신 한쪽 무릎을 쑥 내밀었다.

"된장을 사 모으는 척하면서 척후를 하는 것인가?"

도키치로는 손을 저었다.

"된장 구입 인부는 된장 구입 인부일 뿐."

"좋아. 그대에게 인부를 5명 빌려주겠네."

도키치로는 대범하게 고개를 끄덕였을 뿐 고맙다는 말은 하지 않았다.

"반드시 귀하게 도움 될 날이 있을 겁니다. 부디 재간 있는 자들을. 그럼, 그 이름을 들어볼까요?"

장부를 들추고 서툰 손짓으로 붓을 잡았다.

"네고로(根來)!"

"네고로…… 그리고."

"하시바(橋場)."

"하시바."

"야스이(安井), 다바타(田端), 무카이(向井)."

말하면서 도키치로의 장부를 들여다본 마사쓰나는 기막힌 듯 웃음을 참았다. 마치 중신이나 된 것처럼 말하는 주제에 사람 이름조차 제대로 쓰지 못하는 무식함이라니.

'이자는 대체 어떤 녀석일까?'

이렇게 생각했을 때 그 의문의 당사자인 도키치로가 술술 대답하여 말했다.

"앞으로 세상은 변합니다. 지금까지의 학문 따위는 일체 통용되지 않겠지요. 통용되지 않을 것을 서투르게 몸에 익히면, 몸을 움직이지 못하게 될 것입니다. 그래서 저는 제 자신을 학문이라고 굳게 믿으며 움직이고 있습지요. 그럼, 이 5명을 곧 이리로 불러주십시오."

마사쓰나는 두말할 수 없었다. 이 주방 우두머리 녀석은 어느덧 마사쓰나를 자기 부하로 착각하고 있는 모양이다. 하지만 그리 화나지 않는 게 이상했다.

도키치로가 마사쓰나의 집에서 나온 것은 그럭저럭 9시가 다 되어서였다. 그러나 그는 시간 따위에 조금도 구애받지 않았다.

빌린 늠름한 다섯 무사를 향해 아이들 대하듯 말했다.

"알겠나? 오늘부터 당분간 그대들은 내 부하다. 지시하는 대로 열심히 일해야 해."

그길로 이번에는 하야시 사도의 집 문 앞에 섰다. 하야시의 집도 별성에 있었으며, 주인의 성품 그대로 자못 위엄 있어 보이는 문에 문지기가 서 있었다.

문에 드리워진 노송나무 가지에서 부엉이가 울고 있었다. 도키치로는 그 울음소리를 듣자 절로 웃음이 치밀었다. 자기야말로 오다 가문의 주춧돌이라고 믿으며 못마땅한 표정만 짓고 있는 하야시의 모습이 어딘가 부엉이를 닮았다는 생각이 들었기 때문이었다.

소나무 아래 문지기가 있는 것을 알면서도 도키치로는 쩌렁쩌렁 울리도록 소리쳤다.

"이리 오너라!"

문지기는 깜짝 놀라 어둠을 살피듯 하며 다가왔다.

"무슨 일인가요? 주인님은 벌써 주무시는데."

"주방 우두머리, 기노시타 도키치로, 중신께 급히 알릴 게 있어 찾아왔소. 안내하시오."

문지기를 하고 있던 자보다 문지기 방에서 자고 있던 자가 먼저 허둥지둥 현관으로 뛰어들어갔다. 그리고 다시 허둥지둥 돌아오더니 샛문을 열고 청해 들였다.

"모두 따라와."

도키치로는 조그만 어깨를 으쓱거리며 다섯 무사를 데리고 현관으로 들어갔다.

여기서도 현관에 하야시 자신이 버티고 서 있었다. 여전히 분별 있는 자는 웃어선 안 된다는 표정으로 씹어뱉듯 말했다.

"원숭이냐. 밤중에 무슨 일이지?"

도키치로는 공손히 절했다.

"주방 우두머리 기노시타 도키치로, 지금부터 된장을 사 모으러 나가고자 성을 비웁니다. 그래서 보고하러 왔습니다."

"뭐, 된장을 사러…… 누구 지시냐."

하야시는 뒤에 늘어선 다섯 무사를 흘끔 쳐다보았다. 도키치로는 목청을 돋우어 대답했다.

"저는 주군님 가신입니다."

"또 그 멍청이……."

말하려다가 혀를 차며 덧붙였다.

"주군과 그대는 어울리는 단짝이지. 이 밤중에 출발해야 할 만큼 된장이 부족한가?"

"예, 한시가 바쁩니다. 농성이 시작되고 나서는 늦으니까요."

"뭣이, 농성……? 누가 농성한다고 말했나? 주군이냐?!"

"그것까지는 말씀드릴 수 없습니다. 아무튼 일각을 다투는 일이라 보고차. 이만 실례하겠습니다!"

하야시는 몸을 홱 돌려 나가는 도키치로의 뒷모습을 잠시 심각한 표정으로 지켜보고 있었다. 원숭이가 이런 일을 하는 이상 주군 자신이 농성하겠다고 말한 게 틀림없다—고 생각하자 50살이 가까운 그의 귀에 오다 가문이 무너지는 소리가 뚜렷이 들리는 것 같았다.

'어째서 이마가와에게 잠시 무릎 꿇고 재기를 도모하지 않는가…….'

그 귀에 도키치로의 자못 득의만만한 목소리가 들려왔다.

"문지기, 수고한다. 문단속을 엄중히 해라."

이만한 큰일 앞에 서게 되면, 어떤 가문에도 주전파(主戰派)와 자중파가 나오는 것은 당연한 일이다. 노부나가는 그런 것에 아무 주의도 기울이지 않았지만, 중신들 중에는 그 일을 못마땅하게 여기는 자가 적지 않았다.

노부나가로선 죽음이냐 승리냐 하는 이번 경우에도, 자중파들에게는 아직 방책이 있다고 생각했다. 잠시 요시모토에게 무릎 꿇고 오다 가문의 존속을 도모하는 일이었다. 도키치로는 하야시 역시 그러한 사람 가운데 하나임을 알면서 일부러 그의 집에 들른 모양이었다.

문을 나서자 그는 느닷없이 배를 잡고 웃어젖혔다.

"농성한다는 말을 들었을 때 그 이마의 주름살 좀 봐. 내가 원숭이라면 저는 멍청한 원숭이야, 핫핫핫."

그 방자한 행동에 다섯 무사는 저도 모르게 얼굴을 마주 보며 고개를 갸웃했다. 이런 인물에게 된장 구입 인부라는 이상한 명목으로 자기들을 빌려준 주인의 마음을 알 수 없었다.

졸개 행랑채에 가까운 말터 못미처에 있는 벚나무 가로수길에서 네고로가 참다못해 한마디 했다.

"오늘 밤 이 길로 된장 사러 출발합니까?"

도키치로는 고개를 저었다.

"아니, 이런 차림으로는 안 돼. 오늘 밤은 우리 집에서 천천히 한잔 마시자."

"그러면 하야시 님에게 방금 신고한 황급한 볼일이란 거짓말이군요."

"거짓말이라 하지 말게. 거짓말이라면 내가 중신님을 속인 게 된다. 거짓말은 아니고, 급할수록 돌아가라는 말도 있지 않은가."

그들은 또 얼굴을 마주 쳐다보며 따라왔다.

"네고로……라고 했지. 내일은 우선 기요스부터 일을 시작하세. 된장 파시오, 하고 외치며 말이야."

"팔지 않겠다면 그냥 들어가서 징발합니까?"

"바보 같은 소리. 대장님이 다스리는 오와리 안에는 도둑이 하나도 없다고 한다. 백성들이 문단속하지 않고 편히 잠잘 수 있는 곳은, 온 일본에서 오와리뿐이라고 장에 오는 여러 장사치들이 말하고 있어. 그 오와리에서 대장님이 도둑 같은 짓을 하실 줄 아나?"

"하지만 숨겨놓고 팔 수 없다고 한다면."

"예, 그렇습니까…… 하고 다른 데로 가면 돼. 이것은 비밀이지만 이마가와 군이 쳐들어오므로 어쨌든 농성하기로 결정되었다. 그래서 부랴부랴 된장을 사 모으러 다니는 거라고, 이것만은 일러줘도 괜찮아."

"그런 큰일을 누설하면……."

"음, 할 수 없지. 아주 비밀스럽게 해야 돼."

그들은 그제야 가까스로 자기들 임무가 무엇인지 눈치챈 듯 서로 고개를 끄덕였다. 된장을 사는 게 목적이 아니라, 농성한다고 소문내는 게 목적인 것 같다.

"그런 말씀을 들으니 마음이 편합니다. 그럼, 기요스 다음에는?"

"나고야, 후루와타리, 아쓰타로 돌아 지타고리(知多郡)에서 미카와로 들어가는 거지. 된장 팔 것이 없느냐고 물으면서."

어느덧 도키치로의 집 앞에 이르러 있었다. 이제 도키치로는 지난날의 상급자 후지이의 집과 마주 보는 곳에 두 젊은 부하와 살고 있었다.

"여봐라. 술상을 차려라. 손님이 왔다, 손님!"

도키치로는 집 앞에서 큰 소리로 떠들고 나서 다섯 무사를 돌아보며 또 즐거운 듯 웃었다.

현관 옆의 다다미 8장 크기 방이 그의 거실과 객실과 침실을 겸하고 있었다. 그 복도 건너편에 부하의 방과 부엌이 딸려 있었다. 다다미 8장 크기 방 안에는 또 6장 크기의 방 한 칸이 역시 좁은 복도 끝에 붙어 있었다. 여기가 기혼자의 이른바 '내실—'이 되는 곳이지만, 도키치로는 아직 독신이었다. 오늘 밤 5명의 임시 가신을 그 방에 재울 작정인 것 같았다.

"술은 있나? 도라(虎)—"

현관에 나온 앞머리를 아직 깎지 않은 젊은이에게 도키치로가 말하자, 상대는 시무룩한 표정으로 우뚝 선 채 내뱉듯 대답했다.

"술은 있지만 안주가 없어요."

"그래? 앞집 후지이 님 댁에 가서 야에 님에게 무엇 좀 얻어오너라. 손님은 다섯이다."

"예, 알겠습니다."

대답한 것은 도라라는 소년이 아니라, 고용살이에 익숙한 27, 28살 난 젊은 부하였다.

"자, 사양할 것 없어. 여기서 모든 걸 의논하여 내일 아침 출발하기로 하세."

도키치로는 허리에 찬 칼을 거칠게 뒤로 내던졌다.

"마사쓰나 님으로부터 이야기가 있었을 줄 알지만, 된장 사러 다니는 도중에 싸움이 시작된다. 싸움이 시작되면 다섯 사람이 차례차례 주인한테 돌아가도록."

"차례차례라니요?"

"한꺼번에 돌아가서는 안 된다는 뜻이지. 그리고 돌아가는 사람은 돌아갈 때 적의 대장 요시모토가 오늘, 지금, 어디에 묵으며 어디를 지나 어디로 가는지 잘 확인해 마사쓰나 님에게 전하기 바란다."

하시바가 물었다.

"첫 번째 전갈은 언제쯤부터?"

"그렇지, 서미카와를 떠나 드디어 지타고리에 이르려 할 무렵부터."

"다른 부장(部將)이 아닌 본대 말입니까?"

도키치로는 간단히 고개를 끄덕였다.

"다른 송사리는 문제가 아니야. 그리고 반나절에 한 사람씩, 하루 두 번 마사쓰나 님한테 차례차례 소식을 갖고 돌아오도록."

"알았다!"

무카이가 큰 소리로 고함친 다음 다시 공손히 고쳐 말했다.

"잘 알았습니다."

"알겠나, 그대들 힘으로 마사쓰나의 출세 여부가 결정되는 거야. 어쩌면 마사쓰나도 성에서 나와 싸우고 있을지도 모른다. 그때 내 주인이 어디 있는지 도무지 모른……는 멍청한 짓을 해서 후세에 웃음거리를 남기지 말도록."

"알겠습니다."

"이건 말할 필요도 없는 일이지만, 그대들이 농성을 위한 된장, 농성을 위한 된장이라고 열심히 소문내고 다니면 그것으로 그대들 목숨도 살 수 있다는 것을 잊지 말도록 해."

네고로가 말했다.

"어째서지요?"

"농성하기로 정해진 싸움이라면 상대도 기요스성에 이를 때까지는 그리 칼을 뽑지 않으려 할 테니까……."

굵은 정강이를 드러낸 도라가 술을 날라왔다. 야전에 쓰이는 붉은 냄비에 술을 담아, 칠이 벗겨진 쟁반에 내왔다.

"자, 마음껏 들게. 당분간 기요스와도 이별이다."

도키치로는 종종걸음으로 돌아다니며 손수 술을 따라주었다.

도키치로의 된장 구입 인부들이 기요스에서 나고야, 아쓰타로 흩어져간 다음 다음 날인 5월 14일 오후였다.

본성 내전에서 울려나오는 한가로운 작은북 소리를 듣고, 바깥대기실에서 하야시 사도가 못마땅한 표정으로 시바타 곤로쿠를 만류하고 있었다.

"노여워 마시오, 곤로쿠 님. 주군인들 아주 멍청이는 아닐 테니까요."

그것은 손아래의 곤로쿠를 만류한다기보다 자기 자신이 그렇게 믿으려 애쓰며 괴로워하고 있는 얼굴이었다.

곤로쿠는 초조한 기색으로 무릎을 쳤다.

"나 역시 그렇게 생각하고 싶지만 오늘에 이르도록 군사회의다운 회의 한번 하려 하지 않는단 말이오. 처첩을 한자리에 모아놓고 노래 따위로 세월을 보내고 있소. 적의 본대는 벌써 오카자키로 들어가려 하고 있는데."

"나에게 따진들 어쩌겠소. 우리의 간언 따위를 들을 주군이 아니오."

"그러나 뻔히 알면서 멸망할 때를 헛되이 기다려야 한단 말이오?"

하야시 사도는 그 말에는 대꾸하지 않고 아우 미쓰하루(光春)를 돌아보았다.

"선봉인 모토야스가 슨푸를 출발한 게 이달 10일이었지?"

"예, 본대는 그다음다음 날인 12일에 슨푸를 떠나 도카이도, 모토사카(本坂)의 두 길로 진격해 온다고 주군께 분명 말씀드렸습니다."

"그때 주군께서 뭐라고 하셨지?"

"그러냐고 하셨을 뿐 다른 잡담만 하셨습니다."

곤로쿠가 나섰다.

"우리는 주군의 마음을 알고 싶소!"

하야시 사도는 그 날카로운 말을 피하듯 말했다.

"원숭이 놈은 농성 준비로 된장을 사들이니 어쩌니 하던데, 어쩌면 그것이 본심인지도 모르겠소. 가문이 망할 때는 그런 거요. 운명이겠지."

"운명이니 하며 깨우친 듯한 말씀일랑 마시오. 농성한다면 농성도 좋소. 그 마음가짐으로 대비가 없어선 안 될 거요."

"그래서 원숭이가 된장을 사들인다는 것일 겁니다."

곤로쿠는 매서운 눈빛으로 하야시를 똑바로 노려보며 입을 다물었다.

그러나 주군의 진심을 타진해 보고 오겠다고 나서는 사람은 아무도 없었다. 아니, 곤로쿠 자신이 그것을 물으러 갔다가 두말 못 하고 물러나오고 말았다.

"주군의 진심을 알고 싶습니다."

곤로쿠의 말에 노부나가는 붓을 들어 노래를 손수 지으면서 쌀쌀하게 대답했다.

"진심 같은 건 따로 없다. 있을 리 없잖나. 알고 있느냐, 이마가와의 영지를? 스루가, 도토우미, 미카와, 그리고 오와리의 일부를 합해 100만 석이 넘는다."

"그런 것은 알고 있습니다."

"알고 있다면 묻지 마라. 내 영지는 겨우 16, 17만 석. 1만 석 병력을 250명쯤으로 봐서 4000명 남짓, 6분의 1도 안 되는 힘이다."

"그래서 농성하시는 겁니까? 아니면……."

여기서 우선 굴복할 생각이냐고 물으려는데 노부나가는 호통쳤다.

"못난 것, 물러가라!"

다시 한가롭게 노래 가사를 고친다.

시바타 곤로쿠는 결국 더 이상 묻지 못하고 물러나왔는데, 누군가 다시 한번 타진해 보러 가겠다고 하지 않는 게 도무지 못마땅했다.

언제 군사회의를 열 것인가!

노부나가의 명령을 기다리며 10일 이래 중신들은 이른 아침부터 밤까지 이곳에 대기하고 있었다. 노부나가의 엉뚱한 성격을 알므로 집에 돌아가 잠자리에 들어도 갑옷을 머리맡에 두고 말에게 먹이를 먹여두었다.

그러나 노부나가한테서는 아무 소식도 없었다. 안에서 이따금 나오면 여러 나라의 추석놀이 춤사위라든가 남만인(南蠻人)의 노래, 시장의 떠돌이 장사치한테서 듣고 온 재미있고 우스꽝스러운 풍속 이야기를 하며 흥겨워하고 있다.

그동안 이마가와 군은 물밀듯 도카이도로 밀려오고 있었다. 선발대는 이미 미카와의 지리유(池鯉鮒)에 육박하고 본대는 오카자키에 거의 도착하고 있었다. 다가옴에 따라 그 진용은 더욱 오다의 중신들 마음을 압도했다.

요시모토는 일단 오카자키성으로 들어가 거기서 다음 명령을 내릴 모양이다. 그러나 오다 가문은 안중에도 없으며 오히려 노부나가를 유린한 뒤 미노의 잇시키(一色), 오미(近江)의 사사키(佐佐木), 아사이(淺井) 등 여러 호족을 무찌르기 위해 고심하고 있다는 정보였다.

요시모토가 오카자키성을 출발하면 뒤에 1400 내지 1500여 명의 부하와 함께 에바라 모토카게(庵原元景)가 수비대장으로 남고, 오카와와 가리야를 감시하기 위해 지리유의 호리코시(堀越)에게 4000명의 병력을 준 뒤 2만 5000명의 대군이 그대로 오와리로 쏟아져 들어온다. 중요 지점에 남기고 오는 인원까지 합치면 동원 병력이 아마도 4만이 넘으리라고 했다.

"하야시 님, 귀하밖에 없소. 주군에게 가서 요시모토가 오카자키에 들어갔으니 어떻게 할 작정인지 똑똑히 지시를 받아오시오. 가만히 앉아서 기다리고 있을 때가 아니오."

곤로쿠가 말하는 뒤를 이어 히라테 히로히데(平手汎秀)도 한마디 했다.

"그렇소. 하야시 님에게 부탁할 수밖에 달리 도리 없겠군요."

하야시 사도는 흘끔 히로히데를 쏘아보았다.

"나는 사양하리다. 말을 들으실 주군이 아니오. 섣불리 고함 소리라도 듣게 되면 모처럼의 결심이 흔들릴 뿐이오."

"결심이라니?"

"함께 멸망하는 것…… 다만 그뿐."

못마땅한 표정으로 대답한 뒤 이코마에게 말했다.

"나보다 이코마 님, 그대가 좋으리라."

이코마는 도쿠히메와 기묘마루를 낳은 오루이 부인의 오빠였다. 듣기에 따라서는 이보다 더한 야유가 없지만 이코마는 한숨 쉬며 고개를 끄덕이고 자리에서 일어났다.

"그럼, 내가……."

모두들 순간 이코마의 뒷모습에 시선을 옮기며 잠자코 있다. 오늘도 활짝 갠 날씨로 선선한 바람이 상쾌하게 성곽 안을 불고 있다.

'이제 오다 가문도 끝장나는구나…….'

이코마의 감회도 여기에 있었다. 마지막으로 가문의 혈통을 남기고…… 아니, 드디어 성이 함락된다면 오루이 부인이 낳은 자식들도 무사하지 못하리라.

'달아나게 해줄 곳은 없다…… 내 손으로 죽여야겠지…….'

무거운 마음으로 걸어가는 이코마의 귀에 또다시 맑은 작은북 소리가 들려왔다.

용호(龍虎)

활짝 개었던 하늘이 오늘부터 심한 무더위로 바뀌었다. 푸른 나뭇잎에 살랑거리는 바람도 없고, 땅속에서부터 올라오는 찌는 듯한 공기는 무겁기만 했다.

벌써 이마무라(今村) 마을에 이르러 구쓰카케(沓掛)성을 눈앞에 보고 있었다. 그러나 요시모토의 진군은 신중하기 이를 데 없었다. 한 고을을 지날 때마다 척후를 보내 토민의 분위기를 살피고, 이상 없는 것을 믿고 나서야 가마를 나아가게 했다. 출전에 앞서 모토야스가 이 일대의 토민이 완강하다고 누누이 말했기 때문이었다.

에이로쿠 3년(1560) 5월 18일(양력 6월 21일), 이튿날인 19일 이른 새벽부터 오다 군 최전선에 총공격을 개시할 준비가 이미 되어 있었다. 그러므로 신변의 경계가 더욱 엄중해지고, 요시모토 자신의 무장에도 빈틈이 없었다.

촉나라 비단으로 지은 예복을 걸친 속에 가슴받이 갑옷을 입고, 칼은 그가 자랑하는 2자 6치의 무네소 사모지(宗三左文字), 소도(小刀)는 대대로 내려오는 요시히로(義弘)였다. 30관에 가까운 큰 몸집이라 말을 탈 수 없었다. 금은 장식을 박은 가마 속에 그는 유유히 앉아 있었다. 남이 보기에는 주위를 압도할 만큼 화려했지만 요시모토 자신은 쉴 새 없이 땀을 닦고 있다.

16일, 17일 이틀 오카자키성에 머물며 온갖 경우에 대비한 준비가 이미 끝나 있었다. 오늘은 구쓰카케성에 묵으면서 내일 이른 새벽부터의 총공격 결과를 보아 내일 안으로 오타카성까지 본대를 진격시킬 작전이었다. 앞부대는 이미 어제부터 나루미 언저리까지 들어가 마을에 연방 불을 지르고 있었다.

요시모토는 땀을 닦으며 이따금 무릎의 지도와 배치도에 눈길을 떨어뜨렸다. 날이 샐 즈음 모토야스가 2500명의 오카자키 군을 거느리고 먼저 마루네 성채를 습격한다. 마루네성을 지키는 적의 수비대장은 백전노장 사쿠마 다이가쿠였다. 모토야스는 아직 젊다. 그러나 노련한 오카자키 군이니 설마 패배하지는 않으리라.

다음 와시즈 성채에는 아사히나의 2000명을 보내 공격시킨다. 이곳을 지키는 적의 장수는 오다 겐바. 역시 노련한 장수다. 따라서 만일을 위해 아사히나뿐만 아니라 미우라의 3000명을 원군으로 대비해 두었다.

나루미성은 오카베 모토노부(岡部元信)에게 새로운 병력 700명을 더 주어 굳게 지키게 하고, 구쓰카케성에는 아사카와 마사토시(淺川政敏)의 1500명을 두어 지키게 한다.

그리고 전세를 보아 오타카성의 우도노에게 모토야스와 아사히나를 돕게 한다. 말하자면 세 겹의 방비, 이로써 우선 접경에서의 승리는 완벽하리라고 할 수 있었다.

그런 다음 가쓰라야마가 5000명을 이끌고 기요스성으로 곧장 전진한다. 항복해도 좋고, 농성해도 좋고, 어쩌면 노부나가가 진두에 서서 쳐들어와도 좋다. 비록 가쓰라야마의 5000명이 패배한다 해도 이어지는 본대의 5000명이 있으면 기요스 공격 병력은 1만. 그러는 동안 마쓰다이라, 아사히나, 미우라 부대도 승세를 몰아 물밀듯 기요스로 몰려간다……

"농성하더라도 이틀…… 사흘은 버티지 못할 것이다."

이렇게 생각했을 때 근위무사 니제키(新關)가 가마 옆으로 다가왔다.

"말씀드립니다."

무릎의 배치도를 말면서 요시모토는 조용히 물었다.

"무슨 일이냐?"

"이 일대의 토민들이 사람을 보내 인사드리겠다고 하는데요……."

니제키의 말에 요시모토는 번쩍 날카롭게 경계하는 눈빛이 되었다.

"뭐라고, 축하말을…… 구태여 만나볼 필요까지는 없겠지, 이름만 들어두도록."

"예."

"잠깐, 니제키."

"예."

"그 토민들을 보건대 수상쩍은 불측한 기척은 보이지 않더냐?"

"예, 하나는 승려, 하나는 신관(神官), 하나는 농민입니다."

"세 사람만 왔나?"

"세 고을의 대표로 쌀 10섬, 술 2통, 오징어, 다시마 등을 가지고 왔습니다. 순박한 사람같이 보입니다만."

"축하 선물을 가져온 인부들은?"

"어리석어 보이는 농부의 머슴들입니다."

"좋아, 만나보지. 데려오너라."

가마가 멈췄다. 요시모토는 칼을 끌어당겼지만, 가마에서 내리지는 않았다.

"덥구나, 부채질 좀 하거라."

"예."

두 졸개에게 양옆에서 부채질하게 한 뒤, 승려를 앞세운 세 사람이 다가오자 부드러운 목소리로 말했다.

"내가 요시모토다. 이번에 고생이 많겠구나. 그러나 걱정 마라. 내 가신들에게 난폭한 짓은 못 하게 할 테니까."

세 사람은 황공해하며 길가에 꿇어 엎드렸다.

요시모토가 가마를 멈춘 위치에는 노송나무가 그늘을 드리우고 있지만, 세 사람이 꿇어 엎드린 곳은 뙤약볕이 내리쬐는 말라붙은 먼지 속이었다.

"그대들은 누구의 지배 아래 있느냐? 지리유냐, 가라야냐?"

60살 가까운 승려가 말했다.

"예, 지금은 가라야입니다만, 대장님께서 몸소 출전하셨으니 내일을 기약할 수 없군요."

요시모토는 대범하게 고개를 끄덕였다.

"염려 마라. 싸움은 곧 끝나겠지. 그러나 오다 군도 만만치 않다면서. 원병이 오면 그리 쉬운 일이 아닐지도 모르지."

이번에는 농부가 말했다.

"바로 그 일입니다. 저희들도 이 언저리에서 격전이 벌어질 거라고 걱정하고 있었습니다. 그런데 원군 따위 올 기척도 없습니다."

"허, 어째서일까?"

"처음부터 오다 군은 기요스에 농성할 작정인 것 같습니다. 그것을 알게 된 까닭은 주방의 졸개들이 농성하는 데 모자라니 된장을 내놓으라고 저희들한테까지 허둥지둥 왔기 때문입니다."

"뭐, 된장을 구하러 왔다고……?"

"예, 주방의 졸개들이 다녀갔습니다."

요시모토는 고개를 끄덕이면서 그러나 몇 번이고 갸우뚱했다. 그가 얻은 정보로는 노부나가는 조심성 많고 성안 살림도 넉넉하다고 듣고 있었다.

"그런가. 그렇다면 전쟁의 화가 그리 미치지 않겠구나. 내 가신에게 이름을 말하고 돌아가 저마다 생업에 열중하도록."

"고맙습니다. 따로 부역 같은 일이라도 있으시면, 이 차제에……."

"황공하옵니다."

세 사람은 얼굴을 마주 보았다. 눈이 붉어진 것은 요시모토의 말에 감동했다는 증거였다.

세 주민대표가 돌아가자 요시모토는 근위무사에게 물을 떠오게 하여 맛있게 마셨다.

"힘없는 영주의 백성은 불쌍하구나."

쓴웃음 지으며 마지막 한 모금을 칼자루에서 칼집으로 뿜었다.

"그러나 방심하면 안 된다. 내가 알기로는 이 언저리에 불온한 잡병들이 숨어 있다고 들었다. 자, 가마를 들어라."

행렬은 다시 구쓰카케를 향해 움직이기 시작했다.

모토야스로부터 부디 방심하지 말도록—몇 번이나 들었기 때문에 논과 논을 구분 짓는 언덕에 이르면 언제나 척후병을 내보냈다. 그렇듯 엄중한 경계에도 불구하고, 푸른 논 가운데에는 새하얀 백로가 한가롭게 먹이를 찾고 있을 뿐 이윽고 멀리 아른거리는 앞쪽 들에 해가 떨어지고 있었다.

아직 무더운 철은 아니었다. 그러나 해가 지고도 기온은 전혀 내려가지 않았다. 바람 없는 후덥지근한 저녁나절, 땅거미가 어스름하니 끼는 벌판에 개똥벌레가 느릿하게 날기 시작했다. 본대가 사카이강을 건너 구쓰카케에 이른 것은 사방이 개구리 소리로 시끌시끌해진 뒤였다.

구쓰카케는 예부터 역참(驛站)으로, 교토―가마쿠라(鎌倉) 63숙(宿)의 하나였다. 여기서부터 나루미까지는 10리 14정, 아쓰타까지는 30리 길로 작은 성이지만 호리코시의 방비는 엄중하기 이를 데 없었다.

본대는 사카이강 언저리의 유후쿠사(裕福寺)에서 성 안팎 일대에 걸쳐 야영하며 부산하게 연기 내어 밥을 짓고 있었지만, 요시모토는 왠지 안절부절못했다. 내일의 총공격 결과를 그리 염려하고 있는 것도 아니었다. 출전하게 되면 모든 일상생활이 슨푸에 있을 때와는 비교도 안 될 만큼 불편했고, 게다가 이 언저리에 싫어하는 모기가 많은 게 견딜 수 없이 귀찮았다.

"향을 피워라."

식사하는 동안 몇 번이나 명했고, 식사가 끝나 마지막 군사회의가 열려서도 쉴 새 없이 두 근위무사에게 모기를 쫓게 하고 있었다.

호리코시가 물었다.

"내일은 드디어 총공격인데 말을 타시겠습니까, 가마로 가시렵니까?"

"오다의 애송이 따위에게."

요시모토는 그렇게 말했을 뿐 뒷말은 하지 않았다. 구태여 말을 탈 것까지 없겠지―라기보다, 살이 너무 쪄서 허벅지가 까지면 막상 중대한 싸움을 할 때 진두에 서지 못하게 된다. 그것을 경계해 위험이 없다고 판단되면 가마로 갈 생각인 요시모토였다.

요시모토는 서원 중앙에 침구를 깔게 하고 잤다. 그때도 끊임없이 두 근위무사에게 모기를 쫓게 하고 있었는데 그들의 피로를 생각하니 자기가 잠을 설칠 것 같아 난처했다.

"밤은 정말 내 성미에 안 맞아. 낮에는 이 모기가 없어 살겠는데……"

내일은 드디어 노부나가의 영지를 말굽으로 짓밟는다. 승산이 뚜렷한 싸움이니 백성들이 날라온 축하술을 근위무사에게 내려도 좋으련만, 술 냄새가 나면 모기들이 더 모여든다.

'이기고 나서 마시기로 하자.'

이렇게 생각하며 술을 마시지 않은 것도 야릇하게 신경을 말똥거리게 만들었다.

화톳불만은 밤새도록 활활 지피게 해놓았는데 새벽 2시가 지나자 사방이 아주 조용해졌다. 요시모토는 3시가 되어서야 겨우 잠들었다. 그리고 깨어났을 때는 모토야스의 오카자키 군이 마루네 성채를 맹공격하고 있는 시각이었다.

요시모토는 일어나자 곧 무장하기 시작했다. 몸이 너무 뚱뚱해 팔에 매는 끈은 물론 정강이에 대는 행전까지 모두 근위무사의 손을 빌려야 했다. 갑옷을 입고 띠를 매는 데 두 사람이 달려들었다. 그 무렵부터 또 솟아나듯 땀이 났다. 촉나라 비단으로 지은 예복을 입으니 보기에는 자못 장엄했지만, 더위가 안으로 파고들어 익숙하지 않은 자라면 정신이 아찔했을 것이다.

그것을 단정히 입고 중국식 궤짝에 넣어온 표범가죽을 깔게 한 다음 의젓이 걸터앉았을 때 전선에서 첫 전령이 닿았다. 날 밝기 전에 마루네 성채를 공격한 모토야스 군이 성문을 열고 나온 적장 사쿠마의 맹반격을 만나 고전 중이라는 소식이었다.

"그까짓 사쿠마 따위에게. 모토야스에게 일러라, 한 발짝도 물러서지 말라고."

요시모토의 붉은 눈에 날카로운 눈빛이 되살아났다. 모토야스가 위급할 경우 오타카성에서 우도노가 치고 나와 곧바로 구원하도록 지시하고, 자신도 급히 구쓰카게를 출발했다.

그때는 8시가 지나 있었다. 축하드린다고 또 찾아온 자들을 만날 생각도 않고, 본대는 서쪽을 향해 가마쿠라 큰길을 엄숙하게 나아갔다.

날씨는 여전히 덥다. 장마철이 지나 곧장 복더위로 바뀐 듯한 더위였다.

"소나기나 한줄기 내렸으면 좋겠군."

"이제 올해는 장마가 없겠는데."

"바람이 없으니 죽을 지경이야. 이곳에 비하면 슨푸의 기후는 참 지내기 좋은 편이지."

대장이 단단히 무장하고 있으므로 모두들 갑옷을 여며 입고 있다.

오늘도 일일이 척후를 내보내 앞쪽의 안전을 살피고 나서 진군하는 데는 변함이 없다. 나무랄 데 없는 합리적인 진군이었다. 그들은 이윽고 오치아이(落合)와 아리마쓰(有松) 사이에 있는 오와키(大脇), 흔히 말하는 덴가쿠(田樂) 분지에 이르렀다.

불에 구워진 산적들을 만났으니
꼬치에 꿸 것인가, 덴가쿠 분지.

뒷날 사람들이 이렇게 노래 부른 이 분지는 아리마쓰에서 18정, 나루미 역에서 동쪽으로 16정쯤 되는 위치에 있다. 남쪽의 오케 골짜기(桶狹間)까지는 역시 17, 18정이었다.

사방이 높은 언덕으로 둘러싸인 그 분지에 들어섰을 때 전선에서 다시 전령이 닿았다. 모토야스 군이 적을 맹공격하여 마침내 적장 사쿠마를 비롯한 장수의 목을 일곱이나 베어 몰살시킨 다음 마루네 성채를 완전히 점령했다는 통지였다.

"그런가, 해냈구나!"

길가에 가마를 멈추고 요시모토는 그제야 웃었다.

"모토야스, 장하다. 잘했어. 곧 돌아가 모토야스에게 전해라. 오늘의 무공은 뛰어났다, 그러니 곧 오타카성으로 들어가 군사를 쉬게 하라고 전해."

그리고 다시 지시했다.

"오타카성의 우도노는 병력을 모두 거느리고 기요스성을 공격하도록."

새벽부터 분전한 모토야스의 오카자키 군을 성에 들여놓고 새로운 우도노 군을 기요스로 쳐들어가게 한다. 빈틈없는 요시모토의 용병술이었다.

"가마를 들어라. 해지기 전에 우리도 오타카성으로 들어가야 한다."

그때 또 전선의 전령과 축하드리겠다는 자가 함께 가마 곁으로 안내되어 왔다. 어느덧 10시를 지나 그럭저럭 점심때가 되려 하고 있었다……

전령은 모토야스와 나란히 와시즈 성채를 공격한 아사히나한테서였다. 적장 오다 겐바도 잘 막아 싸웠지만, 모토야스 군에게 지지 않으려고 아사히나 군도 맹렬히 성채에 육박하여 문을 불사르고 방책을 부순 다음 마침내 성채 안으로 돌입했다. 적은 견디지 못하고 막대한 부상자와 시체를 남긴 채 겐바를 비롯한 나머지는 기요스 방면으로 패주. 여기서도 아사히나 군에게 성채가 점령되었다는 통지였다.

"장하다. 그러나 모토야스는 적의 수비장수 목을 베었는데, 아사히나는 놓치고 말았으니 돌아가서 곧 추격하라고 해라."

요시모토는 군선(軍扇)을 펼쳐 기름땀을 부채질하면서, 전령이 돌아가자 저도 모르게 소리 내어 웃었다. 모든 것이 한 치의 차질도 없이 최상의 예상대로 되어 나가고 있었다.

"조짐이 좋구나. 이쯤 되면 노부나가도 내일 안으로 항복하겠지. 어디 그 축하하러 온 자들을 만나볼까."

승전하면 축하하려는 이들이 연방 찾아온다. 어떤 고장이건 힘없는 토민은 스스로를 억제하고 새로운 지배자에게 아첨하는 수밖에 도리 없는 것이다. 이번에는 10여 명, 고을 대표가 두 승려와 한 사람의 신관을 선두로 털 뽑힌 양처럼 오들오들 떨며 나타났다.

"미즈노 노부모토의 백성들입니다."

부하가 소개하는 말에 요시모토는 고개를 크게 끄덕였다.

"안심들 해라. 폭동이 일어나지 않도록 충분히 손쓸 테니, 아무쪼록 생업에 힘쓰거라."

"황공합니다."

50살 남짓한 승려가 땅바닥에 이마를 비비듯 하며 꿇어 엎드리자, 오른쪽 옆의 신관이 쩌렁쩌렁한 목소리로 말했다.

"슨푸의 대감님은 덕이 높으신 분이라고 소문에 듣고 토민들이 하나같이 마음속으로 흠모하고 있었습니다. 그래서 조금이나마 행군에 도움 되고자 떡 50짐, 주먹밥 20섬을 정성껏 지어왔습니다. 마침 점심때니 기꺼이 받아주시면 고맙겠습니다."

"뭐, 일부러 떡과 주먹밥까지…… 거참, 고마운 일이로다. 그렇지, 벌써 점심때가 가깝구나. 기꺼이 받아들이마."

"고맙습니다."

신관이 머리를 조아리자, 가신이 목록을 가지고 요시모토에게 덧붙여 말했다.

"그 밖에 술과 안주를 많이 가지고 왔습니다. 기특한 일입니다."

요시모토는 또 너그럽게 고개를 끄덕였다. 점심때가 가까운 것을 알고 취사를 도와준다. 게다가 술과 안주까지 곁들여서.

그 재치 있는 대표의 한 사람, 공손히 말한 사나이는 구마 도령 나미타로였는데, 요시모토는 그들이 돌아가자 말했다.

"이 분지에서 점심을 먹도록 해라. 이 더위에는 오래 두지 못할 테니, 저들이 가져온 것을 모두에게 나눠줘라."

그리고 자신도 가마 안에서 천천히 일어났다.

"걸상을 가져오너라. 나도 그늘에서 잠시 쉬어야겠다."

앞쪽의 행진은 이미 멈춰 있었다. 근위무사가 요시모토를 도와 나무 그늘에 자리를 마련하는 동안 본대 5000명의 군사는 이 분지 안에 낮은 곳으로 흐르는 물처럼 서서히 들어차 점심식사 준비에 들어갔다.

같은 날 이른 아침.

기요스성의 넓은 회의실은 다다미만 널찍하게 남겨놓고 사람 그림자는 드물었다. 북쪽 주방 아래 큼직하게 내붙여진 종이가, 뜰에서 스며드는 바람에 가늘게 흔들리고 있다. 내전에서는 오늘도 작은북 소리가 들려왔다.

종이에는 이렇게 씌어 있다.

"더위가 심하니 답답한 중무장은 삼갈 것"

이것이 사람들을 몹시 노하게도 하고 실망시키기도 하여 여러 장수들의 등성을 지연시키고 있었다. 물론 어제 18일에 와시즈와 마루네 두 성채에서 구원군을 요청해 왔으며, 이젠 누가 보아도 농성하는 수밖에 도리 없었다.

"아무리 배짱 좋은 주군이라도 오늘은 지시 내리지 않고 못 배기겠지."

모두 약속한 듯 어마어마한 갑옷 차림으로 등성한 것이 어제였다. 그런데 점심때 가까이 되어 시동 이와무로가 종이를 들고 내전에서 나타났다.

"지시문이 내렸구나."

누가 어느 성문을 지켜야 하는지 우르르 다가가보니 지시문은커녕 이 엉뚱한 내용이었다.

시동 이와무로는 선군의 총희(寵姬) 이와무로 부인의 동생으로 가토 즈쇼의 조카였다.

맨 먼저 하야시 사도가 꾸짖었다.

"이봐, 이와무로, 어찌 된 일인가, 이것은."

"저는 모릅니다. 주군의 분부이십니다."

"아무리 주군의 분부라지만 적이 이미 물밀듯 성에 육박하고 있지 않느냐."

"육박해도 상관없다, 더우니 이것을 붙여주면 모두들 편안해할 거라고 분부하셨습니다."

"그런 일로 편안해질 줄 아나?"

그러나 이와무로를 꾸짖어본들 어떻게 될 일이 아니었다. 모두 얼굴을 마주 쳐다보며 탄식했다. 하는 수 없이 갑옷을 벗고 바람을 쐬었지만, 시원하기는커녕 오히려 으스스함이 몸속에 느껴졌다.

게다가 밤이 되자 노부나가는 홑옷 소매를 걷어붙이고 목욕한 모습으로 나타나 말했다.

"오늘 저녁에는 모두 집으로 돌아가 쉬도록 해라."

분노하기보다 기운이 빠졌다. 무슨 필요가 있어서 모두의 사기를 이토록 떨어뜨리는 것일까······.

"어쩌면 농성······ 죽음······을 생각하고 오늘 저녁만의 목숨이니 가족과 작별을 나누라는 위로가 아닐까?"

돌아가는 도중 현관에서 요시다 나이키(吉田內記)가 말하자, 하야시는 별을 우러러보며 씹어뱉듯 대꾸했다.

"어쨌든 멸망이다. 그런 동정은 이미 늦었어."

그리하여 오늘 아침에는 날이 활짝 밝았는데도 아직 손에 꼽을 정도밖에 등성하지 않았다.

"또 북소리로군."

"오늘은 특히 한가로운데. 지금쯤 마루네 성채에서는 혈투가 벌어지고 있지 않을까."

그때 기노시타 도키치로가 어정어정 들어왔다. 그는 이마에 머리띠를 단단히 매고 나붙어 있는 종이 따위는 안중에도 없는 듯 중무장하고 있었다.

"여러분, 마루네의 사쿠마 다이가쿠 님이 마쓰다이라 모토야스의 총에 맞아 전사했다고 하오."

담담히 말하고 그대로 북소리가 들리는 내전으로 가버렸다.

도키치로가 들어갔을 때, 노부나가는 금부채를 들고 유유히 춤을 추기 시작한 참이었다.

인생 50년

돌고 도는 무한에 비한다면
덧없는 꿈과 같도다.

질타하는 목소리가 싸움터에서 적을 몸서리치게 한다는 그 자랑하는 음성. 그 목소리가 아침 공기를 울리며 낭랑하게 내전에서 바깥채, 바깥채에서 뜰로 퍼져 나간다. 득의양양할 때 반드시 읊으며 춤추는 노래의 한 구절이었다.

도키치로는 히죽 웃으며 한쪽 가장자리에 앉았다.

노부나가는 여느 때의 홑옷 차림이었으나 곁에 노히메 부인과 아들 기묘마루와 딸 도쿠히메가 자못 심각한 표정으로 앉아 있었다. 그 뒤에 오루이 부인과 나나 부인과 미유키가 역시 도키치로에게 옆얼굴을 보이며 나란히 앉아 있다. 둘째 아들 차센마루와 셋째 아들 산시치마루는 유모에게 안겨 반대쪽 창가에 있었다.

근위무사는 한 팔이 없는 하세가와와 이와무로 두 사람. 둘 다 도키치로에게 시선을 흘끗 돌렸다가 곧 다시 노부나가의 춤을 바라보았다.

돌고 도는 무한에
비한다면
덧없는 꿈과 같도다.
한 번 태어나
죽지 않는 자 있으랴.

측실 가운데 가장 마음 약한 나나 부인이 글썽이는 눈으로 눈물을 흘리지 않으려 필사적으로 애쓰고 있었다. 아이들은 아직 모두 철부지였지만, 노히메 부인은 이미 오늘이 있을 것을 각오하고 마음도 몸가짐도 차분하게 갖추고 있는 느낌이었다.

노래를 마치자 작은북을 치고 있는 북재비에게 부채를 획 내던지듯 건네고 노부나가가 칼로 베는 듯한 목소리로 물었다.

"원숭이! 깨우러 왔나!"

"예."

도키치로는 천천히 고개를 숙였다.

"마루네는 이미 떨어지고 와시즈는 고전하고 있다 합니다."

노부나가는 그 말에는 대꾸하지 않고 물었다.

"요시모토의 본대는?"

"오늘 아침 구쓰카케를 출발, 오타카성으로 향하는 게 확실하다고…… 야나다의 부하가 가져온 정보입니다."

노부나가는 싱긋 웃으며 거듭 세 번 고개를 끄덕였다. 그리고 홑옷 웃통을 홱 벗고 벌거숭이 배를 탁 치며 노호(怒號) 같은 소리를 질렀다.

"갑옷을 가져와!"

세 측실은 깜짝 놀라 얼굴을 마주 보았지만, 노히메 부인만은 과연 사이토 도산이 '형제자매 가운데 으뜸'이라고 사랑해 온 딸이니만큼 무릎을 세우고 야무지게 명했다.

"준비해 놓은 갑옷을 어서 이리로 가져오너라."

"예."

두 근위무사가 튕기듯 일어나 나간다.

노부나가는 배를 탁 치며 우뚝 선 채 다시 외쳤다.

"밥!"

"저, 뭐라고 말씀하셨나요?"

아침식사를 막 끝낸 참이었으므로 오루이 부인이 되물었을 때, 끝자리의 미유키가 구르다시피 일어나려 했다.

"이봐요……"

노히메는 그 미유키를 제지하고 시녀에게 말하듯 엄하게 지시했다.

"중대한 출전이니 준비한 술과 승리를 기원하는 밥을 잊어선 안 돼요."

갑옷을 내오자 노부나가는 도키치로조차 눈을 둥그렇게 뜰 만큼 재빠른 속도로 그것을 입었다.

슨푸의 용은 이미 오와리에 이르고 있었다. 기요스의 호랑이는 끓어오르는 투지를 누르며 때가 무르익기를 기다리고 있었던 것이다. 호랑이는 들에 있는 것, 구름 속의 용에게 싸움 걸지 않고 그가 먼저 지상에 내려설 때를 기다려 도약을 개시한다. 적도 아군도 농성하는 것으로 믿게 해놓고서.

갑옷을 입고 나자 노히메 부인이 옆에서 물었다.

"칼은 어느 것을?"

"미쓰타다(光忠), 구니시게(國重)!"

그 응수는 마치 불꽃이 튀는 것 같았지만, 두 사람 사이에는 조금도 빈틈없는 마음의 합일(合一)이 느껴진다.

노히메가 묻고 노부나가가 대답하자, 오른팔이 없는 하세가와가 어느새 미쓰타다 소도를 내밀고 있었다.

"예, 미쓰타다는 여기에."

노부나가는 싱긋 웃으며 그것을 받아들었다.

"구니시게는?"

"아마 그것일 거라고 짐작하고, 구니시게도 여기에."

"하하하……."

노부나가는 높다랗게 웃었다.

"이겼다, 원숭이!"

"예."

"하세가와까지 건방지게 내 마음을 읽었어. 이겼다, 이 싸움은!"

애도 하세베 구니시게(長谷部國重)를 받아 옆에 놓자, 미유키가 날라온 작은 상이 노부나가 앞에 놓였다.

그러나 그는 갑옷궤에 걸터앉으려 하지 않고 우뚝 서 있었다. 그것을 보고 노히메는 재빨리 잔을 내밀어 자기 손으로 술을 따랐다.

"자, 잔을."

노부나가는 단숨에 마시고 이번에는 오루이가 바치는 밥공기를 들었다. 그리고 네 아이를 흘끗 쳐다보며 말했다.

"전쟁이란 이렇게 하는 거다. 잘 봐둬."

역시 꾸짖는 말투였으므로 기묘마루만이 고개를 끄덕였을 뿐이었다. 나머지 아이들은 겁먹은 듯 유모에게 착 달라붙었다.

"하하하……."

노부나가는 순식간에 두 공기를 먹고 젓가락을 놓는 것과, 투구를 잡는 것과, 고둥을 불라고 명령하며 칼을 움켜잡는 것과 내전을 달려나가며 외치는 것이 동시였다.

"원숭이, 따르라!"

도키치로는 깡충 뛰다시피 노부나가의 앞장을 섰다.

"타실 말은 질풍이다! 출전이시다. 서둘러라, 서둘러."

고함치며 도키치로는 문득 눈물이 나올 것 같았다. 이 불같은 성미로 열흘 가까이 자신을 꾹 억눌러온 노부나가의 심정을 생각하자 일종의 감동이 번갯불처럼 온몸을 스쳐 지나갔다.

'여기까지 할 수 있는 상대라면, 이 도키치로 역시 죽어도 좋다…….'

뒤에서 고둥이 연거푸 울리고 있었다.

"출전이다! 주군이 벌써 말에 오르셨다."

회의실로 모여들던 여러 장수들이 허둥지둥 무장을 갖추고 있을 무렵, 노부나가는 벌써 애마인 질풍을 몰아 성문에 이르고 있었다.

질풍

노부나가가 사라져간 내전은 폭풍이 지나간 뒤처럼 고요했다. 오루이도 나나도 멍하니 마루 너머 뜰에 내리쬐는 아침 햇살을 보고 있었다. 모든 게 꿈처럼 생각되는 모양이다. 여기가 기요스성 안이라는 것도, 자기들이 노부나가의 측실이라는 것도, 아이를 낳았다는 것도⋯⋯.

대체 이렇듯 허둥지둥 뛰어나가 과연 돌아올 것인가? 삶이란? 전쟁이란? 죽음이란?

측실 중에서도 가장 신분 낮은 미유키는 한결 가련했다. 그녀는 몸에 밴 시녀 시절의 습관으로, 그래도 폭풍이 지나간 뒷설거지를 해야지 하고, 먹다 팽개치고 나간 노부나가의 상을 꼭 붙든 채 떨고 있었다.

기묘마루는 생모 오루이 대신 정실 노히메 부인의 무릎에 손을 얹고 불안한 듯 사람들을 둘러보았고, 나머지 어린 두 아이는 겁에 질려 유모에게 매달려 있었다. 도쿠히메만이 모습만은 어른스럽게 불안과 공포 밖에 앉아 있었지만, 그것도 철없는 탓이라 여기니 역시 가슴이 멘다.

잠시 그러한 정적이 계속된 뒤 노히메 부인은 조용히 그들을 둘러보았다. 그 자리에는 이미 하세가와도 이와무로도 없었다. 그들도 재빠르게 노부나가 뒤를 쫓아간 것이다.

"이코마 님."

노히메 부인은 오루이를 보자 이상한 감정이 찌르르 가슴을 스쳤다. 이 여자가 자기는 낳지 못한 노부나가의 자식을 낳았다는 질투심 외에 자식은 낳았지만 뒷감당은 못 한다 — 는 연민과 우월감이 뒤섞인 감정이었다.

"각오는 되어 있겠지요."

별안간 말이 건네지자 오루이보다 나나와 미유키가 놀라는 듯했다.

"성주님 몸을 염려한다면 어떤 일이 있어도 추태를 보여선 안 돼요. 모두들 각오되어 있겠지요?"

"어떤 일……이라니요?"

노히메 부인의 시녀였던 미유키가 가장 솔직했다. 구원을 청하듯 두 손을 짚었다.

"분부해 주세요. 시키는 대로 하겠습니다."

"이번 싸움에는 세 가지 경우가 있을 거예요."

이번에는 오루이가 물었다.

"그 하나는요?"

노히메 부인은 얼음 같은 눈초리로 다시 한번 모두를 둘러보았다.

"이대로 전사하실 경우. 그리고 또 하나는 성으로 돌아오셔서 농성하실 경우. 나머지 하나는……."

거기까지 말하고 멈추더니 미소 지었다.

"이겨서 개선하실 경우."

세 사람은 얼굴을 마주 보며 고개를 끄덕였다. 아니, 세 사람뿐만 아니라 도쿠히메와 기묘마루도 고개를 끄덕이며 입을 모아 말했다.

"이겨서 말이지요."

"그래, 이겨서……."

노히메 부인은 기묘마루의 머리에 한 손을 얹고 엄한 목소리로 다짐을 주었다.

"전사하셨을 때, 물러나 농성하기로 결정되었을 때 내전의 지시는 내가 하겠어요. 모두 이의 없겠지요?"

그리고 기묘마루의 머리를 조용히 쓰다듬었다. 물론 세 사람에게 이의가 있을 리 없었다. 노히메 부인은 모든 것을 계산하고 있는 침착한 태도로 단호하게 말했다.

"그럼, 지시하겠어요."

세 사람은 그것을 기다리는 얼굴로 다가앉았다.

"성주님이 전사하셨을 경우……."

"전사하셨을 때는?"

"머지않아 적이 이 성을 포위할 것이니, 저마다 긴 칼을 들고 싸울 것."

나나는 고개를 크게 끄덕였지만, 오루이의 눈은 착잡해졌다. 아이들 걱정을 하고 있다. 노히메는 그것에 구애되지 않으려고 말을 이었다.

"성주님은 무용이 뛰어난 대장님이시니 내전이 추한 꼴을 보이면 수치스러워져요. 하지만 싸운 뒤의 지시는 하지 않겠어요. 쉽사리 항복하지 않는다는 여자의 절개를 보인 다음 자결해도 좋고 어디론가 몸을 피하는 것도 좋겠지요……."

오루이가 긴장된 표정으로 몸을 앞으로 내밀었다.

"마님! 아이들은?"

"아이들은……."

말하려다가 노히메는 아이들의 시선이 자기에게로 일제히 쏠린 것을 의식하며 웃어 보였다.

"내가 최후를 지켜보겠어요."

"그러시면 성을 베개 삼아?"

"글쎄, 그건…… 적의 포위를 확인한 다음 미노로 달아나게 할지도 모르고, 어쩌면 누군가 노신의 손에 맡기게 될지도 모르는 일……."

"그런 다음 마님은 어떻게 하시겠어요?"

미유키는 그것이 걱정되는 듯 지난날의 시녀 얼굴로 돌아가 애원하는 눈빛이 되었다. 노히메는 웃던 얼굴을 굳히고 엄숙하게 대답했다.

"뻔한 일. 대감 뒤를 쫓겠어요. 그럼, 저마다 준비를."

세 사람은 굳은 표정으로 저마다의 방으로 물러갔다. 그것과 엇갈려 노히메가 명령해 둔, 노부나가의 동정을 알리는 첫 전령이 허둥지둥 뜰을 누비며 나타났다.

후지이 마타에몬에게 명하여 졸개 중에서 선발한 8명이 그날그날의 전황을 내전에 알리는 전령역을 명령받고 있었다. 맨 먼저 도착한 것은 다카다 한스케(高田半助)라는, 전에 아쓰타에서 어부 노릇을 한 사내였다.

후지이의 딸 야에가 그를 안내해 왔다. 야에는 이미 흰 무명으로 멜빵을 메고 이마에 남자 머리띠를 동이고 있었다. 긴 칼을 거머잡은 손의 붉은 손등이 아침 햇살을 받아 씩씩하다.

노히메는 야에의 모습에 미소를 던지고 뜰아래에서 한쪽 무릎을 꿇고 가쁜 숨을 몰아쉬는 한스케를 내려다보았다.

"성주님은 어디로 가셨느냐?"

"예, 성문을 나서자 아쓰타로 가라고 명하시고는 곧장 말을 달리셨습니다."

"뒤따른 사람들은?"

"겨우 5명─이와무로, 하세가와, 사카이(佐脇), 가토(加藤) 님 등. 그리고 도키치로 님이 말 재갈을 잡고 번개같이 달려갔습니다."

노히메 부인은 가슴이 설레었다. 뒤따르는 자가 겨우 5명이라니…… 노부나가는 대체 무엇을 생각하고 있는 것일까…….

"좋아요. 그대도 뒤쫓아가 자세히 보고 알리도록."

"예."

한스케는 달려나갔다.

"마님."

뒤에 남은 야에가 불렀지만, 아침 햇살을 온몸에 받고 있는 노히메 부인은 그 소리가 들리지 않는 것처럼 뚫어질 듯 허공을 쳐다보고 있다. 노히메의 근심은 노부나가의 신앙이라 해도 좋을 그 '성격' 속에 있었다. 노부나가는 난세를 바로잡는 것은 모든 게 '힘─' 하나라고 확신하고 있었다.

"신하들을 다스리는 것은 덕입니다."

히라테 마사히데가 살아 있을 때 그렇게 간언하자 노부나가는 코웃음 치듯 웃었다.

"난세란 낡은 도덕이 가치를 상실했을 때 생겨나는 것이다. 덕이란 뭔가. 덕이란…… 앗핫핫하."

노부나가는 '덕'이란 무엇인지 윗사람도 아랫사람도 모두 깨닫게 될 때 난세가 끝난다고 비웃었다. 그리고 모든 것을 힘으로 처리했다. 하나하나 사람의 의표를 찔러 혈육 사이의 다툼도 중신의 배신도 벌벌 떨도록 만들어 굴복시켰다.

그래서 지금 노부나가의 영내에는 도둑마저 종적을 감추고 있었다. 위로는 엄하고 아래로는 너그러운 것도 원인이지만, 도둑의 무리까지 노부나가를 두려워하고 있는 것이다.

그러한 노부나가가 오늘 오다 일족의 운명을 걸고 기요스성을 뛰쳐나갔는데, 뒤따르는 자가 겨우 5명이라고 한다…… 평소의 불만이 폭발하며, 이 중대한 때 낙오한 사람들이 그대로 반란을 일으킨다면 어떻게 될까?

"마님."

야에가 다시 부르자 노히메 부인은 흠칫 놀랐다.

"한스케는 5명이라고 했습니다만, 모두들 허둥거리며 성주님 뒤를 쫓아갔습니다."

"오…… 모두 따라가주었나."

"네, 시바타 님도, 니와(丹羽) 님도, 사쿠마 우에몬 님도, 이코마 님도, 요시다 님도…… 그리고 그들의 부하들이 허리갑옷을 입으면서 길 가득히 흙먼지를 일으키며 달려갔습니다."

노히메는 고개를 끄덕였지만, 그저 달려갔다고만 해서는 안심되지 않았다. 그 사람들이 노부나가를 따라잡지 못하여 불평을 품고 모인다면…….

"그럼, 나도 곧 채비해야겠다. 뒤에 오는 전령의 전갈에 귀 기울이도록."

야에를 보내고 노히메는 긴 칼을 가져왔다. 멜빵을 걸고 머리를 단단히 동이면서 문득 아버지 도산의 마지막 모습이 생각났다. 아버지는 오빠에게 살해되었다. 그 자식인 자기 또한 적보다 먼저 반란군 손에 죽는다…… 그런 예감이 가슴을 스치자 노히메는 긴 칼을 비스듬히 겨누었다. 보이지 않는 것을 노려보며 한 번 후려쳐보았다.

"얏!"

새하얀 팔뚝에 단련된 힘이 되살아났다. 적이든 반란군이든 가까이 오는 자는 후려치고 후려쳐 베어버리자.

분발한 자신의 모습을 깨닫고 노히메가 문득 미소를 되찾았을 때, 야타(矢田)의 야하치(彌八)라는 산돼지보다도 발이 날랜 두 번째 전령이 뛰어들었다.

"성주님은 어찌 되셨느냐?"

마루 끝으로 달려나가 꾸짖듯 묻자, 상대는 숨을 크게 내쉬고 가슴을 두드렸다.

"주군께선…… 아쓰타 신궁 앞까지 단숨에 달려가시어……."

"거기서 말을 내리셨느냐?"

"예, 팥밥! 팥밥, 이라고 큰 소리로 외치시며……."

"뭐, 팥밥……."

그 의미는 알 수 없었지만, 노히메 부인은 마음 놓으며 가슴을 쓸어내렸다. 노부나가는 처음부터 아쓰타 신궁 앞에서 대오를 갖출 셈이었던 게 틀림없다. 그러자 동시에 그것이 어떤 의미를 갖는 일인지 노히메는 곧 깨달았다.

"그래? 신궁 앞에서……."

긴 칼자루를 짚은 채 말하는 노히메의 눈이 순식간에 붉어졌다. 노부나가가 아쓰타 신궁 앞에서 대오를 갖춘 데는 적어도 세 가지 의미가 있었다. 그 하나는 물론 적이 아군의 행동을 미리 알지 못하도록 하는 것. 두 번째는 모여드는 가신의 속도로 아군의 사기를 가늠해 보는 일. 셋째는 그곳이 대오를 갖출 수 있는 적에게 가장 가까운 장소라는 점.

"팥밥! 팥밥!"

말을 신궁 앞에 들이대며 외친 것은 팥밥(세키한(赤飯))이 아니라 서기 다케이 세키안(武井菴)을 부른 것이었다. 세키안에게 이날 바칠 기원문을 작성해 두도록 미리 지시해 놓았다. 그 기원문에 화살을 곁들여 신궁에 봉납한다―고 하면, 노부나가답지 않게 고사(故事)를 따르는 것같이 보이지만 그렇게 하며 이곳으로 달려오는 가신을 기다릴 속셈인 것이다.

"세키안! 세키안!"

노부나가가 외치자 신관 가토 즈쇼는 이런 일이 있을 것을 미리 헤아리고 몰래 지어놓았던 팥밥을 내왔고, 가까스로 뒤쫓아온 세키안은 기원문을 받쳐들고 땀을 닦으며 노부나가 앞에 섰다.

노부나가는 매서운 눈초리로 뒤따르는 인원수를 세었다. 이제 겨우 200명쯤. 시각은 이미 오전 8시가 되려 하고 있었다.

"선군의 유훈(遺訓)으로 미루어 반드시 출전하실 줄 알고 승전을 기원하는 팥밥을 마련해 두었습니다. 마음껏 드십시오."

가토의 이 말에는 직접 대답하지 않고 노부나가는 때려 부수듯 외쳤다.

"호의이니 모두들 받아라!"

그리고 세키안에게 돌아섰다.

"세키안, 읽어라."

세키안은 대머리의 땀을 닦으며 기원문을 읽었다. 요시모토가 스루가, 도토우미, 미카와 세 나라에 폭정을 펼치다가 마침내 마음속에 불경한 야망을 품어 4만 대군을 거느리고 왕도를 침범하려고 음모를 꾸몄다. 그 음모를 분쇄하려 궐기한 노부나가는 병력이 겨우 3000 남짓, 모기가 황소를 무는 것과 다름없지만 사사로운 마음은 한 조각도 없다. 왕도의 쇠약함을 근심하고 백성을 구하려는 의거이므로 굽어살피시어 도와주소서 하는 의미였다.

세키안의 목소리는 때로 높아지고 때로 떨렸다. 그러나 울창한 삼나무 그림자를 드리운 아침 신전 앞에 포효하듯 우뚝 선 노부나가는 그 기원문의 내용 따위는 듣고 있지 않았다.

읽고 나서 공손히 노부나가의 손에 건네주자 그는 외쳤다.

"좋다!"

노부나가는 그것을 움켜잡고 성큼성큼 층계를 올라 신전 안으로 들어갔다. 왼쪽에는 활을 든 하세가와가 따르고 오른쪽에는 노부나가의 투구를 받쳐든 이와무로가 따랐다. 두 사람 다 감색 갑옷을 입고 얼굴은 복숭앗빛으로 상기되어 있었다.

노부나가는 가토가 내미는 작은 상에 화살과 기원문을 얹고, 신주(神酒) 질그릇 잔을 들었다.

무녀가 공손히 술을 따르자 소리 내어 후루룩 한입에 마셔버리고 신전 안을 지그시 노려보더니 딸그락 소리 내어 잔을 놓고는 곧장 신전 앞으로 내려왔다.

지금의 노부나가에게는 차례로 모여드는 인원수만이 문제인 듯했다.

신전을 내려오자 눈을 부릅뜨며 모인 사람들에게 포효하듯 말했다.

"모두 듣거라! 지금 신전에서 무기와 갑옷 소리가 났다. 천지신명은 우리를 돕겠다고 하신다. 의심 품는 놈은 베어버리겠다!"

노부나가의 신전 기원은 뜻밖에 사기를 고무시켰다. 그러한 일은 늘 무시하여 교토의 황성(皇城)과 이세(伊勢) 신궁과 아쓰타 신궁밖에 참배하지 않는 노부나가였다. 그런데 신앙하고 있는 아쓰타 신궁에 기원문을 바치고 화살을 헌상한 것이다.

기원을 끝내고 나오니 병력이 500명 남짓으로 늘어나 있었다. 노부나가는 그것을 노려보고 안에서 나온 자를 손짓해 불렀다.

"여기서 잠시 폐를 끼쳤던 모토야스…… 거 왜, 다케치요 말이다. 이번에는 그도 적군 속에 있다. 야사부로(彌三郎)에게—"

말하다가 초조한 듯 뺨에 앉은 파리를 찰싹 쳤다. 야사부로는 가토의 아들이었다.

"이 언저리의 농민, 상인, 어부, 사공들을 될 수 있는 대로 많이 모으라고 일러라. 인원이 부족하다. 그리고 천이란 천은 다 모아 깃발을 만들어다오."

가토는 고개를 끄덕이고 달려갔다. 역시 병력이 부족한 것이다. 거짓 군사를 만들어 적의 눈을 속이지 않고는 근접하기 어려울지도 모른다—그렇게 생각하자 가토의 가슴이 메었다.

"4만에 500은 싸움이 안 된다……."

그때가 되어서야 겨우 중신들이 노부나가 앞에 모였다. 시바타 곤로쿠, 사쿠마 우에몬, 요시다 나이키, 니와 나가히데, 하야시 사도, 하야시 노부마사(信政), 히라테 히로히데, 삿사 마사쓰구(佐佐正次), 이코마, 그리고 언제부터인지 나타나 노부나가의 신변을 지키고 있는 야나다 마사쓰나.

하야시가 먼저 입을 열었다.

"주군! 중신들은 거의 모였습니다. 지시를."

노부나가는 날카롭게 흘끔 둘러볼 뿐 아무 말도 하지 않았다.

"작전을 듣고 싶습니다."

노부나가는 씹어뱉듯 말했다.

"작전…… 작전은 이 인원으로 4만의 적을 무찌르는 것이다."

"어떤 배치로?"

"모른다!"

"모른다 하시면 대오가 맞지 않습니다."

"맞지 않는 놈은 낙오하면 된다. 노부나가 자신이 작전인 줄 알아라."

그곳에 무사인지 장사치인지 종잡을 수 없는 이상한 행색으로 누군가 뛰어들어왔다. 그 사내는 구르다시피 노부나가 뒤에 서 있는 마사쓰나 앞에 한쪽 무릎을 꿇었다.

"주인님! 하시바입니다. 적의 대장 요시모토는 여전히 가마를 탄 채 구쓰카케성을 출발했습니다."

마사쓰나는 고개를 크게 끄덕이고 노부나가 쪽으로 돌아섰다.

"목표는 오타카성일 테지."

"예!"

"들으신 대로."

마사쓰나가 말하자, 노부나가는 사람들 앞에서 성큼성큼 멀어져갔다.

"팥밥을 배불리 먹어라. 식겠구나. 먹은 뒤에는 나를 따르라. 원숭이! 말을 대령해라, 말을."

"지금 갑니다."

대답하며 도키치로가 신궁 옆에서 자못 한가로운 얼굴로 어슬렁어슬렁 말을 끌고 나타났다. 이미 8시가 되어 이마에 햇볕이 따가웠다. 도키치로의 태평한 모습에 노부나가는 혀를 차며 끌고 온 말에 올라탔다. 이미 30리 길을 달렸는데도 질풍의 목에는 땀 한 방을 배어 있지 않았다. 아니, 질풍만이 아니다. 그 말을 끌고 온 도키치로는 금방이라도 부러질 것 같은 가느다란 다리를 가지고 오히려 말을 위로했다.

"질풍, 수고한다. 나한테 지지 말아라."

"출발!"

외치며 노부나가가 말을 달리기 시작했을 때 인원은 그럭저럭 800여 명.

"주군에게 뒤처지지 마라."

부하들이 모인 자부터 차례로 뒤따랐다. 물론 갑옷을 입으며 달려오는 자들이 아직도 그치지 않는다.

이 광경을 바라보고 나고야에서 아쓰타에 걸친 상인이며 농민들이 실망하는 것도 무리가 아니었다.

"대체 어떻게 될까?"

"어떻게 되다니, 저쪽은 5만인지 8만이 된다는데, 이쪽은 전혀 준비가 되어 있지 않으니 생각해 볼 여지도 없지."

"역시 지는 싸움일까."

"어째서 준비도 못해두었을까."

"아냐, 아직 지지는 않았어."

개중에는 노부나가를 따르는 나머지 매우 희망적인 관측을 하는 자도 없지 않았다.

"이것은 져서 도망치는 게 아니다. 이제부터 나아가자…… 아니, 준비도 되기 전부터 달려라 하고 뛰어온 것이니 얼마나 용맹스러운가! 꼭 이길 거야."

병력은 차츰 늘어갔으나 모두 모인다 해도 뻔한 숫자였다. 그러는 사이 거짓 군사가 준비되었다. 이들은 싸움이 시작되면 깃발을 말아들고 논밭으로 피한다는 약속 아래, 가토 야사부로의 지휘를 받으며 병력이 끊어진 곳마다 끼어들었다.

깃발은 거적으로 만든 것만 없을 뿐 농민 폭동 때와 다름없이 속옷, 헌 누더기, 수건, 샅바 따위까지 눈에 띄었다.

노부나가는 그 맨 앞에서 달리고 있었다. 아군이 좀 뒤처지면 도키치로는 노부나가의 지시도 기다리지 않고 길가의 풀밭으로 말을 끌어들여 빙글빙글 돌게 하였다. 대장의 성미를 생각하면 말을 멈출 수 없다. 멈춰 서면 기를 꺾게 된다고 계산하여 내 몸의 피로를 돌보지 않는 도키치로의 행동이었다.

아쓰타 해변에서 덴파쿠강(天白川)까지 밀물이 질펀하게 차 있어 오타카성으로 곧바로 갈 수 없었다. 노부나가는 본길에서 옛길로 말 머리를 돌려 구로스에강(黑末川) 상류를 건너 후루나루미(古鳴海)로 향했다.

본길은 가사데라까지 이미 적이 진출해 있었고, 기요스로 진격해 오는 가쓰라야마 부대 5000명은 이곳을 지나올 게 틀림없었다. 만일 그 부대와 맞닥뜨려 싸움이 벌어진다면, 오와리 군은 모두 갇힌 채 꼼짝할 수 없게 된다.

10시 가까운 무렵이었다.

"원숭이! 말을 세워라."

후루나루미에서 단게(丹下)로 가는 앞쪽 하늘에 연기가 엄청나게 치솟는 것이 보였다.

와시즈와 마루네가 불타고 있었다.

"음……."

노부나가가 말 위에서 등을 꼿꼿이 폈을 때, 앞쪽에서 부상당한 패잔병들이 삼삼오오 서로 부축하며 퇴각해 오는 게 보이기 시작했다.

노부나가의 눈이 번쩍 빛났다. 그러나 마음은 이상하리만큼 평온했다. 마루네가 불타고 있다. 와시즈가 불살라지고 있다. 그러나 그것은 예정된 일이 닥쳐온 데 지나지 않았다. 밀물처럼 밀어닥치는 이마가와 군을 마루네나 와시즈에서 막아낼 수는 없었다.

노부나가가 노리는 전기(戰機)는 그 뒤에 있었다. 싸움터에서 전해지는 승전보에 귀 기울이며 유유히 본대를 진군시키는 요시모토와 어디서 맞닥뜨릴 것인가? 그때가 노부나가의 생애를 결정하는 순간이었다.

성에도, 처자에게도, 마음의 수호신으로 믿는 아쓰타 신궁에도 결코 승리를 예상하며 기원하고 온 것이 아니었다. 굴복도 농성도 할 수 없는, 자신의 성격이 명하는 대로 행동을 취해온 데 지나지 않았다.

"말을 세워라."

고함치고 나서 노부나가는 패주해 오는 병사 앞에 섰다.

"누구냐!"

"앗…… 주군!"

두 졸병에게 부축되어 퇴각해 온 무사가, 허리갑옷 오른쪽을 누르며 얼굴을 들었다. 귀밑머리에서 흐르는 피가 볼에서 목덜미까지 검게 물들이고, 흐트러진 머리카락이 말하는 앞니에 엉켜 말라붙어 있었다. 와시즈 수비대장 오다 겐바였다.

"겐바냐. 전황은?"

"주군! 끝내 방어하지 못하고 사쿠마 다이가쿠는 마루네 성채에서 전사했습니다."

"음."

노부나가는 신음하며 고개를 끄덕였다.

"다이가쿠뿐이냐, 장수는?"

"와시즈에서는 이오가……."

겐바는 말하며 칼을 지팡이 삼아 억지로 버티어 서려고 했다. 겐바 뒤에 끌려 온 그의 말이 슬픈 듯 울었다. 주인의 부상을 알기도 하려니와 말도 역시 목과 엉덩이에 화살이 네 개 꽂혀 있다.

"주군! 부……분합니다!"

노부나가의 대답이 없자 겐바는 눈을 확 부릅떴다. 그러나 그 시선 끝은 이미 노부나가를 볼 힘이 없는지 차츰 흐려지기 시작하여 후덥지근한 무더위로 바뀐 하늘 한 모퉁이로 향해 있었다.

노부나가는 손을 들어 패잔병들을 멈춰 서게 했다. 그리고 별안간 말안장 위에 한쪽 무릎을 짚고 일어섰다.

겐바는 그때 힘이 다 빠진 듯 비틀거리다가 양옆에서 부축받으며 땅바닥에 엎드렸다.

"이것을 보아라!"

노부나가는 말 위에 서서 갑옷 옆구리에서 반짝반짝 빛나는 사슬 같은 것을 꺼냈다.

"아, 염주……."

"염주다. 은으로 된 큰 염주야."

노부나가와 염주, 그 둘이 너무도 어울리지 않아 사람들의 시선이 모두 그리로 쏠렸다. 노부나가는 재빨리 그것을 어깨에 걸쳤다.

"보아라. 이것이 오늘 노부나가의 각오다. 말 위에 있는 건 이미 죽은 노부나가다! 알겠느냐!"

"옛!"

"그대들의 목숨, 나에게 다오. 주려는 자는 뒤로 물러서지 마라. 싸움은 이제부터다! 목숨을 줄 자만이 나를 따르라!"

여느 때의 노부나가보다 몇 갑절 커 보인다. 햇볕이 쨍쨍 내리쬐는 하늘을 찌르는, 얼굴을 돌릴 수 없을 정도로 늠름하고 위대한 거상(巨像)이었다.

"오!"

모두들 저도 모르게 칼을 뽑아 정신없이 흔들었다. 퇴각해 오던 군사들이 다시 기운을 되찾아 노부나가를 뒤쫓아오는 자들과 합세하자 노부나가의 진격부대도 겨우 부대 모습을 갖추어갔다.

이토다(井戶田)에서 야마자키(山崎)를 지나 후루나루미에 가까워지자 단게 성채에서 퇴각해 오던 삿사의 병력 300명도 합세했다. 이들에게는 나루미를 수비하도록 곧 명하여 본대의 배후와 우익을 지키게 한 다음, 노부나가는 숨 돌릴 새 없이 적장 오카베 모토노부(岡部元信)의 병력 5000명을 본길로 지나가게 하고 그 앞쪽의 젠쇼사를 향했다.

요시모토 말고는 아무도 거들떠보지 않는 맹진격이었다.

실수를 저지르고 도망 다니던 마에다 도시이에가 도중에 역시 병력 300명을 지휘하여 노부나가의 후방에서 끊임없이 함정을 꾸미고 있다는 정보를 들었지만, 그때도 노부나가는 말을 멈추지 않고 말했을 뿐이다.

"좋아!"

군사들은 모두 이미 진탕에서 뒹군 듯 땀에 젖어 있었다. 피로도 심해졌을 게 틀림없다. 그러나 육체적으로는 그날 이른 새벽까지 무장을 풀고 휴식했기 때문에 그 힘이 이마가와 군과는 비교도 되지 않았다.

은쟁반 위에서 달궈지고 있는 듯한 하늘이 이따금 두 조각으로 쩍 갈라져 그곳으로 눈부실 만큼 새파란 하늘을 내보이며 불타는 듯한 뙤약볕이 내리쬔다.

나루미로 보낸 삿사 이하 50여 기가 전멸했다는 소식이 들려온 것은 젠쇼사를 눈앞에 둔 다노 골짜기(田狹間)에서였다. 노부나가는 이를 으드득 갈며 말을 나카지마(中島)로 돌리게 했다. 지금까지의 진로를 바꾸어 삿사의 복수전을 하며 가마쿠라 가도로 나가려는 모양이다.

하야시는 말을 달려 노부나가 앞으로 나가 땀과 때에 더러워진 얼굴로 좁은 길을 막아섰다.

"주군! 무모한 짓입니다. 본길로 나갈 때까지는 한 사람씩밖에 지나지 못하는 길이니 서두르면 안 됩니다."

노부나가는 등자 위에서 몸을 추슬렀다.

"음, 삿사의 복수전을 하지 말라는 거냐."

"꼭 하시려면 이 하야시를 베고 가십시오."

노부나가의 성미를 위태롭게 여겨온 하야시는 이제야말로 죽을 때—라고 결심하고 나온 것 같았다.

노부나가는 다시 한번 으드득 이를 갈았다. 그러나 뜻밖에도 조용하게 말했다.

"그러면 여기서 잠시 전황을 살펴보기로 하지."

도키치로는 안도한 듯 주위를 둘러보았다. 그의 생각도 여기까지 진격한 뒤 적장 요시모토의 동정을 좀 더 살펴야 된다고 여겨졌다.

다음이 있을 수 없는 싸움. 마주칠 때가 바로 요시모토와 노부나가의 운명을 결정짓는 싸움.

하야시가 뜻밖의 대답에 멍해져 자기 말 쪽으로 걸어갔을 때 마사쓰나가 좁은 길을 교묘하게 누비며 노부나가 앞으로 말을 몰아왔다. 그리고 반쯤 말에서 내리며 외쳤다.

"비켜라, 비켜. 보고드리겠습니다, 주군! 적장 요시모토, 지금 덴가쿠 골짜기에 가마를 세우고 휴식한다는 전갈입니다."

"뭣이, 요시모토가 덴가쿠 골짜기에……."

노부나가의 눈이 순간 무지개를 뿜으며 사방으로 번뜩였다.

마사쓰나는 다시 말을 이었다.

"가마를 세우고 축하하러 온 자가 가져온 술잔을 손에 들고, 승전을 축하한다 며 춤추는 것을 보았다고 척후병이 알려왔습니다."

"요시모토가 춤을 추었단 말이지. 그래, 본대 5000명은?"

"분지에서 모두들 점심을 먹는 중이랍니다."

순간 노부나가는 눈을 감았다. 머리 위의 새파란 하늘 틈새로 구름이 급하게 흐르고 있었다.

"수고했다!"

눈을 감은 채 말하고 나서 노부나가는 곧 다시 눈을 부릅뜨고 주위를 노려보 았다.

"이겼다!"

그것은 새파랗게 간 칼날 끝에 광채가 번뜩이는 듯한 직감이었다.

노부나가는 곧 병력을 둘로 나누었다. 후방에 뒤따르는 자와 거짓 군사 1000 명은 그길로 젠쇼사 성채로 들여보내고, 자신은 가려 뽑은 1000명의 정예군을 이 끌고 요시모토의 본진으로 향했다.

노부나가는 진두에 서서 호령했다.

"이 일전으로 명성을 올리고 가문을 일으키자! 다만 개인의 공을 서둘러 전군 의 승리를 놓쳐선 안 된다. 한 덩어리가 되어 적을 짓밟아라. 요시모토 이외의 목 은 베지 마라. 알았느냐!"

"옛!"

모두들 그 말에 대답했을 때, 노부나가는 이미 애마 질풍의 말 머리를 세우고 질주하기 시작했다.

가는 곳은 덴가쿠 골짜기. 그러나 적의 눈에는 그 정예군의 모습은 보이지 않고, 뒤에 남겨진 병력이 거짓 군사와 더불어 젠쇼사 성채로 들어가는 것만 보였다.

"노부나가는 틀림없이 성 밖에 나와 있다. 그러나 우리의 기세를 보고 덤빌 엄두를 내지 못해 성채로 들어가는구나."

그 관측이 노부나가의 기습을 감춰주는 연막이 되었다.

노부나가는 숨 돌릴 새 없이 기리하라(桐原)의 북쪽 언덕 기슭을 돌아 고사카(小坂)로 향했다. 거기서 다이시가네(太子根)를 넘어가 이마가와 군의 오른쪽 뒤를 찔러 단숨에 승부를 내려는 것이다. 사기는 하늘을 찌를 듯했다. 땀도 고통도 이미 의식 속에 없었고, 격렬한 투지만이 1000명 정예군을 휩쌌다.

다이시가네 능선에 이른 것은 정오. 그 무렵부터 빠른 화살구름이 하늘을 다시 뒤덮어 금방이라도 뇌우(雷雨)가 쏟아질 듯한 날씨로 바뀌었다.

노부나가는 무슨 생각을 했는지 작은 산 위에서 말을 세우고 분발하여 용기백배 날뛰고 있는 병사들에게 휴식을 명했다.

"기다려라!"

위에서는 골짜기 안이 한눈에 보였지만 아래쪽에서는 잡목에 가려 아무것도 보이지 않는다. 단숨에 달려내려가면 적은 큰 혼란에 빠질 게 분명했다.

노부나가는 군사에게 휴식을 명했지만, 자신은 말에서 내리지 않았다. 여기저기 덤불을 살피면서 하늘과 골짜기를 끊임없이 관찰했다.

이윽고 서늘한 돌풍이 사납게 산봉우리를 스쳐 지나가는가 싶더니 순식간에 뇌우가 퍼붓듯 쏟아졌다. 아래쪽 골짜기에서 비를 피하는 웅성거림이 일었다.

노부나가는 투구에서 떨어지는 폭포수 같은 비를 뿌리치며 지그시 눈 아래의 소동을 내려다보고 있었다.

번갯불이 종횡으로 하늘을 찢고 천둥이 산과 골짜기를 뒤흔들었다. 주위는 해질 녘보다 더 어두워졌다. 천둥소리가 멀어지는가 하면 다시 가까워지면서, 그때마다 호우와 질풍이 잇따랐다. 이처럼 줄기찬 뇌우는 드물었다. 글자 그대로 장대비가 인마를 마구 때리는 느낌이었다.

"서두르지 마라, 때를 기다려라!"

소문난 노부나가의 호령조차도 지금은 빗소리에 묻혀 가까스로 주위에 들릴 정도였다.

아래 골짜기에서는 민가의 추녀와 나무 그늘로 앞다투어 비를 피하려는 군병이 개미집을 들쑤셔놓은 듯 혼란을 빚어내고 있었다. 진막(陣幕)을 둘러친 요시모토의 본진만은 움직이지 않았지만, 돌풍이 몰아칠 때마다 천막이 바람에 날아가지 않도록 진막 자락에 매달리는 사람들 모습이 꼭두각시처럼 내려다보였다.

호우가 맹위를 좀 늦춘 것은 오후 2시 무렵이었다. 노부나가는 다시 군사들 사이를 돌아다니며 명령 내렸다.

"요시모토의 본진으로 쳐들어갈 때까지 소리 내지 마라. 알겠나? 요시모토 이외의 목은 베지 말고 짓밟아라!"

마침내 노부나가의 지휘도인 하세베 구니시게가 비 오는 하늘 위로 높이 쳐들어졌다. 그것을 신호로 참고 참았던 정예군은 앞다투어 요시모토의 본진을 향해 달려내려갔다.

함성이 와—오른 것은 오다 군에서가 아니었다. 기습당한 이마가와 군이 뭐가 뭔지 알지 못하는 진구렁 속에서 터뜨리는 당황한 비명이었다.

"어찌 된 일이냐, 이게 어찌 된 일이야!"

"반란이다. 여러분, 반란이오."

"누가…… 누가 그런 발칙한 짓을."

"아니야, 반란이 아니라 잡병들이다. 들도적의 습격이야."

그러한 고함 소리가 돌팔매처럼 오가는 사이에서 누가 외쳤다.

"적! 적의 내습……"

그러나 그 목소리는 대부분 끝까지 이어지지 못한 채 칼을 맞고 진구렁 속에 쓰러졌다.

축하 선물과, 이른 새벽의 승리, 뜻하지 않은 뇌우가 전에 없이 이마가와 군을 취하게 하고 있었다. 개중에는 갑옷을 벗은 자도 있고, 무기를 멀리 던져둔 자도 있었다.

요시모토 역시 취해 있었다. 조심성 많은 이 대장이 이러한 장소에 말을 멈추는…… 그 일 자체가 벌써 있을 수 없는 일인 데다 축하하는 자가 바친 술통이 그의 융성을 은근히 괴멸시키는 쇠운의 술이 될 줄이야…….

요시모토는 말했다.

"뭐냐, 지금의 그 아우성 소리는? 술을 마시는 것은 좋다. 그러나 추태를 부리고 칼부림하는 것은 언어도단! 진압해라."

말하면서 걸상에서 일어서려 했을 때였다. 젖은 진막을 걷어차듯 하며 기마무사가 하나 다가왔다. 검은 허리갑옷에 긴 창을 들고 말에서 뛰어내리더니 요시모토의 가슴을 향해 창끝을 휙 내질렀다.

"핫토리 다다쓰구(服部忠次), 이마가와 성주를 만나러 왔소!"

"무엄한 놈!"

요시모토는 소리치며 2자 6치의 큰 칼 무네소 사모지(宗三左文字)를 뽑기 무섭게 창끝을 후렸다. 그러나 핫토리의 창은 칼에 맞아 창끝이 조금 아래로 빗나갔을 뿐 요시모토의 살찐 허벅지를 찔렀다.

"네 이놈!"

요시모토는 허벅지의 상처에 굴하지 않고 다시 큰 칼을 옆으로 후려쳤다. 요시모토의 큰 칼이 옆으로 흐르자 핫토리가 외쳤다.

"앗!"

그리고 진구렁 속에 엉덩방아를 찧었다. 한쪽 무릎이 잘리고, 잘린 창자루를 움켜쥔 채.

요시모토는 그때까지도 그것이 오다 군인지 알지 못했다. 술 취한 끝의 칼부림이 아닌 진중의 반란인 줄 착각했던 모양으로 핫토리의 상투를 움켜잡고 얼굴을 본 다음, 한칼에 그 목을 쳐버리려고 다가섰다.

"무엄한 놈! 핫토리라고 했겠다. 누구 부하냐. 괘씸한 놈 같으니!"

바로 그때였다.

"핫토리, 내가 돕겠다."

뒤에서 느닷없이 덤벼들어 요시모토의 뚱뚱한 허리를 싸안은 자가 있었다.

"무례한 놈, 가까이 오지 마라."

요시모토는 몸을 흔들며 노호했다. 노호하면서 취했다고 생각했다. 허벅지에서 흐르는 피가 엄청난 것도 그 때문이었으며, 땅이 흔들리는 감각도 그 때문이었다. 번갯불이 다시 머리 위에서 십자를 그리며 사라졌다.

"네놈은 누구 부하냐?"

"모리 신스케(毛利新助)! 오다의 가신이다!"

"뭣이, 오다…… 그럼, 여기에 숨어들어 있었구나."

모리는 그 말에 대꾸하지 않고 허리에 감은 오른손을 힘껏 죄었다. 요시모토의 거구가 비틀거렸다. 갑옷 옆구리의 이음새에서 아랫배에 걸쳐 달군 쇠를 쑤셔 넣은 듯한 아픔이 찡하게 등골을 스쳤다. 단도에 찔린 게 틀림없었다.

"음."

아픔을 참으며 요시모토는 다시 한번 모리의 몸을 세차게 옆으로 흔들었다. 그러나 모리는 떨어지지 않고 두 손으로 허리를 점점 더 죄어왔다. 요시모토가 요동치자 모리는 가볍게 공중으로 떠오르고 요시모토는 자기 몸과 모리의 무게로 미끄러졌다. 허리에서 힘이 빠졌다. 땅바닥에 털썩 넘어졌다. 넘어진 순간 민첩한 모리는 교묘하게 얽은 손을 풀고 요시모토의 가슴 위에 올라타 앉았다.

"이놈, 무엄하게도……."

요시모토는 밀어젖히려고 버둥거렸다. 뇌우는 아직 그치지 않고 있었다. 정면으로 들이치는 빗줄기 때문에 요시모토는 자기 몸 위에 올라탄 무사의 얼굴이 잘 보이지 않았다. 하지만 이런 곳에 죽음의 함정이 마련되어 있을 줄은 꿈에도 생각지 못하고 계속 버둥거렸다.

"게 누구 없느냐? 이 수상한 놈을 빨리……."

가슴 위의 무사는 빗줄기 속에서 입술을 일그러뜨리며 고함쳤다.

"에잇, 꼴사납다! 이마가와 대감쯤 되는 총대장이면, 순순히 목을 내놓으시오."

"이놈, 칼을 뽑았구나!"

요시모토는 상대가 이미 소도를 뽑아든 것을 비로소 깨달았다.

'여기서 죽다니…… 이런 어처구니없는 일이!'

상대가 찌르려는 소도 밑에서 갑옷 무게가 짜증스러워 속이 뒤집혔다. 그리고 입 가까이 있던 상대의 주먹을 까만 물을 들인 고귀한 이로 덥석 깨물었다. 혓바닥에 무언가가 남았다. 손가락일까, 살점일까, 생각했을 때 이번에는 목덜미에 살갗이 졸아붙는 듯한 뜨거움을 써늘하게 느꼈다.

이리하여 잡병을 흉내 낸 노부나가의 새로운 전법 아래 스루가, 도토우미, 미카와의 태수는 모리 신스케의 손가락 하나를 물어뜯은 채 덴가쿠 골짜기의 이슬로 사라졌다.

재회

무서운 돌풍을 몰아온 뇌우가 쏟아지기 전에 아구이성 안에서는 뜻밖의 손님을 맞아 법석대고 있었다.

처음에 그 손님은 기마무사 10여 명의 호위를 받으며 성문 앞으로 와서 이름도 대지 않고 다케노우치 히사로쿠를 만나게 해달라고 청했다.

노부나가는 히사마쓰에게 출병 명령을 내리지 않았다. 그러나 가까이 있는 오타카성에 의해 기요스와의 연락길이 가로막혀 있었다. 적이 언제 쳐들어올지 모르므로 히사로쿠도 허리갑옷을 입은 채 성을 지키고 있었다.

"만나보면 아신답니다. 어쩌면 기요스에서 온 밀사가 아닐까요?"

젊은 부하가 전하는 말을 듣고 고개를 갸웃하며 나가보니 찾아온 사람은 말에서 내려 오른쪽에 솟은 도운사 노송나무를 찬찬히 올려다보고 있었다.

"다케노우치입니다만, 어디서 오셨는지요?"

히사로쿠가 다가가 말을 건네자 그 젊은 무사는 부드러운 표정으로 히사로쿠에게로 시선을 옮겼다.

"그런데…… 뉘신지요?"

둥근 얼굴, 혈색 좋은 입술, 큼직한 귓불—살펴나가다가 히사로쿠는 저도 모르게 소리 질렀다.

"앗!"

찾아온 사람은 그제야 비로소 싱그레 웃었다.

"마쓰다이라 모토야스……가 아니라 지나가던 나그네, 나 혼자라도 좋으니 성 안에서 잠시 쉬어가고 싶소."

히사로쿠는 당황하여 세 번이나 고개를 끄덕였다.

"알겠습니다. 마쓰다이라…… 아니, 나그네. 마님께서 얼마나 기뻐하실지…… 곧 알리겠습니다, 잠시만……."

슨푸에 간 뒤로 만날 기회가 없었다. 그러나 아쓰타에 있던 동안에는 과자며 옷을 주러 곧잘 갔었다. 어릴 때 모습이 그 두툼한 이마와 시원스런 볼에 아직 감돌고 있다.

히사로쿠는 오다이 부인의 거실 뜰 앞에서 알렸다.

"마님, 귀하신 분이……."

말하다가 그만 목이 메었다.

"귀하신 분? 무슨 일인가요?"

오다이 부인은 지난봄 태어난 막내아들 조후쿠마루(長福丸)에게 물리고 있던 젖을 떼며 히사로쿠의 심상치 않은 표정에 가슴이 철렁했다.

"혹시 오타카성에서……."

"쉿."

히사로쿠는 눈짓으로 말린 다음

"마쓰다이라 모토야스가 아닌, 지나가던 나그네……라고 하셨습니다."

오다이 부인은 고개를 끄덕이며 매무시를 고쳤다. 오타카성에 와 있는 모토야스는 적 쪽의 대장, 당당하게 이름을 대고 이 성에 올 수 있을 리 없다.

"그럼, 그 나그네에 대해 내가 성주님께 여쭙고 올 테니 소홀한 일이 없도록 안쪽 서원으로 안내해요."

오다이는 꿈꾸는 듯한 심정이었다. 마루네 성채에서 사쿠마를 친 어젯밤부터 오늘 새벽에 이르는 모토야스의 훌륭한 전략에 대한 소문은 이미 아구이까지 들려오고 있었다. 그리하여 우도노 나가테루 대신 오타카성으로 들어가 다음 진격에 대비하고 있다던…… 그 모토야스가 잠시 틈을 타 작은 아구이성으로 직접 찾아온 것이다.

'이 어미는 이겼다!'

이러한 심정이 쑤시듯 온몸을 화끈거리게 하여, 무기고 앞에 진막을 치고 있는 남편 있는 데까지 어떻게 걸어갔는지 알 수 없었다.

히사마쓰 도시카쓰는 모토야스가 찾아왔다는 말을 듣고 호인다운 얼굴에 가득 놀라움을 새기며 눈을 크게 떴다.

"그게 정말이오?"

오다이는 그 놀라움이 어쩌면 모토야스에 대한 경계심이 아닐까 생각하며 나직한 소리로 물었다.

"만나주시겠지요?"

"오, 만나고말고!"

모든 것은 이 가슴에 있다는 듯 군선(軍扇)으로 가슴을 쳐 보였다.

"마쓰다이라와 히사마쓰 집안의 인연은 각별하오. 그리고 참, 나는 금방 가지는 않겠소. 당신한테 이것저것 쌓인 이야기가 있을 터이니. 나는 이따가 술상을 마련한 다음 가기로 하지. 그때까지 당신은 지난 이야기를 하고…… 사부로타로, 겐자부로(源三郎), 조후쿠 등도 한배에서 태어난 아우들이니 대면시키도록 하오, 알겠소?"

오다이는 갑자기 눈앞이 흐려졌다. 특별히 무공이 뛰어난 사람은 아니다. 그러나 도시카쓰의 가슴에서 따뜻한 인간의 피가 후끈후끈하게 느껴졌다.

"알겠소, 당신에게 소중한 손님은 내게도 자식들에게도 소중한 손님이오."

"알겠습니다. 그럼, 안쪽 서원에서."

"오, 아무것도 없더라도 정성껏 대접하구려."

"네…… 네."

오다이는 자기 방으로 돌아가 세 아이를 불렀다. 맏아들 사부로타로는 벌써 12살이었다. 겐자부로는 7살, 조후쿠마루는 1살이었다.

"부르거든 셋이 함께 오도록."

저마다 몸차림을 갖추게 하여 조후쿠마루의 유모인 오모토에게 데려오도록 이르고 안쪽 서원으로 혼자 갔다. 오다이가 온 뒤 새로 지은 이 서원 뜰에는 소나무와 바위 너머 산기슭에 조용한 대나무밭이 있었다. 오다이는 일부러 멀리 마루를 돌아, 어머니가 다가오는 것을 아들이 느끼게끔 걸어갔다.

방 안에는 모토야스가 윗자리에 편안히 앉아 있었다. 함께 온 근시들은 하나도 보이지 않았고, 서원 안에는 모토야스와 히사로쿠 두 사람이 부채질하며 마주 앉아 있었다.

오다이는 물결치는 감정을 억누르며 문 앞에 앉았다.

"어서 오십시오. 히사마쓰의 아내 오다이입니다."

모토야스는 아직 오카자키성에 들어가지 못했다. 그러나 마쓰다이라와 히사마쓰 가문의 차이는 그만큼 크게 났다.

모토야스의 눈과, 얼굴을 든 오다이의 눈이 빨려들 듯 마주쳤다. 오다이의 눈이 순식간에 붉어지고 모토야스의 눈에는 깊은 미소가 담겼다.

모토야스는 벌떡 일어났다. 히사로쿠 앞을 지나 곧장 어머니에게 다가가 손을 잡고 나직이 중얼거렸다.

"여기서는 이야기할 수 없습니다."

그리고 자기 자리 옆에 나란히 오다이를 앉혔다. 모토야스는 똑바로 어머니를 바라보며 말했다.

"인연이 있어 태어날 때부터 큰 폐를 끼쳤습니다. 그러나 이 모토야스는 하루도 잊은 적이 없습니다."

그러자 비로소 눈에 이슬이 동그랗게 부풀었다.

오다이는 웃으려 했다. 3살 때 헤어진 아들, 5살 때부터 오늘까지 볼모로 지내온 아들. 이 아들과 다시 만날 수 있다면 얼마나 좋을까 하는 그것만이 오다이 삶의 그늘이었다. 그 아들이 지금 어미 손을 잡고서 미소 짓고 있다. 얼굴 윤곽도 눈길도 외할아버지 미즈노 다다마사를 닮았으며 짧은 손과 손톱 모양까지 똑같았다.

"과분한 말씀입니다."

오다이는 남자치고는 보드랍고 따사로운 손을 마음속에 새기며 놓았다.

"마침 번잡한 때라 아무 대접도 못 해드립니다만 편히 쉬어가십시오."

"고맙습니다. 가끔 혼다의 과부께서 이 댁 이야기를 하면서 여장부라고 하더군요."

모토야스는 부채 그늘에서 눈두덩을 살짝 누른 다음 다시 웃는 얼굴로 돌아갔다.

여장부라는 말이 어머니 모습을 어딘지 딱딱하게 여기게 했다. 그러나 지금 눈앞에 보는 어머니는 목소리도, 피부도, 어깨도, 마음도 풍만하게 둥근 느낌이었다.

아마도 어머니는 노하는 일이 없는 부드러움—을 지니고 있을 게 틀림없었다. 안 기려니 내 몸이 크고, 안아드리자니 아직 너무 젊은 어머니.

"오카자키를 떠나실 때 내가 3살이었다고요."

"네, 토실토실한 모습으로 성문까지 전송하셨지요. 기억나지 않으실 거예요."

모토야스는 순순히 고개를 끄덕였다.

"기억은 나지 않습니다. 하지만 고모할머니며 할머니로부터 이야기를 들을 때 마다 눈물지었지요."

"정말…… 아직 어제 일같이 생각되는군요. 그런데 이렇듯 훌륭한 대장으로 자라셨으니."

시녀가 차와 과자를 받쳐들고 들어왔다. 모토야스는 어머니를 위해 아무것도 마련해 오지 못한 것을 섭섭하게 생각했다.

오다이는 맨 먼저 알고 싶은 손자에 대한 일을 물었다.

"그런데 아기들은 그 뒤?"

그 말을 듣더니 모토야스의 눈썹이 흐려졌다.

"무럭무럭 자라고 있습니다. 그러나 슨푸에 있으므로……."

말을 흐리며 슬그머니 화제를 돌렸다.

"나에게 동생들이 있다고요?"

"네, 만나뵈려고 모두 몸차림을 갖추고 있어요."

"만나고 싶습니다! 만나게 해주십시오."

"만나주시겠어요? 그럼, 곧 이리 불러오지요."

오다이의 재촉을 받고 히사로쿠가 나가자 방 안에는 비로소 모자 둘만이 남았다.

"다케치요 님……."

"다케치요가 아니라, 모토야스입니다."

"아니, 다케치요 님이에요…… 그대가 태어날 때 온갖 상서로운 징조가 있었어요. 반드시 도카이도 으뜸가는 무사가 될 분이니…… 너무 공을 서두르지 마셔요."

모토야스는 깜짝 놀라 어머니를 다시 보았다. 이것이 어머니의 참된 모습이리라. 아까의 그 원만한 부드러움이 혼다의 과부를 연상케 하는 굳센 여성으로 바

꿰어 있다. 모토야스도 결연한 눈빛으로 고개를 끄덕였다.

그 무렵부터 덴가쿠 골짜기를 덮친 소나기는 이 아구이에도 조약돌 같은 비를 후드득 던지고 있었다. 빗소리와, 오다이가 재가해 낳은 아들들의 발소리를 모토야스는 동시에 들었다.

오카자키에 이복동생이 둘 있지만 하나는 출가하고 하나는 병약해 모토야스의 신변은 쓸쓸했다. 쓸쓸한 것은 차라리 형제가 있고 없어서보다 슨푸에 남기고 온 처자 때문이었다. 이번 출진은 아마도 모토야스를 슨푸로 돌려보내지 않으리라. 이기면 집안 신하들이, 지면 운명이.

그 쓸쓸함이 모토야스에게 어머니를 일부러 찾아가게 만들었다. 아버지 다른 아우들에게 은근한 그리움을 느끼는 것도 그 때문인 듯했다.

옆방에서 발소리가 멈추자 모토야스는 소리 질렀다.

"오!"

어머니의 피가 강해서일까. 맨 앞에 서 있는 큰아이는 모토야스의 소년 시절 모습 바로 그대로였다. 아니, 그다음 아이도 닮았다. 그리고 셋째 아이는 기저귀에 싸여 유모에게 안겨 있었다.

"자, 이리 들어와 손님에게 인사드려요."

다시 아까의 부드러움으로 돌아간 오다이에게 재촉받고 큰아이부터 차례로 모토야스 앞에 앉았다.

"사부로타로입니다, 잘 부탁드립니다."

"겐자부로입니다, 잘……."

"조후쿠마루입니다."

아기와 함께 유모가 머리 숙이자 오다이가 옆에서 덧붙였다.

"사부로타로부터 이리 나오너라."

모토야스는 역시 선물을 가져오지 않은 것을 후회하면서 큰아이에게부터 앞에 놓여 있는 과자를 집어주었다.

"겐자부로냐, 영리해 보이는구나. 몇 살이지?"

"예, 7살입니다."

"착한 아이로군."

겐자부로가 과자를 들고 물러가자 모토야스는 유모 앞에 두 손을 내밀었다.

"조후쿠라 했지? 어디 한번 안아보자."

유모는 문득 오다이를 돌아보았다. 오다이가 고개를 끄덕이는 것을 보고 모토야스의 손에 아기를 건네주었다.

하얀 비단 옷자락을 남빛으로 물들인 아기 옷을 입은 조후쿠마루는 두 주먹을 턱 밑에 나란히 모아 쥐고 있었다. 눈길을 천천히 손님에게서 천장으로 옮겨 갔다.

모토야스는 가슴이 철렁했다.

이 아기 또한 슨푸에 두고 온 다케치요를 어쩌면 이렇듯 닮았을까.

'핏줄은 속일 수 없다.'

이러한 감회와 함께 다케치요를 다시 만날 날이 있을까 하는 생각이 머릿속을 스쳤다.

"귀여운 아이로군!"

모토야스는 차마 다케치요를 닮았다는 말은 할 수 없었다.

"어느 아이가 나 어릴 때 얼굴을 가장 닮았을까요?"

오다이에게로 웃는 얼굴을 돌리며 조후쿠마루를 유모 손에 돌려주었다.

"네, 조후쿠가 가장 닮은 것 같아요."

"그래요? 조후쿠입니까?"

나직이 한숨을 쉬었을 때 주안상을 마련하도록 지시한 도시카쓰가 짧은 목을 앞으로 숙이고 허리갑옷 차림으로 들어왔다.

"굉장한 비야. 대나무밭에 불어대는 바람 소리 같아."

도시카쓰는 처음부터 모토야스에게 굽히고 들었다. 마쓰다이라 집안의 주인으로서보다 첫 출진 이래 모토야스가 보여준 실력을 호인답게 소문대로 받아들이고 있었다. 할아버지 기요야스와 어느 쪽이 기량이 나을까 하고 벌써 사람들 평판에 오르내리고 있다던가.

"인연 있는 아이들이니 잘 부탁드립니다."

세 아이에 대해 이야기하자 모토야스도 고개를 깊숙이 끄덕였다.

"언젠가 마음을 모아 일할 때가 오겠지요. 그때는 셋 다 마쓰다이라 성을 써도 좋습니다, 나에게는 혈육이 적으니."

소낙비는 좀처럼 멈추지 않았다. 이런 호우 속에서는 요시모토도 본진을 전진시키지 못하리라. 그렇다 해서 요시모토가 도착할 무렵에 성을 비워서는 안 되었다.

"좀처럼 비가 개지 않습니다. 비에 발이 묶이고 말았군요."

가까스로 빗발이 뜸해지기를 기다려 오후 2시 가까이 되어 아구이성을 나섰다.

오다이는 도시카쓰와 함께 정문까지 배웅했다.

"언젠가 다시……"

만날 수 있을지 없을지 알 수 없는 난세의 이별이었다. 모토야스는 한길로 나서서 말 위에서 몇 번이나 돌아보고 손을 들어 보이며 떠나갔다.

3시에 비가 멎었다. 그러나 구름은 여전히 머리 위를 떠나지 않아 곧바로 밤이 될 듯이 어두웠다.

오다이는 자기 방으로 돌아가 두 아이에게 모토야스에 대한 이야기를 이것저것 해주고 있었다. 모토야스가 어릴 때 조후쿠마루와 꼭 닮았었다는 말을 하자 사부로타로와 겐자부로는 일부러 다가가 새삼스레 조후쿠마루를 얼러주었다.

이때였다. 얼굴빛이 새파래진 남편이 달려들어왔다. 4시 가까이 되어서였다.

"부인! 놀라지 마시오."

도시카쓰는 옆에 아이들이 있는 것도 잊고 덧붙였다.

"슨푸의 요시모토가 노부나가 님께 살해당했어!"

"네?"

오다이는 순간 그 말이 이해되지 않았다.

"슨푸의 대감님이…… 그게 정말인가요?"

"나도 믿을 수 없었소. 그러나 이제 의심할 여지가 없소. 기요스 성주님이 요시모토의 목을 쳐들고 함성 지르며 말을 달려 기요스로 맨 먼저 돌아갔다는구려…… 전해온 자가 두 눈으로 그것을 똑똑히 보았단 말이오. 놀라운 일이오."

"믿을 수가 없군요. 대체 어디서?"

"덴가쿠에서 오케 골짜기에 이르기까지 온통 피바다였다고 하오. 과연 그랬을 거요. 5000명 대군이 몰살당했으니까."

"그……그래서 오타카성은?"

"그것이 문제요. 요시모토의 목을 쳐들고 일단 기요스로 돌아갔지만 기요스 성주의 기질로 보아 오늘 밤은 몰라도 내일이면 승리한 여세를 몰아 단숨에……"

짓밟아버릴 거라고 말하려다 저도 모르게 입을 다문 것은, 그 성에 들어가 있는 모토야스가 조금 전 여기서 떠나간 오다이의 자식—이라는 것을 깨달았기 때문이다.

오다이는 눈을 감았다. 오다 가문을 위해 기뻐해야 할 이 전승이 다시금 자기 자식을 사지로 몰아넣었다. 오다의 모든 병력을 맞으면 익숙지 못한 조그만 성에서 아무리 귀신이라 할지라도 이길 수 없을 것이다.

"성주님!"

눈을 감은 채 오다이의 목소리는 쥐어짜는 듯한 애절한 울림을 띠었다.

"성주님! 16년 만에 만난 아들이니, 제가 꼴사나운 짓을 했다 해서 꾸짖지 말아주셔요."

"꾸짖긴, 우리가 모르는 곳에서 승부는 이미 나 있었던 거요. 나도 어찌해야 좋을지 꿈같은 심정이 드는구려."

"성주님! 저의 주제넘은 계책을 허락해 주시겠습니까?"

"오, 허락하고 말고가 어디 있겠소? 계책이 있다면 말해보오, 당신 아들 일이잖소! 히사마쓰 가문을 위해서도 나쁘게 주선할 사람은 아니오."

"그러시면 히사로쿠를 바로 기요스로 보내주셔요."

"히사로쿠를…… 뭐라고 말해 보내려는 거요?"

"오타카성의 마쓰다이라 모토야스는 이 어미가 가서 설복해서라도 반드시 기요스를 거역하지 못하게 하겠다고……."

도시카쓰는 무릎을 쳤다.

"오! 그러니 공격하지 말라는 말이구려."

"네, 얼른 성을 버리고 물러가게 하겠어요. 그 밖에 달리 방법이 없으리라 생각됩니다."

도시카쓰는 고개를 끄덕이고 곧 다시 밖으로 달려나갔다.

오다이는 눈을 감고 어지러운 숨결을 가다듬었다. 운명! 그것이 그토록 큰 물결이 되어 가슴을 쳐올 수가 없었다. 스루가, 도토우미, 미카와 세 나라에 군림하며 영원한 영화가 약속된 것처럼 보이던 이마가와 요시모토가 이미 하나의 진흙투성이 목으로 바뀌어 있을 줄이야……? 스스로 왕실 사람처럼 행동하며 성주라고 불리는 것을 싫어했던 요시모토…… 그 영화도 하루아침의 꿈이었다.

여성으로서 난세처럼 저주스럽고 슬픈 것은 없다. 그러나 이 난세는 스루가, 도토우미, 미카와의 안정을 또다시 송두리째 뒤흔들어 전보다 더 거친 노도 속으로 끌어들였다.

'앞으로 대체 누가 어떤 세력을 뻗어갈 것인가……?'

오다이는 물론 그러한 예측은 할 수 없었다. 그러나 실수 없는 조치를 강구하여 될 수 있으면 자기 신변에만은 피비린내가 다가오지 못하게 하고 싶었다.

"어머니, 무슨 일이 일어났어요?"

부모의 심상치 않은 태도에 겐자부로가 물었으나 오다이는 대꾸하지 않고 명했다.

"누구든 히라노 규조(平野久藏)를 불러다오."

이제는 남편 지시에만 맡겨둘 수 없었다. 자기 능력을 다하여 이 노도에서 집과 자식과 혈육을 지켜야 했다.

조후쿠마루의 유모가 히라노를 불러왔다. 요시모토가 전사했다는 비보는 이미 이 작은 성 구석구석까지 퍼져 사람들 눈빛이 달라져 있었다. 히라노는 모토야스가 아쓰타에 있을 때 히사로쿠와 함께 가끔 심부름 갔던 노신 가운데 한 사람이었다.

"마님, 큰일 났군요."

히라노가 문 앞에 두 손을 짚자 오다이는 말했다.

"그대는 급히 가리야성으로 심부름을 다녀와야겠어요. 노부모토 님에게 오타카성을 공격해서는 안 되며, 외삼촌과 조카가 싸우기보다는 급히 모토야스에게 오타카성에서 물러가게 하도록 하라고…… 알겠어요? 오카자키로 물러가게 하는 편이 좋을 거예요. 오다이의 부탁이에요! 부디 무의미한 피를 흘리지 않도록 노부모토 님에게 말씀 전해줘요."

이미 여느 때의 부드러운 오다이가 아닌 여장부의 엄격함이 온몸을 꿰뚫어 대꾸할 여지를 주지 않는 준엄함이 느껴졌다.

모토야스가 무사히 오타카성으로 돌아올 때까지 오카자키 사람들은 몸이 에이는 듯한 심정으로 기다렸다. 애당초 요시모토가 모토야스에게 우도노를 대신하여 오타카성을 지키라고 명하며 인마를 쉬게 한 것부터가 수상쩍다고 노신들은 생각하고 있었다. 오다 영내 깊숙이 자리 잡은 이 외로운 성은 싸움의 양상에 따라 언제 사지로 바뀔지 알 수 없었다.

그것을 알면서도 쉬라고 명하며 요시모토는 덧붙였다.

"만약 오다의 주력부대가 공격해 오면 망명해도 좋다."

가신들은 말했다.

"이것은 우리 편을 멸망시키려는 속셈이니 방심해선 안 되오."

오다의 주력부대와 결전을 벌이다 망명한다면 오카자키 군은 완전히 의지할 곳을 잃어버린다. 다시 말해 그것은 이마가와 쪽이 불리해졌을 경우 다시 뒷일까지 생각한 요시모토의 간계로 생각되었다. 이러한 때 모토야스가 성을 나가 생모 오다이 부인을 찾아가겠다고 했으니 무리도 아니었다.

우에무라 신로쿠로는 얼굴을 붉히며 간했다.

"당치도 않은 말씀을. 안 계시는 동안 공격당하면 어쩌려고요?"

모토야스는 웃으며 이것을 물리쳤다.

"적이든 아군이든 뜻밖의 때에 대면하는 게 좋은 기회다. 마음에 두지 말라. 이마가와 본대가 무사히 있는 한 오타카 같은 데로 주력부대를 돌릴 노부나가가 아니야. 나에게 더 깊은 생각이 있어서 하는 일이다."

더 깊은 그 생각이란 무엇이었을까. 혹시 만일의 경우 망명할 장소를…… 하고 생각하여 히사마쓰나 노부모토 등의 혈육과 연락을 해둘 작정인지도 모른다.

이렇게 생각하고 보냈는데, 도중에 심한 호우가 쏟아지는데도 좀처럼 돌아오지 않았다. 그러다가 저녁때가 되어 무사히 성으로 돌아와 노신들은 그제야 안도의 가슴을 쓸어내렸다.

이제는 요시모토의 도착을 기다릴 뿐.

"성문을 굳게 닫고, 성안에 화톳불을 피워 이 기회에 취사하도록 해라."

모토야스가 내전으로 들어가자 사카이 우타노스케와 오쿠보 신파치로는 직접 성안의 방비를 점검하고 다니며 밤참 취사를 허락했다.

이러한 오타카성에 요시모토가 전사했다는 소문이 전해졌다. 이 말을 맨 처음 들은 것은 성 밖에서 진을 치고 있던 아마노 야스카게(天野康景)였다. 아마노는 그것을 믿을 수 없어 이시카와 기요카네에게 말을 전했다. 기요카네는 곧바로 소문의 출처를 알아내도록 명하고 모토야스에게는 아직 알리지 않았다.

그런데 드디어 서로의 얼굴도 알아볼 수 없을 만큼 어두워진 뒤 성 정문으로 곧장 들이닥친 무사가 있었다.

"누구냐!"

정문을 지키던 오쿠보 노인이 크게 고함치자 말 위의 무사는 말에서 내려 흐르는 땀을 닦으며 숨을 몰아쉬었다.

"미즈노 노부모토의 가신 아사이 미치타다(淺井道忠), 모토야스 님에게 직접 여쭐 말씀이 있어 사자로 왔소. 들어가겠소!"

"듣기 싫다! 미즈노 노부모토는 우리의 적, 적의 부하를 호락호락 들여보낼 성싶으냐?"

"허 참, 지금은 적으로 갈라져 있지만 모토야스 님과 노부모토 님은 숙질간, 비밀 명령을 띠고 온 사자요. 만일 의심스러우면 귀하가 나를 따라와 수상쩍은 일이 있거든 베시오."

거침없이 말하자 오쿠보 다다토시는 흐흥 하고 웃었다.

"말에 뼈가 있군. 안내할 테니 기다리시오."

오쿠보 다다토시에게 안내되어 노부모토의 가신 아사이는 모토야스 앞으로 나갔다.

모토야스는 어제까지 우도노가 있었던 큰방 정면에 투구를 벗어놓고 갑옷을 입은 채 책상다리를 하고 앉아 물에 만 밥을 막 먹고 난 참이었다. 양쪽에 도리이 모토타다, 이시카와 가즈마사(石川數正), 아베 마사카쓰(阿部正勝), 그리고 혼다 헤이하치로가 저마다 무장한 채로 있다가 발소리를 듣고 입을 모아 소리쳤다.

"누구냐!"

안은 이미 캄캄해져서 초 한 자루를 켜놓은 큰방은 가까이 가서 들여다보지 않고는 상대방 얼굴을 알 수 없었다. 헤이하치로가 맨 먼저 칼을 들고 일어서려 하자 오쿠보 노인이 모토야스 앞으로 성큼 나서며 소리 질렀다.

"나야, 나."

"할아범이오? 그자는?"

"미즈노 노부모토 님의 사자, 아사이 미치타다."

아사이는 대답하고 두 간쯤 떨어진 곳에 단정히 앉아 가슴을 젖히듯 하며 똑바로 모토야스를 바라보았다.

"주군의 밀사이오니 사람을 물리쳐주십시오."

눈에 어린 물기에 촛불이 흔들거렸다.

오쿠보 노인은 옆에 선 채 호통쳤다.

"안 돼! 여기 있는 이들은 우리 주군 마쓰다이라 모토야스와 일심동체이니 거리낌 없이 밀사의 취지를 말하시오."

아사이는 빙그레 웃었다.

"허 참, 부럽군요. 그럼, 말씀드리겠습니다."

노인이 다시 말했다.

"들어봅시다."

"오늘 오후 2시 지나서 이마가와 요시모토, 오다 노부나가에 의해 덴가쿠 골짜기에서 목이 잘렸소. 본대 5000명은 그 자리에서 몰살, 다른 부대는 진로를 잃고 지리멸렬……"

아사이는 일단 말을 멈추고 모토야스의 반응을 확인하려고 했다.

과연 모토야스의 얼굴에 놀란 빛이 어렸다. 그러나 묻는 목소리는 의외로 조용했다.

"할 말은 그것뿐인가?"

아사이는 다시 한번 고개를 끄덕이듯 숨을 쉬었다.

"숙질간의 정으로 알려드리오. 이 외로운 성에 있으면 위험하니 오늘 밤 동안 군사를 모아 후퇴하시는 게 좋으리라고…… 이것은 우리 주군의 의견만이 아닙니다."

"누구 의견인가?"

"예…… 아구이의 오다이 부인 의견이기도 합니다."

모토야스의 얼굴에 다시 감정의 물결이 파뜩 움직였다. 그러나 그것도 한순간 모토야스는 조용히 혼다 헤이하치로를 돌아보았다.

"헤이하치, 미즈노 노부모토는 우리의 적. 수상쩍은 말을 퍼뜨려 우리를 현혹시키려는 괴한에게서 곧 칼을 압수해라."

"예!"

"압수한 다음 이시카와 기요카네에게 끌고 가 단단히 감시하도록 일러둬라."

"예. 이리 내, 그 칼!"

헤이하치가 성큼성큼 다가가 일갈하자 아사이는 다시 빙그레 웃으며 순순히 큰 칼과 작은 칼을 내밀었다.

"일어서!"

"그럼, 나중에 뵙겠습니다."

아사이는 침착하게 모토야스에게 절했다.

"물러가실 때의 길 안내는 제가 하겠습니다. 실례하오."

아사이가 헤이하치에게 끌려가고 나자 그 자리에 한동안 이상한 침묵이 흘렀다.

오케 골짜기에서 점심을 먹고 오늘 저녁때 이 성으로 들어올 예정이었던 요시모토가 이미 이 세상에 없다는 것이다. 아사이를 괴한이라고 부르면서도 모토야스는 그의 말을 의심하지 않았다. 아니, 모토야스만이 아니었다. 별안간 핫핫핫…… 하고 소리 내어 웃음을 터뜨린 오쿠보 노인도 이 밀사의 말을 믿고 있는 듯했다.

"벌받았어! 앗핫핫하, 우리의 공을 추켜세우며 일부러 사지로 몰아넣은 슨푸의 너구리 녀석, 벌받지 않는다면 이 세상에 천지신명이 없는 거지."

"할아범—"

"예."

"우리 척후는 아직 돌아오지 않았나?"

요시모토의 도착이 늦으므로 당연히 예정된 진로에 몇몇의 무사가 나가 살피고 있을 터였다.

"아직 안 돌아왔습니다만 곧 오겠지요."

"당장 진위를 확인하도록. 그리고 중신들을 모두 이리 모이게 해라."

"예……."

알겠습니다, 를 입 속으로 외치며 노인은 벌써 모토야스에게 등을 돌리고 있었다.

이시카와 가즈마사가 말했다.

"사실이라면 예삿일이 아닌데요."

도리이 모토타다가 그 말을 막았다.

"쉿!"

그러고 보니 모토야스는 한일자로 입을 꾹 다문 채 눈을 감고 있었다. 12, 13년의 볼모 생활에서 인간 모토야스는 마침내 들판으로 풀려날 날을 맞이했다. 적 한복판에 남겨진 외로운 성안에서…….

모토야스는 곰곰이 생각했다.

'어머니를 만나고 오기를 잘했다!'

오다 노부나가의 심중은 헤아릴 수 없었고, 후퇴하게 된다면 노부모토는 물론 들도적이며 잡병들까지 다투어 덤벼들 것은 뻔한 노릇이다.

오카자키성에는 스루가의 수비장수가 와 있고, 슨푸까지는 후퇴할 수 없다. 이 외딴 성의 군량은 며칠 안으로 떨어질 테고, 농성하게 되면 이번에는 가리야 성 군사들과 아구이성 군사들까지 공격해 와 피로 피를 씻는 싸움터로 변할 게 틀림없었다. 다시 말해 이곳은 전후좌우에 활로가 전혀 없는 완전한 사지였다. 운명은 그 사지의 한복판에 모토야스를 세워놓고 준엄하게 시험하려 하고 있었다.

"힘이 있다면 살아남아 봐라—"

모토야스는 문득 미소 지었다. 슨푸에서 그가 돌아오기를 기다리고 있는 세나 히메와 어린 자식들 얼굴이 눈에 떠올랐던 것이다.

'세나히메…… 결국 돌아갈 수 없게 되었구려…….'

모토야스는 벌떡 일어나 말없이 마루로 걸어갔다. 예기치 못한 일은 아니었다. 요시모토의 죽음이라는 사실이 균형을 깨뜨릴 때까지 마쓰다이라 모토야스의 운명은 슨푸의 볼모로 고정되어 있었다. 따라서 마음 한구석에서 그의 죽음을 기다리고 있었는지도 몰랐다.

"그렇다 해도……."

모토야스는 하늘을 쳐다보며 중얼거렸다. 구름이 점점 사라지고 반짝이는 많은 별들이 보이더니 그 가운데 하나가 남쪽 바다로 스르르 떨어졌다. 이 넓은 천지에 이 한 몸을 둘 곳이 없구나—하는 느낌이 줄곧 모토야스의 가슴을 쳤다. 그러나 결코 절망은 아니었다. 너무나 기막힌 궁지에 빠져 오히려 웃고 싶을 정도였다.

별의 깜박임을 쳐다보며 모토야스는 이 마당에 이르러 버려야 할 것이 무엇인지 헤아리고 있었다. 첫째로 이 작은 성을 한시바삐 버려야 했다. 처자는 이미 버리고 왔다. 마음속으로 줄곧 사모해 왔던 어머니와는 만남이 바로 이별이었다.

오카자키성에 대한 집착도 버리고, 어디선가 자기를 버티어주고 있던 '행운'이라는 막연한 환영도 이제는 분명히 버려야만 했다.

아니, 그것 말고도 아직 버려야 할 게 남아 있다.

'무엇일까?'

생각하다가 모토야스는 문득 지난날 셋사이 선사의 얼굴을 머릿속에 떠올렸다. 모토야스는 흐흣 하고 웃었다. 마지막으로 버려야 할 것—그것은 자신의 생존에 대한 부정이었다. 자기를 부정해 버린 뒤 비로소 끝없이 고요한 '무(無)'가 남는다. 셋사이 선사가 모토야스에게 남겨주려 했던 그 '무'를 오랜만에 만났다.

"그렇지, 나는 죽어야만 했어…… 큰 죽음이야말로 가장 중요한 것"

모토야스가 다시 한번 입 속으로 중얼거렸을 때 큰방으로 달려들어온 이시카와 기요카네가 외치듯 소리 질렀다.

"주군! 소문은 사실이었습니다."

기요카네의 아내는 오다이 부인과 마찬가지로 미즈노 다다마사의 딸. 이번에 한 부대의 무사대장을 맡은 그의 아들 이에나리는 모토야스와 함께 다다마사의 외손자뻘이었다.

"이에나리에게 밀사가 왔으니 의심할 여지가 없습니다. 노부나가가 요시모토의 목을 쳐들고 의기양양하게 기요스성으로 돌아가는 것을 보았다고 합니다."

모토야스는 그 말에 대답하지 않고 마루에서 천천히 돌아왔다. 그와 동시에 큰방으로 잇따라 모여드는 중신들의 발소리가 들렸다.

촛불이 늘어났다. 사람들 얼굴이 이상한 흥분으로 긴장되어 흔들리는 불빛에 귀면(鬼面)을 늘어놓은 듯 무서워 보였다.

사카이 다다쓰구를 마지막으로 중신들이 양옆에 모두 늘어앉을 때까지 모토야스는 한마디도 하지 않았다.

"모두 모였나?"

"옛!"

"모두들 들었겠지만 소문을 그대로 믿을 수는 없다. 소문을 듣고 겁먹어 도망쳤다는 소리를 들어서는 말대까지 치욕이다. 지금부터 당장 기요스로 쳐들어가든가, 아니면 농성하여 전사하든가."

좌중은 조용했으며 누구 하나 얼른 대꾸하는 자도 없었다. 기요스성의 야습,

승리에 들뜬 오늘 밤 기요스성에는 뜻밖의 허점이 있을지도 몰랐다. 그러나 끝까지 학대를 거듭한 요시모토에게 그렇듯 의리를 세울 필요가 있을까 하는 머뭇거림 때문에 아무도 입을 열지 않았다.

그것을 환히 짐작한 다음 본심을 이야기하는 모토야스였다. 모토야스는 미소지었다.

"아니면 일단 저마다 오카자키의 집으로 돌아가 천천히 앞으로의 동태를 확인하든가."

이것이 내 몸을 버리고 가신들을 위해 마음먹은 모토야스의 결심이었다.

"그것이 좋겠습니다……."

이번에는 반사적으로 양쪽에서 동의하는 소리가 터져나왔다.

여자의 입장

    비도 내리지 않고 복더위로 접어들려는 슨푸성의 요시모토 저택에서는 그곳을 지키는 우지자네가 무뚝뚝한 표정으로 한쪽 팔꿈치를 팔걸이에 기댄 채 부채질하고 있었다. 그 앞에 여러 장수 부인들이 이마에 배어나는 땀을 닦는 것마저 잊고 늘어앉아 있다.

    들어오는 소식마다 참담한 패보뿐이었다.

    야마다(山田)도 전사했고, 세나와 사랑을 다투다 출가한 가메히메의 남편 이오의 전사도 알려졌다. 요시모토의 숙부뻘인 가모하라도 전사했고 조카 구노도 죽었다. 한때 여자들 동경의 대상이었던 스루가의 대장 미우라도 전사하고 요시다(吉田), 아사이(淺井), 오카베(岡部), 아사히나(朝比奈) 등의 전사 통지가 잇달아 알려져왔다. 그 이름 속에 남편 모토야스의 이름도 나오지 않을까 하고 세나히메는 그때마다 숨을 죽였다.

    단 하나 우지자네를 안심시킨 통지는, 오카베 모토노부(岡部元信)만이 나루미성에서 항복하지 않고 끝까지 노부나가에게 싸움을 걸어 아버지의 목을 빼앗았다는 것이었다.

    오늘까지 온 소식에 의하면 이름 있는 무장 전사자가 556명, 잡병은 약 2500명 남짓.

    그러나 이것으로 보고가 끝난 것은 아니었다. 아직도 차례차례 들어오고 있다. 새로운 보고를 받아 서기가 전사자 이름을 적으면, 그때마다 과부가 된 여자들은 고개 숙이고 땀과 눈물을 흘렸다.

'왜 이런 데 사람들을 모아두는 것일까?'

남편의 전사를 알게 된 부인을 저마다 집으로 돌려보내 향이라도 피우게 해주는 게 인정을 아는 사람—이라고 세나히메는 생각했지만 우지자네는 허락하지 않았다.

너무 많은 장수들이 전사하고 있었다.

"안부를 알려줄 테니 찾아오너라."

이렇게 말하여 모아들인 여자들을 이대로 성안에 볼모로 묶어두지 않고는 반란을 일으킬 우려가 있어 불안했던 것이다.

한낮이 되자 우지자네는 자리에서 일어나며 불쑥 중얼거렸다.

"목욕하고 오겠어."

그리고 곁에 있는 세나히메를 그제야 본 것처럼 말을 걸었다.

"세나…… 불쌍하게 되었구나."

"불쌍하다니요?"

"모토야스를 전사하게 해서. 가문의 이름은 세워줄 테니 걱정 마라."

세나는 자기 귀를 의심했다.

"네? 우리 모토야스 님도 전사했습니까?"

"음, 전사했어."

우지자네는 목쉰 소리로 대답한 다음 곧장 복도 쪽으로 걸어갔다.

세나는 달려들 듯 서기 책상으로 다가갔다.

"마쓰다이라 모토야스, 전사라고 기록되어 있나요?"

서기는 장부를 들춰보더니 대답했다.

"아직 안 보이는데요."

세나는 저도 모르게 웃음이 나오려 했다. 우지자네는 너무나 많은 전사를 당하여 혼란을 일으키고 있다.

그제야 마음 놓고 자리에 돌아오니 이미 남편의 죽음을 안 이오의 아내 기라 부인—이전의 가메히메가 새빨개진 눈으로 다가왔다.

"세나 님."

세나는 마음에 서늘하게 찬바람을 느끼며 시치미를 떼었다. 이미 남편의 죽음을 확인한 여자와, 아직 생존에 한 가닥 희망을 갖는 세나 사이에는 말로 할 수 없는 울타리가 만들어져 있었다.

기라 부인은 어깨를 떨구고 조용히 세나 옆에 앉았다.

"부럽습니다, 모토야스 님은 무운이 강하시니 반드시 무사하실 거예요."

세나는 그 말에 반발을 느꼈다.

"아니에요, 이런 큰 변이 일어났으니 모토야스 님도 반드시 어디선가 전사하셨을 거예요. 남은 자식들을 보니 아무 생각도 할 수가 없군요. 차라리 자식 없는 가메 님이 부럽습니다."

세나에게 항거할 기라 부인이 아니었다. 기라 부인은 짐짓 세나의 말을 받아들이는 듯한 가라앉은 목소리로 들릴락 말락 하게 중얼거렸다.

"나는 세나 님에게 참회할 일이 있어요. 모토야스 님이 무사하실 때는 듣지 않은 것으로 하고 잊어주세요."

"참회……라고 하셨나요? 무슨……."

"나는 모토야스 님을 미워했어요."

"모토야스 님을, 어째서요?"

다다미에 시선을 떨군 기라 부인은 부끄러움도 감정도 모두 잃어버린 사람처럼 중얼거렸다.

"모토야스 님은 내가 이 세상에서 처음으로 안 남자분이었어요."

세나는 순간 대꾸할 말이 없었다. 모토야스가 다케치요라고 불리던 11, 12살 때 기라 부인을 좋아했던 것은 세나도 잘 알고 있다. 하지만 이제 와서 무엇 때문에 그런 말을 하는 것인지, 자기 혼자만의 모토야스라고 믿고 있는 세나 앞에서…….

기라 부인은 다시 다다미에 스며드는 듯한 작은 소리로 말을 이었다.

"나도 그 무렵의 다케치요 님을 좋아했어요. 그것을 억누른 것은, 언젠가 세나 님 남편이 될 분이라고…… 생각했기 때문이었지요. 그런데 어느 날 해 질 녘 나를 숲속으로 데려가……."

세나는 당황하여 손을 내저었다. 남편의 생사를 걱정하고 있는 이 절박한 때 이런 느닷없는 참회는 세나의 온몸에 야릇한 아픔을 안겨주었다. 그것은 눈앞의 기라 부인이 아이를 낳은 세나보다 훨씬 싱싱한 피부와 젊음을 지니고 있는 탓이

기도 했다. 그 피부에 닿았을 모토야스를 상상하니 그것이 곧장 규방의 감각으로 온갖 일을 떠오르게 했다.

"그만두세요. 어째서 미워하는지 나는 그 이유만 듣겠어요."

"용서하세요. 모토야스 님에게 몸을 허락한 뒤부터 나는 한층 더 그리워 미칠 것 같았어요."

"……그런데 밉다고 하신 것은?"

"네, 남편이 죽을 때까지 나에게 부정한 마음을 품게 한 것이 미워요."

기라 부인은 시선을 다른 곳으로 돌리며 모양 좋은 입술을 깨물었다.

세나는 어처구니없는 듯이 기라 부인을 지켜보았다. 가슴에 열이 치밀어 머리채를 잡아채고 싶은 초조함을 느꼈다. 밉다―고 하면서 그것은 뻔뻔스러운 애정 고백이 아닌가.

"가메 님, 내가 대신 사과드리겠어요. 용서하세요."

기라 부인은 그 말이 귀에 들리는지 안 들리는지 말을 이었다.

"나는 죄 많은 여자였어요…… 마음속에 다른 남자의 환상을 품은 채 남편을 섬겼어요…… 아니, 그 죄를 깨달은 까닭에 모든 것을 참회하는 거예요. 세나 님! 부디 내가 분별을 갖게 해주세요."

"분별이라니?"

"다른 분이 아니니 속속들이 털어놓겠어요. 나는 모토야스 님이 무사히 슨푸로 돌아오시는 것이 무서워요."

"그건 또 어째서지요?"

"나에겐 이미 남편이 없어요. 만약 세나 님까지 미워진다면 어떻게 하지요? 세나 님, 난 죽고 싶어요. 하다못해 남편에게 생전의 부정이라도 사과하고 죽고 싶어요."

세나는 현기증이 날 것만 같았다.

'그렇다, 이 여자에게는 이미 남편이 없다……'

아마 모토야스로서도 첫 여자, 그 여자가 요염한 젊음을 지닌 채 과부가 되어 모토야스에게 달라붙으려 하고 있다. 아니, 달라붙어 죄를 거듭하게 할 것이 두려워 죽고 싶다고 한다.

세나는 죽으라고 떠다밀고 싶은 마음을 억누르고 기라 부인을 가만히 내려다

볼 뿐이었다.

"그렇다 해서 이대로 자결하는 것만으로는 전사한 남편에게 용납되지 않으리라고 생각해요. 세나 님, 부탁이에요. 작은대감을 만나셔서 요시모토 님 복수전을 언제 하시겠느냐고 물어봐주세요."

세나는 상대의 말이 엉뚱한 곳으로 빗나가자 정신이 번쩍 들었다.

"복수전을 할 때 어떻게 하시려고요?"

"나머지 가신들을 이끌고 남자가 되어 싸우다 죽고 싶어요. 이 말도 작은대감께 부탁드려 주세요."

세나는 노여움이 파도처럼 밀려나는 것을 느꼈다.

'옳아, 그게 좋겠어. 그래야만 부인의 부정이 씻어지리라.'

세나는 기라 부인에 비해 단순했다. 아마도 부인의 참회는 세나의 기질을 환히 알고, 우지자네에게 복수전을 할 의사가 있는지 없는지 물어보려고 계산하고 있었던 것임에 틀림없었다. 우지자네를 만나 그러한 뱃속을 직접 물을 수 있는 사람은 지금 경우 세나밖에 없었던 것이다.

"그것참, 좋은 생각이군요. 염려 마세요. 준비도 있고 할 테니 내가—옳지, 지금 곧 물어보지요."

세나는 방으로 돌아가 쿨쿨 자고 있는 우지자네의 모습을 상상하며 부지런히 복도를 건너갔다.

세나가 들어가자 우지자네는 웃통을 벗고 땀을 닦게 하며 책상에 향불을 피워놓고 꾸중 들은 어린이처럼 조용히 연기 끝을 바라보고 있었다. 우지자네는 세나가 들어온 것도 모르는 눈치였다. 향불 연기 끝을 바라보는 눈에 눈물을 엷게 담고 넋 잃은 사람처럼 온몸에 긴장감을 풀고 있었다.

세나는 그제야 요시모토의 죽음이 가슴에 마구 닥쳐오는 느낌이 들었다. 살그머니 우지자네 옆에 앉아 조그만 소리로 속삭였다.

"……분하시겠어요."

그러자 눈에서 눈물이 왈칵 넘쳐났다.

우지자네는 꼼짝도 하지 않았다. 열어젖힌 창문이며 푸른 나무에서 유지매미 소리가 짓누르듯 넘쳐들어와 더한층 애절한 초조감을 불러일으켰다.

"얼굴빛이 좋지 못하군요. 어디 몸이라도……."

"세나—"

"네."

"나는 어떻게 하면 좋단 말이냐?"

그리고 우지자네는 세나에게로 시선을 옮겨 내뱉듯 중얼거렸다.

"나는 아버님이 미워졌어! 어째서 스루가, 도토우미, 마카와의 태수만으로 만족하지 못하셨단 말인가. 나는 애당초 이번 상경에 반대했었다. 사람은 분수를 아는 게 불행을 미리 방지하는 일이 되는 거야."

세나는 뜻밖의 말을 듣는 느낌이었다. 요시모토의 상경에 우지자네가 반대했다—는 느낌은 전혀 없었다. 반대로 우지자네는 아버지와 함께 교토로 올라가 왕실 궁전 안에서 공차기놀이를 하겠다는 희망에 불타고 있다는 말을 들었다.

"모두 한편처럼 보이면서 실은 오다와라의 호조도, 가이의 다케다도 우리 영토를 노리고 있다. 이러한 분위기 속에 아버님은 소중한 부하를 몽땅 이끌고 돌아가시고 말았어. 나는 아버님을 원망한다. 나는 아버님 야심의 희생이 되고 말았어."

우지자네의 말은 진심이었다. 그만이 아니라 일족 모두 요시모토의 야심에 희생되었는지도 모른다. 그러나 그 진실을 우지자네의 입으로 듣는 게 너무 한심스러웠다. 그렇다면 남은 가신들은 대체 어떻게 해야 좋단 말인가.

"이해해요. 하지만 아버님을 그저 원망하시는 것만으로는 끝나지 않습니다. 언제쯤 복수전을 하시려는지요?"

세나의 말투에 저도 모르게 불만이 깃들자 우지자네는 세나를 흘끔 돌아보고 다시 초조한 듯 무릎을 흔들었다.

"너도 역시 그 말을 하는구나."

"저뿐이 아니에요. 남편이 전사한 부인들 마음도 모두 똑같아요."

"음."

"아까도 이오 님 부인이 작은대감 허락을 얻어 남자처럼 싸우다 죽고 싶다고……."

우지자네는 기분 나쁜 듯 무릎을 치며 가로막았다.

"알았다! 나는 처음에는 아버님의 희생…… 나중에는 가신들의 희생이 되어 수라장에서 죽으면 그만이지. 알았으니 잠시 혼자 있게 해다오. 사람들 앞에 나가면 울 자유마저 없는 나를 불쌍하다고 생각지 않느냐?"

"작은대감!"

세나의 목소리도 날카로워졌다. 우지자네 자신의 입장으로는 그렇다 할지라도 이 혼란 속에서 이처럼 한심한 말은 용납할 수 없다.

"알고 싶어요. 복수전을 하려면 대감님이 안 계신 지금 작은대감이 총대장이에요."

우지자네는 원망스러운 듯 세나를 돌아본 채 한동안 말이 없었다.

"설마 이대로 끝내지는 않으시겠지요?"

"세나! 말이 지나치구나."

"그러시다면 속마음을 털어놓으세요."

"너는 나를 원망하는군. 언젠가의 일을 아직 마음속에 지니고 있어."

우지자네의 눈이 뱀처럼 번뜩이며 일그러진 웃음이 입가의 살을 실룩거리게 했다.

세나는 화가 치밀었다. 언젠가의 일―모토야스와의 혼례식 전날 세나의 몸을 마구 희롱했던 그때 일을 말하는 것임에 틀림없었다. 여자로서 희롱당한 과거를 조소하는 것만큼 분한 일은 없다.

하지만 요시모토가 죽고 난 뒤의 우지자네는 세나의 노여움 따위를 받아들일 리 없는 절대 권력자. 세나는 창백해진 볼을 일그러뜨리고 그녀 역시 웃어 보이는 것으로 한껏 반항했다.

"그 일이라면 염려 마세요. 세나는 잊었습니다."

"틀림없이 그러냐?"

"말씀하실 것까지도 없는 일."

우지자네는 다시 약한 표정이 되어 고개를 끄덕였다.

"네가 내 편이라면 내가 우는 것도 용납해 주리라. 나는 결국 불쌍한 인형이다."

"이 큰 성에 마음대로 살고 계시면서."

"그래, 아버님이 계실 때는 아버님의 꼭두각시, 앞으로도 역시 내 마음대로 살 수 있는 날은 없겠지. 먼저 아버지 뒤를 쫓아 전사한 자들에게 마음에도 없는 감사장을 써야 할 것이고, 그 뒤에는 중신들 평의에 따라 좋아하는 공차기와는 인연이 먼 싸움터로 사나운 말에 실려 내쫓길 거야. 세나, 너만은 내 불운을 알 수 있겠지. 모든 게 전세(前世)의 약속이니, 너만은 전처럼 가끔 나한테 와서 함께 울고 위로해 주기 바란다."

세나는 어이없어 저도 모르게 무릎을 뒤로 물렸다.

'이게 무슨 일인가?'

우지자네의 말 역시 너무도 진실이었다. 우지자네가 탐하는 생활은 싸움도 아니고 야심도 아니었다. 즐거운 놀이며 여자며 술이었다―하지만 그것이 슨푸의 총대장에게 지금 허락될 리 없다. 마음속의 생각과 불안은 다른 것이었다.

더욱이 세나가 노여움을 억누르고 던진 비꼬는 말까지 우지자네는 전혀 다르게 받아들이고 있다. 세나는 우지자네와의 정사 따위 깨끗이 잊어버렸다고 했지만 우지자네는 원한을 잊고 사모하는 줄 해석한 모양이었다. 그리고 아직 남편의 생사도 모르는데 자기한테 오라고 하다니.

세나는 우지자네에게 실망을 느꼈다. 이 사람한테서 복수전의 결심을 들을 수 있으리라고 여겼던 것이 후회되었다.

'그렇다, 이러한 일은 모두 중신들이 정하는 것이다……'

세나는 마음속으로 모토야스와 우지자네를 새삼스레 비교하면서 우지자네의 거실을 물러났다.

우지자네는 넋 없는 한낱 인형.

'거기 비하면 모토야스 님은……'

다시금 모토야스를 사모하는 마음이 온몸의 땀에 섞여 관능을 죄어댔다.

세나가 다시 큰방으로 돌아왔을 때 다음 보고가 들어왔다. 그러나 그 속에도 모토야스의 소식은 없었으며 새로이 남편의 전사가 알려진 사와다(澤田)와 유이(由比) 부인이 서로 손잡고 울고 있었다.

세나가 다가가자 기라 부인은 기다린 듯 사람들에게서 떨어져 물었다.

"작은대감께서 들어주셨나요?"

여기는 바람이 없는 데다 사람 훈기로 우지자네의 거처와는 비교도 안 될 만큼 더웠다. 여자들의 화장과 눈물과 땀 냄새까지 야릇하게 갇혀 있었다.

세나는 일부러 시선을 다른 데로 보내고 잠자코 앉아 있었다.

"작은대감께서는 당장 싸움을 하시겠지요. 네, 세나 님?"

기라 부인은 한사코 그것을 알고 싶어 했다. 그것을 알아낼 수단으로 세나의 질투심을 자극했다. 그 이면에는 세나만 아직 과부가 되지 않은 데 대한 부러움도 있었지만.

"작은대감은 싸움을 싫어하고 계셔요!"

부인은 대들 듯 말했다.

"그러시면 대감님 원수를 갚지 않고, 여기 있는 많은 부인들의 원한을 풀어주지 않겠다는 말씀인가요?"

세나는 그 대답을 절반쯤 피하듯 말했다.

"오다와라의 호조 님도, 가이의 다케다 님도 겉으로는 어떻든 다정한 편이 아니니 오와리로 출진하셨다가 그 틈을 노림받게 되면 큰일이라고 그 점을 걱정하시는 게 아닐까요?"

기라 부인은 입술을 깨물었다. 갑자기 가슴이 막히며 눈물이 줄줄 흘러내렸다. 모토야스에 대한 사모가 어쩌니 한 것은 지어 만든 말, 남편 이오의 얼굴이 아른거렸다. 다정스러웠던 과거.

이미 남자를 알고 시집간 자기를 아무것도 모르고 사랑해 주던 남편, 그 남편의 목이, 이를 악물고 피와 진흙으로 더럽혀진 채 죽음의 자리에 놓인 광경이 눈에 선하게 떠올랐다.

"그런가요……."

기라 부인은 불쑥 중얼거리고 눈물을 닦았다. 세나는 그 얼굴에서 눈을 떼지 않았다. 부인의 말을 그대로 믿고 있기 때문이었다.

부인은 말했다.

"이렇게 된 바엔 히쿠마노(曳馬野)성으로 곧 돌아갈 수 있게 주선해 주세요. 성으로 가 있고 싶어요. 모토야스 님 눈에 띄는 것이 슬퍼요."

부인은 자기에게 자식이 없는 것이 이때처럼 곰곰이 남편에게 미안하게 느껴진 적이 없었다. 자식이 없는 것을 이유로 만약 가신들이 성을 쫓겨나게 된다면 남편에게 너무 미안하다.

'곧 돌아가 양자를 정해야지…….'

이것이 부인의 생각이었다.

세나는 그제야 안심하고 고개를 끄덕였다. 지금껏 전사 통지가 없다면 모토야스는 어디엔가 살아 있는 게 틀림없었다. 그 기쁨이 자기보다 훨씬 더 풍만하고 젊은 기라 부인 때문에 어지럽혀진다는 것은 견딜 수 없는 일이다.

"작은대감을 움직일 분은 세나 님밖에 없어요. 제발 부탁드려요."

"알겠어요, 나와 함께 가세요. 그리하여 작은대감 거실에서 곧장 성을 나가도록 하세요. 남의 눈에 띄지 않도록."

세나는 자기가 다시 찾아가는 일이 고독에 떨고 있는 우지자네의 오해를 점점 더 깊게 한다는 것도 잊고 기라 부인의 귓전에 대고 살며시 속삭였다.

우지자네가 세나의 청을 받아들였으므로, 기라 부인은 우지자네의 시녀가 외출하는 것처럼 꾸며 성을 빠져나갔다.

"너는 좀 더 이야기하다 가거라."

이 말을 들었을 때 세나는 아찔했다. 그 말 뒤의 뜻이 무엇인지 잘 알 수 있었다. 결국 우지자네는 정실 오다와라 부인으로는 채울 수 없는 몸과 마음의 불만을 세나에 의해 채우려 하고 있는 게 틀림없었다. 그녀 역시 몇 번이나 몸을 허락한 과거가 있다. 상대가 자기를 비웃고 있는 게 아니라 애원하는 듯한 마음의 약함을 드러내자 어디선가 심하게 흔들리는 데가 있었다.

세나는 동요를 억누르고 절반쯤 우지자네를 시험하는 심정으로 고개를 갸웃거리며 말했다.

"저도 아이들이 걱정스러우니 집에 잠시 들렀다 오겠어요."

"그래, 다녀오도록 해."

우지자네는 분명 과거를 생각하고 있는 표정으로 고개를 끄덕였다.

세나는 일부러 다른 부인들의 눈치를 보지 않았다. 어디까지나 우지자네의 사촌누이답게 따가운 저녁볕 속에 가마를 타고 집으로 돌아갔다.

'모토야스는 틀림없이 살아 있다……'

이러한 안도가 점점 더 공상을 밝게 하여 문득 그 반대의 경우를 생각하기도 했다.

'모토야스가 전사했다면 앞으로 대체 어떻게 될 것인가?'

자식들에게 마쓰다이라 집안을 훌륭히 이어받게 하고, 자기는 우지자네의 품 안에서 지금보다 훨씬 더 큰 권세를 누릴 수 있는 게 아닐까—? 이런 야릇한 공상이 그리 부정하게 느껴지지 않는 것도 우지자네와의 과거 관계가 있기 때문인지 몰랐다.

모토야스가 돌아온다. 오랜만의 잠자리에서 이러한 공상을 이야기해 준다면 모토야스는 대체 어떤 얼굴을 할 것인가.

'남자란 너무 안심시키기보다는 안절부절못하게 만드는 게 좋을지도 모른다.'

가마가 집 현관마루에 대어지자 사카이 다다쓰구의 아내 우스이(礁氷) 부인이 맨 먼저 마중 나왔다.

"너무 늦으셔서 걱정하고 있었어요."

모토야스의 이모뻘 되는 우스이 부인은 어머니 게요인을 닮아 얼굴이 갸름한 미인이었다. 세나는 남편의 이 혈육을 좋아하지 않았다. 이유는 없었다. 왠지 자기를 감시하는 눈길에 정이 가지 않았다.

"그래, 모토야스 님 소식은?"

"무사하시리라고 생각해요. 아직 전사 소식은 없어요."

"거참, 반갑군요."

세나는 이 말을 듣자 얼굴빛을 바꾸어 우스이 부인 쪽을 돌아보았다.

"말을 삼가세요. 대감님은 나의 외숙부이세요."

따끔하게 말한 다음 뒤돌아보지도 않고 아이들 방으로 들어갔다.

방에서는 가메히메가 종이접기하는 것을 다케치요가 들여다보고 있었다. 두 아이 모두 쓸쓸해 보여 세나로 하여금 어머니 마음을 되찾게 했다.

"자, 가메히메도 다케치요도 이 어머니 말을 잘 들어요."

"네."

가메히메는 영리하게 종이접기를 그만두었다.

"아버님은 무사하신 듯하니……."

말하다 말고 문득 숨을 삼킨 것은 고개를 갸우뚱하고 어머니를 쳐다보는 가메히메의 얼굴이 우지자네를 너무 많이 닮았기 때문이었다. 가메히메가 우지자네를 닮았더라도 냉정히 생각하면 이상할 게 없다. 우지자네도 자기도 다 같은 이마가와 가문의 핏줄을 이어받고 있다.

그러나 지금 세나는 다른 일을 생각하고 있었다.

'이 아이는 우지자네의 자식이 아닐까?'

자식의 아비를 아는 건 어머니뿐이라고 한다. 그러나 짓궂게도 가메히메는 어머니 자신도 똑똑히 아버지를 알 수 없는 아이였다. 우지자네에게 마구 희롱당한 게 혼인 전날이고, 그 이튿날부터 모토야스의 아내였던 것이다. 만일 우지자네의 자식이라면 어머니로서 세나의 입장은 야릇하게 흔들린다. 두 아이 가운데 한 아이의 아버지는 우지자네, 그리고 다른 한 아이의 아버지는 모토야스. 그렇다면 세나는 대체 누구의 자식을 낳기 위한 여자였던 것일까?

"가메히메……."

"네."

"저쪽을 잠깐 쳐다보거라."

"이렇게, 어머니?"

"그리고 이쪽을."

"이렇게?"

세나는 다시 몸을 바르르 떨었다. 조금 아까 자기는 아버지의 인형이었다고 말하며 고개 숙였을 때의 우지자네와 똑같은 그늘을 가지고 태어나 있다. 그리하여 그 그늘이 앞으로의 세나 생애를 줄곧 답답하게 힐책할 듯한 야릇한 예감이 가슴속을 스쳐갔다.

모토야스가 언젠가 그것을 눈치챌 때가 오지 않을까. 아니, 알더라도 곧바로 말할 모토야스는 아니었다. 어쩌면 이미 알면서 잠자코 출전했는지도 몰랐다. 무엇보다도 세키구치 저택의 밤 벚꽃 아래에서 우지자네와 첫 인연을 맺는 것을 뚜렷이 지켜본 모토야스였던 것이다.

세나는 갑자기 불안해졌다. 모토야스가 살아 있더라도 자기에게 돌아오지 않을 것 같은 심정이, 아무 관련도 없이 머릿속을 스쳐 지나갔다.

'정조란 남자들을 위한 것만이 아닌지도 모르겠다—'

젊은 날의 잘못이 반대로 그 여자의 생애를 회색으로 칠하는—그 현실을 세나는 비로소 깨달은 것이다.

해가 이미 떨어져가고 있건만 집 안에 갑자기 새로운 공기의 움직임이 일었다. 어쩌면 친정아버지가 왔는지도 몰랐다. 문득 귀 기울이며 일어서려던 세나의 귀에 다다쓰구의 아내 우스이 부인의 야무진 목소리가 들려왔다.

"수고했어요. 그래, 모토야스 님은 어떻게 되셨나요?"

"예, 도중에 고생하시다가 아무튼 무사히 다이주사로 들어가셨습니다."

"거참, 잘됐군. 그런데 스님은?"

"오카자키의 다이주사 스님이올시다."

세나는 성큼성큼 걸어나갔다.

"모토야스 님이 보내신 소중한 사자를 어째서 나에게 알리지 않나요?"

바깥의 큰방 문 앞에 버티고 서서 우스이 부인에게 날카로운 눈초리를 보내자 우스이 부인은 조용히 말했다.

"모토야스 님한테서가 아니에요. 남편 다다쓰구에게서 비밀히 온 전갈이었습니다."

그러고는 깊이 한숨지으며 덧붙였다.

"알겠어요. 그럼, 슨푸에 있는 처자는 이대로 당분간 볼모가 되겠군요."

세나는 눈을 꼿꼿이 하고 선 채 우스이 부인의 혼잣말이 무엇을 의미하는지 생각해 보려 하지도 않았다.

새벽

오카자키성 밖의 다이주사 안팎으로 마쓰다이라 군이 잇따라 모여들고 있었다. 절문은 이미 열어젖혀지고, 둥근 다보탑 지붕에 금빛 해가 타오르고 있다. 그 태양 아래 모토야스는 무장한 채 조상의 묘에 예를 올렸다.

이번으로 다이주사에 두 번째 머무는 것이었다. 오카자키성에는 슨푸를 지키던 다나카(田中) 외에 미우라와 이오가 남기고 간 가신들이 농성하고 있어 이번 역시 자기 성을 바라보면서도 들어갈 수 없었다. 에이로쿠 3년(1560) 5월 23일, 요시모토가 덴가쿠 골짜기의 이슬로 사라진 지 나흘째 되는 날이었다.

모토야스가 성묘하는 동안 주지 도요(登譽) 대사는 오늘도 삼나무 고목에서 줄곧 날갯짓 연습을 하는 새끼 부엉이를 올려다보고 있었다. 부엉이는 낮에 시력이 없다. 그런데도 날개가 생기면 벌써 사납게 날갯짓하기 시작한다. 둥근 얼굴이 어딘지 모토야스와 닮은 점이 있어 저도 모르게 미소가 흘러나왔다.

대사 곁에 서서 모토야스를 호위하고 있는 자는 이 절에서 으뜸가는 호승(豪僧) 소도(祖洞)였다.

"생각해 보니 인생이란 꿈같군요."

참배를 마치고 모토야스가 돌아보자 대사는 내뱉듯 말했다.

"꿈의 계속은 지금부터입니다. 지금 고생 따위는 아직 고생이라고 할 수가 없지요."

"그럴까요?"

"슨푸의 대감은 전사하셨지만 주군은 이렇게 무사히 이 절로 후퇴하셨습니다. 이것은 선조들께서 적선하신 덕분이십니다."

모토야스는 순순히 고개를 끄덕였다.

19일 밤에 가냘픈 그믐달을 밟으며 오타카성을 은밀히 떠났다. 20일 아침에는 싫어도 노부나가를 공격해야 한다. 떠나려면 오늘 밤—이라고 결단 내린 다음 주의 깊게 자기를 대신할 사람을 두고 왔다. 자신의 깃발 표지를 등에 꽂고 본대에 참가한 것은 실은 도리이 모토타다였다. 모토야스 자신은 그 본대보다 한발 앞서 미즈노가 보낸 밀사 아사이를 길잡이로 성을 떠난 것이다.

주종을 합하여 18기(騎).

아사이의 세심한 주의로 다이주사에 무사히 이르자 모토야스는 청했다.

"아버님 묘 앞에 죽으러 왔소. 문을 열어주시오."

물론 죽을 작정으로 온 것은 아니었다. 도요 대사는 그 이면의 뜻을 짐작하고 서둘러 절 안으로 인도하여 일부러 여러 중들 앞에서 모토야스를 훈계했다.

"아버님 묘 앞에서 할복하시겠다니 이 무슨 좁은 생각이시오. 그러한 행동을 하면 선조의 영혼에 불경스러운 일이 되지 않습니까?"

모토야스에게 말한다기보다 20명 가까운 중들에게 모토야스를 끝까지 숨겨주도록 명령하는 것이었으며 그 결심을 요구하는 말이었다.

모토야스는 그것을 잘 알 수 있었다. 알므로 심각하게 고개를 끄덕이고 있는데 오다 군인지 떠돌이무사들인지 알 수 없는 무리가 모토야스 뒤를 쫓아 산문까지 들이닥쳤다.

"마쓰다이라 모토야스가 이 절에 숨어 있지? 문을 열어라! 열지 않으면 부수고 들어가 불살라버릴 테다."

문을 두드리며 외쳐대는 소리를 듣고 모토야스의 젊은 피는 역류했다. 이곳은 선조의 묘소, 결코 짓밟혀서는 안 된다.

말하자면 이때의 분노가 이번의 큰 변란 중에서 모토야스에게 가장 큰 위기였다. 그것은 지금까지 억눌러왔던 젊은 피의 솟구침이었다. 늘 가신들만 생각하여 처자를 버리고, 무공을 서두르지 않았으며, 노련한 사람처럼 치밀한 계산을 계속해 온 반동이었다.

"건방진 놈!"

모토야스는 분노가 치밀었다. 정신없이 칼을 휘두르며 말을 달려 문으로 다가갔다.

"너희들도 따라라! 절 안에 결코 들여놓지 마라!"

누군가 바람처럼 달려나가 문안에서 단단히 빗장에 달라붙었다. 모토야스가 휘두른 칼날 밑에서 그가 외쳤다.

"열어서는 안 됩니다. 좀 더 적의 동태를 살피십시오!"

모토야스는 발을 구르며 고함쳤다.

"에이, 비켜라! 비키지 않으면 차 던지겠다!"

"못 열겠소. 아직 밖의 인원수도 모르오. 서둘러선 안 됩니다."

"그대는 대체 누구냐!"

"이 절의 중 소도올시다. 굳이 쳐나가고 싶으시면 베고 나가시오."

"아니꼽게!"

모토야스는 칼을 내리쳤다. 차마 소도를 베지 못하고 빗장을 두 동강 내려 했지만 철근이 든 굵은 빗장은 모토야스의 칼을 튕겨냈다.

"빨리 열어라. 열지 않으면 부수겠다!"

밖에서 또다시 몸뚱이째 쾅 부딪쳐왔다. 문짝이 우지끈 삐걱거리자 소도는 그쪽을 보고 굵은 소리로 외쳤다.

"쓸데없는 짓을 하는 자들이로군. 안에서는 다이주사에서 이름난 70인력(人力)을 지닌 소도 님이 누르고 있다. 할 수 있거든 어디 부숴봐라!"

"소도, 비키지 못하겠나! 비키지 않으면 정말로 벨 테다."

"베고 싶거든 베라고 했잖소. 바보 같은 대장이로군!"

다시 모토야스가 한 칼 쳐내렸다. 소도는 몸을 조금 비켜 그것을 피했으나 빗장은 여전히 베어지지 않았다.

"그것은 베어지지 않소. 잠깐만 기다리십시오!"

다시 문짝에 귀를 대고 바깥 동태를 엿들은 다음 고개를 끄덕이며 소도는 빗장을 홱 뽑았다.

"좋아!"

스스로 70인력이라고 하는 만큼, 어둠에 눈이 익고 보니 전설 속의 무사시보 벤케이(武藏坊辨慶)를 방불케 하는 표정이었다. 소매를 둥둥 걷어올리고 머리띠를 질끈 동인 소도는 쳐들었던 빗장을 힘껏 옆으로 내리쳤다.

그러자 밀고 들어오려던 처음의 2명이 야릇한 소리를 지르며 개구리처럼 땅바닥에 뻗었다.

"으악!"

"자, 덤벼라!"

소도는 외치며 아수라처럼 설치며 나갔다.

"70인력의 금강동자(金剛童子)다. 네놈들은 모두 몇 명이냐! 나는 단번에 4명은 때려죽인다!"

모토야스는 그때 일을 생각하면 지금도 식은땀이 겨드랑이를 타고 흘렀다. 그때 소도가 말리는 것을 듣지 않고 모토야스 자신이 맨 먼저 쳐나갔다면 아마도 틀림없이 적의 손에 목이 잘렸을 것이다. 10년 하고도 3년, 참고 참아온 일을 하루아침의 노여움에 못 이겨 허사로 돌릴 뻔했다.

그 소도가 쇠징을 박은 6척 가까운 떡갈나무 몽둥이를 땅에 짚고 우뚝 서서 주위를 노려보고 있다.

"소도, 수고하네."

묘지를 나오면서 모토야스가 말을 건네자 소도는 웃었다.

"하하하…… 그때 베였다면 저는 지금쯤 지옥에 가 있겠지요. 생각해 보니 참 묘합니다, 인생이란."

"허 참, 그대가 어째서 지옥으로 간단 말인가."

"몽둥이를 휘둘러서 사람을 살려준 적이 아직 없습니다."

"죽인 일은 있지 않은가?"

"그러니 지옥으로 가는 거지요. 그러나 이번만은 다릅니다. 내 힘으로 모토야스 님을 살렸으니까요."

"과연."

모토야스와 도요 대사는 얼굴을 마주 보고 웃으며 모토야스의 거실로 쓰이는 위쪽 방으로 들어갔다.

소도는 여전히 근위무사라도 된 듯 모토야스에게 등을 돌린 채 문 앞에 앉아 주위를 경계하고 있다.

중이 차를 날라오자 대사는 그것을 받쳐들고 마신 다음 생각난 듯 다시 말했다.

"이 절을 건립하신 선조 지카타다 공의 덕행을 정신적 지주로 삼으십시오. 아까도 소도가 말씀드렸듯 죽이기만 하는 무력은 그대로 지옥으로 가는 문이 될 뿐입니다. 살리기 위한 활인검(活人劍), 이것만이 부처님이 허락하신 무력이지요."

모토야스는 고개를 끄덕이며 벽에 세워놓은 깃대를 쳐다보았다. 거기에는 이렇게 크게 씌어 있다.

"염리예토(厭離穢土), 흔구정토(欣求淨土)(더러운 세상을 멀리하고).(가까이 정토를 찾는다)."

이것도 그때 이 절의 중들과 모토야스가 거느리고 온 18기가 한 덩어리가 되어 싸울 때의 깃발이었는데, 이 절을 건립한 지카타다 공 역시 늘 이 글귀를 진두에 높이 들고 다녔다고 했다.

"염리예토, 흔구정토······."

모토야스는 입 속으로 중얼거리며 과연 자기 앞길에 정토가 있을 것인지 문득 생각해 보았다.

소도의 활약으로 목숨만은 아직 무사했다. 그러나 돌아갈 성도 집도 없다. 역시 정토는 모토야스의 손이 닿지 않는 십만억토(十萬億土) 앞에 있는 먼 거리로 여겨졌다. 도요 대사는 이러한 모토야스의 불안을 짐작하고 여러 가지로 그의 기운을 북돋아주려고 했다.

"오닌(應仁) 원년(1467)이라고 기록되어 있습니다, 시나노(信濃)의 폭도 1만여 기가 미카와로 쳐들어온 것은. 그때 지카타다 공은 겨우 500기를 이끌고 이다노(井田野) 마을로 출발하셨습니다. 마음속으로 생각하는 것은 오로지 부처님뿐······ 자비를 품고 분전하셔서 끝내 폭도를 멸망시켰습니다. 지금 남아 있는 머리무덤(首塚)이 그 승리의 징표이지요. 그 뒤 지카타다 공은 이 절을 짓기로 결심하시어 수많은 폭도들의 넋을 달래셨습니다. 그렇게 적선된 절이므로 이번에도 모토야스 님에게 도움이 된 것입니다. 이 절에 계시는 한 선조와 부처님의 수호가 있을 터이니 반드시 마음을 넓게 가지시도록."

모토야스는 고개를 끄덕였지만 그대로 믿지는 않았다. 조상의 적선이 무의미하다고는 생각지 않았다. 하지만 일단 오카자키로 돌아오긴 했어도 정작 갈 곳이 없는 비참한 현실이 아닌가.

'이 절에도 그리 오래 머물지 못하겠구나······.'

이것저것 잡담을 나누는 가운데에도 응어리처럼 가슴에 남는 이 감정을 어찌할 수 없었다. 이때 사이코사(西光寺) 언저리에 주둔하고 있던 선봉대장 사카이 다다쓰구가 허둥지둥 면회를 요청해 왔다.

"주군, 이상한 일이 있습니다. 슨푸를 지키던 다나카가 성을 나와 싸울 듯합니다."

"뭐, 슨푸의 다나카가……?"

모토야스의 목소리는 저도 모르게 흥분되었고 손에 들었던 군선(軍扇)의 움직임도 멈췄다. 슨푸를 지키던 다나카가 성을 나와 싸울 듯하다고?

'대체 누구와?'

설마 오와리로 새삼 쳐들어가는 무모한 짓을 할 리 없고 또 그만한 용기가 다나카에게 있으리라고도 생각되지 않았다. 그렇다면 자기 외에 달리 상대가 없다—고 생각되자 모토야스는 벌떡 자리에서 일어섰다.

"방심할 수 없다, 곧 전투 준비를!"

사카이 다다쓰구도 그것을 걱정하고 있었던 것 같다.

"우지자네의 밀명이겠지요, 마님과 도련님을 볼모로. 고약한 짓이야!"

아직 이곳에 모인 병력은 그리 많지 않았으며, 저마다 집으로 돌아가 군량 준비를 하고 있는 중이었다. 이런 판에 구실을 만들어 쳐들어와 모토야스를 죽이고 영원히 오카자키를 손에 넣으려는 계략인지도 모른다.

모토야스는 함께 일어서려는 근시들을 말리고 다다쓰구와 함께 밖으로 나와 말을 타고 이가 다리(伊賀橋)께까지 단숨에 달려갔다.

"다다쓰구, 그대는 곧 군사들을 불러 모으도록 해라. 그러나 신호가 있을 때까지 쳐들어가서는 안 돼."

"그렇지만 남보다 앞선 공격이 유리하기도 하지요."

모토야스는 고개를 저었다.

"아니다, 생각하는 바가 있다. 서둘러선 안 돼."

그러고는 이가 강둑을 따라 혼자 말 머리를 돌렸다. 비록 우지자네의 밀명이 있었다 해도 상대와 교섭할 여지가 있는 동안은 이곳 땅을 피로 물들이고 싶지 않았다.

뒤에는 출진에 앞서 기도 올린 이가 하치만 성지(聖地)가 있고, 강 저편에는 자신이 태어난 그리운 성이 푸른 숲속에 보일 듯했다.

늙은 벗나무 아래 바싹 말을 붙이고 모토야스는 이마에 손을 대어 강 앞쪽 정면을 살펴보았다. 과연 나무들 사이로 성 안팎에서 사람들 움직임이 보였다. 짐말, 깃발, 잡병, 기마…… 그런데 싸움터로 나가는 사람들치고는 모두들 동작에 어딘지 민첩성이 부족해 보였다. 심한 더위에다 총대장 요시모토를 잃은 탓으로 사기가 꺾인 것일까?

'그렇다면 한바탕 싸움을 벌인다 해도 그리……'

생각했을 때 문득 그 전투 준비에 이상스러운 점이 있음을 깨달았다. 선발대는 그렇다 치고 그 뒤에 바로 군량을 실은 짐말이 따르고 있다. 성안의 군량창고를 모조리 털어낸 게 아닐까 싶을 만큼 엄청난 분량이었다. 성 밖 가까이에 있는 모토야스를 치는 데 이토록 많은 군량이 필요할 리 없다. 어쩌면 오와리 가까운 어느 성에 아직 우군이 남아 있어 그것을 구원하기 위한 출병인지도 몰랐다.

'그렇다면 출발 시간이 이상한데……'

모토야스는 이마에 손을 댄 채 고개를 갸웃거리며 선발대가 가는 쪽을 지켜보았다. 강을 따라 다이주사 쪽으로 올 것인가, 아니면 왼편으로 구부러져 야하기강 쪽으로 갈 것인가?

"이상하다?"

모토야스가 저도 모르게 소리 내어 중얼거린 것은 그 선두가 그의 예상과 달리 오와리와도 다이주사와도 반대인 오른쪽 길로 구부러졌기 때문이었다. 무엇을 느꼈는지 모토야스는 별안간 말 위에서 큰 소리로 웃어젖혔다.

"앗핫핫핫핫……"

모토야스의 웃음은 한참 동안 멎지 않았다.

"앗핫핫하……"

다나카는 모토야스를 공격하는 것도 아니고 오와리로 쳐들어가는 것도 아니었다. 그제야 그 이상스러운 전투 준비가 이해되었다. 그들은 요시모토의 죽음에 기가 꺾여 오카자키를 버리고 슨푸로 후퇴하기 시작한 것임에 틀림없었다.

모토야스는 웃으면서 눈앞의 벗꽃잎을 뜯어 주변에 가득 흩뿌렸다.

'이것이 인간의 약한 면이구나……'

그림자에 겁먹는다는 말이 있다. 다이주사까지 무사히 돌아와 새삼 다나카와 일전을 벌여야 하나 하고 모토야스 자신이 떨고 있을 때, 성안의 다나카 역시 물러가는 틈을 타 모토야스가 공격해 오지나 않을까 겁먹고 있음에 틀림없었다. 그리하여 일부러 새벽을 피하여 모토야스의 부하가 무장을 늦추고 있을 이맘때를 노려 출발하는 것이리라. 그것이 모토야스는 눈물이 나올 만큼 우스웠다.

군량을 실은 짐말의 선두가 오른쪽으로 구부러지는 것을 확인하고 모토야스는 웃음을 거두었다. 그리고 말고삐를 홱 돌려 다이주사로 되돌아갔다.

다이주사에서는 통지만 오면 곧 쳐들어갈 수 있도록 근시를 비롯하여 사카이 우타노스케, 사카이 다다쓰구, 우에무라 신로쿠로, 이시카와 기요카네, 오쿠보 다다토시 등 노장들까지 반쯤 벗은 몸 위에 허리갑옷을 걸치고 창을 갈고 있었다.

"주군! 어떻게 되었습니까?"

다다쓰구가 눈꼬리를 치켜뜨고 묻자 14살 난 혼다 헤이하치로 다다카쓰는 말 탄 모토야스의 코끝에서 늠름하게 창을 훑었다.

"이번에는 맨 먼저 쳐들어가야지."

모토야스는 또 왈칵 웃음이 터져나올 것 같았다. 그와 동시에 진심으로 오래 간만에 장난기가 치밀었다.

"헤이하치, 떠들지 마라!"

모토야스는 무뚝뚝한 얼굴로 말에서 내렸다. 그리고 절 안으로 들어가며 말했다.

"나는 잠시 쉬겠다. 감시를 게을리하지 마라."

"주군, 어떻게 된 일입니까?"

이미 무장을 끝낸 도리이와 히라이와가 나무라듯 물었다.

"우리 성이니 차라리 이쪽에서 쳐들어가 뺏으면 어떨까요?"

모토야스는 천천히 위쪽 방으로 올라가 책상다리를 하고 앉았다.

"그럴 수는 없어. 소도, 대사께서도 아까 말씀하셨어. 의롭지 못한 전쟁은 안 된다고. 이마가와 요시모토에게는 지금까지 우리를 키워준 은의도 있으니까."

소도는 눈을 둥그렇게 뜨고 모토야스를 돌아보았다.

"그럼, 그 은의 때문에 뻔히 알면서 당하시겠다는 말씀인지요?"

"오, 그것이 세자 우지자네의 명령이라면 하는 수 없겠지."

"그런 어리석은 짓을!"

도리이가 주먹을 부르쥐고 무릎을 쳤을 때 사카이 다다쓰구가 다시 고개를 설레설레 저으며 들어왔다.

"주군! 주군! 이상한 일이 생겼습니다."

"무슨 일인가, 허둥대지 마라!"

"다나카가 아무래도 슨푸로 돌아가는 기적입니다."

모토야스는 정색한 얼굴로 대답했다.

"그럴 리가? 그렇다면 오카자키성이 비지 않는가?"

다다쓰구 역시 이해할 수 없는 표정으로 고개를 갸웃거렸다.

"틀림없이! 주군이 여기 계시는 줄 알면서 연락도 없이 물러가다니…… 수상쩍은 일이지만 선두가 이미 오히라(大平)에 이르고 있습니다."

"오히라는 성에서 10리, 이상한 일도 다 있군."

"정말 이상한 일입니다. 뒷부대도 뒤를 경계하며 성을 나가 성안은 조용합니다."

"흠."

일부러 과장되게 고개를 갸웃거리면서 모토야스는 다시 웃음이 치밀어올랐다. 아니, 우습다기보다 울든가 웃지 않고는 있을 수 없는 기묘한 감동이라고 해도 좋았다. 16년 동안 이어져온 잿빛 인생 속에서 희망의 빛은 거의 없었다. 그 대신 절망만이 얼마든지 있었다. 그 절망에 익숙해져 행복 같은 건 자기에게 없는 줄 여기고 있었는데 역시 그렇지 않은 모양이다. 가만히 마음을 가라앉히고 정신을 단련하며 참노라니 하늘도 비운에 싫증 나 이윽고 행운을 갖다주는 모양이다.

다이주사로 후퇴할 때 모토야스는 비운의 절정에 있었다. 가까스로 그 일을 참아낼 수 있었던 것은, 생각해 보니 도요 대사와 절의 중들이 북돋아준 힘 덕분이었다. 그 절이 도와준 것은 선조의 덕행이 바탕을 이루고 있다.

'그렇구나, 역시 조상들은 살아 계셨어.'

이러한 감동을 꾹 누르고 사람들을 돌아보며 말했다.

"다나카 놈이, 그렇군, 성을 버렸어. 할 수 없지. 버린 성이라면 슨푸의 지시가 없더라도 주워야겠지."

모토야스의 마음을 모르는 아마노는 혈기 왕성하게 말했다.

"추격할까요?"

모토야스는 가볍게 꾸짖었다.

"못난 것. 우리는 어디까지나 이마가와에 대한 의리를 지켜야 한다. 버린 성이니 줍는다는 것을 모르겠나!"

"과연 좋은 생각이오!"

도요 대사가 비로소 눈치챈 듯 부채로 자기 무릎을 탁 쳤을 때 모토야스는 일어났다.

"그럼, 빈 성을 하나 주우러 갈 터이니 곧 모이도록."

그러고는 비로소 볼을 허물어뜨리며 껄껄 웃어젖혔다.

"빈 성을 주우러 간다!"

"정말 성을 버리고 달아난 것일까?"

"기다리면 순풍이 분다는 건 이것을 두고 하는 말. 자, 서두릅시다. 준비를."

10년 동안 고생한 오카자키 사람들에게 그것은 꿈같은 일이었다. 총대장 요시모토가 전사한 일로 오카자키 사람들이 그토록 바라고 기다린 귀성(歸城)의 날이 찾아올 줄이야.

모토야스를 선두로 아직 완전히 떨어지지 않은 저녁 햇빛 속에 사람들은 야릇한 감개를 느끼며 나아갔다. 성문에 이르자 몰래 자기 볼을 꼬집어보는 자조차 있었다.

모토야스는 성문 앞에서 말을 내려 혼다 헤이하치로에게 고삐를 건네주었다.

도리 8간 4자, 들보가 2간 4자인 이 성문을 그냥 지나갈 수 없었다. 생모 오다이 부인이 시집올 때 그 가마를 맞았던 문, 자기를 볼모로 내보냈던 문.

아래에서 지그시 그 성문을 올려다보았다. 하치만성 노송나무에 불어대는 바람 소리가 아득한 영혼의 소리가 되어 그 언저리 땅을 뒤흔들고 있는 듯한 느낌이었다. 두 개의 활 쏘는 성벽도, 네 개 있는 총안 성벽도 황폐되어 있었다. 슨푸에서 지키러 왔으니 자기 성이 아니므로 자연히 손질도 소홀했을 것이다. 바닥보다 4간 5자나 높은 축대에는 여름 잡초가 무성하게 뿌리박고 본성 앞 이층문 지붕 위에는 참새 둥지 같은 것이 있었다.

그것을 한동안 바라보다가 모토야스는 빠른 걸음으로 성문을 지나갔다. 더이상 여기 머물러 섰다가는 사람들 앞에 눈물을 보일 듯한 기분이 들었기 때문이다.

과연 성안은 잠잠하여 군사들 모습이 아무 데도 보이지 않았다. 본성 광 앞에도, 아랫성 광 앞에도, 성을 물러가기 전의 허둥거림을 주위에 뚜렷이 남기고 있다. 본성, 아랫성, 지불당 곡성(持佛堂曲城), 별성, 이렇게 보아나가니 이 성을 지은 조부 기요야스의 모습이 눈앞에 어른거렸다.

조부 기요야스는 26살에 죽었지만 이만한 성을 남기고 갔다.

성안의 무사 집 158채.

무사 행랑채 12동(棟).

졸개 집 451채.

졸개 행랑채 34동.

26군데 우물을 파고 사방 10리 3정에 이르는 성의 구조는 인생의 절반 나이로 죽음을 맞은 사람이 지은 것치고는 결코 작은 구조가 아니다.

"앞으로 7년……"

모토야스는 문득 조부와 자기 나이 차이를 입에 올리고 곧장 본성으로 들어갔다.

여기는 전사한 기라 부인의 남편 이오가 출진 전까지 지냈던 곳이다. 이곳만은 깨끗이 청소되어 있고 큰방의 다다미도 헐지 않았다.

"주군이 성에 들어오셨다……"

이 말을 듣고 성 안팎에 거주를 허락받고 있던 자의 가족들이 남편이며 자식을 맞이하는 것 이상으로 들끓었다. 오히려 들어온 무사들 쪽이 좀처럼 믿어지지 않아 얼른 무장을 풀려고 들지 않았다.

오쿠보 노인의 지시로 문마다 감시병이 배치되고 뜰에 화톳불이 피워졌다. 떠돌이무사의 습격을 받고 다나카 군이 언제 되돌아올지 모르며, 빈 성인 줄 알고 밤도둑이 숨어들지 않는다고도 할 수 없다. 화톳불은 곧 마쓰다이라 모토야스의 존재를 과시하며 새로이 세운 깃발을 의미했다.

큰방에서 노신과 중신들이 모여 작은 축하연을 베풀었을 때는 어느덧 밤 9시였다. 아랫성에 드나들며 공물 사무를 맡아본 도리이 노인의 저축으로 촛대의 불도 밝고 주안상도 형식적이나마 갖춰졌다.

노인 자신도 이번에 유격군 대장으로 싸우고 온 뒤여서 아직 허리갑옷을 입은 채 사람들이 늘어앉자 잔을 들고 맨 먼저 모토야스 앞으로 나아갔다.

"잔을 올리겠습니다."

모토야스는 술잔을 받쳐들었다.

"맛 좋군!"

노인에게 다시 잔을 내밀자 그 무렵부터 큰방은 흐느낌 소리로 가득했다.

도리이 노인은 이번에 자기와 나이가 비슷한 오쿠보 신파치로 앞으로 갔다.

"우리 다 살아남아서 반갑소."

도리이 노인이 말하자 오쿠보 노인은 얼굴을 일그러뜨렸다.

"말할 것까지도 없소! 눈물을 마시는 게 아니야, 술을 마시고 있는 게지, 나는……."

그리고 한 모금 삼키더니 이리가 짖어대는 듯한 소리로 목 놓아 통곡했다. 신파치로의 우는 버릇은 알려져 있었지만 아무튼 그 소리는 굉장히 컸다.

"산속의 이리가 우는군."

이시카와가 말하자 노인은 대답했다.

"운 것이 아니야, 짖은 거지."

그리고 다시 한번 크게 짖고는 생각을 고친 듯 잔을 들이켰다.

"이것은 산속의 이리가 경사스러울 때 부르는 노래이기도 하오. 당신들도 안주를 드시오."

다음은 아베 오쿠라. 이 노인은 잔을 공손히 받아들고 모토야스에게 묵례하더니 그저 입술이 부들부들 떨릴 뿐 끝내 말이 나오지 않았다.

이시카와가 가장 또렷하게 모토야스에게 인사했다.

"주군! 오랫동안 참으신 보람이 있었습니다. 세키구치 부인과 도련님이 슨푸에 계시니 앞으로도 결코 경솔한 거동을 하지 않으시도록. 그럼, 들겠습니다."

그다음에 앉은 우에무라는 혼다 홀어미의 아버지이며, 조부의 적과 아버지의 적을 그 자리에서 죽여 마쓰다이라 가문에서는 잊을 수 없는 호용무쌍하고 의리 깊은 사람이었다.

그는 잔이 돌아오자 거침없이 말했다.

"춤을 추겠습니다."

그러고는 서투른 몸짓으로 '쓰루가메(鶴龜)'의 한 구절을 노래 부르면서 허리갑옷을 철커덕거리며 한바탕 춤추었다. 모두들 싸움은 능숙했지만 노래와 춤은 몹시 서툴러 잠잠히 보고 있을 뿐.

"모처럼 흥을 돋우려고 춤추었는데 박수도 칠 줄 모르는 사람들 같으니."

무뚝뚝하게 자리에 앉자 말석에 앉은 나가사카(長坂)가 때 지난 손뼉을 짝짝 짝짝 쳤다.

"재미있군, 과연 재미있어. 무언지 모르겠으나 과연 재미있소."

이번에는 사카이 우타노스케에게로 잔이 돌아왔다. 사카이는 잔을 손에 들자 왈칵 넘치는 눈물 때문에 아무것도 보이지 않게 되었다. 모토야스의 생모 오다이 부인이 시집올 무렵으로부터 모토야스의 탄생, 오다이 부인의 이별, 선대 히로타다의 죽음 등 너무도 추억이 많았다.

그리하여 이제 19살로 훌륭한 무장 모습을 갖춘 모토야스가 자기 성의 큰방에 점잖게 앉아 있다. 그것은 잘 자리 잡아 놓은 거암(巨岩)이라도 보고 있는 듯한 중후한 느낌이었다. 선대 히로타다의 그 신경질적인 위태로움은 조금도 없었다.

사카이는 잔을 받아든 채 손가리개로 눈물을 닦으며 말했다.

"나는…… 주군께 축하 말씀은 드리지 않겠습니다. 선대님, 선선대님, 축하합니다…… 그리고 아구이에 계신 생모님, 슬픔에 잠드신 게요인 님, 보십시오. 모토야스 님이 지금 자신의 성에 점잖게 앉아 계십니다. 앉아 계십니다…… 축하합니다."

모토야스는 참다못해 얼굴을 돌렸다. 사카이가 잊을 수 없는 사람들을 꼽아 나가자 그도 역시 이곳이 자기 성임을 새삼 다시 음미했다.

'그렇다! 앞으로 나는 해야만 한다! 나를 기둥으로 받들어 도와준 가신들을 위해.'

모토야스는 우는 대신 싱글벙글 웃으며 고개를 끄덕였다.

"오늘이 나의 두 번째 생일. 모두들 보아다오, 앞으로 모토야스의 활동을. 한 번 죽었다가 커다란 무(無) 위에 버티고 선 모토야스를!"

예도(銳刀) 둔도(鈍刀)

노부나가는 사방의 문을 활짝 열어놓게 하고 웃통을 벗어젖힌 채 아까부터 한 벌의 칼을 들어 이리저리 살펴보고 있었다. 예법도 형식도 노부나가에게는 없었다. 흡사 어린아이가 금방 산 장난감에 열중하듯 두 손으로 태세를 갖추어보고 한 손으로 흔들어보기도 하다가는 다시 그 칼 내음에 황홀해졌다. 노히메는 노부나가 뒤에서 조용히 부채질하고 있다.

"노(濃)—"

"네."

"이것은 이마가와가 핫토리 고헤이타를 절름발이로 만든 칼이야."

노히메는 일부러 깜짝 놀란 듯 고개를 끄덕여 보였지만 이 말은 벌써 두 번이나 그에게서 들었다.

미요시 무네소(三好宗三)가 비장했던 사모지(左文字). 2자 6치의 이 호도(豪刀)를 가이의 다케다씨에게 선물하여, 그 뒤로 무네소 사모지라 불리고 있다. 그것을 요시모토가 다케다 신겐의 누이를 아내로 맞을 때 신랑 선물로 받아 이번 싸움에도 자랑삼아 차고 온 것이었다.

그 칼이 노부나가의 마음에 무척 들었는지 한 번 설명한 것을 잊어버리는 노부나가가 아니건만 오늘로 벌써 세 번째였다.

"무네소 사모지라며, 다케다 가문에서 요시모토에게 신랑 선물로 준 물건인데……."

또 같은 설명으로 들어갈 것 같아 노히메는 웃으며 말을 막았다.

"그 말씀이라면 이미 들었어요."

참견하는 바람에 말이 중단되자 노부나가는 노히메를 돌아보았다.

"흠, 그대는 나에게 불만을 느끼고 있군."

"그건 또 무슨 말씀이에요, 어째서지요?"

노부나가를 화나지 않게 하는 방법이라면 너무도 잘 알고 있는 노히메이므로 일부러 정색하며 나무라는 표정이 되었다. 아이를 낳지 않은 탓도 있지만 세 측실에게 총애를 양보하지 않고 확고하게 노부나가의 마음을 잡아가는 긴장이 노히메에게 점점 더 기품과 향기와 재기(才氣)를 더하고 있다.

"그대 얼굴에 씌어 있어. 언제까지 그런 칼 따위나 주무르지 말고 덴가쿠 골짜기의 여세를 몰아 빨리 아버지 원수를 갚아달라고."

"호호호…… 짐작도 잘하셔."

"그러나 난 당분간 싸움을 하지 않겠어. 이긴 기세를 타고 설쳐댄다고 여겨지는 것은 내 성질에 맞지 않아."

"알겠어요, 움직이고 싶으실 때 언제든 물에 만 밥을 갖다드리겠어요."

"이 칼은, 노—"

"또 칼 말씀인가요?"

"그래, 칼 말이지. 이건 이대로는 형편없는 둔도(鈍刀)야."

"천하에 이름난 칼이 오늘은 또 둔도가 되었나요?"

"음, 이대로는 둔도인 까닭에 이마가와가 자기 목을 베이면서도 사람 하나 벨 수 없었던 거야. 명도(名刀)란 반드시 주인을 지키는 것. 그런데 이 칼은 주인을 죽이고 말았어."

그 뜻을 알 수 없어 노히메는 무심결에 되물었다.

"네……?"

그러자 노부나가는 어린아이처럼 칼을 쳐들고 소리 내어 웃었다.

"핫핫하…… 역시 듣고 싶겠지. 칼 이야기가 재미있잖아, 핫핫핫하."

노히메는 그 말에 끌려들어 저도 모르게 무릎걸음으로 다가앉았다.

"듣고 싶다면 들려주지. 칼이란 본디 자신의 역량에 맞게 만들어야 하는 것. 여차할 때 말고삐를 잡고 적을 물리쳐야 할 대장이 호도를 찼네 하고 한 손으로 휘두를 수도 없는 칼을 자랑스레 차고 다니는 것부터 애당초 잘못이었어."

노부나가는 그 칼을 청안(靑眼)으로 겨눈 채 말을 이었다.

"춘추(春秋)의 필법으로 말하면, 이 칼을 차고 출진한 이마가와는 처음부터 나에게 목이 베일 대장이었다는 거지."

"원, 성주님도. 그러면 이 칼이 몹시 불길한 물건처럼 들리잖아요."

"분명 그렇지. 자신의 역량에 맞지 않으면 명도가 아니라 활동에 방해가 되지. 둔도와 예도(銳刀)의 차이는 잘 만들어졌는지 어떤지뿐만 아니라 지니는 사람에 따라서도 결정되는 거야. 알겠나, 그 뜻을?"

노히메는 정색한 얼굴로 고개를 끄덕였다. 그 말이 하고 싶었던 거라고 여기며 떼쓰는 아이를 달래는 듯한 여유를 가지고서.

"내가 이 둔도를 명도로 바꿔 보여주지, 교스케를."

"네, 곧 불러오겠어요."

노히메가 돌아보자 얼른 알아차리고 시녀가 시동 하세가와 교스케(長谷川橋介)를 불러왔다.

교스케는 오른팔이 없으므로 왼손만 짚고 말했다.

"부르셨습니까?"

"교스케."

"예."

"이 칼을—잘 들어라, 2자 1치 5푼으로 벼르게 해라."

"2자 1치 5푼으로…… 저, 4치 5푼이나."

"못난 것, 이 무딘 칼을 명도로 바꾼단 말이다. 나는 4치 5푼을 아끼다가 칼을 감당하지 못하거나 대장장이한테 못 이기는 것은 딱 질색이다."

"예, 2자 1치 5푼. 틀림없이."

"그리고 손잡이에 부정을 막는 글을 새기게 하도록, 알겠나? 에이로쿠 3년 5월 19일."

"5월 19일."

"그래, 요시모토가 목을 베일 때 지녔던 칼."

"예."

"그리고 손잡이 뒤에는 오다 오와리노카미 노부나가(織田尾張守信長)라고. 알겠나? 그러면 이것은 나의 명도가 되리라."

노히메는 뒤에서 고개를 끄덕이며 미소 지었다. 같은 말을 두 번 세 번 되풀이한다. 어쩌면 승리에 도취되어 마음이 해이해진 게 아닐까 하고 걱정했던 일이 우스워졌다.

대장장이의 솜씨와 기술을 인정하지 않는 노부나가는 아니었다. 그러나 일단 자기 칼로 만들려고 생각하면 결코 그런 것에 사로잡히지 않는다. 무기는 어디까지나 쓰는 것이지 쓰이는 게 아니었다.

교스케가 공손하게 칼을 받쳐들고 나가자 노부나가는 그 자리에 털썩 배를 깔고 엎드렸다.

"인간으로서 칼에 휘둘리지 않은 자가 이번 싸움에서 두 사람 있었지. 누구누구인지 알겠나?"

노히메는 미소 지으며 곧바로 대답했다.

"마쓰다이라 모토야스 님과 오카베 모토노부(岡部元信) 님이겠지요."

한 사람은 조금도 흐트러짐 없이 질서 정연하게 오카자키성으로 후퇴해 갔고, 한 사람은 나루미에서 가리야성까지 습격해 와 노부나가에게서 끝내 요시모토의 목을 받아 돌아갔다. 이 두 사람만이 훌륭했다고 생각한 대로 노히메가 말하자 노부나가는 배를 깔고 엎드린 채 재미있는 듯 고개를 흔들었다.

"핫핫하, 틀렸어. 당신은 아직도 예도와 둔도를 분별하지 못하나? 이번 싸움에서 한편의 예도는 바로 나야."

노부나가가 입을 크게 벌리고 자신을 가리키자 노히메는 어느덧 이야기에 빨려들어 정말로 묻고 있었다.

"그럼, 다른 한 사람은요?"

노부나가의 매력—그것은 장난치는 것 같으면서 그 뒤에 상식보다 훨씬 깊이 날카로운 관찰의 눈이 늘 미치고 있다는 점이었다.

그런 까닭에 차츰 빠져들어 이제는 진심으로 존경하고 사랑하는 노히메였다.

"이제 곧이듣는 모양이군. 그럼, 말해주지. 오카베 모토노부는 허둥지둥 패주하는 여러 장수들 속에서 오로지 혼자 의(義)를 관철했지. 그것을 기특히 여겨 이마가와의 목을 보내주었지만, 그가 그만한 기개를 보여주지 않았더라면 난처해진 것은 바로 나였을 거야."

"그것은 또 어째서지요?"

"적의 총대장 목을 매장할 장소 때문에 난처해질 뻔하지 않았는가. 너무 정중히 해주면 두려워한다고 해석할 것이고, 무참하게 다루면 무사의 정이 부족하다고 할 테지."

"그도 그렇군요."

"그래서 나는 오카베를 실력 이상으로 칭찬해 슨푸로 목을 가지고 돌아가게 했어. 도중에 이것을 본 이들은 어떻게 생각했겠나. 모토노부의 충의에 눈물짓는 자와 노부나가의 강용(强勇)을 두려워하는 자와 어느 편이 많았을까?"

"어머나!"

노히메는 일부러 눈썹을 치켜뜨고 노부나가를 나무랐다.

"그런 말씀 함부로 하지 마세요. 노부나가는 지독하게 뱃속 검은 대장이라고 그야말로 모두들 벌벌 떨 거예요."

"하하…… 그러니 오카베의 칼은 절반은 요시모토 때문에 베었지만 절반은 나 때문에 베었지. 그러므로 둔도는 아니지만 예도라고도 할 수 없어. 그 까닭을 들려주기 위해서였어, 용서해."

"그럼, 또 하나의 예도란 누구입니까? 저는 모르겠군요."

"뻔한 일이지, 다케치요야."

"역시 마쓰다이라 모토야스 님."

"그의 칼은 얄미울 만큼 날카로웠어. 어디서 그런 심안(心眼)이 뜨였는지. 그는 어릴 때 내가 우리 둘이서 도카이도를 다스리자고 했을 때 순진하게 예—하고 대답했었지. 그런데 이번 전략은 그때의 대답에서 조금도 빗나가지 않았어. 나는……."

노부나가는 여기서 눈을 가늘게 뜨고 천장을 올려다보았다.

"맏공주를 그의 아들에게 주어야 할 것 같아."

"도쿠히메를……."

"오, 슨푸에 남기고 온 어린 다케치요에게 말이야."

"이해되지 않는군요. 모토야스 님이 오카자키로 후퇴하신 게 그토록 큰 뜻을 지니리라고는?"

노부나가는 다시 유쾌한 듯 웃었다.

"하하…… 내가 모토야스와 싸우면 언제까지나 그대 아버지 원수를 갚지 못해. 나는 적을 쳐야 해. 미노 쪽이 왕도에 가깝다……고 모토야스 놈은 분명 내 속을 짐작했어."

목소리를 낮추어 속삭인 다음 노부나가는 눈을 크게 뜨며 벌떡 일어나 앉았다.

"노! 모토야스에게 보내 동맹 맺지 않으면 짓밟아버리겠다고 전할 사자로는 대체 누가 알맞을까?"

노히메는 심한 채찍질을 느끼며 깜짝 놀라 남편을 돌아보았다. 도취하기는커녕 노부나가는 이미 다음 수단을 생각하고 있는 것이다. 노히메는 기뻤다. 아버지 사이토 도산이 세상 떠난 뒤부터 노부나가는 차츰 노히메와의 사이에 막을 걷어버리고 이제는 무엇이든 털어놓게 되었다.

"그럼, 마쓰다이라와 싸우지 않고 손을 잡겠다는 말씀인가요?"

"그렇지 않고는 그대 아버지의 원수를 갚지 못할걸."

"슨푸의 우지자네를 두려워해 모토야스 님이 응하지 않을 때는 어떻게 하시겠어요? 먼저 그것부터 정하신 다음 사자를 택하시는 게 좋겠지요."

"똑똑한 체하는군!"

노부나가는 비웃었으나 소리치지는 않았다.

"군사(軍師) 같은 말을 하다니. 만일 내 쪽에서 사자를 보냈는데 슨푸를 두려워할 정도의 모토야스라면 그도 역시 둔도. 말할 나위도 없이 그때는 사자의 말대로 해치우면 되는 거야."

"마쓰다이라 군이 그리 쉽사리 당할까요?"

"못난 것, 슨푸를 두려워할 정도라면 둔도라고 하지 않나. 나는 예도란 말이야."

노히메는 남편의 마음속을 알고 나자 그 일에 더 이상 얽매이지 않았다.

"이쯤에서 내쫓았던 마에다 도시이에를 용서하여 사자로 보내시는 게 어떨까요? 덴가쿠 골짜기 싸움에서는 일부러 부하들을 이끌고 분전했다고 하니까요."

노부나가는 간단하게 고개를 내저었다.

"너무 고지식해. 생각해 봐, 도시이에와 모토야스가 서로 흉금을 털어놓고 사귀었던 때의 일을. 도시이에는 상대에게 금방 마음 끌리는 사나이란 말이야."

"그러시면 차라리 과감하게 원숭이를 시켜보시면 어떨까요?"

"원숭이…… 도키치로로 말인가, 흠."

노부나가는 몸을 구부려 다다미의 보풀을 뜯으며 싱글거렸다.

"도키치로라면 상대에게 반하지는 않지. 그놈은 반한 것처럼 보이면서 반하게 만드는 일만 생각하는 놈이거든……."

말하다가 무릎을 탁 치며 소리쳤다.

"시게요시!"

"원숭이를 불러라!"

"예."

이와무로 시게요시(岩室重休)는 부르는 소리를 듣고 오던 발을 곧장 주방 쪽으로 돌려 허둥지둥 달려갔다.

이윽고 도키치로가 왔다. 그도 역시 군사나 된 듯한 태도로 노부나가가 한마디 하면 으레 두세 마디 의견을 늘어놓았다. 말하게 내버려두었다가는 호통치고, 다시 연구해 보는―이 점이 노부나가의 고약한 성격이었으며 체면과 예의에 얽매이는 여러 장수들이 미치지 못하는 점이기도 했다.

"원숭이, 그 어깨에 걸친 게 뭐냐."

도키치로는 어디서 샀는지 광대나 입을 듯한 새빨간 얼룩무늬 어깨걸이를 걸치고 있었다.

"예, 시장 고물상에서 샀지요. 저는 옷이 없으니 의상도 사람 나름으로 남의 눈에 좀 띄게 하려고……."

노부나가는 귀찮은 듯 손을 내저었다.

"알았어. 그대가 나라면 마쓰다이라 모토야스를 어떻게 하겠나, 말해봐."

도키치로는 진지한 태도로 고개를 숙였다.

"예, 제가 주군 입장이라면 모토야스가 과연 금화인지 구멍 뚫린 동전인지 먼저 시험해 보겠습니다."

"뭐, 먼저 시험해 보겠다고?"

노부나가는 빙그레 웃으며 손톱을 지그시 깨물었다.

"그럼, 어떻게 시험하겠는지 말해봐."

노부나가에게 재촉받자 도키치로는 더욱 심각하게 고개를 기울이고는 펄럭펄럭 부채질했다.

"제가 주군이라면, 먼저 다키가와 가즈마스(瀧川一益)를 부르겠습니다."

"가즈마스라, 그는 아직 신참인데."

"그러니 모토야스를 시험함과 동시에 가즈마스도 시험하는 것이지요. 일이란 늘 일석이조가 아니면 안 됩니다."

"구질구질한 설명은 빼고, 다음엔……."

노히메도 눈을 빛내며 도키치로를 지켜보고 있었다.

"가즈마스를 불러 그대는 올해 동안 마쓰다이라 모토야스의 동정을 잘 감시하라—고 명하겠습니다."

"올해 1년…… 그리 좋은 술책이 아닌데."

"그런 다음 모토야스에게 앞날이 기대된다면 화친을 도모하고 오라, 만약 기대할 가치가 없다고 생각된다면 항복하도록 사자를 보내라……고 하는 게 좋지 않을까 생각되는데요."

다키가와 가즈마스는 오미(近江)의 떠돌이무사였는데 지난번 싸움에서 이미 비범한 공을 세워 그 인물됨을 엿보인 사나이였다.

"단지 그뿐인가?"

노부나가는 아무것도 아니라는 듯 비웃었다.

"만약 모토야스에게 기대할 가치가 있다고 판단하여 화목을 청했다가 거절당할 때는 어떻게 하겠나?"

"그때는 모토야스를 구멍 뚫린 동전이라고 생각하십시오. 동전을 토벌하는 일쯤은 이 도키치로도 할 수 있습니다."

"핫핫하, 낡았어! 그대 생각은 벌써 낡았다. 좋아, 물러가라!"

도키치로는 그제야 히죽 볼을 허물어뜨렸다.

"대장님도 교활한 분이야. 낡은 생각을 채택하실 모양이지요. 예, 물러가겠습니다. 실례합니다."

우스꽝스러운 붉은 옷차림으로 발을 쿵쿵거리며 물러갔다.

"노!"

"네."

"재미있는 녀석이야. 가즈마스가 좋겠다고 하는군. 자기로서는 아직 모토야스를 가볍게 본다……는 것을 잘 알고 있기 때문이지. 가즈마스를 불러볼까?"

노히메는 이 말에 대답하지 않았다. 가즈마스라면 여기로 부르지 말고 밖에서 명령하는 게 좋다고 생각해서였는데, 노부나가는 흥 소리 내며 웃었다.

"신참자에게는 내전을 보이지 말라는 거로구먼. 여자의 지혜란 금방 속이 들여다보이거든. 시게요시!"

"예."

시게요시는 다시 구르듯 달려왔다.

"다키가와 가즈마스는 출사했느냐? 나오지 않았다면 내가 불같이 화내고 있다고 말하며 불러오너라."

"예."

시게요시가 허둥지둥 나가자 노부나가는 벌렁 엎드려 정원의 푸른 잎 쪽으로 눈을 보냈다. 가까운 소나무 가지에서 쓰르라미가 느닷없이 울기 시작했다. 아직 해가 높이 떠 있건만 그 울음소리는 오장에 스며드는 듯한 애수를 머금고 있다.

"노—"

"네."

"그대 무릎을 이리 좀 내봐. 귓속이 근질근질하군."

노히메는 쓸쓸히 귀이개를 가지고 와서 무릎을 베어주었다. 밖에서 말하는 게 좋다—는 눈치를 보였더니 오히려 귀지를 파내게 하면서 만나려는 어린아이 같은 기질이 노히메는 우스웠다.

노부나가는 한참 동안 기분 좋게 노히메에게 귀지를 파내게 하고 있었다. 이따금 무릎의 탄력을 즐기는 듯 머리에 힘을 주어보다가, 밑에서 턱을 콕콕 찔러보다가 콧구멍을 후비곤 했다.

'이것이 이마가와 요시모토를 단번에 때려잡은 대장일까……'

노히메는 왠지 야릇한 꿈속을 헤매는 듯한 심정이었다.

노부나가는 꾸벅꾸벅 졸기 시작했다. 오늘 가즈마스가 무사 대기실에 나오지 않은 것을 미리 알고 있었던 듯, 다키가와는 좀처럼 오지 않고 쓰르라미는 짝을 부르며 여기저기서 짧은 생명을 노래 부르기 시작했다.

노히메는 살그머니 귀 후비던 손을 멈추고 미소 지었다. 떼쓰는 아이—라는 느낌으로 들여다보고 있으니 잠든 노부나가의 얼굴이 이상하게 맑아 보였다. 코를 고는 대신 죽었나 싶을 만큼 숨결이 조용한 노부나가였다.

이윽고 복도에 발소리가 났다. 자고 있는 줄 알았던 노부나가가 느닷없이 불렀다.

"가즈마스!"

"예."

가즈마스는 허둥지둥 들어와, 노히메의 무릎을 베고 누운 노부나가를 보자 당황한 시선으로 문 앞에 앉았다.

"그대는 사소한 전공(戰功)에 우쭐해 무사 대기실에 안 나온다니 무슨 짓인가. 변명은 필요 없다. 꾸짖어두는 거야."

"예."

"좋아, 돌아가."

"죄송합니다."

무릎을 베고 누운 엉덩이 쪽에 절하고 나가려 하자 노부나가는 불렀다.

"기다려!"

가즈마스는 다시 주저앉아 난처한 듯 눈을 깜박거렸다.

"그대는 나에게 수치심을 주지 않고 사자 노릇을 할 수 있겠나?"

34살, 한창 일할 나이인 가즈마스는 조심스레 노부나가의 볼꼴 사나운 등을 바라보았다.

"할 수 있는 일도 있고, 없는 일도 있지요."

"교활한 녀석."

그제야 노부나가는 가즈마스에게로 얼굴을 확 돌렸다.

"할 수 없는 일을 명하는 대장이라고 나를 생각하나?"

"죄송합니다."

"죄송한 얼굴이 아닌데. 시시한 일을 명령받지 않으려는 교활한 얼굴이야."

"이거 참, 드릴 말씀이 없습니다."

"그럴 테지. 알았어, 명령하겠다! 단단히 뱃속에 넣어둬."

"예."

"마쓰다이라 모토야스를."

"오카자키성으로 돌아간 모토야스."

"무엇을 하고 있는지 올해 1년 동안 잘 감시하도록 해라."

"단단히 마음에 새기겠습니다."

"그런 다음 편으로 만들어야 할 놈이면 화친을, 부려먹을 놈이면 항복을 권하고 오너라."

"내년 봄의 일이니, 이것도 명심하겠습니다."

"화친, 항복, 어느 쪽이든 그대에게 맡겨두겠지만 어떻든 기요스로 데려와 인사시켜야 해. 오지 않는다면 해치워버리겠다."

가즈마스는 윗눈질로 노부나가를 흘끔 보았다.

"말씀하실 것까지도 없습니다. 만약 나오지 않는다면 모토야스와 함께 죽는 한이 있어도 오와리 땅을 밟지 않겠습니다."

"음, 그것뿐이니 물러가라."

가즈마스가 물러가자 노부나가는 노히메를 쳐다보며 피식 웃었다.

"노—"

"네."

"가즈마스는 저만하면 되었지만 좋지 못한 일이 하나 있어."

"무엇인지? 갑자기 무서운 얼굴을 하시고."

"저 휘장 뒤를 봐. 시녀가 하나 숨어 있어."

"네!"

노히메는 깜짝 놀라 돌아보았다. 그러자 그 휘장 뒤에서 후닥닥 달려나가는 하얀 발이 있었다.

"게 섰거라!"

노히메가 일어나기 쉽게 노부나가는 벌써 머리를 들고 있었다.

"죄송합니다, 나쁜 생각이 있어서가 아니었어요. 두 분께서 너무 다정하시므로……."

이렇게 말하는 시녀의 덜미를 잡고 노히메는 끌다시피 노부나가 앞으로 돌아왔다.

시녀는 노부나가가 있을 때는 물러가 있도록 엄하게 명을 받고 있는 가에데(楓)였다. 나이는 20살, 노히메를 섬긴 지 이미 2년 남짓 되었다.

"가에데! 왜 휘장 뒤에서 엿들었는지 말하거라."

"용서하세요, 마님."

"용서하고 않고는 그 뒤의 일. 그리고 대답하기 싫으면 하지 않는 것도 그대의 자유─"

노부나가가 가로막았다.

"잠깐만, 노. 그대 시녀니 마음대로 처분해도 무방하지만 가에데 대신 내가 이유를 말할까. 응? 가에데─"

가에데는 어깨를 꿈틀 물결치며 얼굴을 들었다. 울고 있으리라 여겼던 그 눈이 대담스러운 반감으로 빛나며 찌르듯 노부나가에게 돌려졌다.

"너 대신 말해도 좋으냐? 가에데─"

"마음대로 하십시오."

노부나가는 명랑하게 웃었다.

"그럼, 말하지. 이 가에데는 이나바산 요시타쓰의 첩자야."

"네! 오빠의 첩자."

"모르는 것은 그대뿐……이었기에 다행이었어. 아무것도 모르니 그대는 줄곧 잘 돌보고 정답게 위로해 주었지."

가에데는 여전히 노부나가의 얼굴을 찌르듯 바라본 채였다.

"가에데는 요시타쓰의 성 아래 사는 표구사(表具師)의 딸이야. 본디 상냥한 성질이라 어느덧 몹시 고민하게 되었지. 마님에게 미안하다……고 가끔 눈물을 흘리며 울고 있었어. 그렇지, 가에데?"

가에데는 여기서 고개를 푹 숙였다. 이 예도는 코털을 뽑거나 손톱을 깨물면서 여자 심리의 미묘한 데까지 환히 보고 있었던 것이었을까.

"가에데는 이대로 이 성에 머무를 수 있으면 좋겠다고 생각했는데, 얼마 전 이나바산의 요시타쓰에게서 엄중한 명령이 내렸지. 오케 골짜기의 여세를 몰아 단숨에 미노로 공격해 들어올 기척이 있으니 노부나가의 본심을 단단히 탐색해 보고하라……고. 그렇지, 가에데?"

가에데는 어느덧 몸을 떨며 흐느끼고 노히메는 준엄한 표정으로 노부나가와 가에데를 번갈아보고 있다.

"가에데…… 너는 내가 미카와를 곧 공격하지 않는 것을 알자, 그럼 미노……라고 걱정하고 있어. 그러나 걱정하지 마라. 아직 요시타쓰를 칠 시기는 멀었다고 생각해."

어느덧 볕이 서쪽으로 돌아 마루로 벋어든 싸리 그림자가 길게 뻗어 조그맣게 흔들거리고 있었다. 가에데는 얼굴을 숙인 채 몸을 떨며 울고 있다.

"내가 할 말은 이것뿐. 나머지는 마님이 어떻게 판결 내릴지 나는 모른다."

노부나가는 차츰 볕 그늘이 좁아져가는 뜰로 시선을 던지고 발바닥을 찰싹찰싹 치기 시작했다.

노히메는 숨죽이고 어떻게 할지 생각했다. 부모와 일족을 몰살한 오빠 요시타쓰였다. 그 오빠는 언제부터인지 아버지를 자신의 친아버지가 아닌 것으로 믿었다. 자기 아버지는 생모가 요시타쓰를 임신하고 있을 때 약탈한 원수—라는 선동자들의 말을 굳게 믿었다. 그러므로 노히메를 아내로 맞은 노부나가의 보복을 가장 두려워하여 첩자를 들여보냈음에 틀림없었다.

'이대로 용서하고 부려도 별일 없을까……'

아니면 들킨 것을 알고 자포자기하여 반항해 올 것인가. 노부나가는 그리 마음에 두지 않는 눈치였으나 만약의 일이 있으면 돌이킬 수 없게 된다.

한참 뒤 노히메는 가에데보다 노부나가에게 들리라는 듯 말했다.

"가에데, 그대는 성주님 말씀을 잘 새겨두도록 해라."

가에데는 잠시 울음소리를 그쳤다가 다시 세차게 몸부림쳤다.

"알았지? 성주님은 당분간 미노를 공격하실 마음이 없으시다. 있었다면 너도 짐작했겠지. 성주님에게 오늘의 네 소행을 용서하시도록 말씀드리마. 이나바산에서 명령받은 게 있거든 네 생각대로 적어서 보내주도록 해."

가에데는 깜짝 놀라 울음을 그쳤다. 노히메의 말 뒤에 무엇이 있는지 주의 깊게 살피고 있는 모양이었다.

"이 말은 요시타쓰 님이나 성주님이 망하거나 흥하는 일은 너의 공로 유무에 관계없다는 뜻이다. 성주님께서도 특별히 마음에 두고 계시지 않을 거야. 나도 탓하지 않겠다. 네가 이대로 시녀로 있겠다면 그냥 둘 것이고 가겠다면 보내주마. 아무래도 좋으니 잘 생각해 대답하도록."

가에데는 얼굴에서 살그머니 손을 떼었다. 노히메를 찬찬히 보고 노부나가를 보았다. 노부나가는 그런 일은 잊어버린 듯 시시각각 빛깔이 바뀌는 저녁 하늘의 신비로움에 눈길을 좁히고 있다.

가에데는 생각난 듯 다시 소리 내어 울었다.

"마님…… 용서하셔요."

"용서해 준다는데도."

"아니에요, 용서해 주세요. 용서를…… 이제야 눈을 떴습니다…… 앞으로는 정말 진심으로 섬기겠습니다, 부디…… 부디 곁에 둬주셔요."

쥐어짜듯 말하고 다시 다다미에 엎드려 흐느껴 울었다.

노부나가는 슬그머니 일어섰다. 그러고는 심술궂은 눈길로 노히메를 흘끗 보았다.

"한바탕 말을 달리고 오겠어. 아무리 예도라도 너무 케케묵은 세계에 놓이면 어느새 녹스는 법이니까."

노히메는 서둘러 일어나 복도까지 배웅했다. 이러한 노히메를 돌아보고 노부나가는 점잖은 표정으로 아랫눈꺼풀을 까뒤집어 약 올리는 표정을 해 보인 다음 부리나케 바깥으로 나갔다.

세 사자(使者)

　에이로쿠 4년(1561)의 봄을 맞아 오카자키성은 추억의 백매화와 홍매화가 그윽한 향기를 떨치기 시작하고 있었다.

　성주 모토야스를 맞은 지 이미 8개월. 등성하는 오카자키성 가신들의 옷차림이 몰라보게 깔끔해진 것은 스루가에 뺏기고 있던 세공미가 10년 만에 그들을 윤택하게 해준 것 때문만은 아니었다. 모토야스가 돌아왔다는 소식이 야하기, 스고 두 강에 의해 성 아래까지 배가 드나들 수 있는 오카자키성에 활기와 번영을 가져다준 증거였다.

　그때까지 줄곧 식량을 감추려 애쓰던 농부들이 마음 놓은 까닭도 있었고, 도리이 다다키치가 은밀히 비축해 둔 돈과 곡식으로 서둘러 성의 수리를 시작한 까닭도 있었다. 각 성벽의 총안(銃眼)을 정비하고, 축대를 다시 쌓았으며, 성문 지붕도 근사하게 다시 고쳐 이었다. 이렇게 되자 백성들은 성을 자랑스레 여기게 되었고 거기서 활기가 솟아나 자연히 상인들 출입도 잦아지면서 시장이 번창했다.

　본성, 지불당 곡성, 아랫성, 동쪽성, 별성의 차례로 수리가 이루어져 이번 봄부터 이 성에 감도는 공기가 몰라보리만큼 명랑해졌다.

　젊은 성주를 둘러싼 새로운 인사(人事)도 이루어졌다. 각 집안 어른들은 그제야 마음 놓고 일선에서 물러나고 사카이 다다쓰구, 이시카와 이에나리(石川家成), 이시카와 가즈마사(石川數正), 우에무라 이에아리(植村家存)가 새로이 중신으로 등용되었다.

그러나 무슨 일이든 중신들에게만 맡기는 일은 전혀 없었다. 젊은 성주가 모든 걸 지휘하므로, 중신은 이를테면 측근 청지기라고도 할 수 있었다.

이 청지기들과 젊은 성주를 괴롭히는 사자가 둘 있었다. 하나는 말할 것도 없이 이마가와 우지자네로부터, 그리고 또 하나는 다케치요며 가메히메와 함께 스루가에 남겨진 세나히메에게서였다.

우지자네가 처음 파견한 사자는 힐문하는 투로 말했다.

"제멋대로 오카자키성에 머물러 스루가 군 상황 보고를 게을리하다니 당치도 않소."

모토야스는 점잖게 대답했다.

"우리가 여기서 오다 군을 막지 않으면 미카와뿐 아니라 스루가, 도토우미까지 침략당하오. 그래도 좋다면 언제든 돌아가겠다고 전하시오."

다음 사자는 좀 더 부드러웠다.

"그곳에서 오다 군을 막고 있다니 기특하구나. 그러나 일단 슨푸로 돌아와 여러 장수들과 협의한 다음, 힘을 합하여 견고한 방비를 하도록."

모토야스는 고개를 저으며 곧바로 대답했다.

"슨푸에는 여러 가지로 사람이 필요하겠지요. 그 부족한 군사들을 나눌 것까지 없이 오카자키는 모토야스 혼자 지켜낼 테니 안심하시라고 이르시오."

이제 와서 우지자네의 간섭을 받는 것은 질색이었다.

그러나 아내 세나에게서 온 사자는 그리 쉽사리 물리칠 수 없었다. 세나는 헤어져 살면서 비로소 모토야스가 자기에게 얼마나 소중한 남편인지 알았다고 구구한 사연을 쓴 편지를 보내왔다. 부디 꼭 한 번 돌아와달라, 그리하여 우지자네에게 교섭해 자기와 함께 지내게 해주지 않는다면 미칠 것 같다고 했다. 이것을 읽고 나자 모토야스도 마음이 떨렸다.

세나히메로부터 다시 은밀한 사자가 왔다. 이번에는 묵직한 문갑을 들고 세나의 친정 세키구치 저택의 가신이 온 것이다. 1월 15일이었다. 모토야스가 지불당에서 선조의 넋을 기리고 돌아오는 길에 사카다니 골짜기에서 꽃봉오리를 펼친 눈송이 같은 백매화를 보며 걷고 있는데 그 사자가 그리운 듯 불렀다.

"오, 모토야스 님! 마님 심부름을 왔습니다."

사자는 말한 뒤 과장된 몸짓으로 경치를 둘러보았다. 곁에 사카이네 집 종이

따르는 것으로 보아 사카이네 집에 묵고 있던 모양이었다.

"이거 참, 굉장한 성이군요. 이렇듯 훌륭한 성인 줄 마님은 모르시지요. 아직 슨푸에 미련을 갖고 계시지만 이것을 보여드린다면 두말없이 오카자키로 옮기고 싶어 하시겠는데요."

세키구치의 측근 청지기 고스기(小杉)는 '미카와의 고아'라고 놀림받던 무렵부터의 모토야스를 알고 있으므로 통성명하지 않았다.

모토야스는 쓸쓸하게 웃었다. 이 사나이의 말 속에 세나를 포함한 슨푸 사람들의 인식 부족이 역력히 느껴졌기 때문이다. 세나는 이 세상에 슨푸보다 좋은 곳은 없다, 다른 곳은 모두 초라한 야만스러운 땅이라고 생각하며 우쭐대고 있었다. 오카자키성을 아마도 시골 농부 집쯤으로 생각하고 있는지도 몰랐다. 그러므로 아무리 열렬한 사연을 적어 보내도 자기 쪽에서 오카자키로 오겠다고는 결코 쓰지 않았다. 그런 촌스러운 데 있지 말고 빨리 슨푸의 저희에게로 돌아오라는 글귀는 언제나 모토야스의 자존심을 손상시켰는데, 지금 이 사자의 말에도 같은 뜻이 포함되어 있다. 이런 경우 노부나가라면 넋이 빠질 듯한 호기로운 행동으로 상대를 압도할 게 틀림없다. 그러나 모토야스는 그 반대였다.

"뭐, 보잘것없는 작은 성이오. 이리 오시오."

일부러 큰 현관의 모래땅을 피하여 가신들 통용문으로 본성에 들어갔다. 그리고 큰방에도 들지 않고 작은 복도를 통해 휴게실인 작은 서원으로 안내했다. 사자는 줄곧 놀라움을 나타냈다.

"놀랍습니다. 마님께 꼭 한번 구경시켜 드려야겠는데요……."

아마도 세나가 오카자키 같은 시골구석에 사느니 차라리 죽는 게 낫다고 생각하는 것 이상의 말을 한 적 있었기 때문이리라.

"먼저, 무사히 새봄을 맞이하신 일을 축하드립니다."

휴게실에 이르자 사자는 생각난 듯 인사하고 곧 문갑을 내밀었다.

"마님께서 하루속히 슨푸로 돌아와주십사 하는 전갈이었습니다."

"수고했소, 아이들은 잘 있소?"

"예, 아주 건강하십니다만 역시 모토야스 님이 돌아오시기를 기다리고 계십니다."

사자는 세나의 편지를 그냥 책상 위에 얹어놓는 모토야스에게 안타까움을 느껐는지 말했다.

"곧 보시고 답장을 써주십사고 말씀하시던데요."

모토야스는 고개를 끄덕이는 대신 가볍게 문갑을 밀어놓으며 부드럽게 물었다.

"어떻소, 우지자네 님은 복수전을 하지 않으신답니까?"

"저로서는 잘 모릅니다만, 피로 피를 씻는 일을 싫어하시는 분이라."

"복수전도 하지 않는다는 말이오? 그것으로 끝난다면 더 이상 다행한 일은 없지만……."

사자는 갑자기 정색하고 말했다.

"모토야스 님! 제가 느낀 바를 말씀드립니다만, 이대로는 끝나지 않으리라 생각됩니다."

"역시 싸움은 한다는 말인가?"

"아니, 마님 말씀입니다."

모토야스는 실망한 듯 옆을 돌아보았다. 아침 볕이 따뜻하게 창문에 비치고 꾀꼬리 소리가 매끄럽게 이른 봄의 차가운 공기를 스치며 흘러왔다.

"아무튼 풍류를 모르는 분들은 마님의 미묘한 마음을 모르신단 말씀이오. 미우라 요시유키(三浦義之) 님은 사랑하는 분과 반딧불 잡기를 하시다 어둠 속에서 문득 두 사람의 손이 닿았는데, 그 손에 살며시 볼을 비비다가 짠지 냄새가 나서 그분과 헤어졌다더군요."

"허, 그래요?"

"마님을 사랑하는 분이 저녁상에서 젓가락질하다가 짠지를 떨구어 손으로 집은…… 그것을 곧바로 알아차리는 미묘함. 고귀하게 자라셨기 때문이지요."

모토야스는 상대의 얼굴을 보기 딱해 옆을 본 채 고개를 끄덕였다.

"마님도 특히 예민하신 분이지요. 게다가 작은대감께서 전부터 사모하고 계시니."

"우지자네 님 말이오?"

"예, 가끔 성안에서 심부름꾼이 부르러 옵니다. 돌아오시기를 특히 바라는 마님 마음속에는……."

"그런 일이 있군…… 그것은 세나가 그대에게 말한 것이겠지."

부드러운 목소리로 제지하자 상대는 말이 막혀버렸다.

"우지자네 님의 연모를 뿌리칠 수 없으니 빨리 돌아오라고…… 그렇겠지요?"

"예…… 바로 그렇습니다."

"세나에게 전해주오. 무슨 일에든 충의를 다해야 한다고. 지금 내가 오카자키에서 물러나면 오다 대군이 곧바로 슨푸로 쳐들어갈 것이오. 나는 꾹 참으며 그것을 막고 있다고."

"지……진정이십니까?"

모토야스는 엄숙하게 고개를 끄덕였다.

"충의란 괴로운 것이오."

상대는 한참 동안 말없이 모토야스를 지켜보고 있었다. 아직도 무언가 전할 말이 있는 모양이었다. 입술이 꿈틀거리다가는 다시 멈춘다.

그것을 눈치채고 모토야스는 재촉했다.

"또 무슨?"

"예, 또 한 가지…… 실은 마님께서 모토야스 님 가까이에 반드시 여자가 있을 것이니 은밀히 알아보고 오라는 분부였습니다."

모토야스는 아주 능숙하게 질문의 화살을 피하며 말했다.

"그래? 그것참, 고맙군. 그 마음은 고맙지만 그리 불편한 일이 없으니 걱정 말라고 전해주오."

"불편한 일이 없으시다니…… 저……."

"세나는 불편한 일이 있다면 슨푸에서 측녀를 골라 보내주겠다는 것이겠지. 그러나 그럴 것까지 없소. 군무가 바빠 당분간 여자를 돌아볼 여유도 없소. 고마워하더라고 전해주오."

모토야스는 멋지게 피하고 점잖은 태도로 태연히 화제를 바꾸었다.

"그대는 언제 여기를 떠나오?"

모토야스에게 당하고 사자는 어리둥절했다. 세나에게 명령받은 그의 역할은 그 반대였다. 모토야스는 여자를 가까이 두고 있을 게 틀림없다. 그것이 슨푸로 돌아오지 않는 원인이니 만약 그런 여자가 있다면 세나도 우지자네의 끈질긴 연정을 뿌리칠 수 없다—고 말하여 위협하라고 명령받고 온 것이었다.

"예, 하루 더 쉰 다음 곧 돌아가겠습니다만, 모토야스 님."

"또 무슨 할 말이 있나?"

"이대로 돌아가면 마님이 걱정하실 겁니다."

"그 대답이라면 아까 하지 않았소?"

"그럼, 마님이 작은대감을 뿌리치지 못해……."

"그것도 대답했어. 충의란 괴로운 거야."

"충의란…… 주군님에 대한 일이니 말을 들으라는 말씀입니까, 괴롭더라도 참으라는 뜻입니까?"

"그대는 그것까지 몰라도 좋소. 세나에게 말하면 알 거요. 그런데 여자란 그토록 남자가 필요할까?"

또 살짝 피하지나 않을까 하고 상대는 허둥댔다.

"정말이지 부럽기 그지없습니다. 작은대감까지 마음대로 못 하시는 마님을."

"나는 요즘 꿈을 꾸오."

"마님 꿈을?"

"아니, 천하에 다시없는 큰 대합이 나를 쫓아오는 꿈이오."

"농담 말씀을……."

"아니, 진정이오. 그것이 입을 딱 벌리고 나를 단숨에 삼켜버리려 뒤쫓아온단 말이오. 그것은 나뿐만 아니라 성과 가신들을 모조리 삼켜버릴 듯한 큰 대합이오. 그대는 이런 꿈을 꾼 적이 없겠지?"

사자는 멍하니 입을 벌렸다. 도저히 상대할 수 없다고 짐작한 것이리라.

"말씀 잘 전하겠습니다."

그리고 무언가에 쫓기듯 두리번거리면서 시동에게 안내되어 물러갔다.

그날 밤의 일이었다. 모토야스가 슨푸를 떠나 처음으로 여자를 가까이한 것은. 본성에는 여자를 전혀 두지 않았었다. 필요 없다면 그만이지만 어딘지 세나에 대한 두려움이 있었다. 노신들은 시중드는 여성을 두라고 은근히 권했지만 모토야스는 상대하지 않았다. 성을 재건하는 일의 분주함과 슨푸에서 쓸쓸한 규방을 지키고 있을 세나를 생각할 때, 아직 여자 따위—하는 긴장이 응어리처럼 마음속에 남아 있었다.

그런데 그날은 세나의 사자와 편지가 야릇하게 모토야스를 초조하게 만들었다. 세나를 아내로 맞기 전 우지자네와 교접하는 것을 밤 벚나무 밑에서 본 11살 때의 기억이 바람에 솜털이 불리듯 생생하게 신경을 곤두세웠다.

그날 밤 모토야스는 아랫성으로 건너갔다. 이곳 한 모퉁이에 살아남아 있는, 모토야스에게 계모뻘 되는 다와라 부인 가케이인(花慶院)과 불전에 바쳤던 상을 물려 함께 식사하기 위해서였다.

남자는 모토야스 혼자였는데 두 시녀가 시중들러 왔다. 그 가운데 하나는 본성으로 가끔 모토야스의 목욕 시중을 들러 오는 가네(可禰)였다.

"혼자서는 불편하실 테니 이 둘 가운데 누구든 마음에 드시는 쪽을 택하셔요."

30살 중반이 되어 완전히 기름기가 빠져버린 느낌인 가케이인은 두 시녀가 상을 가지러 나가자 담담하게 모토야스에게 여자를 권했다. 과부가 되어 30살 중반까지 지내면 여자는 수치심이 없어지는 모양이다. 게다가 본디 아버지 히로타다로부터 사랑받지 못했으며, 심한 질투를 느낄 즈음에는 벌써 히로타다가 죽고 없었다. 친정인 도다 가문은 슨푸로 가야 할 모토야스를 오와리에 보낸 까닭으로 멸망했고, 갈 곳 없는 채 성 한 모퉁이에서 온갖 변천을 가만히 지켜보아 온 가케이인이었다.

"젊은 시절이란 짧은 것, 너무 삼가시면 몸에 해로워요. 어느 쪽이든 마음에 드시는 아이에게 시중들게 해요."

모토야스를 오와리로 넘긴 일에 대해 아마 가케이인은 모르리라. 그러므로 자기로서 할 수 있는 일을 권고하여 의붓자식 모토야스와 친밀하게 지내고 싶어 하는 쓸쓸함이 말 속에 느껴졌다.

여느 때의 모토야스라면 얼마쯤 성냈을지도 모른다. 그러나 그날 밤 모토야스는 대답했다.

"여자란 어떤 것일까요, 남자가 곁에 없으면 괴롭겠지요?"

"물론이에요."

가케이인은 먼 곳을 바라보듯 담담하게 말했다.

"미치지 않을까 싶을 만큼…… 정답게 노는 새며 암내 나는 고양이에게까지 화가 치밀지요. 여기 있는 두 시녀도 남자 없이 조금만 더 놔둬보셔요. 반드시 좋지 못한 짓을 할 거예요."

"그럴까요?"

"이 둘 가운데 가네는 유난히 성주님이 좋은지 오늘은 어떻게 하셨다느니, 지금은 뭘 하고 계시다느니 하며 아주 성가실 정도랍니다."

그때 가네가 상을 들고 와 가케이인 앞에 놓았다.

"가네, 너는 성주님을 좋아하지?"

"네……?"

가네는 묻는 말뜻을 얼른 알아듣지 못하여 어리둥절한 채 가케이인에게서 모토야스에게로 시선을 옮겼다. 17, 18살이나 되었을까. 살결이 희고 토실토실한 몸집이, 단단한 치자 꽃봉오리라도 보는 듯한 야성적인 매력과 건강함을 담고 있었다.

"그대가 좋아하는 성주님이 오셨다. 술을 따라드려라."

"네."

대답한 뒤 얼굴이 발그레해진 것은, 그제야 그 말뜻을 깨달았기 때문이었다.

"지금 성주님께 부탁드리고 있는 중이다. 그대가 아주 열중해 있으니 사랑해 주십사고."

"어머나……."

가네가 소매로 얼굴을 가렸을 때 또 다른 시녀 오타카(阿孝)가 들어왔다. 모토야스는 무심결에 비교해 보고 오타카 쪽이 가냘프다고 생각했다.

"가네."

"네."

"가케이인 님 말씀대로 너는 내가 좋은가?"

"네…… 네."

"얼마큼 좋으냐. 여자란 내가 아니어도 남자이기만 하면 되잖느냐?"

가네는 얼굴을 번쩍 쳐들고 원망스러운 듯 모토야스를 쳐다보았다. 그러고는 얼른 일어나 술병을 가지러 가는 것을 보고 모토야스는 다시금 세나의 편지 한 구절이 생각났다.

"모토야스 님이 다른 여자와 잠자리를 함께하시는 꿈을 꾸고 나니 새벽달마저 원망스러워지며 미쳐서 이대로 죽어버릴 것만 같습니다."

'세나는 이미 내가 다른 여자와 잠자리를 함께하고 있는 것으로 믿고 있다…….'

세나의 편지가 자신의 불만을 억누르고 한결같이 남편을 걱정하는 내용이었다면 모토야스의 마음은 틀림없이 움직이지 않았을 것이다. 그런데 사정은 반대였다. 이미 모토야스 옆에 여자가 있는 줄 알고 있다. 세나를 그렇게 생각하도록 만든 것은 무엇이었을까?

말할 것도 없이 세나 자신의 경험에 의한 일—이라고 생각하자 모토야스는 몸이 화끈하게 타오르는 것을 느꼈다. 가케이인은 이러한 모토야스의 마음 움직임을 훤히 알고 있는 듯 가네에게 줄곧 술을 따르게 했다. 그리하여 모토야스가 측간에 가려고 일어서자 눈짓하며 가네에게 말했다.

"안내를."

"네."

가네는 이상할 만큼 또렷한 목소리로 대답하며 촛불을 들고 앞장섰다. 복도를 돌아가니 장지문 가득히 달빛이 비쳐들어 촛불이 필요 없을 만큼 밝았다.

"가네, 너는 지금까지 남자를 알고 지낸 일이 있느냐?"

"아, 아니요!"

가네는 얼굴이 빨개지며 고개를 숙이는 대신 세차게 고개를 저었다.

"그런 것, 저는 모릅니다!"

"가네—"

"네."

"장지문을 열어라, 달이 밝구나."

"이렇게요?"

"그래, 촛불을 꺼라. 저것 봐, 눈이 내린 듯 새하얗게 빛나고 있군."

"감기 드시지 않겠어요? 추위가 심한데."

"가네, 달 쪽으로 얼굴을 돌려봐. 옳지, 그렇게 하니 꼭 선녀 같아 보이는구나."

가네는 시키는 대로 달을 쳐다보며 본능적으로 몸을 떨고 있음을 알 수 있었다.

"나뭇가지의 꽃과 하늘의 달과 지상의 너."

"성주님, 이제 됐습니까?"

"좀 더 나에게 보게 해다오."

"네…… 네."

모토야스는 가네의 눈동자 속에 반짝이는 게 차츰 스미는 것을 잘 알 수 있었다. 필사적으로 애무를 기다리고 있다. 입가에 떠오른 교태와 두려움이 모토야스의 가슴에 타오르기 시작한 불길을 더 강하게 만들었다.

여자—

결코 세나 같은 능동적인 여자만 있는 건 아닌가 보다. 이오의 아내가 된 기라 부인은 기질 센 가운데에도 얌전함을 느끼게 했지만, 지금 눈앞에 보는 가네는 노예 같은 수동적 태도였다. 두 손을 뻗어 끌어안는다면 그대로 녹아 없어져버릴 듯 가련해 보인다.

모토야스는 말했다.

"이제 됐어, 장난은 이만하고 측간에나 가자. 안내해라."

"네……?"

가네는 어리둥절하여 되물었다. 가네는 모토야스가 자기를 안아주리라 믿고 있었던 모양이다.

모토야스는 갑자기 엄하게 말했다.

"가네, 너는 누구 명령을 받고 나에게 몸을 맡기려 했나?"

태연하게 묻자 가네의 어깨가 꿈틀 움직였다.

"가네, 내가 취했군……."

모토야스는 소리 없이 다시 측간으로 걸어가면서 말했다.

"달을 쳐다보는 너의 하얀 옆얼굴 속에 모든 게 환히 보였어. 너는 아직 남자를 몰라."

"네."

가네는 벌벌 떨면서 불을 끈 촛대를 들고 고개 숙였다.

"너는 누군가의 명령을 받고 가케이인을 모시게 되었다, 그렇지?"

"네…… 네."

"그리고 나에게 다가오려고 나를 좋아한다며 가케이인에게 호소했다…… 두려워할 것 없어. 나는 너를 나무라는 게 아니야."

"……"

"가케이인은 좋은 사람이라 네 말을 그대로 믿고 내 목욕 시중을 들도록 일부러 보내주었는데, 그러는 동안 너는 정말로 나를 좋아하게 되었다."

모토야스는 부드러운 말투로 단정 내렸으나 가네는 고개 숙인 채 부정도 긍정도 하지 않았다.

"나는 알고 있어, 너에게 나를 해칠 마음이 없다는 것을. 그런 까닭에 하마터면 사랑할 뻔하게 된 것인데…… 하지만 그래서는 네가 가엾어진다."

"……."

"알겠느냐, 그 뜻을? 내 손이 닿으면 괴로워지는 것은 너란 말이다. 나에게 숨겨 둔 비밀을 털어놓고 편안한 마음이 되기까지 나도 삼가마, 너를 위해서."

가네는 별안간 모토야스 앞으로 돌아와 마룻바닥에 무릎을 꿇었다.

"성주님! 말씀드리겠어요, 용서하셔요."

"말해줄 생각이 들었느냐? 그거참, 다행이군."

"저에게 명령한 것은 오다 가문의 부장(部將) 다키가와 가즈마스 님입니다."

"다키가와 가즈마스…… 그러면 네 아버지는?"

"가신인 아쿠쓰 진사에몬(阿久津甚左衛門)."

모토야스는 살며시 가네의 어깨로 손을 돌렸다. 가네는 이미 넋 잃은 듯 모토야스를 쳐다보고 있다. 하얀 앞니가 진주처럼 내보이고, 무엇을 묻더라도 감출 생각이 없는 순진스러움이 뚜렷이 떠올라 있었다.

"그래, 명령받은 일은?"

"성주님의 일상생활을 그대로 알리라는 것이었습니다."

"일상생활을 그대로……?"

"네, 저는 아직 인품을 판단할 줄 모를 터이니 하시는 일을 그대로 보고하라고……."

"흠."

"만일 들키더라도 성주님께서는 인내심 강하신 분이어서 베지 않을 것이니 눈치챘을 때는 사실대로 이야기하고 사과드리라 하셨습니다. 성주님, 용서해 주셔요. 그리고 가네를 곁에……."

모토야스는 가네의 어깨를 안은 채 다시 한번 깊숙이 고개를 기울였다. 가즈마스가 무엇 때문에 이런 처녀를…… 하고 생각하자 아직 풀어지지 않는 수수께끼가 남는다.

모토야스는 여자를 떠밀었다.

"가네! 너는 나한테 베이고 싶으냐? 거짓말 마라!"

가네는 다시 쓰러지듯 모토야스의 무릎에 매달렸다.

"아니, 거짓말이 아니에요. '너는 단순한 첩자가 아니다, 오카자키 성주님은 여러 가지로 불편을 겪고 계실 테니 정성껏 섬기라'고."

"누가 말했나? 가즈마스냐?"

"네, 성주님께서는 아마 슨푸의 마님을 부르시지 않을 것이다, 언젠가 오다 님과 손잡으실 분이니 어디까지나 내 주군님으로 여기며 섬기라고."

"잠깐!"

모토야스는 당황하여 가네의 입을 눌렀다. 야릇하게 타오르던 정염이 단번에 식어버리는 느낌이었다.

'다키가와 가즈마스란 대체 누구일까……?'

아니, 이것은 가즈마스 개인의 지혜가 아니라 노부나가의 지시임에 틀림없다. 아무튼 모토야스의 본심을 이토록 순진하게 여기서 속삭임받을 줄은 꿈에도 생각지 못했다. 과연 단순한 첩자는 아니었다. 이 소녀의 진심을 고스란히 무기로 이용한 새로운 수법 중의 수법이었다.

"가네……"

한참 뒤 살며시 입에서 손을 떼고 모토야스는 그대로 가네 뒤에 무릎을 꿇었다.

"좀 더 가까이 오너라. 너의 진심은 잘 알았다. 나는 네 마음의 순진성을 사랑하마."

"네…… 네."

"너는 내가 미워지거든 미워졌다, 그립거든 그립다고 가즈마스에게 알리도록 해라."

"성주님! 그 일이라면 벌써 분명히."

"알렸단 말이냐?"

"네."

가네는 몸을 비꼬아 모토야스의 가슴에 두 손을 얹었다. 머리에 스민 향내마저 아련히 떨면서 불타고 있다.

"제가 그렇게 알렸더니 아버지에게서 편지가 왔습니다."

"뭐라고 씌어 있더냐, 그대로 말하라."

"네게 그토록 그리운 마음을 품게 하는 분이라면, 용감성과 정다움이 훌륭한 대장임에 틀림없다. 우리 주인 가즈마스 님이 얼마 뒤 오다 가문에서 보내는 화친 사자로 오카자키성에 갈 것이다. 이 아비도 시종으로 따라갈 테니 앞으로도 정성 껏 종사하라고……"

모토야스는 끌어안은 팔을 풀지 않고 저도 모르게 달을 우러러보았다.

오다 가문에서 오는 화친 사자. 그것은 모토야스의 운명을 결정한다. 모토야스가 마음속으로 얼마나 바라던 일이었던가. 다만 처자가 슨푸에 볼모로 잡혀 있는 모토야스로서는 자기 편에서 공식적으로 노부나가에게 사자를 보낼 방법이 없어 난처해 있었던 것이다.

'그렇구나, 가즈마스가 화친 사자로……'

모토야스는 조용히 몸을 굽혀 가네의 귓불에 입술을 대었다. 사자는 가즈마스 말고도 이미 이렇게 모토야스의 팔 속에 와 있었던 것이다.

"가네!"

"네."

"너는 갸륵한 사자였다. 네가 숨기지 않고 말했으니 나도 순순히 너를 사랑하마. 자, 일어나 나를 따라오너라."

"네."

모토야스에게 잡힌 가네의 손은 불처럼 뜨거웠으며 일어나려는데 무릎이 하느작거렸다. 부드럽게 안아 일으키며 모토야스는 다시 한번 살그머니 귓불에 입술을 대었다.

주춧돌

다키가와 가즈마스가 오다의 사자로 오카자키성에 온 것은 모토야스가 가네의 침실에 몰래 다니기 시작한 지 한 달쯤 지난 에이로쿠 4년(1561) 2월 14일이었다.

그날 아침도 모토야스는 가네의 방에서 눈을 떴다. 두 사람 사이를 눈치챈 것은 근시 중에도 3, 4명 있고 노신 중에도 있었다.

"한 성의 주인이 별성으로 다니시는 것은 가신들에 대한 체면에도 부합되지 않으니 본성 내전으로 부르시도록 하십시오."

사카이가 은밀히 충고했으나 모토야스는 듣지 않았다.

"내버려둬. 가신에 대한 체면보다 슨푸에 들릴까 두렵군."

"농담 말씀을. 마님이 곁에 안 계실 때 측녀 한둘쯤 두는 것은 당연한 일이지요."

"그렇다 해서 일부러 세나를 노엽게 만들 것까지는 없지. 색정이란 몰래 다니는 데 한층 더 재미가 있는 것이야."

사실 모토야스는 이 정사가 못 견디게 재미있었다. 이제까지 표면상의 적이었던 오다 쪽에서 들여보낸 여자. 그 여자가 차츰 목적을 잊고 자신에게 빠져드는 것도 재미있었고, 본성을 나가 별성 하녀 방에 숨어드는 자신의 모습도 가끔 혼자 웃음이 터져나올 만큼 재미있었다.

남자와 여자, 그 교접에 이토록 큰 매혹을 감추어둔 자연이란 애당초 무엇일까? 가케이인은 알면서 모르는 척하고 있고, 아무리 한밤중에 찾아가도 덧문을 똑똑 두드리면 금방 나오는 가네의 마음도 이상스러웠다. 일부러 두 시간 남짓 약속을 어기면 손발이 얼음처럼 싸늘해졌으면서도 뜨거운 숨결로 맞아들였다. 가네를 조종하는 것도, 자기를 다니게 만드는 것도 주인과 부하 사이의 '충(忠)'이라는 관념이 아닌 전혀 다른 힘이었다. 그러므로 자기 모습까지 냉철하게 되돌아보며 인간의 강함과 약함이 차츰 이해되어 왔다.

그날 아침 눈을 떴을 때도 가네는 자고 있지 않았다. 오른팔을 모토야스에게 베게 하고 가만히 움직이지 않은 채 눈을 뜨고 있었다. 손과 발이 타는 듯 뜨거웠으며 애절하게 몸에 얽혀드는 목소리로 속삭였다.

"잠이 깨셨습니까?"

"오, 날이 밝았군. 너무 잤구나."

옆방에 자고 있는 오타카를 꺼려 모토야스는 조그만 손목을 쥐어 자기 목에서 가만히 떼어놓았다. 가네는 그 손으로 다시 모토야스의 옷깃을 잡고 매달려왔다.

"오늘 밤에도 꼭……."

"음."

"그리고 오늘 오다네 사자가 오십니다."

"오늘인가? 알았다."

모토야스가 조그맣게 대답하며 고개를 끄덕이고 칼을 집어들자 가네는 일어나 덧문을 열었다.

밖은 아직 완전히 밝지 않았다. 하얀 안개가 스고강에서 느릿하게 노송나무 가지로 흘러오고 있다. 물이 따뜻해지는—그런 느낌이 드는 동침의 이별. 모토야스는 걸음을 서둘러 문에 이르렀다.

"나가겠다."

모토야스는 민망한지 소리 죽여 쓸쓸하게 웃으며 나갔다.

'가즈마스가 뭐라고 하며 올 것인가?'

화친이라지만 반드시 조건이 있을 것이다. 가네는 그것을 알지 못했다.

성안이 떠들썩해진 것은 이른 아침 중신 사카이 다다히사(酒井忠尙)가 등성하면서부터였다.

"오늘 오다 쪽에서 사자가 옵니다."

"뭐, 오다 쪽에서 무슨 사자란 말이오."

"무슨 말을 할 것인지는 아직 모르겠습니다. 아마 항복을 권하기 위해 오는 게 아닌가 싶습니다."

이시카와 이에나리가 보고하자 다다히사는 천장을 노려보며 신음했다.

"음."

마쓰다이라 집안과 같은 계보의 사람인 다다히사는 걸핏하면 모토야스를 가벼이 보고 스스로 보좌역과 감찰관임을 자처하고 있었다.

"그래, 주군은 알고 계신가? 어째서 아직 큰방에 안 나오시나?"

"오늘은 웬일인지 아직 주무시고 계십니다."

"뭐, 아직 주무신다고…… 당치도 않은 소리. 당장 가서 깨워드리시오."

그리하여 가신이 나가려 하자 다시 불렀다.

"잠깐, 주군이 나오시기 전에 저마다의 의견을 들어두겠소. 다다쓰구, 그대는 어떻게 생각하오?"

"주군 말씀대로."

"무엇이! 그럼, 주군이 오다 쪽에 항복하겠다면 그래도 좋단 말인가?"

"달리 길이 없습니다."

"슨푸에 남기고 온 도련님은 어쩔 작정이오. 그대들의 처자는 또 어떻게 되겠소?"

다다쓰구는 대답 대신 조용히 회의실 벽에 걸린 강령의 조항을 읽고 있었다. 다다히사는 혀를 차며 우에무라 이에아리 쪽으로 돌아앉았으나 그에게 말을 걸지는 않았다. 이에아리는 다다쓰구보다 더 분명하게 말할 게 뻔했기 때문이다.

"……주군 말씀대로."

이시카와 가즈마사는 말이 건네져올 것을 꺼려 자리에서 몰래 일어나 측간으로 갔고, 이에나리는 감정을 얼굴에 나타내지 않고 단정히 앉아 있었다.

"허 참, 요즘 젊은 분들이란……."

다다히사는 짜증이 나는 듯 무릎을 쳤다.

"나는 그 사자를 당장 베라고 진언하겠소. 베이기 싫으면 성에 들어오지 말라고 쫓아버리겠소. 그래도 공격해 온다면 다시 아즈키 고개의 실패를 되풀이할 뿐이지."

이러한 중신들의 말이 있은 뒤 사자가 도착한 10시 무렵, 성안 공기는 살기를 품고 강경파와 온건파의 둘로 갈라져 있었다. 그러나 어느 쪽도 아직 모토야스의 뜻은 몰랐으며, 주군의 결정에 따르려는 의미에서는 마찬가지였다…….

사자 가즈마스가 두 종자를 거느리고 큰방으로 안내되기 조금 전, 모토야스는 막 일어난 듯 개운치 못한 표정으로 거실에서 나왔다. 그리하여 가즈마스가 앞으로 나와 앉자 동시에 아주 자연스럽게 입을 크게 벌리고 하품했다.

"도중에 결례되는 일은 없었소?"

가즈마스도 시치미 떼고 대답했다.

"혈기 왕성한 젊은이란 어디에나 있는 법이지요. 앞으로 기요스에 초대되실 때도 무례한 자가 있을지 모르겠습니다. 그때는 아무쪼록 용서하시기를."

맨 먼저 기요스로 한번 가는 것이 조건의 하나임을 암시했다.

"노부나가 님은 안녕하시오?"

"아주 건강하시지요. 날마다 저희들을 꾸짖어대고 계십니다."

"음, 그 목소리가 그립군. 내가 아쓰타에 있을 무렵 곧잘 찾아와 참외를 주셨었지……."

모토야스는 다시 한번 하품을 삼키며 끈적한 목소리로 요점을 건드렸다.

"그런데 사자의 용건은 무엇이오?"

"드릴 말씀은 아주 간단합니다."

늘어앉은 가신들이 긴장하는 동안 가즈마스는 도도하게 자기 수염 끝을 비틀었다.

"이마가와 요시모토가 이미 죽은 이때 두 가문 사이에 꼭 싸워야 할 이유는 없습니다. 이곳 성주님은 동쪽, 우리 주군은 서쪽에서 저마다 할 일이 많으니 화친하지 않겠느냐는 것뿐입니다."

모토야스는 고개를 끄덕였다. 긴장하고 있는 가신들 쪽은 돌아보지도 않고 대답했다.

"그렇소? 그것도 한 가지 생각이오만 나로서는 받아들이기 어렵소. 그렇게 전해주시오."

"예, 알겠습니다."

"아무튼 나에게는 이마가와에 대한 의리가 있으니 말이오. 오다 님은 서쪽에서 북쪽이나 남쪽 어느 쪽으로든 나아가도 상관없겠지만, 나의 동쪽은 이마가와 영지뿐이오. 그러니 이마가와를 향해 화살을 쏠 수야 없지 않겠소."

"그렇습니다."

"그대는 아직 신참이라 모르겠지만, 천하의 일이란 의리가 으뜸이오."

"아."

"나는 한번 맺은 의리를 배반하는 사나이가 아니오. 그렇다 해서 뭐 내 쪽에서 오와리에 싸움을 걸 까닭은 조금도 없지요."

가즈마스는 다시 수염 끝을 비틀면서 그럴듯하게 고개를 끄덕였다.

"그러니 화친에 대한 것은 승낙했다고 전해주시오."

"허."

가즈마스는 고개를 조금 기울였다.

"그 일에 대해서는 이마가와 가문에 알려서 지시받지 않아도 의리를 배반하는 게 되지 않습니까?"

모토야스는 그 비꼬는 말에 천천히 응수했다.

"되지 않소. 나는 이마가와의 가신이 아니니까요. 다키가와 가즈마스라고 했소? 세상에는 주군을 갖고 싶어 하는 자와 그렇지 않은 자 두 가지가 있지. 오다 님도 그렇지만, 나는 남의 부하가 될 바엔 차라리 죽는 게 낫다고 생각하오. 그러니 살아 있는 동안은 부하가 되지 않겠소. 이마가와에 대한 의리도 군신 사이의 것이 아니라 무인 사이의 정에 얽힌 의리요. 정에 얽힌 의리라면 어릴 때 함께 놀던 오다 님에게도 있소. 그러나……."

모토야스는 말을 멈추고 다시 뻔뻔스럽게 하품했다.

"기회를 보아 기요스성을 찾아가 옛이야기나 하고 싶어 하더라고…… 전해주시오."

가즈마스는 저도 모르게 모토야스를 다시 보았다. 처음에 받아들이지 못하겠다고 해놓고는 결국 모두 승인한 게 아닌가. 더욱이 그 사이에 어떤 일이 있더라도 오다의 가신은 되지 않겠다는 단호한 결의를 하품에 섞어 대답하고 있다.

'예사 대장이 아니다…….'

이런 대장에게 항복 따위를 권하지 않기 잘했다고 생각하며 마음 놓았다.

"잘 알겠습니다."

"수고했소. 이제 두 집안 사이에는 아무 조건 없이 화친이 이루어졌소. 반갑소! 여봐라, 여기 일러놓은 선물을 내오너라."

'아뿔싸!'

가즈마스는 생각했다. 무조건이 아니었던 것이다. 모토야스에게 기요스로 찾아와 노부나가에게 인사하라는 중대한 조건이, 기회를 보아 오겠다는 것으로 되고 말지 않았는가…… 이제 와서 새삼스레 기요스로 인사하러 오는 게 조건이었다고 할 수는 없다. 아니, 만일 다시 다짐한다면 모토야스는 웃을 것이리라.

'사람 속도 짐작 못 하는 녀석!'

이러한 놈을 사자로 보냈다고 생각한다면 오다 가문의 체면에도 관계된다. 가즈마스는 소반에 쌓인 금은 앞에 절한 다음 대답했다.

"우리 주군께서도 아주 기뻐하실 겁니다. 맞이할 준비도 있고 하니 기요스로 언제 오실 것인지 알고 갔으면 좋겠습니다."

모토야스는 흘끗 가신들을 바라본 다음 곧 대답했다.

"아직 바빠서 생각해 보지 못했소. 가게 될 때 다시 그대에게 알려드리리다."

가볍게 말한 다음 다시 무릎을 쳤다.

"아 참, 그렇다고 내 사정대로만 할 수는 없겠지. 오다 님도 분주하실 테니 언제쯤 한가하신지 그대가 좋은 기회를 보아 알려주지 않겠소?"

"예!"

가즈마스는 엎드렸다. 반드시 연극만은 아니었다. 노부나가에게 심취하여 종사해 온 몸이면서도 문득 마음이 움직여지는 느낌이었다.

'여느 대장이 아니다……'

노부나가를 열풍에 나부끼는 불꽃이라고 한다면 모토야스는 그 불꽃 위에 조용히 비치는 달을 연상시켰다.

가신들도 그제야 마음 놓이는 모양이었다. 개중에는 모토야스가 쉽사리 기요스로 갈 듯하여 위구심을 느끼는 자도 있는 것 같았으나 앞날의 일이며 아무 조건 없는 화친이라니 한마디도 참견할 여지가 없었다.

큰방에서 사자를 환대할 채비가 차려질 때까지 모토야스는 가즈마스를 데리고 단둘이 성안을 샅샅이 구경시키며 다녔다. 본성, 아랫성, 망루, 식량창고, 무기

창고—로 태연히 안내해 나갔으니 생각하기에 따라 이것도 두 가지 뜻으로 해석할 수 있었다. 오다 따위는 전혀 안중에 없다는 것인지, 아니면 여기까지 보여주니 이렇듯 두 마음이 없음을 노부나가에게 알리라는 것인지.

별성 문을 들어서서 고마쓰(小松) 골짜기 옆에 이르렀을 때였다.

"저것이 다와라에서 출가해 온 나의 계모 가케이인의 거처요."

모토야스가 부채 끝으로 가리키자 가즈마스는 걸음을 멈추었다.

"허."

계모 다와라 부인 일족 때문에 스루가로 가야 할 모토야스가 오와리에 볼모로 가게 된 사정은 가즈마스도 물론 잘 알고 있다.

"나는 가케이인의 여생을 편안하게 해주고 싶소. 나를 위해서는 고마운 분이었으니까."

"그러시면 그들 일족의 불의를 탓하지 않으십니까?"

"전에는 화낸 적도 좀 있었소. 그러나 그 사건이 없었다면 나와 오다 님은 만나지 못했을 거요. 신이란 가끔 인간의 지혜를 넘어서는 계획으로 먼 앞날을 염려해 주는가 보오."

온화한 얼굴로 다음에는 대나무 울타리 너머 뜰에 움직이는 사람 그림자를 가리켰다.

"저것은 가케이인의 시녀로 가네라 하지요. 아, 지금 막 몸을 구부려 수선화를 꺾고 있군. 분명 오와리 태생이라고 들었는데, 아주 마음씨 착한 처녀요."

가즈마스는 눈을 깜박거리며 이른 봄 뜰에 움직이는 한 점의 색채로 눈을 옮겼다. 웃고 있는 모토야스의 표정이 눈에서 사라지지 않으며, 이것이 20살 난 대장인가 싶어 간이 움츠러드는 느낌이었다.

모토야스가 기요스를 방문한 것은 그다음 해인 에이로쿠 5년 1월이었다. 가신들 중에는 신변의 위험을 생각하여 말리는 자도 많았으나 모토야스는 듣지 않았다.

다키가와 가즈마스가 다녀간 지 벌써 1년이 되려 하고 있다. 그 성급한 노부나가가 그동안 꾹 참고 기다려준 일을 생각하면 더 이상 방문을 연기하는 것은 그 의미 자체를 잃어버리는 게 되기 때문이었다.

슨푸의 우지자네는 어떤가. 끝내 망국의 길을 내디디었다고 판단될 만한 일이 많았다. 그 날쌘 노부나가까지 신경질을 꾹 누르며 기다리고 있건만, 아버지 요시모토의 복수전도 하지 못하는 우지자네가 모토야스가 슨푸로 오지 않는다고 화내어 일족 마쓰다이라 이에히로(松平家廣)의 자식 등 10여 명을 요시다(吉田)성 밖에서 효수형에 처한 것이다.

만일 모토야스가 그것을 두려워하여 슨푸로 갔다면 오와리와 미카와의 국경은 어떻게 될 것인가.

"모토야스의 마음을 알았다!"

노부나가의 그 성질로, 단숨에 오카자키까지 진격해 올 게 틀림없다. 그런 까닭에 오카자키를 떠날 수 없다고 아무리 말해 보내도 우지자네의 의심은 풀리지 않았다.

오카자키로서는 요시모토가 전사한 에이로쿠 3년에서 가즈마스가 화친 사자로서 찾아온 4년 2월까지, 두 손 놓고 오다와 부딪치지 않고 있었던 것은 아니었다. 노부나가의 주력만은 피하여 적어도 요시모토의 복수전답게 고로모(擧母), 히로세(廣瀬), 이호(伊保), 우메가쓰보(梅坪) 등 마쓰다이라와 관련 있는 여러 곳을 귀속시키고 외삼촌 미즈노 노부모토와도 주핫초나와테(十八町畷)와 이시가세(石瀬) 싸움에서 두 번이나 맞닥뜨렸다. 따라서 우지자네가 아버지에 못지않은 인물이었다면 마땅히 모토야스의 '의리'를 인정했을 것이며, 그 입장의 미묘함을 고려해 계획해야만 했다.

이시가세에서 미즈노 노부모토와의 싸움을 마지막으로 모토야스는 노부나가와 화친을 맺었다. 이제는 아무리 작은 성이라도 오다의 세력권을 공격해서는 안 된다.

그 일은 우지자네의 의심을 점점 더 부채질하여, 그는 나카지마성에 있는 이타쿠라(板倉)와 기라와 가스다니(糟谷) 등에게 명하여 사사건건 모토야스에게 반항하게 했다. 모토야스는 이들을 쳐서 오카자키의 수비를 더욱 굳히는 수밖에 도리 없었다. 그 결과 요시다성 밖에서의 볼모들 효수형이라는 무참한 소행에 이르렀던 것이다.

살해된 것은 히로이에의 막내아들 우콘(右近), 사이고(西鄉)의 손자 마사요시(正好), 스가누마(菅沼)의 아내와 누이, 오타케(大竹)의 딸, 오쿠다이라(奥平), 미즈노 도베에(水野藤兵衛), 아사바네(淺羽), 오쿠야마(奧山) 등의 처자로 모두 모토야스가 오카자키로 돌아간 뒤 마쓰다이라 가문의 옛 은의를 생각해 모토야스에게 귀속한 사람들 가족이었다.

때는 여름, 장소는 성 아래의 류넨사(龍拈寺). 보는 사람마다 얼굴을 돌리지 않는 이 없었으며, 명령받은 성주대리 요시다(吉田)와 오하라(小原)의 가신들까지 구토할 만큼 잔학스러웠다.

그 뒤 졸렬하기 이를 데 없는 협박을 해왔다.

"모토야스가 나를 배반한다면 세키구치 부인과 다케치요, 가메히메도 이같이 하리라."

이것이 모토야스로 하여금 드디어 기요스를 방문하도록 결심하게 한 외부적인 사정이었다. 따르는 자는 14살 난 혼다 헤이하치로에서 60살 가까운 우에무라에 이르기까지 22명, 모두 유사시에는 다시 오카자키 땅을 밟지 않으리라는 결사적인 각오로 기요스에 도착했다.

나고야까지 마중 나온 가즈마스의 부하에게 앞뒤로 호위받으며 그들이 기요스로 들어갈 무렵부터 성 아랫거리 사람들이 성문 밖에 떼 지어 나와 앞길이 막힐 지경이었다.

이마가와 요시모토를 치고 하늘에 닿을 듯 위세를 떨치는 오다 노부나가에게 오카자키의 마쓰다이라 모토야스가 찾아왔다—는 말은 항복하여 비위를 맞추러 온 것으로 이 성 아랫거리 사람들에게 들렸다.

"저자가 6살 때 아쓰타에 볼모로 잡혀 있던 모토야스구나. 결국 그때부터 대장님 부하가 되게끔 약속되어 있었던 모양이지."

"그렇대요. 노부나가 님과 둘이서 곧잘 노셨대요. 그때부터 대장님은 벌써 어딘가 다르셨거든. 넋을 빼놓은 모양이지."

"그런데 말 위에서 꽤나 으스대고 있구먼."

"어차피 성안에 들어가면 굽실댈 것이니 마냥 으스대라지."

싸움에 이기면 민중들까지 두려움을 잊어버린다. 상대를 경멸하는 속삭임이 들릴 때마다 앞장선 헤이하치는 군중들을 노려보았다.

"에이, 비켜라! 비키지 못할까?"

14살이지만 이미 그 기골이 특출하게 뛰어나 있다. 그는 길이 3자가 넘는 큰 칼을 이따금 머리 위에서 휘둘렀다.

"비키라는 소리가 안 들리나! 미카와의 주인 마쓰다이라 모토야스 님이 나가신다. 무례한 짓을 하면 목을 높이 쳐올릴 테다!"

이러한 헤이하치를 모토야스는 꾸짖지도 말리지도 않았다. 성 너머로 보이는 아다고산(愛宕山) 숲으로 부드러운 눈길을 던지며 성문 앞에 말을 세웠다. 여기까지 가즈마스가 공손히 마중 나와 있었다.

"마쓰다이라 모토야스의 가신, 혼다 헤이하치로가 앞장서 모시겠소. 무례한 일이 있으면 용서치 않겠소."

헤이하치로는 그 가즈마스 앞에서도 우레 같은 목소리로 외친 다음 한바탕 큰 칼을 휘둘렀다.

가즈마스는 미소 지으며 대답했다.

"먼 길 오시느라 수고 많으셨소. 가즈마스가 여기 있으니 안심하시오."
"좀처럼 안심하지 못하겠소. 오와리에는 여우가 많다고 들었으니."

만일 모토야스에게 손댄다면 싸우다 죽겠다는 결심을 상대에게 확실히 알려두려는 헤이하치로였다. 이것을 잘 아는 가즈마스는 말에서 내린 모토야스에게 다시 공손히 머리 숙였다. 군중들은 기이한 생각이 들었다. 항복하여 찾아온 사람에게 오다 집안에서 너무 공손하게 대한다고 여긴 것이리라.

문을 들어서서 우에하타신메이(上畠神明) 신사 가까이까지 나아가자 하야시 사도를 비롯하여 시바타, 니와, 스가다니(菅谷) 등 중신이 죽 늘어서 맞았다. 이들 역시 모토야스의 시종인 미카와 사람들이 고개를 갸웃거릴 만큼 공손하기 그지없다.

숙소로 정해진 아랫성에 도착하니 노부나가가 큰 현관에 서 있었다. 노부나가는 모토야스를 보자 여느 때의 노부나가답지 않게 진심으로 기다린 사람처럼 말을 걸었다.

"오, 잘 와주었소. 아직도 남아 있군, 어릴 때 모습이."

모토야스는 자세를 바르게 하여 단정히 절했다. 이 현관을 들어서는 것은 모토야스로서는 처자의 목숨을 거는 일이었다. 이 말이 슨푸에 들어갈 경우 소심한 우지자네는 세나도 다케치요도 효수형에 처할지 모른다—고 생각하면 웃음을 지으려 해도 웃을 수 없는 오늘의 모토야스였다.

진심을 숨기지 않는 노부나가의 호의는 미카와 무사들 마음에 이상한 느낌이 들게 했다.

'이것이 선조 때부터의 원수 노부나가의 본심일까?'

덴가쿠 골짜기에서 요시모토를 친 그 오만한 대장이 눈을 빛내고 모토야스의 손을 잡으며 맞아주었다. 방심할 수 없다―고 그들은 생각했다. 해칠 마음이 없다고 안심시켜 놓고 어디선가 암살을 도모한다…… 아니, 마음을 터놓은 축하연처럼 보여놓고 독주를 따르는…… 이러한 예가 수없이 많은 시대였던 것이다.

미카와 무사들이 생각할 때 승리자인 노부나가 편에서 먼저 화친을 요구해 온다는 게 이미 우스운 일이었다. 따라서 오늘의 대면에서 대등한 입장이 주어지리라고는 생각지도 않았다. 다만 항복자로서의 굴욕을 조금이라도 덜게 하려고 모두들 앙연히 가슴을 젖히고 왔던 것이다.

"이곳을 숙소로 정하시고, 수행원들도 편히 쉬십시오."

우선 아랫성 서원으로 안내되었다. 노부나가와의 연락은 자신이 맡겠노라며 가즈마스가 물러나자 도리이는 말했다.

"방심하지들 마시오, 여러분. 아마도 여우 놈들이 우리를 속일 작정으로 있는 모양이야."

"누가 그 수에 넘어가나? 나는 주군 곁에서 결코 떠나지 않겠소. 대면할 때도 이 큰 칼을 가지고 가야지."

헤이하치로가 말하자 히라이와는 근심스레 고개를 기울이며 팔짱을 꼈다.

"큰 칼을 가지고 갈 수야 없겠지. 대면할 때에는 아마 칼을 내놓으라고 할 걸……."

모토야스는 서원 윗자리에 털썩 앉아 문을 조금 열게 하여 고죠강(五條川) 가에 솟아오른 망루를 물끄러미 바라보고 있었다.

성에 도착한 게 오후 1시. 3시에는 정식으로 본성 큰방에서 노부나가와 만나기로 되어 있다.

노부나가는 그리 무섭지 않다. 그러나 겨울 하늘에 달라붙은 오후의 무거운 구름이 마음에 깊은 그림자를 떨구었다. 노부나가에게 어떤 속임수가 있든 그것은 아무 문제가 아니었다. 노부나가가 믿건 믿지 않건, 모토야스는 이렇게 하는 게 작게는 오카자키를 위하는 일이고 크게는 도카이도 세 나라의 평안을 위한 길이라고 확신하고서 움직였다. 그러나 그 움직임을 우지자네에게 이해시키기 위한 노력은 과연 꼼꼼히 했는지, 어떤지? 그것이 견딜 수 없는 마음의 아픔이 되었다.

"마쓰다이라 모토야스는 자기 야심 때문에 처자를 죽였다⋯⋯."

이런 말을 듣는다면 인간으로서 어머니 오다이 부인에게는 어림도 없이 못 미치게 되고 마는 것이다. 오늘 이렇듯 무사히 노부나가와 만나게 된 이면에도 오다이 부인의 노력이 절실하게 느껴졌다. 노부모토를 움직이고 히사마쓰를 움직여 양가 화친의 기운이 만들어지도록 필사적인 노력을 해주었음에 틀림없었다.

'그렇건만 나는 단순히 우지자네를 어리석게 여겨, 그 어리석은 우지자네의 복수의 손길을 막는 데 빈틈이 있지나 않았을까⋯⋯.'

인간을 효수한 잔인한 처형의 환상이 다시금 겨울 구름에 비치려 했을 때 옆방에서 우에무라가 외손자 헤이하치로를 꾸짖는 소리가 들렸다.

"나한테 맡겨둬. 알겠나? 젊은이들은 이번만은 나한테 맡기고 참견하지 마라."

헤이하치로는 당치도 않다는 듯이 외할아버지 우에무라에게 대들었다.

"그럼, 우리는 주군 곁을 떠나란 말입니까? 우리들이 여기서 멍하니 기다리는 동안 만일의 사태가 일어난다면 어떻게 하시겠습니까?"

"그때는 우리가 고함지르마. 대면 자리에까지 모두 갈 수야 있겠나. 그런 행동으로 주군 이름을 더럽히지 마라. 소심한 자라고 조롱당한다."

"실수 없겠지요?"

무슨 일인가 하고 모토야스가 귀 기울였을 때 다시 마중을 왔다.

"오다 님이 본성 큰방에서 만나시겠답니다. 제가 안내하지요."

"수고하오."

모토야스는 일어나 겉옷 주름을 바로잡았다. 모토야스를 따라 우에무라가 곧 그의 칼을 들고 일어났다.

'아하, 이 일이었구나.'

불안스레 두 사람을 바라보는 수행원들에게 모토야스는 웃음 지어 보였다.

"걱정들 마라. 그럼, 다녀오겠다."

설마 노부나가가 새삼스레 가혹한 조건을 내걸지는 않겠지. 그러나 지금 경우 되도록이면 슨푸의 우지자네를 자극하고 싶지 않았다.

모토야스가 우에무라를 거느리고 본성에 이르자 대기실에서 기다리던 무사 하나가 우에무라를 막아섰다.

"칼을 지닌 사람은 물러가시오."

모토야스는 일부러 돌아보지 않았다. 우에무라는 못 들은 척하며 계속 따라갔다.

무사가 다시 소리쳤다.

"어전이오!"

이미 큰방 입구에 죽 늘어앉은 중신들 눈이 일제히 그들 주종에게로 돌려졌다.

"이곳 기요스의 관습으로는 어전에 칼을 지니고 들어오지 못하게 되어 있소. 무례한 짓이오. 어서 물러가시오."

별안간 무섭게 큰 소리로 우에무라가 고함쳤다.

"못 물러가겠소! 마쓰다이라 집안의 이름난 우에무라 신로쿠로가, 주군의 칼을 들고 주군이 가는 곳에 따르는데 무슨 무례란 말이오!"

이번에는 상좌에 있던 오다 기요마사가 위협하듯 소리쳤다.

"닥치시오! 여기는 오카자키가 아니오, 기요스성 안이란 말이오!"

"어느 성안이건 싸움터건 상관없소. 마쓰다이라 모토야스가 가는 곳에 이 칼을 지니고 따라가는 것이오. 여러분은 어째서 그렇듯 칼 지닌 사람을 두려워하는 거요. 우리가 살아 있는 동안 주군 곁을 떠날 줄 아오?"

"에이, 무례한 것……."

기요마사가 일어서려 할 때 정면의 노부나가가 손을 들었다.

모토야스는 잠자코 서 있었다.

"미카와의 심복부하는 우에무라요?"

모토야스는 대답했다.

"그렇습니다."

"우에무라의 무용담은 들었소. 마쓰다이라 집안 3대에 걸쳐 용감한 자, 상관없으니 같이 들어오오."

우에무라는 한순간 멍하니 있더니 곧 입을 꽉 다물고 모토야스의 뒤를 따랐다.

그는 아직도 노부나가의 호의를 믿을 수 없어 만일 덤비는 자가 있으면 모토야스에게 칼을 건네주고 자기는 싸우다 죽을 작정이었다.

"미카와에는 얻기 어려운 가신이 있소. 조부를 찌른 아베 야시치(阿部彌七), 아버님을 찌른 이와마쓰 하치야(岩松八彌)를 둘 다 그 자리에서 벤 것이 아마 우에무라였지."

노부나가는 모토야스를 돌아보고 명랑하게 웃으며 마련된 자리를 가리켰다.

마련된 자리에 앉아 모토야스는 공손히 머리를 숙였다.

"헤어진 이래 11년, 반갑습니다."

굴욕은 느끼지 않았다. 참외를 깎아주고, 싸움 이야기를 해주고, 말을 주던 그리움에 거리낌 없이 고개 숙일 수 있었다.

그러자 일찍이 남에게 한 번도 머리 숙인 적 없는 노부나가가 마찬가지로 은근히 머리 숙여 인사했다.

"어릴 때 추억이란 각별한 것이어서 만나고 싶었소!"

장인 사이토 도산은 물론이요, 아버지 위패에도 향을 움켜쥐고 던졌을 뿐 머리 숙이지 않았던 노부나가였다.

사람들은 아연하여 얼굴을 마주 보았다.

'우리 성주님이 머리 숙이다니…… 대체 미카와의 모토야스를 어떻게 생각하고 계시는 걸까.'

"슨푸에서의 오랜 고생, 가끔 생각하며 괴로우리라 짐작하고 있었소."

"나도 가끔 오다 님 꿈을 꾸었습니다."

"서로 무사히 한창 일할 고비에 이르렀소. 끌면 밀어주고, 밀면 끌어주자는 것이 어릴 때의 약속이었지."

"명심하고 있습니다. 다만 이 모토야스는……."

말을 시작하자 노부나가는 손을 내저었다.

"아직 슨푸에 무거운 짐이 하나 남아 있다는 말이겠지. 알고 있소. 그 말은 하지 마오."

모토야스는 안도의 숨을 내쉬며 노부나가를 다시 보았다. 신경질적이고 날카로운 칼날 같은 소년이던 노부나가에게 어느덧 아름다운 분별이 깃들기 시작하고 있다.

우지자네도 인형처럼 단정한 용모지만 노부나가의 아름다움은 예리한 칼날과도 흡사하며 갑옷 차림이 늠름하기 이를 데 없었다. 아마도 이처럼 단아한 무장은 달리 없으리라.

특히 그 눈빛을 보면 무언지 마음에 와닿는 게 있었다. 모토야스는 생각했다.

'상상했던 것과 다름없이 성장하셨다……'

이것은 '하늘—'이 이마가와를 대신할 사람으로 창조한 인물임에 틀림없다. 날카로움, 이성(理性), 용맹 등 온갖 것을 갖추게 하여.

노부나가의 감회는 그 반대였다. 겉보기에 노부나가가 상상한 것만큼 늠름하고 날카로운 무사다운 점은 없었다. 둥글고 풍만한 볼 언저리가 매우 소박한 느낌이 들며, 부드러운 자세 뒤에 흔들림 없는 자신감이 감춰져 보였다.

'이 나이에, 이 몸으로 그토록 훌륭한 전략을 구사하다니.'

전략뿐 아니라 오카자키성에 들어간 뒤의 경영도, 영지 안의 행정도 참으로 놀라웠다.

'손잡지 않으면 안 될 사나이……'

노부나가는 먼저 근시에게 오늘의 선물을 날라오게 했다. 모토야스에게는 나가미쓰(長光)와 요시미쓰(吉光)의 길고 짧은 칼 일습, 우에무라에게는 유키미쓰(行光)의 칼을 선물했다.

"미카와의 보배는 나에게도 소중한 보배이니, 우에무라에게 이것을 선물하겠소. 유키미쓰의 칼이오."

노부나가에게서 선물이 건네질 때, 우에무라는 당혹한 표정으로 슬그머니 모토야스의 얼굴을 보았다. 적이라 믿고 있는 노부나가로부터 '보배—'라는 말을 듣고 이 의리 깊은 늙은 무사는 이해되지 않는 모양이었다.

"그대의 충성을 치하하시는 선물이니 감사드리도록 해라."

모토야스가 말하자 우에무라의 눈이 순식간에 벌게졌다.

술상이 나왔다. 화려하게 차려입은 시동들이 노부나가에게서 모토야스에게로, 모토야스에게서 노부나가에게로 술을 따랐다. 오카자키에서 상상하던 것과 반대로 모두 대등하며 승리자의 오만함을 전혀 느끼게 하지 않는다. 모토야스는 노부나가가 무서워졌다.

'이런 수법으로 다가오면 어쩔 도리 없게 되어버린다……'

물론 신하로서의 예의를 취할 생각은 없었고, 취하게 하지도 않을 것임에 틀림없다. 그런데도 어깨에 무거운 무게가 느껴지는 것은, 입장은 대등하더라도 격렬한 기질로 압박해 올 듯한 느낌이 들었기 때문이다.

그러나 지금 모토야스 가까이에 노부나가 말고 의지할 수 있는 인물이 어디 있단 말인가. 이마가와 우지자네에게는 이미 희망을 잃고 있었다. 가이의 다케다, 오다와라의 호조는 모두 이마가와가 남긴 영토를 노리는 호랑이였고, 그 밖에는 힘 될 만한 세력이 전혀 없다.

술기운이 돌자 노부나가는 어릴 때 이름으로 모토야스를 불렀다.

"다케치요…… 내가 한바탕 춤출 테니 그대도 뭐든 여흥을 해보구려"

노부나가는 일어나 그가 잘하는 '아쓰모리'의 한 구절을 화려하게 춤추기 시작했다.

인간 50년
돌고 도는 무한에 비한다면
덧없는 꿈과 같도다
한 번 태어나
죽지 않는 자 있으랴…….

그것은 노래의 내용과는 아주 다른 느낌이었다. 인생의 쓸쓸함이 아니라 주위에 활기를 떨쳤다.

모토야스도 일어나 한바탕 춤추었다.

저 십만억토(十萬億土) 서녘 나라는
영원히 살 수 있는 곳이지만
여기도 이 몸이 사는 미타(彌陀)의 나라
귀하고 천한 무리들의 염불 소리
날마다 밤마다 들려오는 불법의 터전…….

목소리도 손짓도 노부나가와는 전혀 달랐다. 노부나가의 노래가 사람들 어깨를 으쓱거리게 하는 활기를 지녔다면, 모토야스의 그것은 신중히 자리를 고쳐 앉게 만들었다.

"허, 잘한다, 잘해."

노부나가는 기분 좋게 큰 잔을 기울였다. 노부나가는 술이 취할수록 남에게 권하는 버릇이 있다. 이때도 노부나가는 한 되 한 홉들이 붉은 잔을 죽 들이켜고 모토야스에게 내밀었다.

"다케치요, 형제의 정을 굳히는 잔이오."

사람들은 가슴이 철렁하여 모토야스의 얼굴빛을 살폈다. 만일 이것을 거절하면 고집으로라도 설쳐댈 노부나가의 기질을 잘 알기 때문이었다.

모토야스는 미소 지으며 붉은 잔을 받아들었다.

"기꺼이 받겠습니다⋯⋯."

아주 자연스럽게 술을 따르게 하여 질리는 기색도 없이 단숨에 들이켰다.

노부나가는 크게 하하하하 웃었다. 그는 자신에게 없는 것을 모토야스가 모두 갖추고 있는 게 못 견디게 유쾌했다.

"다케치요, 내일은 우리 둘이 어린 날로 돌아가 놀아보세. 말을 나란히 몰고 아쓰타로 가야지. 전에 그대가 살던 집이 아직 그대로 남아 있소."

사람들은 마음 놓았다. 폭음하고도 이렇듯 고분고분한 노부나가를 본 적 없었던 것이다.

'모토야스는 저 거친 말의 성품을 잘 알고 있다.'

이러한 놀라움이 이윽고 모토야스에게 친밀감을 품게 했다.

세속적인 말로 '죽이 맞는다'는 말이 있다. 노부나가와 모토야스는 정반대 성격이면서도 서로 상대를 인정하는 이상의 친근감을 느꼈다. 반대되는 것은 기질뿐 아니라 겉모습도 뚜렷이 달랐다. 노부나가는 늘씬하게 키 크고 모토야스는 몸 전체가 둥근 느낌이었다. 노부나가는 눈썹이 달라붙고 눈꼬리가 찢어진 데 비해 모토야스는 눈썹과 눈썹 사이가 넓고 눈썹꼬리가 처져 있었다. 노부나가의 콧마루는 우뚝하게 날이 서 있지만, 모토야스는 아주 위엄 있게 살집이 있었다.

이 두 사람이 말고삐를 나란히 기요스성 문을 나설 때 두 집안의 근시들은 이미 으르렁대지 않았다. 노부나가에게는 이와무로 시게요시와 하세가와 교스케. 모토야스에게는 도리이 모토타다와 혼다 헤이하치로. 두 사람씩 근시를 거느리고 아무 불안도 없는 명랑한 표정으로 노부나가와 모토야스는 아쓰타로 향했다.

"우리 둘만이 되고 싶었소."

수행원을 일부러 뒤에 떨어지게 하고 노부나가가 싱긋 웃자 모토야스도 미소 지으며 고개를 끄덕였다.

"미카와와 오와리의 국경 말인데."

"분명하게 정해놓아야 되겠지요."

"내 쪽에서는 다키가와 가즈마스와 하야시 사도를 보내겠소. 그대 쪽은?"

"이시카와 가즈마사와 고리키 기요나가(高力清長)를."

"장소는 어디가 좋겠소?"

"나루미성이 어떨까요?"

"좋소, 그렇게 정하지! 딱딱한 이야기는 이것으로 그치세."

겨우 몇 초 동안에 그들의 교섭은 모두 끝났다.

어느덧 나고야성 망루가 남빛 겨울 하늘 속에 뚜렷이 떠오르고, 햇볕을 받은 덴오사 기와지붕이 반짝반짝 빛나고 있었다.

"이것은 꼭 한번 물어보려고 생각한 일이었는데."

"무엇이오? 사양하지 말고 말하오."

"노부나가 님은 덴가쿠 골짜기 싸움 뒤 어떤 순서로 가신을 칭찬하셨습니까?"

노부나가는 웃었다.

"후후후, 교활한 사내로군, 그대는. 그것을 묻는 건 노부나가의 수법을 모조리 알아내려는 거겠지. 그러나 숨기지 않겠소. 난 첫째로 야나다 마사쓰나를 칭찬해 주었소."

"어째서지요?"

"그의 척후가 때를 놓쳤다면 승리도 없었을 거요."

"둘째로는?"

"맨 먼저 창을 들이댄 핫토리."

"목을 친 모리는?"

"셋째."

"흠."

두 사람의 문답은 여기서 끊어졌다. 이것만으로도 모토야스는 노부나가의 부하 다루는 법을 충분히 이해할 수 있었다. 목을 치지 못하는 것은 시운(時運)이고, 맨 먼저 창을 들이댄 용맹이야말로 그 위에 두어야 하는 것.

이윽고 두 사람은 아쓰타에 이르렀다.

낯익은 문 앞에서 백발이 부쩍 늘어난 가토 즈쇼의 모습을 발견하고 모토야스의 눈시울이 붉그레해졌다. 그 가토 옆에는 한 여인이 장옷 깃을 깊이 드리우고 서 있다. 그것이 아쓰타 신궁 참배 명목으로 불려와 있는 모토야스의 생모 오다이 부인임을 알았을 때, 모토야스는 이미 자기 몸이 노부나가에게 단단히 포용되어 있는 것을 느꼈다.

'좋아, 이것을 내가 일어설 주춧돌로 삼자!'

모토야스는 천천히 말에서 내려 두 사람 쪽으로 걸어갔다.

철겨운 꽃

    이마가와 우지자네는 춤추기 위해 뜰에 만들어놓은 무대를 높은 전각에서 짜증스럽게 바라보고 있었다.

    지난해 7월쯤부터 성 아래를 중심으로 이웃 마을에 유행하기 시작한 춤이었다. 사람들은 이것을 '이상한 춤'이라고도 '풍류춤'이라고도 부르고 있다. 하치만 마을로 모여든 각 고을의 풍류객들이 추기 시작한 것이 그 시초라 했다.

    한 마을에서 춤놀이를 벌이면 이번에는 다음 마을에서 춤놀이를 한다. 무대를 만들고 화톳불을 피우고 중앙에 북과 노래꾼이 있고, 춤꾼은 그 밑에서 원을 그리며 돌아간다. 처음에는 젊은 남녀들만이었으나 어느덧 늙은이 젊은이가 섞인 대집단이 되고, 다시 8월과 9월 중순이 되자 어디서 가져오는지 눈부실 만큼 화려한 비단옷을 차려입고 이 마을 저 마을로 춤추며 다니는 광란의 무리로 바뀌어갔다.

    농부와 상인들이 일을 집어치우고, 밤중에서 새벽녘까지 술 취한 사람처럼 손을 흔들며 목청을 돋우어가는 동안 어느덧 무사들까지 끌려들고 말았다. 그리하여 장소를 가리지 않고 일시적인 야합(野合)을 하는가 하면 때로는 눈뜨고 볼 수 없게 여자를 윤간(輪姦)하는 일까지 서슴지 않았다. 뜻있는 사람들은 이것을 요시모토의 패전과 그 아들 우지자네의 무기력이 자아낸 민중 절망의 표정으로 단정하고 눈살을 찌푸렸다.

    아니, 어떤 이는 이렇게 말하거나 평했다.

"이 춤놀이를 배후에서 조종하는 자가 있다. 오다 노부나가의 계략임에 틀림없다."

"이것은 미카와의 모토야스가 일족인 마쓰다이라 다다쓰구를 시켜 이가(伊賀)의 닌자(忍者)들을 동원시킨 교란책이야."

추위가 찾아오자 이 풍류춤은 한때 쇠퇴되어 좀 마음 놓였으나 올봄 꽃놀이 때부터 다시 전보다 더 성해졌다. 하룻밤 춤을 위해 땅을 팔고 떠나는 농부가 있는가 하면 무사 집 젊은이는 그길로 돌아가지 않기도 한다.

"싸움은 딱 질색이다. 일부러 싸우다 죽지 않아도 사람의 일생에는 죽음이 따라다니는 법, 살아 있는 동안 추고 또 추고 추자꾸나."

"그렇고말고, 춤판의 색도(色道)만은 누구도 문책하지 않거든. 유부녀고 처녀고 과부가 어디 있단 말인가. 남자와 여자의 하룻밤 즐거움이야말로 살아 있다는 증거지."

그러잖아도 사기가 떨어져 있는데 이 춤은 순식간에 인심을 확 바꾸고 말았다. 복수도 덧없고, 무사도도 덧없고, 싸움도 덧없고, 근로도 덧없는 것. 인간은 향락을 누리기 위해 태어난 거라고 대놓고 공언하는 자가 나오자 우지자네도 차마 버려둘 수 없었다. 그래서 오늘 무대를 만들게 하여 그 풍류춤이라는 게 대체 어떤지 보려는 것이었는데, 성안에서 더욱이 대낮에 추는 춤이라 추는 쪽도 보는 쪽도 흥이 날 리 없었다.

팔걸이 한편에는 세나히메를, 한편에는 색시동(色侍童)인 미우라를 앉혀놓고 여자보다 흰 미우라의 손을 만지작거리며 중얼거렸다.

"이런 것이 어째서 재미있는지 나는 모르겠구나."

"대감, 낮이라서 그렇습니다. 밤에 한번 보십시오. 모두 얼굴이 보이지 않게 되면 대감께서도 틀림없이 춤추실걸요."

우지자네는 여전히 미우라의 손을 놓으려 하지 않는다. 세나는 그것을 찌르는 듯한 눈으로 가끔 흘끗 쳐다보았다. 세나에게는 우지자네의 남색(男色)이 자기에게 보이려는 듯한 태도로 느껴졌다.

우지자네가 세나를 불러 자기 뜻에 따르라고 강요했을 때 세나는 자기 마음의 동요를 꾸짖는 것처럼 속삭였다.

"남편 있는 몸이에요."

"뭐라고, 그대는 아직 모토야스를 남편이라고 생각하나? 모토야스는 노부나가와 동맹 맺어 이미 나를 배반하고 있는데."

"아니에요. 그것은 대감의 오해예요. 그는 노부나가의 날카로운 창끝을 피하기 위해 계략을 꾸미고 있는 거예요."

그러나 우지자네는 세나의 말을 믿지 않았다.

"설마 그대까지 모토야스와 합심해 나를 배반하려는 건 아니겠지?"

얇은 입술을 일그러뜨리고 그 자리에 당장 미우라를 불러들였다.

"너만은 나를 배반하지 않는다. 사랑스러운 놈이야. 좀 더 이리 가까이 오너라."

자그마한 미우라를 자기 무릎에 안아 올리다시피 하고 세나에게 명했다.

"물러가라."

그 뒤부터 세나가 오면 언제나 미우라를 곁에 둔다. 그러면 이상하게도 세나의 마음속에 정체를 알 수 없는 질투가 무럭무럭 솟아올랐다.

'이 미우라를 남자로서 내가 사랑해 준다면 우지자네는 어떻게 생각할까?'

세나가 문득 이런 생각을 했을 때 갑자기 우지자네가 일어났다.

"그만둬라. 춤 구경은 밤에 하기로 하겠다. 미우라, 이리 오너라."

정신이 들고 보니 우지자네 앞에 아버지 세키구치 지카나가가 심상치 않은 표정으로 엎드려 있다.

"세키구치도 오시오. 내 방에서 물어보기로 하겠소."

"예."

세나는 가슴이 철렁하여 아버지를 따라 서둘러 일어났다.

잔뜩 흐린 뜰로 나가 춤을 중지하도록 근시가 이르고 있다.

'무슨 일이 있는 것일까? 아버지가 중지하라고 권했을까, 아니면 우연히 그 자리에 와 있었을까?'

아무튼 여느 때의 장자(長者)다운 침착한 아버지가 아니었다. 입술 언저리가 경련하듯 일그러져 있었다.

"아버님, 무슨 일이 있었나요?"

걸어가면서 세키구치는 손을 내저었다.

"큰일 났다. 너는 오지 마라. 내가 나중에 이야기해 줄 테니, 너는……."

집으로 가서 기다리라는 것인지, 성안에서 기다리라는 것인지 알아들을 수 없었다. 허둥지둥 손을 내젓고는 종종걸음으로 우지자네 뒤를 따라갔다.

건널복도 끝에서 잠시 걸음을 멈추었다가 세나는 다시 곧장 걸어갔다. 그렇게 하지 않고는 있을 수 없는 무엇인가가 아버지의 당황함 속에 느껴진다.

건널복도 오른편에는 벚꽃이 만발해 있었다. 꽃과 꽃 사이에 붉은 칠을 한 등롱이 선명하게 엿보인다. 그 빛깔마저 어쩐지 불길한 핏빛을 연상시켰다.

우지자네는 미우라의 손을 잡은 채 거실로 들어갔다. 아버지도 따라 들어갔다.

세나는 살그머니 옆방으로 들어가 장지문가에 바싹 다가앉아 깜짝 놀라는 시녀의 입을 쉿! 하고 막았다.

"큰일이라니요?"

장지문 너머에서 우지자네가 묻자 세키구치는 대답했다.

"사람을 물리치십시오."

"그럴 것까지는 없소. 곁에는 미우라 하나뿐이오."

신경질적인 우지자네의 목소리가 난 뒤 한동안 세키구치는 주저하는 눈치이더니 대담하게 입을 열었다.

"니시고리성이 함락되었다는 통지가 왔습니다."

"뭐……뭐라고, 니시고리성이…… 누, 누가 공격했단 말인가! 모토야스요?"

"예."

"그대 사위가 공격했단 말이오? 그래, 우도노는 어떻게 되었소?"

옆방에서 듣고 있던 세나는 온몸에 소름이 끼쳤다. 불길한 예감이 어김없이 들어맞고 있었던 것이다.

니시고리성은 세나와 마찬가지로 선대 요시모토의 누이가 어머니인 우도노 나가테루의 성이며, 모토야스가 미카와를 서서히 경영하기 시작한 뒤부터 마쓰다이라와 이마가와 세력의 경계에 자리하고 있었다. 그 성을 우도노의 배다른 형 마쓰다이라 기요요시(松平淸善)가 공격하기 시작했다는 말을 듣고 슨푸에 있던 우도노가 바로 얼마 전 급히 니시고리로 돌아갔다.

기요요시는 모토야스가 오카자키로 돌아간 뒤 그와 통할 우려가 있다 하여 요시다성 밖에서 가족이 효수당했으며, 슨푸에서는 그 원한에 대한 폭거라고 소문나 있었다. 따라서 그 배후에 모토야스가 있으리라고는 꿈에도 생각지 못하고, 사사건건 신경을 곤두세우는 우지자네를 세나는 속으로 비웃고 있었던 것이다.

"우도노는 어찌 되었소, 고모님은 또?"

우지자네의 추상같은 추궁에 세키구치는 다시 한참 잠자코 있었다.

"얄미운 녀석 같으니, 역시 모토야스가 배후에 있었군. 이렇게 된 바에는 그대도 각오하고 있겠지? 세나도 다케치요도 가메도 갈가리 찢어 본때를 보여주겠다. 우도노는 어찌 되었소?"

"황송하오나, 우도노가 성에 이르렀을 때는 이미 성안으로 적이 공격해 들어간 뒤였답니다."

"우도노 녀석, 뭘 하고 있었단 말인가. 도중에 춤이라도 추며 다녔단 말인가?"

"아직 확실한 통지는 없습니다. 그러나 우도노도 아우 나가타다(長忠)도 모두 전사했다는 말이 들립니다."

"고모님은?"

"황송하오나 역시……."

"음, 너구리 같은 모토야스 놈!"

우지자네는 여기서 신음하듯 입을 다물었다. 온몸의 피가 머리로 치밀어 현기증이 났던 것이다.

슨푸성 아래에서 꽃놀이에 들떠 춤추며 노는 동안 아버지가 남긴 영토를 차례차례 침식당하고 있었다. 하지만 그 얄미운 모토야스에게는 아무래도 손이 미치지 않는 우지자네인 것이었다.

이제 와서는 어떤 수단을 써도 모토야스 자신이 슨푸로 올 리 없었으며, 그렇다 해서 군사를 이끌고 오카자키로 쳐들어갈 수도 없었다. 만약 쳐들어간다면 병사들은 십중팔구 야진(夜陣)에서 춤추다가 그길로 어디론지 사라져버릴 것이다. 패전 뒤 생긴 이 춤은 사람들 마음속에 그토록 '전쟁'을 귀찮은 것으로 인상 지워주기에 안성맞춤이었다.

한동안 으드득 이를 간 뒤 우지자네는 내뱉듯 소리쳤다.

"세키구치, 세나를 불러오시오."

옆방에 있던 세나는 온몸이 굳어졌다. 정면으로 싸움을 걸 수 없을 때 우지자네가 어떤 잔인한 보복을 계획할 것인지? 그것은 요시다성 밖 사건으로도 잘 알려져 있었다.

"참수(斬首)로는 안 돼. 불에 태워 죽여도 시원치 않아. 효수를 하든가 톱으로 썰도록 하여라……."

몸을 떨며 명령했을 때 오하라는 아연실색했던가. 그 잔학한 불똥이 드디어 세나에게 쏟아지려 하고 있다.

무리도 아닌 일이라고 세나는 생각한다. 니시고리의 우도노는 우지자네에게도 세나에게도 내외종 사촌 간이었다. 그런데 단숨에 공격해 사정없이 전사하게 하다니 이 얼마나 무참한 남편인 것일까? 다른 사람보다 생각 깊은 남편 모토야스가 하필이면 고르고 골라 우지자네의 혈육을 공격하다니, 물론 결과를 생각하고서 한 일이리라.

'나와 다케치요는 죽어도 상관없다는 거겠지.'

세나는 자신의 거취를 어찌해야 좋을지 몰라 오들오들 떨었다.

"세나를 불러라. 다케치요도 가메도 뜰로 끌고 오너라. 당장 내 손으로 갈가리 찢어놓고 말 테다!"

우지자네가 무언가 휙 던진 모양이다. 사방침일까, 문살에 맞아 부서지는 소리가 무시무시하게 들렸다.

세키구치가 차분한 목소리로 되물었다.

"황송하오나 세나 모자를 불러 어쩌시려고요?"

"가증스러운 모토야스의 처자이니 새삼 물을 것까지도 없잖소. 망령이 들었는가, 세키구치?"

"말대꾸하는 것 같습니다만, 세나는 모토야스의 아내이기 전에 돌아가신 대감님의 조카입니다."

"뭐……뭐……뭐라고?"

"우도노도 대감님 조카, 한쪽 조카가 전사했다 하여 다른 조카딸을 갈가리 찢으시다니 이 세키구치는 유감천만이라고 생각합니다."

"그럼, 이대로 내버려두라는 말인가?"

"세나에게 무슨 잘못이 있습니까? 세나가 오카자키에 있는 남편을 누르지 못한 게 죄가 될까요?"

"이치를 따져 나를 누르려는 거요?"

"황송하오나 세나의 어미도 대감의 고모님입니다. 고모님께 세나 모자의 목숨을 맡겨주십시오."

"당치도 않아!"

우지자네는 또 무언가 던졌다. 이번에는 찻잔이거나 공기인 모양이다. 쨍그랑 하는 소리를 내며 뜰 가장자리로 떨어졌다.

"나는 처음부터 모토야스를 좋아하지 않았어. 그놈 눈은 늘 어딘가에서 음모를 꾸미고 있었어. 침착하게 나를 비웃는 눈이었지. 그놈을 매부로 맞아 끝내 우도노 형제뿐 아니라 고모님까지 죽게 하다니. 이대로 내버려두면 여러 장수들이 나를 깔보게 돼."

여러 장수들에게 깔보일 원인은 그런 데 있는 것이 아니라고—세키구치는 말하고 싶었다. 이 난세에 싸움을 즐겨하는 자는 없다. 한 줄기 길을 찾아낼 때까지 입을 깨물고 눈물을 삼키며 수없는 생명을 위해 칼 앞에 선다. 그러지 않고는 질서가 서지 않기 때문이었다.

우지자네는 그런 이치를 전혀 알지 못했다. 나날의 향락이 언제까지나 허용되는 줄 착각하고 오로지 관념적으로만 평화를 동경하고 있다. 하지만 싸움을 몰아내고 지상에 평화를 초래하는 질서는, 남색과 공차기놀이와 술잔치와 춤에서 생겨나는 것이 아니다.

'이마가와 집안도 이제 망했다…….'

생각하며 지카나가는 엄한 얼굴로 우지자네 앞에 두 손을 짚었다.

"황공하오나 세나 모자를 벌하신다면 모토야스에게 스루가와 도토우미를 노릴 구실을 점점 더 주는 게 되니, 여기서 그들을 볼모로 하여 선대 주군님과의 정의를 설득하시는 게 상책이라고 생각합니다만……."

세키구치가 말하기 시작하자 우지자네는 어깨를 부들부들 떨며 가로막았다.

"듣기 싫소, 세키구치! 나는 세나도 믿을 수 없소. 언젠가는 모자가 합심하여 모토야스를 슨푸로 끌어들일 게 틀림없소. 그대까지 모토야스에게 홀려 있구먼. 어서 데려오오."

그러나 세키구치는 엄한 표정을 지은 채 우지자네를 올려다보고 있다.

"내 말에 따르지 않는다면 그대에게도 같은 죄를 묻겠소, 지카나가."

세키구치는 그 말에도 대꾸하지 않았다.

호인으로 알려진 그의 눈에도 이미 이마가와 집안의 앞날에 빛이 보이지 않았다.

모토야스를 슬하에 거느렸던 요시모토조차 손대지 못했던 오카자키가 아닌가. 이마가와 집안의 교활한 계략을 속속들이 알고 있는 모토야스와, 일시적인 노여움으로 정신 차리지 못하는 우지자네 사이에는 너무도 큰 기량의 차이가 있었다.

'요시모토의 전사 보고를 들었을 때 깨끗이 할복했어야 했는데……'

지금 다시 그때 일을 생각하니 세키구치는 오장이 끊어지는 것 같았다.

"그러시면 아무래도 세나 모자를 벌하시겠습니까?"

"듣기 싫소."

"하는 수 없습니다. 그럼, 그 전에 먼저 이 세키구치의 목을 치십시오."

"뭣이, 그대 목을 치라고?"

"예, 모토야스를 사위로 택한 것은 이 세키구치였습니다. 돌아가신 대감께서는 동의하셨습니다만, 우리 집사람도 세나도 내키지 않아 했고…… 게다가 대감께서도 싫어하셨다면 세키구치와 돌아가신 대감의 눈이 잘못 본 것이었으니 먼저 제 목부터 치십시오."

우지자네는 찢어질 듯 눈을 부릅뜨고 입을 일그러뜨린 채 초조하게 침을 삼켰다.

옆방에서 엿듣고 있던 세나는 이때 비로소 비틀비틀 일어섰다. 우지자네 앞으로 가기 위해서가 아니었다. 어지러운 마음 그대로 본능적으로 이 자리를 피하려는 것이었는데 무릎이 후들거리고 눈이 허공에서 떠나지 않았다. 그래도 가까스로 안채 큰 현관에 이르러 대기시켜 놓았던 가마에 오르자 정신이 아찔해졌다.

"우리 집으로 가다오, 어서."

모토야스에 대한 증오도, 자식에 대한 애착도 닥쳐오는 처형의 환상 속에 다 지워지고 몸이 그냥 어둠 속의 허공을 헤매는 듯 멍해 있었다.

"다 왔습니다."

정신이 들었을 때는 이미 자기 집 현관마루였으며 안방 문이 열려 있었다. 가까운 숲에서는 오늘 밤도 춤놀이가 있는 모양이었다. 간간이 북소리가 들리고 현관마루에는 아직 15살밖에 되지 않은 시녀 오만(万)의 얼굴이 하얗게 떠올라 보였다.

오늘은 흐린 채 밤이 되는 모양이다. 습기 머금은 공기가 백사장까지 흩날리는 꽃잎 위에 조용히 애상(哀傷)을 남기고 있다.

"마님, 무슨 일이세요? 얼굴빛이 창백하십니다."

오만은 가마에서 나와 유령처럼 서 있는 세나에게 얼른 다가가 부축했다.

거실로 들어가자 세나는 생각난 듯 말했다.

"오만, 두 아이를 이리 데려오너라."

모토야스가 떠난 뒤 시녀로 온 오만은 미이케치리(三池地鯉) 신사의 신관인 나가미(永見)의 딸로, 이 저택에서 으뜸가는 미인이었다. 모토야스가 있을 때는 자기보다 젊고 요염한 여자를 전혀 가까이 두지 않았던 세나가 작년 여름에 처음으로 오만을 가까이 부렸다. 그리고 그 귀여워하는 태도가 심상치 않았다. 가끔 사내아이 비슷하게 머리를 틀어올리게 하여 자기 침실에 들여놓기도 한다. 그러므로 오만도 헌신적으로 섬겼다.

오만이 4살 난 다케치요와 7살 난 가메히메의 손을 잡고 데려오자 세나는 치켜뜬 눈으로 자기 앞을 가리켰다.

"다케치요도 가메히메도 이리 오너라."

"어머님, 이제 돌아오셨어요?"

"어머니……"

두 아이가 나란히 앉아 인사해도 세나는 눈길을 지그시 응시한 채 한동안 아무 말도 할 수 없었다. 그러더니 별안간 큰 소리로 잇달아 지껄여댔다.

"알겠느냐? 이 어미도 함께 죽을 테니 결코 꼴사납게 울부짖어선 안 된다. 너희는 둘 다 마쓰다이라 모토야스의 자식이다. 아니, 이마가와 요시모토의 조카딸인 세나의 자식이다. 꼴사나운 죽음을 해서 웃음거리가 되어서는 안 된다. 알겠느냐?"

4살 난 다케치요는 멍하니 앉아서 여느 때와 다른 어머니를 쳐다보고 있고, 가메히메는 소리 내어 울음을 터뜨렸다. 7살 난 가메히메는 어머니가 말한 '죽음'이 무엇인지 이미 아는 모양이다.

"가메, 왜 울지? 어머니가 하는 말을 모르겠느냐?"

"어머니, 용서하세요…… 용서를…… 가메는 착한 아이가 되겠어요."

"에잇, 칠칠치 못하게! 그러고도 무장의 자식이란 말이냐, 가메는."

한 손을 번쩍 쳐들자 가메히메는 가엾게 몸을 비틀며 또 울었다. 문 앞에서는 오만이 망연자실하여 세나의 거동을 지켜보고 있다.

세나는 가메히메를 한 번 철썩 때렸다. 그리고 그다음에는 아까보다 더 높이 손을 쳐들었으나 이번에는 그 손을 내리지 않았다. 세나 자신이 얼굴을 삐쭉거리며 울기 시작한 것이다.

"무참한 어미라고 생각지 말아다오. 가메야, 어미가 나쁜 게 아니다. 이것은 모두 아버님 죄란다. 잘 알아둬. 아버님은 나나 너희는 어떻게 되든 상관없는 거야. 너희를 죽이고라도 자기 야심을 펴는…… 그런 무참한 아버지의 자식으로 태어난 게 너희의 불운이다. 어미를 원망하지 말아다오."

그러고는 허리띠 사이에서 단검을 꺼내 부들부들 떨며 가메히메의 목에 들이댔다. 흥분한 지금의 감정이 가라앉으면 죽을 용기가 없어질 듯하여 무서웠던 것이다.

"아이고머니나!"

깜짝 놀란 오만이 달려나가려는 것과 동시에 사카이 다다쓰구의 아내 우스이 부인이 달려들어왔다.

"이게 무슨 짓입니까!"

우스이 부인이 세나의 손목을 탁 내리쳤다. 세나는 단도를 다다미 위에 떨어뜨리고 멍하니 상대를 쳐다본 다음 생각난 듯 큰 소리로 울기 시작했다.

거실 안은 어느덧 어두워지고, 건너편 숲속의 북소리는 점점 더 커졌다. 해 지기를 기다려 사람들은 오늘 밤도 향락 속에서 자신의 삶을 확인하려는 것이리라.

우스이 부인은 단도를 칼집에 넣고 밝은 표정으로 다케치요와 가메히메를 감싸며 세나가 울음을 그치기 기다렸다.

울음을 그치자 세나는 몸을 떨며 우스이 부인 쪽으로 돌아앉았다.

"왜 방해하는 거지요? 그대도 비인간적인 모토야스 님과 짜고 이 세나를 비웃으려는 건가요?"

우스이 부인은 꾸짖는 목소리로 말했다.

"마님, 고정하세요. 성주님께서 사자를 보내왔습니다."

"뭐라고, 모토야스 님한테서…… 만나고 싶지 않아요. 야심을 위해 아내도 자식도 돌아보지 않는 모토야스 님의 사자 따위……."

세나의 말이 끝나기도 전에 우스이 부인은 날카롭게 입을 열었다.

"마님! 성주님은 가까스로 마님이며 아기님들의 목숨을 구할 방법을 찾으셨습니다, 반갑습니다."

"뭣이라고? 모토야스 님이…… 그……."

"네, 사자는 이시카와 가즈마사 님입니다. 곧 이 자리에 부르셔서 성주님의 고심담을 들어보도록 하세요."

"모토야스 님이…… 우리들의?"

세나는 믿을 수 없다는 듯 되물은 다음 허둥지둥 흐트러진 매무새를 고쳤다.

"이리 오게 해요, 사자를 이리 오게 해요."

"오만은 물러가 이시카와 님을 이리 모시도록 해라."

"네."

우스이 부인이 다케치요와 가메히메의 손을 잡고 세나와 나란히 윗자리에 앉자 이 소동을 벌써 공기로 느낀 듯한 이시카와 아키의 손자, 지금은 숙부 이에나리와 함께 마쓰다이라 가문의 중신으로 등용되어 있는 가즈마사가 엄숙한 표정으로 들어왔다.

"마님께서는 그 뒤 별고 없으셨습니까."

말은 점잖았으나, 눈도 태도도 꾸짖는 빛을 머금고 있다.

가즈마사는 올해 23살, 모토야스가 8살의 나이로 슨푸에 볼모로 잡혀왔을 때 10살 소년으로 따라와 있었으므로 세나의 성격을 환히 잘 알았다. 물론 세나의 아버지며 가신들과도 안면 있었고, 우지자네의 놀이 상대로 뽑힌 적도 있었으며, 젊은이들 가운데 특히 분별과 변설이 뛰어났다.

"가즈마사, 모토야스 님 소식을 어서 듣고 싶어요."

"서두르지 마십시오. 이번 사자로 가즈마사는 목숨을 걸고 왔습니다. 순서대로 이야기하겠습니다."

"오, 어서 들려주세요. 나와 아이들을 어떻게 구하시려는 건가요?"

"예……."

가즈마사는 단정히 무릎에 백선(白扇)을 세운 다음 입을 열었다.

"성주님께서는 지금의 우지자네에게 정나미가 떨어졌다, 무장의 윗자리에 둘 수 없는 놈, 효(孝)를 잊고 의(義)를 좇지 않는 주색에만 빠진 겁쟁이라고."

"잠깐! 그건 대체 누구를 말하는 거지요?"

"우지자네를 두고 하는 말씀이지요."

"우지자네 님은 선대 주군님의 맏아드님이세요."

"그렇습니다, 성주님께서는 무척 화내셨습니다. 아버지를 잃고도 복수전 한번 하지 못하고, 그것을 하려고 성주님께 매달려온 자들의 처자를 효수형에 처하다니 얼마나 어리석고 못난 겁쟁이인지……."

말하면서 가즈마사는 세나의 표정이 차츰 달라져가는 것을 냉정하게 바라보고 있었다.

"이 같은 겁쟁이와 손잡고 있다가는 성주님까지 선대 요시모토 공에 대한 의리를 잃게 되겠으니 꾸짖고 손을 끊자……고 생각했으나 무엇보다도 상대는 정신 나간 흥분된 고양이나 마찬가지라 정정당당한 싸움은 못 할지라도 마님과 아기님들에 대한 보복을 잊지 않으리라……고 생각하시어 무척 마음 아파하셨습니다."

세나는 몸을 바르르 떨었다. 스루가, 도토우미, 미카와의 태수, 절대적인 권력자로 믿고 있던 우지자네를 이토록 심한 말로 모토야스의 가신이 욕할 줄이야. 그러나 잘 생각해 보면 가즈마사의 말은 모두 사실이었다.

"상대가 하다못해 선대 요시모토 공의 10분의 1이라도 분별 있는 자라면, 복수전도 하지 않는 그대와는 손 끊고 처자를 오카자키로 데려가겠다……고 말하더라도 뒷날을 생각해 뜻대로 하시라고 할 것입니다. 그런데 상대는 효도 의도 모르는 바보이니 물론 뒷날의 계획 따위 있을 리 없으며 연민도 없을 것이다, 반드시 화나는 대로 모토야스의 처자를 갈가리 찢으려 할 것이다…… 그러면 마님은 허둥대는 성질이라 아기님들을 찌르고 자신도 자결하려고 설칠 것이니 그대가 가서 어서 말리도록 하라고 하셨습니다."

세나는 여전히 떨고 있을 뿐 말이 없었다. 이 소동을 알고서 하는 빈정거림임을 알았지만 우지자네에 대한 관찰이 너무나 들어맞아 거역할 말이 없었던 것이다.

"성주님은 이러한 우지자네의 잔학에서 어떻게 처자를 지킬까 고심하다가 드디어 니시고리에 있는 우도노의 성을 공격하는 수밖에 도리 없다고 결심하셨습니다. 그래서 지난 10일 저녁때……."

"잠깐!"

그제야 세나는 손을 들어 말을 막았다.

"그렇다면 모토야스 님이 니시고리성을 친 건 우리들을 구하려고 한 일인가요?"

"아니, 마님은 그만한 것도 눈치채지 못하셨습니까?"

"모르겠어요. 어째서 나의 이종오빠를 치는 게 내 목숨을 구하는 일이 되는지? 자세히 설명해 봐요."

"말씀드리지요."

가즈마사는 다시 무겁게 고개를 끄덕였다.

"마님도 아시다시피 우도노 따위의 무용(武勇)으로는 우리 성주님 새끼손가락 끝에도 미치지 못합니다. 그도 역시 술과 춤을 좋아하는 겁쟁이인지라."

"말을 삼가요. 우도노 님도 이 몸의 혈육이에요."

"사실을 말씀드리는 겁니다. 자기 성을 공격당하여 허둥지둥 귀성했을 때는 이미 우리 성주님에게 성을 빼앗기고 있었지요. 그것도 모르고 경호하는 마쓰다이라 군에게 전쟁의 동태와 자기 처자의 안부를 물었습니다. 밤이라 얼굴이 안 보였다고는 하지만 적과 자기편도 분별하지 못하고 그냥 목을 베이고 마는 겁쟁이가 애당초 한 성의 주인으로 있었다는 게 우스꽝스럽습니다."

"그럼, 그렇게 목이 베였단 말인가요?"

"그렇습니다. 이런 겁쟁이니 우리 성주님께서 구하려 해도 못 구하셨을 겁니다. 그러나 안심하십시오. 우도노의 자식들은 성안에 무사히 구해놓았습니다. 저는 내일 아침 일찍 우지자네를 만나 엄하게 담판 짓겠습니다. 마님과 도련님을 순순히 내주시면 다행이고, 그렇지 않으면 우도노의 처자를 곧바로 갈가리 찢어 죽이겠다고."

가즈마사는 여기까지 말하고 큼직한 코언저리에 희미한 웃음을 떠올렸다.

세나는 얼어붙은 듯 잠자코 있었다. 몹시 흥분된 감정에 가즈마사의 말뜻이 그제야 이해되기 시작했다. 니시고리성의 우도노를 공격한 게 자기와 다케치요의 목숨을 구하려고 생각다 못해 한 모토야스의 책략일 줄이야…….

그 일은 확실히 우지자네를 반성시키기에 충분할 듯했다. 우지자네로서는 일족이며 공신인 우도노의 두 아들 신시치로(新七郎)와 도시로(藤四郎)를 세나 모자와 바꾸어서라도 구해야 할 사람으로 여겨진다.

"어두워졌구나, 불을 켜오너라."

우스이 부인이 옆방에 대고 소리치자 오만이 곧 촛대를 들고 왔다.

"다케치요 님도 가메히메 님도 무서워할 것 없어요. 모두 무사하시도록 아버님께서 지시해 놓으셨대요."

날아온 촛대를 보고 마음 놓는 아이들 머리를 우스이 부인은 조용히 쓰다듬었다.

춤놀이 북소리에 어느덧 요란한 가락이 섞여들었다. 건너편 숲만이 아닌 모양이다. 멀리서 가까이에서 밤바람을 뒤흔들며 들려오고 있다. 어쩌면 성안의, 언짢은 얼굴을 한 우지자네 앞에도 화려한 춤판이 펼쳐져 있는지 몰랐다.

가즈마사는 핼쑥한 얼굴로 입 다물고 있는 세나에게 다짐하듯 말했다.

"이러한 성주님의 고심도 짐작하지 못하시고 마님께서 손수 도련님에게 손대려 하시다니 당치도 않습니다. 내일 등성하여 우지자네와의 교섭이 끝날 때까지 경솔한 행위는 일체 삼가주십시오. 이것은 가즈마사가 아닌 성주님의 말씀이니 단단히 가슴에 새겨두시기를."

세나는 가까스로 고개를 끄덕였다. 그러면서도 아직 꿈꾸는 듯한 느낌이 드는 것은, 요시모토가 믿는 슨푸의 가치가 어느 틈에 와르르 무너져내려 발밑에 깊고 푸른 다른 골짜기가 입을 벌려온 막연함 때문이었다.

가즈마사까지 우지자네의 어리석음을 뚜렷이 입에 담는 시대. 남편 모토야스는 이미 우지자네에 대해 말할 나위도 없다며 돌아보지 않는다고 한다.

"가즈마사…… 만일을 위해 한마디만 묻겠어요. 우도노 님 아들들과 우리 목숨을 바꾸는 일을 우지자네 님이 만일 승낙하지 않는다면 어떻게 할 거지요?"

"그때는 우도노의 자식들을 앞장세워 스루가까지 밀고 들어올 거라고…… 이 가즈마사는 믿습니다."

분명하게 딱 잘라 말했으나 가즈마사는 역시 마음이 떨렸다. 가즈마사가 오카자키를 떠날 때는 아직 니시고리성의 함락은 생각지도 못했었다.

"우도노도 꽤 벅찬 사나이라 쉽사리 항복하지 않겠지. 만약 그동안에 다케치요와 세나의 신변에 큰일이 생겨선 안 되니 그대가 가다오."

모토야스에게서 그 말을 들었을 때 가즈마사는 남몰래 죽음을 결심했다. 가즈마사가 생각해도 우지자네는 니시고리성이 함락되기 전에 다케치요와 세나를 베리라고 여겨졌다.

"마음을 편안히 가지십시오. 다케치요 님을 혼자 죽게 하지 않겠습니다. 제가 반드시 저승으로 함께 따라가겠습니다."

모토야스의 마음을 짐작하고 대답하자 그는 가즈마사의 손을 잡고 눈물을 주르르 흘리며 얼굴을 돌리고 쥐어짜듯 중얼거렸다.

"미안하구나."

이시카와 가즈마사가 출발하기에 앞서 모토야스는 나토리산(名取山)으로 본진을 내보내고 마쓰다이라 다다쓰구, 히사마쓰 도시카쓰 두 사람에게 니시고리를 공격하게 했다.

도시카쓰는 모토야스의 생모 오다이 부인의 남편으로, 모토야스가 노부나가와 손잡게 되면서 전에 있던 아구이성에는 대리인을 두고 몸소 맏아들 사부로타로를 데리고 아들의 의붓형뻘인 모토야스의 진에 귀속해 왔다. 모토야스로서는 아마도 혈육을 구하는 데 혈육들로 하여금 싸우게 하고 싶었던 것이리라.

이 싸움에서는 히사마쓰 부자도 잘 싸웠지만 마쓰다이라 다다쓰구의 전략이 뜻밖에 효과를 나타냈다. 다다쓰구는 이 무렵부터 벌써 이가 무리인 닌자들을 많이 쓰고 있었다.

이가의 반츄쇼(伴中書), 반다로(伴太郎), 고가(甲賀)의 다라시로(多羅四郎) 등 부하 18명을 성안으로 먼저 잠입시켜 성 밖에서 공격하는 때를 기다렸다가 이에 호응하여 성안에 불 지르게 한 것이다.

우도노 군세는 이로 말미암아 혼란을 일으켰다. 자기편 속에 모토야스와 손잡은 배반자가 있는 줄 착각했기 때문이었다. 그래서 슨푸에서 급히 달려온 우도노는 성에 들어가지 못하고, 나토리산으로 피하려다 모토야스 군을 자기편인 줄 착각하고 말을 걸었던 것이다. 우도노와 그 아우 나가타다가 전사하자 나머지는 엉망이 되고 말았다. 하룻밤 새 히사마쓰에게 성이 점령되고 우도노의 두 아들은 포로가 되었다.

이러한 사정을 도중에 알고 가즈마사는 안도와 불안을 함께 느꼈다. 볼모 교환의 씨는 생겼으나 과연 우지자네가 그때까지 다케치요 모자를 살려둘 것인지. 이리하여 가까스로 죽음의 한 걸음 직전에서 슨푸로 잠입해 들어왔던 것이다.

"말씀드릴 것은 더 없습니다. 제가 도착한 이상 어떤 일이 있어도 우지자네가 손대지 못하게 하겠습니다."

가즈마사는 딱 잘라 말한 다음 세나의 거실을 물러갔으나 그날 밤 내내 잠을 이루지 못했다. 이런 경우 우지자네의 어리석음은 처치 곤란한 장벽이었다. 똑똑한 상대라면 가즈마사와의 교섭에서 당장 자기 이익을 계산할 게 틀림없다. 모토야스는 이미 떠나갔다. 그것을 미워하여 우도노의 자식을 베게 하는 어리석은 짓을 저지른다면 모토야스와 우도노를 모두 잃는 데 지나지 않는다. 둘보다 하나……라고 판단해 주었으면 좋으련만 홧김에 앞뒤를 가리지 못하는 어리석음을 충분히 지닌 우지자네였다.

날이 샐 무렵까지 계속되는 북소리에 가즈마사는 엎치락뒤치락하며 내일의 교섭에 대해 생각했다.

'무슨 놈의 세상이 이럴까'

모토야스가 고심하여 모처럼 얻은 보배, 쌍방의 볼모 5명의 생명을 잃느냐, 구하느냐?

새벽 6시가 지나서야 어슴푸레 잠들었다가 깨어난 가즈마사는 일부러 머리를 빗지 않고 수염도 깎지 않았다. 밤길을 걸어온 차림새로 물에 만 밥을 먹고 집을 나섰다.

성문은 닫혀 있었다. 우지자네가 아직 자고 있을 줄 알면서 아침 하늘에 대고 큰 소리로 말했다.

"오카자키에서 온 마쓰다이라의 가신 이시카와 가즈마사, 우지자네 님에게 급히 여쭐 말씀이 있어 왔으니 문을 열어주시오."

성문이 열렸다. 사자 방으로 안내되어 가니 사동들이 아직 여기저기서 아침 청소를 하고 있었다.

졸린 눈으로 차를 날라온 사동이 변명 비슷이 말하며 문을 열었다.

"어젯밤 늦게까지 풍류춤 구경을 하셨으니 좀처럼 일어나시지 못할 것입니다."

가즈마사는 대답 대신 일어나 아침 뜰 쪽으로 눈길을 돌렸다. 과연 높직한 무대가 만들어져 있고 그 밑에 광란이 휩쓸고 간 뒤의 난잡함이 그대로 보기 흉하게 남아 있다. 우지자네는 아직도 자고 있는 게 분명했다. 아침잠을 설치면 하루 종일 기분 나빠해 전부터 깨우지 않는 습관이었는데, 가즈마사는 그래도 상관없다고 생각했다.

우지자네가 일어난 것은 아침 9시가 지나서였다. 칼을 받쳐든 시동과 미우라를 거느리고, 옷은 이미 갈아입었으나 발걸음이 어지러웠다.

앉기도 전에 어깨를 떨며 머리 꼭대기에서부터 물어뜯을 듯이 고함부터 질렀다.

"모토야스 놈 가신이 무슨 낯짝으로 찾아왔느냐?"

"원, 뜻밖의 말씀을."

가즈마사는 천만뜻밖이라는 얼굴로 고개를 갸웃했다.

"칭찬해 주실 줄 알았더니 웬 꾸중을……."

"듣기 싫다, 가즈마사!"

"예?"

"모토야스 놈은 노부나가와 합심해 우리 공신 우도노 형제를 쳤다는 보고가 이미 와 있어!"

"우리 주군 모토야스가 노부나가와 합심하여…… 그게 대체 무슨 말씀입니까?"

"또 지껄이느냐. 그렇지 않으면 모토야스가 뭣 때문에 나토리산까지 본진을 진군시켰나?"

"우선 고정하십시오. 이 가즈마사가 긴급히 달려온 것은 바로 그것을 보고드리기 위해서입니다."

"뭐라고! 그대가 보고하러 왔다고?"

"예! 밤을 도와 달려와 새벽부터 기다리고 있었습니다. 우리 주군 모토야스 님이 나토리산으로 본진을 진군시킨 것은 니시고리성이 위험하다는 소문을 듣고 급히 후원하러 간 것인데, 노부나가와 합심했다는…… 뜻밖의 말씀을 들으니 어리둥절할 뿐입니다."

가즈마사는 보기 좋게 상대의 욕지거리를 피하며 머리를 숙였다.

"우선 들어보십시오."

우지자네는 다시 심하게 어깨를 떨기 시작했다. 어깨만이 아니다. 온몸을 궁상스럽게 떨면서 목소리도 나오지 않을 만큼 분노가 치미는 모양이었다.

"뻔뻔스럽게…… 말해봐라! 말해봐, 갈가리 찢어놓고 말 테니!"

"그러니 상세히 들어보십시오. 우도노 님의 배다른 형님 되시는 마쓰다이라 다다쓰구 님이 요시다성 밖에서 처자가 처형된 일에 원한을 품고, 오다 쪽에 마음 두고 있는 히사마쓰 도시카쓰를 꾀어 니시고리성을 엿보므로 주군 모토야스 님은 언젠가 이런 일이 있으리라고 걱정하던 끝이라 곧 군사를 몰아 니시고리를 구하러 나토리산으로 간 것입니다. 이 일만은 신을 두고 맹세하건대 사실입니다."

"그······그러한 모토야스가 어째서 우도노를 쳤단 말이냐!"

"이거 참, 뜻밖의 말씀을 하시는군요."

가즈마사는 말한 다음 짐짓 분한 듯 입술을 깨물며 고개 숙였다.

"뜻밖이라니, 우도노 형제가 살아서 이 세상에 있단 말인가?"

우지자네는 숨이 차서 사방침을 끌어당겨 기대며 심하게 말을 더듬었다.

"베······베겠다. 대······대······대답 여하에 따라서는."

"대체 어떤 놈이 그런 거짓말을 했는지, 저는 분합니다."

"그······그렇다면 모토야스에게 반역심이 없단 말인가? 뻔뻔스럽게도."

"반역심이라니요, 당치도 않은 말씀을! 만약 우도노 님이 하루만 더 성을 버티어주셨다면 싸움은 니시고리의 승리였을 것입니다."

가즈마사는 흐트러진 머리, 부스스하게 수염이 긴 입술을 일그러뜨리며 눈물을 뚝뚝 흘렸다.

"주군이 달려가셨을 때 성은 이미 적의 수중에 있었고, 우도노 님 역시 너무나 어처구니없이 함락된 성인지라 아군인 줄 알고 적에게 말을 걸었다가 그대로 목이 베인 뒤였습니다. 그렇다 해서 그냥 물러나서는 의리가 서지 않으므로, 주군 모토야스 님은 곧 성안으로 사자를 보내 그 두 아드님 목숨을 구하여 오카자키에 머물게 했습니다. 만약 거짓말이라고 생각되시거든 슨푸에 계시는 도련님과 마님은 물론 이 가즈마사의 목도 치십시오."

"뭐······뭐······뭐라고! 우도노의 자식들이 오카자키에 구원되어 있다고?"

"예, 틀림없습니다. 온갖 고심을 다한 고육지책으로 가까스로 구출한 것입니다. 칭찬하실 테니 곧 알려드리라는 것이 주군 모토야스 님의 말씀이었습니다."

가즈마사가 잘라 말하자 부어오른 우지자네의 눈에서 의혹의 빛이 퍼뜩 움직였다.

"먼젓번 보고와는 너무 차이 있는데······."

미우라를 본 다음 우지자네는 다시 가즈마사를 보았다.

"온갖 고심을 다해 구해냈다고?"

"예, 고육지책을 썼습니다."

"어떤 계책을 썼는지 말해봐라."

"주군 모토야스 님은 먼저 우도노의 두 아드님을 벤다면 싸우다 죽는 한이 있어도 한 발짝도 물러나지 않고 도시카쓰와 다다쓰구의 군사와 결전을 벌이겠으니 똑똑히 대답하라고 큰소리쳤습니다."

"두 아들을 죽인다면…… 그래서 상대는 납득했느냐?"

"슨푸에는 모토야스 님의 처자가 있으니 두 아드님을 벤다면 그들도 살아날 길이 없다, 모토야스 님으로서는 우도노의 두 아드님이 죽는 것은 바로 자신의 처자를 잃는 것이니, 두 아드님을 순순히 내놓으면 모르되 그렇지 않다면 결전을 벌이자고."

가즈마사가 여기까지 말하자 미우라가 먼저 고개를 끄덕였다. 우지자네는 그것을 흘끗 보았다.

"그래서…… 두 아들을 내놓았단 말인가?"

가즈마사는 필사적으로 고개를 내저었다.

"아니, 아직 내놓지 않았습니다. 단지 그것만으로는 내주지 않습니다. 그래서 또 하나의 계책…… 모토야스 님은 우도노의 두 아드님을 양도받아 이와 볼모 교환으로 처자를 슨푸에서 오카자키로 데려온 다음 앞으로 슨푸와 손을 끊겠다…… 는 계략입니다. 그렇지 않고는 두 아드님을 구할 수 없으니 분한 노릇이라고 모토야스 님은 말씀하시는데, 어떠실까요. 표면상으로는 우도노의 두 아드님과 모토야스 님의 처자를 볼모 교환하는 것처럼 가장했다가 다시 계책을 꾸미시면?"

마침내 가즈마사는 본론으로 들어갔다. 이마에도 겨드랑이에도 땀이 흥건히 배어 있었다. 우지자네는 다시 한번 슬그머니 미우라를 돌아보았다. 미우라는 우지자네의 시선에 답하여 여자처럼 고개를 갸우뚱했다. 그로서는 생각해 볼 것까지도 없는 일이었다. 우지자네가 우도노의 자식들을 그냥 죽게 내버려두지는 못할 것이다. 그렇다면 가즈마사가 말한 대로 세나 모자와 교환해 구해주는 수밖에 길이 없었다.

'우지자네 님이 졌다……'

속으로 생각하면서도 금방 대답하지 않다가 아양 떨 듯이 말했다.

"대감께서 먼저."

"나는 모토야스 놈이 아직 뭔가 잔재주를 부리는 게 아닌가…… 하는 생각이 들어서 그대 의견을 묻는 거야."

"황공하오나, 이것은 거절하심이 어떨까 생각됩니다만."

"어째서냐?"

"화려한 슨푸에서 촌스러운 오카자키로 옮겨가실 세키구치 마님이 가엾습니다."

"부인이 가엾으니 우도노의 자식들을 죽게 내버려두라는 말인가?"

"게다가…… 마님도 대감 곁을 떠나기 싫어하실 테니."

가즈마사는 두 사람의 대화에 숨죽이고 있었다. 이번 일이 성사될지 아닐지 총신 미우라의 말 한마디에 달렸다. 이미 우지자네는 자기 머리로 결단 내리지 못해 미우라에게 말을 시키고 있는 것이었다.

"아니면, 이렇게 하시는 게 어떨까요……?"

미우라는 다시 몸을 절반쯤 뒤틀었다. 미우라에게는 세나가 우지자네의 사랑을 다투는 연적으로 생각되었다. 그래서 일부러 세나가 가엾으니 어쩌니 하며 마음에도 없는 아양을 떤 다음 교환하는 편이 낫겠다고 하여 세나를 슨푸에서 내쫓을 작정이었으나, 그러한 질투심까지 가즈마사가 알 리 없었다.

가즈마사는 무릎 옷자락을 움켜잡고 윗눈길로 지그시 미우라를 노려보고 있었다.

"잔꾀……라고 의심되신다면, 모토야스 님이 슨푸를 배반하지 않게 하겠다는 서약서를 이 자리에서 가즈마사에게 쓰게 하심이 어떨지요?"

"서약서를…… 그래서 어쩐단 말이냐?"

"그런 다음 가즈마사에게 마님과 아기들을 내주는 거지요. 뒤에는 아직 다다쓰구의 처자도 있으니 가즈마사도 우도노의 자식을 함부로 다루지는 않으리라 생각됩니다만."

우지자네는 안도의 숨을 크게 내쉬며 고개를 끄덕이고 가즈마사를 돌아보았다.

"지금 들은 대로 모토야스가 배반하지 않도록 하겠다고 그대는 서약서를 쓸 수 있느냐?"

"예."

가즈마사는 엎드렸다. 저도 모르게 눈물이 쏟아질 듯하여 얼른 얼굴을 들 수 없었다. 두 마음이 없다는 증거로 할복하라고 해도 마다하지 않겠다고 각오한 가즈마사였다. 가즈마사는 마음속으로 신불(神佛)에게 합장했다. 큰일을 혼자서는 결단 내리지 못하는 우지자네. 그 곁에 만약 분별 있는 중신이 앉아 있었다면 이 계략이 간파될 우려도 있었건만……

"물론 반역심 없는 주군이오니 어떤 서약서라도 쓰겠으며, 우도노 님 아드님은 제가 목숨을 걸고 슨푸로 보내드리겠습니다."

"괜찮겠지?"

우지자네가 다시 미우라를 돌아보았다.

"예, 곧 용지를 가져오지요."

미우라는 조용히 서약서 종이와 벼루를 가지러 가기 위해 일어났다.

가즈마사가 세나와 다케치요를 데리고 슨푸를 떠난 것은 그다음 날 아침이었다. 이미 교섭을 끝낸 이상 슨푸에 잠시도 머무를 필요가 없었다. 세나와 가메히메는 가마에 태워 세키구치의 가신을 수행원으로 따르게 하고 자신은 다케치요를 말안장 앞에 태워 만일에 대비했다.

날이 새기 시작할 무렵 저택을 나섰으므로 그날도 새벽녘까지 춤놀이를 한 사람들이 얼굴을 가리고 야합의 꿈길에서 집으로 돌아가는 모습이 보였다.

'슨푸여, 잘 있거라……'

아침 안개 속으로 말을 달리며 돌아보니, 슨푸성은 인간사의 희비를 초월한 꽃 속에서 손을 흔들고 있는 것처럼 보였다.

사카이 다다쓰구 이하의 가족은 아직 이 땅에 남아 있다. 그러나 우도노의 두 아들이 무사히 슨푸에 도착하면 이들도 문제없이 오카자키로 돌아올 수 있으리라. 아베강 둑에 이어진 벚나무 가로수길은 꽃보라로 메워져 발 딛기조차 아까웠으며, 곧 구름을 떨치고 나타날 후지산에 대해서도 끝없는 애착이 갔다.

같은 이 길을 8살 난 모토야스와 지나왔을 때는 한기가 몸에 스며드는 해 질 녘이었는데…… 그 뒤 모토야스에게도 가즈마사에게도 13년이라는 긴긴 밤이 계속되었다.

그러나 이제는 한 걸음 한 걸음 새벽을 향해 걸어가고 있다.

'누가 밤의 장막을 걷어올렸을까.'

어린 다케치요의 머리 향기가 짜릿하게 콧구멍을 간질이자 가즈마사는 입술을 깨물고 소리 죽여 울기 시작했다.

어제 시키는 대로 서약서를 쓰고 피로 도장 찍은 다음 성을 나섰을 때는 꿈같은 심정과 더불어 온몸의 힘이 빠져나가 성문으로 나올 때까지 몇 번이나 다리를 버티고 멈춰 섰다. 자기가 무사히 살아 있다……는 것보다도, 모토야스가 애쓰고 자기가 죽음을 무릅쓰고 한 말이 효과를 나타내어 다케치요도 세나도 가메히메도 무사히 살았다는 것을 생각하니 갑자기 현기증이 날 듯하며 무릎의 힘이 쭉 빠져버린 것이다.

'주군! 들으셨습니까. 우지자네 놈은 얼른 볼모 교환을 하겠다고 했습니다. 축하…… 축하드립니다.'

가까스로 해자 옆 버드나무에 매달려 가즈마사는 목소리마저 나오지 않는 심정이었다. 끝없이 비처럼 쏟아지는 눈물 때문에 이대로 여기서 쓰러지지나 않을까 싶을 정도였다.

그 뒤 세키구치 저택으로 어떻게 돌아갔는지.

"가즈마사! 어떻게 되었나요?"

달려나온 세나가 묻자 가즈마사는 껄껄 웃었다. 이 역시 웃으려고 웃은 것은 아니었다. 억누르고 있던 통곡이 어찌할 바 몰라 소리가 되어 쏟아져나온 것이다.

"마님…… 무사하십니다…… 모두…… 축하드립니다."

안으로 들어가려다가 다시 한번 현관마루에 발을 헛디뎠다.

세나도 기뻐했다. 세나의 아버지 세키구치도 미칠 듯이 기뻐했다. 그리고 오늘 아침 이렇듯 부산하게 슨푸를 떠나온 것이었다.

등에 가즈마사의 떨림을 느꼈는지 다케치요가 돌아보았다.

"아저씨, 아파?"

가즈마사는 그 머리에 턱을 얹고 흐흐흐 웃었다.

"도련님, 조금만 있으면 후지산이 보입니다. 미카와에서 으뜸가는 후지산 말입니다."

그 위로 꽃이 또 우수수 떨어졌다.

그들은 도중에 이틀 묵은 뒤 오카자키로 들어갔다. 모든 게 예정대로였다. 요시다성에서는 우지자네의 지시가 있어 엄중히 그들을 경호해 주었고, 니시고리성에 있는 것은 히사마쓰와 그의 맏아들이었다.

모토야스는 이 성을 벌써 히사마쓰에게 내주고 있었다. 생모의 남편 히사마쓰 도시카쓰의 성실한 인품을 환히 알고 있기 때문이었으리라.

히사마쓰는 아구이성에 서장자(庶長子) 사다카즈(定員)를 두고, 니시고리성은 맏아들 사부로타로에게 지키게 하며, 자신은 오카자키성에서 모토야스가 출진할 때 성을 지킬 수 있도록 수배해 두고 있었다.

그러므로 히사마쓰도 그들과 함께 오카자키로 돌아가게 되어 활기가 더해졌다. 가즈마사는 결코 다케치요의 곁을 떠나지 않았다. 늘 함께 있으면서 식사며 측간에 가는 시중까지 직접 들었다. 그리하여 늘 행렬의 앞장에 서서 자기 말에 태웠으며 가마에 태우지 않았다.

"도련님은 훌륭한 무장의 아드님이시니 지금부터 말타기를 배워야 합니다."

다케치요는 차츰 가즈마사에게 정들어 입을 꼭 다물고 힘차게 고개를 끄덕였다.

다만 세나만은 오카자키에 다가갈수록 안절부절못하며 진정되지 않는 눈치였다. 아직 보지 못한 오카자키성, 그곳에 있는 많은 가신들, 결코 세나에게 호감만 갖고 있지 않을 그 고장과 사람들이 마음에 걸렸다.

그들이 오카자키성에서 10리 떨어진 오히라(大平)에 이르자, 성 아래 사는 무사들로부터 농부 상인에 이르기까지 길이 좁도록 마중 나와 있었다.

전에 모토야스가 단 한 번 성묘하러 돌아왔을 때 상투를 짚으로 묶은 초라한 가신들이 여기로 마중 나와 있었다. 그런데 오늘은 가신들은 물론 중도, 상인 아낙네도, 직공들 모습도 섞여 있었다. 그리고 모두 전과는 비교도 안 될 만큼 차림새가 단정하고 몸집들도 좋았다. 눈에 보이지 않는 독립이라는 마음의 받침이 알지 못하는 새 그들을 부유하게 만들고 있는 증거였다.

성에서는 히라이와 시치노스케가 감개무량한 얼굴로 마중 나왔다. 그 역시 10년 전 모토야스와 함께 슨푸로 보내졌던 측근시동 가운데 하나였다.

그는 푸른 잎을 뾰족이 내밀기 시작한 벚나무와 소나무 사이에 서서 손을 들어 이마에 대고 소꿉친구 가즈마사와 다케치요의 모습을 보았다.

말은 그리 훌륭해 보이지 않았다. 그러나 그 밤색 말 등에서 볼수염이 더부룩한 얼굴로 주위를 살피며 오는 가즈마사와 그 안장 앞에 안기듯 타고 있는 다케치요의 모습을 보자 저도 모르게 소리 지르며 무릎을 쳤다.

"오! 가즈마사, 무사히 잘 다녀왔구려……."

그는 인파를 헤치고 말 앞으로 달려나갔다.

"주군께서 기뻐하며 기다리고 계시오. 가즈마사, 서둘러 말을 모세."

안타까운 듯 혀를 차고는 꽃도 사람도 날려보낼 듯 핫핫핫하 웃어젖혔다. 그 몸짓이며 웃는 태도가 너무나 우스꽝스러워 다케치요는 웃으려다가 가즈마사를 돌아보았다.

그러나 가즈마사는 웃는 대신 수염 난 얼굴을 더욱 엄하게 들어 보였다.

울적한 마님

정원수 가운데 벚나무가 많고 거기에도 송충이가 붙어 있었다. 송충이가 떨어질세라 조심하면서 여자들은 가메히메를 위해 칠석날 축제 준비를 하고 있었다. 실대나무에 색종이며 글을 쓴 종이를 매다는 사람, 뜰에 책상을 내놓는 사람, 등잔을 날라오는 사람, 음식을 담는 사람 등 모두 벚나무잎에서 송충이가 떨어질까 두려워 목을 움츠리며 드나든다.

마루 끝에 놓인 신을 신고 누각에서 내려온 세나는 책상 위에 음식을 차리고 있는 오만을 돌아보며 흐뭇한 표정으로 물었다.

"너는 칠석이 무엇인지 아느냐?"

"아니요, 잘 모릅니다만."

"칠석이란 베 짜는 여자들을 위한 축제란다. 황실에서는 기코덴(칠석날 밤 여자들이 견우 직녀에게 길쌈과 바느질을 잘하게 해주도록 빌던 행사)이라고 하신대."

"기코덴······이라고요?"

"그래. 나는 그 이야기를 교토에서 슨푸로 오신 어느 고귀한 분한테서 자세히 들은 적 있어. 오늘 밤에 그대로 축제를 진행하려고······."

여기까지 말하다 무엇을 생각했는지 세나는 소맷자락을 입에 대고 소리 죽여 웃었다.

"네, 뭐라고 하셨습니까?"

"호호호, 오만. 너는 성주님이 훌륭하신 분인 줄 알고 있겠지?"

"물론이지요. 이 성의 대장이시니까요."

세나는 다시 웃었다.

"마쓰다이라 구란도(松平藏人)…… 황실에서는 이제 그 책상이며 등잔이며 음식을 나르는 것이 구란도의 임무란다. 성주님에게 그것을 나르라고 한다면 어떤 얼굴을 지으실까 하고 웃음이 난 거야."

"저런, 구란도란 그렇듯 가벼운 직책인가요?"

"그래서 늘 그것을 분하게 생각해. 그러나 오카자키와 교토는 연줄이 없으니……"

문득 슨푸를 생각하는 얼굴이 되었으나 오만이 걱정할 만큼 어두운 그림자는 비치지 않았다.

오카자키에 온 지 벌써 넉 달이 되려 하고 있다. 얼마나 초라한 시골인가 하고 왔는데, 뜻밖에 거리도 성도 훌륭했다. 그리고 세나 모자를 위해 성 북쪽 동산에 새 저택이 마련되어 있었다. 지금 그 저택 이름 그대로 세나는 사람들로부터 쓰키야마(築山) 마님이라 불리고 있다.

본성에서 복도로 이어진 내전을 기대하고 왔으나, 그곳은 너무 답답하여 새로 저택을 지어놓았다는 말을 들었을 때 섣불리 불평할 수도 없었다. 오랜 독신 생활에서 해방되어 한참 동안 모토야스를 자기 곁에서 떼어놓고 싶지 않은 세나였지만.

'오늘 저녁에 그 모토야스가 찾아온다.'

손꼽아보니 지난번에 다녀간 지 여드레 만이었다. 하다못해 사흘에 한 번쯤이라도 건너와주었으면…… 이 불만도 오늘 저녁에 온다는 전갈을 듣자 잊었다.

전에 들은 대로 책상 넷에 등잔 아홉 개를 뜰에 나란히 놓고, 1년에 한 번 만난다는 직녀와 견우 두 별의 전설을 떠올리고 있을 때 제단 장식을 하고 난 오만이 혼잣말처럼 중얼거렸다.

"마님께서는 아시는지요…… 다케치요 님과 오다 가문 맏따님이 이번 봄에 약혼하셨다니 축하드립니다."

"뭐라고? 다케치요와 오다네 맏딸이?"

세나가 되묻자 오만은 그제야 돌아보았다. 세나의 얼굴이 무섭게 달라진 것을 보고 오만은 섬뜩했다.

"이 봄이라니, 언제란 말이냐?"

"네…… 네, 3월이라나 봐요……."

"누구에게서 들었지, 너는?"

"저, 가케이인 님을 모시는 가네라는 시녀에게서."

"가네……란 성주님께 사랑받느니 어쩌니 소문난 여자가 아니냐?"

"네, 그 소문의 진위를 밝혀오라는 마님 분부를 받고 별성으로 갔을 때 들었습니다. 마님도 아시는 줄 알고……."

여기까지 말했을 때 세나는 거칠게 발길을 돌려 누각을 올라가고 있었다. 가슴속에 왈칵 심한 불길이 치솟았다. 질투 이상의 굴욕이며 노여움이며 슬픔이었다.

가네가 그런 중대사를 알고 있는 것은 모토야스와의 사이에 무언가 있기 때문임에 틀림없다. 그것도 못 견디게 화났지만, 그러한 중대사를 여태껏 자기에게 말해주지 않은 모토야스의 마음이 쥐어뜯고 싶도록 얄미웠다.

'깔보고 있어!'

요시모토가 죽은 뒤 슨푸의 위세가 아무리 약해졌다 해도 자기는 요시모토의 조카딸이다. 그 요시모토의 목을 친 노부나가의 딸과 자기 자식인 다케치요의 결혼을 승낙하다니…….

세나는 저택으로 올라가자 휴식실(모토야스의 침실) 옆 화장실에 들어가 한동안 돌처럼 서 있었다. 모토야스는 자기 모자의 생명을 구해주었다. 그 사실로 미루어 순순히 애정을 믿어야 한다고 여기면서도 세나의 가슴에는 씻을 수 없는 상처가 남았다.

홧김에 자기까지 베려 했던 우지자네의 무정함도 그 가운데 하나였으며, 모자가 슨푸를 떠나 쌍방의 볼모 교환이 이루어진 뒤 얼마 안 되어 아버지 세키구치 지카나가는 할복을 명령받았다.

"너와는 상관없는 일이니 모토야스 님을 잘 섬기고 정답게 지내며 자녀들 교육에 힘쓰도록."

이런 편지가 비밀히 세나에게 전해졌을 때 아버지는 이미 이 세상 사람이 아니었다.

'모토야스 때문에 아버지까지…….'

그렇게 생각하지 말라고 적어놓은 아버지의 편지를 읽어나가니 그 원한이 한층 더 강하게 가슴의 상처를 아프게 했다. 아버지를 죽게 한 원수와 인연을 맺고 있다—는 생각만으로도 미칠 듯 괴로웠다. 그러나 이렇게 만든 것은 역시 세나가 이 세상에서 처음으로 몸을 맡긴 우지자네.

'잊어버리자!'

새로 지어서 아직 나무 향기가 풍기는 저택에서 남편 가슴에 포근히 얼굴을 묻고 행복하다고 여기려는 생각에 가까스로 익숙해졌는데 뜻밖에 오늘 오만이 그런 말을 속삭인 것이다.

'이대로 둘 수 없다.'

그러나 점점 더 듬직하게 무게를 더하여 세나의 뜻대로 움직여지지 않게 된 모토야스가 세나의 항의에 얼마나 반응을 보일 것인지.

세나는 한참 뒤 허둥지둥 시녀 대기실로 달려가고 있었다.

"누구 없느냐. 본성으로 가서 이시카와 이에나리를 불러오너라."

쓰키야마 저택에는 남자를 거의 두지 않았다. 세나는 모토야스가 질투심에서 그러는 줄 알고 있었다. 그러므로 무슨 중대한 볼일이 있을 때는 가즈마사의 숙부 이에나리가 호출되어 언제나 내전의 중신 같은 역할을 하고 있었다. 이시카와 이에나리의 어머니는 오다이 부인처럼 가리야에서 시집온 미즈노 다다마사의 딸로 이에나리와 모토야스는 이종사촌형제였다.

시녀에게 불려 쓰키야마 저택으로 온 이에나리는 아직 해도 지기 전인데 눈가에서 볼 언저리로 불그레 술기운을 띠고 있었다.

"부르셨습니까?"

거실 문지방가에 앉자 세나는 그 술기운을 재빠르게 눈치챘다.

"본성에서는 대낮부터 술을 마시고 있나요? 오늘은 칠석날, 여자들 축제일 텐데 남자들이…… 이해할 수 없는 일이군요."

이에나리는 부채질하여 가슴에 바람을 보내며 대답했다.

"실은 오늘 성주님 개명(改名) 축하로 본성에서 술이 한잔 내려졌으므로."

"네? 뭐라고! 성주님께서 이름을 고쳤다고요?"

이에나리는 풍만한 눈매에 미소를 띠고 온화하게 말했다.

"예, 오늘부터는 마쓰다이라 구란도 이에야스(松平藏人家康) 님이라고 하십니다.

마님도 기억해 두십시오."

"뭐라고, 구란도 이에야스라고요?"

"예, 모토야스의 모토는 돌아가신 요시모토 공의 이름 한 자이니, 슨푸와 명백히 손이 끊긴 오늘 모토라는 자는 돌려드리겠다고 하시면서…… 이에야스…… 야스는 조부 기요야스의 야스입니다만, 이에(家)를 쓰신 것은, 누구 힘도 빌리지 않고 마쓰다이라 가문이 평안하도록 자신의 힘만 믿을 각오가 아닌가 여겨집니다."

세나는 또 하나 불만스러운 이야기를 듣게 되어 앞이 캄캄해지는 느낌이었다.

요시모토의 조카딸, 그것이 지금까지 그녀를 버티어온 자랑이며 모토야스에게 눌리지 않는 마음의 기둥이었다. 그 요시모토의 모토라는 한 글자도 사라졌다. 그리고 자기는 모토야스에게 아무 두려움도 줄 수 없는 단순한 아내가 되어가는 게 아닌가…….

"이에나리."

"예."

"그대는 다케치요와 오다네 맏딸의 혼담을 알고 있소?"

"예, 들었습니다."

"그렇다면…… 어째서 나에게 알려주지 않았지요? 성주님도 그렇지, 어째서 알려주시지 않는지, 아랫성 종년까지 알고 있는 일을."

이에나리는 천천히 고개를 끄덕였다.

"쓰키야마 마님에게는 여러 가지 괴로운 일이 많으니 기회 보아 직접 말하겠다……고 성주님께서 말씀하셔서 아직 말씀드리지 않았습니다만, 이도 저도 다 성주님의 위로이신 줄 압니다."

"무엇이 위로란 말이오. 나는 요시모토 공의 조카딸인데 외숙부 목을 친 오다네 딸과……."

여기까지 말하자 이에나리는 천천히 손으로 가로막았다. 철없이 떼쓰는 어린이를 타이르듯 꾸짖는 듯한 투로 말했다.

"그 말씀은 마십시오. 오카자키성 안에는 19살이 되기까지 성주님을 볼모로 잡아두었던 요시모토 님을 원망하는 자가 많답니다."

세나는 입술을 바르르 떨었으나 심한 말은 삼가는 수밖에 도리 없었다. 마쓰다이라 집안을 위한 요시모토의 보호라고 슨푸 쪽에서 보던 견해와 오카자키 쪽에서 보는 견해는 전혀 다르다―는 것을 알고 세나는 자신의 존재가 점점 더 희미해지는 것을 느꼈다.

"그럼, 신하들은 모두 이 혼담을 기뻐하고 있단 말인가요?"

"예, 경사스럽게 생각하고 있습니다."

"좋아요, 이제 그대에게는 더 묻지 않겠어요. 성주님께 직접 묻겠어요. 그것이 이마가와에 대한 의리에 어긋나는지 아닌지를."

이에나리는 마지막 말을 못 들은 척하고 귀 기울였다.

"오, 성주님께서 오시는 모양입니다."

해는 아직 지지 않았다. 이런 때 건너오는 일은 드물다. 역시 딸인 가메히메에 대한 애정에서이리라.

지난봄부터 가까이에서 시중들고 있는 사카키바라 고헤이타의 목소리가 들렸다.

"성주님께서 오십니다."

고헤이타는 15살이지만 아직 앞머리를 깎지 않은 채 칼을 받쳐들고 이에야스를 따르고 있었다. 본인은 그것이 불만스러워 성인식을 치른 혼다를 줄곧 부러워했지만 이에야스는 그대로 내버려두었다.

"너무 성급한 자만 있어도 곤란해."

고헤이타가 초조해하는 줄 알면서도 이에야스는 모르는 척했다.

여자들이 부랴부랴 마중 나가는 기척이 나더니 이윽고 이에야스는 휴식실에 들어간 모양이다.

오만이 달려와 세나에게 알렸다. 세나는 겉옷을 벗기게 하고 거울을 흘끗 들여다본 다음 거실을 나갔다. 얼굴빛이 핼쑥하게 가라앉고 눈꼬리에 불만의 그림자가 뚜렷이 보였다. 이에나리는 잠자코 그것을 바라보았다.

"성주님……."

어서 오셔요―라고 말하려다 가슴이 꽉 막힌 것은 노여움 외에 어리광도 있었기 때문이었으나, 이에야스는 그러한 세나의 흥분은 무시하고 뜰을 보면서 말했다.

"좋은 날씨야, 은하수가 아름답겠는데. 가메는 어디 갔소?"

"성주님!"

세나는 어리광이 곧바로 눈물이 되어 나오는 것을 참으려고 하지도 않았다.

"오늘부터 이에야스라고 부르시게 되었다고요?"

"음, 이쯤에서 나도 결심하고 일어서야겠소. 좋은 이름 아니오?"

"아마도…… 돌아가신 대감님이 저세상에서 기뻐하시겠지요."

"그럴 테지. 사람이 좀 더 성장한다는 것은 무엇보다도 큰 보은의 길이거든."

세나는 허물어지듯 남편 곁에 몸을 내던지고 어린아이처럼 흐느꼈다.

"기뻐하시겠지요! 슨푸와는 분명 인연이 끊어졌다…… 좋은 사돈을 두었다고…… 기뻐하시고말고요……."

이에야스가 된 남편은 마음이 산란한 아내를 상대해 주려 하지 않았다.

"오늘은 칠석날이오. 딸을 위한 축제이니 보고 싶구면. 가메를 이리 데려오시오."

세나는 여전히 몸부림치며 흐느끼고 있으므로 오만이 조심스레 일어났다.

"네, 곧 데려오겠습니다."

오만이 예쁘게 차려입힌 가메히메의 손을 잡고 나타나도 세나는 여전히 울음을 그치지 않았다. 그렇게 함으로써 남편한테서 상냥한 말을 들으려는 감정이 무의식적으로 작용하고 있는 모양이었다.

사카키바라 고헤이타는 이에야스 뒤에서 인형처럼 칼을 받쳐든 채 조마조마해하고 있었다. 무언가 말해주지 않으면 울음을 그칠 실마리를 찾지 못할 것이라고 생각하면서.

그러나 이에야스는 세나에게 말을 걸지 않았다.

"가메냐. 오, 예뻐졌구나. 아버지가 머리를 쓰다듬어 주마. 여기 무릎으로 와 앉거라."

"네."

가메히메는 어머니를 살짝 보았으나 그뿐 얼굴빛은 그리 달라지지 않았다. 아버지가 기분 좋았기 때문이다. 둘이서 다툰 게 아니라, 어머니 혼자서 칭얼대고 있는 것이다. 그런 어머니 버릇에는 익숙해 있는 딸이었다.

"많이 컸구나. 너 오늘 저녁 누구에게 제사 지내는지 아느냐?"

"네, 칠석님이에요."

"그렇지, 아주 똑똑하구나. 하늘에 많이 떠 있는 별 가운데 가메의 별도 섞여 있을 거야."

"내 별이…… 하늘에?"

"그래, 그것이 슬픈 별이 아니었으면 좋으련만…… 아니, 착한 아이가 되어 상냥하게 자라면 반드시 행복해지겠지."

"네, 저는 상냥하고 착한 아이가 되겠습니다."

이때까지 눈을 내리깔고 울고 있던 세나가 별안간 얼굴을 번쩍 들었다.

"이 가메는…… 가메는…… 적의 집안으로 결코 출가시키지 않겠어요."

"그게 무슨 소리요, 별안간."

"다케치요의 배필을, 저한테는 의논 한마디 없이 오다 집안에서 맞기로 정하셨다면서요?"

"아, 그 일. 누가 당신한테 말했소? 기회 보아 내가 이야기하려 했는데."

"다케치요는 아직 어려요. 오다 댁 따님 역시 철없는 어린아이인데 그런 무리한 짓을 해서 만약 둘이 정들지 않는다면 어찌시겠어요?"

"남녀란 정이 드는 법이오."

"아니에요, 그럴 리 없어요. 저 같은 나이가 되어 잘 보고 맺어져도 남모를 한탄이 있는걸요. 어떻게 부모들의 야심적인 결합으로……."

"쓰키야마 부인!"

이에야스의 목소리가 비로소 날카로워졌다.

"당신은 듣기 거북한 말을 하는구려."

"난처하시겠지요. 다케치요의 어미, 모토야스…… 아니, 이에야스 님의 정실이 이 혼인에 뚜렷이 반대하니까요."

"정신 차리오."

"이성을 잃은 게 아니에요. 다케치요의 행복을 염려해서예요."

이에야스는 무릎에서 살그머니 가메히메를 내려놓았다.

"당신한테는 지금의 난세가 눈에 보이지 않소?"

"말씀을 돌리지 마셔요."

"당신은 이 난세에, 당신이 말하는 그런 행복이 허락되리라 생각하오? 강하지 않으면 베이는 난세, 살기 위해서는 베어야 하는 난세, 이러한 세상에 힘없는 여자가 좋아하는 남자를 택하는 게 용인되는 일인 줄 아오? 우리 외할머니는 아름답게 태어난 까닭에 다섯 번이나 시집갔소…… 아니, 그뿐 아니라 하루의 끼닛거리가 없어 황공한 일이지만 황실의 궁녀들까지 밤에 몰래 매춘하는…… 것이 난세의 참다운 모습이오."

이에야스의 말은 세나에게 통하지 않았다. 슨푸에서 제멋대로 자라난 세나에게는 그것이 바로 그대로 인생으로 여겨졌다.

"점점 더 말씀을 돌리시는군요. 세나는 매춘해야 하는 궁녀가 아니에요. 그리고 다케치요는 언제 죽을지 모르는 힘없는 자의 자식이 아니에요. 아무 상관도 없는 말씀은 하지 마셔요."

이에야스는 가볍게 혀를 차며 입을 다물었다. 가까이 대기하고 있는 시녀며 고헤이타에게 더 이상 복잡한 이야기를 듣게 하고 싶지 않았다.

"고헤이타도 오만도 가메히메를 데리고 물러가 있거라."

이에야스는 태연히 말한 다음 바깥의 푸른 경치를 한동안 막막하게 바라보고 있었다. 해는 꽤 기울었다. 알맞은 산들바람이 벚나무잎에 반짝반짝 빛을 엮는 것을 보고 있노라니 졸음이 올 듯한 울적함을 느꼈다.

'여자란……'

마음속으로 중얼거리니 답답한 한숨이 입술에서 새어나온다. 세나와 자기 사이에 아무래도 서로 양해할 수 없는 선이 안타깝게 가로놓여 있기 때문이었다.

여자는 결코 같지 않다. 이오의 과부가 된 기라의 딸, 요즘 손댄 가네. 그 두 사람에 비해 세나는 답답하게 목에 걸리는 가래 같은 성가심을 지니고 있었다.

'어째서일까……'

세나의 말대로, 그것은 좋고 나쁨을 자유로이 헤아려서 한 결합이 아니라 이마가와 집안과 마쓰다이라 집안의 정략결혼이기 때문이리라. 하지만 지금 세태로는 정략결혼의 좋고 나쁨을 문제 삼을 수 없다.

슨푸에서 지내던 다케치요 시절의 이에야스에게 세나를 거부할 자유가 있었던가. 자유는커녕, 그 혼인에 의지하여 가엾은 오카자키 사람들의 생명을 구한다……는 엄연한 목적이 있었다. 이러한 세태에 살아가는 남녀임을 세나가 이해해 준다면 슬픈 인간끼리의 애정이 새로이 발견될 터인데……

"성주님! 어쩌시겠어요? 제가 이토록 반대해도 이 혼인을 굳이 하시겠어요?"

이에야스는 여전히 뜰에 시선을 던진 채 입을 열었다.

"잠깐 기다리오. 끝까지 설명하지 않으면 당신은 모를 거요. 당신은 지금의 오다 세력을 알고 있소?"

"모릅니다. 알고 있는 건 이마가와 집안의 원수라는 것뿐이지요."

"마음을 가라앉히오. 오다 집안이 어째서 이마가와 집안의 원수가 된단 말이오?"

"돌아가신 대감님…… 우리 외숙부께서…… 목을 베였잖습니까!"

"어째서 목이 베였는지 생각해 본 적 있소? 이마가와 문중에서 일부러 오다를 공격하여 목 베인 것이오."

"그렇다 해서……."

"마음을 가라앉히라잖소! 스루가, 도토우미, 미카와 세 나라의 태수가 몸소 쳐들어갔다가 어째서 목을 베였단 말이오? 오다 집안의 세력이 이미 이마가와 요시모토를 앞질렀다고는 생각되지 않소?"

"……."

"이마가와 요시모토를 앞지른 오와리 세력을 나 혼자 적으로 맞아 싸울 수는 없소—그 까닭에 어쩔 수 없게 된 사정을 이해하지 못하겠소?"

이에야스의 말에 세나는 갑자기 얼굴을 일그러뜨리고 비웃었다.

"그럼, 성주님은 스스로의 약함을 다케치요에게 전가시키려는 건가요? 호호호, 그토록 약한 대장이었던가요?"

이에야스의 눈이 갑자기 심한 노기를 담고 세나에게로 돌려졌다. 그 사나운 눈길은 세나를 섬뜩하게 만들었다. 비웃는 것이 남자를 얼마나 노하게 하는지 세나는 잘 알고 있었다. 부채가 날아오려나 아니면 사방침일까—하고 저도 모르게 몸을 긴장시켰으나 이에야스는 마지막 선에서 가까스로 억누른 모양이다.

"부인."

"왜 그러셔요?"

"당신과 나의 혼인도 정략이었소. 그것을 잊지 않았겠지?"

"잊지 않았으니 다케치요에게는 그 불행을 맛보여주고 싶지 않아요."

이에야스는 깊이 잠긴 목소리로 말했다.

"좋소. 맛보여주지 맙시다. 혼인만이 다케치요의 행불행을 결정하는 것이라고 당신이 믿고 있으니 하는 수 없지."

"그럼, 파혼시키겠어요?"

이에야스는 고개를 크게 끄덕였다.

"그런데 이것은 본디 노부나가 님이 청한 혼담이니, 노부나가 님이 격노하실 거요. 그때는 어떻게 하면 좋겠소?"

"오와리의 따님도 가엾다는 이유를 붙여서."

"그래도 들어주지 않고, 마쓰다이라 집안은 우리와 동맹할 의사가 없으니 힘이 약할 때 일전을 벌이겠다고 도전해 온다면?"

"글쎄요……."

"그대로 질 각오로 일전을 벌이기로 할까. 싸우게 되면 나도 없고 당신도 없소. 다케치요도, 가메히메도, 가신도, 영토도, 성도……."

이에야스가 조용히 손꼽아가자 세나는 다시 몸을 바르르 떨며 소리쳤다.

"성주님! 비겁하셔요. 파혼하시겠다는 것은 거짓말이고 단순히 이 세나를 설복하기 위해서인가요?"

이에야스는 또 커다랗게 한숨 쉬었다.

"그럴지도 모르지, 그렇지 않을지도 모르고."

"그렇지 않을지도 모른다는 건 무슨 뜻이요?"

"당신이 그러하니 다케치요의 앞날이 걱정스럽소. 차라리 망할 바에야 싸움을 벌여 괴로운 세상에서 빨리 달아나고 싶은 심정도 있소."

세나는 찢어질 듯 눈을 크게 뜬 채 입을 다물었다. 속에서 부글부글 부아가 끓어올랐다. 그러나 한편으로는 이에야스의 말이 무시무시하게 이성(理性)에 칼날을 들이대고 있었다.

싸워서 죽는 게 나은가.

오와리의 딸을 맞아 사는 게 나은가.

삶이든 죽음이든 하나를 택하라는 말을 듣고 보니 혼인만이 인간의 행복이 아니라는 이에야스의 말에 싫어도 승복하지 않을 수 없었다.

이에야스는 세나의 마음에 서서히 파고들 듯 말을 이었다.

"부인, 나는 오다 노부나가를 훌륭한 인물이라고 생각하오. 알겠소? 마쓰다이라 집안이 몰락해 갈 때 슨푸에서 뭐라고 했는지 알고 있을 거요. 나를 볼모로 내놓으라고 했었지. 지금 노부나가가 그와 같은 말을 해온다면 어떻게 하겠소? 일족과 가신이 살기 위해 눈물을 머금고 다케치요를 기요스로 보내지 않으면 안될 거요."

"……"

"아무리 분하더라도 감정에 져서 가신을 죽이고 일족들에게 거리를 헤매게 한다면 대장 그릇이 못 된다고 비웃음받을 것이오. 내놓으라면 내놓지 않을 수 없소. 알겠소, 그런데 노부나가는 그렇게 말하지 않고 자기 쪽에서 오카자키에 딸을 주겠다고 해왔소. 볼모를 잡는 대신 딸을 줄 테니 서로 돕자고…… 다케치요를 주는 게 좋겠소, 오와리의 딸을 맞는 것이 좋겠소……?"

이에야스는 가볍게 눈을 감고 말끝을 조용히 낮추었다.

세나는 다시 소리 내어 울기 시작했다. 마음대로 행동하던 요시모토의 조카딸 위치에서 긍지를 조금씩 빼앗기고 보니 그곳에는 상상도 하지 못했던 비참한 어머니 자리가 있었다.

"다케치요를 볼모로 달라고 하지 않고 딸을 오카자키에 주겠다는 노부나가의 말을, 이 이에야스는 요즘 세상에 인정과 눈물이 있는 계약이라고 감동하여 승낙한 거요. 그래도 당신은 받아들이지 않겠소?"

세나는 세차게 몸부림쳤다. 승낙하지 않겠다고 외치면서 대들어 쥐어뜯고 싶었다.

노부나가와 이에야스, 오와리와 미카와―라는 현실보다도, 이러한 자연스러움을 긍정하지 않으면 살아갈 수 없는 비뚤어진 세태에 화나고, 그 비뚤어진 존재를 눈앞에 들이대는 남편도 못 견디게 미웠다.

"알겠소, 여자가 사랑하는 남자와 살 수 있는…… 그런 달콤한 세상이 아니오. 그런 까닭에 나도……."

말하는 도중 세나의 손에서 찻잔이 뜰로 확 날았다. 쨍그랑 소리가 나며 뜰에 꾸며놓은 칠석제 음식이 사방으로 튀었다.

이에야스의 얼굴이 다시 창백해졌다. 참고 참으며 설명해 온 괴로움과 노여움이 두 눈에 불을 켜게 했다. 움켜쥘 것이 없어 이에야스는 사방침을 잡았다. 그러나 그것을 던지는 대신 크게 소리쳤다.

"못난 것!"

그리고 그길로 곧장 휴식실을 나가려 했다.

"성주님! 달아나시는 거예요? 비겁하게."

세나는 벌떡 일어나려다 자신의 옷자락을 밟고 그대로 그 자리에 쓰러졌다.

"성주님!"

그러나 이에야스는 그때 이미 현관 쪽으로 거칠게 걸어가고 있었다.

세나가 또 무언가 소리쳤으나 그것은 잘 들리지 않았으며 허둥지둥 뒤쫓아오는 고헤이타와 시녀들 발소리가 슬프게 귀에 들어왔다.

막 신을 신었을 때 뒤에서 가메히메의 목소리가 들렸다.

"아버지."

이에야스는 아직도 핏기가 돌아오지 않은 얼굴로 딸을 돌아보고 한참 만에 미소를 떠올렸다. 가메히메는 오만과 나란히 서서 나무라듯 어리광 부리듯 불만스러운 눈길로 이에야스를 노려보았다.

"벌써 돌아가시려고요?"

"가메……."

"어머니가 또 무언가……."

"무슨 소리냐."

이에야스는 우는 것도 웃는 것도 아닌 얼굴로 입술을 일그러뜨린 채 손을 흔들며 말했다.

"또 오마. 오늘 저녁에는 오만과 별을 우러러 제사 지내도록 해라. 착한 아이가 되어야 한다, 응."

그리고 오만을 돌아보며 일렀다.

"가메와 잘 놀아라."

"네…… 네."

두 사람 사이의 거북함을 잘 알고 있는 오만은 눈시울이 발개져 고개를 끄덕였다.

이에야스는 그길로 밖으로 나갔다. 그리고 해 떨어진 하늘을 쳐다보며 혼자 중얼거렸다.

"이 이에야스한테만 따뜻한 가정을…… 주어서 될 말인가. 남자도 여자도…… 난세에서는 모두 가엾은 존재일 테니."

"예?"

사카키바라 고헤이타가 되물었으나 이에야스는 그대로 곧장 본성 쪽으로 걸어갔다.

남편과 아내

이에야스는 본성 거실로 돌아가 한동안 말없이 앉아 있었다. 아내와 남편, 이 문제가 오늘만큼 곰곰이 생각된 적은 없었다. 지금까지 늘 남자와 여자라는 대조되는 관점에서만 바라보았던 여자. 그것만으로 충분히 해결될 줄 여겼었는데, 오늘의 세나로 말미암아 산산이 부서진 느낌이었다.

남자와 여자의 관계와, 남편과 아내의 관계는 전혀 다른 것 같았다. 남자와 여자의 경우에는 쉽사리 정복되었으나 아내가 되면 심한 반격을 해온다. 그것이 이론 정연한 반격이라면 설복할 방법도 받아들일 방법도 있다. 그러나 세나는 감정만 앞세워 반성도 겸양도 없으며 마치 미치광이처럼 대들 따름이었다. 아내로서 육체를 정복당하는 일이 반격할 만한 원한이 되는 것일까? 그것을 새삼 생각하게 될 만큼 세나와 이에야스의 부부 생활은 어긋나고 있었다. 그 어긋남이 끝내 오늘 폭발한 것인지도 몰랐다.

이에야스의 성장과 세나의 성장은 서로 달랐으며, 세나가 바라는 것은 이에야스가 원하는 것과 동떨어져 있다. 이에야스는 늘 세상과 환경과의 관련 속에서 인간의 욕망을 생각하려 하건만 세나는 어디까지나 개인의 행복을 추구한다. 그래서 얻을 수 있는 경우는 좋으나 얻을 수 없는 것을 바라게 될 때는 웃어넘길 수만은 없는 일이 된다.

지금이 태평무사하게 지낼 수 있는 세상이라면 이에야스 역시 4, 5살 난 어린 아이의 약혼 따위 결코 서두르지 않을 것이다. 그러나 현실은 그렇듯 한가롭지 못하다. 그러한 위기에서 위기로 살아나가는 방식을, 아무리 한가롭게 자라났다 해도 알아야 하건만 세나는 전혀 알려고 하지 않는다. 알려고 하지 않는 사람에게 누누이 타일러 이해시키려 노력하는—그런 여유 역시 지금의 무인 생활에는 없을 듯 여겨진다.

'세나를 대체 어떻게 해야 하나?'

슨푸에서 구해내기 위해 새 저택까지 지어놓고 기다린 일을 생각하니 노여움이 더하여 좀처럼 가라앉지 않았다. 아내가 아니라면 일소에 부치고 가까이하지 않으면 그만이지만, 아내이며 또한 다케치요의 어미인 것이다.

큰 서원 쪽에서 아직 남아 있는 가신들이 담소하는 소리가 명랑하고 한가롭게 들려온다. 모두들 이에야스의 뜻을 이해하고, 겉으로는 뚜렷이 이마가와 집안과의 단절을 기뻐하고 있다.

'그래, 이제 더 생각지 말기로 하자.'

오늘 저녁만이라도 불쾌함을 잊고 가신들과 함께 기쁨에 젖어들자.

해가 떨어지자 이에야스는 뒤따라오는 고헤이타에게 명했다.

"이 언저리를 산책할 테니 따라올 것 없다."

아랫성에서 맹목적인 사랑으로 매달려오는 가네의 얼굴을 머리에 떠올리며 거실을 나갔다. 가네는 아내도 아니고 정식 측실도 아니었다. 사랑받으려 애쓰면서도 어딘지 줄곧 억누르고 있다. 가네 또한 측실이 되고 아내가 된다면 바라는 게 절로 달라질 것인가?

사방은 이미 어두웠다. 은하수는 아직 나타나지 않았다. 그러나 별이 여기저기 반짝이기 시작하고, 살갗을 스치는 바람이 선선했다.

중문을 지나면서 이에야스는 문득 가메히메를 생각했다. 오늘 저녁을 손꼽아 기다렸을 가메히메의 어린 마음을. 남편과 아내의 불화는, 가메히메의 경우 아버지와 어머니의 불화였다. 세나에게는 화났지만 그로 말미암아 가메히메를 쓸쓸하게 만든 게 가엾어, 문을 나오자 저절로 방향이 바뀌고 있었다.

'이대로 가네를 찾아갈 수는 없다……'

다시 한번 쓰키야마 저택으로 돌아가 별 축제 등불 그림자 속에 잠자코 얼굴을 내밀어주자. 단지 그것만으로도 가메히메는 얼마나 기뻐할 것인가. 어쩌면 다케치요도 가메히메와 함께 뜰에 나와 있을지 모른다……

세나에게 말을 걸 생각은 없었지만 두 아이에게는 머리 위에 놓인 아버지의 따뜻한 손을 맛보여주고 싶었다.

'그 광란스러운 모습으로 세나는 밖에 나와 있지도 않겠지.'

그렇다면 아이들은 더욱 아버지의 웃음 지은 얼굴을 좋아할 것이다─생각하며 쓰키야마 저택으로 가보니 뜰 안 아무 데도 불빛 그림자조차 보이지 않았다.

이에야스는 사립문을 열고 뜰로 들어갔다. 몸을 굽혀 책상을 꾸며놓았던 언저리의 땅바닥을 가만히 살펴보았다.

"고얀 것 같으니……."

그곳에는 저녁때 세나가 내던져 깨어진 찻잔과 쏟아진 음식이 그대로 널려 있었다. 집 안은 잠잠하고 서늘한 느낌만 감돌았다.

이에야스는 혀를 차며 발길을 돌렸다. 기분 나쁜 분노가 다시 가슴에 되살아났다. 세나는 지금 아이들의 기대를 산산이 부순 것은 자기가 아니라 남편이라고 확신하겠지.

이번에는 곧장 별성 쪽으로 걸어가면서, 차라리 오지 않았더라면 좋았을 거라고 오히려 반성되었다. 자기에게는 불쾌한 기분을 이렇듯 전환시킬 길이 있지만 세나에게는 없다. 같은 불만을 언제까지나 가슴에 담고 안절부절못하며 초조해하고 있으리라.

"거기에 아내의 가엾음이 있는가……."

별성 가케이인의 거처 불빛을 보자 이에야스는 다시 멈춰 서서 한숨 쉬었다. 여느 때처럼 소탈하게 사랑의 어릿광대가 될 수 없는 무거운 마음의 응어리를 느꼈다.

'되돌아갈까…….'

아니면 가케이인을 찾아가 차를 마시며 이야기나 나눌까? 생각했을 때 가네의 방 창문에 검은 그림자가 흘끗 움직였다. 안에서 비치는 그림자는 아니었다. 밖에서 빛을 막은 그림자─그렇다면 그것은 뜰에서 방 안을 엿보는 그림자였다.

남자냐, 여자냐? 이에야스는 무의식중에 목을 움츠리고 뒤에서 그 그림자에 다가가 작은 소리로 힐문했다.

"누구냐."

"네…… 네."

상대는 몹시 당황한 젊은 여자의 목소리였다.

이에야스는 다시 소리쳤다.

"누구냐?"

상대는 점점 더 당황하여 오른쪽의 남천촉(南天燭) 뿌리에 몸을 기댄 채 모기 같은 목소리로 말했다.

"요……요……용서하세요."

"누구냐고 묻지 않느냐. 시중드는 곳과 이름을 대라."

"다……당신은?"

"이 성의 주인. 무슨 일로 이런 데서 안을 엿보느냐. 이름을 대라."

"아, 성주님."

가녀는 아마 방 안에 없는지 창문을 여는 기척이 없었다.

"용서해 주세요. 마……마……만입니다."

"뭣이, 만이라고? 쓰키야마 마님을 모시는 오만이란 말이냐?"

"네…… 네."

이에야스는 나직이 신음하며 혀를 찼다.

"좋아, 남이 들으면 안 되니 날 따라와."

"네…… 네…… 네."

"떨지 마라, 못난 것."

"네."

이에야스는 여기서도 역시 입에 똥물을 쏟아부은 것 같은 불쾌함을 느끼며 잠시 말없이 걸었다.

하늘에는 벌써 은하수가 비스듬히 걸려 있다. 여기저기서 벌레 소리가 들리기 시작했다.

아랫성벽을 지나 사카다니 골짜기에서 말터까지 걸어가니 달이 떠올라 있었다. 뜨자마자 지는 초승달이었지만 어둠에 익숙해진 눈에는 눈부실 만큼 밝아 보였다.

"여기가 좋구나."

벚나무 그루터기를 찾아내어 걸터앉자, 이에야스는 비로소 오만을 돌아보았다.

"쓰키야마 마님이 명한 대로 말해라. 한마디라도 틀리면 용서치 않겠다."

무엇 때문에 그러는지 스스로도 의아해하며 거친 심문조가 되어 있었다.

"용서해 주십시오."

오만은 이제 아까처럼 떨고 있지 않았다. 가네와 대조적인 수려한 이마에 달빛을 받으며, 눈 속에 필사적인 빛이 깃들어 있었다.

"쓰키야마 마님의 명령이 아닙니다. 이것은 제 생각으로 한 짓입니다."

"뭐라고, 너는 내 명령을 어기고 쓰키야마 마님을 옹호할 작정이냐?"

"아니에요, 아니에요!"

오만은 진지하게 고개를 저었다.

"성주님 말씀을 어기다니…… 그런 대담한 짓을…… 진정 저 혼자만의 생각입니다."

"음."

이에야스는 이 소녀에게 속는 듯한 기분이 들어, 얄밉기도 하고 귀엽기도 했다. 슨푸에서 세나를 따라온 처녀, 말하자면 세나의 시녀였다. 그것이 도리를 잊고 뻔뻔스럽게 세나가 명한 대로 말한다면 한층 더 불쾌한 뒷맛이 남으리라.

'성미가 좀 있구나.'

"너는 신관의 딸이라고 했지?"

"네, 미이케치리(三池地鯉) 신사 신관 나가미의 딸입니다."

"몇 살이냐?"

"15살입니다."

이에야스는 일부러 목소리를 누그러뜨리지 않고 엄격한 얼굴로 말했다.

"15살 난 네가 혼자 생각으로 그 방을 엿본 까닭을 들어보자꾸나. 말해봐."

오만은 꼴깍 소리 내어 침을 삼키고 또렷이 말했다.

"말씀드리겠습니다."

어지간히 기질 센 성품인 듯 차츰 침착성을 되찾고 이에야스를 쳐다보는 눈길에 무언가 절박함이 느껴졌다.

"사랑…… 사랑입니다."

"뭐, 사랑이라고?"

이에야스는 어이없어 고개를 갸웃하며 말했다.

"네가…… 대체…… 누구를 사랑한단 말이냐? 거기는 하녀 방인데."

"네, 성주님을 사랑하고 있습니다."

"못난 것, 그게 사랑하는 사람의 얼굴이냐? 시치미 떼면 용서치 않겠다."

오만은 다시 소리 내어 침을 삼켰다. 크게 뜬 눈이 마음속의 거센 싸움에 정신 빼앗겨 깜박이는 것조차 잊고 있다.

"거짓말이 아닙니다. 진정입니다."

"그렇다면 너는 나를 사모하여 그 방에 갔단 말이지. 그 방으로 내가 가는 것을 누구한테 들었느냐?"

"네…… 네, 사모하고 있으면 누구에게…… 누구에게 듣지 않아도 알 수 있습니다."

"오만!"

"네."

"네 성품은 알았다. 쓰키야마 마님은 좋은 시녀를 가져서 부럽구나. 하지만 네 말을 내가 믿을 줄 아느냐?"

"믿건 안 믿으시건 진정입니다."

"하하하하, 이제 됐다. 네가 쓰키야마 마님 명령을 받고 내가 그 방에 있는지 없는지 보러 온 것은 묻지 않아도 환히 알 수 있다. 그보다도 쓰키야마 마님은 가메히메의 칠석제를 어째서 못 하게 했나?"

"모르겠습니다."

"모르다니, 아무 말도 하지 않았단 말이냐?"

"네, 몸이 편찮으시다면서 그냥 주무셨습니다."

"그 음식과 책상에 손대지 말라고 했겠지. 그렇지 않다면 너는 가메히메와 함께 다시 꾸며서 지금쯤 별 제사를 지내고 있을 텐데. 아니, 그것도 좋아. 그러나 네 성품이 올곧은 듯하니 또 하나 물어보고 싶은 게 있다. 너는 오늘 우리 두 사람의 다툼을 보고 어느 쪽이 옳다고 생각했는지 느낀 대로 말해보아라."

이 말을 듣자 비로소 오만의 눈이 어수선하게 깜박여졌다. 마음속으로 대답을 궁리하다가 그 대답을 찾았구나 싶을 즈음 오만은 또 기묘한 말을 했다.

"만이 말씀드리면 옳은 대답이 되지 않습니다."

"어째서냐?"

"만은 성주님을 사모하므로 성주님 쪽을 두둔하게 됩니다."

"하하하하, 그만둬라. 네가 사모하느니 사랑하느니 하니까 슬퍼져 눈물이 다 나오는구나."

"하지만…… 하지만…… 진정입니다. 성주님이 그 방으로 들어가시는 것을 보면 만은 안타깝습니다."

이에야스는 다시 얼굴을 긴장시켰다. 어디까지나 쓰키야마 마님을 옹호하여 자기 생각이라고 버티려 한다.

"그렇다면 너는 나를 좋아한다는 말이냐?"

"네."

"내가 몰래 그 방으로 들어가는데 무엇 때문에 안타깝지?"

"질투입니다."

"질투 따위를…… 네가 알 리 없다. 너는 아직 남자를 모르는 소녀가 아니냐?"

"아니에요, 알고 있습니다."

무엇을 생각하는지 만은 굳은 표정으로 우겨댔다.

이에야스는 저도 모르게 웃음이 터져나오려는 것을 가까스로 참았다.

"네가 남자를 안다고?"

"네."

"대체 몇 살 때 알았느냐?"

상대가 너무 우겨대므로 이에야스의 마음도 차츰 가볍게 풀어져갔다. 이 소녀가 어디까지 자기 주인을 옹호해 갈 것인가?

상대는 조심스레 주머니 속의 것을 더듬는 듯한 얼굴로 대답했다.

"네…… 네, 12살 때."

"허, 참으로 잘 생각해 냈구나. 네가 온 것이 13살 때라고 들었는데, 여기 온 뒤여서는 불의의 행동을 한 게 되지만 그 전이라면 힐책받지 않겠지. 12살에 알았다면 말이야."

오만은 한숨을 내쉬며 어깨가 크게 흔들렸다. 하지만 그 눈은 여전히 경계를 풀지 않았다.

"너는 그토록 쓰키야마 마님이 좋으냐?"

"네, 소중한 주인입니다."

"너도 나에게 질투했는데 쓰키야마 마님은 하지 않더냐?"

오만은 흠칫하며 대답하지 않았다.

"질투의 맛을 아는 너이니 주인의 질투도 알 수 있을 테지."

"마님께서는…… 질투 같은 것…… 하지 않습니다."

"뭐라고, 쓰키야마 마님은 질투하지 않는다고……."

이에야스는 다시금 불안스럽게 눈을 깜박거리는 오만의 모습에서 세나의 끈질긴 애정을 떠올리고 쓸쓸하게 웃었다.

"좋다, 네가 그렇게 말한다면 그렇겠지."

"네, 틀림없이."

"그렇다면 나는 마음 놓고 너를 사랑할 수 있겠구나. 네가 나를 사모하는데 쓰키야마 마님은 질투하지 않으니 모든 형편이 좋은 셈이로군."

"……"

"어찌 그런 이상한 표정을 짓느냐? 남자를 아는 너이니, 자 내가 사랑해 주마, 따라와."

이에야스가 미소를 머금고 일어서자 오만은 외쳤다.

"서……성주님!"

이렇게 될 줄은 몰랐다. 쓰키야마 부인을 감싸려고 오만은 너무나 엉뚱한 어른스러운 말을 했던 것이다. 쓰키야마 부인이 질투를 안 하기는커녕 너무도 심하므로 감싸주려던 말이 그만 오만의 머리로는 빠져나갈 수 없는 엉뚱한 파탄을 초래했다.

이에야스는 천연스레 돌아보며 다시 놀렸다.

"불렀느냐? 무슨 일이지? 달이 지겠다. 발밑이 밝을 동안 어서 따라와."

"성주님……"

"기쁘냐? 묘한 얼굴을 하고 있군…… 내가 사랑해 줄 테니 돌아가거든 쓰키야마 마님에게 말해라, 분명하게. 성주님이 만을 측실로 삼겠다 하더라고."

"아아아……"

오만은 야릇한 소리를 지르며 울음을 터뜨렸다. 쓰키야마 마님과도, 기라의 딸과도, 가네와도 다른 철없는 격렬함으로 울음을 터뜨리며 동시에 땅을 박차고 이에야스에게 덤벼들었다. 너무 갑작스러운 일이어서 이에야스는 저도 모르게 무슨 흉기라도 가지고 있지 않나 하고 오만의 손을 얼핏 보았을 정도였다. 그러나 다급하게 달려든 오만은 이에야스의 멱살을 잡고 경련이라도 일으킨 듯 울 따름이었다.

"성주님…… 부탁이에요! 마님에게는…… 비밀히. 마님에게는……."

이에야스는 깜짝 놀라 오만을 다시 보았다. 모든 게 남편과 아내 사이에 생긴 거리가 빚어낸 공중에 뜬 미묘한 심리의 움직임이리라. 오만의 비약하는 마음은, 이에야스의 야유를 훨씬 넘어서 사랑받는 것은 좋으나 세나의 질투가 무섭다는 데까지 단숨에 뛰어오르고 있었던 것이다.

"어째서 쓰키야마 마님에게 숨기려는 거냐. 질투하지 않는다고 하지 않았느냐?"

"하지만…… 만이 난처해집니다."

가슴에 볼을 밀어대고 우는 것도 대드는 것도 필사적이었다.

달이 졌다. 머리 위의 은하수가 보석띠를 펼친 것처럼 선명해져 왔다.

맑고 아련한 벌레 소리가 마음속에서 울고 있다. 어느덧 오만을 끌어안은 자세가 된 이에야스는 자기와 세나의 '부부 생활'을 생각하고 있었다. 어디서 어떻게 빗나갔는지 알 수 없었다. 그러나 바늘귀를 생각하고 있는 실은 바늘귀에 꿰어지지 않고 그때마다 다른 여자가 새로이 가까이에 나타났다. 세나와 자기 사이의 화목에 아무 틈도 없다면 그대로 눈앞을 스쳐 지나가버릴 여자들, 그들이 언제나 걸음을 멈추고 점점 더 두 사람의 간격을 크게 만들어버리고 만다.

오만의 경우는 특히 극단적이었다. 세나가 일부러 가네의 방을 엿보도록 보내 이에야스 자신이 바라지도, 예기치도 않았던 야릇한 위치로 몰아넣었다. 불붙기 쉬운 기름 속에 일부러 불을 던진 것은 세나였다. 그리하여 그 세나와 멀리 떨어져 있으므로 이에야스의 젊음은 한층 더 이성(理性) 밖에서 타오른다. 삶과 죽음이 인간의 의지 밖에 있는 것과 마찬가지로, 여자와 남자를 서로 품게 하고 거기서 타오르기 시작한 불길 또한 막을 수 있는 한계 밖에 있었다.

처음에는 은하수를 바라보았다. 바람을 느끼고 벌레 소리에 마음을 맑게 하려고 했다.

이미 사랑받을 것을 전제로 그 뒤의 비밀만 마음에 두고 육박해 오는 오만의 불길이 이에야스에게 서서히 옮아붙었다. 이에야스는 오만 속에서 다시금 인간적 영위에 항거할 수 없는 신비를 느끼고 마침내 넋을 잃어갔다.

삼나무가 쏴아 울렸다. 멀리서 촌스러운 노랫소리가 들린다. 누군가가 성안 행랑채에서 은하수를 보고 마음이 들떠 있는 것이리라.

이에야스는 문득 오만을 놓았다.

"만—걱정 마라. 결코 말하지 않겠다."

이렇게 속삭이자 옷자락을 털고 가버렸다.

오만은 아직도 온몸에 고통과 황홀감과 공포를 품은 채 멍하니 하늘을 쳐다보았다.

별의 축제.

1년에 한 번 만나는 길.

마님의 눈. 남자를 안 육체.

이런 것이 토막토막 의식의 표면을 스쳐가며 앞으로 어떻게 될 것인지, 어떻게 해야 좋을지 전혀 알 수 없었다.

"성주님!"

오만은 비틀거리며 일어났다. 그러다가 가네의 방을 엿보러 온 시간이 너무 흘렀다는 것을 깨닫고 갑자기 종종걸음으로 줄지어진 나무 밑을 걷기 시작했다.

세나는 이불 위에 배를 깔고, 베개에 이마를 밀어대듯 하여 오만이 돌아오기를 기다리고 있었다. 생각할수록 화가 치밀었다 자신의 존재마저 저주스러웠다. 가메히메를 위한 칠석제를 중지시킨 것도 후회스러웠고, 너무 지나치게 남편에게 대든 것도 마음에 걸렸다. 어디까지나 반성과는 다른, 그런 미칠 듯한 고독과 초조가 깊어질 뿐이었다.

오만은 아직 돌아오지 않았다.

'무엇을 하고 있을까?'

초조해지자, 거기에서도 또한 끝없는 망상이 솟아올랐다. 세나도 산책을 핑계 삼아 아랫성으로 다가가 싸리잎 그늘에서 가네라는 여자를 한 번 얼핏 본 적 있다. 세나가 남편을 두고 다투기에는 너무 촌스러운 느낌이었다. 그러면서도 세나의 육체에서 사라진 싱싱함이 그대로 남아 있고 들 끄트머리에서 이슬에 반짝이는 포도송이를 연상케 하는 그런 여자였다.

"—흥, 저런 여자로군."

더욱이 그 여자의 목에 팔을 감고서 넋 잃고 있는 이에야스의 모습이 온갖 자세로 상상된다.

'오만은 언제까지나 엿보고 있는 것일까?'

어쩌면 누구한테 들켜 이에야스 앞으로 끌려간 것이나 아닐까? 어떤 경우에도 세나의 이름을 대지 말라고 엄격히 일러두긴 했지만……

생각하고 있는 동안 세나는 끝없이 슬퍼졌다. 남편에게 사랑받지 못하는 여자, 남편 때문에 아버지까지 할복시킨 여자. 그리고 그 여자는 자식이 손꼽아 기다리던 칠석제마저 끝내 순순히 하게 해주지 못했다.

남편은 다른 여자를 품고 황홀경에 있건만, 자기는 독수공방에 배를 깔고 엎드린 채 비 오는 날의 꽃잎처럼 흐느끼고 있다. 세나의 울음소리가 차츰 높아져 갔다. 누가 들으면 부끄러운 줄 알면서도 봄비 내리는 들녘의 개울물처럼 눈물을 억누를 수 없었다.

거실 문 앞에서 가메히메의 목소리가 들렸다.

"어머니."

아직도 칠석제를 단념할 수 없어 몰래 시녀들 눈을 피해 온 것임에 틀림없다. 그러나 그 소리를 듣자 세나는 더욱 슬퍼져 울음소리를 높였다.

가메히메는 다시 불렀다.

"어머니."

그러나 어머니는 여전히 울고만 있다……는 것을 알자 곧 살그머니 장지문이 닫혔다.

'용서해 다오. 이 어미를……'

새로이 몸부림쳤을 때였다. 일단 닫혔던 장지문이 전보다 더 조심스럽게 사르르 열렸다. 그리고 눈 속에 잔뜩 겁먹은 빛을 띤 오만이 유령처럼 들어섰다.

오만은 문지방 옆에 가만히 앉아 세차게 흐느끼고 있는 세나를 멍하니 바라보며 한참 동안 입을 열지 않았다.

이윽고 세나는 울음을 그쳤다. 방 안이 조용해지고 침침한 등불 그림자가 가냘프게 흔들거리고 있다.

"마님."

오만이 조심스레 부르자 아무도 없는 줄 알고 있던 세나는 가슴을 누르고 벌떡 일어났다.

"아니, 오만 아니냐?"

"네."

"언제 들어왔느냐. 왜 잠자코 앉아 있지?"

"네…… 네."

오만은 한층 더 당황하여 움츠러졌다.

"마님이…… 너무 슬프게 우시므로."

"그래서 너도 울었느냐? 깜짝 놀랐잖니. 하지만…… 너니까 울어주는구나. 나를 위해 울어주는 사람은 너뿐이야, 오만!"

오만은 꺼져들 듯 고개 숙였다.

"짐작하건대 너도 한심스럽고 슬픈 장면을 보고 왔겠지. 성주님은 역시 가네한테 가 계시더냐?"

"아니에요…… 저, 안 계셨어요."

"안 계셨어! 그렇다면 왜 그렇게 시간이 걸렸느냐? 도중에 무슨 일이라도 있었니?"

"아니에요, 아니에요! 아무 일도 없었어요."

"오만!"

"네."

"너는 나에게 무언가 숨기고 있구나."

"당치도 않은 말씀을. 어째서 그런?"

"아니다, 무언가 숨기고 있어. 네 머리가 헝클어지고 입술도 새하얗게 질렸군. 누구한테 들켰니?"

오만은 여기서 울면 안 된다고 생각했지만, 감정의 큰 물결이 왈칵 자신의 뜻을 거스르고 말았다. 가슴이 메며 오물을 토해내듯 울음을 터뜨리다가 섬뜩하여 뚝 그쳤다. 예상한 대로 세나의 추궁이 다급해졌다.

"숨기면 용서치 않겠다. 무슨 일이 있었느냐. 누구한테 들켰지?"

세나도 역시 입술빛이 새하얘져 일어났다. 만일 오만이 남의 눈에 띄었다면 세나에게도 큰일이었다. 머잖아 그 말이 이에야스의 귀에 들어갈 테고, 들어가면 세나의 짓인 게 알려져 이에야스의 발걸음이 더욱 멀어지게 되리라는 것은 뻔한 노릇이었다.

"너 설마, 내 이름을 대지는 않았겠지?"

"네."

"아니, 네 등에서 허리에 솔잎이…… 아!"

부드럽게 쓰다듬는 태도로 오만을 만지다가 세나의 눈이 야릇하게 빛났다.

"너…… 너…… 어떤 남자에게 강간당했구나?"

"마님."

오만은 세나의 손을 떨치고 홱 물러앉았다. 온몸이 새삼 와들와들 떨리는 것도 오만의 의지를 넘어선 힘의 작용이었다.

"용서하세요. 하지만…… 하지만…… 마님 이름은 결코."

"대지 않았단 말이냐? 속이지 말고 그 남자 이름을 대라. 내가 반드시 원수를 갚아줄 테니, 자, 그 남자의 이름을……."

"네…… 네…… 성주님께 들켰습니다."

"뭐라고? 성주님한테……."

세나는 털썩 주저앉았다. 이번에야말로 완전히 녹초가 되어 울 수도 화낼 수도 없었다.

오만은 들킨 사람의 이름을 대려다 몸을 허락한 사람 이름을 입에 담고 만 것이다……

기인군담(奇人軍談)

동산의 억새밭 위로 달이 떠올랐다.

중추(仲秋) 명월이었다. 너무 맑은 느낌이 피부에 스며들어 다케노우치 나미타로는 노래 부를 기분도 춤출 기분도 나지 않았다. 그러나 손님 즈이후는 큰 잔을 줄곧 기울이며 여러 장수들을 논하고 정치를 이야기했다.

가리야성에 가까운 구마 저택에서 술을 날라오는 것은 붉은 치마를 입은 무녀(巫女)들. 나미타로는 반드르르한 머리를 뒤로 넘기고 가끔 가볍게 즈이후의 말에 고개를 끄덕여 보이고 있다.

즈이후는 이제 이전의 젊은 중이 아니었다. 검은 옷을 소탈하게 걸치고 늠름한 팔을 드러낸 우락부락한 중 모습을 하고 있지만, 그 논법은 여전히 날카롭고 폐부를 찌르듯 사물을 예리하게 보는 눈이 있었다.

이 법사는 어디서 어디로 여행해 왔는지, 이번에 홀연히 나타났을 때 동행을 하나 데리고 있었다. 이름은 아케치 미쓰히데(明智光秀)였다.

"와카사기(若狹)의 대장장이 아들인데 대장장이 아들이라는 말을 몹시 듣기 싫어한다오. 그렇지요, 아케치?"

즈이후는 말하며 거리낌 없이 웃었으나 아케치는 태연히 다른 말로 인사했다.

"미노의 도키(土岐)씨 일족, 아케치(明智) 마을에 사는 미쓰쿠니(光國)의 아들 미쓰히데라 하오. 잘 부탁드립니다."

나미타로는 그 인사를 들으며 문득 쓴웃음이 나오는 것을 느꼈다. 어딘지 고풍스러운 허영이 감돌면서도 그 태도에는 엄격함이 있었다. 전에 한동안 사이토 도산에게 종사한 적 있었다. 도산이 그 아들 요시타쓰에게 살해된 뒤부터 주인으로 받들 만한 인물을 찾아 여러 나라를 떠돌다 즈이후를 알았다고 한다.

"전략에서는 다케다지만, 지리적 이점을 얻지 못한 까닭에……라고, 여기까지는 아케치도 나도 같은 의견이었지요?"

즈이후가 재촉하자 아케치는 엄숙하게 대답했다.

"그렇소. 나는 중원(中原)의 사슴을 쏠 자는 오다 님일 거라고 했지요. 그러나 즈이후 법사는 마쓰다이라 이에야스라고 하시는군요."

"핫핫하……."

즈이후는 술잔의 술을 불어 날릴 듯 웃어젖혔다.

"뭐, 오다 님께 종사하지 말라는 말은 아니오. 내가 말하고 싶은 건 당신 기질에 대해서요."

아케치는 거역하지 않았지만 냉정한 웃음으로 즈이후의 의견을 거부하는 것을 잘 알 수 있었다.

나미타로는 쓸쓸하게 웃으며 대꾸하지 않았다.

"이 사람은 너무 아는 게 많소. 아니, 안다는 것에 지나친 자만심을 가지고 있지요. 오다 님은 케케묵은 습관과 묵은 지식에는 딱 질색이시거든."

"그렇다 해서 언제까지나 필부(匹夫) 노릇도 하지 않으시겠지요. 지위에 따라 고사(故事)에도 통하지 않으면 큰 성공을 바랄 수 없으니까요."

나미타로는 이 사나이가 노부나가에게 추천해 주기를 자기에게 바라는 것을 짐작하자 왠지 마음이 무거웠다.

'즈이후 말대로 이 사나이와 노부나가의 성격은 조화되기 어려우리라.'

그때 아케치가 공손하게 나미타로에게 잔을 내밀었다.

"드시고 한 잔 주십시오."

나미타로는 청하는 대로 잔을 들이켜고 다시 아케치에게 내밀었다.

"받겠습니다."

아케치는 단정하게 잔을 받았다.

"구마의 나미타로 님은 미카와의 잇코(一向) 폭동을 뒤에서 지휘하신다고 보았는데요."

나미타로는 날카롭게 흘끗 아케치를 보았으나 긍정도 부정도 하지 않았다. 다만 이 녀석이—하는 눈길로 미소 지었을 뿐이다.

"즈이후 법사 이야기로 품격은 나름대로 헤아리고 있었습니다만, 듣기보다 기량이 우수하시군요."

아케치는 탐색하는 듯한 눈길로 다시 입을 다물었다.

이에야스가 이마가와 집안과 뚜렷이 절연한 다음 해인 에이로쿠 6년(1563) 이래 미카와에 뜻하지 않은 내란이 일어났다. 잇코 종도(宗徒)의 폭동이었다. 잇코종은 중흥의 시조로 일컬어지는 렌뇨 이래로 염불전수(念佛專修)를 암호로 하는 무장 단체로 바뀌어 있었다.

그런데 에이로쿠 6년 가을, 이에야스가 이마가와에 대비하여 사사키(佐崎) 성채를 쌓기 시작한 때부터 뜻하지 않은 분쟁을 일으켰다. 사사키의 조구사(上官寺)에서 군량을 빌리기로 했는데, 아직 결정되기도 전에 이에야스의 가신이 벼를 실어내기 시작한 게 동기였다. 하리사키(針崎)의 쇼만사(勝鬘寺), 노모토(野本)의 혼쇼사(本證寺)가 조구사에 호응해 일어나는 바람에 이에야스는 지금도 그것을 진압하느라 밤낮없이 애쓰는 형편이었다. 사건이 신앙 문제이므로 가신들 가운데도 폭동에 참가하는 자가 많아 이에야스 스스로 진두에 서지 않고는 진압되지 않았다. 그 내란의 이면에 나미타로가 있는 게 아닐까 하고 아케치는 말하는 것이었다.

즈이후가 나무랐다.

"그런 말은 묻는 게 아니오, 아케치. 어쨌든 당신과는 관계없는 일이오."

아케치는 가볍게 고개 저었다.

"아니, 무엇이든 뒷날을 위해서요. 나미타로 님은 오다의 미노 진출을 돕기 위해 폭도들 뒤를 밀어주시는지, 아니면."

"아니면……?"

"이에야스를 좋은 영주로 만들어주려는 속셈인지 미쓰히데는 알아두려고 물어보는 겁니다."

나미타로는 조그맣게 고개를 끄덕이며 다시 쓸쓸히 웃었다.

'상당한 녀석인데.'

이렇게 생각하는 동시에 건방진 사나이라는 반감도 솟아올랐다. 침착스러운 냉정함, 자기 눈의 날카로움을 자랑하는 아니꼬움. 그리고 그것을 다시 한번 뒤집는다면 만만치 않은 반골도 될 듯했다.

"짐작하셨다니 말씀드려 볼까요."

"예, 마음가짐을 위해서 꼭."

"나는 어느 쪽도 도우려 하지 않소."

"그러시면 지휘는 하지 않았다고……."

"그렇소. 인간 힘으로 계절은 만들 수 없는 법이오. 추워지면 옷을 겹쳐 입고, 더워지면 벗지요. 그러나 자연스러운 그 동작도 비뚤어진 눈으로 본다면 추위를 돕고, 더위를 부르는 것으로 보이겠지요."

즈이후가 다시 배를 움켜잡고 웃었다.

"핫핫핫하…… 이 못난이 아케치야! 그래서 묻지 말라고 한 거야. 핫핫핫하……."

아케치의 볼에 불그레 핏기가 올랐다.

"능란한 자는 언제나 손톱을 감추는 법이오. 하지만 자연의 힘을 깊이 헤아려 조수가 밀려오기 전에 배를 마련하고, 눈이 내리기 전에 장화 준비를 게을리하지 않는다고 들었소. 구마의 나미타로 님은 오다, 마쓰다이라 어느 쪽에 더 무게를 두시는지 꼭 알고 싶군요."

즈이후는 노골적으로 얼굴을 찡그리며 손을 내저었다.

"아케치! 그게 당신의 나쁜 버릇이오. 당신은 노부나가 님에게 추천해 주도록 부탁드리러 온 것 아니오? 그런 에두르는 말보다 순순히 부탁한다고 하는 편이 나을걸."

그러나 아케치는 즈이후의 말을 무시하고 말을 이었다.

"어떨까요, 즈이후 법사는 비교가 안 된다고 말할 뿐, 어느 점을 비교했는지 밝히지 않습니다. 우리는 주인을 갖게 된다면 어디까지나 신중을 기하고 싶으니까요."

즈이후가 이번에는 성난 소리로 말했다.

"그만두래도! 당신의 이치는 이에 끈적끈적 달라붙는 질 나쁜 엿 같군."

나미타로는 웃으며 두 사람을 번갈아보았다.

"그럼, 아케치 님은 어느 쪽을 주인으로 섬겨야 할지 주저하고 계시오?"

"그렇소."

"그렇다면 주저할 것 없겠지요."

"그러시면 어느 쪽이 우수하고 어느 쪽이 뒤떨어질까요?"

"우열이 아니오. 마쓰다이라 집안에서는 떠돌이무사 따위 거들떠보지 않을 것이오. 처음부터 고용하지 않을 테니 주저할 것도 없는 일이지요."

즈이후는 팔을 뻗어 아케치의 무릎을 호되게 쳤다.

"핫핫핫하…… 알겠소, 아케치? 당신이 주저할 필요가 없는 이유를. 이거 참, 우스운데. 핫핫하……."

아케치는 흘끗 즈이후를 보았으나 그리 웃지도 성내지도 않았다.

"글쎄요. 그렇다면 이에야스는 시대에 뒤떨어진 대장이군요. 이 전국 세상에서는 인재를 구하는 일이 으뜸이라고 생각되는데."

"그렇지요……."

나미타로 역시 아케치보다 더 침착하게 앉아서 조용히 무릎을 쓸고 있었다.

"다른 데서 인재를 구하는 것도 한 방법이고, 자기 슬하에서 키우는 것도 좋지요. 이에야스 님은 뒤의 경우를 택하고 있는 모양이오."

"그렇다면 역시 오다 님이 먼저 천하를 제압하시겠군요."

"인재를 발굴하고 낡은 것을 타파하는 점에서는……."

나미타로가 여기까지 대답했을 때 즈이후가 다시 아케치의 무릎을 친 다음 나미타로에게 돌아앉았다.

"나는 이자가 오다 집안에 종사하는 데 반대요, 나미타로 님. 당신은 이 사람이 평생 노부나가 님을 성내지 않게 할 수 있으리라고 여기오? 세상엔 성질에 맞고 안 맞는 게 있는 법이오."

"즈이후 님."

"뭐요, 아케치."

"교양 없는 필부라면 모르되, 여러 나라를 돌아다니며 고생을 거듭한 이 아케치가 노부나가 님 비위를 못 맞출 줄 아시오?"

즈이후는 정색을 했다.

"못 맞추고말고! 당신이 맞추려 한들, 상대가 노하면 밑도 끝도 없는 거지. 그래서 나는 반대하는데, 나미타로 님은 뭐라고 할지."

이번에는 아케치가 입 속 웃음을 흐흐흐 웃기 시작했다. 상냥하게 웃은 뒤 말을 이었다.

"즈이후 님 식견에는 늘 경의를 표하고 있지만…… 나를 여기까지 일부러 데려와놓고 반대하시다니 황송하오. 술이 좀 지나치셨나요?"

즈이후의 얼굴이 갑자기 험악해졌다.

"못난 사람. 반대이긴 하나 데리고 온다, 데리고 와서 마음속을 그대로 털어놓는다—이것이 천해(天海)에서 유유히 호흡하는 이 즈이후의 마음가짐이오. 그럴듯하게 꾸며대지 말고 솔직히 부탁한다고 말하시오, 부탁한다고."

이번에는 나미타로가 점잖게 말을 걸었다.

"아케치 님, 추천해 드리지요. 재미있군."

"재미있다니요?"

"노부나가 님과 당신이 지니고 태어난 기질의 차이가."

"허, 참으로 고맙습니다."

"하나 뒷일은 난 모르겠소. 이 나미타로는 이에야스에게 그리 원한을 가진 자는 아니오. 하지만 잇코 폭도들의 뒤도 밀고 있소. 알고 계시겠지요."

"역시 그렇군요."

"폭동도 다스리지 못하는 사나이라면 마쓰다이라 이에야스가 섣불리 허세 부리기 전에 망하는 게 백성을 위한 길이라 여기고 있소."

즈이후가 또 놀리듯 참견했다.

"차원이 다르군. 당신은 누구를 주인으로 삼을까 혈안이 되어 있는데, 나미타로 님은 신의 마음을 더듬고 있구려. 핫핫하, 여보시오, 나미타로 님, 내가 주인을 맞고 싶어 한다면 당신은 누구에게 추천해 주겠소?"

"글쎄요. 즈이후 님이 만약 두 주군에게 종사하겠다면 우선 수라왕(修羅王)이겠지요."

"수라왕이라. 핫핫하…… 그런데 마음에 걸리는 말을 하는구려. 두 주군이라니? 대체 내가 종사하고 있는 한 주군이란 누구를 가리키는 거요."

"부처잖소. 부지런히 충의를 다하도록 하시오."

즈이후는 잔을 든 채 날카롭게 번쩍 눈을 빛냈다. 그런 다음 곧 깊숙이 고개를 끄덕였다.

"그렇지, 당신은 신에게 종사하는 충신이었지, 우주라는 신에게."

아케치는 창백한 표정을 한 채 단정히 앉아 있었다. 그에게는 이 두 사람의 대화가 가소롭게 들렸다. 인간 이상의 힘을 가공적으로 상상하여 그 속에 자기를 두고 도취해 있다.

"그렇다면 나미타로 님은 노부나가 님 편이라고만은 할 수 없다는 말씀이군요."

즈이후가 말했다.

"말할 것까지도 없지요! 신불이 한낱 어떤 개인의 편이어서 될 말이오? 우리는 어디까지나 이 세상의 진실 편이오."

아케치의 볼에 다시 희미한 웃음이 떠올랐다. 나미타로에게 추천을 부탁하기보다 차라리 나미타로가 지금 한 말을 반역의 증거로 목을 베어 노부나가에게 내놓으면…… 문득 생각했을 때 동산의 갈대밭 너머에서 밤기운을 뚫는 화살 깃소리가 '휙!' 났다.

"앗!"

즈이후는 목을 움츠렸다. 그 순간 한 자루의 화살이 나미타로의 오른손에 불끈 쥐어졌다.

"누구냐!"

나미타로가 벌떡 일어나 곧장 마루로 나가는 것이 보였다. 아케치는 저도 모르게 숨을 삼키며 기둥을 방패 삼아 태세를 갖추었다.

보통 사수(射手)가 아니다…… 하고 아케치는 생각했다. 두 번째 화살이 날아온다면, 이번에야말로 나미타로의 가슴을 꿰뚫으리라. 아무튼 나미타로의 동작은 어쩌면 그렇듯 빈틈투성이일까.

기둥 뒤에서 아케치는 손을 흔들었다.

"엎드리시오!"

그러나 나미타로는 여전히 선 채로 달을 향해 외쳤다.

"누구냐!"

예상대로 두 번째 화살이 바람을 안고 날아왔다. 나미타로는 이번에는 먼젓번 화살로 그 화살을 후려쳤다. 아케치의 발밑에 '탁' 소리 내며 떨어진 화살은 두 동강으로 부러져 하얀 깃털이 싸늘하게 빛났다.

아케치는 가만히 이마의 땀을 닦았다. 여자처럼 상냥해 보이는 나미타로에게서 비로소 기걸(奇傑)의 면모를 본 것이다.

잡병이며 들도적 무리로부터 양민, 신도, 수부, 사공 무리까지 조종해 움직이는 구마의 나미타로. 아마도 그는 이러한 자금을 사카이며 나니와 언저리의 여러 영주들과 혼간사(本願寺) 등의 군량을 맡아보며 수륙(水陸) 양쪽으로 얻고 있는 모양이다.

소문에 의하면 이마가와 요시모토가 상경했을 때의 어용(御用)상인도 그의 부하였다고 한다. 요시모토의 군량을 갖춰주어 충분히 이익 본 다음 결정적으로 패색이 짙어지자 곧 촌민들에게 약탈하게 하여 전쟁으로 말미암은 기아에 대비했다. 싸움의 승패가 있는 한, 고장의 백성들은 굶기지 않는다는 소문도 어쩌면 근거 없는 말이 아닐지 몰랐다.

나미타로가 소리쳐도 갈대 이삭은 잠잠했다.

마루에 선 채 나미타로는 웃었다.

"흐흐흐, 이 화살 깃으로 누군지 알겠어. 들어오시오."

즈이후가 몸을 일으켰다.

"아니, 누군가의 장난이오?"

"그렇소, 이것은 아사노(淺野)의 활이 아니오. 오타(太田)이겠지. 이리 나와 한잔하시오."

화살을 뜰로 휙 집어 던지자 갈대 너머에서 웃음소리가 하하하하 일어났다.

아케치는 몸을 굳히고 그쪽을 보았다. 오타라면 아사노, 홋타(堀田)와 함께 오다 집안의 가보로 손꼽히는 세 명궁 가운데 한 사람이었다.

"역시 방심하지 않는군. 오늘은 소매를 꿰뚫을까 했는데."

얼굴을 두건으로 싼 여행 바지 차림으로 몸집 큰 무사 하나가 서슴없이 마루로 다가왔다.

"저기 있는 비린내 나는 중은 누구요?"

그 본인은 어느덧 술잔을 들고 태연히 대답했다.

"즈이후라는 성승(聖僧)이오."

"저기 저 애송이는?"

오타는 아케치를 턱짓하며 활을 동댕이쳤다.

"미노의 도키씨 일족, 아케치 미쓰히데라 하오. 잘 부탁드리오."

"떠돌이무사요?"

오타는 재미없다는 듯 말하며 자리로 올라와 비로소 두건을 벗고 나미타로에게 인사했다.

"구마노(熊野) 참배는 무사히 끝났소. 알려드리러 왔소."

"수고 많았소, 그래, 왕도 형편은? 이들은 마음 쓰실 분들이 아니오."

오타는 구마노 참배를 간다고 선전해 놓고 처음으로 교토에 발을 뻗은 노부나가를 수행하고 돌아온 것이다.

오타는 배를 흔들며 웃어젖혔다.

"아주 재미있었소. 나미타로 님도 군사(軍師)지만, 대장은 재미있거든. 줄곧 미노의 자객이 따라다녀서 말이오. 교토에서 한 번, 사카이에서 한 번, 이쪽에서 상대방 숙소로 쳐들어가 혼내주었지."

"이쪽에서 자객을 습격하다니…… 노부나가 님답군. 하지만 모두 덴가쿠 골짜기 수법이오."

"아니, 더 재미있는 일이 있었소. 교토에서는 모두 칼집 끝에 장난감 수레를 달아 끌고 다녔는데 왕도 아이들이 막 웃어대더군."

"칼집 끝에?"

"홍백 무늬 끈을 달아서 말이오. 이것은 나미타로 님도 모를 거요. 무엇 때문에 그런 짓을 하셨는지."

오타가 쾌활하게 가슴을 젖히자 무녀가 나와 공손히 술을 따랐다.

나미타로는 문득 눈살을 모으고 고개를 끄덕였다.

"그건 좀 지나친 괴짜 행동이 아닐까요?"

"어째서요?"

"그러고 다니면 교토 아이들 눈길이 한결같이 그쪽으로 모아지게 될 테고 따라서 여러 사람들이 보는 가운데서는 자객도 어쩌지 못하리라 여기고 한 장난이겠지요."

"허, 과연 나미타로 님이라 아시는군."

"그 대신 오다는 멍청이라고, 천하를 손에 넣을 때까지 말해댈 거요. 감히 비난은 하지 않겠지만 잘한 일이라고도 볼 수 없소."

천하……라는 말을 듣자 아케치의 눈이 야릇하게 빛났다. 그는 비로소 노부나가가 이미 그 뜻 위에 서서 행동을 일으키고 있음을 알아차린 것이다.

'그렇구나…… 벌써 거기까지.'

그때 나미타로가 다시 뜻밖의 말을 했다.

"다케다 집안과 손잡을 준비는?"

"그것도 대충."

나미타로는 고개를 끄덕이고 보름달을 바라보며 중얼거렸다.

"오랜 난세도 슬슬 봄을 향해 가는군."

"그건 그렇고, 미카와의 폭동이 꽤 심할 것 같지 않소?"

"그렇소. 그러나 이 일로 미카와도 굳어질 거요. 이에야스 님은 일일이 몸소 칼을 휘둘러 싸우셨소. 담력도, 솜씨도, 기질도 백성들 구석구석까지 오늘 저녁달처럼 스며들었을 거요."

잠자코 듣고 있던 즈이후가 갑자기 잔을 놓고 웃기 시작했다.

"흐흐흐, 그렇군, 이제 겨우 알았어."

"무엇을."

"당신 뱃속을. 고약한 사람이야, 당신은."

나미타로는 대답하는 대신 무녀에게 다시 술을 따르도록 눈짓했다.

"그렇군, 그래서 폭도들 뒤를 밀어줬단 말이오?"

이 말을 듣고 아케치가 나무라듯 물었다.

"그래서……라니요?"

"당신은 머리가 둔하군. 노부나가 님이 여행 중이니 그동안 너무 무료할 거라고…… 이에야스는 아직 젊잖소."

"아하!"

"노부나가가 다음 수업을 한다면, 이에야스도 안을 굳히는 수업을 하게 되는 거지. 과연 잘 생각했소."

이때 또 기묘한 사나이 하나가 여기로 어정어정 들어섰다.

"말 단속을 잘해놓았으니 나도 술 한잔 얻어먹으러 왔습니다."

지금은 재목관리인이 되어 있는 도키치로. 그도 오타와 함께 와 있었던 모양이다. 도키치로는 아무 꾸밈도 없이 끝자리에 웅크리고 앉았다. 이 사나이는 꾸밈없이 행동할수록 더 우스꽝스러워 보였다.

즈이후가 먼저 의심스러운 듯 쳐다보았다.

"아니? 이거 참, 이상하군. 여보시오, 좀 더 얼굴을 들어 나에게 관상을 보여주오."

"이렇게 말인가요?"

"허, 이거 놀라운데. 당신한테는 천하를 잡을 상(相)이 있소."

천하─라는 말을 듣자 아케치는 또 눈을 번쩍 빛냈지만 그 말을 들은 도키치로는 아무 재미도 없는 듯했다.

"허 참, 내가 천하를 손에 쥔다면 절반은 귀승에게 기부하지요. 한 잔만."

자기 쪽에서 술을 내밀고는 맛 좋은 듯 입맛을 다셨다.

"도키치, 그대는 도중에서 나와 헤어져 어디 갔다 오는 길인가?"

오타가 묻자 도키치로는 잔에 공손히 술을 받았다.

"밝은 달이란 사람 마음에 문득 향수를 불러일으키게 하므로."

"어울리지 않는 소리를 하는군. 똥이라도 쌌단 말인가?"

"엉덩이를 내어 달에게 보였지요. 달도 역시 내가 쏟아내는 오줌 속에 비치더군요. 천지 합체(天地合體), 풍류란 이를 두고 하는 말이겠지요."

술을 따르던 무녀가 고개 숙인 채 소리 죽여 웃었다. 아케치가 근엄할수록 이 또한 대조적으로 우스꽝스러웠다.

"도키치─"

"예, 뭐요, 오타."

"그대는 그 말재간으로 후지이 마타에몬이 없는 동안 그 딸 야에를 구슬렸다며?"

"당치도 않은 누명이오."

"그렇다면 근거 없는 소문이란 말인가?"

"대장님한테 누누이 다짐받고 있어서."

"뭐라고 다짐하셨나?"

"원숭이, 자네는 여자 때문에 운을 깨뜨릴 상이 있으니 부디 조심하라고 말이오."

나미타로가 싱긋 웃으며 무녀에게 말했다.

"따라드려라."

"그래서 여자를 삼가고 있다는 말인가!"

오타가 말했다.

"그렇소. 한데 이번만은 어쩔 수 없는 일이어서 말이오. 이것도 여난(女難)이라고 조심하고 있소만."

"아니, 그렇다면 소문은 진짜요, 거짓말이오?"

"거짓말이오. 단지 야에 님이 나한테 반했을 뿐이지 나는 도무지 마음에 두지도 않소."

즈이후가 웃었다.

"왓핫핫하…… 상대가 반했을 뿐이다. 상대가 반해준다면 때로는 천하도 받지 않으면 안 되겠지. 그래, 상대의 마음을 가련하게 여기고 한 번쯤 안아주었단 말씀이오?"

도키치로는 진지하게 손을 내저었다.

"원, 천만에! 여자란 한번 안아주면 줄곧 안겨 있고 싶어 하므로."

"그러니 손대지 않는다는 말씀이군."

"아니, 손을 댔단 말씀이오. 그런데 나미타로 님!"

모두들 속아넘어가 멍하니 있을 때 도키치로는 점잖게 나미타로 쪽으로 돌아앉았다.

"내가 오타의 뒤를 따라온 것은 그 일 때문이오. 나미타로 님께서 대장님에게 잘 말씀드려 주십사고요. 가엾은 여자의 안타까운 마음을 이루게 해주십시오."

즈이후가 또 감동했다는 듯 중얼거렸다.

"과연, 인물이로군! 그럼, 당신은 나미타로 님 주선으로 야에인지 하는 여자와 함께 살 작정이오?"

도키치로는 먼 하늘을 바라보는 눈으로 고개를 갸웃했다.

"글쎄…… 나미타로 님이 그렇게 해준다면 나도 그럴 작정이지만."

"이건 예사로 들어넘길 말이 아닌데!"

즈이후는 점점 더 재미있는지 어깨를 으쓱거리며 도키치로 쪽으로 돌아앉았다.

"멋대로 안아놓고 뒷일을 남에게 맡기다니. 그렇듯 쉽게 끝날 줄 아시오!"

"허 참, 이게 바로 남의 힘으로 소원을 이루는 묘미란 말씀이오. 보시오, 이 보름달이 땅 위에서 젖어 있군요. 하지만 젖어서 엎드려 있을 수만은 없을 테니 햇빛이 비치면 다시 일어날 것이오."

즈이후는 입을 꾹 다물고 도키치로를 노려보았다.

"그럼, 당신은 바람둥이군."

"천지의 이치대로지요."

"천지란 바람기라고 단정하는 건가?"

"그렇소. 그렇지 않고야 이렇듯 시시한 놈들이 우글우글 붙어날 리 없소."

즈이후는 외쳤다.

"듣기 싫소!"

그런 다음 다시 깨어질 듯한 소리로 왓핫핫핫 웃으면서 도키치로에게 잔을 내밀었다.

아케치는 못마땅한 듯 눈살을 찌푸리고, 오타는 멍하니 입을 벌리고 있었다. 이 집 주인 나미타로만이 웃는 것도, 웃지 않는 것도 아닌 표정으로 다만 사람들을 번갈아보고 있었다.

노부나가에게 추천을 부탁한다면서도 남에게 매달리지 않는 아케치.

넉살 좋고 노골적이면서도 자기 마음먹은 대로 사람을 움직이는 도키치로.

250계(戒)를 비웃으며 천하평정할 그릇을 찾아 헤매는 즈이후.

무술에 삶의 보람을 걸고 한결같이 의리만으로 살아가는 오타.

그 가운데 누가 나미타로를 가장 흔쾌히 움직일 힘을 갖고 있는 것일까?

그것을 문득 생각했을 때 도키치로가 다시 나미타로 쪽으로 돌아앉았다.

"나미타로 님, 만일 적 한복판에 하룻밤 동안 성을 쌓아야 할 일이 생긴다면 무슨 방법이 있을까요?"

나미타로는 미소 지었다. 벌써 무언가 섭취하려고 하는 도키치로의 교활함과 순진스러움.

"그런 방법은 없겠지요."

"없다고 팔짱 끼고 있으면 지는 게 아닙니까."

"그렇지. 그때는 지는 게 천지의 뜻에 맞겠지요."

"내가 졌습니다."

도키치로는 깨끗이 말하고 머리 숙였다.

"가르쳐주십시오, 부탁입니다."

나미타로는 드디어 노부나가가 미노를 공격하려는구나 생각하며 다시 보일 듯 말 듯 고개를 저었다.

"그런 전술이라면 나보다 하치스가(蜂須賀)에게 묻는 게 좋을 거요."

도키치로는 고개를 끄덕였다. 알았는지 모르는지 벌써 다음 말로 옮아간다.

"야에 님에 대한 일, 부탁드립니다."

나미타로는 고개를 끄덕이면서 문득 마음이 포근해졌다. 난세가 계속되면, 난세가 아니고는 볼 수 없는 온갖 젊은이들이 나타난다. 오늘 밤 모임만 해도 지금껏 없었던 꽃밭 속에 서 있는 듯한 느낌이었다.

나미타로는 다시 무녀를 재촉했다.

"술을—"

부처인가 사람인가

에이로쿠 6년(1563) 9월부터 7년 2월까지 일어났던 미카와의 잇코 폭동만큼 이
에야스를 놀라게 한 일은 없었다.

13년의 볼모 생활을 하는 동안에도 무쇠 같은 단결을 나타내어 무슨 일에도
끄떡하지 않았던 오카자키 사람들. 가신이며 백성들의 반란이 있으리라고는 꿈
에도 생각지 못했는데, 하리사키의 쇼만사에서 얼마 안 되는 양식을 빌리려는 일
이 동기가 되어 미카와 전체의 큰 소동이 되고 말았다. 더욱이 그것을 곧 끝내게
하려고 보니, 그 가운데 마쓰다이라 집안 가신이 많이 섞여 있었다.

이제 동미카와에서 이마가와 세력 아래 남겨진 것은 요시다, 우시쿠보(牛久保),
다와라 세 성뿐이며, 그 가운데 우시쿠보의 마키노(牧野)는 은밀히 이에야스와
뜻을 통하기 시작하고 있었다. 따라서 요시다성의 오하라와 다와라성의 아사히
나만 항복시키면 미카와 일대가 완전히 이에야스의 손에 들어오게 되는 중대한
때였다.

쓰키야마 부인과의 사이에 불화가 좀 있기는 하나, 생모 오다이 부인을 오카
자키성으로 맞아들여 그 남편 히사마쓰 도시카쓰를 머물게 하여 오카자키를 지
키게 하고 자신은 성을 나가 종횡무진으로 한창 싸우고 있었다.

하리사키 성채를 구축할 때 이에야스는 주의 깊게 직속무사들에게 훈시해 두
었다.

"절에 대해 특히 조심하도록 해라. 가노고시(加能越)에서는 어디서나 선동자들

때문에 크게 소동이 일어났다는 말을 들었다."

그런데 정식 결정이 나기 전에 얼마 안 되는 벼를 가져갔다 해서 중들이 그것을 빼앗았을 뿐 아니라, 사카이 우타노스케가 타이르러 보낸 사자를 경내로 끌고 가 목을 베어버렸다.

"노모토의 혼쇼사, 하리사키의 쇼만사, 사사키의 조구사 세 절은 문을 연 이래 수호불입(守護不入)의 땅이건만 나이 어린 이에야스가 그것을 부수고 난입해 벼를 빼앗다니 될 말인가."

사자를 벤 데다 이런 말까지 하는 데는 가만있을 수 없었다. 그러나 나중에 생각해 보니 그것은 선동자의 술책이었다. 그들은 혈기 왕성한 22살의 이에야스를 성나게 하여 단숨에 잇코종의 깃발을 내걸고 폭력혁명을 이루려 호시탐탐 기회를 노리고 있었던 것이다.

이러한 전국적 조직의 손이 은밀히 뻗어오는 판에 이에야스에게 불만 품은 무리들이 이마가와 쪽의 미끼에 끌려 움직였으며, 게다가 구마의 나미타로 같은 숨은 실력자까지 불을 끄려 하지 않고 오히려 지폈다.

"경험을 좀 쌓게 하는 것이 좋다."

불만 품은 무리의 선봉은 사카이 다다히사, 아라카와 요시히로(荒川義廣), 마쓰다이라 마사히사(松平昌久) 등으로 그들이 도조(東條)의 기라 요시아키(吉良義昭)를 총대장으로 하여 궐기했다.

"종문(宗門)의 위기다! 불교의 적 이에야스를 타도하라!"

젊은 이에야스가 놀라는 것도 당연했다.

종문을 위해 미카와 일대에 잇코종이 깊숙이 침투되어 있었다. 아니, 가신들 과반수가 잇코 신자여서 그 자식들은 몰라도 노파며 노인들은 모두 두 가지 과제가 제기되자 거취에 갈피를 못 잡는 형편이 되었다.

"부처님이냐, 영주님이냐?"

그것은 이마가와냐 오다냐 하는 비교와는 전혀 다른 내용을 포함하고 있었다. 현세와 내세의 비교이며, 부처님이 훌륭한가 이에야스가 훌륭한가이며, 또 그 어느 쪽의 보복이 무서우냐 하는 비교이기도 했다. 이렇듯 부처님을 따르겠다고 결심하는 이들이 며칠 안 되는 동안 미카와에 가득해졌다.

그들은 손에 든 창자루 끝이며 머리띠에 저마다 글을 써넣은 천을 드리우고 있었다.

"부처의 적을 무찌르는 군사! 나아가는 발은 극락정토(極樂淨土), 물러서는 발은 무간지옥(無間地獄)."

어느 세상이고 선동자에게 이용당하는 군중의 모습은 슬프다. 그들은 이러한 맹랑한 표어에 이끌려 어제까지 명군(名君)님……이라고 믿었던 이에야스에게 덤벼들었던 것이다.

총대장 기라의 도조성, 사카이 다다히사의 우에노성(上野城)을 비롯하여 노데라(野寺)의 아라카와, 오쿠사(大草)의 마쓰다이라 마사히사, 아다치(安達), 도리이 시로자에몬(鳥居四郎左衛門) 등 거의 700명.

혼쇼사에 농성한 것은 오쓰, 이누즈카(犬塚) 외에 이시카와, 가토, 나카지마, 혼다 일족 등 약 150명.

조구사에는 구라치(倉地), 오타 야다유(太田彌太夫), 오타 야로쿠로(太田彌六郎)를 비롯하여 가토 무데노스케(加藤無手之助), 도리이 마타에몬(鳥居又右衛門), 야다 사쿠주로(矢田作十郎) 등 마쓰다이라 집안과 끊으려야 끊을 수 없는 이들 230명.

도로(土呂)의 혼슈사(本宗寺)에는 오바시 덴주로(大橋傳十郎), 이시카와 한사부로(石川半三郎) 일족 10명 외에 오미 도로쿠로(大見藤六郎), 혼다 진시치로(本多甚七郎), 나루세 신조(成瀬新藏), 야마모토 사이조(山本才藏) 등 140명.

문제를 일으킨 쇼만사에는 하치야, 와타나베(渡邊), 가토 일족을 비롯하여 아사오카(淺岡), 히사세(久世), 가케이(筧) 이하 150명.

그 밖에 각지에서 궐기한 농부와 포로를 합하면 모두 3000명을 넘는다.

그들이 저마다 부처님이냐 이에야스냐, 극락이냐 지옥이냐, 하고 외치며 오카자키성 아래로 난입하려는 것이다.

물론 폭동에 모두 가담한 것은 아니어서 사카이 우타노스케는 니시오(西尾)성에서 혼쇼사 폭도며 아라카와의 군사들과 싸우고, 혼다 히로타카(本多廣孝)는 도이(土井)성에서 하리사키와 기라 요시아키의 군사를 막았으며, 마쓰다이라 지카히사(松平親久)는 오시가모(押鴨)에 있던 사카이 다다히사의 군사와 대치했다.

아무튼 이번 적은 여러모로 상황이 달랐다.

가미와다의 오쿠보 신파치로 노인은 일족을 지휘하여 도로, 하리사키의 폭도들과 싸웠는데 그들이 오카자키로 쳐들어오려는 것을 보면 자기 집 지붕 위에 뛰어올라가 백발 머리를 흔들며 크게 대나무 호각을 불어댔다. 그 대나무 호각이 울리면 오카자키까지 곧장 전령이 달려가 성에서 대기하고 있던 이에야스가 말을 달려 쳐나왔다.

"야단났다. 폭도들이 들이닥치는구나!"

쳐나오면 물러났다가 곧 다시 들이닥치니, 해변에 밀려오는 파도를 상대로 싸우는 것처럼 답답하고 안타까웠다.

하나하나의 얼굴을 마음속에 떠올리면 씹어서 뱉어주고 싶은 심정이었다. 생각할수록 머리가 혼란해지고 초조만 뒤에 남았다.

'설마 그 녀석이……'

믿고 있는 자가 태연히 폭도들 속에 섞여 이에야스를 불교의 적이라 정말로 확신하고 진군해 오는 모양이었다.

잡아서 타이르거나 꾸짖으려 해도 손이 닿지 않고, 미워할 수도 없는 안타까움. 밤낮없이 무장을 벗고 쉴 수도 없다. 9월에 시작되어 가을이 깊어지고 머잖아 설을 맞을 무렵에는 이에야스도 더 참을 수 없었다.

물론 설날 축하연을 할 형편도 못 되었다. 이러다가는 모처럼 풍족해지려던 백성들이 다시 굶주림에 쫓기게 된다. 아마 봄이 되어 소중한 모내기 철이 와도 부처냐 영주냐 하는 관념의 마술에 걸려 현실을 잊은 꿈같은 싸움이 계속되리라.

2월 첫 무렵 이에야스는 드디어 결심했다.

'좋아, 도당(徒黨)들의 본거지를 불살라버리자.'

그날 밤도 폭도들은 이에야스를 잠들지 못하게 했다. 밤에도 한 번 들이닥쳐 새벽녘까지 대나무 고둥 소리가 울려퍼졌다.

이에야스는 신경전에 휘말려들지 않으려고 일부러 성문을 열지 못하게 했다. 만약 쳐들어올 때를 가상해 퇴로를 끊을 대비를 해놓고 묘다이사(明大寺) 둑에 복병을 배치시킨 다음 기다리고 있는데, 폭도들은 즈이넨사(隨念寺) 언저리 민가에 불을 질렀다.

서리로 얼어붙은 새벽하늘을 시뻘겋게 물들이며, 가까스로 살림이 펴기 시작한 농부들 집에서 솟아오르는 불길을 보니 이루 말할 수 없는 노여움이 온몸에 소용돌이쳤다.

신앙이라는 걷잡을 수 없는 관념, 그것에 선동되어 일부러 자기들 생활을 파괴해 가는 어리석음. 이마가와 집안이 지배하고 있을 때보다 가혹한 공물을 내게 했다면 납득할 수 있겠지만 사실은 전혀 그 반대였다.

이마가와 집안이 지배할 때는 배고픔에 쫓겨 폭동을 일으킬 용기는커녕 한눈 팔 틈도 없었다. 그런데 이에야스가 '인정(仁政)!'이라고 믿고서 펴는 시책에 힘입어 가까스로 집집마다 벼가 저장되는 듯싶자, 반대로 힘을 준 이에야스에게 으르렁대며 덤벼드는 것이었다.

"이제 더 참을 수 없다."

저편에서 불사르기를 기다릴 것 없다. 그들이 농성하고 있는 절과 성채를 모조리 불살라 초토(焦土)에 세워진 인간의 약함을 다시 한번 확실히 맛보여주는 수밖에 없다고 생각했다.

"날이 새면 쳐들어갈 테다. 모토타다, 직속무장들에게 알리고 오너라."

이 폭동은 이에야스의 직속무장들 나이를 완전히 젊게 만들었다. 같은 편끼리의 싸움에서는 서로 얼굴을 알고 의리를 지닌 노인들로는 아무래도 해결할 수 없었다. 24살의 도리이 모토타다를 최연장자로 하여 히라이와, 혼다 헤이하치로, 그리고 지난가을에 성인식을 치른 사카키바라 등 모두 기운이 터질 듯한 젊은이들뿐이었다.

타오르던 민가의 불길이 엷어지자 스고강 물 위에 어느덧 하얀 새벽안개가 끼기 시작했다. 쳐나간다는 것을 분위기로 짐작하고 말 울음소리도 분발하고 있다.

이때 망루 아래 천막으로 이에야스를 찾아온 사람이 있었다. 아랫성 성지기 아내로 살고 있는 생모 오다이 부인이었다.

"히사마쓰 마님께서 급히 뵙겠다고 천막 밖에 와 계십니다."

사카키바라가 알리자 이에야스는 막 쓰려던 투구를 들고 고개를 갸웃거렸다.

"이런 시각에 무슨 일일까? 좋아, 이리 들어오시게 해라."

오다이도 역시 밤새도록 잠을 이루지 못한 모양이었다. 40살에 가까워진 차분한 분별의 무게가 강 위에 감도는 안개를 연상시켰다.

"여러 가지로 고심하시는 점, 짐작합니다."

여기로 온 뒤부터 언제나 이에야스의 어머니가 아닌 히사마쓰의 아내로서의 태도를 허물지 않는 오다이였다.

"밤새 못 주무셨습니까?"

"잠이 오지 않아 이것저것 생각하느라."

오다이는 여기서 부드럽게 미소 지었다.

"성주님께서는 성을 나가서서 단번에 일을 해결 지으려…… 생각하시는 건 아니시겠지요?"

이에야스는 눈살을 좀 찌푸려 보였다. 비록 어머니라도 싸움 전략에까지 참견하는 것은 불쾌했다.

이에야스가 눈살을 찌푸린 채 잠자코 있자 오다이는 후유 한숨을 쉬었다. 무엇 때문에 대답하지 않는지, 무엇 때문에 눈살을 찌푸리는지 너무도 잘 알고 있다. 그러나 드디어 참을 수 없게 된 이에야스를 그대로 내버려둘 수도 없는 오다이였다.

오다이는 땅바닥에 시선을 떨구고 중얼거리듯 말했다.

"만약 조급히 일을 결정지으려 하신다면, 먼저 절을 불사르게 될 거라고 생각되는데요. 만일 절을 불태운다면, 그야말로 그들에게 구실을 주게 되는 겁니다."

이에야스는 여전히 대꾸하지 않았다.

그 역시 어머니의 분별을 알고는 있으나, 젊음과 분노가 상대의 폭력에 대해 힘으로 맞서지 않고는 견딜 수 없게 만들고 말았다.

오다이는 다시 말했다.

"만일 절을 불태우고, 가담한 신하들을 모조리 처벌한다면 어떻게 될까요? 사건은 수습되겠지만, 그 결과 마쓰다이라 집안의 힘이 반으로 줄어들어 눈에 보이지 않는 적이 가장 바라던 대로 된다면 어떻게 하시겠어요?"

"뭐라고요, 적이 가장 바라던 대로라고……?"

"네, 나는 그렇게 생각합니다. 상대는 마쓰다이라 세력을 둘로 가르는 게 목적일 거라고……."

"음."

이 한마디에는 이에야스도 가슴에 찔리는 것이 있었다. 먼저 둘로 분열시켜 싸우게 하여, 어느 쪽이 이기더라도 전체적인 힘이 절반으로 줄어들게 한다. 그런 다음 약해진 나머지 절반을 쳐부순다…….

이에야스는 목소리를 떨구었다.

"어머니…… 만일 어머니가 이에야스라면 어떻게 하시겠습니까?"

"네, 상대가 둘로 갈라지기를 노리므로 어디까지나 하나로 뭉치도록 주선하겠습니다."

"이 이에야스 역시 그렇게 애써왔습니다. 하지만 도무지 분별없는 무리들이라 이대로 내버려두면 올해는 기근을 면치 못할 테니 봄까지는 끝내야겠다고."

말하다가 아직도 서 있는 어머니를 위해 분부했다.

"고헤이타, 의자를 가져오너라."

사카키바라가 의자를 가져왔으나 오다이는 거기에 앉지 않았다. 얌전히 땅바닥에 무릎 꿇고 말했다.

"황공하오나 그것은 성급한 처사가 아닐까요?"

"올해 농사를 못 지어도 좋다는 말씀입니까?"

오다이는 딱 잘라 대답했다.

"그렇지요. 그보다 중대한 것은 몇 년이 걸리든 가신들이 생각을 바꿀 때까지 성주님께서 설복하고 또 설복하려고 결심하시는 일입니다."

"몇 년이 걸리더라도?"

"네. 그대들이 있음으로써 마쓰다이라 가문이 있다, 나는 내 수족은 벨 수 없다…… 벌할 수도 없다…… 이 이에야스의 마음을 아직도 모르느냐고, 싸울 때마다 가신들에게 알려놓고 깨끗이 물러나신다면……."

"음."

"성주님! 그렇게 하세요. 그러면 가신과 성주님의 마음 연결이 새로이 살아나게 됩니다. 주군과 우리들은 조상 때부터 하나였다…… 이렇듯 깨닫게 되면 보이지 않는 적, 뒤에 있는 선동자들이 어느 틈에 떠오르게 되어 아무 일도 꾀하지 못하게 될 겁니다."

오다이는 어느덧 목소리와 눈에 뜨거운 정열을 담아 윗몸을 내밀고 있었다.

이에야스는 똑바로 어머니를 바라보며 가슴속으로는 차가운 물결이 격렬하게 맞부딪치는 것을 느꼈다. 어머니의 말이 수긍되지 않는 것은 아니다. 그것은 확실히 뛰어난 전략으로 생각되었다. 몇 년이 걸려도 이에야스는 칠 수도 없고 굴하지도 않는다―그것을 안다면 아무리 정신 나간 가신들이라도 반성할 것임에 틀림없다.

'이러다가는 굶어 죽는다!'

스스로의 깨달음 속에 반성할 것이 분명했다.

그러나 자신이 너무도 비참하게 생각되었다. 젊은 영주라며 얕보고, 선동당하여 자기에게 활을 쏜 가신들. 얕보인 분노는 그런 미적지근한 감정으로는 지워질 수 없었다. 본때를 보여주고 싶은 패기로 가슴이 가득했다.

오다이는 다시 나무라듯 한무릎 다가앉았다.

"이해가 안 되시나요? 이 집안의 중대한 갈림길이니 잘 생각하셔요."

이에야스는 힘찬 말투로 되물었다.

"어머니! 그렇게 하여 상대가 굴복했을 때…… 그때는 내가 생각하는 대로 처벌해도 좋겠습니까?"

"당치도 않은 말씀을!"

오다이는 무릎을 탁 치며 눈썹을 쳐들었다.

"성주님, 그래서는 거짓말로 가신을 속인 게 되지요."

"하지만 불도의 적이라고 욕하며 나에게 칼을 들고 덤빈 자들을……"

"그냥 용서하시는 게 부처님 마음, 불도의 적이 아니었다는 증거를 성주님께서 뚜렷이 나타내시는 게 으뜸인 것을 깨닫지 못하십니까."

"그럼, 내 감정을 억누르며 평생 참고 견디라는 말씀입니까?"

"성주님—"

오다이는 목소리를 부드럽게 하여 어느덧 자식을 타이르는 어머니 모습이 되어 있었다.

"이것은 참는 게 아닙니다. 부처가 사람에게 가르치는 길, 말하자면 조그마한 깨달음이지요."

이에야스는 고개를 끄덕이는 대신 물끄러미 어머니 얼굴을 바라보았다.

"성주님께서는 부처님을 어떻게 보시는지, 내 생각으로는 부처님이란 이 세상을 움직이는 커다란 힘 그 자체라고 생각합니다. 성주님을 낳으신 것도 부처님, 폭도들을 낳은 것도 부처님…… 아니, 낮과 밤의 차이도, 새며 짐승이며 나무며 풀이며, 하늘도 땅도, 물도 불도 모두 부처님 힘의 상징. 부처님을 이길 수 있는 것은 하나도 없으며 그 길을 밟지 않으면 반드시 지고 마는 겁니다. 그러나……"

잠시 미소 지은 다음 말을 이었다.

"이기셔야 합니다. 폭동을 일으킨 무리며 사건을 즐기는 중들보다 엄숙하게 부처님 길을 밟으셔서 이기십시오."

이번에는 이에야스가 무릎을 쳤다.

"그렇지, 나 외에 부처라는 게 따로 있는 게 아니지. 나도 가신들도 모두 큰 부처님 속에 있어. 좋습니다, 어머니 말씀대로 부처님 마음을 따르기로 하지요."

"고맙습니다, 그러면 승리는 틀림없습니다."

어느덧 날이 밝고, 밝아옴과 동시에 차츰 안개가 많아져 젖 속에 떠오른 것처럼 사람들도 나무들도 희미하게 보였다.

안개 속에서 다시 대나무 고동 소리가 울려왔다.

이에야스는 벌떡 일어나 와하는 함성에 귀 기울였다. 이번 소리는 뜻밖에도 가까이에서 들렸다. 아마 안개 속에 숨어 성문 가까이까지 다가온 모양이다.

"어머니, 쉬십시오."

이에야스는 여전히 무릎 꿇고 있는 오다이에게 말하고 나서 천막 밖으로 나갔다.

"고헤이타, 성문을 열어라. 여느 때처럼 쳐나가겠다. 오, 몇 번이고 몇십 번이고 몇 년이고, 끈기 시합이다."

어머니에게 들으라는 듯 말해놓고 다시 소리쳤다.

"혼다! 말을 끌어라."

그리하여 분발하는 혼다 헤이하치로와 말 머리를 나란히 정문으로 달려나갔다.

언제나 불처럼 지글지글 가슴을 태우던 분노가 지금은 왠지 웃음이 터질 듯한 우스꽝스러움으로 바뀌어 있었다. 부처라는 다 같은 크나큰 진리의 태내에서 이것저것 망설이며 싸우는 사람 모습을, 문득 객관화할 수 있게 되었기 때문이었다.

'이것도 어머니 은혜……'

"혼다, 너무 서두르지 마라. 안개 때문에 네 모습을 잃어버릴 것 같구나."

"주군! 적이 성문까지 육박해 왔습니다."

안개 속에서 들리는 폭도들의 함성에 호응하여 이편 총안에서 일제히 활을 쏘기 시작한 모양이었다. 그 화살 소리를 들으며 직속무장 최선봉 도리이 모토타다는 이에야스가 달려오기를 기다리고 있었다. 언제든지 문을 열 수 있도록 양쪽문에 군사가 10명씩 개미처럼 달라붙어 있다.

이에야스의 모습을 발견하고 먼저 와 있던 사카키바라가 호령했다.

"문을 열어라!"

창과 칼날이 허공에서 춤추고 500관이 넘는 쇠징 박힌 문이 활짝 열리자 이에야스, 도리이, 혼다, 사카키바라의 차례로 안개 속에 말을 달렸다.

"너희들도 따르라!"

보병들도 앞다투어 쏟아져나갔다.

"부처의 적을 쳐라!"

"물러가는 자는 지옥에 빠진다!"

"자진하여 정토에 성불(成佛)하라!"

이러한 외침 소리가 격렬한 칼날 소리 속에 순식간에 녹아들었다. 입으로는 큰 소리치면서 성안에서 쳐나오면 파도처럼 물러간다. 역시 이에야스와 칼을 마주대는 것은 괴로운 모양이었다.

어젯밤부터 세 번째, 이번에는 아마도 하리사키의 쇼만사 부대가 쳐들어온 듯했다. 지휘자 가운데 와타나베 한조(渡邊半藏)의 모습이 보였다.

"여봐라, 와타나베! 건방진 놈, 이에야스다. 덤벼라!"

말 위에서 호령하자 와타나베는 그가 자랑하는 4자 가까운 칼을 메고 슬금슬금 안개 속으로 사라지며 중얼거렸다.

"나아가면 정토, 물러가면 지옥……."

이에야스는 창을 훑으며 쫓아갔다.

"게 있거라. 서지 못하겠느냐!"

그러자 버드나무 뒤에서 이에야스 앞으로 뛰어나와 창을 꼬나쥔 자가 있다.

"부처의 적, 덤벼라!"

"오! 네놈은 하치야구나."

"잔소리 마라, 네놈은 사카키바라냐, 혼다냐!"

하치야는 늠름하게 창을 훑으며 찌르려 했다. 하치야는 키가 6척에 가까웠다. 3간 길이의 가시나무 창자루를 들고 싸울 때마다 적을 찔러, 사람 기름으로 창 끝이 한 번도 녹슬지 않았다고 자랑했으며, 마쓰다이라 가문에서는 나가사카(長坂)의 붉은 창과 함께 창의 쌍벽을 이루었다.

그 3간 창자루가 말 위의 이에야스를 향해 뻗어왔다. 이에야스는 안장 위로 몸을 엎드리며 자기 창으로 막아냈다.

하치야는 떨쳐진 창을 다시 꼬나쥐며 비웃었다.

"어? 꽤 잘하는데. 혼다로군. 나인 줄 알면서 덤벼드는 게 장하구나. 어때, 달아날 테냐, 덤벼들 테냐. 이번에 덤벼들면 지옥으로 갈 텐데."

이에야스는 온몸의 피가 확 끓어올랐다. 상대가 이에야스인 줄 알면서 일부러 혼다 헤이하치로의 이름을 부르며 놀린다 싶으니 이성도 분별도 한순간 노여움의 그늘에 숨고 말았다.

"하치야!"

"뭐냐, 혼다."

"이 녀석, 뻔뻔스럽게 조롱하는군. 이제 용납할 수 없다."

외치자마자 말에서 풀썩 뛰어내렸다. 젖같이 뿌연 안개 속에서 흐흥 하고 코웃음 치며 창을 꼬나쥔 하치야. 언제나 용감스러움과 믿음직함으로 미소를 자아내게 하는 그의 모습이 이때만큼 가증스럽고 하찮게 보인 적이 없었다.

그만큼 이에야스는 불같은 노여움으로 제정신을 잃고 있었다. 말에서 뛰어내려 태세를 갖추는 것과, 훑는 것과, 내지르는 게 동시였다.

"앗!"

하치야는 뒤로 물러났다. 혼다나 사카키바라의 창이 아닌 것을 그제야 느낀 모양이었다.

"네놈은 혼다가 아니구나……?"

"아직도 주둥이를 놀리느냐. 소중한 나의 가신, 잘못을 깨달으면 용서하려 했지만 이젠 용서하지 못하겠다."

"까불지 마라. 누구냐, 이름을 대라!"

"앗!"

이에야스는 소리 지르며 땅을 박찼다. 2간짜리 창자루와 3간짜리 창자루, 가까이 덤벼들어 찌르는 수밖에 도리 없다. 상대의 창끝을 허공으로 떨쳐놓고 가슴을 향해 덤벼들자 하치야는 다시 물러났다.

"안 되겠어! 주군이다, 안 되겠는걸."

"게 있거라!"

"싫소."

"이 녀석 달아날 테냐. 게 있으라지 않았느냐!"

"오늘은 기분이 좋지 않으니 다시 나오지요."

네댓 간 물러나 하치야는 어깨에 창을 둘러메었다.

"실례하오!"

그리고는 곧장 달려가는 것을 이에야스는 미친 듯 쫓아갔다. 이에야스는 창을 머리 위로 쳐들고 달리며 던지려 했다. 그 순간 오다이의 얼굴이 눈앞에 떠올랐다. 죽이는 것은 부처의 뜻에 거역될 뿐 아니라 눈에 보이지 않는 적이 바라는 바라고.

이에야스는 멈춰 섰다.

"야잇, 하치야! 적에게 등을 보일 작정이냐? 네놈은 그래도 마쓰다이라의 가신이냐?"

"뭐……뭐……뭐라고!"

생각지도 않았던 마쓰다이라의 가신이냐는 소리를 듣자 하치야는 가슴이 뜨끔해 안개 속에 걸음을 멈추었다. 입을 꽉 다문 채 창을 꼬나들고 돌아왔다.

"그 말을 듣고는 달아날 수 없지."

이에야스는 왠지 모르게 소름이 끼쳤다. 자기에게 차마 창을 들이대지 못해 일부러 달아나려던 자를 다시금 적으로 맞은 것이다.

"그래, 하치야답구나."

왠지 엷은 후회를 느끼자 이번에는 하치야가 구름이라도 찌를 듯한 사나이로 보였다. 그 주위에 감도는 살기는 이에야스의 입을 막고 호흡을 멈추게 할 것만 같았다.

하치야는 살기(殺氣)의 밑바닥에서 속삭이듯 중얼거렸다.

"주군! 사람은 부처에게 못 당합니다."

"못난 것!"

이에야스도 창을 꼬나잡았다. 한 번 크게 보였던 하치야가 다시금 큰 키를 오므려갈 때까지 창을 내질러서는 안 된다. 이에야스는 지그시 아랫배에 힘을 모았다. 말에서 뛰어내려 여기로 올 때까지 귀에 들리지 않던 칼 부딪는 소리, 화살 소리를 통하여 군사들의 싸우는 모습이 뚜렷이 되살아났다.

폭도들의 주력은 물러나기 시작한 모양이다. 이에야스 편은 오늘도 우세했다. 이것을 알아차렸을 즈음부터 이에야스의 온몸은 후끈하게 달아오르기 시작했다.

투지—라기보다 그것은 무(武)의 신이 자기 뱃속으로 들어가 공포를 몰아내고 용기가 그 자리를 차지해 가는 열기였다. 다시금 하치야의 모습이 한 치 두 치 오므라져 갔다.

"하치야!"

"무엇이오, 주군?"

"네놈의 흐느적거리는 창이 내 몸에 들어갈 줄 아느냐!"

"부처님 창이니 들어가겠지요."

"듣기 싫다!"

이에야스는 목소리와 함께 한 걸음 나아갔다. 하치야는 기가 눌린 듯 한 걸음 물러났다.

"네놈 같은 바보에게 부처가 깃들 줄 아느냐. 눈 뜨고 똑똑히 봐라. 부처는 내 뒤에 있다."

"뭐……뭐……뭐라고?"

"하치야!"

이에야스는 다시 한 걸음 나아가며 여기가 이미 오카자키를 나와 가미와다로 통하는 길가의 농부 집 뜰인 것을 알았다.

"왜 찌르지 않나, 겁이 나느냐!"

"아니, 겁은 나지 않소."

"그렇다면 덤벼라!"

"주군부터 덤비시오!"

"하치야!"

"뭐……뭣이오?"

"내가 네놈을 찌르지 않는 이유를 모르리라."

"알 게 뭐요."

"네놈은 나의 가신이다. 가신을 찔러선 안 된다. 하찮은 잘못을 용서해 주어라, 가짜 부처에게 선동당하고 있기 때문이라고 부처가 나에게 말하는 까닭에 찌르지 않는 거다. 그 부처의 목소리가 네놈 귀에는 들리지 않으리라."

"뭐라고······? 주군 귀에는 들린단 말이오?"

"들리기 때문에 네놈 쪽에서 덤빌 때까지 찌르지 않는 것이다. 자. 덤벼라!"

하치야는 신음했다.

"음, 그렇다면 나는 가짜 부처의 꼬드김을 받고 있다······는 말씀이오? 그럴 리 없어!"

"그러니 바보지. 모처럼 편안해져 가는 상가며 농가를 불사르고 이대로 폭동을 계속하면 올겨울에는 모두 굶어 죽는다. 대자대비하신 부처가 그런 바보짓을 할 성싶으냐!"

"음."

어느덧 땀방울이 안개에 섞여 하치야의 이마는 납처럼 빛나고 있었다.

"하치야."

"왜 그러시오?"

"네놈은 떨고 있구나."

"떨지 않소."

"그렇다면 덤벼라! 네놈 뒤에 부처가 있다면 찌를 수 있을 것이다."

"음, 찌르고말고."

대답은 했으나 하치야는 눈에 띄게 침착성을 잃고 있었다. 이에야스가 말한, 이대로 가다가는 돌아오는 겨울에 굶어 죽는다 — 는 한마디가 3년 전까지의 괴로운 생활을 생생하게 가슴속에 되살아나게 한 것이다.

싸움 —

이것은 단순히 전쟁터에서 벌이는 목숨을 주고받는 일뿐만이 아니다. 지상을 메마르게 하는 이상한 힘을 지니고 있다.

처음에 하치야는 이번 싸움을 싸움이라고 생각지 않았었다. 단순히 부처가 불적(佛敵)을 벌하는 것이라고 여기고 있었다. 그런데 지금은 동요하기 시작하고 있다. 전지전능한 힘을 지녔을 터인 부처에게 이에야스는 도무지 벌을 받지 않고 쳐들어갈 때마다 부처 편이 풍비박산되어 후퇴해 온다.

'어째서일까?'

이러한 의혹이 문득 솟아나고 있는 참에, 오늘 아침 이에야스로부터 그 말을 들은 것이다. 폭도 무리들은 가짜 부처의 꼬드김을 받고 있는 것이며 이에야스 뒤에 진짜 부처가 있다고 했다. 확실히 그런지도 몰랐다. 그럴 리 없다고 생각했으나 자랑하는 자신의 창이 이에야스의 피를 빨려고 하지 않는다.

하치야의 이마에서 볼로 땀이 뚝뚝 흘러내렸다.

"주군…… 그러면 주군은 참다운 부처의 명으로 우리를 찌르지 않는단 말씀이오?"

이에야스는 꾸짖었다.

"말이 많다! 부처는 모든 것을 긍휼히 여기신다. 네놈들이 생각을 고치기를 기다리고 있단 말이다."

하치야는 창을 꼬나든 채 분한 듯 다시 중얼거렸다.

"진짜 부처…… 가짜 부처……."

아무리 싸워도 이에야스를 벌주지 못하는 것은 가짜 부처이기 때문이라고 생각하는 수밖에 도리 없었다. 그것과 반대로 이에야스는 모두들 생각을 고치기를 기다린다고 한다…… 하치야는 머리가 깨질 것만 같았다. 눈이 아찔하며 심한 갈증을 느꼈다.

"주군! 나는 달아나겠소, 역시……."

하치야는 다시 홱 돌아서서 이에야스에게 등을 보였다.

"게 있거라!"

이에야스도 다시 소리쳤으나 이번에는 뒤쫓으려 하지 않았다.

하치야는 좀 떨어져서 창을 둘러메었다. 안개는 여전히 깊어 볼에도 목덜미에도 이슬비처럼 내린다. 하치야는 마구 달렸다. 달려가면서 야릇하게 가슴이 안타까워져 눈물이 뚝뚝 흘러내렸다.

하치야는 달려가면서 중얼거렸다.

"주군은 바보야…… 가짜 부처의 선동을 받고 배반한 우리를 왜 찌르지 않는 거지……."

달려가는 동안 양옆으로 패하여 달아나는 동료들 모습이 보였다.

"물러서면 지옥이요, 나아가면 정토."

저마다 외치면서 가미와다로 가는 길 쪽으로 마구 달아난다.

졸졸졸 소리 내며 흐르는 개울이 있었다. 하치야는 땅바닥에 엎드려 말했다.

"주군, 난 물을 먹습니다! 물을 먹어요……."

그리고 하치야는 엉엉 소리 내어 울기 시작했다.

폭도들이 가미와다까지 물러가니 그곳에는 오쿠보 일족이 신파치로 노인을 중심으로 대치하고 있었다. 아니, 그뿐만이 아니었다. 여느 때는 성 아래를 떠나면 추격을 멈추고 성으로 돌아가던 이에야스가 이날은 끝까지 뒤쫓아왔다.

하치야는 가미와다 마을로 접어드는 잔디밭에서 마른밥을 먹고 있는 와타나베를 만났다. 와타나베는 마른풀 위에 칼을 내던져놓고 아작아작 소리 내어 밥을 씹고 있다가 하치야를 보았다.

"난 또 누구라고, 하치야 아닌가?"

그리고 안개 속을 더듬어 보며 말했다.

"자네, 창에 매달렸던 헝겊을 떨어뜨리고 왔군."

그리고 자기 칼자루에 매단 '물러서면 지옥, 나아가면 정토……'라고 쓰인 헝겊을 가리켰다.

"와타나베."

"왜 그래, 하치야."

"난 말이야, 주군을 만났어."

"만났거든 찌르지."

와타나베는 자기가 칼을 둘러메고 도망친 이야기는 하지 않았다.

하치야는 자기도 마른풀 위에 털썩 앉았다.

"그게 말일세, 와타나베. 아무래도 창이 앞으로 나가려 하지 않더라고. 이상한 일도 다 있지."

"하하하…… 그건 자네 신심이 모자라서야. 나 같으면 썩 베어주었을걸. 기회를 아깝게 놓쳤군."

"이상해. 손이 저렸어. 그리고 눈이 아찔하더군. 주군 뒤에 부처님 후광이 번쩍 비쳤어."

"거짓말 말게. 부처님은 우리 편이야."

"와타나베."

"왜 그래, 이상한 눈을 하고서?"

"자넨, 부처님이 언제쯤 주군에게 벌을 내릴 것 같은가. 봄이 되어 농사도 못 짓고 여름이 와도 승부가 나지 않는다면 가을부터 겨울까지 굶어 죽을 판일세."

"응, 그도 그렇지만…… 그게 어쨌다는 건가?"

"그러면 누가 벌을 받는 것인가. 농부들과 우리에게 내리는 거라고 생각되지 않나?"

"하치야."

와타나베는 씩씩거리며 무언가 말하려다 침을 꼴깍 삼켰다.

"자네, 그래서 창자루의 헝겊을 뜯어버렸군?"

"난 부처님에게 거역하는 것은 싫어."

"부처님은 우리 편이라고 하지 않았나?"

"글쎄, 우리한테 벌을 내릴 것만 같아. 난 주군 뒤에서 번쩍거리는 것을 보았네."

"하치야, 그……그게 정말인가?"

바로 이때 염불도량의 법사 하나가 역시 글귀가 쓰인 헝겊을 매단 6척 몽둥이를 치켜들고 거칠게 숨을 몰아쉬며 단숨에 말했다.

"오, 와타나베 님도 하치야 님도 여기 계셨군요. 드디어 좋은 기회가 왔소! 부처의 적 이에야스가 가미와다까지 추격해 와서 지금 오쿠보 다다요의 집으로 들어갔소. 이거야말로 독 안에 든 쥐니, 자, 두 분께서 베어버리시오."

"뭣이, 다다요네 집에?"

와타나베는 재빨리 밥주머니를 허리에 차고 칼을 집어들었다. 하치야가 이상한 소리를 했다. 과연 이에야스 뒤에 부처님의 빛이 있는지 없는지 볼 작정이었다.

"좋아, 이번엔 내가 갔다 오겠어. 하치야, 자넨 여기서 기다리고 있게."

와타나베가 분발하여 일어서는 것을 보자 알리러 온 법사는 손에 침을 바르며 몽둥이를 고쳐 쥐었다.

"이번에야말로 치고 말리라. 부처님 명령이시다."

그런 다음 하치야를 돌아보았다.

"자네는 안 가겠나? 이런 좋은 기회에."

"난 배가 고파 죽겠어. 부처님 명이라 할지라도 배가 고파서 안 되겠어."

법사는 혀를 차며 와타나베의 뒤를 쫓았다.

뽑아든 칼을 메고 다다요네 집으로 달려가면서, 와타나베는 머릿속에 커다란 버마재비가 들어와 쿡쿡 찌르며 돌아다니는 듯한 느낌이 들었다. 아무리 부처님의 가호가 있다 하더라도 모를 심지 않은 논에서 쌀은 나지 않으리라. 쌀이 나지 않는다면 기근이 날 것이다.

'하늘에서 연꽃을 내렸다는 이야기는 흔히 있지만……'

그러나 쌀을 내렸다는 말은 아직 듣지 못했다. 아니, 내린다는 연꽃도 아직 와타나베가 눈으로 직접 본 일은 없었다. 이렇게 되고 보니 하치야가 보았다는 이에야스의 후광을 반드시 '못난 소리!'라고 부정할 수도 없다.

어느덧 안개가 개기 시작했다. 이 언저리의 많은 잡나무 숲과 여기저기의 밭에 아미타여래 깃발과 접시꽃 깃발이 흘끗흘끗 보였다. 양편 모두 직접적인 충돌을 피하여 서로 견제하고 있다.

와타나베는 엎드려 젖꼭지나무 울타리를 들어갔다. 말똥 냄새가 코를 찌르는 것은 그곳이 마구간 뒤편이기 때문이었다. 재빨리 안으로 들어가니, 바로 보이는 안채 부엌 안에 말 다리가 보였다.

와타나베는 그 말 다리에서 위쪽으로 살금살금 시선을 옮겨갔다. 등자가 보이고, 등자에 얹힌 털신이 보이고, 다시 낯익은 갑옷의 허리 밑이 보였다.

"주군이다!"

이에야스는 지금 다다요네 집 부엌에 말을 들이대고 말 위에서 물에 만 밥을 먹고 있는 참이었다.

밑에는 무릎 꿇은 여인의 하얀 얼굴이 떠 있다. 다다요의 아내였다.

"아낙."

"예."

"이 된장은 아주 맛 좋구려."

이에야스가 말 위에서 칭찬하자 다다요의 아내는 대답했다.

"식전에 말을 달리신 뒤라 시장하셔서 그러시겠지요."

"아니야, 된장을 맛있게 담그는 여자는 살림살이를 잘하는 법이지. 그대는 좋은 아내인 것 같아."

"황송합니다, 더 드십시오."

"음, 배는 고프지만…… 그만 먹지. 그대들이 정성껏 모은 쌀을 너무 먹어 예정을 어긋나게 만들어서는 딱한 노릇이니."

"당치도 않은 말씀을. 성주님께 뜻밖에 소용되는 쌀이니, 쌀이 기뻐하고 있습니다. 얼마든지 있으니 염려 마시고 더 드십시오."

이에야스는 웃었다.

"하하하…… 가난한 살림을 꾸려나가노라면 즐거운 거짓말도 하는 법이지. 알 겠나, 아낙. 폭동에 가담하는 가신들도 바보만은 아닐 거야. 그러는 동안 정신 차리고 사과하러 오겠지. 사과만 한다면 모두 용서하겠다. 조금만 더 고생하며 참아다오."

"예, 황송합니다."

"그대의 얼굴빛만 봐도 고생하는 것을 훤히 알 수 있어. 자, 나 대신 그 한 공기는 그대가 먹도록 해. 젖이 안 나면 안 되니 나 대신 그대가 먹어야지."

와타나베는 숨어서 그것을 보고 있다가 갑자기 울상을 지었다. 왜 울상이 지어지는지 잘 알 수 없다. 폭동을 이끄는 중들은 온갖 이상을 내걸고 그것을 위해 죽어야 한다고 했다. 농부도, 무사도, 상인들도.

와타나베도 물론 그것은 분명히 이해되었다. 그런데 지금 이 귀로 들은 이에야스의 말도 역시 마구 가슴을 도리고 들어온다. 이대로 싸움을 계속하면, 미카와 일대는 황폐해져 높은 이상을 지니면서도 유랑민이 되어 거지나 밤도둑이 되는 수밖에 없으리라. 아니, 모든 사람이 그렇게 될 수는 없으니 늙은이며, 어린이며, 부녀자는 길가에 쓰러져 죽게 될 것이다.

'죽어서 정토로 가겠지만……'

생각만 해도 야릇하게 기운이 빠진다. 하치야 녀석이 고약한 말을 했다고 생각되었다. 한편은 가짜 부처님이고, 후광은 이에야스 쪽에 비치고 있었다고.

와타나베가 보는 한, 이에야스에게 후광 따위는 비치지 않았다. 언제나처럼 잘 록한 목을 하고 있으며, 몇 공기째인지는 모르나 물에 만 밥을 사양했다.

"아닙니다. 젖은 충분히 나고 있어요."

다다요의 아내가 눈에 눈물을 가득 담고 내미는 것을 이에야스는 꾸짖었다.

"몸을 소홀히 해서는 안 돼. 그대 혼자의 목숨이 아니란 말이야. 자식이 있고 남편이 있잖나."

그리고 말 머리를 확 돌렸다.

한편은 부처를 위해 죽으라 하고 한편은 몸을 아껴서 살라고 한다.

죽으라는 것이 참다운 부처님이냐.

살라는 것이 참다운 부처님이냐.

'그렇다!'

와타나베는 칼을 들어 태세를 갖추었다. 진짜 부처님이라면 자기 칼 따위에 베일 까닭이 없다. 진짜로 이에야스에게 덤벼들어 판단하는 수밖에 도리 없다.

그가 숨어 있는 마구간 뒤로 이에야스가 지나가자 와타나베는 소리치며 달려나갔다.

"기다리시오, 주군!"

"와타나베냐."

이에야스는 돌아보자마자 창을 꼬나들고 늠름하게 말 위에서 창을 훑으며 와타나베에게 대치했다.

"이놈, 덤벼라!"

와타나베는 아찔하게 현기증이 났다.

"후광이 비친 게 아냐. 투구에 햇빛이 비친 거야."

그러고 보니 가까스로 안개가 갠 하늘에서 아침 햇살이 선명하게 땅 위에 이르고 있었다.

"뭘 중얼거리느냐, 사리를 모르는 얼뜨기 놈!"

"주군! 정말로 베겠소."

"네놈의 힘없는 칼로 벨 수 있다면 어디 베어봐라."

말이 힝힝거리며 곤두섰다. 와타나베는 정신없이 칼을 옆으로 휘둘러 쳤다. 그러나 칼끝은 곤두선 말 다리 밑에서 허공을 베었을 뿐 말 다리가 뛰어내렸을 때는 이에야스의 직속무장들이 와타나베를 에워쌌다.

"불측한 놈, 꼼짝 마라!"

맨 먼저 뛰어나온 것은 헤이하치로의 큰 칼, 잇달아 도리이 모토타다의 창, 이에야스 앞에는 사카키바라가 결코 물러서지 않겠다는 태세로 두 다리를 단단히 버티고 서 있었다.

와타나베는 생각했다.

'안 되겠다……'

어쨌든 그의 칼은 이들과 싸우기를 싫어하는 것이다. 와타나베는 혀를 차며 서서히 뒤로 물러났다.

"이놈, 또 달아나느냐!"

이에야스의 목소리가 귀에 들어왔으나 그때 벌써 와타나베는 몸을 날려 젖꼭지나무 울타리 밖으로 나가 겨울 개울물을 발길로 차며 건너편 밭 쪽으로 달아나고 있었다.

사카키바라가 혼다를 불렀다.

"쫓지 마라. 어디서 적이 올지 모르니 주군 곁을 떠나지 말도록."

그동안 와타나베는 길을 빙 돌아 칼을 둘러메고 아까 있었던 그 잔디밭으로 돌아갔다.

하치야는 와타나베의 칼을 흘끗 쳐다보고 피가 묻어 있지 않은 것을 확인한 다음 마른풀 위에 벌떡 일어나 앉았다. 아마 여기서 한잠 자고 있었던 모양이다.

"어때, 베지 못했지?"

"음."

"주군에게 후광이 비치지 않던가?"

와타나베는 대답 대신 한 번 더 뒤돌아보고 단둘뿐인 것을 확인한 다음 내뱉듯 말했다.

"나는 벌을 받아도 좋아. 예를 들어 주군 쪽이 가짜 부처님이고 절 쪽이 진짜 부처님이라도 상관없어."

"그게 무슨 소리야?"

"지옥에 떨어져도 좋단 말일세. 난 지금부터 오쿠보의 집으로 갈까 해."

"자네, 항복할 작정인가?"

"아니, 돌아가는 거지. 지옥에 떨어질 각오를 하고 말일세."

그리고 와타나베는 다시 한번 칼을 동댕이치듯 마른풀 위에 던지며 나직한 소리로 물었다.

"자네는?"

하치야는 대답하지 않았다. 와타나베의 아내와 오쿠보 일가의 주인 신파치로의 아내는 자매 사이였다. 다다토시(忠俊) 노인은 이때 이미 은퇴하여 조겐(常源)이라 부르고 있었다.

"자네는 신파치로와 인척이니 쉽겠지만 난 아무 인연도 없네."

"하치야!"

"뭔가!"

"우리 둘이서 신파치로를 찾아가보세. 주군은 곧 성으로 돌아가실 테니 신파치로의 말이 마음에 안 들면 그때 다시 폭도들 쪽으로 돌아오면 되는 거야."

"옳지."

"난 자네가 보았다는 주군의 후광이 진짜 같은 느낌이 드네."

하치야는 창자루를 움켜잡고 어느덧 눈물을 뚝뚝 흘리고 있었다. 막상 사람을 사이에 넣어 사과하려 드니 새삼스레 분했다. 이럴 바에야 뭣 때문에 이런 소동에 참가했었단 말인가. 하지만 이제 더 이상 주군에게 덤벼들 생각도 나지 않는다.

"와타나베."

"응."

"난 말일세, 따라가기는 하지만 잠자코 있겠네. 신파치에게 자네가 이야기해 주겠지."

와타나베는 고개를 끄덕였다. 그 밖에는 도리 없으리라. 죽으라는 말과 살라는 말은, 아무리 단순한 그들의 머리일지라도 어느 편이 보다 더 자기들을 사랑하는지 답이 뚜렷이 나오는 것이다.

두 사람은 생각난 듯 얼굴을 마주 보았다.

"좋은 날씨군."

"지금부터 밭갈이하면 올해는 무사히 지낼 수 있을 거야."

봄바람

폭동은 오쿠보 일족의 주선으로 하치야와 와타나베가 항복하면서 한꺼번에 해결의 실마리가 잡혔다.

하치야 등은 물론 아무 일 없었다. 앞으로의 항복자들도 그들과 다름없다는 말을 듣고 혼다 야하치로(本多彌八郞)가 잇달아 항복했고, 이득 없다는 걸 눈치채고 소동을 일삼던 뜨내기중들은 어디론지 달아났다.

2월 28일, 가미와다의 조슈사(淨珠寺)에서 청원문을 작성해 이에야스에게 제출하자 본디 미카와에 있던 중들은 모두 그 죄를 용서해 주고 3월부터 백성들은 다시 부지런히 밭갈이에 나섰다.

이번 일을 해결하는 데 뒤에서 가장 큰 영향을 미친 사람은 이에야스의 생모 오다이 부인과, 오다이 부인의 동생이며 중신 이시카와 이에나리의 어머니인 묘사이니(妙西尼)였다. 오다이 부인은 어디까지나 가신들이 무사하도록 설복했고, 묘사이니는 신앙심에서 어느 절도 부수지 말도록 이에야스에게 되풀이 탄원했다.

그리고 사건을 무마시키는 데 가장 직접 힘쓴 이는 오쿠보 조겐과 신파치로였다. 오쿠보 일족은 니치렌종(日蓮宗) 신자였으나 신앙을 초월하여 모두를 위해 사과해 주었다.

"이 할아범을 봐서 용서해 주십시오."

소문난 벼락할아범인 조겐이 성급한 기질을 누르고 말한 속사정은, 이 소동의 선동자들 뒤에 이마가와와 다케다 두 집안의 손길이 강하게 움직이고 있음을 짐작했기 때문이었다.

"상대가 우리를 둘로 분열시키려 하고 있는데, 뻔히 알면서 그 수에 넘어가서야 될 말인가."

폭도들 쪽에서는 니치렌종인 오쿠보 일족이 잇코종 신도를 위해 주선해 줄 줄 꿈에도 생각지 못했으므로, 이러한 조겐의 성의가 뜨겁게 사람들 가슴을 쳤다.

"둘로 갈라져서는 안 되오. 갈라지면 서로 약해지니까."

이 일이 사람들 결속을 더욱 굳히는 원인이 되었으니, 마쓰다이라 집안으로서는 멋지게 전화위복을 이룬 결과가 되었다. 아니, 그보다도 이 소동을 통해 이에야스의 심신이 모두 성장한 일이야말로 가장 큰 수확이었다 해도 과언이 아니다.

이에야스는 비로소 신앙이라는 것의 본질을 깊이 깨닫게 되었다. 가신들의 반역이라는 안타까운 감정의 물결을 헤치고 나가 그것을 종식시키는 수단을 가슴에 새겼다.

'인간이란 어디까지 약한 것일까.'

앞으로 어떤 일이 있어도 가신들 앞에서 자신의 약함을 보여서는 안 된다고 결심했다. 사람들은 자기의 약함에 가까운 것을 타인 속에서 발견하면 그것을 '인간미―'라고 하며 그리워한다. 그러나 사실은 그 반대로, 누구나 다 약하다며 의지하는 마음을 없애고 마음의 유랑을 시작한다.

'나의 어딘가에 그런 점이 있었던 것이다……'

이에야스는 그것을 깊이 반성했다. 이 난세에서 한 나라를 이끌어나가려면 거기에 어울리는 강함을 단련하지 않으면 안 된다. 그 강함이 지도력이 되는 것이다.

이에야스는 28일에 청원문을 받았고, 3월 1일에 그것을 들고 아랫성으로 어머니 오다이 부인을 찾아갔다. 모든 일이 원만하게 해결되었음을 자기 입으로 어머니에게 알리고 감사하고 싶었기 때문이다.

오다이 부인은 아랫성에서 지냈으나 성주의 거실은 예의상 사용을 금하고 있었다. 사카다니 골짜기로 이어진 둑 아래로 시퍼렇게 바라보이는 해자의 넘실거리는 물에 따스한 봄기운이 감돌고 있다. 오다이는 가신의 통지를 받고 거실 청소를 확인한 다음 그 둑까지 마중 나왔다.

이에야스는 사카키바라 한 사람만 데리고 홀가분하게 찾아왔다. 이에야스에게는 기억이 없으나 오다이에게 이 언저리는 그리운 추억으로 가득한 장소였다.

이 성에서 15살 되던 해 봄 가리야에서 가져온 목화씨를 이곳에 뿌리게 했다. 그때나 지금이나 흙의 향기는 같건만, 그즈음의 남편 히로타다는 이미 기억의 밑바닥으로 사라지고 그의 아들 이에야스가 지금 미카와 일대의 총대장으로 자기 앞에 서 있다.

"어려운 걸음을 했군요."

감개를 억누르며 머리 숙이니 인생의 불가사의함에 가슴이 메어왔다. 여자로서 오다이는 약했다. 출가할 때도, 이혼당했을 때도 자신의 의사나 감정은 전혀 받아들여지지 않는 비참한 상황이었다. 그러나 오다이는 그것을 저주하지 않았다. 저주하는 대신 모든 것을 용서하려 했고, 모든 것을 빛으로 향하게 하려고 한결같이 애절하게 빌었다.

그리고 지금…… 히로타다는 이미 지하에서 한 줌의 흙으로 돌아갔지만, 어머니인 오다이는 늠름한 무장으로 성장한 내 아들을 맞을 수 있다. 남을 저주하지 않고 용서하는 자만이, 눈에 보이지 않는 커다란 것에 용서받아 가는 듯한 느낌이 들었다.

거실로 안내된 이에야스는 기뻐하기보다 오히려 무언가 생각하는 표정이었다.

"어머님, 덕택에 무사히 해결되었습니다. 이상한 생각이 드는군요. 2년이건 3년이건 참겠다고 결심한 날이 바로 해결되는 첫날이 되었습니다."

"성주님의 곧은 마음을 부처님이 치하하셔서겠지요."

오다이는 술 대신 손수 만든 팥떡을 이에야스에게 권했다. 귀중한 흑설탕을 섞어 만든 팥떡으로 그 설탕에도 추억이 있었다. 시고쿠에서 나는 이 설탕을 오다이는 14살 때 이 성에서 처음으로 맛보았다. 그 뒤에도 설탕은 여전히 귀한 진미였는데 구마의 나미타로가 오다이에게 일부러 보내준 것이었다.

이에야스는 아주 맛 좋다면서 세 접시나 먹었다. 오다이는 그것이 기뻤다. 모자 사이에 이런저런 이야기꽃이 피었다.

"앞으로도 어머님과 이모님 가르침을 거역하지 않겠습니다. 두려워 달아난 자들도 언젠가는 찾아내어 용서해 줄까 합니다."

이에야스가 용서하지 않으리라 지레짐작하고 영내 밖으로 달아난 자가 4, 5명 있었다. 어쩔 수 없이 그들을 가신에서 제적시키긴 했으나 기회를 보아 돌아올 것을 용인하겠다는 뜻이었다.

"그 따뜻한 마음씨가 어서 통하도록 빌겠습니다."

이에야스가 물러난 것은 해가 진 뒤 한 시간 남짓 지나서였다. 오다이의 전송을 받으며 고헤이타와 둘이서 사카다니 골짜기 둑으로 나서자 막 피기 시작한 벚나무 밑에서 부리나케 달려와 앞을 막아 앉는 여인이 있었다.

"소원입니다."

고헤이타가 두 팔을 벌려 이에야스와 여자 사이를 막았다.

"누구냐!"

여자는 다시 말했다.

"소원이 있는 사람입니다."

"고헤이타, 이름을 물어라."

고헤이타는 주의 깊게 땅바닥에 앉은 여자를 들여다보더니 대답했다.

"쓰키야마 마님의 시녀 오만입니다."

"무엇이, 오만이라고?"

이에야스는 성큼 앞으로 나섰다.

"과연 오만이구나…… 무슨 일이냐?"

말하다가 고헤이타가 꺼림칙하여 주춤거렸다.

"좋아, 그대는 먼저 돌아가라. 염려할 것 없다."

그리고 이에야스는 고헤이타에게서 칼을 받아들었다.

고헤이타는 고개를 갸웃거리며 물러갔다. 설마 이에야스가 이 소녀에게 손댄 줄은 상상도 못 하고 지금 이런 장소에서 무엇 때문에 주군을 기다린 것일까 하고 이 젊은이의 가슴에 의아심이 남는 모양이었다.

고헤이타가 가는 것을 확인한 다음 이에야스는 말했다.

"오만, 일어나거라. 쓰키야마 마님한테서 또 무슨 명령을 받고 온 게지?"

오만은 그것에는 대꾸하지 않고 딴소리를 했다.

"성주님, 부디 마님한테 와주십시오!"

"그래, 아무 때고 가마. 걱정 마라."

"아니에요, 아무 때고 오시면 곤란합니다. 오늘 밤에 꼭!"

이에야스는 불쾌감이 왈칵 가슴을 스쳤다.

"오늘 밤에 데려오라고 하더냐?"

"아니에요, 아니에요! 마님은…… 그런 말씀을……."

"그럼, 네 말이라는 거냐?"

"네…… 네, 만은 미칠 것만 같습니다. 성주님, 이렇게…… 이렇게…… 부탁드립니다!"

이에야스는 저도 모르게 필사적인 오만의 동작을 지켜보았다. 확실히 예사 상태가 아니었다. 두 눈에 핏발이 서고 풍만한 가슴이 파도처럼 출렁거렸다.

'설마 미친 것은 아니겠지……?'

이에야스는 온몸에 소름이 끼쳤다.

"미칠 것 같다니 무엇 때문이냐?"

애써 조용히 묻자 상대는 겁낼 것이 없어졌는지 갑자기 소리 죽여 울기 시작했다.

"울고만 있으면 내가 어찌 아느냐. 생각하는 바를 말해봐라."

"네……."

오만은 이전의 맹랑했던 태도는 조금도 없고, 이제 어리광과 겁에 질려 살그머니 이에야스의 옷자락에 매달려왔다.

"성주님이…… 손대신 것을…… 마님께서 눈치채셨습니다."

"음."

"그 뒤부터 밤마다 매질…… 아니에요, 그것도 여느 매질이 아닙니다."

"어떻게 하는 매질이냐?"

"네…… 아니오…… 말씀드릴 수 없습니다. 죽기보다 괴롭고 창피한…… 성주님!"

"죽기보다 괴롭다니……?"

"소원입니다. 부디 마님한테 와주십시오. 그렇지 않으면…… 이 만은……."

"죽음이라도 당한단 말이냐?"

"아니에요…… 아니에요, 그 이상의 괴로움을 당합니다. 네가 나쁜 게 아니다, 네 속에 사는 음탕한 벌레가 나쁘다고 하시면서 그야말로…… 그야말로……."

이에야스는 옷자락에 매달려 넋두리하는 오만의 목덜미에 지그시 시선을 떨구었다. 오만과의 일시적인 정사를 세나가 눈치챘다…… 이것은 이에야스로서도 마음에 걸리는 일이었다. 세나는 예사 성격의 여자가 아니다. 질투하기 시작하면 이성을 잃고 미쳐나간다. 일시적인 일이라 하여 웃으며 용서하지도 않고, 용서하려고 애쓰거나 다시 그런 짓을 되풀이시키지 않으려 노력하는 여자도 아니다. 그때 그때의 감정대로 무슨 짓을 저지를지 모른다. 겁에 질려 떨고 있는 오만을 바라보는 동안 이에야스는 불안이 뉘우침이 되고 노여움이 되고 혐오가 되었다.

"죽기보다 괴롭고 창피하다니? 말해봐. 여기에 아무도 없으니!"

"아니에요, 아니에요…… 그것은…… 말씀드릴 수 없습니다."

"말을 해야 알 것 아니냐, 말해봐."

그러나 오만은 고개를 저을 뿐이었다.

사실 세나의 체벌은 16살 난 오만이 말할 수 있는 성질의 것이 못 되었다.

"네가 나쁜 게 아니다. 네 몸에 붙어 있는 음란한 것이."

이렇게 말하며 손발을 꼼짝 못 하게 밟고 몸을 변태적으로 희롱하는 것만이 아니었다. 반나체의 오만을 창고 뒤에 끌어다놓고 이와쓰(岩津) 언저리에서 성안으로 거름을 푸러 오는 젊은 농부들에게 말했다.

"이 계집애는 사나이가 탐나 못 견딘단다. 자, 너희들한테 맡길 테니 모두들 실컷 재미 보도록. 그게 이 계집애의 소망이니 사양할 것 없어."

그러고는 내전으로 가버리기도 했다.

그때 농부들이 주고받은 대화는 아직도 또렷이 오만의 귀에 공포를 새기고 있다. 마님 분부이니 모두들 복종해야 한다는 자와, 그것은 너무 무참한 짓이라고 주저하는 자들이 반반이었다.

그 자리에서 오만은 눈물이 마르도록 애원했다. 가까이 오면 혀를 깨물어 죽어버리겠다고도 말했다. 사람들은 의논 끝에 결국 마님의 명령에 따른 것으로 치고 오만의 몸에는 손대지 말고 돌아가자고 하여 가까스로 무사히 끝났다. 그러나 사람들이 돌아가고 나서 세나는 입술을 일그러뜨리며 미친 듯 웃었다.

"호호호…… 이제 겨우 실컷 재미 본 모양이군. 앞으로도 그들이 올 때마다 구린내 나는 대접을 맛보게 하마, 호호호……."

이런 벌을 내리고 난 뒤에는 성주가 쓰키야마 궁전에 오지 않는 것은 오만 때문이라고 넋두리하고 울기도 했다. 어쩌면 이 모든 게 세나 탓이 아니라 그렇듯 기질 강한 여성이 난세의 폭풍에 휘몰려 비뚤어진 결과에서 생긴 일인지도 모른다. 오만으로서는 어쨌든 이에야스가 와서 세나의 마음을 누그러뜨려 주기를 바랐다.

"성주님, 부탁이에요. 만약 성주님을 모시고 가지 못한다면 만은 오늘 밤 맞아 죽을지도 모릅니다."

이에야스는 이런저런 체벌의 내용을 상상하자 화나고 불쌍한 생각도 들어 가슴속이 온통 뒤얽혔다.

"오만, 오늘은 이만 돌아가 휴가를 청해라. 병이 났다고."

"안 돼요, 그것은 안 됩니다."

"어째서 안 되느냐?"

"그러면 제가 단순히 불충한 인간이 되고 맙니다. 부탁이에요, 마님을 총애해 주셔요."

오만은 다시 세차게 이에야스의 옷자락을 좌우로 흔들었다.

"뭐라고, 네가 단순히 불충한 자가 된다고?"

"네, 저는 해서는 안 될 짓을 했습니다. 그러니 성주님과 마님이 화목해지셔서 마음이 풀어지신 뒤 휴가를 청하겠습니다. 성주님, 부디 오늘 밤에 꼭……."

이에야스는 물끄러미 오만을 바라보면서 이 소녀의 마음속을 헤아려보았다. 자기를 억지로 쓰키야마 저택으로 데리고 가려 한다. 그 어린애다운 행동 뒤에는 주종의 의리를 잃지 않으려는 기특함도 있다.

"오만—"

"가주시겠습니까, 성주님?"

"넌 우리 두 사람이 화목해지면 집으로 갈 작정이냐?"

"네, 그럴 때까지는 비록 죽는 한이 있더라도 저에게 잘못이 있습니다."

"집으로 가서 어쩔 작정이지?"

"네."

오만은 쥐고 있던 옷자락을 살그머니 놓고 고개 숙였다.

"집으로 가서 자결하겠습니다."

"무엇 때문에?"

오만은 갑자기 얼굴을 가렸다. 이에야스는 그 철없는 몸짓에 다시금 가슴이 저미는 듯했다. 가련하다. 이토록 가련하게 만든 것은 이에야스 자신 속의 '남자'라고 할 수 있었다.

"성주님! 만은…… 만은…… 죽어서 성주님 곁으로 가고 싶습니다."

"뭐라고, 내 곁으로?"

"네…… 성주님을…… 만은 좋아합니다."

이에야스는 비틀거릴 뻔하다가 발을 가누었다. 뉘우침—이라는 가벼운 느낌이 아니었다. 이 처녀가 자신의 가치를 알고 있으리라고는 생각되지 않았다. 성격과 기질을 이해한 사람이라고도 여겨지지 않았다. 말하자면 우연히 날개가 닿은 자에 대한 본능적인 꽃가루의 매달림인 것이리라.

'죄 많은 짓을 했구나……'

순결한 숫처녀의 마음은 닿은 자의 빛깔에 물들어 그것에 목숨을 걸지도 모르는 일. 그처럼 다감한 줄 미리 알았더라면 차라리 손대지 말 것을. 아니, 한번 손댄 것이 이미 이 처녀의 마음에서 씻어내지 못할 일이 되고 말았다.

이에야스는 마음 아팠다. 이 처녀에 대한 책임감이 양심을 저리게 했다.

"그래? 집에 가서 죽을 작정이라고?"

"네, 아무 눈에도 띄지 않는 영혼으로 변한다면 내 마음대로 할 수 있을 테니까요."

"알았다. 알았으니, 오만."

"네."

"오늘 밤에는 혼자 돌아가 있거라. 결코 너를 죽게 하지는 않겠다. 잘되도록 내가 생각해 보마. 조금만 더 참아라, 알겠느냐?"

오만은 다시 얼른 옷자락에 매달렸으나 이번에는 흔들지 않았다. 불안한 눈초리로 말끄러미 이에야스를 쳐다본 채 그 말뜻을 헤아리려고 하는 모양이다.

이윽고 다시 손을 놓고 고개 숙였다.

"네, 성주님 분부대로 하겠습니다."

봄날의 밤바람에 스며드는 가녀린 목소리가 마음을 파고든다.

"그럼……."

이에야스는 뒤돌아보지 않고 본성 쪽으로 곧장 걸어갔다.

이에야스의 상냥한 한마디는 오만의 마음을 야릇할 만큼 부드럽게 해주었다. 오만은 정신없이 이에야스의 뒷모습을 바라보면서 자기 자신이 어떻게 되어가는 것인지 스스로도 알 수 없다는 생각이 들었다. 쓰키야마 부인이 이에야스를 데려오라고 명할 리 없었으며, 오늘 밤 여기서 기다리고 있었던 것은 물론 오만 혼자만의 생각에서였다. 조금 전까지만 해도 이에야스를 데리고 가지 못하면 곧바로 성에서 달아날 각오였는데 이에야스의 한마디로 깨끗이 바뀌었다.

어쩌면 쓰키야마 마님을 위해—라고 믿으면서, 오만은 이에야스의 목소리를 듣고, 얼굴이 보고 싶어 억제할 수 없었는지도 모른다. 아니, 그것을 깨닫지 못할 만큼 철없고 격렬하게 오만은 이에야스를 사모했다.

오만은 살그머니 일어났다.

'성주님이, 결코 너를 죽게 하지 않겠다고 말씀하셨어……'

이 일을 알게 된 것만으로도 죽어도 좋다고 여겨졌다. 왜 그런지 생각할 것까지도 없다.

쓰키야마 궁전 쪽으로 걸어가기 시작한 순간부터 오만의 공상은 눈부신 꿈으로 바뀌어 있었다. 마님이나 가네보다 훨씬 더 강하게 이에야스의 마음을 사로잡고, 한 잠자리에서 지새우는 자신의 환상이 어른거렸다.

성주님이 싫어하시는 마님.

별성의 하녀에 지나지 않는 가네.

그와 반대로 오만은 이에야스의 마음을 사로잡은 여관(女官)님.

오만은 생각했다.

'그렇다. 고고(小督 ; 궁전 안의 여성 관리) 여관이 되자.'

교토에서 시집온 자기 할머니가 궁중에 종사하고 있던 때의 명칭인 고고를 생각해 낸 것이다. 고고 여관은 영리함과 뛰어난 아름다움, 그리고 젊음을 지니고 있다. 결코 마님처럼 자기 쪽에서 성주님의 발걸음을 멀어지게 만들지 않을 것이며 정숙함으로 매달리는 듯 보이면서 상대를 감싼다…… 그렇게 되면 많은 가신들도 고고를 소홀히 다루지 않으리라.

아름다운 그림 두루마리를 뒤적이듯 오만이 이러한 공상을 펼치고 있을 때 굵직한 남자 목소리가 났다.

"누구냐?"

깜짝 놀라 정신이 들고 보니 그곳은 벌써 쓰키야마 저택 담 밖이었다.

"네, 마님의 시녀 만입니다."

"뭣이, 쓰키야마 마님의 시녀라고? 등불도 없이 뭘 하고 있었나?"

성큼성큼 다가와 등불을 들이대던 것은 성안을 감시하는 혼다 사쿠자에몬(本多

作左衛門)이었다.

"좋아, 들어오시오."

"수고하십니다."

안도의 숨을 내쉬며 문을 들어서면서도 오만은 여전히 공상과 현실 사이를 오가고 있었다.

저택 안은 서늘하고 잠잠했다. 오만은 널찍한 주방을 오른쪽으로 보며 조그만 자기 방으로 들어갔다. 어느덧 볼이 상기되고 가슴이 가볍게 두근거린다. 조그만 등잔 밑에 앉아 한숨 쉬며 가슴을 눌러보았다. 그때 장지문이 소리 없이 열리더니 거기에 핼쑥한 한 여자의 얼굴이 흔들흔들 떠올랐다.

"오만!"

"네."

"너는 또 성주님한테 불려갔었지?"

오만은 깜짝 놀라 윗몸을 뒤로 젖히며, 노여움에 바르르 떠는 세나의 얼굴을 쳐다보았다.

"오만……."

세나는 손을 뒤로 돌려 조용히 방문을 닫았다. 오만은 대답하려 했으나 왠지 혀가 움직여지지 않았다. 그만큼 세나의 몰골은 무섭도록 파리하고 일그러져 있었다.

"너는 여느 몸이 아니다. 이와쓰 농군들에게 희롱당한 더러운 몸으로 또 성주님한테 갔더냐?"

세나가 성큼 한 걸음 다가서자, 겁먹은 오만은 오른손을 쳐든 채 움츠리듯 뒤로 물러났다.

"왜 대답하지 않느냐. 성주님께서 너를 어떻게 품었지?"

"마……마……마님."

"음탕한 계집이 사랑스럽다더냐? 바람둥이 계집에게서 구린내가 난다고는 하지 않더냐?"

"너……너무하셔요."

"나는 해 질 녘부터 어깨가 쑤셔서 너를 부르러 보냈다. 그때 벌써 너는 방에 없었어. 그리고 두 시간 넘게 지났다. 오늘은 이대로 용서치 않겠다. 대체 어디서 성주님과 만났지……."

정신이 들고 보니 세나의 손에는 다케치요가 목마를 타고 놀 때 쓰는 대나무 채찍이 쥐어져 있다.

"마님…… 만을…… 만을 믿어주셔요."

"믿을 테니 숨김없이 말해봐."

"네, 말씀드리지요. 결코 거짓말하지 않겠습니다."

오만은 채찍이 무서웠다. 아니 채찍 그 자체가 무서운 게 아니라, 그것을 한바탕 휘두른 다음 미쳐 날뛸 세나의 성질이 무서웠다.

"만은 성주님께 불려간 게 아닙니다."

"네 쪽에서 갔단 말이냐?"

"네…… 아니요. 마님에게 너무 오시지 않으므로 부탁드리러 갔습니다."

"누구의 부탁을 받고?"

"네…… 네, 저 혼자 생각으로."

"주제넘은 짓 하지 마라!"

드디어 채찍이 철썩 울렸다. 등골에 아픔이 찡하게 스쳐갔으나, 그것은 여느 때의 느낌과 달랐다. 다른 때에는 이 한 번의 매질로 오만 역시 앞뒤를 잊어버리는데 오늘의 오만은 마음이 착 가라앉는 느낌이었다. 그리고 그 침착성이 세나의 눈에도 당연히 색다르게 비쳤다.

"너, 나한테 맞설 작정이구나. 그 불량스러운 눈길이 뭐냐?"

"……."

"왜 또 입을 다무느냐. 이젠 이 세나와 주종이 아니란 말이냐!"

"마님."

"뭐냐, 시치미 떼고서."

"그런 오해는 성주님을 위해서도 삼가세요."

"뭐라고, 네가 나를 가르칠 작정이냐!"

"그러시면 성주님 발길은 점점 더 멀어지시니, 만은 그것이 슬픕니다."

세나는 채찍을 쳐든 채 비틀거렸다. 이토록 건방진 말을 이 계집아이 입에서 들을 줄 꿈에도 생각지 못했다. 여태까지는 세나의 채찍 앞에 떨기만 하던 하녀 오만이 오늘은 대등한 여자로서 지그시 세나를 쳐다보고 있다.

"네 이년!"

세나는 또 한 번 미친 듯 채찍을 휘둘렀다. 두 번째 채찍은 오만의 목에 얽혔다. 붉은 줄이 목덜미에서 어깨로 철썩 그어졌지만 오만은 지그시 세나를 쳐다본 채였다.

세나는 다시 비틀거렸다. 주종의 울타리를 걷어치우고 여자 대 여자로 상대하니, 이 계집아이 쪽이 세나보다 훨씬 더 강함을 지니고 있다. 세나는 그것을 알고 있었다. 기질이 활발한 것을 알고 일부러 고용했으며, 젊음과 아름다움은 세나를 능가하고 있다. 좋은 환경에서 자란 세나에게는 사람을 사람으로 여기지 않는 오만함이 있었다. 이 처녀 역시 세나에 못지않게 생각하는 것을 아무 거리낌 없이 말했다. 오늘 스스로 이에야스를 찾아간 것도 그 증거였다. 그러므로 내 편으로 만들기는 어렵고 적이 되면 너무 무섭다.

세나는 세 번째 채찍을 쳐들었으나 내리치지는 않았다.

'끝내 오만을 적으로 만들고 말았구나…….'

이러한 두려움과 뉘우침이 세나의 광포한 질투심의 추가 되어갔다.

"오만! 너는 모르겠느냐?"

"……."

"미워할 까닭이 없는 너와 나. 주인과 시녀가 무엇 때문에 이렇게 싸워야 하느냐."

"싸우고 있는 게 아닙니다."

"싸우고 있는 거야! 이것도 다 네가 만든 일이다. 너는…… 성주님이 뭐라시든 어째서 목숨 걸고 거절하지 못했느냐?"

오만은 거역해야 할 이유는 없다고 생각했다.

'나도 성주님을 좋아하는걸.'

그러자 좋아하면 나쁜 것인가, 어째서 마님이 성주님을 독점하지 않으면 안 되는가 하고 반발하는 말밖에 가슴에 떠오르지 않는다. 오늘날 이에야스만 한 대장으로서 마님 하나만 거느리는 예는 없었다.

"오만, 나는 분하다!"

"어째서 그렇습니까. 만은 분하지 않은 줄 아십니까?"

"나는 성주님이 미카와의 고아라는 말을 들을 때부터 섬겨왔다. 나는 이마가와 요시모토의 조카딸로 태어나 가장 비참한 무렵의 성주님을 섬겼다."

"성주님은 이제 온 미카와의 총대장이십니다."

"그러니 분하단 말이다. 가난하고 궁색할 때는 하나도 둘도 세나뿐이었다. 그런데 이제는 헌신짝 버리듯 돌아보지 않는구나. 아니, 돌아보지 않는 것만이라면 괜찮아. 가네 같은 천한 여자며 너 같은 것에 손대다니. 나도 여자의 고집이 있다. 그 때문에 비록 몸을 망치는 일이 있더라도 끝까지 고집부려 볼 작정이다……."

여기까지 말하자 예전 같으면 함께 눈물을 흘려주었을 오만이 또렷한 목소리로 반발한다.

"고집부려 보세요. 성주님 발걸음이 점점 더 멀어지실 터이니."

"뭐라고! 뭐라고 했느냐. 너 나한테 반항할 작정이냐?"

"아니에요, 마님이 성주님께 반항하고 계세요. 그 말씀을 드렸습니다."

세나는 끝내 세 번째 채찍을 내리치지 않을 수 없었다. 그리고 내려치는 순간 이성이 완전히 사라져 슬픈 미치광이 귀신이 되고 말았다.

채찍은 연거푸 오만의 어깨와 등에서 철썩거렸다. 오만은 이를 악물고 비명 소리 하나 지르지 않았다. 어린 소녀의 어디에 이토록 강한 반항심이 숨어 있었던 것일까. 때리고 때리고 또 때릴 때마다 세나의 노여움은 정상적인 궤도를 벗어났다. 왼손으로 머리채를 움켜잡아 그 자리에 꿇어 엎드리게 하고 또 때렸다.

"이래도 사과하지 않겠느냐! 사과하지 않으면 용서치 않겠다."

오만은 꿇려지고 맞고 밟히면서도 밑에서 똑바로 세나를 쳐다보고 있다. 어째서 이런 심정이 되는 것일까? 반항할 수 있으리라고는 생각지도 못했으며 할 마음도 없었는데 이제는 죽어도 사과할 마음이 없어졌다.

"이래도 용서를 빌지 않겠느냐? 그 눈…… 그 눈이 뭐냐!"

"……."

"그게 주인을 바라보는 눈이냐? 네 이년!"

철썩 내리친 채찍에 검은 머리채가 휘감겼다. 채찍이 소리 내며 뚝 부러지자 그것을 버리고 세나는 두 손으로 덤벼들었다. 이젠 세나도 자기가 무슨 짓을 하고 있는지 모르는 모양이다. 악귀 같은 몰골로 멱살을 잡고 허리띠를 움켜쥐었다.

오만의 몸이 세 번 빙빙 돌자 반나체가 되었다. 새하얀 피부에 붉은 선이 몇 줄 생겨났다. 그 사이에서 소복이 솟아오른 유방이 몹시 소담스럽다.

"이년! 이 몸뚱이로 성주님을 속이고……."

세나가 오른발을 들어 차려고 하자 오만은 그 밑에 몸을 엎드렸다. 세나는 요란한 소리를 내며 쓰러졌는데 그것이 점점 더 광기를 불러일으킨 모양이었다. 체벌하는 자도 당하는 자도 꼴사나운 모습으로 맞붙었다. 힌쪽은 큰 소리로 고함지르고 한쪽은 입을 굳게 다문 채였으나 움켜잡은 손은 떨어지지 않고 두 몸이 하나의 살덩어리로 보였다.

하녀들이 놀라 달려왔다.

"용서해 주세요…… 마님."

그러나 아무도 세나에게 손을 대지 못했다. 다만 겁먹은 채 두 사람 주위를 서성거릴 뿐. 결국 두 사람이 녹초가 되어 지치기를 기다릴 수밖에 도리 없었다.

그 체력에 이윽고 한계가 왔다. 타고 앉듯이 오만을 짓누르고 있던 세나의 손이 오만의 허리띠로 가더니 세나는 오만을 뒷결박하여 묶었다. 오만은 이제 축 늘어져 꼼짝도 하지 못했다.

"이년을 뜰로 끌고 가서 저 벚나무에 묶도록 해라."

엉덩방아를 쿵 찧으며 세나는 소리쳤다.

"빨리! 말을 듣지 않으면 너희들도 같은 죄로 다룰 테다!"

"네…… 네…… 하지만…… 그것은."

"안 돼! 안 돼! 안 돼."

마지막 기력을 다해 소리치자 두 하녀가 조심조심 오만을 끌어 일으켰다. 오만은 정신 나간 사람처럼 순순히 일어나 뜰로 내려갔다. 어스름 달빛에 벚꽃 봉오리가 묵직하게 떠 있으며, 밤의 냉기가 살갗을 스쳤다.

"노여움이 가라앉을 때까지 참아요…… 네, 오만 님."

귓전에서 속삭이는 소리가 들렸다. 오만은 녹초가 되어 벚나무 뿌리에 주저앉았다. 윗몸은 속옷까지도 찢어져 몸에 붙어 있지 않았다. 피가 배어난 동그스름한 무릎이 땅바닥에 나란히 놓여 있다. 그러나 이상하게도 수치심도 분한 생각도 없었다. 용인될 수 없는 일로 여겨졌던 반항을 뜻밖에 해치우게 한 불가사의한 그 무엇을 쌀쌀하게 바라보는 심정이었다.

세나의 광기를 진정시키려고 하녀가 마루문을 안에서 닫았다. 아마 세나는 자기 거실로 돌아갔을 것이다.

주위가 괴괴하게 조용해지자 아직 울 리 없는 벌레 소리가 땅속에서 들려온다. 온몸의 마디마디가 쑤셔서 아무것도 생각할 힘이 없다. 하지만 이대로 세나의 감정이 가라앉을 리 없다는 것만은 알 수 있었다.

'죽일 것인가…….'

아니면 어디로 추방할 것인가? 아무래도 좋다고 생각하는 순간 이에야스의 얼굴이 문득 떠올랐다. 결국 이 쓰키야마 저택에는 이에야스의 힘도 미치지 못하는 것일까…….

한 시간 남짓 온몸으로 항거한 피로가 으스스한 추위에서 차츰 나른한 졸음으로 바뀌어간다. 이대로 잠들어 죽을 수 있다면 그래도 좋다고 문득 생각했다. 뒤에서 무언가 바스락거리는 기척이 났지만 그것이 자기에게 관련되는 소리라고는 생각되지 않았다.

따사로운 공기가 사뿐히 일렁이면서 윗몸에 남자 냄새가 짙게 밴 겉옷이 걸쳐졌다. 오만은 깜짝 놀라 돌아보려 했으나 목덜미가 찡하게 아파서 돌아볼 수 없었다.

사나이는 말했다.

"움직이지 마시오. 소리도 내지 마시오."

"네…… 네…… 그런데 당신은?"

"성안을 경비하는 사쿠자에몬이오."

"아……아까 만난."

"움직이지 마오. 곧 풀어줄 테니."

사쿠자에몬은 등불을 불어 끄고 있었다.

"이게 뭐람, 미친 여편네 같으니라고."

사쿠자에몬 역시 세나에게 호감을 갖지 않는 모양이다.

"도무지 부끄러움을 모른단 말이야. 자, 소매를 꿰시오."

"네."

"설 수 있겠소? 걸을 수 있겠소?"

"그냥 어디로 가도 괜찮을까요?"

"바보같이, 이대로 있다간 죽소. 자, 일어서요. 서지를 못하는군. 좋아, 매달리시오."

비틀거리는 몸을 사쿠자에몬은 건장한 몸으로 받았다.

"성주님도 나빠."

"네…… 뭐라고 하셨나요?"

"성주님도 나쁘다고 했소. 콩을 따려면 제대로 따야 하는 법이오. 살금실금 들쥐 흉내를 내니 소동의 원인이 되지."

"들쥐가…… 어쨌다고요?"

"당신은 모르오. 꼭 매달리오. 문을 지나갈 때는 머리를 부딪치지 않도록 하오."

사쿠자에몬은 웃어본 적 없는 얼굴을 으스름달 쪽으로 돌리고 코를 훌쩍이며 난폭하게 오만을 등으로 추슬러올렸다.

"춥군, 오늘 밤은."

사쿠자에몬은 오만을 업고 곧바로 뛰듯이 나무 사이를 서둘러 걸어갔다.

어디를 걸어가고 있는지 오만은 몰랐으나, 가끔 성안을 순시하는 졸개를 만나면 사쿠자에몬 쪽에서 먼저 깨질 듯한 소리로 검문했다.

"게 누구냐? 나는 사쿠자에몬이다. 수고하네."

젊은 무사들 사이에서 사쿠자에몬의 이름에는 언제부터인지 귀신이라는 별명이 붙어 있다. 나이는 이에야스보다 여덟 살 위로 이미 30살 된 한창 분별 있는 나이였다. 그 사쿠자에몬이 설마 반나체 여자를 업고 봄날 밤의 성안을 달리고 있을 줄은 누구도 상상하지 못하리라. 한 시간 남짓 뒤 가까스로 사람 눈에 띄지 않고 성문에 이르렀다. 여기서도 사쿠자에몬은 수고한다고 크게 소리치며 조그만 사잇문을 빠져나갔다.

아마 판자문인 듯하다고 오만은 생각했다. 그러나 대체 자기를 어디로 업고 갈 작정일까? 이렇게 생각하는 동안 다시 의식이 가물가물 흐려졌다.

그리고 그다음에 정신이 번쩍 돌아왔을 때, 자기 몸은 이미 어느 집에 내려져 있었고 곁에 이모의 얼굴이 보였다.

'아, 혼다 한에몬(本多半右衛門)의 집……'

오만의 이모는 사쿠자에몬과 한집안인 혼다 한에몬에게 시집가 있었다. 이모가 허둥지둥 오만에게 옷을 입히고 있는 옆에서, 한에몬과 사쿠자에몬이 나직하게 다투는 듯한 소리가 들려왔다.

"그럼, 아무래도 집에 두지 못하겠다는 말인가?"

사쿠자에몬이 말하자 한에몬이 사쿠자에몬보다 부드러운 목소리로 말했다.

"쓰키야마 마님에게 무례한 짓을 한, 더욱이 벌거숭이 여자를 이 밤중에 받아들일 수는 없지 않은가."

"한에몬!"

"왜 그러나?"

"자네는 어지간한 멍청이로군."

"멍청이는 자네일세. 사쿠자에몬, 생각 좀 해보게. 사람이 하나 사라졌는데 그대로 있을 쓰키야마 마님인가? 필경 풀뿌리를 헤쳐서라도 찾아내라고 할 테니, 그때 자네가 업고 와서 내가 숨긴 게 발각된다면 어떻게 되겠나?"

"어떻게 될 것도 없지. 이것은 주군의 바보짓에서 생긴 일이야. 우리 서로 주군의 바보짓을 자랑거리로 삼을 건 없잖은가, 한에몬."

"그럼, 끝내 숨길 수 있단 말인가?"

"숨기고 어쩌고 할 것도 없는 일이지. 자네도 나도 모르는 일이니까."

"모르다니…… 사쿠자에몬, 자네가 직접 업고 와놓고도 모른다고 우길 작정인가? 아니, 자네는 그래도 괜찮겠지. 그러나 오만이 내 집에 있는 이상 내 변명은 통하지 않을걸."

사쿠자에몬은 화난 듯 혀를 찼다.

"한에몬, 자넨 점점 더 멍청이 같은 소릴 하는군. 알겠는가. 나는 모르지만 본인이 여기 와 있다―는 것은, 본인이 스스로 찾아온 게 되지 않겠나?"

"자네는 그것으로 끝날지도 모르지. 그러나 나는 그것으로 끝나지 않네그려."

"진정하게. 자네도 그런 줄 전혀 몰랐다―그러면 그만이야. 뒤처리는 주군이 하도록 내버려두게."

"주군……? 그것으로 가신의 소임이 끝난다고 생각하나?"

사쿠자에몬은 소리치듯 말했다.

"끝나지! 나는 주군의 여자 문제를 처리하기 위해 녹을 먹는 게 아니니 자기 불알의 때는 스스로 씻도록 하라고 주군께 말하게."

"사쿠자에몬, 자네는 대담한 소리를 하는군."

"하다마다. 행동으로도 보여줄 사나이일세. 기억해 두게, 한에몬."

"뒷일을 주군께 맡겨서…… 대체 어떻게 되겠나. 여기서만 하는 소리지만, 쓰키야마 마님은 둘도 없이 사나운 말인데, 주군께서 어떻게 처리할 수 있겠는가?"

"바보 같은 소리! 여자 하나 다루지 못할 만큼 무력한 자가 무엇을 한단 말인가. 좋은 기회이니 실컷 애먹어야지."

사쿠자에몬에게 오만을 데리고 돌아갈 생각이 전혀 없는 것을 알자, 한에몬은 한참 동안 숨죽이고 발밑의 오만과 그 오만을 안은 채 안절부절못하는 아내를 바라보았다. 오만은 축 늘어져 있었다. 꼼짝할 기력도 없는 모양이었다.

"사쿠자에몬, 그러면 자네 지혜를 좀 빌려주게."

"오, 빌려주고말고, 무엇이 문제란 말인가?"

"주군께서 혹시 쓰키야마 마님을 두려워하셔서 왜 집에 들여놓았느냐며 당치도 않은 녀석……이라고 한다면 어떻게 하지?"

"모른다고 하게. 오만이 아무 말도 하지 않았다고 하면 그만이야."

"그럼…… 오만이 뭐라고 하며 나를 찾아왔다고 할까?"

사쿠자에몬은 재미없는 듯 얼굴을 찡그렸다.

"글쎄, 나 같으면 주군의 씨를 잉태하여 쉬러 왔다……고 말하여 깜짝 놀라게 해주겠어."

"……그……그게 정말인가?"

"모르네. 알 리 없지."

한에몬은 어처구니없는 듯 고개를 내저었다.

"음, 과연 대담한 소리를 하는 사내로군. 그래서 배 속에 아이가 없는 것을 알게 되면 어떻게 하나?"

"유산되었다고 하면 되지. 그건 말일세, 생길 때도 유산이 될 때도 사람 힘으로는 어쩔 수 없는 일이라네."

"그럼…… 만일을 위해 또 하나 묻겠는데……."

한에몬은 얼마쯤 창백해진 얼굴을 긴장시켰다.

"그런 뒤 오만은 대체 어떻게 해야 할까?"

"몰래 숨어서 그런 짓을 하니까 꼴사나운 소동이 일어나는 거야. 정식 측실로 들여놓도록 내가 주군께 말하겠어."

"옳지……."

"주군이 나쁜 것은 바로 이 점이란 말일세. 이렇게 숨어다니며 꺾어놓고 어떻게 자식이 안 생긴다고 단정할 수 있겠는가. 만약 생긴다면 그때마다 소동이 한 번씩 늘어나는 거지. 쓰키야마 마님을 두려워하는 까닭이 무엇 때문이겠는가. 집안의 풍파를 피하기 위해서겠지. 집안의 풍파를 귀찮아하여 누구 씨인지도 모르는 집안 소동의 근본인 서자만 불러놓아 어떻게 된단 말인가. 아니, 풍파를 싫어할 바에야 무엇 때문에 여자에게 손대느냐 말이야. 나는 그 소심한 태도가 질색일세. 알았나? 알았다면 나는 돌아가겠어."

사쿠자에몬은 문 앞에서 다시 한번 한에몬을 돌아보았다.

"알겠는가? 주군을 위해서이니 아무에게도 상처가 되지 않도록 주군 뱃속에 큰 바람을 불어넣도록 하게. 큰 바람만이 큰 나무뿌리를 버티어주는 좋은 약이 될 걸세. 그 바람을 불게 하지 못한다면 자네도 겁쟁이……."

말꼬리는 탁 닫히는 문밖에서 났다.

사쿠자에몬의 발소리는 한에몬의 집에서 곧바로 멀어져갔다.

주군의 정사(情事)—

이런 일은 누구나 쓴웃음 속에 적당히 얼버무리는 게 예의이며 그러는 것이 가신의 마음가짐이라고 생각하고 있었다. 그러한 한에몬의 가슴에, 사쿠자에몬은 심한 돌풍을 휘몰아놓고 가버렸다. 이래서는 꽃도 질 것이고 열매도 맺지 않을 것이다. 극단적으로 말해 이 일을 구실로 주군 이에야스를 협박하라는 것이나 다름없다.

"여보, 임신은 하지 않았겠지?"

한에몬이 아내에게 가만히 묻자 아내는 긴장하여 눈으로 수긍했다. 그런데 임신했다고 하여 과연 이에야스가 알아차리지 못하게 할 방법이 있을 것인가.

한에몬은 쓰키야마 마님에 대한 곤란한 문제만 생각하고, 그 반대의 경우는 생각지 못하고 있었다. 사쿠자에몬의 말대로 임신했다고 해서 이에야스가 만약 이렇게 말한다면 대체 어떻게 될 것인가.

"그것 잘되었구나. 그렇다면 당장 내 곁으로 데리고 오너라."

'아니다!'

한에몬은 다시 한번 사쿠자에몬의 무뚝뚝한 얼굴을 눈앞에 그린 다음 그 눈을 곧장 오만에게 떨구었다. 사쿠자에몬은 오만을 측실로 삼도록 자기가 말하겠다고 했고, 이 정도의 바람도 불게 하지 못한다면 자네는 겁쟁이……라며 큰소리치고 돌아갔다.

'그렇다면 어딘가에 바람을 불게 할 곳이 있을 텐데…….'

"아무튼 안으로 데리고 들어가 뉘어야겠는데요."

아내가 말하자 한에몬은 고개를 저었다.

"잠깐만."

여자 일로 이에야스를 꼼짝 못 하게 해주고 싶은 마음은 한에몬에게도 있었다. 별성의 하녀 방 출입도 그렇고, 이번의 오만 일도 확실히 꼴사나운 짓이었다. 하지만 젊음이 터질 듯한 이에야스, 쓰키야마 마님과 점점 멀어져가는 이에야스…….

"오, 그렇지!"

한에몬은 무릎을 탁 치며 안쪽을 가리켰다. 그리고 반죽음이 되어 있는 오만을 아내가 안으로 안고 가는 모습을 짓궂은 어린아이 같은 표정으로 바라보며 흐흐흐 웃어젖혔다. 이 길로 오만을 집안 장로인 혼다 히로타카에게 데려갈 작정을 한 것이다. 히로타카라면 이에야스도 쓰키야마 마님도 노골적으로 꾸짖지 못하리라.

"임신한 오만이 쓰키야마 마님의 노여움을 사서 성안에서 찾아와 당분간 맡기로 하였습니다."

히로타카가 말하면, 아마 이에야스도 오만에게 다니지 못할 것이고 쓰키야마 마님도 오만을 베어버리라고 하지 못할 것이다. 더욱이 이렇게 하면 이에야스의 뱃속에 매서운 봄바람이 무섭게 휘몰아쳐 여자 일에 대한 생각을 새로이 고쳐먹을 게 틀림없다.

한에몬은 부하들을 먼저 잠자리에 들게 하고 손수 문을 잠그며 몇 번이나 그 순서와 말을 마음속으로 되풀이했다.

'사쿠자에몬 녀석, 과연 억지소리는 하지 않는 사나이야…….'

사쿠자에몬이 없었다면 오만은 죽었을지 모른다……고 생각하자 이번에는 안방에 있는 오만이 걱정스러워 까다로운 표정으로 천천히 아내의 거실로 걸어갔다.

스며드는 물

오만이 혼다 히로타카의 집으로 달아났다는 말을 듣고도 이에야스는 얼굴빛 하나 바꾸지 않았다. 한에몬이 염려하고 있던 임신에 대한 일은 묻지도 않고 세나의 질투에 대해서도 언급하지 않았다.

"그런가."

다만 가볍게 말했을 뿐, 그 일은 잊어버린 것처럼 보였다. 물론 마음속으로는 틀림없이 심한 바람을 느끼고 있을 것이다. 그러나 표면은 어디까지나 무관심하게, 가끔 별성의 가네를 찾아가기도 하고 본성으로 불러 등을 밀게도 했다.

폭동이 진압되면 곧바로 동미카와 평정을 시작할 줄 알았던 사람들에게는 이러한 이에야스의 한가로운 거동이 뜻밖으로 여겨졌다.

다음에 함락해야 할 성은 요시다성. 그에 맞설 성은 이미 가스즈카(糟塚)와 기켄사(喜見寺)로 정해졌건만 이에야스는 3월과 4월을 거의 하는 일 없이 허송하고 있었다.

밤이 차츰 짧아졌다. 폭동을 평정한 뒤 서둘러 경작한 논에 모내기 철이 닥쳤다. 성안 망루에서 바라보니 못자리의 푸름이 벌써 그린 듯 짙어져 있었다.

그날 성안의 순시를 직접 맡아보고 있던 사쿠자에몬은 새벽이 되자 못마땅한 표정으로 별성에 다가가 가네의 방 뒷문께에 앉았다.

이에야스가 슬그머니 어디론가 나가면 보일 듯 말 듯 따라가 언제나 천연덕스럽게 경호하는 사쿠자에몬이었는데, 오늘 아침에는 앉는 장소가 여느 때와 달랐다.

안으로 열리는 판자문을 등지고 털썩 책상다리를 하고 앉았다. 그러고는 차츰 밝아오는 동녘 하늘을 바라보며 가끔 꾸벅꾸벅 졸고 있다. 자는 것도 안 자는 것도 아닌, 한 방울의 아침 이슬에 녹아든 듯한 모습이었다.

이때 가네의 방 덧문이 열렸다. 하늘은 이미 밝았으나 발밑은 아직 어둡다. 두 개의 사람 그림자가 얽히듯 뜰로 나오더니 또 한참 하나가 되었다. 잠자리의 여운을 애석해하는 가네와, 가네가 하는 대로 내버려두고 있는 이에야스.

그 이에야스의 발소리가 판자문에 가까이 다가오자 졸고 있던 사쿠자에몬은 어슬렁 일어나 문에 등을 대고 막아섰다. 안에서 문을 열자 이에야스의 얼굴이 사쿠자에몬의 등에 탁 부딪쳤다.

"무례한 놈! 누구냐?"

소리친 것은 이에야스가 아니라 사쿠자에몬이었다.

"쉬잇."

이에야스는 당황하여 상대의 입을 막으려 했다.

"나다, 떠들지 마라!"

그래도 사쿠자에몬은 대들었다.

"시끄러! 혼다 사쿠자에몬이 주군 명령으로 물샐틈없이 성안의 경호를 맡고 있다. 이 시간에 이런 장소를 어정거리는 괴한을 잡지 않고 둘 성싶으냐!"

"사쿠자에몬…… 나라는데도, 목소리가 높구나."

"소리가 큰 것은 천성이다. 순순히 항복해라!"

"이 무슨 무례한 짓이냐, 놓게."

"놓다니, 이놈이!"

일부러 크게 쥐어박고 나서 사쿠자에몬의 얼굴은 정색이 되었다.

"아니? 이거 주군님 아니십니까."

그러고는 움켜쥐었던 이에야스의 허리띠를 다시 한번 흔들었다.

"큰일 날 뻔했네, 하마터면 벨 뻔했군요. 대체 주군께서는 무엇 하시러 이런 곳에."

환히 알고 있는 상대가 태연히 정색하고 물으니 이에야스도 차마 대꾸할 말이 없었다.

"사쿠자, 희롱도 정도껏 해라."

"뭐라고 하셨습니까? 희롱……이라니, 예사로 들을 말씀이 아니군요. 희롱으로 잠도 자지 않고 경호할 수 있겠습니까?"

"알았다, 알았어. 소리가 높대도."

"목소리가 큰 것은 천성입니다. 주군께서는 대체 무슨 일로 이런 곳에……."

이에야스는 새벽안개 속에서 혀를 찼다.

"무슨 일이겠는지 알아맞혀 봐."

"알아맞혀 보라…… 과연 대답할 길은 있는 법이군요."

"아마 그대가 생각한 대로겠지. 그러니 자, 함께 가자."

"아니, 또 모르시는 말씀을."

"무엇을 모른단 말이냐?"

"제가 생각한 대로라면, 주군께선 가네라는 여자를 죽이러 오셨을 텐데 그 시체 뒤처리가 제 소임입니다."

"뭣이, 가네를 죽이러 왔다고?"

"그렇지 않습니까?"

"사쿠자!"

"무엇입니까, 주군?"

"그대는 나에게 무슨 충고를 하고 싶은 게로군."

"또 착각하십니다. 주군은 본디 총명하신 분, 사쿠자는 완고한 고집쟁이인데 충고 따위 할 수도 없으며 들어주실 주군도 아니십니다."

"그럼, 대체 뭘 하러 왔나?"

이에야스의 목소리에 신경질이 깃들자 사쿠자에몬은 더 큰소리를 쳤다.

"또 모르시는 말씀을. 저는 성안을 순시하러 왔습니다. 주군께선 뭘 하러 오셨는지요?"

"끈덕진 녀석, 가네에게 오지 않았나."

"아하, 이제 알았습니다. 그러고 보니 소문이 참말이었군요."

"무슨 소문이냐?"

"주군께서 오다 집안 첩자에게 넋을 잃고 있다는 소문이 나 있습니다."

그런 다음 사쿠자에몬은 반쯤 열린 판자문 너머에서 어떻게 될 것인지 지켜보며 벌벌 떨고 있는 가네의 멱살을 잡아 이에야스 앞으로 끌어냈다.

"가네, 너는 첩자였지?"

"네…… 네, 저, 그 일에 대해선."

"첩자였지!"

"네."

"너한테 최근에 밀사가 왔어. 미노로 갈 다음 일이 있으니 돌아오라고."

"네, 그것도……."

가네가 구원을 청하듯 이에야스를 보자 이에야스는 나직이 사쿠자에몬에게 말했다.

"나는 가네한테서 들어 이미 알고 있다."

"주군께서는 잠자코 계십시오. 괴한을 조사하는 게 저의 임무입니다. 너!"

"네…… 네."

"너는 돌아가기 싫겠지. 주군 곁에 있고 싶겠지."

"네."

"그러나 그건 용납되지 않는 일이다…… 곰곰이 생각한 끝에 너는 무엄하게도 주군을 죽이고 자신도 죽으려고 각오한 게 틀림없지?"

"뭐……뭐라고!"

이번에는 이에야스가 풀쩍 뛰듯이 한 발 물러서 기성을 질렀다.

"가네가 나를 죽이고 저도 죽으려 했다고? 사쿠자! 농담은 용서치 않겠다!"

이에야스의 목소리가 날카로워졌다. 이마에 썩 그어놓은 것처럼 힘줄이 떠올라 있다.

그러나 그런 힘줄 따위에 마음을 두는 사쿠자에몬이 아니었다. 한창 폭동이 일어나고 있을 때도 그러했거니와 일단 이렇다고 생각하면 닫힌 문짝 같은 완고함을 지녔다. 비록 이에야스가 이를 갈더라도 못 들은 척 고집을 부릴 수 있는 것은 사쿠자에몬 한 사람뿐이었다.

이에야스는 그것이 귀찮아 늘 쓴웃음 지으며 따르곤 했지만 오늘만은 참을 수 없었다.

"무엇을 증거로 그런 말을 하나? 대답 여하에 따라서는 단연코 용서치 않겠다!"

사쿠자에몬은 흐흥 하고 비웃었다.

"주군! 그런 위협은 다른 사람에게나 하십시오. 단연코 용서하느니 않느니 하는 그런 말로 입을 다물 사쿠자가 아닙니다. 사쿠자는 주군께 종사하는 첫날부터 목숨을 버리고 받들었습니다."

"나를 깔보는 거냐!"

"그것이 마음에 드시지 않는다면 언제든 제 목을 치십시오. 말리지 않겠습니다. 그렇다 해서 할 말을 중간에서 그만둘 사쿠자가 아닙니다. 여봐라, 가네."

"네…… 네."

"거짓말은 안 통한다. 통하게 하지도 않겠다! 자, 분명히 말해. 너는 주군을 죽이고 자신도 죽을 작정으로 있었지?"

가네의 얼굴빛이 납처럼 변했다. 겁을 집어먹고 애원하는 빛으로 이에야스를 쳐다보고 또 사쿠자에몬을 바라보았다.

이에야스는 견딜 수 없어 다시 참견했다.

"가네, 똑똑히 말하라. 그런 일은 없다고 분명히 사쿠자에게 말해줘라."

사쿠자에몬은 또 꾸짖었다.

"주군은 잠자코 계십시오! 주군이 여자 따위를 어떻게 아십니까?"

"아직도 그런 말을 하느냐, 네놈은!"

"죽을 때까지 하겠다고 말했습니다. 아니, 죽어도 말할 것입니다. 도대체 쓰키야마 마님 하나 제대로 다루지 못하는 주군, 그토록 어린 주군이 여자의 마음 따위를 알 게 뭡니까. 여자의 수단은 무사의 싸움터 계략과도 같은 것입니다. 살지 죽을지도 모르고 여자에게 미쳐 계시니…… 너무 위태롭게 보여서 하는 말입니다. 자, 가네! 왜 대답이 없나? 대답을 듣지 않고 끝낼 사쿠자가 아닌 게 그대 눈에는 안 보이나?"

"요……요……용서해 주세요."

"누가 용서하지 않는다고 했나. 정직하게 말하라고 했을 뿐이야."

"단지 성주님을 사모할 뿐……."

"다음을 말해."

"그러나 살아 있어서는 주군의 명령을 거역할 수 없어서."

"주군의 명령이란 오와리로 돌아오라는 말인가?"

"네."

"그래서, 다음은."

"죽어서 옆에 모시려고…… 용서하셔요. 단지 사모하는 마음에서였습니다."

이에야스는 깜짝 놀라 또 한 걸음 물러섰다.

"알았다, 잘 말했어. 그러나 걱정 마라. 지금부터 사쿠자가 구명운동을 해주지. 주군! 들으셨습니까. 여자 마음의 무서움을."

이에야스는 지그시 입술을 깨문 채 찢어질 듯 두 눈을 부릅뜨고 가네를 바라보았다. 지금껏 그가 생각한 생명의 주고받음은 원한이나 적이나 야심이나 공명심 등에서였다. 사모하기 때문에 죽인다는 것은 생각해 본 적도 없었다.

그런데 지금 가네는 그렇게 말했다. 오와리에서 오는 연락은 낱낱이 이에야스에게 말해주고 있다. 자기를 사모한다는 말 속에 두 마음이 없고, 조금도 거짓이 느껴지지 않았다. 그런데도 단 한 가지 가장 무서운 것을 가슴속에 그리면서 털어놓지 않았던 것이다.

사쿠자에몬이 중얼거렸다.

"위험했어! 오늘이나 다음 번쯤에서 주군의 목숨은 없어졌을 것이오…… 주군!"

"……."

"이 여자 말에 거짓은 조금도 없습니다. 싸움터 무사에 비하면 훌륭한 무사의 태도라고나 할까요…… 이렇게 된 바에는 부디 이 사쿠자를 보아서라도 목숨만은 살려주십시오."

그러나 이에야스는 여전히 입을 열 수 없었다. 무서웠지만 미워할 수 없다. 하지만 이렇게 된 것을 일단 알고 나서 여자에게 접근할 마음은 나지 않았다.

주위는 어느덧 훤해지면서 대지가 희미하게 드러나 보였다. 가네는 땅바닥에 무릎 꿇고 죽은 듯 꼼짝도 하지 않는다. 기르던 개한테 손을 물린다는 말이 있는데, 그것과는 다른 마음의 움직임.

사랑스럽고, 무섭고, 슬프고, 분한 감정의 착잡함이었다.

"가네……."

한참 뒤 이에야스가 불렀으나 그때 이미 가네는 여느 때처럼 순순히 얼굴을 들 수가 없었다. 아마 가네도, 휘몰아친 애욕의 폭풍 뒤에 깨진 흥을 노골적으로 짓씹고 있음에 틀림없다.

다시 사쿠자에몬이 입을 열었다.

"주군…… 이 여자의 목숨을 살려주시리라 믿고 말씀드립니다."

"……."

"무릇 여자의 성장에는 세 가지 변화가 있습니다. 처음의 숫처녀는 순백의 연꽃, 중년 여자는 심홍색 가시나무. 대개 그 두 가지를 지나서야 분별 있는 어머니가 됩니다."

이에야스는 무뚝뚝한 사쿠자에몬의 입에서 여자 이야기를 듣게 될 줄은 몰랐다. 이에야스는 고개를 끄덕이는 대신 가네의 움직이지 않는 목덜미에 눈을 떨구었다.

"주군은 이 순백의 연꽃에 색정의 붉은빛을 떨구어 더럽혔습니다. 그러니 흰 연꽃은 가시가 되어 주군을 찌르려 한 것이지요. 이것은 누구의 죄도 아니고 모두 주군의 잘못입니다."

"……."

"무릇 안방이 어지러워지는 것은 마음 없이 연꽃을 물들이는 일에서 시작되는 것. 물들여놓고 모른 척하면 이것저것 가시가 돋아나 반드시 서로 찌르는 속에 살게 되는 법이니 이것이 가장 어리석은 일이지요."

"그럼…… 나더러 여자를 갖지 말라는 말인가."

사쿠자에몬은 히죽 웃으며 가네에게 말했다.

"이제 됐다. 허락이 나셨으니 방으로 돌아가 물러갈 준비나 하도록."

그리고 자신도 조용히 일어났다. 그러나 가네는 여전히 고개 숙인 채 움직이지 않았다. 두 사람이 먼저 떠나지 않으면 아마 언제까지라도 이러고 있을 게 분명했다.

그것을 알므로 사쿠자에몬은 다시 힘차게 이에야스를 재촉했다.

"주군!"

이에야스는 헤어질 무렵 무언가 하고 싶은 말이 있는지 두어 번 뒤돌아보더니 곧장 사쿠자에몬의 뒤를 따라갔다.

두 사람은 한참 동안 말없이 걸었다.

본성 곡성에 접어들 즈음 칼로 베는 듯한 새들의 지저귐 소리가 일어났다. 그것은 이에야스와 함께 옮아가며 곧장 따라오는 것처럼 느껴져 행랑채 문간을 지나갈 때 문득 부끄러운 마음이 가슴을 스쳤다.

"수고한다."

사쿠자에몬은 문지기에게 말을 던지고 앞장서 지나갔다. 침실 뜰 앞에 이르자 발을 멈추더니 머리를 숙이지 않고 조그맣게 말했다.

"좀 주무십시오."

이에야스는 문득 자신이 비참해져서 고개 저었다.

"난 자지 않겠다. 그대에게 묻고 싶은 게 있으니 마루까지 올라가자."

사쿠자에몬은 쓸쓸하게 웃으며 뒤따랐다. 손아래 주군의 지기 싫어하는 기질, 이대로 있을 수 없다는 마음에 구애받는 것이 우습기도 하고 슬프기도 했다.

거실 앞 댓돌에 올라서자 이에야스는 사쿠자에몬에게 시선을 똑바로 보냈다.

"앉아라. 그대는 나에게 여자에 대한 강의를 해주었다."

사쿠자에몬은 밝아가는 하늘로 일부러 시선을 돌리며 한 단 아래의 발밑에 걸터앉았다.

"그대의 여자 이야기, 그 뒤를 들어보자. 그대는 어디서 여자를 알았나?"

"주군!"

"뭐냐?"

"사쿠자는 주군께 말씀드린 게 아닙니다. 그 여자에게 들으라고 한 말입니다. 그렇지 않으면 그 여자는 자결할 것입니다."

"뭐라고, 자결을? 그대는 그것을 어떻게 아나?"

"남자도 반한 주군과 헤어지는 것은 괴로운 일인데, 하물며 그토록 사모한 여자이니 감정보다 의리가 중하다는 것을 일깨워주지 않으면 마음의 결단을 내리지 못할 겁니다."

"똑똑한 척하는구나!"

이에야스는 세게 혀를 찼지만 마음속에서 어딘지 수긍도 되었다.

"똑똑히 말해두지만, 난 앞으로도 여자 따위는 삼가지 않겠다. 남자와 여자는 서로 만나게끔 신이 창조한 자연이야."

"핫핫핫핫."

"무엇이 우습나?"

"주군, 누가 주군더러 여자를 삼가시라고 했습니까?"

"그러니 삼가지 않겠다고 하잖나."

"하십시오, 얼마든지 하십시오."

이렇게 말해놓고 사쿠자에몬은 또 방약무인하게 웃어젖혔다.

"엉덩이에 깔리고, 성 밖으로 도망치고, 죽이려는데도 깨닫지 못하는 것은……병법으로 말하면 매우 미숙한 자. 어떤 경우든 미숙한 자는 보기 흉한 법입니다. 주군, 부디 달인(達人)이 되십시오."

"무슨 당치도 않은 소리를 지껄이는 거냐."

이에야스는 매서운 눈으로 사쿠자에몬의 옆얼굴을 노려보았다. 인간이란 목숨을 내걸면 이토록 강해지는 것일까.

이에야스는 이제껏 가신의 입에서 미숙한 자라고 불려본 경험이 없었다. 아무리 여자에 관한 일일지라도 주군을 마구 꾸짖고서 조금도 두려워하는 바가 없다.

더욱이 도리이 다다키치나 오쿠보 조겐, 이시카와 아키, 사카이 우타노스케처럼 어릴 때부터 키워온 노신들이라면 모르되 겨우 여덟 살 더 먹은 나이로……라고 생각하니 속이 뒤집혔다.

물론 이성으로는 그야말로 얻기 어려운 충신이라고 생각하며, 목숨 걸고 봉공할 뜻을 지녔으므로 할 수 있는 쓰디쓴 말이라고 납득도 되었다. 그러나 젊음은 이에 반발했다. 이 거만한 사나이에게 되갚지 않고는 그냥 지나칠 수 없었다.

"사쿠자, 그대는 설마 세상에 흔한, 입을 잘 놀리는 무리는 아니겠지."

"모르지요. 자신의 일은 모르는 법이니까요."

"모르다니, 그대 충고에 따라 나도 달인이 되마. 아까 그대가 뭐라고 했지? 엉덩이에 깔리고, 성 밖으로 도망치고, 죽이려는데도 깨닫지 못한다고 했겠다."

"허 참, 끈덕지기도 하시군."

"묻겠는데, 엉덩이에 깔렸다는 것은 쓰키야마를 두고 하는 소리겠지."

"물론이지요."

"엉덩이에 깔리지 않는 연구, 도망치지 않게 하는 기술, 여자 마음을 꿰뚫어보는 재주. 자, 어떻게 하면 그걸 터득할 수 있단 말이냐? 설마 그대 자신도 그 술책을 알지 못하면서 나를 미숙한 자라고 단언한 것은 아니겠지."

사쿠자에몬은 흘끗 이에야스를 돌아보았다.

"주군께서는 참 이상하십니다. 이런 이야기는 밤의 잠자리에서 해야지 어떻게 아침부터 하란 말씀입니까?"

"닥쳐라!"

"닥치지 않는 것은 주군 쪽이지요."

"도를 지나친 그대의 불손, 아침 태양 아래에서 규명하겠다. 그런 것이 어째 잠자리에서나 할 이야기란 말이냐?"

"주군! 주군께서는 저더러 말이 지나친 것을 사과하라는 말씀입니까?"

"사과하라고 누가 말했나. 마음먹고 있는 것을 말해보란 말이다."

"그렇다면 말씀드려야지요. 주군은 여자에게 반하시는 분입니까?"

"그건…… 모른다!"

"아니, 알고 계십니다. 색정에 넋을 잃으실 주군은 아니십니다. 아니, 혹시 그렇다 할지라도 그러한 시대가 아니라는 것을 주군께서는 너무나 잘 알고 계십니다……."

"또 그대 생각대로 나를 해석하는구나."

"그러지 않으면 답이 나오지 않습니다. 따라서 주군의 외도는 오락이란 말씀입니다. 그 때문에 성을 잃고 가신의 마음을 잃어서는 안 된다는 것을 다 계산한 뒤의 놀이지요. 그 놀이에서 목숨을 건 여자의 사랑에 맞닥뜨립니다. 이 점이 중대한 점입니다, 주군! 자신은 놀이로 여기면서 목숨을 건 칼날에 맞서 이길 수 있다고 생각하십니까, 주군."

"뭐라고?"

"깨끗한 마음에 단순히 놀이 삼아 다가간다면 마땅히 벌이 내립니다. 놀이면 놀이답게, 상대도 주군과 마찬가지로 사랑으로 몸을 망치지 않겠다는 계산을 가진 여자가 좋을 겁니다."

"그럼, 유녀(遊女)라도 방에 들여놓으란 말인가?"

이에야스가 못마땅한 듯 되묻자 사쿠자에몬은 시치미 떼고 고개를 설레설레 내저었다.

"허 참, 주군께서 이토록 생각이 얕으시니 여자 문제는 쉽게 해결되지 않겠군요."

"해결되지 않다니, 사쿠자에몬! 그게 나에 대한 말버릇이냐?"

이에야스는 다시 심한 노여움으로 언성을 높였다. 이런 일로 다툴 생각은 없었지만 사쿠자에몬의 말에 그의 젊음은 사사건건 반발한다.

"자, 어떤 점이 해결되지 않는지 들어보자! 말해봐."

"주군⋯⋯."

사쿠자에몬은 거북한 듯 눈살을 찌푸렸다.

"이제 그만두십시오. 놀이와 목숨을 건 승부의 차이를 아시면 그것으로 충분합니다. 무슨 일이든 단번에 달인이 되는 건 아니니까요."

말하면서 천천히 일어나자 이에야스는 몸을 부르르 떨며 불러 세웠다.

"잠깐! 아직 일어나지 마라!"

"하지만 저는 아침 순시를 해야 합니다."

"오늘은 순시하지 않아도 좋다. 내 생각이 얕다니, 내가 멍청이라는 뜻이군. 그렇게 말해도 좋단 말인가?"

"잘 깨달으셨습니다."

사쿠자에몬은 태연한 표정이었다.

"타산적인 여자도 있다고 말씀드리자 유녀밖에 생각지 못하시니⋯⋯ 그런 머리는 여자에 관한 한 아주 큰 멍청이라고 할 수 있지요."

"말 다했느냐!"

"다했습니다."

울리는 것에 응하듯 대답했다.

"주군, 무슨 일이든 균형이 소중합니다. 주군이 놀이로 여기신다면 상대도 놀이로 여기고, 주군이 즐거우시면 상대도 즐거워하여 서로 득 보면⋯⋯ 이렇다 할 불평이 일어나지 않을 것입니다. 그런 여자도 세상에는 많이 있지요."

"좋아, 그렇다면 그런 여자를 데리고 오너라. 설마, 있기는 하지만 데려올 수는 없다고 비겁한 말을 하지 않겠지."

사쿠자에몬은 천천히 절했다.

"분부시라면 데리고 오지요."

"마음에 들지 않으면 베어버리겠다."

"마음대로 하십시오, 그럼."

"잠깐!"

그러나 그때 사쿠자에몬은 벌써 침실 뜰에서 바깥쪽으로 돌아나가고 있었다.

이에야스는 댓돌 위에 우뚝 선 채 한참 동안 부르르 몸을 떨었다. 이보다 더 무례한 짓은 없었다. 도로 불러서 베어버리고 싶은 충동과, 자기는 분명 대단한 멍청이임에 틀림없다는 쓸쓸한 회오(悔悟)가 가슴속에서 소용돌이쳤다.

이에야스는 별안간 핫핫핫하 하고 소리 내어 웃었다.

"잘도, 잘도 지껄였어!"

그리고 그 웃음 속에서 사쿠자에몬의 대담한 충성심을 긍정하려 했지만, 감정은 그리 쉽사리 가라앉지 않았다.

"주군, 세수하십시오."

어느새 사카키바라가 세숫물을 들고 뒤에서 기다리고 있었다.

이에야스는 가슴이 덜컹했다.

"고헤이타."

"예."

"이제 그 사쿠자에몬의 말은 안 들은 걸로 해둬라. 사쿠자에몬은 외고집쟁이지만 얻기 어려운 사람이야."

이에야스는 세숫대야를 끌어당겼다.

전략에 대해서는 노신이나 공신들과 이야기할 기회가 많았지만 여자 이야기는 드물었다. 그러므로 사쿠자에몬의 심한 간언은 낱낱이 이에야스의 가슴을 찔렀다.

사쿠자에몬의 간언을 요약하면 숫처녀는 목숨을 내던질 위험성이 있으니 가까이하지 말라는 것이다.

그러나 그다음의 계산적인 여자란 말은 아무래도 이해되지 않았다. 그 무뚝뚝한 자가 언제라도 분부만 내리면 데려오겠다는 여자의 부류에 이르러서는 더욱 납득되지 않았다.

고헤이타의 시중을 받으며 식사를 마치자 이에야스는 한참 동안 책상 위에 《논어》를 펴놓고 읽었다. 이윽고 출사한 이에나리를 불러 얼마쯤 돈을 싸서 건네주었다.

"별성의 가케이인한테 가서, 가네가 휴가원을 내면 허락 내리도록 전해라. 이것은 내가 주는 수당이라며 전해주고……."

사정을 알고 있는 이에나리는 진지한 표정으로 본성을 나갔는데, 얼마 뒤 돌아와 아까 그 돈을 그대로 이에야스 앞에 내놓았다.

"가네는 새벽에 가케이인 님 거처에서 달아난 모양입니다."

"그래? 성급한 계집애로군."

이에야스의 마음을 환히 아는 이에나리는 조용한 태도로 물었다.

"곧 뒤쫓게 할까요, 아니면…… 그냥 용서해 주시겠습니까?"

"달아났단 말이지? 문지기들은 무엇을 하고 있었을까."

"어느 문에서도 보지 못했다고 합니다. 그러나 달아난 것은 틀림없습니다. 아마 땅속으로 기어들어 물처럼 스며든 것이겠지요."

이에야스는 쓸쓸히 웃으며 다시 《논어》로 눈을 옮겼다. 달아나게 해준 것은 사쿠자에몬임에 틀림없다. 그것을 이에나리도 다 알면서 물처럼 땅속으로 스며들어 달아났다고 시치미 뗀다.

"이에나리."

"예."

"그대들 중신 눈에 비치는 사쿠자에몬은 어떤가. 앞으로 쓸 만한 자가 될 것 같나?"

"글쎄올시다."

이에나리는 일부러 심각하게 고개를 갸웃거렸다.

"오다 님이 서서히 이나바산성을 공격하기 시작할 즈음이라고 생각됩니다만."

"미노의 이나바산과 사쿠자에몬이 무슨 관련이 있단 말인가?"

"아닙니다. 그렇게 되면 주군께서도 다시 동쪽으로 뻗어나가시게 되겠지요. 오카자키성에만 있을 수 없는 시기가 오지 않을까 하는 생각입니다."

"그러니 그때 사쿠자에몬을 어떻게 부리란 말인가?"

"마음 놓고 오카자키의 행정을 명할 수 있는 얻기 어려운 인물 가운데 한 사람인 줄 압니다."

"흥, 그대도 역시 사쿠자에몬 편을 드는군."

"주군도 마찬가지리라고 생각되는데요."

"좋아, 물러가 있거라. 나는 오늘 혼자서 차분히 책을 읽고 싶다."

이에나리가 물러가자 이에야스는 책을 탁 덮고 뜰로 나갔다. 그리고 고헤이타를 데리고 서쪽 망루에 올라갔다.

"오다 님이 드디어 미노를 공격할 모양이구나."

혼잣말처럼 중얼거리며 야하기강 쪽으로 뻗은 하얀 길을 생각에 잠겨 바라보았다.

주검의 길

폭동이 가라앉자 이에야스는 주의 깊게 노부나가의 동향을 지켜보고 있었다.

노히메의 아버지 사이토 도산을 학살한 아들 요시타쓰는 이미 죽고 없었다. 나병에 걸려 죽었는데, 그 나병의 묘약이 실은 노부나가의 고육지책에 의한 독살이었다는 소문도 나돌고 있다. 소문은 어떻든 그 약을 먹은 지 얼마 안 되어 요시타쓰는 죽고 지금은 그 아들 다쓰오키(龍興)가 이나바산 성주가 되어 있었다.

노부나가는 드디어 그 다쓰오키를 향해 군사를 움직이기 시작하고 있다. 그 때문에 가이의 다케다 집안과 인연 맺고, 신겐의 아들 가쓰요리(勝賴)에게 자기 양딸을 짝지어주려고 꾀하고 있는 모양이다.

이에야스와 노부나가 사이는 다케치요와 도쿠히메의 약혼 이래 친밀한 관계였지만 방심할 수 있는 정도는 아니었다. 노부나가가 미노를 향해 군사를 동원하기 시작하는 것을 확인한 다음, 이에야스 역시 마음 놓고 동부 미카와에서 오미로 군사를 동원할 작정이었다.

이에야스가 요시다성으로 군사를 보내 스스로 진두에 서서 오하라(小原)를 공격하기 시작한 것은 오만과 가네의 문제가 처리되고, 동부 미카와의 모심기가 거의 끝난 뒤였다.

"이제 올해도 기근 염려는 없겠지."

오카자키를 떠나 시모고이(下五井)에 도착한 것은 5월 14이었다. 직속무장 선봉은 17살로 이미 그 용맹을 도카이도에 떨치고 있는 혼다 헤이하치로 다다카쓰.

그리고 마쓰바라 도노모노스케(松原主殿助), 오가사와라 신쿠로(小笠原新九郎), 하치야 한노조(峰屋半之丞) 등이었다.

14일 새벽 시모지(下地)를 향해 행동을 개시할 때 진막을 나서며 혼다가 하치야에게 속삭였다.

"하치야, 어떻소? 최초로 누가 공을 세우는지 나와 경쟁해 보지 않겠소?"

"뭐라고, 나와 최초의 공을 겨루자고?"

"응, 당신은 폭동의 책임을 느끼고 아주 날쌔져 있으니 나와 겨룰 자는 당신뿐이라고 보았소."

"너무 우쭐대는군, 혼다."

하치야는 강 안개가 흐르는 길로 말을 몰며 코끝으로 비웃었다.

"그럼, 겨루어볼까. 내기는 아무것도 걸지 말게. 그리고 지더라도 결코 마음에 두지 않기로 하고."

혼다는 재미있다는 듯 흐흐흐 웃었다.

"좋소. 그럼, 틀림없이 약속했소."

두 사람은 요시다성에서 시모지로 나온 마키노 군을 새벽에 공격할 작정이었다. 혼다는 오른편 언덕에서, 하치야는 왼편 못자리를 돌아 어느 편이 먼저 창을 내지르느냐는 것이다.

혼다 부대가 언덕 아래 소나무 뒤로 사라져가자 하치야는 말을 채찍질하여 논두렁길로 달려나갔다. 아무 벌도 받지 않고 폭동 때의 반항을 용서받았으므로 무언가 공을 세우고 싶었다.

'혼다 따위에게 져서야 될 말인가.'

필사적으로 뒤따르는 부하들 사이를 마구 빠져나가 아직 해 뜨기 전에 도요강(豊川)을 건넜다. 둑 끝에 보일 듯 말 듯한 마키노 군 기치를 보자 아득히 뒤떨어진 부하들을 돌아보고 머리 위로 창을 휘두르며 단숨에 적진으로 말을 몰고 들어갔다.

"야, 마쓰다이라 가문의 이름난 하치야다, 나를 몰라보는 자는……."

말하다가 문득 둑 아래 움푹 꺼진 곳을 바라보니 거기 이미 한 걸음 먼저 도착한 혼다가 붉은 삿갓을 쓰고 갑옷 위에 여자 장옷을 걸친 적을 상대로 창을 맞대고 있었다……

창을 맞댄 채 혼다는 말했다.

"하치야, 늦었군. 나서지 마시오, 이놈은 제법 강한 데가 있소."

하치야는 으드득 이를 갈았다. 얼마나 무운을 타고난 놈인가. 붉은 삿갓에 어머니의 장옷을 걸치고 싸움터에 나온 자는 마키노의 신하 중에서도 소문난 강자 기도코로(城所)임에 틀림없다.

"자네가 일부러 찾아낸 상대인데 내가 손댈 수 있나."

하치야는 외치며 창을 내동댕이치고 말에서 내렸다.

"하치야는 두 번째로 공을 세우는 따위는 원치 않는다, 이것을 보아라!"

등에 메고 있던 큰 칼을 썩 뽑아들더니 얼굴빛 하나 흔들리지 않고 적 속으로 쳐들어갔다.

"자, 일 번 칼이다, 덤벼라!"

그 뒷모습을 흘끗 바라본 혼다는 적과의 거리를 슬금슬금 좁혀갔다. 기도코로에게 방해받아 중요한 마키노를 하치야에게 빼앗기면 맨 먼저 쳐들어왔다 해도 공은 떨어진다.

혼다가 초조하게 다가서자 상대는 그만큼 물러섰다.

"물러서지 말고 덤벼라!"

"젊은이, 초조해하고 있군."

"뭐야?"

"마음을 진정하고 들으시오. 어디선가 두견새가 울고 있지 않소?"

혼다는 빙그레 웃으며 다시 한 걸음 성큼 다가섰다. 서로의 창날이 세차게 얽혔다. 두 사람의 허리에서 팔뚝 아래로 몇 번이나 창날이 번뜩이며 지나갔다. 확 떨어져 보니 두 사람 모두 상처를 입고 있었다. 혼다는 왼쪽 손가리개가 찢어져 피가 흐르고 상대는 오른쪽 넓적다리에 가벼운 상처를 입고 있었다. 둘 다 이마에 땀을 흠뻑 흘리면서도 도우려는 부하들을 꾸짖었다.

"나서지 마라."

창이 한 번만 더 맞부딪치면 승부는 결정 나리라. 혼다는 아직 자신의 죽음을 생각해 본 적이 없었다. 죽음 따위는 자기와 인연이 먼 것이라고 생각하므로, 젊은 혈기로 다시 상대와의 거리를 좁혀나갔다.

상대가 말했다.

"기다려!"

"뭣이, 뭐라고 했나?"

"기다리라고 했소. 그대에게 할 말이 있소."

"에잇, 이제 와서 질린 모양이구나."

"들으시오, 나는 기도코로가 아니오."

"뭣이, 기도코로가 아니라고?"

상대는 창을 꼬나든 채 고개를 끄덕였다.

"그러면 누구요, 당신은?"

상대는 희미하게 웃은 다음 주위를 꺼리는 목소리로 말했다.

"마키노 야스나리."

"마키노라고…… 당신이?"

"마쓰다이라 이에야스 님에게 은밀히 전하시오. 내 뜻은 진작부터 이마가와 집안에는 없었소. 그대와 창을 맞댄 것도, 기도코로의 삿갓과 장옷 차림으로 나온 것도 모두 그 뜻을 알리기 위해서였소."

혼다는 창을 거두었다.

"그대가 마키노 님이라고? 알았소. 위험천만한 일이었소, 하치야가 귀하에게 쳐들어갔다면……."

혼다가 말하고 있을 때 마키노의 본진처럼 가장한 천막 언저리에서 '와!' 하고 이상한 함성이 일었다. 전쟁만큼 사람의 운과 불운을 확연히 보여주는 곳은 없다. 혼다가 기도코로에게 진격을 방해당할까 봐 초조해하면서 목표 삼은 대장과 창을 맞대고 있을 때, 하치야는 본진으로 마구 쳐들어가 뜻하지 않은 적 앞에 세워져 있었다.

방해하는 자 둘을 베어버리고 천막 안으로 들어가자 의자에 앉아 있던 사나이가 천천히 일어났다.

"네놈은 누구냐?"

"나는 가와이다. 그대는 하치야구나."

그리고 손에 들었던 총을 천천히 하치야의 얼굴에 겨누었다.

"가와이라는 절름발이가 네놈이냐?"

"그렇다! 모처럼 왔으니 총알 한 방을 선사할까? 아니면 여기서 물러가든가."

하치야는 칼을 들이댄 채 비웃었다.

가와이 마사도쿠(河井正德)는 전의 이름이 고스케(小助)였다. 그가 어느 싸움터에서 물러날 때 누군가 소리쳤다.

"저놈이 상처 입고 도망가는군, 쳐버려라!"

고스케는 뒤를 확 돌아서 상대를 노려보았다.

"나무아미타불, 부상당한 게 아니다. 본디 절름발이다."

그러고는 물러갔으므로 우지자네가 일부러 이름을 지어준 사나이였다.

"그대는 앞으로 마사도쿠라고 부르도록 해라."

그런 사나이가 총알을 재어들고 하치야가 쳐들어오기를 기다리고 있었던 것이다. 하치야는 물러설 수도, 나아갈 수도 없는 상황에서 저도 모르게 칼자루 끝을 꽉 움켜잡았다.

"덤비겠단 말이지, 하치야."

"닥쳐라! 적을 앞에 두고 물러선 적 없는 나다."

"그럼, 덤빌 테냐?"

가와이가 입을 일그러뜨리며 웃는 것과 하치야의 몸이 훌쩍 뛰어오른 게 동시였다. 탕 하는 총소리가 아침 공기를 가르며, 쳐들어간 하치야도 총을 쥔 가와이도 함께 그 자리에 쓰러졌다. 하치야는 관자놀이가 으스러지고 머리띠를 날린 산발머리가 되어 그 머리 안에서 피가 왈칵왈칵 뿜어져나오고, 가와이는 짧은 쪽 다리가 무릎에서부터 절단되어 땅바닥에 주저앉아 있었다.

가와이가 웃었다.

"핫핫핫하, 짧은 다리를 잘라주다니 친절한 사람이군."

"뭐……뭐……뭐라고?"

이마가 으스러진 하치야는 칼을 지팡이 삼아 벌떡 일어섰다. 아마도 눈이 보일 리 없다. 붉은 귀신 같은 모습으로 하치야는 가와이의 웃음에 응수했다.

"과연 가와이답다, 잘 쏘았어. 그러나 네놈 총알에 이 하치야는 죽지 않는다. 너희들 먼저……."

가까스로 따라잡은 부하들이 양옆에서 하치야에게 달려들어 몸을 부축했다.

가와이는 어느새 눈을 크게 부릅뜬 채 무릎에서 쏟아지는 피 속에 엎어져 있다.

"뭘, 이 정도 상처를 가지고……."

하치야는 말하며 기운차게 한 걸음 한 걸음 음미하는 듯한 발걸음으로 밖으로 나갔다. 너무나 처절하여 아무도 뒤쫓으려는 자가 없었다. 이마가 으스러진 하치야는 천막 밖까지 걸어나가 양쪽과 앞뒤에서 부하들이 부축하고 있다는 것을 의식하는 순간 딛고 선 대지가 크게 움직이기 시작했다.

"들것을."

누군가가 말하는 그 목소리도 아득하게 들렸다.

"필요 없다!"

하치야는 고개 젓다가 얼굴을 찡그렸다.

"말을 끌고 와라……."

피 때문에 시야를 잃어 엉뚱한 쪽으로 부릅뜬 눈앞에 총을 겨누던 가와이의 얼굴이 아직 또렷이 남아 있었다. 부축받으며 대여섯 걸음 걸어가다가 하치야는 별안간 소리 내어 웃었다.

"핫핫하……."

오십 인생의 절반을 겨우 넘었을 뿐인데 죽음의 세계를 들여다보고 있다. 누구나 한 번은 반드시 죽는 거라고 대담하게 생각해 왔으나 막상 그 죽음의 손길에 내 몸을 건네준다고 생각하니 문득 어떤 이상한 감상이 가슴을 스쳤다. 하치야는 다시 웃었다.

"하하하……."

인간이란 정말 우습다. 한 가지만 이해되지 않아도 나무아미타불을 외치며 몸부림치고, 부처님과 영주 중에 어느 쪽이 더 가치 있느냐고 망설이지만…… 총 한 방 앞에서는 모든 게 무력하지 않은가. 그렇다 해서 자기를 쏜 가와이를 미워할 마음은 조금도 없었다.

"훌륭한 녀석!"

이렇게 생각하며, 자기가 상대에게 부상 입힌 일에도 후회는 없었다. 다만 상대가 그 자리에서 곧바로 죽은 것 같지 않아 가와이가 살아 있는 동안 자신이 먼저 죽는다는 게 패배처럼 생각되어 싫었다.

"들것을."

종자가 다시 외쳤으나 그때 이미 하치야는 귀가 들리지 않았다.

들것으로 쓸 문짝이 날라져왔다. 두 종자가 그 위에 하치야를 눕히고 귀에 입을 대고 외쳤다.

"말이 왔습니다."

아침 하늘을 향해 눈을 크게 부릅뜨고 반듯이 누운 채 하치야는 고삐 잡는 시늉을 했다.

"가와이는…… 가와이는 죽었나?"

"예…… 예, 죽었습니다."

"주군 앞으로 말을 몰아라. 주군 곁으로 돌아가겠다."

그것은 하치야가 마지막으로 만나고 싶은 사람의 이름이었다.

집에는 늙은 어머니가 있다. 이 어머니는 혼다의 홀어미에 비할 만큼 기질 센 여자였다. 하치야가 가와이보다 먼저 죽었다는 말을 듣는다면 아마 눈물을 삼키며 꾸짖어댈 게 틀림없다.

"내 자식이 아니다, 너 같은 겁쟁이는."

종자는 차츰 거칠어져 가는 하치야의 숨결을 걱정하면서 이에야스의 본진을 향해 도요강을 건넜다.

강을 건너자 이에야스는 이미 강가까지 말을 몰아와 있었다.

"하치야 한노조, 부상하여 돌아왔습니다."

사카키바라가 보고하자 이에야스는 말을 멈추었고, 빈사상태의 하치야는 그 앞에 놓였다.

이에야스는 말을 내려 문짝으로 성큼성큼 다가갔다.

"하치야! 이 정도의 상처로, 하치야!"

힘껏 불렀으나 하치야의 눈은 멍하니 뜨인 채 먼 하늘을 노려볼 뿐이었다.

이에야스는 당황하여 하치야의 눈꺼풀을 살핀 다음 맥을 짚어보았다. 아직 죽지 않았다. 무엇을 생각하며 무엇을 좇고 있을까, 생각에 빠져 무의식 속을 헤매고 있는 듯했다.

이에야스는 갑옷 위로 가슴에 손대고 힘차게 흔들었다.

"하치야!"

그 순간 쏟아져나오듯 하치야의 목소리가 들렸다.

"주군! 하치야 한노조, 가와이 마사도쿠를 치고 개선했습니다."

"그런가, 잘 싸워주었다."

"어머니…… 어머니에게…… 용감했다고……."

그것이 마지막 말이었다. 목이 왈칵 부풀어오르더니 많은 피를 토하고는 목덜미의 힘이 빠져갔다.

이에야스는 조용히 한 손으로 하치야의 명복을 빌었으나 눈은 감고 있지 않았다. 죽은 하치야와 산 이에야스가 온갖 증오를 담은 눈으로 서로 노려보고 있는 것처럼 보였다. 아니, 이 경우 하치야는 이에야스를 사모하고 이에야스는 하치야를 사랑하고 있다. 그럼에도 불구하고 이렇듯 주검의 길을 걸어가게 하지 않으면 안 되는 자와, 걸어가야 하는 자의 애절함이 인간 세상에 엄숙한 항의를 던진 순간이었다고도 할 수 있다.

이윽고 이에야스는 그 눈을 하늘로 옮겼다. 그리고 눈꺼풀 속의 눈물을 마르게 했다. 여기저기서 줄곧 까마귀가 우짖고, 아침 햇살이 은가루를 쏟아부은 듯 강물 위에서 빛나고 있었다.

"알겠느냐, 하치야는 아직 살아 있다. 우리 진지로 돌아와 죽었다고 하치야의 어머니에게 알려라."

"예."

"좋아, 데려가 치료해라."

문짝들것이 위로 들어올려졌다.

이에야스는 한참 동안 그것을 바라본 뒤 쓸쓸히 말에 올랐다. 선두가 강에 접어들자 말이 차던지는 물보라가 눈부시게 아름다웠다.

이때 강 건너 둑에 붉은 삿갓 차림의 마키노를 동반한 혼다 헤이하치로 다다카쓰의 모습이 보였다. 그 역시 오른쪽 팔을 흰 천으로 동이고 있었으나 말도 사람도 기운이 넘쳐 보였다. 이에야스의 기치를 보자 혼다는 날뛰는 말을 달래며 풀이 새파랗게 자라고 있는 둑을 내려왔다. 마키노가 이미 뜻을 통해 왔으므로, 그 마키노를 항복시킨 자랑스러움이 젊은 혼다의 온몸에 넘쳐 있다.

혼다는 둑 아래에서 말을 내려 들뜬 기분으로 이에야스를 맞았다.

그러나 이에야스는 그 혼다의 뒤에까지 어두운 죽음의 그림자가 감돌고 있는 것 같아 견딜 수 없었다.

"까마귀들이 왜 저리 시끄러울까."

강을 건넌 이에야스는 한 무릎을 꿇고 기다리는 혼다를 흘끗 바라보았다.

"혼다, 하치야는 죽었다."

"옛, 하치야가 전사를."

"전사가 아니야. 적을 치고 자기도 부상한 거야."

그런 다음 불쾌한 표정으로 마키노에게로 눈을 옮겼다.

"그놈은 누구냐? 못 보던 사나이인데."

마키노는 한순간 얼굴을 숙였으나 곧 다시 두 주먹을 짚고 머리 숙였다.

"마키노 야스나리, 이곳까지 마중 왔습니다."

"뭣이!"

마키노는 적이 아니냐—고 말하려다가 이에야스는 정신이 번쩍 들어 소리를 삼켰다. 옆에서 혼다가 의기양양하게 얼굴을 쳐든 까닭도 있었지만, 무익한 싸움을 피하여 힘 있는 자에게 굴복할 줄 아는 마키노 쪽이 훨씬 더 훌륭한 게 아닐까 하는 생각이 떠올랐기 때문이다.

아마도 마키노의 무사도와 죽어간 하치야의 무사도는 대조적인 것이리라. 한편은 완고할 만큼 좁고 깊으며, 한편은 때로 그 타산의 밑바닥이 환히 보일 만큼 넓었다. 물론 가증스럽다고도 할 수 있다. 그러나 이로써 마키노의 부하들은 죽지 않고 번영에의 길을 걸을 수 있는 것이다.

"마키노요? 호의가 고맙소. 머지않아 상을 내릴 테니 우선 오하라성을 공격하오."

"예, 알겠습니다."

"혼다!"

"예."

"마키노와 함께 곧 사카이 다다쓰구 군에 협력해라. 너는 참으로 원기 왕성한 녀석이로다!"

혼다는 히죽 웃었다.

"예."

일부러 과장되게 머리 숙여 보인 다음 사람들 앞에서 창을 빙그르 돌리며 말에 올랐다. 생명의 위험을 느끼지 않는 나이, 싸움이 재미있어 못 견디겠는 모습이 몸의 마디마다 넘쳐흐른다. 그것이 오히려 이에야스의 마음속에 날카로운 침을 세웠다.

마키노와 혼다가 모래 먼지를 일으키며 달려간 뒤 이에야스는 다시 유유히 말을 몰았다. 이미 보급대까지 본진에 이어져 있어 승산은 뚜렷해졌다.

이에야스는 문득 마음속으로 하치야의 죽은 얼굴에 대고 중얼거렸다.

"하치야, 하루빨리 그대처럼 죽이지 않는 세상을 만들고 싶구나."

둑을 넘어 시모지로 접어들자 앞쪽으로 트인 아침 하늘에 민가에서 오르는 두 줄기 연기가 바라보였다.

'이 세상에서 만일 싸움이 없어진다면.'

온 나라의 무사들을 뭉칠 수 있는 강력한 대장이 나타나 누구에게도 제멋대로의 싸움을 허용하지 않고, 저마다 직분을 다할 수 있게 한다면 천하가 얼마나 풍요로워질 것인가……?

마을로 접어들었다. 이제 완전히 이마가와 영토다. 예전에는 빠져나갈 수도 없고, 빠져나갈 생각조차 못했던 고장……이라고 생각했을 때 이에야스는 온몸에 부르르 전율을 느꼈다.

이 세상에서 전쟁을 없애려는 소망! 치밀한 두뇌와 크나큰 자비를 지닌 불퇴전(不退轉)의 용사라면 꿈이 아님을 실감할 것이다. 노부나가는 이미 그 실감을 뚜렷이 포착하고 행동하고 있는 게 아닐까. 만약 그렇다면 반드시 신불의 가호가 있으리라.

앞길에서 또 운반되어 오는 두 개의 들것과 마주쳤다. 말 위에서 이에야스는 물었다.

"누구냐, 부상자는."

"사카이 다다쓰구의 부하 이세 곤로쿠(伊勢權六)와 그의 숙부 조자에몬(長佐衛門)입니다."

"숨은 아직 있느냐?"

"예, 아니, 벌써 끊어졌습니다……."

"멈춰라. 내가 명복을 빌어주마."

이에야스는 말에서 내려 시체에 덮인 천을 들추게 했다. 시체 하나는 옆구리를 창에 찔렸는지 거기서 쏟아져나온 피가 꺼멓게 엉겨가고 있었다. 눈은 감았으나 볼수염이 숭숭 난 입이 일그러졌으며 하얀 앞니가 내다보였다. 혈육이 본다면 평생 마음에서 지워지지 않을 허무하게 죽은 얼굴, 오른손에는 진흙과 단도를 꽉 움켜쥐고 있었다.

"이것이 이세 곤로쿠냐?"

"예."

"나이는?"

"27살."

"전사 장면을 보았나?"

"예, 적진에서 뛰쳐나온 이마무라(今村)와 칼을 맞대었는데, 칼이 부러지는 바람에 몸으로 맞붙게 되었습니다. 이세 님은 본디 무쌍한 강력(剛力)이라 이마무라를 잡아 눌러 단도로 찌르려던 순간 다른 적병 한 놈이 갑자기 옆에서 달려들어 찔렀습니다."

"그대들은 그것을 팔짱 끼고 보고만 있었단 말인가?"

"예, 이세 님은 저희들에게 나서지 말라며 1대 1의 싸움이라고 하셨습니다. 그런데 비겁한 상대 부하 놈이 다짜고짜 말없이 찌를 줄······."

"그 상대 주종은 살았나?"

"예······ 예."

이에야스는 가만히 주검 앞에 합장하고 입 속으로 이름을 불렀다. 1대 1로 싸우는 것이니 나서면 안 된다고 말하며 마음속으로 맹세한 자는 끝내 죽고, 그 약속을 어긴 자는 살아 있다. 싸움터에서나 일반사회에서나 완고하게 옳은 길을 지키려는 자가 오히려 다치는 것은 무엇 때문일까.

이에야스는 이세의 시체를 천으로 덮어주고 문득 세나와 다케치요의 얼굴을 떠올리며 물었다.

"자식은 있나?"

"예, 씩씩한 사내아이만 셋 있습니다."

고개를 끄덕이고 이번에는 다른 시체로 다가갔다. 왈칵 풍기는 악취 속에 파리 떼가 윙윙거리며 날고 있다. 그 가운데 한 마리가 이에야스의 입술께에 부딪치고 나서 오른쪽으로 날아갔다. 시체의 얼굴에 덮인 천을 들추자 이에야스는 저도 모르게 눈살을 찌푸렸다. 반백의 50대 사나이로 곶감처럼 말라 있었다.

희미하게 뜬 눈이 온통 허옇다. 어깨 쪽으로 내리쳐진 한칼에 허리갑옷의 실이 끊어져 있었다. 어깨에서 가슴까지 어찌 이토록 당했을까 싶을 만큼 말려올라간 허리갑옷 사이로 분홍빛 살점이 삐져나와 있었다. 그리고 그 속에 벌써 조그만 구더기가 우글우글 꿈틀거리고 있는 게 보였다.

"이자가 숙부라고?"

"예."

"전사할 때의 상황은?"

"조카를 찌르고 달아나는 적에게 비겁한 자, 게 섰거라! 하고 쳐들어갔습니다."

"그래서 어찌 됐나?"

"그런데 이때 쓰러졌다가 벌떡 일어난 이마무라가 옆에서 덤벼들어……."

"이 상처는 그때 생긴 것인가?"

"예."

이에야스는 이름을 부르는 대신 저도 모르게 하늘을 우러러 탄식했다. 불운하다……고 하면 그만이었다. 그러나 자기편 어딘가에 그 불운을 초래하는 원인이 있어서 주검으로의 길을 열어놓은 게 아닐까 하는 생각 때문에 못 견디게 안타까웠다.

'훌륭한 자는 죽고 비겁한 자는 살아간다…….'

언저리 숲에서 까마귀 소리가 또 요란스럽게 들렸다. 이에야스는 다시 시체의 얼굴을 똑바로 보았다. 아침 햇살을 환하게 받고 있는 시체는 더욱 무참해 보였다—이것이 인생……이라고 생각하는 뒤편에서 그렇지 않다!고 날카롭게 외치는 게 있었다.

"숙부 쪽에도 자식이 있나?"

"없습니다. 그러므로 이세 님 죽음이 더욱 분했던 것 같습니다."

"아내는?"

"지난해에 사별했습니다……."

"독신인가?"

"예, 집에 있을 때도 화초 가꾸는 게 유일한 즐거움이었습니다."

"이자가 화초를……."

어느덧 부하는 울고 있었다. 아니, 자신의 눈물을 스스로 깨닫지 못하는 울음이라 그것이 이에야스의 마음을 더욱 슬프게 죄어댔다. 이에야스는 이 말라빠진 사나이가 조그마한 뜰에 서서 화초에 넋 잃고 있는 모습이 보이는 듯했다.

'이 사나이를 죽인 자는 누구일까?'

사카이 다다쓰구의 신하. 하지만 다다쓰구에게 출진을 명령한 것은 이에야스였다.

'그 이에야스는 무엇 때문에……'

이에야스는 조용히 시체의 얼굴을 덮어주었다.

"정성껏 매장해 주도록 해라."

부하는 이마를 땅에 밀어대며 또 울었다. 이에야스가 따뜻하게 말을 걸어준 죽은 자의 행복에 진심으로 감사하는 울음이었다.

"어서 가거라."

"예."

들것이 들어올려졌다.

이에야스는 말 타는 것도 잊은 듯 그 뒷모습을 바라보았다. 인간과 죽음. 누구나 한 번은 지나가는 길. 그러나 그 길을 부자연스럽게 지나가도록 한 게 자기인 것같이 여겨져 마음 아팠다. 이제 와서 마음이 약해진 것일까. 주검을 보고 감상에 사로잡히다가는 하루도 살아갈 수 없는 이에야스의 입장이었다.

"주군! 말에 오르십시오."

여느 때와 다른 이에야스의 모습에 도리이 모토타다가 성큼성큼 다가와 말을 걸었으나 이에야스는 대꾸하지 않았다.

"주군! 싸움에 이겼다고 해서 방심하셔서는 안 됩니다."

"도리이—"

"예, 선진부대는 벌써 성을 공격하고 있을 것입니다. 자, 어서."

"서두르지 마라, 도리이. 나는 지금 내가 서 있는 대지를 처음 보는 듯한 느낌이 든다."

"농담이시라면 개선한 뒤에 듣겠습니다."

"그대에게는 이게 농담처럼 들리나?"

"자, 어서."

"좋아, 타지. 말을 타고 주검의 길을 가마."

이에야스는 말에 오르는 자기 발이 무거운 것을 새삼 깨달았다. 그리고 이 혼미한 마음이 패배를 초래하는 원인이 된다는 것을 느낀 뒤 정신이 번쩍 들어 마음을 바로잡았다.

아무 관련도 없이 눈앞에 불상이 하나 떠올랐다. 호법(護法)의 대의(大義)를 손바닥에 얹은 제석천(帝釋天)의 모습이었다.

'그렇다. 이쯤에서 나도 다시 태어나야지……'

주검의 길을 막기 위해 걸어가는 무장, 무사들 위에 제석천이 있다는 것을 잊어버리고…….

모토다다가 다시 말했다.

"주군! 서두르십시오."

쌍학도(双鶴図)

이나바산을 물들이는 초록빛도, 나가라강(長良川)의 맑은 흐름도 여느 때와 마찬가지로 초여름 단장을 하고 있지만 성에 사는 사람들은 지난해와 다른 성주를 모시게 되었다. 오다 노부나가가 사이토 다쓰오키를 이세의 나가시마로 몰아내고 이곳으로 옮겨와 이름을 '기후(崎阜)'라고 고쳤다.

부모 형제를 여기서 잃은 노히메는 산의 자태며 물빛이 모두 노부나가보다 더 깊은 감개를 떠오르게 했다. 소녀 시절을 보낸 집은 전화(戰火)에 불타 없어졌지만 크고 작은 산과 새소리에 이르기까지 그립게 기억을 잡아 흔들지 않는 것이 없었다.

그날도 노부나가는 새로 쌓은 성 아랫거리로 나가고 없었다. 욱일승천의 기세로 이미 천하에 명백히 뜻을 두고 있는 노부나가는 이곳을 교토로 가는 진격 거점으로 삼을 작정이었다.

"—먼저 성 안팎을 부유하게 만들어야지."

이렇게 말하며 새로이 설치하는 시장 지리와 인정을 살피러 다니고 있다.

노히메는 성안을 대충 둘러본 다음 오루이 부인이 낳은 도쿠히메를 자기 거실로 불렀다. 올해 9살이 된 노부나가의 맏딸 도쿠히메는 오는 5월 27일 오카자키 성에 출가하기로 되어 있다. 신랑 다케치요도 도쿠히메와 같은 9살이며, 노부나가의 뜻이 왕도로 이어지자 오다와 마쓰다이라 두 집안 관계는 한층 더 연결을 굳건히 해둘 필요가 있었다.

인형 같은 도쿠히메의 모습이 문 앞에 나타나자 노히메는 일어나 가볍게 손을 끌어 자리에 앉혔다.

"자, 이리 오너라. 차를 끓여줄 테니 잘 보며 배우도록 해요."

"네."

도쿠히메는 낳아준 오루이 부인보다 정실 노히메 앞에서 더 어리광 부리며 잘 따랐다. 차를 기다리는 영리한 눈매가 노부나가를 닮았고, 노부나가의 누이동생 이치히메(市姬)보다는 못하지만 오루이 부인보다 훨씬 더 아름다웠다.

아무리 정략이지만 이 철없는 신랑 신부에게 소꿉장난 같은 생활을 시키지 않으면 안 되는 사정에 노히메는 문득 가슴이 메었다. 자신의 결혼도 그러했지만 이것은 자연스러운 인간의 결합이 아니라 말하자면 상대 가정으로 보내는 간첩이며, 볼모이며, 신랑을 묶는 사슬의 뜻도 지니고 있다. 자기가 노부나가에게 시집올 때 아버지 사이토 도산은 분명하게 다짐했었다.

"알겠느냐, 방심하지 말고 신랑을 잘 감시해라. 수상쩍은 눈치가 보이거든 반드시 곧 알려라."

자기도 지금 도쿠히메에게 그와 같은 의미를 은연중에 가르치지 않으면 안 된다. 찻잔을 앞에 놓아주고 좀 떨어져 앉아 노히메는 도쿠히메와 나란히 앉은 신랑 다케치요의 모습을 상상하며 한동안 가만히 있었다.

"맛있게 끓여주셔서 감사합니다."

생모 오루이가 가르쳤는지 차를 다 마시고 나자 도쿠히메는 찻잔을 예법대로 단정히 내려놓았다. 그 동작이 어른스러울수록 더 가슴 아팠다.

"도쿠히메—"

"네."

"도쿠히메는 혼례가 무엇인지 아느냐?"

도쿠히메는 순진하게 웃으며 고개를 갸웃했다. 도쿠히메가 눈을 깜박거리며 대답하지 못하는 것을 보고 노히메는 다시 물었다.

"그것을 묻는 게 무리지. 그럼, 도쿠히메가 시집가는 곳은 어디지?"

"네, 오카자키성으로 간다고……."

"그래그래. 그 이름은?"

"마쓰다이라 노부야스(松平信康) 님."

노히메는 정색하고 고개를 끄덕였다. 노부야스란 9살 난 다케치요가 아내를 맞게 되어 새로 지은 이름이다. 물론 노부나가의 노부 자를 따서 지은 것이다.

"노부야스 님의 아버님 이름은?"

"마쓰다이라 이에야스 님……."

"어째서 아버님이 이에야스 님이신지, 그 까닭은?"

도쿠히메는 순진하게 고개를 가로저었다. 알 리 없는 것을 알고서 던진 질문이었다.

"그 까닭을 말해주지."

"네."

"오다 집안은 도쿠히메도 알다시피 어엿한 다이라(平)씨의 후예, 또 마쓰다이라 집안은 미나모토(源)씨의 후예야. 옛날에 미나모토씨와 다이라씨는 곧잘 싸웠지. 오랫동안 원수지간이 되어서. 그리고 지금 교토를 손에 넣고 있는 아시카가(足利) 쇼군은 미나모토씨의 후손이야. 알겠느냐, 도쿠히메?"

"네."

"이 말은 아무에게도 하면 안 돼. 미나모토의 후손인 쇼군은 이미 세상을 다스릴 능력을 잃고 있지. 그래서 이번에 그것을 대신할 사람은 다이라씨……라는 게 아버님 생각이시다."

"그럼…… 마쓰다이라 집안과는 적이 되나요?"

"아니, 그런 게 아니야. 아버님과 마쓰다이라 집안의 아버님은 저마다 다이라씨와 미나모토씨의 후손이지만 사이좋게 천하를 다스리자고 굳게 약속하셨단다. 그래서 노부야스 님 이름도, 아버님의 '노부'와 마쓰다이라 아버님의 '야스'를 따서 사이좋게 지으신 거야, 알겠지?"

"그리고 노부야스 님 아버님이 이에야스이신 것은요?"

"그것은 아버님께서 전에 살던 성에 계실 때 고묘사(光明寺)라는 절에 이소쿠(意足) 거사라는 학승(學僧)이 계셨는데, 그분은 병서(兵書)를 좋아하여 미나모토 집안의 조상 하치만 요시이에(八幡義家)가 남긴 고전 병서 48권을 암송하셨단다."

"하치만 요시이에……."

"아버님은 이소쿠 거사에게 그것을 가르쳐달라고 했지만, 미나모토 집안의 비서(秘書)이므로 다이라 집안사람에게는 전할 수 없다고 했지…… 그래서 하는 수 없이 미나모토씨의 후예인 이에야스 님에게 그걸 전하게 하셨대, 알겠니? 그런 까닭에 하치만 요시이에의 이에를 따서 이에야스 님이 되셨어. 그 전까지는 모토야스 님이라고 부르셨단다."

도쿠히메는 애매하게 고개를 끄덕였다. 아무래도 이해되지 않는 얼굴이었다.

"알겠니? 아버님이 전수받지 못하는 비밀스러운 병서까지 일부러 이에야스 님에게 전하게 하신 아버님의 너그러운 마음씨를. 이렇듯 미나모토 집안과 다이라 집안이 마음 모아 사이좋게 세상을 다스리자는 두 집안의 약속이니, 그 약속을 어기려는 자가 만일 가신들 가운데 있다면 그야말로 큰일이므로 그런 때는 시중 꾼의 손을 거쳐 얼른 이 성으로 알려야 한다."

어린아이에게 설명하는 것은 어른에게 하는 것보다 더 고통스러웠다. 이런 이야기를 듣고 소꿉장난하러 시집가는 자식의 신상에 어떤 미래가 기다리고 있을 것인지…….

"네, 알겠습니다."

도쿠히메는 순진하게 고개를 끄덕이며 노히메의 손 앞에 있는 과자를 바라보았다. 그 눈길을 깨닫고 노히메는 문득 다시 울고 싶어졌다. 과자며 과일을 탐내는 나이, 세상의 파란이나 음모와는 인연이 먼 천진난만한 몸으로 낯선 성에 보내진다.

그것은 도쿠히메만의 일은 아니었다. 우연히 영주 집안에 태어난 죄밖에 없는 딸들에게 한결같이 지워진 슬픈 운명이었다. 노부나가의 막냇누이 이치히메는 절세미인으로 찬양받으면서도 지금 오미(近江)의 아사이(淺井) 집안으로 출가할 날을 기다리고 있고, 다케다 신겐의 둘째 아들 가쓰요리에게는 노부나가의 조카딸 도야마(遠山)의 딸이 이미 출가해 있었다. 마쓰다이라 집안도, 아사이 집안도, 다케다 집안도 모두 노부나가가 상경할 무렵에는 어떤 일이 있어도 한편으로 삼아야 할 사람들이라 딸들이 더 있다면 얼마든지 출가를 시켰을 것이다.

노히메는 도쿠히메에게 과자를 주고 맛있게 먹는 입매를 다시 한참 물끄러미 바라보았다.

"너는 노부야스 님의 어머님 이름을 아느냐?"

"네, 세키구치 마님."

"내가 듣기에 마님이 상냥한 분은……."

말하다가 이 어린아이의 불안을 생각하고 고쳐 말했다.

"상냥한 분이었으면 좋으련만."

"제가 상냥하게 섬기겠습니다. 하지만 아버님의 자식이니……"

"아버님의 자식이니…… 어떻게 하겠단 말이냐?"

"쓸쓸해지더라도 울지 않겠어요."

"그래그래, 오냐. 굳센 자식이 될 수 있도록 호신용 칼을 하나 주마. 그러나……
너무 힘이 넘쳐서 노부야스 님과 다투어서는 안 된다."

"노부야스 님하고는 사이좋게 지내겠어요. 노부야스 님은 저의 소중한 낭군님
이시니까요."

"오카자키에 가거든 단정히 인사해야 한다. 먼저 노부야스 님의 아버님을 뵈었
을 때는."

"오래오래 잘 보살펴주십사고."

"오냐, 어머님을 뵈었을 때도 그러면 된다. 그런데 가신들에게는 뭐라고 할 테
냐?"

도쿠히메는 순진하게 고개를 저었다. 어머니가 가르쳐주지 않은 모양이었다.
부르기를 잘했다고 노히메는 생각했다.

"가신들에게는, 여러 가지로 폐를 끼치게 되었습니다……라고 단정히 앉은 자세
로 말하도록 해라."

"네, 이렇게 단정히 앉아서."

"그래그래, 됐다. 너무 상냥하게도, 엄하게도 말고……"

노히메는 여기까지 말하고 다시 입을 다물었다. 너무 이것저것 가르치면 오히
려 혼란을 일으킬 것 같기 때문이었다.

도쿠히메는 노히메에게 안긴 자세로 한참 동안 거문고 연습을 하고 돌아갔다.
어두운 그림자는 아무 데도 없었으며 소풍이라도 가는 기분으로 있는 듯했다. 건
널복도까지 바래다주자 노히메에게 귀엽게 절한 다음 거문고를 타는 손짓인지
투명한 조그만 손가락을 가슴팍에서 톡톡 놀려대면서 사라져갔다.

한참 뒤 되돌아온 노히메는 생각난 듯 불단 앞으로 갔다. 부모가 이 성 기슭의
저택에서 살해된 것도 이러한 푸르른 계절이었다. 살해되는 자, 출가하는 자, 태어
나는 자, 낳는 자. 이렇듯 뒤얽힌 인간사는 사람들 저마다의 의사에 따라 움직이

는 것 같기도 하고, 그보다 훨씬 높은 곳에서 조종되는 실에 따라 움직여지는 것 같이도 생각된다. 노히메가 30살을 넘겨 돌고 도는 인생의 모습을 이것저것 보아 온 뒤의 원숙함에서 깨달은 일이긴 하지만.

노히메는 불전에 향을 피워놓고 도쿠히메를 진심으로 보살펴주시도록 부처님에게 빌었다. 그러고 나서 오늘 한 걸음 먼저 성을 출발하는 도쿠히메의 혼수품과 신랑에게 보내는 예물을 손수 점검하고 다녔다.

이번 혼례의 정식 사자로 짐을 갈무리하여 오카자키로 가는 자는 사쿠마 노부모리(佐久間信盛)였다. 도쿠히메의 시중을 들며 오카자키에 가서 살게 되는 자는 이코마 야에몬(生駒八右衛門)과 나카지마 요고로(中島與五郎) 두 사람이었다.

혼수품을 늘어놓은 바깥채 큰방으로 노히메가 가보니, 사쿠마가 목록과 직접 대조하면서 수많은 물건들을 궤짝에 챙겨 넣게 하고 있는 참이었다.

"수고들 하십니다."

이 소리를 듣고 사쿠마는 깜짝 놀란 듯 노히메를 돌아보고 붓을 든 손을 무릎으로 내리며 인사했다.

"허, 마님께서 일부러 나오셨습니까."

9살 난 신랑에게 보내는 호랑이가죽이 있고, 피륙이 있고, 말안장과 등자가 쌓여 있었다.

"이 흰 비단과 홍매화 무늬 비단은?"

"예, 시어머님께 50필씩."

노히메가 고개를 끄덕이며 둘러보는데 문득 마루 끝에 놓인 큰 대야가 눈에 띄었다.

'무얼까?'

들여다보니 길이 3자가 넘는 큰 잉어 세 마리가 튀어나올 듯 몸을 구부려 대가리를 하늘 쪽으로 드러내고 있었다.

"사쿠마 님, 이 잉어는?"

"주군께서 이에야스 님에게 보내시는 선물입니다."

"어머나, 이렇듯 큰 잉어를."

"예, 미노에서 오와리에 걸쳐 가까스로 구한 굉장한 잉어랍니다."

"정말 이렇듯 훌륭한 건 처음 보았어요."

그러나 노히메는 그 잉어의 큰 눈알이 자신을 흘끔 쳐다볼 때 소름이 오싹 끼쳤다. 입술 두께도 사람보다 훨씬 두꺼웠으며 미끈미끈하고 둥그런 몸뚱이가 무시무시했다.

"주군께서 이 잉어 한 마리는 나, 한 마리는 이에야스 님, 한 마리는 신랑님으로 여기고 소중히 길러주십사 말씀드리라고 하셨습니다. 이 거대한 잉어는 큰 뜻이 감춰진 선물이라고 생각합니다."

노히메는 고개를 끄덕이며 잉어 곁을 떠났는데, 문득 무언가에 발이 걸리는 듯한 느낌이 들었다. 장난을 즐기는 노부나가가 말로 표현한 것 이외의 무언가 또 다른 생각을 하고 있을 거라는 기분이 들었던 것이다. 가끔 이 눈알로 잉어가 이에야스를 흘끔 볼 때마다 선물한 노부나가를 생각나게 하여 오싹하게 만들려는 게 아닐까. 모든 사물에는 한계가 있다. 이처럼 지나치게 크면 괴물 같아서 즐거운 관상(觀賞)의 대상이 될 수 없다.

잉어 곁을 떠나 이번에는 도쿠히메의 혼수품 앞에 섰을 때였다.

"여기 와 있었군."

노부나가가 언제나와 같은 투로 말하며 한 손에 칼을 들고 핫하하 명랑하게 웃었다. 그는 큰방으로 들어와 마루에 서서 대야를 들여다보면서 손짓으로 아내를 불렀다.

"이리 와보오. 이에야스를 놀라게 할 괴물을 발견했어."

"훌륭한 잉어예요. 이에야스 님께서 매우 기뻐하실 거예요."

다시 마루로 나가서 들여다보다가 노히메는 저도 모르게 눈길을 돌렸다. 나무 사이로 흘러드는 빛을 받아 잉어의 눈 가장자리가 금빛으로 빛나더니 그 속에서 다시 탐욕스러운 검은 눈알이 노히메를 흘끔 쳐다본 것이다.

노부나가는 어린아이처럼 웃었다.

"핫핫핫하, 이 잉어를 보았을 때 이에야스가 어떤 얼굴을 할 것 같소."

노히메는 남편을 꾸짖고 싶었다.

"신기한 선물이라고 하시면서 가신들과 함께 잡수시겠지요."

"뭐라고? 이 잉어를 요리해 먹는단 말이지."

"네."

"못난 소리 마오. 한 마리는 이 노부나가이고 나머지는 이에야스 부자란 말이야."

"대감······."

노히메는 온화한 눈길로 노부나가를 쳐다보았다.

"물고기를 사람에 비유하는 것은 좀 어쩐지."

"하하······ 어느 한 마리라도 죽으면 나쁘다는 말이겠지?"

"네, 말씀대로."

노부나가는 다시 소리 내어 웃었다. 사쿠마는 두 사람에게서 멀리 떨어져 하인들에게 줄곧 지시 내리고 있다. 노부나가는 아내와 나란히 허리 굽히고 목소리를 낮추었다.

"당신은 이 노부나가가 그토록 아무것도 모르는 사람인 줄 아오. 이것은 이에야스의 성의를 재는 소중한 감시꾼 잉어요."

"감시꾼 잉어······?"

노부나가는 장난꾸러기처럼 미소 지으며 고개를 끄덕였다.

"알겠소? 사쿠마에게 잘 일러서 보낼 것이니 이에야스는 싫더라도 이걸 연못에서 잘 키워야 할 거요."

"소중히 키우시겠지요."

"나는 가끔 편지를 보내 그 잉어는 잘 크느냐고 묻겠소. 알겠소? 도쿠히메가 잘 있느냐고는 물을 수 없지만 잉어에 대해 묻는 건 자연스러운 일 아니오?"

노히메는 깜짝 놀라 눈을 크게 떴다. 자식을 돌아보지 않는 것처럼 보이는 노부나가에게 그런 깊은 생각이 있을 줄이야.

"하하하하, 그러니 이에야스는 이 잉어를 볼 때마다 노부나가를 생각할 거요. 잉어를 잘 살리려는 마음 씀은 뜻밖에 오다 집안에 대한 마음 씀이 될 것이거든. 잉어를 한 번 더 보구려. 이거야말로 이에야스의 마음을 재는 감찰관이지······ 핫핫핫하, 저것 봐, 감찰관이 커다란 눈알을 굴리고 계시군."

노히메는 저도 모르게 한숨을 내쉬며 다시 한번 대야 속을 들여다보았다. 감탄스럽게 성장한 남편. 여전히 보통 사람을 초월하여, 타인에게서는 엿볼 수 없는 재략(才略). 이 재략으로 지금 가이의 다케다 집안을 비롯하여 미요시(三好), 마쓰나가(松永)로부터 아시카가 쇼군까지 조종하여 왕도로 뻗어나가려는 남편.

노히메는 마루 끝에 손을 짚고 진심으로 남편에게 말했다.

"죄송합니다."

"핫핫하……."

노부나가는 밝은 햇빛처럼 웃었다.

"아무튼 경사스러워. 이 혼례가 끝나면 이에야스도 드디어 도토우미를 진압하려 들겠지. 그렇게 되면 오다와라도 가이도 그쪽에 정신이 팔려…… 그렇잖소?"

왕도로 뻗어가는 그의 길에 방해되지 않는다는 의미이리라. 목을 움츠리며 입을 다물었다.

도쿠히메가 출가한 에이로쿠 10년(1567) 5월 27일. 이날 오카자키성의 표정은 복잡하기 이를 데 없었다. 어떤 자는 이로써 이에야스가 웅비(雄飛)할 준비가 되었다며 기뻐하고, 어떤 자는 이제야말로 노부나가에게 무릎 꿇어 끝내 사슬에 매이고 말았다면서 비분하고 있었다.

신부의 가마 행렬이 성문을 들어올 때까지 이에야스는 본성 거실에 들어앉아 서기장 게이타쿠(慶琢)를 상대로 줄곧 새로운 인사 배치 구상에 여념 없었다. 시동도 하인도 물리치고 가끔 생각난 듯 손수 부채질하면서 사르르 눈을 감고 말했다.

"총 선봉대장은 사카이 다다쓰구와 이시카와 가즈마사, 그 두 사람을 따를 자들의 이름을 불러보게."

게이타쿠는 이마의 땀을 닦으려고도 하지 않고 책상 위에서 기록하던 장부를 뒤적였다.

"사카이 님을 따를 분들, 마쓰다이라 다다마사, 혼다 히로타카, 마쓰다이라 야스타다(松平康忠), 동(同) 고레타다(伊忠), 동 기요무네(清宗), 동 이에타다(家忠), 동 야스사다(康定), 동 노부카즈(信一), 동 가게타다(景忠) 외에 마키노 야스나리, 오쿠다이라 미마사카(奧平美作), 스가누마 신파치로(菅沼新八郎), 동 이즈노카미(伊豆守), 동 교부(刑部), 도다 단조, 사이고 기요카즈(西鄉清員), 혼다 히코하치로(本多彦八郎), 시다라 엣추(設樂越中) 님입니다."

"그럼, 나이토 야지에몬(內藤彌次右衛門)은 어디로 갔나?"

"예, 이시카와 가즈마사 님 부하로."

"그래? 그럼, 가즈마사를 따를 자는 나이토 야지에몬, 사카이 요시로(酒井與四

郞), 히라이와, 스즈키, 동 기이(紀伊)……."

이렇게 헤아려가다가 말했다.

"좋아. 그럼, 직속무장 이름을 불러봐."

"예, 직속무장 선봉대장은 마쓰다이라 진타로(松平甚太郞), 도리이 히코에몬(鳥居彦右衛門), 시바다 시치쿠로(紫田七九郞), 혼다 헤이하치로, 사카키바라 고헤이타, 오쿠보 시치로에몬, 마쓰다이라 야에몬(松平彌右衛門) 님 등 7기(騎)입니다."

"게이타쿠."

"예."

"어떤가, 이렇듯 셋으로 나누니 어느 쪽이 가장 셀 것 같나. 그대가 적이라면 먼저 어느 쪽에 도전해 오겠나?"

"황송하오나, 그런 일은 저는 알지 못합니다."

"음…… 음, 그래? 좋아, 좋아. 그럼, 성 수비대 이름을 불러봐."

"예, 성에 남는 분은 사카이 우타노스케, 이시카와 이에나리, 도리이 다다키치, 히사마쓰 도시카쓰……."

여기까지 부르자 이에야스는 문득 손을 들었다.

"다음에 아오키 시로베에(靑木四郞兵衛)를 더해둬라. 그 밖에는 나카네 히라자에몬(中根平左衛門), 히라이와 신자에몬(平岩新左衛門), 혼다 사쿠자에몬(本多作左衛門), 혼다 모모스케(本多百助), 미야케 도자에몬(三宅藤左衛門)의 5명이겠지?"

"그렇습니다."

"좋아, 그리고 세 행정관은 오스(大須), 고리키(高力), 우에무라(上村)."

"다음은 졸개와 감시병들입니다."

"알고 있어. 우에키 데와(植木出羽), 와타나베 한조(渡邊半藏), 핫토리 한조(服部半藏), 오쿠보 다다쓰케(大久保忠佐)는 모두 여기 들어 있겠지?"

"빠짐없이 적었습니다."

"시동 가운데 아마노 사부로베에(天野三郞兵衛)도 들어 있나?"

"예."

이때 성안에서 사람들이 웅성거리는 소리가 났다. 드디어 도쿠히메의 행렬이 닿은 것이었다.

게이타쿠는 문득 얼굴을 들고 혼잣말처럼 말했다.

"도착하신 모양이군요……".

이에야스는 이마에 주름을 새긴 채 대꾸하지 않았다.

"게이타쿠, 내가 노부나가 님 사슬에 매였다는 소문이 났더군."

"예, 아닙니다. 그런 말은 전혀."

"듣지 못했단 말이지?"

이에야스는 쓸쓸히 웃었다.

"노부나가 님은 지금 둑을 뚫고 쏟아져나오는 강물이야. 아무도 그 기세를 막지 못해. 아마 머지않아 고귀한 분으로부터 밀칙(密勅)도 내릴 거야."

"그럼, 드디어 상경하시는 겁니까?"

이에야스는 고개를 끄덕이고 다시 희미하게 웃었다.

"게이타쿠, 나 역시 물이다."

"예?"

"분류(奔流)는 아니다. 그러나 조금이라도 틈만 있으면 슬금슬금 흘러 마지않는 물이지. 요시다성이 손에 들어오고 다와라도 함락시켰다. 앞으로 흐를 곳은 그대도 잘 알고 있겠지."

"예, 아니요."

"앞으로는 히쿠마노에서 가케강(掛川)으로……".

말하다가 창밖의 푸른 하늘을 보며 눈을 가늘게 떴다.

"느릿하게 움직이는 물이란 아주 답답해 보이는 법이야. 그러나 그러한 물도 같은 뜻을 서로 구하여 모이면 이윽고 폭포도 분류도 될 수 있지. 게이타쿠, 서두르지 마라. 천천히 큰 강이 되어가자꾸나."

"예."

"나는 앞으로도 서두르지 않겠다. 그러나 잠시도 멈추지는 않는다."

이때 발소리가 나며 큰 시동 아마노가 들어왔다.

"주군, 도착하셨으니 차비를."

"벌써 왔느냐?"

"예, 신부는 아랫성에서 이미 옷을 갈아입으시고 대면 의식을 기다리고 계십니다."

"기분 좋아 보이더냐?"

"예, 성에 들어오셨을 때는 불편해하시더니 곧 기분이 좋아지셨습니다."

"허 참, 어째서 불편했을까?"

"예, 그것이…… 소변을 참고 계셨던 모양으로."

"핫핫핫하, 그래? 소변을 참다가 칭얼댔군. 나도 그런 기억이 있지. 슨푸성에서 설날 축하연에. 나는 마루에서 뜰로 싸버렸는데 도쿠히메는 그럴 수 없지. 그래, 알았어. 곧 가마."

이에야스는 즐거운 듯 웃고 나서 게이타쿠를 돌아보며 나직한 소리로 말했다.

"오늘은 이만. 아직 아무에게도 말하면 안 돼, 인사(人事)에 관한 것을."

게이타쿠는 알아들었다는 듯이 책상 위의 서류를 포개어 공손히 문갑 안에 간직했다.

이에야스는 일어섰다. 노부나가의 맏딸이 어떤 얼굴로 무슨 말을 할까 하는 생각을 문득 하다가 서원 뒤의 경의실로 걸어가면서 이에야스는 다시 마음이 흐려졌다. 이 혼례에 병적인 혐오감을 느끼고 있는 쓰키야마 부인이 어떤 얼굴로 자기와 나란히 앉으려는지 그 일이 머리에 떠올랐던 것이다.

'불쌍한 여자……'

어째서 남편의 뜻을 알아주려 하지 않는 것일까…….

오다 집안에서 보낸 예물이 산처럼 쌓인 큰방에 이에야스가 자리 잡고 앉자 사쿠마가 곧 목록을 읽어내려가기 시작했다.

걱정했던 것보다 세나의 표정은 밝았으며 마주 앉은 도쿠히메에게 눈길이 쏠려 있다.

도쿠히메는 양옆에 시녀 우두머리인 노녀와 시중꾼을 거느리고 순진한 표정으로 신랑 될 노부야스를 보기도 하고 노부야스의 누이 가메히메를 보기도 한다. 과연 오와리, 미노 두 나라의 태수가 된 노부나가의 맏딸답게 이에야스 일가 뒤로 죽 늘어앉은 오카자키 집안 중신들을 조금도 두려워하는 태도가 없었다.

목록을 다 읽고 나자 사쿠마는 고쳐 앉아 두 집안의 만세를 축원한다고 인사했다.

사쿠마의 인사말이 끝나자 노녀는 살그머니 도쿠히메의 소매를 만졌다. 도쿠히메는 대범하게 고개를 끄덕이며 이에야스의 얼굴을 본 다음 가만히 두 손을 짚었다.

"도쿠(德)입니다. 오래오래 잘 보살펴 이끌어주시기를."

"오, 착한 아이구나! 노부야스의 아비 이에야스다, 잘 부탁한다."

도쿠히메는 방싯 웃은 다음 이번에는 세나에게로 돌아앉았다. 세나의 눈이 당황하며 깜박거렸다.

"어머님, 도쿠입니다. 오래오래 귀여워해 주세요."

"오냐. 노부야스의 어미다, 잘 섬겨다오."

"네."

여기서 도쿠히메는 손위의 가메히메를 무시하고 죽 늘어앉은 일족과 중신들을 둘러보았다. 인사말을 잊은 모양이다.

"저……."

고개를 조금 갸웃하며 말을 이었다.

"여러분."

"예."

"수고가 많았어요."

"예예."

세나의 얼굴빛이 달라졌다. 이 성에서는 세나도 이처럼 중신들을 얕보지 못했다. 이에야스도 깜짝 놀란 듯했으나 잠시 험악해진 공기는 곧 다음의 천진난만한 신랑과의 대화에서 구원되었다.

"노부야스 님."

도쿠히메가 부르자 무릎에 단정하게 두 주먹을 놓고 있던 노부야스는 몸을 젖혔다.

"뭐야, 도쿠히메."

"우리 사이좋게 소꿉장난하셔요."

노녀가 깜짝 놀라 소매를 끌었으나 그때는 벌써 신랑 노부야스가 일어나버린 뒤였다.

"응, 놀자."

시중들던 히라이와가 당황하여 노부야스의 옷자락을 끌었으나 노부야스는 그를 무시했다.

"내버려둬. 이리 와, 도쿠히메. 저기 큰 잉어가 있어."

"네."

도쿠히메도 일어났다. 좌중에 소리 없는 웃음의 물결이 감돌았다. 노부야스에게 손을 잡힌 도쿠히메가 아주 자연스럽게 남편을 따르는 조그마한 아내로 보였기 때문이었다. 이에야스만이 껄껄 소리 내어 웃었다.

노부야스가 마음에 두고 있었던 것은 예물 가운데 그 큰 잉어였던지 맨 오른쪽에 놓인 큰 대야 곁에 서서 말했다.

"봐, 굉장히 크지, 이 잉어는?"

도쿠히메는 그것을 처음 보았으므로 눈을 동그랗게 뜨고 고개를 끄덕였다.

사쿠마가 웃고 있는 이에야스에게로 돌아앉았다.

"저 잉어에 관해, 주군, 노부나가 님으로부터 전하시는 말씀이 있습니다."

"허, 살아 있는 잉어를 주셨는가. 허, 그거참."

"예, 미노와 오와리를 흐르는 기소강에서 운 좋게 살던 큰 잉어입니다. 저 큰 잉어 가운데 하나는 이에야스 님, 하나는 노부야스 님, 나머지 하나는 주군 노부나가 님으로 여기시고 길이길이 연못에 두시어 관상하시라는 말씀이었습니다."

"거참, 고마운 말씀이구려. 그럼, 나도 어디 한번 구경할까."

이에야스는 일어나 대야 곁으로 다가갔다.

"오, 참 훌륭하군! 훌륭한데!"

그리고 노부야스와 도쿠히메의 머리를 가볍게 쓰다듬으며 잡무를 맡아보는 스즈키를 손짓으로 불러 명령했다.

"여봐라, 스즈키. 이 경사스러운 잉어를 어서 못에 놓아주도록 해라. 그리고 날마다 잘 보살피도록 하인 우두머리에게 틀림없이 일러두거라. 알겠나, 경사스러운 잉어니 특히 조심해 돌보라고."

"예."

스즈키는 대답하고 나서 대야 곁으로 다가가 잉어를 보더니 저도 모르게 얼굴을 돌렸다. 아마도 기후성에서 노히메가 느낀 무시무시함을 이 거대한 괴물에게서 느낀 게 틀림없었다.

잉어가 연못에 놓이자, 노부야스는 도쿠히메의 손을 잡고 뜰로 나가 한참 뒤 그 세 마리가 다른 작은 물고기들을 유유히 거느리고 헤엄치기 시작하는 것을 본 다음 사뭇 마음 놓은 표정으로 큰방에 돌아왔다.

혼례식은 그날 밤 무사히 치러졌다. 운명의 꽃받침에 나란히 놓인 한 쌍의 학은 둘 다 좋은 놀이 상대를 얻은 만족감으로 즐거워 보였다. 두 사람의 거처는 당분간 쓰키야마 저택에 가까운 동쪽 별채로 정해졌다.

이 무렵부터 이에야스는 이미 자기 생애를 이 조그만 성에서 끝마치려고 생각지 않았다. 노부나가는 미노를 제패하고 밀칙이 내리도록 은밀히 획책하기 시작하고 있다. 그도 역시 노부나가와 형제 입장에서 웅비할 뜻을 세우지 않는다면 뒤떨어지게 되리라. 아니, 그 준비는 이미 그의 마음속에서 착착 진행되고 있다. 문서행정관 뇨셋사이(如雪齊)에게 명하여 서위임관(叙位任官)에 대한 것을 이것저것 조사하게 하고, 교토의 고관 고노에 마에히사(近衛前久)와 요시다 가네스케(吉田兼右) 등에게 넌지시 선물을 보내 알선을 부탁해 두었다.

서위임관이 됨으로써 한낱 토호(土豪)의 지위에서 벗어나 도토우미를 손에 넣고 스루가로 서서히 세력을 넓힌다…… 그렇게 되면 이 성은 마땅히 노부나가의 사위 노부야스에게 맡기는 게 상책이었다.

'노부야스가 본성으로 들어가는 날은 내가 도토우미의 제압을 끝내는 날이 되겠지…….'

이렇게 생각하고 있으므로 도쿠히메를 바라보는 이에야스의 눈길은 남달랐다. 이에야스는 생모 오다이 부인과 계모 다와라 부인에게도 일부러 자신이 동석한 가운데 도쿠히메를 인사시켰다.

사쿠마는 일을 끝내고 기후로 돌아갔다. 집안 일족과 가신들이 혼례 분위기에서 다시 평소의 표정으로 돌아온 것은 6월 중순께였다.

그날 이에야스는 오랜만에 스고강으로 헤엄치러 갔다. 몸 단련에는 수영이 으뜸이라고 여름에는 곧잘 틈을 내어 헤엄치러 갔는데, 그날 해이된 몸을 한껏 단련하고 돌아오니 본성 부엌에서 때아닌 사람들의 노랫소리가 들렸다. 그 목소리들이 모두 마냥 먹고 마셔서 취한 탁성임을 알자 이에야스의 눈이 험악해졌다.

이에야스는 그 소리가 귀에 거슬려 손뼉을 쳤다.

"부르셨습니까?"

문 앞에 나타나 단정히 두 손을 짚은 시동 나이토의 얼굴에도 아련한 취기가 떠올라 있다.

"나이토, 저 시끄러운 소리는 무엇이냐?"

"예, 혼례식 때 남은 음식을 모두들 먹고 있습니다."

"뭐, 남은 음식이라고……?"

이에야스는 다짜고짜 꾸짖는 대신 살피는 듯한 눈길이 되어 목소리를 떨구었다.

"누구 지시냐. 누가 나에게서 허락받았단 말이냐?"

"예, 스즈키 님입니다."

"스즈키가 음식을 먹으라고 말했나?"

이에야스는 고개를 갸웃거리며 생각했다. 어쩌면 자기 역시 취해서 말한 것을 잊은 게 아닐까 생각했던 것이다. 이에야스는 본디 측근신하들에게 지나치게 검소한 사람으로 인식되어 있다. 바로 혼례식 4, 5일 전에도 내온 점심상의 밥그릇 뚜껑을 여니 위에만 조금 보리가 보이고 속은 완전히 쌀밥이었다. 이에야스는 씁쓸히 웃으며 주방장 아마노를 불렀다.

"아마노, 그대들은 내가 인색해서 보리밥을 먹는 줄 아느냐?"

"─당치도 않은 말씀을. 어쩌다 보리가 좀 덜 섞였을 뿐이라고 생각합니다."

"─그렇다면 괜찮지만, 잘 생각해 보도록. 지금은 천하에 소란이 잇달아 항간에 침식을 편히 못 하는 자가 넘쳐나고 있다. 이런 때 이 이에야스 혼자만 맛 좋은 것을 먹어서 되겠느냐. 모든 것을 절약하여 한시바삐 태평세상이 오게 해야하니 쓸데없는 짓은 하지 말도록."

이렇게 꾸짖었으므로 소홀한 잔소리는 할 수 없었다.

"그래? 스즈키가…… 좋아, 깅아미(金阿彌)를 불러라."

나이토는 깅아미를 부르러 갔다. 주방의 떠들썩함은 점점 더 커졌으며 모두들 불을 켜는 것마저 잊고 있는 모양이었다.

"벌써 돌아오셨습니까. 오늘은 뜻밖에도 술을 내려주셔서 감사합니다."

깅아미는 나이토보다 더 취하여 까까머리가 번드르르하게 새빨개져 있었다.

"깅아미."

"예."

"그대도 몹시 취했구나."

"예…… 아무튼 오다 님께서 일부러 보내주신 술맛이 어찌나 좋은지."

"오다 님이 보내신 술을 먹었단 말이냐?"

"예, 모두들 아주 기뻐서 야단들입니다. 게다가 안주가 좀처럼 먹어볼 수 없는 기소강의 큰 잉어라!"

"여봐라, 깅아미!"

"예."

"큰 잉어라니, 설마…… 오다 님이 보내신 세 마리 가운데 하나는 아니겠지?"

"아니오, 그 세 마리 가운데 한 마리지요. 아주 기름진 강 잉어라 이루 말할 수 없이 맛 좋았습니다."

깅아미는 말하고 나서 날름 아랫입술을 핥으며 꿇어 엎드렸다.

이에야스는 얼굴에서 핏기가 가시는 것을 느꼈다. 적어도 노부나가가 자신에 비유하고, 사위에 비유하고, 이에야스에 비유하여 보내온 잉어다. 그 잉어를 요리하여 멋대로 먹고 취해 있을 줄이야…… 물론 누군가의 지시일 터이며 그 이면에는 통렬한 풍자와 간언이 깃들어 있을 게 틀림없다. 이 일이 노부나가의 귀에 들어간다면 노부나가와 자기의 우정에 상처가 생긴다. 일부러 한 짓으로 여길 게 틀림없기 때문이었다.

"깅아미."

"예."

"주방장 아마노를 불러와!"

"예……?"

이때 비로소 깅아미는 이에야스의 태도가 여느 때와 다른 것을 알았다. 허둥지둥 일어나 옷자락을 밟아 비틀거리며 물러갔다.

"주군, 부르셨습니까? 오늘은 또—"

"인사는 그만두고, 그 큰 잉어를 누가 요리하라고 했나?"

"예, 어떻든 천하에 드문 큰 잉어라 제 평생의 추억으로 삼기 위해 칼질을 했습니다."

"오, 평생의 추억이 되다마다. 그런데 그 요리를 명한 것은?"

"주군이 아니십니까?"

"내가 했는지 안 했는지는 나중에 알 수 있겠지. 누군가 연못에서 잉어를 잡아 올린 자가 있을 게다."

"예, 스즈키 님입니다. 스즈키 님은 주군의 허락이 내리셨다면서 훈도시 바람으로 연못에 뛰어들어 아주 용감하게 대격투를 했지요."

그리고 목소리를 떨구어 말을 이었다.

"이놈의 오다 녀석을 생포해 본때를 보여줘야지 하고……"

"이제 그만!"

이에야스는 부채로 무릎을 탁 쳤다.

"스즈키를 불러라!"

목소리와 함께 일어섰다.

"그렇다면…… 스즈키 님이 주군의 허락도 없이……"

"좋아, 그대들이 먹은 잉어를 게워낼 수야 없겠지. 다른 사람들에게는 말하지 말고 스즈키를 오게 해라."

"예."

벌떡 일어서 나가자 주방의 노랫소리가 딱 멈췄다.

이에야스는 이를 으드득 갈며 긴 칼을 집어들어 칼집에서 뽑아 한바탕 휘둘렀다. 잡무를 맡아보는 주제에 일부러 소중히 하라고 이른 자기 말을 거역했다. 스즈키보다 몇십 배나 생각하고 또 생각하는 이에야스에 대한 용납할 수 없는 모멸이었다.

나이토가 등불을 받쳐들고 들어오다가 깜짝 놀라 이에야스를 보았으나, 이에야스는 다만 거칠게 숨을 몰아쉬며 저물어가는 뜰을 노려보고 있다. 땀방울과 긴 칼에 불빛이 야릇하게 비치었다.

"나이토!"

"예."

"스즈키가 아직 안 오니 빨리 불러오너라."

"스즈키를 처형하시려고요?"

"그렇다, 오늘은 참을 수 없다. 말리면 그대도 같은 죄로 인정하겠다."

"예, 불러오겠습니다."

나이토는 그제야 사태를 알아차리고 발소리도 내지 않고 나갔다.

이에야스는 긴 칼을 손에 들고 버티어 선 채 문득 생각했다.

'스즈키 녀석, 어디로 달아나주었으면 좋으련만.'

오다 집안에 대한 젊은 혈기의 반발, 그것은 스즈키 혼자만의 일이 아니었다.

꿋꿋하고 원기 왕성한 가신들은 이에야스의 참을성을 노부나가의 아래에 서는 것으로 여겨 좋아하지 않는다. 인간사에는 계절 같은 흐름이 있으며, 그 기세에는 이길 수 없는 거라고 설명해도 좀처럼 납득하지 않았다. 스즈키는 말하자면 그러한 기풍의 한 돌기에 지나지 않는 것이다.

이에야스는 문 앞으로 돌아섰다. 들어오면 크게 소리쳐 쫓아보내, 될 수 있으면 베고 싶지 않았다. 밤나방 한 마리가 어디선지 날아들어와 등불 가장자리를 느릿느릿 돌아다니며 떠나지 않는다. 그것이 스즈키로 보여 문득 혀를 찼을 때 뒤뜰 중문께에서 부르는 소리가 났다.

"주군!"

이에야스는 흠칫하여 돌아보았다.

"거실을 피로 더럽혀서는 황공하오니, 스즈키는 죽음을 각오하고 뜰로 나왔습니다."

"못난 것!"

이에야스는 어깨를 떨며 분노에 찬 소리를 질렀다. 그 일갈로 사라져버리게 하고 싶었던 것인데 스즈키는 반대로 소도(小刀)까지 땅바닥에 탁 내던지고 어정어정 마루 끝으로 걸어왔다.

이렇게 되자 이에야스는 다시금 가슴속에 노여움이 되살아났다.

"어째서 내 말을 거역했지?"

스즈키는 칼도 없는 허리띠에 손을 대고 천천히 하늘을 올려다보았다. 하늘은 이미 별로 가득했다.

"왜 잠자코 있나. 뉘우치지 않는단 말이냐?"

스즈키는 되짖었다.

"않습니다. 이 스즈키는 주군을 위해서 한 일입니다. 상대의 장난이 건방지므로 이쪽에서도 장난해 주었을 뿐이지요."

"그 장난이 두 집안의 우의를 금가게 하는 것은 생각지 못했나? 바보 같으니."

"이거 참, 이상한 말씀을 하십니다. 주군과 오다 님은 형제의 교분을 나누시는 사이, 저쪽에서 장난치므로 이쪽에서도 장난쳐준 것인데 어찌 금이 가겠습니까?"

"그 큰 잉어가 그토록 마음에 걸리는 장난인가? 호의만 순순히 받아들이는 아량을 그대는 갖지 못한단 말이냐?"

"주군은 오다 집안을 두려워하고 계십니다. 그러므로 생각이 좀 모자라십니다."

"뭣이, 이 이에야스의 생각이 모자란다고?"

"그렇습니다. 잉어는 물고기입니다. 하물며 그 큰 잉어가 유유히 흐르는 큰 강에 있다면 모르되, 조그만 연못에서는 언젠가 답답해 죽어버릴 때가 오겠지요. 그때 주군께서는 가신들이 잘못해 죽었다고 꾸짖으실 겁니다. 게다가 주군! 죽은 잉어는 먹을 수 없습니다. 그러한 것을 선물하는 오다 님의 심리가 얄미워 모처럼 살아 있을 때 먹어치우게 한 것입니다. 아니, 이 스즈키도 웃으며 처벌받을 수 있습니다. 잉어도 보람 있게 죽었다고 제 배 속에서 기뻐하고 있으니까요."

스즈키는 댓돌 너머에 앉아 목을 쑥 내밀었다.

"이놈이! 제멋대로 혼자 생각만 하고, 이젠 용서할 수 없다."

이에야스는 뜰에 있는 나막신을 신고 스즈키의 뒤로 돌아가 소리쳤다.

"나이토! 물을 떠와."

나이토에게 말리게 하려는 생각이었다.

"예."

나이토는 대답하며 국자에 물을 떠서 이에야스의 긴 칼에 부었다.

이에야스는 나이토를 흘끗 쏘아본 다음 스즈키에게로 눈을 옮겼다. 스즈키는 정말 죽을 생각으로 있었고, 나이토 역시 이에야스의 노여움을 이유 있는 것으로 인정하여 말리지 않는 얼굴이었다. 마루로 일부러 등불을 들고 나와 밝게 하며 엄숙하게 대기하고 있다.

이에야스는 땀을 닦았다. 이렇게 되고 보니 이에야스 스스로 다시 생각해 보지 않으면 안 되게 되었다. 자기 생명을 버리면서까지 한 마리 잉어에 반항한 스즈키—스즈키가 생명을 버리지 않으면 안 될 만큼 과연 그것이 중대한 일인지 어떤지를.

"스즈키."

"예."

"싸움터에서 목숨을 버린다면 또 모르되, 잉어 한 마리 때문에 죽는다는 것이…… 분하지 않나, 그대는?"

스즈키는 다시 눈을 뜨고 이에야스를 쳐다보았다. 맑은 심경임을 환히 알 수 있는 잔잔한 눈으로 바뀌어 있었다.

"주군! 싸움터에서 죽기는 쉽습니다. 그러나 평소의 충성에 목숨을 거는 것은 퍽 어려운 일이라고 저는 아버님에게 가르침받았습니다."

"그것을 묻는 게 아니야. 잉어 한 마리 때문에 베이는 게 충성이냐고 묻는 거다."

"허 참, 잘못이라고 여겼다면 진작 달아났겠지만, 충성이라고 생각하므로 목을 내밀고 있는 것입니다."

"깊이 생각한 뒤의 일이란 말이지?"

"스즈키가 베이지 않는다면 언젠가 다른 누군가가 목숨을 잃는다……는 것은 차라리 사소한 일, 중대한 일은 그게 아닙니다."

"건방진 소리. 말해봐, 생각하는 대로."

"두렵게 여기는 상대에게서 보내져온 선물이면, 잉어 한 마리와 가신 한 사람의 값어치 계산도 못하게 되는 그런 주군이라면 큰 뜻을 이룰 수 없습니다. 잉어를 거느리고 싸움을 할 수 있습니까? 스즈키의 죽음은 주군께 그것을 생각하게 하는…… 것만으로도 충분히 충성된 일이라고 생각합니다. 이를테면 어떤 분이 주신 것이든 기물(器物)은 기물, 잉어는 잉어일 뿐 인간 이상의 것이 아님을 아십시오."

이에야스는 긴 칼을 겨누어든 채 희미하게 볼을 일그러뜨리며 웃었다.

"그러나 그것과 이것은 다르니, 주군께서 해선 안 된다고 말씀하신 명을 어긴 저의 죄는 사라지지 않습니다. 저를 처벌하시고, 앞으로는 소홀하신 명을 내리지 마시도록 한결같이 부탁드리는 바입니다…… 그럼, 베십시오."

"나이토!"

이에야스는 다시 나이토를 부른 다음 말을 이었다.

"벨 것까지 없다. 이 칼을 저기 넣어둬라."

"예."

"스즈키."

"옛!"

"내가 잘못했다. 내가 미숙했어. 앞으로는 취소해야 할 명령은 내리지 않겠다. 오늘의 취소는 웃어넘겨 다오."

스즈키는 홱 물러나듯 하여 꿇어 엎드렸다.

"비록 어떤 분이 주신 것이더라도 잉어는 잉어……라고 잘 말했다. 이것은 노부나가 님 호의를 순순히 받아들이는 심정 다음에 곧 있어야만 할 중대한 마음가짐! 내가 미숙했어. 좋아, 앞으로 잉어는 잉어로 다루라."

말하고 나서 이에야스는 곧 마루로 올라갔으나 스즈키는 여전히 땅바닥에 엎드린 채 있었다.

별빛으로는 그 어깨의 흔들림이 보이지 않는다. 그러나 울고 있어 얼굴을 들지 못하는 것임을 잘 알 수 있었다.

암독수리성

에이로쿠 10년 가을에서 겐키(元龜) 원년(1570)에 이르는 만 3년 동안 오와리의 매와 미카와의 독수리는 날개를 한껏 퍼덕였다.

노부나가는 에이로쿠 10년 11월 매사냥 다녀오는 길에 오기마치(正親町) 천황의 칙사 다테이리 요리타카(立入賴降)를 가신 미치이에(道家)의 집으로 은밀히 맞아들여 상경할 기회를 잡았으며, 같은 달 20일에는 맏아들 노부타다(信忠)의 아내로 다케다 신겐의 딸을 맞기로 약속하여 후방을 굳혔다. 이때 신랑 신부는 모두 11살이었다.

그리고 다음 해인 11년 7월 28일에 드디어 아시카가 요시아키(足利義昭)를 옹립하여 대망하던 왕도 진입을 성취시켰다. 덴가쿠 골짜기에서 이마가와 요시모토를 벤 지 8년 만에 미카와의 이에야스와 화친하여 미노의 사이토를 멸망시키고, 가이의 다케다 신겐을 농락했으며, 다시 이세의 기타바타케에 대비하여 막냇누이 이치히메를 북오미의 오다니성에 있는 아사이에게 출가시키는 등 갖은 애를 다 쓴 나머지 이루어낸 상경이었다.

전 쇼군 아시카가 요시테루의 아우 요시아키는, 요시테루 쇼군이 마쓰나가 히사히데(松永久秀)에게 공격당하여 자결한 뒤 에치젠(越前)과 오미를 떠돌고 있었다. 노부나가는 그 요시아키를 옹립하여 교토에 들어가 실권을 잡고 있던 미요시당(三好黨)을 셋쓰(攝津)와 가와치(河內)로 곧 몰아내고, 10월 18일 요시아키를 쇼군으로 삼았다.

말할 것까지도 없이 요시아키는 노부나가의 한낱 꼭두각시였으며, 노부나가는 실권을 잡고 드디어 천하를 주무르기 시작했다.

그동안 미카와의 독수리는 한 걸음 한 걸음 자기 발밑을 굳혀나갔다.

에이로쿠 10년 12월에 이에야스는 마쓰다이라라는 성(姓)을 일문에 남겨두고 스스로 도쿠가와(德川)로 성을 바꾸어 칙허를 얻었다. 그즈음 이에야스는 후지와라(藤原)씨의 후예라고도 하고, 때로 미나모토씨의 후예라고도 말했다. 여기서 미나모토씨라고 한 것은 다이라씨인 노부나가를 염두에 둔 일이었는데, 도쿠가와로 성을 바꿈으로써 그 뜻을 명확하게 드러냈다.

도쿠가와라는 성은 닛타 미나모토(新田源)씨에서 유래하며, 처음에는 도쿠(德)자를 쓰지 않고 도쿠가와(得川)라고 했다. 이에야스는 자신이 마쓰다이라 집안의 시조 다로자에몬 지카우지(太郎左衛門親氏) 곧 도쿠아미(德阿彌)의 후예임을 인정하고 도쿠가와라고 한 것이었다.

선조 도쿠가와 지카우지(得川親氏)가 고향 쇼주(上州)에서 일어난 난리를 피해 도쿠아미로 이름을 바꾸고 정초종(淨土宗) 중노릇을 하며 이리저리 떠돌다가 가모(賀茂)군 마쓰다이라 마을 향주(鄕主)의 사위가 되어 정착했다는 이야기를 되살린 것이었다.

지카우지가 도쿠아미라고 이름했던 그 도쿠는 도쿠가와(得川)씨의 도쿠(得)를 숨긴 것으로, 그 숨겨진 도쿠(德)를 가져옴과 더불어 아직 밝힐 수 없는 구상이 이에야스의 가슴속에 가득 차 있었다. 덕(德)으로 천하를 제압하겠다는 야망과, 미나모토씨로 칭하여 노부나가에게 만일의 일이 생길 경우 대신 천하를 호령할 준비로서였다.

에이로쿠 11년도 저물어갈 무렵 드디어 다케다 신겐과 스루가와 도토우미의 분할을 약속했을 때, 이에야스는 도쿠가와 사코다유 미나모토 이에야스(德川左京太夫源家康)가 되어 있었다. 나이는 27살. 35살로 왕도 경영에 나선 노부나가를 생각하면 그의 피도 역시 부글부글 끓기 시작했음에 틀림없다.

설을 눈앞에 두고, 이에야스는 지금도 싸움터에 있었다. 히쿠마노 북쪽 25리, 도토우미의 이이노야(井伊谷)성으로 나아가 이오의 과부가 지키는 히쿠마노성과 대치하고 있는 것이었다.

"사쿠자, 설까지 과부를 항복시켰으면 좋겠는데."

이때의 본진행정관은 혼다 사쿠자에몬이었다. 사쿠자에몬은 종이두건을 쓰고 갑옷 위에 솜 넣은 등거리를 걸치고 있다. 그는 모닥불을 쬐나가 이에야스를 보자 슬그머니 일어나 자기가 앉아 있던 의자를 이에야스 쪽으로 바로 놓았다.

"주군은 이오의 과부를 잘 아신다고요?"

"음, 슨푸에 있을 무렵 소꿉친구였는데 상당히 기질 센 여자였지."

사쿠자에몬은 문득 발돋움하여 나무 울타리 너머로 빛나는 하마나 호수(濱名湖)를 바라보았다.

"차라리 올해 안으로 공격하시는 게 어떻겠습니까?"

"그럴 것까지는 없겠지. 반드시 항복할 거야. 과부 역시 우지자네에게 원한이 있을 테니까."

사쿠자에몬은 이에야스를 흘끔 노려보고 모닥불에 잠자코 장작을 지폈다. 북풍에 타닥타닥 튀면서 타오르는 연기가 이에야스의 겉옷에 얽혔다가 산 쪽으로 흘러갔다.

"사쿠자, 그대는 과부의 남편 이오가 우지자네에게 미움받은 이유를 알고 있나?"

"전혀 모릅니다."

"이오는 요시모토가 전사한 오케 골짜기 전투에서 죽은 줄 알았었는데, 무사한 것을 보고 우지자네가 의심하기 시작했지. 오다와 은밀히 내통하고 있는 게 아닐까…… 이 이에야스와 밀약이 있는 게 아닐까 의심했지……."

사쿠자에몬은 듣는 것 같기도 아닌 것 같기도 한 태도로 연기를 피하고 있다. 그는 이오가 나카노(中野) 강가에서 우지자네에게 속아 살해된 경위를 이에야스 이상으로 잘 알고 있었다. 이에야스와 과부 사이에 지난날 어떤 관계가 있었는지, 이오는 아내를 몹시 의심했었다고 한다. 그리고 우지자네 때문에 나카노 강가에서 생명을 잃을 때, 이제 과부에 성까지 곁들여 미카와 고아 놈에게 바치게 되었구나……라고 중얼거리며 숨졌다고 한다.

이에야스가 이곳에 진을 치고 가만히 과부의 항복을 기다리는 마음속에는 무언지 모르게 그 말과 관련된 게 있는 것 같았다. 아니, 지금 직속무관인 젊은 무사들 사이에는 그것이 하나의 큰 불만이 되어 있다.

"—주군께서 슨푸에 계실 때 아직 출가하기 전의 이오 과부와 다정하게 지냈다더군."

"―응, 나도 들었소. 주군은 쓰키야마 마님보다 기라의 딸이었던 이오의 과부를 아내로 맞고 싶었던 거요."

"―옛날에 어떤 일이 있었든, 그런 일로 싸움을 질질 끄는 법이 어디 있담. 누구든 몰래 빠져나가 싸움을 시작하게 하지 않으면 이 이이노야 골짜기에서 설을 맞겠는걸."

그중에서도 어리고 성질 급한 혼다 헤이하치로의 불만은 매우 컸다. 그는 성문을 닫은 채 꼼짝도 하지 않는 적에게 진력나 오늘 이에야스의 지휘도 기다리지 않고 얼마 안 되는 병사를 이끌고 빠져나갔다.

"―성을 살피러 갔다 오겠소."

이에야스는 아직 그것을 알지 못했다.

"사쿠자, 기껏해야 계집이 농성하는 성, 언젠가 항복할 것을 빤히 아는 성으로 공연히 쳐들어가 불 지를 것까지는 없지 않겠나?"

"그러나…… 주군, 그것은 주군의 오산이 아니신지요?"

"나의 오산…… 어째서? 말해봐."

사쿠자는 이에야스를 흘끗 보고 연기가 매운 듯 얼굴을 돌렸다.

"이오의 과부는 상당한 열녀라더군요."

"음, 고집 센 여자지……."

"그렇다면 더구나 공격당하지 않고는 항복하지 않을 겁니다."

"그럼, 그대도 공격하자는 편인가?"

이에야스는 쓸쓸히 웃었다.

"조금만 더 기다려봐. 반드시 사자가 올 테니."

사쿠자에몬은 다시 고개를 돌리며 입을 다물었다.

'아무래도 소문이 사실인 것 같다.'

여자에 관한 일이라면 이상하게 앞을 헤아려보지 못하는 이에야스가 안타깝게 생각되었다. 사쿠자에몬의 생각으로는, 열녀라는 말을 듣는 여자이니만큼 생전에 남편으로부터 그 사이를 의심받은 이에야스에게 공격도 받기 전에 항복하리라고는 여겨지지 않았다.

아니, 사쿠자에몬만이 아니라 혼다도, 도리이도, 사카키바라도 마찬가지로 생각했다. 이렇게 머뭇거리는 동안 이마가와 우지자네의 대군이 오가사(小笠)를 넘어 처들어온다면 어쩔 것인가. 때로는 주군의 지혜도 흐려진다. 곧 싸움을 시작하도록 진언해 달라고 모두들 사쿠자에몬에게 조르고 있었다.

"사쿠자, 맵구나. 장작을 좀 더 넣어라."

사쿠자에몬은 몸을 구부려 입으로 불면서 이에야스가 어서 천막 속으로 돌아가주기를 바랐다. 여기 있다가 만약 헤이하치로에 대한 말이라도 꺼낸다면 큰 일……이라고 생각하고 있을 때, 바로 아래쪽의 직속무관들 집합소 안이 갑자기 왁자지껄해졌다.

"사쿠자, 무슨 일일까? 설마 싸우는 것은 아니겠지."

사쿠자에몬은 눈살을 찌푸리며 절하고 곧장 집합소로 내려갔다.

"왜 떠들고 있소? 주군께 다 들리오."

천막 안을 들여다보며 나직한 소리로 꾸짖자 오쿠보 다다스케(大久保忠佐)에게 한 손을 잡힌 사카키바라 고헤이타가 울상을 짓고 말했다.

"들어보십시오. 지금 헤이하치로의 부하 하나가 돌아와 보고하는데, 헤이하치로가 성에서 몰려나온 적병에게 포위되어 위험하다고 하오. 이것을 알면서 내버려둘 수 있소? 헤이하치로를 그대로 죽여서야 되겠소?"

"잠깐, 떠들지 마시오."

말려놓고 돌아보니 과연 한구석에 한 병졸이 숨을 몰아쉬며 움츠리고 있었다.

"헤이하치로는 어디서 적에게 처들어갔나?"

"예, 정문으로 곧장 달려가 소리쳤습니다. 이 성은 살았나, 죽었나. 혼다 헤이하치로는 혼자다, 후진은 없다. 살아 있는 자는 지금 곧 쳐나오너라 하고……."

"그러자 쳐나왔단 말이지? 인원수는?"

"예, 300명 남짓한 군사에 포위되어 아수라처럼 칼을 휘두르고 있습니다만……."

그러자 고헤이타가 손을 잡힌 채 다시 버둥거렸다.

"아무리 주군 명령을 받지 않았다 해도 헤이하치로를 죽게 해서야 될 말인가. 꾸중 들을 것을 각오하고 있으니 이 고헤이타를 보내주시오."

"안 돼!"

사쿠자에몬 뒤에서 이에야스의 목소리가 났다.

'아뿔싸!'

그러나 이제 하는 수 없다. 사쿠자에몬이 천천히 돌아보니 이에야스는 찢어질 듯한 눈을 부릅뜨고 모두를 노려보았다. 후드득 소리 내며 진눈깨비가 내렸다. 이에야스에게 들킨 것을 알자 고헤이타는 그 자리에 꿇어 엎드려 외치듯 소리 높였다.

"주군! 소원입니다. 헤이하치로를 구하도록 분부해 주십시오! 적에게 포위되어 위태롭다는 통지가 왔습니다."

"안 돼!"

이에야스는 몸을 부르르 떨며 다시 소리 질렀다.

"사쿠자에몬!"

"예."

"헤이하치 놈은 누구 명령을 받고 성을 공격하러 갔느냐? 모른다는 소리는 못 하겠지. 그대가 있으면서 어째서 몰래 빠져나가 공격하도록 허락했는가?"

"황송하오나 이 사쿠자는 도무지 모르는 일입니다."

"모른다고 우길 작정인가. 고헤이타도 잘 듣거라. 이 이에야스가 기다리라고 하는 데는 그만한 이유가 있다."

고헤이타가 다시 부르짖었다.

"주군! 위급한 상황입니다. 꾸중하시는 것은 거듭 마땅한 일이오나, 헤이하치로……."

"죽게 되었다는 말이겠지."

"여기서 죽게 내버려두면 주군의 본진이 약해집니다. 주군…… 꾸중은 나중에 듣기로 하겠습니다. 부디……."

"안 된다면 안 되는 줄 알아! 정신 차리지 않으면 그대로 베어버리겠다."

"헤이하치로를 이대로 죽게 해도 좋단 말씀입니까? 평소의 주군답지 않으십니다."

고헤이타의 말에 이에야스는 칼자루에 손을 대고 성큼성큼 다가와 다짜고짜 그의 멱살을 잡았다.

"아!"

고헤이타는 본능적으로 몸을 뒤로 물리며 고개 숙였다. 이에야스의 가슴도 입술도 한참 동안 부들부들 떨렸다. 주위가 어둑해지더니 진눈깨비가 점점 더 심해진다.

"너희들은 언제부터 그렇듯 군율을 가벼이 여기게 되었나. 내 말을 왜 가슴으로, 마음으로 받아들이지 못하는가?"

그리고 나서 비로소 이에야스는 격노한 말투에서 평소의 목소리로 되돌아갔다.

"몰래 습격하는 것이나 1대 1의 싸움은 이미 먼 옛날의 병법이라고 그토록 설명했는데도 모른단 말이냐? 활과 칼을 쓰는 시대를 지나 총을 쏘는 세상이 되었다. 일사불란한 군대의 대비가 승패를 결정짓는다고 그토록 강조했건만 아직 알아듣지 못한단 말이냐. 내 명령에 복종하지 못하겠다면 헤이하치로만이 아니라 고헤이타도 도리이도 용서치 않겠다. 내 부하는 그대들뿐이 아니라는 것을 알아라!"

"……."

"헤이하치 놈이 비록 무사히 살아서 돌아온다 해도 군법을 어긴 죄는 단연코 용납 않겠다. 나에게 베어도 죽음, 전사해도 죽음. 헤이하치 놈은 성을 살펴본다는 건방진 말을 하고 스스로 그 길을 택한 것이다. 알겠느냐?"

그러나 아무도 대답하지 않았다. 꿇어 엎드린 채 고헤이타가 입술을 깨물며 심하게 어깨를 떨고 있다.

"사쿠자."

"예."

"젊은이들을 잘 감시해라. 다시 내 명령을 어기는 자가 있거든 사양할 것 없다. 베어버려."

이에야스는 곧 천막 밖으로 사라졌다.

한참 동안 아무도 말하지 않았다. 이윽고 사쿠자에몬이 입을 열었다.

"여봐라, 불이 꺼지겠다. 장작을 더 넣어라."

부하가 장작을 더 던져 넣자 불이 기세 좋게 타올랐다.

"그것 봐, 틀림없이 노하실 거라고 말하지 않던가."

사쿠자에몬은 마디 굵은 두 손에 불을 쬐면서 다시 불쑥 말했다.

"아무튼 이오의 과부는 대단해. 헤이하치로인 줄 알면서도 공격해 나오다니. 어쩌면 내 생각이 모자랐는지도 모르겠는걸."

사쿠자에몬의 혼잣말 같은 중얼거림에 그때까지 묵묵히 있던 오쿠보 다다스케가 오른편 어깨를 으쓱 처들면서 사쿠자에몬에게로 돌아앉았다. 그가 말했다.

"당신은 본진행정관인데 어째서 헤이하치로를 위해 변명해 주지 못했소?"

다다스케는 지금 은퇴하여 조겐이라 불리는 다다토시의 손자였다.

"음, 타오르는 불길에는 거역하지 않는 게 좋아. 곧 가라앉겠지."

"가라앉는다지만…… 헤이하치로가 죽고 나면 소용없잖소."

사쿠자에몬은 다다스케를 흘끗 보았다.

"헤이하치가 죽긴 왜 죽어."

"당신이 그것을 어떻게 아시오?"

"알고말고. 아니까 안 말린 거지. 그는 싸움에 능란하여 자기 몸에 닥치는 위험을, 비 오는 것을 저절로 느끼는 개구리처럼 잘 알아."

"그럼 지금 생각이 모자랐다고 한 뜻은 무엇이오? 헤이하치를 죽이게 되었다는 뜻이 아니었소?"

사쿠자에몬은 천천히 고개를 저었다.

"나는 주군이 이오의 과부에 대한 고집으로 공격하지 않는 줄 알고 답답하게 생각했는데, 그게 아닌 것 같아."

"과부에 대한 고집으로 공격하지 않다니……?"

"나는 그렇게 생각했던 거요. 쓰키야마 마님과 사이좋지 못한 데다, 그 몸에 그 나이로 주군도 신변이 쓸쓸하여 과부에게 정을 두고, 어떠냐, 예전의 미카와 고아는 역시 이렇듯 당신을 손에 넣었다고…… 하하하하, 젊은 때는 그런 고집도 있는 법이라고 생각했으나 그 이상으로 주군은 누군가 생각하고 있는 것 같아."

이렇게 말했을 때였다.

그때까지 땅에 엎드려 울고 있던 고헤이타가 갑자기 벌떡 몸을 일으켜 창을 들고 일어섰다.

"나는 갈 테야!"

그러자 사쿠자에몬이 엉덩이도 들지 않고 말했다.

"잠깐, 주군을 더 노하게 만들 작정인가?"

"아니, 가야만 하오. 가기로 결심했소."

"그것은 생각이 모자라는 결심이야. 헤이하치는 죽지 않는다고 한 말을 못 알아듣겠나?"

"죽지 않으니까 나도 가는 거요. 헤이하치로와 고헤이타 둘이라면 주군도 처벌하시지 않겠지요. 헤이하치로가 처벌당하는 것을 잠자코 보고 있을 만큼 고헤이타는 비정한 사나이가 아니오."

"잠깐, 고헤이타. 그 점이 생각이 모자란다는 거야. 주군이 헤이하치로를 처형하실 줄 아나?"

"단연코 용서하지 않겠다고 떨면서 말했잖소."

"그게 바로 타오르기 시작한 불길이라는 거지. 반드시 꺼질걸. 주군이 정말로 헤이하치로를 베리라고 생각한다는 것은 고헤이타, 주군에 대한 모욕이다. 주군은 그런 멍청이가 아니야."

고헤이타는 우뚝 서서 몸을 부들부들 떨었다. 주위는 차츰 어두워져 여기저기서 모닥불 빛이 선명해졌다.

"나는 갈 테야. 역시 가야겠어."

천막 밖으로 휙 달려나가다가 고헤이타는 무언가 수상쩍은 자를 발견한 모양이다.

"누구냐! 어디로 숨어들어왔나?"

창을 꼬나들고 외치는 소리가 사람들 귀에 날카롭게 들어왔다.

사쿠자에몬은 천천히 일어나 나가보았다. 고헤이타가 꼬나든 창 끄트머리에 13, 14살 되어 보이는 소년이 서 있다. 그 아이는 고헤이타가 내미는 창을 보고 마땅히 벌벌 떨어야 할 터인데 똑바로 바라보는 눈이 여간 아니었다. 지저분한 솜옷 아래로 추위에 시뻘게진 정강이가 드러나 있고, 신발도 다 떨어진 것을 신었다.

"왜 그러나, 고헤이타?"

"이 녀석이 천막 안을 엿보고 있었습니다. 고얀 녀석!"

사쿠자에몬은 그 소년에게로 다가갔다.

"여기는 아이들이 오는 곳이 아니다. 어서 나가거라. 모두 성나 있으니 다치면 안 돼."

그러자 소년은 진눈깨비가 잔뜩 붙은 앞머리를 세차게 흔들었다.

"싫어요. 난 미카와의 이에야스 님을 만나러 왔어요."

"뭐, 주군을 만나러 왔다고? 무슨 일로 왔지?"

"부하들한테는 말할 수 없어요. 이에야스 님에게 안내해 주세요."

"주군은 지금 바쁘시다. 너를 만날 시간이 없으니 어서 내려가거라."

소년은 또다시 세차게 고개를 흔들었다.

"만날 때까지 내려가지 않겠어요. 여기는 본디 내 성이 있던 곳이에요."

"뭐라고, 네 성이 있었다고……?"

사쿠자에몬은 문득 가슴에 짚이는 게 있었다.

"좋아, 내가 조사하겠다. 이리 와."

"당신은 누군데요?"

"본진행정관 혼다 사쿠자에몬이다."

"아, 사쿠자 님이에요? 사쿠자 님 이름은 들었어요. 사쿠자 님이라면 나도 이야기하지요."

사쿠자에몬은 고헤이타를 휙 돌아보았다.

"안 돼, 고헤이타. 너는 지나치게 흥분해 앞뒤 분별을 못 하고 있어. 헤이하치로는 곧 돌아올 테니 가지 말고 여기 있도록, 알겠나?"

엄격한 목소리로 이른 다음 소년의 앞장을 서서 이에야스의 천막 앞 모닥불 곁으로 돌아왔다.

"자, 앉아라. 그럼, 너는 이 이이노야의 주인이었던 나오치카(直親) 님 아들이냐?"

소년은 사쿠자에몬을 지그시 바라보며 고개를 끄덕였다.

"아마 만치요(萬千代)……라고 했지?"

"그래요."

"주군님을 만나 어쩔 작정이지? 만치요라는 걸 알 수 있는 증거를 갖고 있나?"

"이에야스 님을 만나기까지는 말할 수 없어요."

"말하지 않으면 만나게 해주지 않겠다."

사쿠자에몬은 재빨리 대답한 다음 장작을 더 지폈다.

"날씨가 춥구나. 자, 불을 쬐라."

"사쿠자 님."

"말할 생각이라면 괜찮지만 그럴 마음이 없으면 말을 걸지 마."

"사쿠자 님을 의심한 것은 잘못했어요. 나는 이에야스 님 부하가 되려고 찾아왔어요."

"허, 그래? 부하가 되려면 그 증거를 갖고 있겠지. 납득되면 만나게 해주마. 그것을 나에게 보여다오."

"그것은 못 하겠어요."

"못 한다면 나도 거절하겠다."

"사쿠자 님."

"뭐야."

"증거는 보일 수 없지만 무엇을 갖고 있는지는 말할 수 있어요."

"흠, 그렇다면 들어보자꾸나. 무엇을 가지고 있지?"

"히쿠마노성의 여주인 기라 마님의 편지를 갖고 있어요."

"뭐라고, 히쿠마노의 과부님 편지를……."

말하다가 사쿠자에몬은 저도 모르게 무릎을 탁 쳤다.

"그렇지, 기라 마님은 만치요의 이모뻘이었지. 그랬었군."

사쿠자에몬은 고개를 끄덕이면서 다시 만치요를 쏘아보았다. 그제야 이이노야로 군사를 몰아 정면으로 히쿠마노성을 공격하지 않는 이에야스의 마음을 짐작할 수 있었다.

사쿠자에몬은 생각했다.

'경솔했어……'

젊은 날의 연정에 구애되어…… 다만 그뿐인 줄만 알았던 자신이 부끄러웠다.

만치요의 아버지 이이 나오치카 역시 이마가와 우지자네의 의심 때문에 목숨을 잃었다. 아버지뿐 아니라 아들 만치요의 목에까지 상금을 걸고 있다는 소문이었다. 이에야스는 그 만치요가 어디에 숨겨졌는지 알고 있었는지도 모른다. 그를 찾아내어 한편으로 삼으면 이나사(稻佐), 호소이(細井), 기가(氣賀), 이이노야, 가나유비(金指) 일대의 민심을 얻게 된다.

'주군의 마음은 벌써 도토우미에서 멀리 스루가로 움직이고 있다……'

그것을 알면서 사쿠자에몬은 우지자네에게 쫓기는 명문의 자식이 이 땅에 유랑하는 것을 잊고 있었다.

"그렇구나, 네가 기라 마님 조카였구나. 알았어, 만나게 해주마, 이리 와."

사쿠자에몬은 만치요를 데리고 뒤쪽의 토굴로 들어갔다.

토굴 안은 이미 어두워 이에야스는 촛대를 두 개 세워놓고 뇨셋사이에게 그리게 한 지도에 줄곧 붉은 줄을 치고 있었다.

"주군, 기다리시던 사자가 성에서 온 것 같습니다."

"뭐, 사자가 왔다고?"

"예, 만치요, 이리 들어와."

이 말에 소년은 겁내는 기색도 없이 성큼성큼 이에야스 앞으로 들어섰다. 이에야스는 정신이 번쩍 든 것처럼 눈을 크게 떴다.

"네가 이이노야의 주인이었던 나오치카의 아들이냐?"

"예, 만치요라고 합니다. 미카와의 주군! 부디 이 만치요가 주군 밑에서 봉사하도록 허락해 주십시오."

"너는 여태까지 히쿠마노성에 숨어 있었지?"

"예, 숨어 있다가 쫓기고, 쫓기다가 다시 숨곤 했습니다."

이에야스는 만치요를 지그시 바라보면서 고개를 끄덕였다. 우지자네의 의심이 점점 더 심해져가고 있으니 당연히 이리저리 옮겨다니며 숨어 지냈으리라.

이에야스는 만치요 뒤의 어둠 속에서 슨푸 시절 기라의 딸 얼굴을 생생하게 떠올렸다. 이에야스도 좋아했지만 그녀 역시 그 무렵의 다케치요를 싫어하지 않았다. 이마가와 요시모토의 조카딸 세나가 없고 세나의 아버지 세키구치 지카나가에게 두 사람을 맺어주려는 의사가 없었던들, 기라의 딸이 이에야스의 아내가 되었을 게 틀림없다. 그런데 그녀는 이오를 남편으로 맞고 이에야스는 세나를 아내로 삼았으며, 지금 그녀와 적이 되어 있다.

이에야스는 최근에 채용한 닌자 가운데 특히 영리한 자를 은밀히 과부에게 보내 착잡한 마음으로 항복을 권유했었다. 그에 비해 만치요는 너무도 초라하고 이해되지 않는 사자(使者)의 풍채였다.

이에야스가 성안으로 밀사를 보낸 데는 이유가 있었다. 하마나 호숫가에 자리한 상대의 성이 스루가와 도토우미로 드디어 날개를 뻗으려는 이에야스에게 얻기 어려운 요새지이며, 그 성을 전쟁으로 태워버리면 뒤에 다시 구축하는 데 드는 시간과 노력이 아깝다는 게 첫째 이유였다.

이미 우지자네의 몰락을 꿰뚫어보고 다케다는 스루가, 도쿠가와는 도토우미를 나눠 가진다는 밀약이 노부나가를 사이에 두고 이루어져 있었다. 하루라도 늦으면 그만큼 다케다 집안이 제멋대로 침식해 들어오도록 내버려두는 일이 된다. 물론 그 이면에는 과부의 생명을 구해주고 싶은 간절한 마음과, 새로이 지배하게 되는 백성들 마음도 계산에 넣고 있긴 했지만.

"만치요를 무참하게 죽이기는 애석한 일이오."

이렇게 전갈을 보내면 과부도 정식으로 만치요를 사자로 내세워 항복할 줄 알았다. 그런데 지금 만치요는 사자로서의 체면을 전혀 무시한 방법으로 이에야스 앞에 나타났다.

"이모님은 너더러 나에게 사자로 가라고 말하지 않더냐!"

만치요는 물어뜯을 듯이 이에야스를 보면서 고개를 저었다.

"저는 이모님에게 항복을 권했어요."

"네가……?"

"그랬더니 이모님은 이에야스 님이라면 잘 알고 있으니 네가 참견할 것 없다고 하셨어요."

"흠, 그래서……?"

"네가 그처럼 미카와 성주님을 사모한다면 이 편지를 가져가거라. 반드시 너를 직속무관으로 채용해 줄 거라고……."

말하면서 만치요는 젖은 솜옷 속에서 두 겹으로 싼 편지 한 통을 꺼냈다.

"성주님! 저는 다음에 천하를 잡을 사람은 왕실에서 알아주시는 오다 님이나 미카와 님이라고…… 그 일에 대해 이모님에게도 잘 설명해 두었어요. 이모님도 그럴 거라고 동의하시더군요. 성주님! 저는 영주가 되어 아버지 원수를 갚고 싶어요. 직속무관으로 참가시켜 주세요."

이에야스는 만치요의 손에서 편지를 받아들고 불빛 아래에서 조용히 펼쳤다.

사쿠자에몬은 이에야스의 발밑에 놓인 숯불가에 웅크린 채 꾸벅꾸벅 졸기 시작했다.

삼가 몇 자 올립니다.

뜻밖에 뜬세상 모습을 오래오래 보게 되어 멸망하는 자, 흥하는 자의 불가 사의함을 이 몸은 직접 느꼈습니다.

말씀하신 대로 만치요는 가랑잎처럼 서리에 썩을 사람이 아닌 것을 아오니,

미카와 님의 번영에 따라 이이노야에 다시금 봄이 오기를 빌면서 보내드립니다. 부디 오래오래 보살펴주시기를 바라며, 언젠가 황천에서 뵙기를 기꺼이 기다리겠습니다.

봄 안개 피어오를 날도 기다려주지 않는
어린 소나무
히쿠마노 들에 진눈깨비 내리네.

가메.

다 읽고 나서 이에야스는 팔짱을 꼈다. 항복한다는 글은 아무 데도 없다. 다만 까닭 없이 슬픈 감개 뒤에 엄격한 겨울을 느끼게 하는 것만이 있을 뿐이었다.

"만치요."

"예."

"네가 항복을 권했을 때 이모님은 뭐라고 하시더냐. 있는 그대로 말해봐."

다시 후드득 진눈깨비가 내렸다. 이에야스에게 질문받고 만치요의 빛나는 눈에 촛불이 흔들거렸다.

"우지자네는 이제 이모부님의 원수이니 미카와 성주님께 항복하여 집안의 평안을 도모하는 게 좋지 않느냐—고 제가 말했더니 이모님은 처음에 웃었습니다."

"뭐라고 하며 웃던가?"

"너는 아직 어려서 어른의 고집을 모른다고…… 그래도 제가 자꾸 졸라댔더니 이번에는 눈물을 글썽이며 이모가 항복하면 미카와 성주님이 웃으신다고……."

만치요의 두 눈에서 눈물이 줄줄 흐르고 있었다.

"미카와 성주님! 이모님은 성주님을 좋아했다고 합니다."

"그래? 그렇게 말했느냐……?"

"예, 처음에는 요시모토 공의 주선으로 출가할 수 있을 줄 알았다, 그랬는데 못 하게 된 것이 흥하는 자와 망하는 자의 운명의 갈림길, 같은 비라도 봄비와 진눈깨비는 다르다고 하셨습니다."

"음."

"진눈깨비는 많이 올수록 좋다, 만약 여기서 미카와 성주님에게 항복하여 미지근한 비였다고 생각되기보다는 차라리 찬비로 우겨나가자, 그러는 편이 미카와 성주님 마음에 남을 거라고."

"이제 그만!"

이에야스는 당황하여 만치요의 말을 가로막았다. 더 듣고 있을 수 없었기 때문이었다.

'그랬었지…… 그 과부는 기라의 딸이었던 시절부터 그러한 굳셈을 엄격히 가진 여자였다…….'

그런 여자에게 항복을 권한 자신의 잔혹함이 가슴을 쑤셔온다. 남편 생존 시에도 아마 사랑의 상처는 오랫동안 그녀를 괴롭혔을 게 틀림없다. 그 남편이 죽어버린 지금 만약 이에야스에게 항복한다면 그야말로 괴로움은 더할 뿐이리라.

다시 생각난 듯 만치요가 말했다.

"이모님은…… 이모부님이 살아 계셨다면 아마도 벌써 오래전에 미카와 성주님을 성으로 들여놓았을 게 틀림없는데 그렇게 하지 못하는 게 괴롭다면서……."

"알고 있다, 이제 그만해라."

"성주님! 이 만치요가 봉사하게 되면 졸개 100명쯤 빌려주십시오. 아무래도 성을 나오지 않을 이모님이니, 이 만치요 손으로 공격해 주고 싶습니다."

이에야스는 대답하지 않았다.

'그럴 것까지도 없겠지…….'

그녀의 마음은 이제 알았다. 조용히 농성하는 것처럼 보이면서 차례차례 가신들을 망명시키고 마지막으로 자결할 게 틀림없다.

이에야스는 생각했다.

'얄미운 여자다ㅡ'

항복하여 이에야스 가까이에서 살아가기보다는 열렬한 향기를 남기고 죽는 편이 훨씬 더 이에야스의 마음에 남는다는 것을 알고 있다. 아마도 이에야스는 평생 동안 그녀를 잊을 수 없게 되리라.

졸고 있는 것 같던 사쿠자에몬이 얼굴을 번쩍 들었다.

"아니? 돌아온 모양인데. 주군, 헤이하치로가 돌아온 것 같습니다. 처벌하시렵니까?"

이에야스는 그 말에도 대답하지 않았다.

흔들거리는 불빛 아래 가만히 눈을 감은 채 조각상처럼 움직이지 않는다.

사쿠자에몬은 히죽 웃으며 두 사람을 남기고 밖으로 나갔다.

봄 천둥

이에야스의 맏아들 다케치요는 12살에 아버지를 대신하여 오카자키성에서 가신들의 세배를 받았다. 오카자키성 마쓰다이라 노부야스의 자리 가까이에는 이에야스의 명으로 딸린 감시역 히라이와 시치노스케가 대기하고 있었다.

아버지 이에야스가 히쿠마노에서 성을 쌓는 중이라 가신들은 대부분 그쪽으로 가 있다. 그러나 조부 대부터 있던 노신 사카이 우타노스케, 도리이 다다키치, 오쿠보 조겐 등은 아침 일찍부터 큰방에 모여 얼굴에서 웃음이 지워지지 않았다. 도리이는 이미 검은 머리가 한 가닥도 없는 은발이었고, 조겐은 이가 빠져 말할 때마다 침이 튀었다.

이야기는 50년 전 과거로 돌아갔다가 곧 다시 오늘의 번영으로 옮아오고, 오늘의 번영에서 다시 지난날의 괴롭던 시절로 거슬러 올라갔다.

"주군께서는 히쿠마노성 이름을 하마마쓰(濱松)성이라고 고칠 모양이던데."

"정말 꿈만 같아. 스루가, 도토우미, 미카와 세 나라의 태수였던 이마가와 집안이 흔적도 없이 사라지고, 마쓰다이라 집안이 도토우미에서 스루가를 바라보게 될 줄이야. 주군께서는 '두고 봐, 언젠가 슨푸에서 우지자네 놈에게 공차기를 하게 하며 구경해 줄 테다'라고 하셨다더군."

"그 공놀이인지 풍류인지 하는 게 고약한 것이오. 망하는 집에는 반드시 그것이 있는 법이거든."

이런 잡담을 나누고 있는데 히사마쓰 도시카쓰가 나타나 사람들은 다시금 오다이 부인이 이혼당하던 무렵의 괴로움을 서로 소곤거리기 시작했다.

설날로는 드물게 따뜻한 날씨라 벌써 매화가 한창이었다. 히가시야마식으로 개축된 서원 창문에 환하게 햇볕이 어리고 거기에 가끔 새 그림자가 비쳤다.

12살 난 젊은 주군 노부야스와, 동갑인 부인 도쿠히메가 옷을 갈아입고 나타난 것은 9시쯤이었다. 모두들 잡담을 그치고 일제히 꿇어 엎드렸다. 꿇어 엎드리면서 사람들은 저마다 싱글거렸다.

노부야스도, 그 부인도 이제는 사춘기의 한창 자라는 나이가 되어, 이렇게 나란히 앉혀놓고 보니 어린 것 같기도 하고 점잖은 것 같기도 했다.

한 사람 한 사람 축하말을 한 다음 관습대로 술이 내려지자 도리이 다다키치가 말했다.

"그런데 전전대의 히로타다 님에게 처음으로 측녀를 권했을 때가 몇 살이셨더라?"

"음, 아마도 12살 때였다고 생각되는데……."

오쿠보 조겐이 손가락을 꼽으면서 진지하게 고개를 기울였다.

"그렇다면 도련님께도 서서히 부부에 관한 일을 가르쳐드려야 할 텐데 히라이와는 무뚝뚝해서."

"그런 것은 아실 테지, 자연적인 일이니까."

"아니, 자연적인 일이니 더욱 지도 방법이 중요하지. 모르는 채로 거칠게 습관들면 언젠가 내전이 어지러워지는 바탕이 되고 마는 거요."

"그럼, 오늘 같은 경사스러운 날 노녀에게 부탁해 두고 갈까?"

그때 도쿠히메를 보살피는 고지주(小侍從)라는 시녀가 술병을 들고 왔으므로 조겐은 늙은이답게 주책없이 물었다.

"여봐라, 그대가 도쿠히메 님 시중을 들고 있지? 어떤가, 도련님은 젊은 마님의 침실에 자주 드나드시더냐?"

고지주는 그 물음의 뜻을 얼른 이해하지 못하여 고개를 갸웃하며 되물었다.

"네……?"

그런 다음 볼이 발그레 물들었다.

"어때, 다니시나?"

"네…… 아니요."

"네, 아니요, 하면 알 수 있나. 아직 안 다니신다는 뜻인가?"

"네, 그런 일은 아직."

"없다는 말인가. 사이가 그리 나쁘시지는 않을 텐데."

"그것은……."

대답한 다음 고지주는 난처한 듯 술병을 앞으로 내밀며 얼굴을 숙였다. 고지주가 생각해도 이제 차츰 봄을 알게 될 무렵이었다. 그런데 그것을 심술궂게 방해하는 사람이 있다. 노부야스의 어머니 쓰키야마 마님이었다. 쓰키야마 마님은 처음에는 순진한 도쿠히메에게 호의를 보였지만 노부야스가 본성으로 옮기고 도쿠히메가 내전으로 들어가자 태도가 확 바뀌었다. 노부야스와 도쿠히메가 본성으로 옮기면 내전 주인은 마땅히 자기라고 생각했기 때문임에 틀림없다.

"나는 이에야스 님 정실이다. 나를 두고 도쿠히메가 내전 주인이라니."

이에야스에게 이러한 불평을 전했으나 남편은 듣지 않았다.

"젊은이에게 무거운 짐을 지우고 당신은 편히 지내도록 하구려."

정말은 그렇게 생각하기 때문이 아니라 이에야스는 노부야스에게 언제까지나 쓰키야마 마님의 넋두리를 듣게 하고 싶지 않아서였는데, 그 일이 있은 뒤부터 쓰키야마 마님은 내전으로 종종 노부야스를 찾아갔다. 그럴 때마다 아직 도쿠히메를 가까이하는 것은 이르다고 타일렀다.

15, 16살까지는 남자보다 여자의 성장이 빠르다. 도쿠히메에게서는 요즘 어딘지 모르게 색향(色香)의 싹트임이 느껴진다. 그러므로 오다 집안에서 도쿠히메를 따라와 있는 고지주는 남몰래 쓰키야마 마님을 원망스럽게 생각하고 있었다.

"그래? 아직도 안 다니신다면 어디 내가 한번 말해볼까. 저렇게 앉아 있으니 벌써 훌륭한 도련님 티가 나는걸."

고지주는 얼굴이 새빨개진 채 고개를 끄덕인 다음 조겐 앞을 물러났다. 술을 내리고 나자 오래 앉아 있기 힘들었던지 노부야스는 히라이와에게 물었다.

"이제 일어나도 괜찮소?"

히라이와가 고개를 끄덕이자 도쿠히메를 재촉하여 일어났다.

"도쿠히메, 배가 고프군."

일어서니 키도 도쿠히메가 좀 커서 누나와 동생 같아 보였다.

나란히 건널복도로 접어들려는데 의상실 앞에서 조겐이 불렀다.

"노부야스 도련님—"

"왜요, 오쿠보 영감?"

"두 분이 나란히 서신 모습을 이 할아범에게 한 번만 더 보여주십시오. 오, 참으로 훌륭하신 한 쌍이시구려. 노부야스 도련님, 젊은 마님께 아직 아기는 없습니까? 두 분의 아기를 본 다음 할아범은 이 세상을 하직하고 싶습니다. 도리이 할아범도 그러리라고 여깁니다만……."

"응, 아직 없소. 하지만 앞으로 생기겠지요. 감기 들지 않도록 조심하오."

노부야스는 수줍음도 보이지 않고 도쿠히메와 함께 곧장 안으로 사라져갔다.

노부야스는 내전 거실로 들어가자 자기 앞에 앉은 도쿠히메를 찬찬히 보면서 말했다.

"도쿠히메, 할아범들은 우리들의 아기가 보고 싶다고 했지?"

"네, 그렇게 말했어요."

"그대는, 어떻게 하면 아기가 생기는지 아나?"

도쿠히메는 부끄러운 듯 노부야스를 흘겨본 다음 탁자 위에서 끓고 있는 하얀 김 쪽으로 눈을 옮겼다.

"모르는 모양이군, 도쿠히메는."

"모릅니다."

"나는 알고 있어. 하지만 아직 너무 이를까? 도쿠히메 생각을 말해봐."

그녀는 다시 노부야스를 흘겨보았다. 그 눈 속에는 이미 느끼고 있는 아련한 색정의 움직임이 보였다.

"왜 잠자코 있는 거야? 부끄러운가?"

"노부야스 님은 거북한 일을 물으시는군요. 그런 말을 하시면 쓰키야마 마님이 꾸짖으실 거예요."

"어머님 꾸중이 뭐 그리 무서워. 나는 지금 이 성의 주인이야."

노부야스는 성큼성큼 걸어가 창문을 열고 젊은 혈기를 어쩌지 못하겠는 태도로 밖에 피어 있는 매화 가지 하나를 꺾었다.

"어머, 창가의 매화를 꺾으셨군요. 그대로 두고 보는 게 좋을 것을."

"도쿠히메, 나는 가끔 칼을 뽑아 이 언저리 나무를 모두 베어버리고 싶을 때가 있어."

"아이, 무서워. 어째서 그런 마음이 드시나요?"

"나는 싸움터에 나가고 싶은데 아버님이 허락하시지 않기 때문이지. 히라이와, 히라이와!"

노부야스는 마음이 내키는 대로, 두 사람을 따라 와 있는 히라이와를 불렀다.

"올해는 첫 출진을 허락하시도록 그대가 아버님에게 부탁해 줘."

"예, 부탁은 드리겠습니다만 아직 도련님의 말타기가 불안하오니 좀 더 단련하시는 게 좋겠습니다."

"음, 그래? 그럼, 점심 먹고 곧 한바탕 달리고 올까."

"안 됩니다. 오늘은 설날이니, 무술 단련 시작은 내일 2일로 아버님께서 정하신 것을 함부로 바꾸면 안 됩니다."

히라이와가 진지하게 말하자 노부야스는 고개를 끄덕였다.

"그래? 좋아, 물러가. 나는 도쿠히메에게 할 이야기가 있어."

"예, 이리로 곧 축하 음식상이 나올 겁니다. 그때까지 두 분이 함께."

히라이와가 물러가자 역시 따라와 있는 고지주에게 일렀다.

"그대도 자리를 비켜라. 단둘이 할 이야기가 있다."

"그럼, 일이 있으실 때 부르십시오."

단둘만이 되자 노부야스는 열어젖힌 창턱에 난폭하게 걸터앉았다.

"도쿠히메! 이리 와봐, 이 매화 한 송이를 그대 머리에 꽂아줄게. 부끄러워 말아, 단둘뿐인데."

시키는 대로 도쿠히메는 다가갔다. 그러자 노부야스는 몸을 구부려 도쿠히메의 냄새를 맡으면서 다시 말했다.

"도쿠히메, 어떻게 하면 아기가 생기는지 정말은 알고 있겠지. 자, 내 귀에 입을 대고 대답해 봐."

도쿠히메는 어깨에 놓인 노부야스의 손에 가만히 자기 손을 포개면서 원망스러운 듯 고개를 저었다.

"몰라요."

노부야스가 어린아이 같은 동작을 하므로 도쿠히메는 슬퍼졌다.

'이 사람이 내 남편이다.'

이렇게 생각하며 살아온 탓이리라. 8살 때부터 이럭저럭 4년 동안 함께 살아왔다. 노부야스와 떨어진 인생은 이제 생각할 수 없었으며 아버지 노부나가와 비교해도, 생모 오루이 부인이며 정실인 노히메 마님과 비교해 보아도 노부야스에게 훨씬 더 두터운 친밀감이 느껴진다.

전에는 곧잘 토라지고 성도 내었으나 지난해 가을이 깊어질 무렵부터 부쩍 어른스러워져 우울해하는 때가 많아졌다. 노부야스와 도쿠히메의 결혼을 쓰키야마 마님이 좋아하지 않는 것도 알아차렸고, 부부란 어떻게 지내는 것인지도 저절로 알게 되었다. 노부야스가 아무렇지 않게 다가와 뒤에서 눈을 가리거나 볼이며 목덜미에 닿으면 가슴이 두근거렸다. 무언지 모르게 벌써 몸으로 기다리고 있는 것이다.

그렇건만 노부야스는 언제나 기다리는 것에 닿으려다가는 문득 장난꾸러기 어린이로 돌아간다. 오늘도 그런 뒤의 실망이 상상되어 도쿠히메는 몸을 돌리려 했다. 그러자 저도 모르게 왠지 눈물이 주르르 무릎에 떨어져내린다. 노부야스는 재빨리 그것을 알아차리고 뒤에서 볼을 대며 물었다.

"아니? 무엇이 슬퍼서 그래? 내가 무슨 나쁜 짓을 했나, 도쿠히메? 울지 마, 도쿠히메. 모르면 모르는 대로 좋아, 이제 묻지 않겠어. 울지 마."

"아니에요! 아니에요!"

노부야스가 다시 어린아이로 돌아갈 듯한 말투가 되므로 도쿠히메는 세차게 고개를 저었다.

"노부야스 님이 물어서 운 게 아니에요."

"그럼, 무엇이 슬퍼? 도쿠히메, 오늘은 경사스러운 설날이야. 까닭을 말해줘. 누가 도쿠히메에게 나쁜 짓을 했나?"

"아니에요! 눈물은 기쁠 때도 흐르는 법이지요."

"허, 그럼, 그것은 기뻐서 우는 눈물인가?"

"네, 노부야스 님이 정답게 매화를 머리에 꽂아주시므로."

"난 또 뭐라고. 그럼, 그렇다고 진작 말해주지. 난 깜짝 놀랐어."

노부야스는 도쿠히메의 몸을 자기 쪽으로 돌려 휴지를 꺼내 눈물을 닦아주었다.

"우리는 부부야. 그렇지, 도쿠히메?"

"네."

"부부는 사이좋게 지내야 해. 그쪽 손도 이리 내. 내가 꼭 껴안아줄게."

도쿠히메는 온몸이 화끈하게 뜨거워졌다. 왜 뜨거워지는지 몰랐으나 이렇게 하여 두 사람은 진짜 부부가 될 수 있다……는 수줍음과 기대가 본능적으로 느껴졌다.

"도쿠히메!"

노부야스는 도쿠히메를 꼭 끌어안고 귓전에 속삭였다.

"나는 도쿠히메를 사랑해……."

"도쿠히메도 노부야스 님을."

이렇게 말했을 때였다. 역시 축하의 말을 하러 온 쓰키야마 마님이 복도에서 이 거실 앞으로 와 서서 떨리는 목소리로 불렀다.

"노부야스, 무엇을 하고 있느냐?"

노부야스는 도쿠히메를 안은 채 천천히 어머니를 돌아보았다.

"아, 어머님."

"무슨 짓을 하고 있지, 노부야스는?"

쓰키야마 마님의 목소리가 날카로워졌다. 전에 그런 일이 있은 뒤 이에야스가 돌아보지 않게 된 마님의 피는, 이 순진한 아이들의 포옹에도 아찔해지리만큼 세차고 강한 자극을 받았다.

"노부야스는 이 성의 대장이다. 대장은 대장답게 엄격한 위엄을 지녀야 하느니라. 어서 놓아라, 도쿠히메를."

노부야스는 순진하게 고개를 저었다.

"싫습니다, 놓지 않겠어요. 도쿠히메는 내 부인입니다. 안았다고 해서 이상할 건 없어요. 그렇지, 도쿠히메?"

부인은 이번에는 도쿠히메에게 말했다.

"도쿠히메! 어머니 앞에서 난잡스럽게, 어서 떨어져 앉거라."

"안 돼, 괜찮아. 도쿠히메, 떨어지지 마."

그러나 도쿠히메는 새빨개져서 노부야스의 손을 뿌리쳤다. 쓰키야마 마님은 여전히 방으로 들어오려고 하지 않고 거친 숨소리를 내며 우뚝 서 있다.

시녀들이 축하 음식상을 날라오지 않았더라면 마님은 아마 광태에 가까운 목소리로 욕을 퍼부었을 게 분명했다. 사람들이 왔으므로 마님은 입술 가장자리를 바르르 떨면서 안으로 들어왔다.

"새해 복 많이 받으십시오."

"축하합니다, 어머님께서도 만수무강을."

"노부야스."

"예, 어머님."

"나도 여기에서 상을 받고 싶구나."

"음, 어머님에게도 상을 갖다드리도록 해요. 괜찮겠지, 도쿠히메?"

"노부야스!"

"예."

"그런 것을 어째서 도쿠히메에게 묻는 거냐? 노부야스는 이 성의 대장이 아니냐."

그러자 노부야스는 또 완전히 어린이로 돌아가 손을 내저었다.

"아니, 아무리 대장이라도 내전 일은 안에서 하는 겁니다. 내전의 대장은 도쿠히메이니 허락을 받아야 해요. 그렇지, 도쿠히메? 괜찮겠지, 어머님에게도 상을."

"네, 염려 마세요. 도쿠히메가 이리로 가져오게 하겠습니다."

도쿠히메가 말하는 것과 쓰키야마 마님이 도쿠히메 쪽으로 돌아앉는 게 동시였다.

"도쿠히메! 가만히 있어요."

"네."

"아무리 노부나가 님 딸이라지만 굉장하구나. 나는 노부야스의 어미, 이에야스 님의 정실이다."

"네."

"그러한 나에게 나오는 상까지 그대가 일일이 지시하다니, 그래서야 앞날이 한심스럽구나. 좀 삼가도록 해라."

도쿠히메는 왜 야단맞고 있는지 알 수 없었다. 노부야스가 일부러 묻기에 대답했을 뿐인데, 왜 저렇듯 성을 낼까 하고 문득 쳐다보았을 뿐 잠자코 있었다.

그것이 마님의 심기를 건드린 모양이다.

"왜 대답하지 않느냐, 도쿠히메. 망해가는 이마가와 집안 출신이라고 깔보며 나한테 반항할 작정이냐?"

이때 히라이와가 크게 기침하면서 들어왔다.

"자, 오늘은 두 분께서 함께 받으시는 축하싱이니 저희들이 시중들지요. 고지주, 술병을 이리 가져오오."

히라이와가 시중들자 쓰키야마 마님도 주책없이 도쿠히메를 나무랄 수 없었다. 마님은 가끔 히라이와를 흘겨보고, 도쿠히메를 흘겨보고, 노부야스를 흘겨보면서 음식을 들었다.

설날을 축하하여 꾸며놓은 방에서 화려하게 차려입은 쓰키야마 마님의 표정만이 유독 파리했다. 히라이와는 그것이 어쩐지 불길한 앞날을 암시하는 것 같아 견딜 수 없었다.

식사가 끝나기를 기다려 히라이와는 일부러 엄숙하게 말을 꺼냈다.

"올해는 도련님에게도 소중한 해입니다. 아버님은 하마마쓰성에서 드디어 스루가로 쳐나가기 시작한 다케다 집안과 경계를 마주하고 계시며, 왕도에도 상경하시게 되겠지요. 도련님도 그리 아시고 한층 더 글 읽기와 무술 단련에 정진하셔야 합니다."

쓰키야마 마님은 쌀쌀맞게 자리에서 일어났다. 이마가와 요시모토 밑에서는 임관도 받지 못했던 이에야스가 드디어 노부나가를 따라 상경한다. 그 노부나가의 딸이 눈앞에 있다고 생각하니 분함과 안타까움으로 미칠 것 같았다.

"히라이와!"

"마님, 무슨 일이십니까?"

"그대가 노부야스에게 드리는 새해의 가르침에 방해되어서는 안 되니 나는 이만 물러가겠소."

"조심해 나가십시오."

"성주님도 성주님이시지, 이제 오다 님 가신처럼 행동하시다니. 그대들도 만족하겠지. 오다 님을 따라 주인을 왕도로 보내게 되었으니."

히라이와는 가볍게 머리 숙이고 잠자코 있더니, 마님의 발소리가 멀어지자 생각난 듯 웃음 지으며 노부야스에게로 돌아앉았다.

식사가 끝났다. 상이 물려지기를 기다려 히라이와는 고지주를 재촉해 옆방으로 물러갔다. 쓰키야마 마님이 와서 도쿠히메는 풀이 죽었다. 히라이와의 경험에 의하면 이런 때는 단둘이 있게 하는 게 가장 좋았다. 노부야스가 무슨 말이든 하여 위로하는 게 좋다. 그리고 도쿠히메의 불평을 고지주에게 들리게 하고 싶지 않았다. 고지주의 입을 통해 도쿠히메를 돌보는 시중꾼 귀에 들어가게 되면 바로 노부나가에게 전해진다. 이런 일로 두 집안 사이에 어색한 공기가 생기게 된다면 그야말로 큰일이었다. 그리고 히라이와의 생각에도 이제 두 사람은 진짜 부부로 들어가도 좋을 때라고 여겨진다.

'자연스럽게 서로 은근히.'

두 사람이 물러가자 노부야스는 일어나 크게 기지개를 켠 다음 다시 서원의 창턱에 걸터앉았다.

"도쿠히메, 내가 사과하겠어. 용서해 줘."

노부야스는 아버지 이에야스보다 민감했다. 이에야스 같으면 잠자코 생각하고만 있을 것을 노부야스는 곧 말로 한다. 그것은 이에야스보다 소질이 떨어져 그런 게 아니라 고생을 모르고 자라온 탓인 듯했다.

"어머님은 마음에 없는 말씀을 곧잘 하시는 버릇이 있어. 화내지 말아. 용서해 줘."

이 말을 듣자 도쿠히메는 다시 견딜 수 없어져 고개 숙였다.

"또 우네. 이것도 기뻐서 우는 눈물인가? 그렇겠지, 응? 도쿠히메……"

기뻐서 우는 눈물이냐고 묻는 말에 도쿠히메는 고개를 끄덕였다.

"네."

노부야스의 마음속에 있는 상냥스러움이 오늘 도쿠히메에게는 여느 때의 몇 배로 느껴졌다.

"어머님 마음은 잘 알고 있어요. 걱정 마셔요."

"그래? 도쿠히메는 영리하니 알겠지."

"네, 도쿠히메 역시 오다 집안이 망하거나 노부야스 님에게 미움받으면 틀림없이 슬프고 마음이 어지러워져……"

"이런 이야기는 그만두자. 아, 어느새 구름에 해가 가려졌네. 봐, 하늘이 어두워졌잖아. 윷놀이할까, 모두들 불러서 화투치기를 할까?"

"아니에요, 도쿠히메는 이렇게 가만히 노부야스 님과 단둘이 있고 싶어요."

"그래? 그럼, 그렇게 하지."

그러고는 다시 성큼성큼 다가와 머리에 꽂은 매화 가지를 고쳐주었다.

"비뚤어졌어."

도쿠히메는 방싯 웃고 나서 다시 살그머니 소맷자락을 눈에 갖다 댔다.

"이와쓰로 매사냥을 갔을 때……."

"아, 그 추운 날 말이지요?"

"그래, 산기슭 풀밭에서 점심 먹고 있는데 멧돼지가 한 마리 달려나오지 않겠어?"

"그것을 활로 쏘셨다……는 이야기는 벌써 두 번 들었어요."

"두 번…… 그랬던가? 그러나 이야기를 꺼내면 끝까지 듣는 법이야."

"네, 그래서 어떻게 하셨어요?"

"기타하라(北原)가 내미는 활을 들고 내가 쏘았더니 옆에서 히라이와가 튀어나와 창으로 찔러버리지 않겠어? 그래서 나는 화냈지. 왜 한 번 더 쏘게 해주지 않느냐고. 그랬더니 대장이란 위태로운 일을 하지 않는 법이라더군. 그런가, 도쿠히메?"

"네, 위험한 일은 조심하는 게 좋아요."

"여름이 되면 또 스고강에서 헤엄치겠어. 아버님은 매사냥과 수영으로 몸을 단련하셨다고 했어. 나도 아버님에게 지지 않을 테야."

그러다가 무엇이 생각난 듯 말했다.

"그대 아버님, 노부나가 님 말이야."

"네, 미노의 아버님이……."

"우리 아버님에게 헤엄을 가르쳐주셨대. 당신은 그것을 알고 있었나?"

"아니요, 몰랐어요."

"그럼, 이야기해 주지. 아버님이 아쓰타에 계실 때 당신 아버님이 찾아오셔서 추울 때 헤엄치게 한 것이 처음이었대."

"어머나, 추운 때에."

비로소 도쿠히메의 기분이 풀어졌다. 추울 때 수영했다는 말을 듣고 도쿠히메가 부드럽게 눈살을 찌푸렸을 때 설날부터 하늘에서 이상한 소리가 났다. 그러고 보니 주위는 점점 더 어두워지고 소나무 가지에서 바람이 울리기 시작했다.

"아니? 천둥소리 같은데."

"천둥…… 바람이겠지요. 천둥은 여름에 치는 거라고 노래에도 있어요."

"아니, 확실히 천둥 같았어."

노부야스가 일어나 마루로 나가려 하자 이번에는 또렷이 북쪽 하늘에서 머리 위로 자색 번갯불이 스치더니 잇달아 대지를 뒤흔드는 천둥소리가 났다.

"앗! 무서워……."

도쿠히메는 정신없이 노부야스의 허리에 매달렸다.

봄 천둥은 두세 번 울리더니 멀어져갔다. 하늘은 여전히 어두웠으며 노부야스에게 매달린 도쿠히메는 언제까지나 그 손을 늦추지 않았다.

'왜 이런 때 천둥이……'

처음에는 겁이 났으나 매달린 어깨에 노부야스의 손이 상냥하게 놓이자 공포는 사라지고 울고 싶은 감상과 기쁨이 가슴 가득 넘쳤다.

바람은 여전히 윙윙거리고 있다. 노부야스는 다음 천둥을 기다리는 것처럼, 도쿠히메의 어깨에 손을 얹은 채 꿋꿋이 버티고 서서 움직이지 않는다.

"남쪽으로 갔군, 천둥은……."

한참 있다가 불쑥 노부야스가 중얼거리자 도쿠히메는 떨어지지 않으려고 다시 두 손에 힘을 주었다.

"싫어……."

"도쿠히메는 천둥이 무섭나?"

"네."

"난 무섭지 않아. 저 소리를 들으면 언제나 용기를 느끼지."

"그것은…… 노부야스 님이 용감하기 때문이에요."

"도쿠히메는 용감하지 않은가?"

"여자니까요."

"하하하…… 여자란 상냥한 것이라고 했지."

"노부야스 님, 둘이서 가만히 이렇게 있고 싶어요."

"쓸데없는 소리……."

웃으려다가 노부야스는 깜짝 놀랐다. 목이 바짝 말라 자기 소리가 마치 남의 목소리처럼 쉬어 있었다.

'왜 이럴까?'

고개를 갸웃거려 보았지만 그것을 이해할 나이는 아니었다. 여름 구름 같은 사나운 감정이 무럭무럭 솟아나 가슴에 막혀 내쉬는 숨결이 거칠어졌다.

노부야스는 외치듯 말했다.

"좋아! 도쿠히메의 몸이 부러지도록 안아주지."

난폭하게 무릎을 꿇고 어깨 위에서 두 손으로 꽉 죄자 도쿠히메는 비명 지르며 윗몸을 기대왔다.

"아."

노부야스는 머리가 화끈하게 뜨거워졌다. 두 손에 아무리 힘을 주어도 버티어지지 않을 만큼 도쿠히메의 몸은 부드러웠다. 그 연약한 부드러움에 닿자 한층더 사납게 웅심(雄心)이 부채질되었다.

"아프지 않아?"

"네."

"이래도? 이래도 항복 안 해?"

도쿠히메는 노부야스의 가슴에 묻은 목을 가냘프게 흔들었다. 검은 머리가 턱 밑에서 너울거리며 그 옆에 내다보이는 귓불이 홍매화 꽃잎처럼 붉었다. 그 귓불을 보는 순간 노부야스는 정신이 아찔해졌다. 아찔해진 의식 너머에서 자기로서는 지탱할 수 없는 신비스러운 호기심을 느꼈다.

"좋아. 그럼, 이렇게 할 테야."

그때 복도에서 발소리가 다가왔다. 히라이와였다. 그는 옆방 문가에 긴장해 앉아 있는 고지주를 보자 은연중에 야릇한 공기를 느끼고 말소리를 죽였다.

"마음이 풀어지셨나?"

고지주는 목욕탕에서 나온 듯 상기된 목을 보이며 고개 숙였다.

"그래?"

히라이와는 근엄하게 고개를 끄덕이고 나서 자세도 허물어뜨리지 않은 채 그 자리를 떠나갔다.

매화성

이에야스는 나무토막이며 대팻밥을 아직 채 치우지 않은 뜰에서 망루를 둘러본 다음 혼다 사쿠자에몬을 돌아보았다.

"일이 끝나면 매화 구경이나 할까. 2월 중이나 3월 초순에는 오다 님과 함께 교토로 가야 할 거야. 왕도로 가면 이번에는 한참 동안 성을 비우게 된다."

사쿠자에몬은 나이보다 늙어 보이는 위엄 있는 태도를 하고 있지만 가끔 이에야스에게 농담을 하고 싶어졌다. 그만큼 이에야스에게 반해 있었기 때문이다.

"주군, 매화 구경이시라니, 이 성에 두 분을 나란히 놓고 꽃구경하고 싶었는데요."

"뭐라고…… 오카자키의 노부야스 말인가?"

"아니요, 주군과 이오 부인 두 분을 나란히."

이에야스는 화냈다.

"농담은 그만둬! 그대는 곧잘 농을 하는데, 촌스러운 익살은 삼가도록."

"핫핫핫, 주군이 더 촌스러우시지요. 사쿠자는 풍류적인 마음에서 말씀드린 것인데요."

"집어치워. 듣기 싫다, 그대의 풍류 따위."

사실 지금 망루가 서 있는 언저리에서 이오의 과부는 훌륭하게 자결하여 한 조각의 뼈도 남기지 않고 자기 몸을 태워버렸다.

이에야스는 곰곰이 생각한다.

'열녀였다……'

슨푸에서 만일 두 사람이 결혼했더라면 이오의 인생도 바뀌었을 것. 그 불타고 난 자리에 한 그루 매화가 한쪽이 탄 채 남아 있었다. 더욱이 남은 한쪽 가지에 흰 꽃이 가득 피어 있다.

"사쿠자, 저 매화를 베어버리게 해라."

"베어낼 거야 없겠지요. 사람 일을 외면하고 피어나는 꽃…… 이 주변에 죽은 사람의 불가사의한 기운이 맴돌고 있습니다."

그리고 사쿠자에몬은 생각난 듯 덧붙였다.

"주군, 오카자키의 노부야스 도련님과 도쿠히메 님이 참다운 부부가 되셨다고 히라이와에게서 소식이 왔습니다."

"뭐라고, 노부야스가…… 그렇게 되었나, 사쿠자?"

"예."

"노부야스는 어떤가, 그대 눈으로 볼 때. 옆에 아무도 없으니 사양 말고 말해봐."

"예……."

사쿠자에몬은 고개를 돌린 채 대답했다.

"주군께서 너무 바쁘십니다. 곁에 안 계시니 아무리 천성이 뛰어나시더라도 그냥 내버려두는 건 어떨까 싶은데요."

"그렇겠지. 나도 그것을 늘 걱정하고 있는데…… 그럼, 이번에 상경할 때는 그대가 오카자키로 가 있어주겠나?"

"사양하겠습니다. 제가 가면 다른 사람들이 납득하지 않습니다. 저에게는 제 할 일이."

"사쿠자, 강한 것만이 남자가 아니야. 집안 살림살이도 해봐야 하는 법이지. 그대와 고리키, 아마노 세 사람을 남겨두고 갈까 생각하는데."

사쿠자는 못 들은 척하며 일어났다.

"주군, 멋지게 피었군요. 이 늙은 매화나무 곁에서 잠시 쉬십시오. 보리차라도 가져오게 할 테니까요."

"정말 멋지군. 히쿠마노성…… 아니, 하마마쓰성의 명물이 될 만한 고목인데. 300년은 되었을까?"

이에야스가 저도 모르게 그 나무에 넋을 잃자 사쿠자는 새로 지은 주방을 향해 소리 질렀다.

"여봐라, 보리차를 가져오너라."

한 여자가 소박한 나무쟁반에 찻잔을 얹어 부지런히 들고 나왔다. 그 여자를 얼핏 보더니 이에야스의 얼굴빛이 달라졌다. 여자는 볼수록 여기서 죽은 이오의 과부와 똑같이 닮았다. 길게 찢어진 눈매, 단정한 입, 이마의 머리, 피붓빛, 귀……이에야스가 내밀어진 찻잔을 들지도 않고 눈도 깜박이지 않은 채 바라보자 여자는 발그레하게 목덜미를 붉힌다. 그 자태까지 꼭 같았다.

이에야스는 등골이 오싹해지는 것을 느꼈다.

'유령이 있는 게 아닐까?'

그러나 주위는 아직 밝았다. 이에야스의 야릇한 태도에 차츰 볼을 물들이며 여자의 두툼한 가슴이 숨 쉴 때마다 움직였다.

'그녀는 죽지 않은 것일까?'

이에야스는 그제야 찻잔을 들고 낮은 목소리로 물었다.

"그대 이름은?"

자기가 생각해도 우스울 만큼 상냥하고 나직한 울림을 띤 목소리였다.

여자는 말을 걸어오기를 기다리고 있었던 듯 대답했다.

"네, 아이(愛)라고 합니다."

"아이…… 누구 딸인가?"

거듭 묻자 곁에 있던 사쿠자에몬이 웃으며 대답했다.

"사이고 마사카쓰(西鄉正勝)의 외손녀입니다."

"뭐, 마사카쓰의 외손녀…… 많이 닮았어!"

"누구를 닮았습니까?"

사쿠자에몬은 다시 놀리듯 말꼬리를 잡아놓고 여자에게 일렀다.

"잠시 주군님 이야기 상대나 되어드리시오."

"네."

여자는 시키는 대로 그 자리에 한 무릎을 꿇었다.

"마사카쓰의 손자 요시카쓰(義勝)의 아내입니다."

"허, 이미 처녀가 아니었구나."

"네, 아들과 딸이 하나씩 있습니다."

"그래? 요시카쓰의 아내였던가."

이에야스는 왠지 모르게 한숨 쉬다가 다시 옆에서 웃고 있는 사쿠자에몬의 태도를 눈치챘다.

"좋아, 잘 먹었다. 보리차를 한 잔만 더 갖다다오."

"네."

여자는 얌전하게 물러갔다.

"사쿠자, 무엇이 우습나!"

"아닙니다. 문득 주군의 조부님이신 기요야스 님이 생각나서요."

"조부님이 어쨌단 말인가?"

"미즈노 다다마사와 싸우다가 화친했을 때 다다마사의 내실이었던 게요인 님에게 반하셔서 달라고 청하여 오카자키로 데려오셨지요."

"그것과 나와 무슨 관계가 있나. 농담하면 용납 않겠다."

"핫핫핫핫, 주군과 기요야스 님의 활달성을 비교해 보았을 뿐입니다."

"또 그런 소리를. 나 역시 상대가 적장이라면 사양하지 않겠다. 그러나 가신의 아내와…… 못난 사람 같으니."

거기에 오아이가 보리차를 받쳐들고 다시 왔으므로 두 사람은 입을 다물었다.

"오아이라고 했지, 나이는?"

"네, 21살입니다."

"좋아, 물러가라."

단숨에 들이켜고 물그릇을 건네주자 이에야스는 자기 볼이 화끈 달아 있는 것을 깨달았다.

"또 웃는구나. 용서하지 않겠다, 사쿠자."

이 소리를 듣고 사쿠자에몬은 껄껄 소리 내어 웃었다.

"주군, 너무 노하지 마십시오. 주군께서는 중대한 걸 잊고 계십니다."

사쿠자에몬은 여전히 시치미 뗀 얼굴로 새로 지은 건물을 가리켰다.

"이렇듯 새로운 성이 생기면 당연히 여자 손이 필요해지지요. 마사카쓰 님의 연로한 부인이 외손녀를 일부러 보내온 게 무엇 때문인지 생각나지 않으십니까?"

"그래, 무엇 때문이란 말이냐?"

"주군은 잊고 계십니다. 오아이 님은 과부입니다."

"뭐…… 과부라고."

"마사카쓰 님 따님이 도즈카 다다하루(戶塚忠春)에게 출가하여 그 사이에 태어난 오아이 님이 외가로 도로 시집와 얼마 전 싸움에서 남편을 잃은 일을 잊으셨습니까?"

"오, 그 요시카쓰……."

"그래서 마사카쓰 님 노부인께서 이 성에 있게 해주시지 않으려나 하고 은근히 데려다놓았습니다만 주군께서 깨닫지 못하시는지라 제가 일부러 보리차를 날라오게 했지요. 혈통이며, 기질이며, 성장이 모두 나무랄 데 없습니다. 내전의 여자들을 감독하게 하면 어떻겠습니까?"

"그대는 또 나를 속였군."

"원, 별말씀을."

"내전에서 부리는 것은 좋으나 사람들 단속을 잘할 수 있을지 어떨지는 두고 봐야 해."

"예, 그것은 보신 뒤에라도 좋으니 천천히 성품을 살펴보십시오."

사쿠자에몬은 일어났다.

"그럼, 같이 가십시다."

"오."

어느덧 하늘은 그린 듯 또렷하게 푸른 하늘을 드러냈다. 빛은 두 줄의 무늬가 되어 비치고 있었다. 그 빛을 받은 하마나 호수가 겨울바람에 흰 물결을 일으키고 있는 게 보인다.

"여기도 솔바람 소리가 잘 들리는군."

"이 성안만은 풍파가 일지 말아야 할 텐데요."

"뭐, 뭐라고 했나?"

"아닙니다. 제게 만일 여편네가 없다면 하는 이야기입니다."

"이상한 소리 하지 마라. 마누라가 없다면 어쩌겠다는 말이냐?"

"과부를 맞겠다는 거지요."

이에야스는 쓴웃음 지으며 발밑의 조약돌을 찼다. 눈 속에 아직 오아이의 모습이 살아 있다. 아니, 오아이를 통해 먼 소년 시절의 꿈으로 생각을 달리고 있는 건지도 몰랐다.

"본디 여자란 데리고 살아보지 않고는 알 수 없는 물건이어서."

"또 농담하는 거냐, 나잇값도 못 하고."

"하지만 수많은 세상 처녀를 모조리 데리고 살아볼 수는 없으니, 끈기 있는 놈이 데리고 살아본 다음 이만하면 여장부라고 낙인찍은 여자를 얻는 게 가장 수지맞을 것입니다."

"뭐……뭐라고, 못난 소리 작작해라. 그래 남녀의 일이 계산대로 될 성싶으냐?"

두 사람은 어느덧 이에야스의 거실 바깥뜰에 와 있었다. 여기는 벌써 연못 배치가 끝나고 마당도 깨끗이 청소되어 있다.

"주군, 여기서 또 만날 사람이 있습니다. 우선 앉으십시오."

댓돌 위에서 사쿠자에몬은 마루를 향해 큰 소리로 외쳤다.

"한에, 와 있소?"

"오."

대답하며 안에서 혼다 한에몬이 성큼성큼 나왔다. 그리고 이에야스의 모습을 보자 마루 끝에 앉아 머리 숙였다.

"안녕하십니까."

이에야스는 대답하는 대신 사쿠자에몬을 흘끗 돌아보며 나직이 말했다.

"또 잔재주를 부리면 용납하지 않겠다."

사쿠자에몬이 말했다.

"한에, 어서 말씀드리게."

"예, 주군께서 새로운 성을 이룩하시고 여러 가지로 신변이 불편하실 테니 맡아가지고 있던 것을 돌려드리고 오라고 혼다 히로다카 님이 말씀하셨습니다."

"뭣이, 맡아가지고 있던 것이라고? 나는 히로다카에게 아무것도 맡긴 기억이 없다."

"그것참, 이상한데……"

사쿠자에몬이 답답한 듯 다시 혀를 찼다.

"한에! 당신이 고개를 갸웃거려 본들 소용없잖나. 맡긴 것인지 아닌지 어서 내 보여드리면 되지 않소. 답답한 사람이로군."

"그렇군요. 곧 이리 불러오지요."

이에야스는 두 사람을 흘끗 노려보고는 잠자코 있었다. 대강 짐작되는 모양이다. 시치미 떼는 사쿠자에몬의 모습에 혀를 차는 표정이었다.

"오만 님, 이리 나오시오."

마루에서 일단 안으로 들어간 한에몬이, 눈부신 듯 야릇한 표정을 한 여인을 데리고 다시 마루 끝으로 돌아왔다.

안타까움에 떠는 겨울 연못의 수면처럼 맑은 목소리로 여자는 말했다.

"성주님, 그동안 안녕하셨습니까······."

이에야스는 눈살을 찌푸리고 돌아보며 중얼거렸다.

"너냐."

그리고 사쿠자에몬을 흘끗 쏘아본 다음 말했다.

"잘 있었느냐?"

"네······ 성주님께서도 안녕히."

"음, 이따 만나자. 쉬고 있거라."

쓰키야마 마님의 지독한 질투에서 벗어나 혼다 히로다카의 집에 몸을 숨겼던 오만은 얼마 안 되는 동안 몰라보리만큼 요염한 여자가 되어 있었다.

"한에몬도 물러가라."

"예, 그럼, 맡기신 것을 받으셨습니까?"

"말이 많구나, 물러가 쉬어라."

"예."

오만은 그리운 듯 무언가 말하려다가 생각을 고쳤는지 한에몬과 둘이서 물러갔다.

"사쿠자."

"예."

"그대는 내가 그대들의 주제넘은 계책을 좋아하고 있는 줄 생각하나?"

"허 참, 주군님답지 않은 말씀을."

"뭣이, 또 말을 피하면 용납하지 않겠다."

"무릇 충성이란 명령받은 일만 제대로 하는 것으로 끝난다고 생각지 않습니다. 그래서 때로 지나친 행동을 하게 될지도 모르니······ 그런 때는 사양 말고 꾸짖어 주십시오."

"그렇다 해서 여자에 관한 일로 일일이……."

"주군!"

"뭐냐, 불평스러운 얼굴로."

"주군께선 이제 성을 더 빼앗지 않으시렵니까? 아드님을 두실 성은 오카자키만
으로 충분하다는 말씀인지요?"

사쿠자에몬은 자기도 마루에 걸터앉아 물끄러미 이에야스를 바라보았다.

이에야스는 사쿠자에몬을 흘끗 보았을 뿐이었다. 가신의 말은 들어야 할 말과
듣지 말아야 할 말이 있다. 지금 사쿠자의 목소리에는 사쿠자가 아니면 하지 못
할 필사적인 것이 깃들어 있었다. 들어야 할 말이라고 생각해서 잠자코 있는데 이
에야스가 입을 다물자 사쿠자도 역시 태연히 입을 다물어버렸다.

지난 연말부터 시동으로 일하게 된 이이 만치요가 차를 받쳐들고 들어왔다. 두
사람이 잠자코 있으므로 만치요도 아무 말 없이 마루에 앉았다.

겨울바람이 여전히 소나무 가지를 울리고 있다.

"만치요, 물러가 있거라."

한참 뒤 이에야스는 턱짓으로 만치요를 물러가게 하고 정색하며 나직한 소리
로 말했다.

"자식을 낳게 하란 말인가, 사쿠자?"

"그렇습니다. 선대 주군님께 주군이라는 아드님이 계셨으니 여기서 이렇게 하마
나 호수도 바라볼 수 있는 거지요. 슨푸의 우지자네에게 좋은 형제가 있었다면
아직 망하지 않았을 것입니다. 그러나 주군, 지금까지와 같은 방법으로 여자에게
접근하는 것은 너무 어리석습니다."

이에야스는 쓸쓸하게 웃다가 곧 다시 정색한 얼굴이 되었다. 여자 문제에서도
계산을 하라고 한 사쿠자의 말이 마음을 찔렀다. 표면적인 혼례는 모두 타산적
이고 정략적이지만, 영주들은 측녀에 관해서는 태생이며 영리함이며 어리석음을
불문에 부쳤다.

사쿠자는 다시 혼잣말처럼 말했다.

"본디 여자는…… 남자의 노리개로 태어난 게 아닙니다."

"그럼, 내가 여자를 희롱했다는 말인가?"

"그렇지 않다고 주군은 생각하십니까? 주군께서 손대신 여자 가운데 누가 행

복해졌습니까?"

"흠."

"모두 마음에 상처를 받고 떠나갔습니다. 그 일에 대해서는 주군께서 더 잘 아실 텐데요."

이에야스는 사쿠자에몬에게서 눈길을 돌렸다. 이 성에서 자결한 기라 부인의 그림자에서 쓰키야마 마님, 가네, 오만 등 여인들의 얼굴이 눈 속을 스쳐갔다. 상대의 몸과 마음에 상처를 입혔을 뿐 아니라, 이에야스 자신의 마음에도 역시 무거운 응어리를 남겼다.

"사쿠자, 나는 여자를 다룰 줄 모르나 봐."

"이제는 배우십시오."

"무리한 말은 하지 마라. 위로한다는 게 슬프게 만들고 말았으니, 역시 그대 말이 옳아."

"주군! 그 위로하려는 생각…… 그것이 정말은 무참한 짓임을 깨닫지 못하셨습니까. 좀 더 비정해지십시오."

"정을 주지 말라는 건가?"

"그렇습니다. 여자란 자식을 낳아 건강하게 키워가는 게 최상의 행복입니다. 당사자가 깨닫건 깨닫지 못하건 그것은 상관없습니다. 천지자연의 이치는 사람의 정으로 움직여지는 게 아닙니다."

이에야스는 다시 사쿠자를 돌아보았다. 그 눈은 아직 깊이 망설이고 있다. 그것을 알아차리고 사쿠자는 다시 다가앉으며 답답한 듯 혀를 찼다.

"주군은 이상한 분이시군요. 저기 서 있는 소나무를 잘 보십시오. 이 성을 보십시오. 뿌리가 있고 토대가 있기 때문에 가지를 뻗고 바람에 가지가 울리기도 하는 것입니다. 사람의 정으로 소나무가 서 있을 성싶습니까?"

이에야스는 얼굴을 외면하고 지그시 무릎을 움켜잡았다. 이에야스는 사쿠자에몬의 말뜻을 절반쯤 알면서도 정확하게 포착할 수가 없었다. 천지자연의 이치에 비해, 사람의 정이 작을 경우는 흔히 있었다. 그러나 그 조그만 인정 역시 천지자연 이치의 하나, 그렇게 생각하니 머뭇거림이 생겼다.

"그럼, 그대 말은 비정해져서 저 소나무 뿌리를 붙잡으라는 건가?"

"그렇습니다. 여자의 성품을 잘 헤아려보시고 조그만 위로 따위는 하지 마십시오."

"과연 그렇겠군."

"자식을 낳게 해주십시오. 그리하여 무럭무럭 키우게 하십시오. 그것이 바로 천지 이치이며, 입으로 하는 위로 따위는 참다운 위로가 아닙니다."

"음."

"주군께는 자식이 필요하시고, 오카자키의 노부야스 님은 형제가 필요하십니다. 여자란 낳아서 기르는 게 본디의 소망입니다……."

사쿠자에몬은 마치 적의 창끝에라도 서 있는 듯한 눈을 하고 차례차례 손가락을 꼽았다.

"만약 그 여자가 이미 여장부로 인정받은 과부라면 그야말로 사방팔방에 모두 좋은 뿌리가 퍼지게 되지요. 이렇게 하여 서서히 뿌리를 펴면서 색정으로 소비하는 낭비를 없애라는 말씀입니다."

이에야스는 그제야 큰 소리로 웃어젖혔다.

"알았어. 알았으니 물어뜯을 듯한 눈일랑 하지 마라."

"물어뜯을 듯한…… 핫핫하, 참으로 엉뚱한 데 정성을 들였구먼요. 그럼, 저는 지금부터 망루나 돌아보고 오겠습니다."

사쿠자에몬은 할 말을 다 해버리고 나면 다시 무뚝뚝해진다.

사쿠자가 가고 나자 만치요가 다시 마루로 나왔다.

"주군, 상경 일자는 언제쯤 되겠습니까?"

"음."

"고헤이타 님, 헤이하치로 님 말씀에 의하면 이번은 단순한 상경이 아니고 오다 님과 함께 에치젠(越前)의 아사쿠라 요시카게(朝倉義景)와 싸우게 될 거라고…… 하던데 정말입니까?"

그러나 이에야스는 다른 일을 생각하는 표정으로 잠자코 있었다.

"주군! 소원입니다. 이 만치요에게도 성인식을 허락하시어 출전하게 해주십시오."

"만치요."

"예."

"오늘은 내 밥상을 내전으로 가져가도록 일러라. 오만이라는 여자가 혼다 히로다카의 집에서 와 있을 테니 그 사람 방에서 식사한다고 어른들에게 말해라."

"예……."

만치요는 자기가 질문한 대답을 듣지 못했으므로 고개를 떨구고 일어나 나갔다.

'오만이라…….'

이에야스는 신발을 벗고 마루로 올라갔다.

오만을 측실로 두는 것은 쓰키야마 마님에게 도전하는 것 같아 거북스러웠지만 일부러 데려온 사람을 쫓아보내는 것도 꺼림칙했다.

"사쿠자 녀석이 쓸데없는 충고를."

나무 향기가 아직 짙은 거실로 들어가다가 이에야스는 문득 걸음을 멈추었다. 어디선지 소리 죽여 흐느끼는 여자 울음소리가 귀에 들어왔기 때문이었다. 이에야스는 그 소리가 귀에 익었다. 기질 센 데다 어딘지 장난꾸러기같이 영리한 오만. 그녀가 방금 만치요에게 일러두는 이에야스의 말을 몰래 들은 모양이었다.

이에야스는 성큼성큼 걸어가 옆방 장지문을 열었다. 마루에서 떨어진 옆방은 벌써 황혼 때처럼 어둠침침했지만, 당황하여 얼굴을 든 오만의 이목구비가 박꽃처럼 또렷이 떠올라 보였다.

이에야스는 그러한 오만과 부엌일을 도우러 온 오아이의 어느 편이 아름다울까 하고 문득 머릿속에서 비교하고 있었다. 오만도 이미 20살이 되어 있다. 오아이는 기라 부인을 많이 닮아 복스러운 상이었지만, 오만은 재치 있고 이지적으로 생긴 갸름한 얼굴이었다.

한편은 두 아이의 어머니, 한편은 자기에게 꽃봉오리를 맡긴 처녀.

"오만, 듣고 있었구나, 그대는."

"네, 꾸지람 들을 듯하여 그것이 걱정되어서."

"내가 그대를…… 어째서 꾸짖을 거라고 여겼느냐?"

"성주님은 주제넘은 짓을 싫어하시므로 돌아가라고 하실지도 모른다고 여겨져서."

"누가 그대에게 그런 말을 했나? 히로다카냐?"

"네."

이에야스는 미소 짓는 대신 일부러 찡그려 보였다. 말로 하는 위로는 그만두십시오—라고 말한 사쿠자의 말이 문득 뇌리를 스쳤다.

"오만, 그대에게 분명히 말해두는데, 나는 여자의 참견이 질색이야."

"명심하겠습니다, 성주님."

"남자에게는 여자와 다른 고충이 있다. 자칫 잘못하면 나뿐 아니라 그대들은 물론 일족 문중의 모든 생명에 관계되는 큰일이 될지도 모른다. 그러니 남자가 하는 일에 방해해서는 안 돼."

말하면서 이에야스는 문득 마음속으로 우스워졌다. 자기가 한 말이 잘못되었다고는 생각지 않았으나 제멋대로 지껄이는구나 싶어 우습기도 했다. 결국 오만에게 고스란히 쓰키야마 마님에 대한 심한 불만을 털어놓고 있다.

"네…… 네."

오만은 갸륵하리만큼 순진했다.

"그 말씀은 이모부님에게서도 잘 듣고 왔습니다."

말하며 내리까는 속눈썹에 다시 이슬이 반짝반짝 빛났다. 어른으로 성숙한 하얀 목덜미가 떨리고 있었다. 이에야스는 사랑스러워 끌어안아 주고 싶어졌다. 그러나 그 감정을 박차고 남의 일처럼 객관화할 수 있는 것도 벌써 나이 탓이리라.

'그러고 보니 여자를 좀 너무 멀리했어……'

이럴 때는 틀림없이 여자의 가치를 잘못 보는 것인데…… 생각하면서 오히려 이에야스는 냉정하게 문을 가리키며 말했다.

"물러가거라. 여기는 바깥채로 여자들이 오는 곳이 아니야."

누군가가 벌써 방을 정해주었는지 오만은 다시 순순히 절하고 나갔다. 나간 뒤 문득 주위에 감도는 오만의 체취를 느끼고 이에야스는 입 속으로 중얼거렸다.

'저 여자가 내 자식을 낳을 수 있을까?'

이에야스는 책상 앞으로 되돌아갔다. 책상 위에 있는 것은 역시 다음의 대비에 대한 복안이었다. 아직 서기 손에 넘기지 않은 원안(原案)이라, 이에야스는 머릿속으로 줄곧 되풀이 생각하고 있었다. 소홀히 할 수 없는 성의 수만 해도 벌써 열을 넘는다. 오카자키에는 누구를 남기고, 이 하마마쓰에는 누구를 남기고 갈 것인가.

다케다 신겐은 지금 에치고의 우에스기 군에 대비하면서 사가미(相模)의 호조

군과 스루가의 유산을 다투고 있다. 그 틈바구니에서 노부나가와 함께 상경하여 에치젠의 아사쿠라와 싸워야 한다는 것까지는 짐작되지만 그 앞의 변화는 알 수 없었다.

그러고 보니 이상하게도 조부와 아버지가 겪은 좌절의 원인이 생각되었다. 모리산에서 조부 기요야스가 전사한 때에 비하면 이에야스는 이미 3년이나 더 살아 있는 셈이다. 헤아릴 수 없이 약한 사람의 삶을 생각하니 과연 사쿠자에몬의 말대로 하나라도 더 많은 자손이 필요해진다. 노부나가가 그것을 깨닫고 한꺼번에 셋이나 측녀를 거느린 결단은 결코 엉뚱한 짓이 아니고, 말하자면 무상(無常)의 공격에 대비한 포진이라고도 할 수 있었다.

'그런 대비도 있어야만 하는구나……'

넘치는 젊음의 배출구를 함부로 색정에 소비하며 지내는 것은 확실히 잘못이라고 할 수 있으리라.

'오만으로는 모자랄지도 모르지……'

식사 준비가 되었다고 만치요가 알리러 올 때까지 이에야스는 여태껏 없었던 야릇한 각도에서 여자에 관해 생각했다.

안으로 들어가니 밥상이 준비되고 술병도 곁들여져 있었다. 그 술병을 들고 시중들러 나온 사람은 낮에 보리차를 받쳐들고 왔던 오아이였다. 오아이 곁에는 상기된 오만이 눈부신 듯 앉아 있었다.

이에야스는 오아이를 보고 엄한 표정으로 꾸짖었다.

"누구 명으로 그 술병을 가져왔나?"

"네, 주방장이신 아마노 님이 분부하셨습니다."

"아마노에게 똑똑히 전해라. 성은 이룩되었지만 아직 부족한 것투성이니 술은 당치도 않은 사치라고."

"네, 말씀 전하겠습니다."

이에야스는 밥그릇 뚜껑을 열었다.

"그리고…… 쌀도 너무 희니 현미로 하라고 전해라."

"네."

"국과 나물 세 가지면 충분하다. 언제나 싸움터를 잊어서는 안 돼. 백성들이 무엇을 먹으며 지내는지 알기나 하느냐?"

그런 뒤 이에야스는 물었다.

"오아이라고 했지?"

"네."

"그대도 내 곁에서 종사하지 않겠나? 지금 당장이라고는 말하지 않겠다. 아직 전사한 남편 생각이 염두에서 떠나지 않을 테니 내가 상경했다가 돌아온 뒤 대답하도록 해라. 자, 왜 그리 고개만 숙이고 있나, 밥을 퍼라, 밥을."

너무도 갑작스러운 이야기였으므로 오아이는 조심조심 소반을 내밀었고, 오만은 어리둥절해 이에야스를 보고 있었다.

이에야스는 그녀들의 시선 속에서 천천히 입 안의 밥을 씹었다.

천하포무(天下布武)

화창한 봄볕이 마루에서 뜰로 넘치고 있었다. 이따금 꾀꼬리 소리가 가까워졌다가는 멀어지고, 멀어졌다가는 가까워졌다.

노부나가는 전에 없이 의복을 단정히 하고 거실에 있었다. 이세 지방의 여러 절이며 신궁에 보내는 안도장(安睹狀 ; 절이나 신궁 소유 토지를 인정해 주는 문서)에 손수 '천하포무(天下布武)'라는 큰 도장을 찍고 있다.

그 손을 들여다보듯 하며 지난날의 원숭이, 지금의 기노시타 히데요시(木下秀吉)가 능청스러운 표정으로 싱글벙글하고 있었다. 노부나가도 이미 예전의 노부나가가 아니고 긴키(近畿)에서 이세 일대를 평정하여 그 도장의 글자가 나타내듯 '천하포무'를 선언할 만큼 강대해졌지만, 히데요시 또한 옛날의 도키치로가 아니었다. 여러 차례의 싸움에서 선봉대장을 맡았으며 지금은 하마다(浜田)에서 1만 석 녹봉을 받을 만큼 출세해 있었다.

"어때, 이에야스는 잘 있던가?"

노부나가가 말을 걸자, 히데요시는 무엇을 생각했는지 웃었다.

"헤헤헤."

"묘한 놈이군. 무엇이 우스우냐."

"대장님이 22, 23살 때 생각했던 일을, 미카와 님도 생각하고 있는 것 같아서요."

"내가 22, 23살 때 일이라니, 무슨 소리냐?"

"자손을 번창시키는 일 말입니다."

"앗핫핫하, 측실 찾기 말이냐. 그러고 보니 이에야스는 몇 살이 되었지?"

"29살이겠지요. 대장님보다 여덟 살 아래니까."

"그런가. 29살이라면 좀 늦구나."

노부나가는 잠시 말없이 또 도장을 찍고 있더니 생각난 듯 물었다.

"그대는 어때, 아직 생기지 않나?"

"예, 그 일만은 싸우면 바람이 일고 공격하면 둑이 터지는 식으로 마음대로 되지 않습니다."

"왜 마음대로 안 되는지 모를 거다. 이 노부나가를 속인 벌인 줄 명심해라."

"아닙니다, 대장님을 속이다니 천부당한 말씀. 안사람도 여기저기 축원을 드리고 있으니 머지않아."

히데요시는 노부나가가 경계했던 대로 어느 틈에 졸개 우두머리 후지이 마타에몬의 딸 야에를 구워삶는 재주를 부려 아내로 삼았다. 그때 일을 생각하면 과연 원숭이다운 재치였다고 여겨져 노부나가는 지금껏 웃음이 치밀어올랐다.

후지이에게 직접 청혼했다가는 승낙하지 않을 것을 알고 그와 사이좋은 마에다 도시이에에게 시켜서 청하게 했던 것이다.

"야에를 내 측실로 주오."

후지이 마타에몬은 놀랐지만 한편으로는 기뻤다. 상대는 명문 출신이면서 노부나가로부터 새로 붉은 화살막이를 두를 수 있는 특전을 받은 장수가 아닌가.

"마에다 님, 설마 농담은 아니겠지요?"

"내가 농담할 것 같소?"

"잘 알았습니다. 야에는 제가 반드시 설복하지요. 반드시……."

그렇듯 장담했지만, 도키치로와 이미 비밀 약속을 한 야에가 승낙할 리 없었다.

"마에다 님에게는 이미 현숙하기로 이름난 오마쓰 부인이 계셔요. 이 일만은 단연코 거절해 주세요."

딸의 완강한 거절에 후지이는 파랗게 질렸다. 어쩔 바 몰라 하는 것을 짐작하고, 도시이에 쪽에서는 더욱 대답을 독촉해댔다. 이렇게 되면 옛 부하로 그 무렵 주방 우두머리였던 도키치로 말고는 의논할 상대가 달리 없었다.

후지이가 의논하자 원숭이는 주방 화덕가에서 자못 심각한 듯 팔짱을 끼고 생각에 잠긴 채 듣고 있었다.

"자네와 도시이에 님은 특별한 사이니, 어떻게 사과드려 줄 수 없겠는가. 야에는 죽어도 싫다는데."

"참, 알 수 없는 일이로군. 더할 나위 없이 훌륭한 자리로 생각되는데. 아니, 부끄러워서 그러겠지요. 한 번 더 타일러보십시오."

이 말을 듣고 후지이는 더욱 풀이 죽어 다시 야에한테로 돌아갔다. 그러나 대답은 여전히 마찬가지였다. 그동안 도키치로는 다시 도시이에에게로 가서 부탁했다.

"조금만 더 밀어주시오."

이번에는 후지이가, 야에를 설득하고 있는 자리로 심부름꾼이 달려갔다.

"도시이에의 체면이 서지 않는다. 칼을 두고 맹세코 맞아들이겠다."

그 심부름꾼을 돌려보내고 후지이는 고지식하게 할복까지 결심했던 모양이다. 그러자 거기로 원숭이가 어슬렁어슬렁 찾아가 부채질했다.

"어떻소, 갈 마음이 생겼겠지요?"

모두 짜고서 하는 속임수인지라 고지식한 후지이로서는 당할 재간이 없었다.

"할 수 없네. 도시이에 님이 노발대발하고 있다니 이 쯤그렁 배라도 가르고 사과할까 생각해."

"뭐, 할복…… 이거, 큰일 났군. 그럼, 이렇게 하십시오. 실은 딸에게 이미 약혼한 상대가 있었다, 그러니 용서해 주기 바란다고."

"그것은 안 돼. 거짓말은 통하지 않아, 도시이에 님은 대쪽 같은 성미이시니."

"하지만 그렇게 말하는 수밖에 거절할 길이 없지 않습니까. 좋아! 그 상대가 누구냐고 묻거든 바로 나라고 하십시오. 그러면 뒷일은 내가 해결해 보이지요."

"뭐, 자네가 상대라고? 저쪽에서 곧이들을 게 뭐야."

"어떻든 말해보는 수밖에 도리 없잖소."

그리하여 후지이는 도시이에를 찾아갔다. 도시이에는 물론 믿지 않을 것이다, 그러면 어떻게 할 것인가 걱정하며 갔다.

"그래? 약속한 자가 있었던가. 어쩔 수 없는 일이지. 그러나 만일을 위해 그의 이름을 들어봅시다."

"예, 그게 저 기노시타 도키치로입니다."

"뭣이, 원숭이라고, 거짓은 아니겠지."

"예, 이 아비도 너무나 기가 막혀……."

후지이는 말꼬리를 흐렸다.

"좋아! 이 도시이에도 무사, 그 말을 듣고서야 뒷걸음칠 수 있나. 내가 야에와 원숭이의 중매를 들지. 이의 없겠지."

모든 일은 원숭이가 꾸민 각본대로 되어, 후지이는 자신의 의견 같은 건 말할 여지도 없이 풀 죽어 돌아왔다. 후지이로서는 하나의 어려움이 사라지자 다시 하나의 어려움이 닥쳐온 셈이다. 도시이에조차 싫어한 야에가 어찌 원숭이를 신랑으로 삼으랴…… 그렇게 생각하면서 자초지종을 이야기했더니, 야에는 원숭이한테라면 출가하겠다고 선뜻 말했다.

"싸움 재주도 능란하지만, 계집에게도 역시 방심 못 할 놈이었다."

노부나가는 나중에 그 말을 듣고 배를 잡고 웃었다.

노부나가는 도장을 다 찍고 나서 히데요시 쪽으로 돌아앉았다.

"원숭이!"

"예."

"그대가 이에야스와 이야기하는 동안 사람들을 멀리 물리쳤겠지?"

"물론 멀리 물리쳤습니다만……."

히데요시는 거기서 주위를 둘러보았다.

"노신들 중에는 이번 상경이 아사쿠라 토벌이라고—"

"눈치채는 자가 있었나?"

"예, 거의 대부분."

"그렇다면 더욱 잘 퍼뜨리게 해야 해. 무슨 수를 써놓고 왔나?"

"예, 하마마쓰에서 오카자키까지의 길에 행상꾼 23명을 풀어 소문을 퍼뜨리게 했습니다."

"뭐라고 시켰나?"

"올해 왕도의 봄은 매우 북적일 것이다, 니조(二條) 저택의 불탄 자리에 큼직한 쇼군님 저택이 완성되고 대궐 공사도 순조롭게 진행되고 있다, 미카와 님도 왕도까지 꽃구경 오신다더라고 소문을 퍼뜨리게 했습니다."

"꽃구경이라니, 매우 한가롭게 되었구나."

"예, 백성들이 그것을 믿을 만큼 미카와에서 이세, 오와리, 미노, 오미 등 모두 태평세월을 노래하기 시작했습니다. 참으로 천하포무의 경사스러운 징조입니다."

그 말을 듣자 노부나가는 미간을 찌푸리고 꾸짖었다.

"아첨은 하지 마라, 그대답지 않게."

그리고 한숨지으며 덧붙였다.

"그러나 왕도로 꽃구경 갈 날도 멀지 않겠지. 하루빨리 그렇게 되어야 할 텐데."

노부나가가 천하포무의 도장을 새기게 한 것은, 아시카가 요시아키가 쇼군으로 임명된 뒤 자신은 이세로 싸움터를 옮겨 이세 태수 기타바타케 도모노리(北畠 具教)의 후임으로 둘째 아들 차센마루(^{뒷날의 노부}_{카쓰(信雄)}), 고베(神戸) 가문 후임으로는 셋째 아들 산시치마루(^{뒷날의 노부}_{타카(信孝)})를 둔다는 약속으로 평정하고 야마다(山田) 대신궁(大神 宮)을 참배했을 때부터였다.

왕도의 쇠락한 대궐 꼴도 말이 아니었지만, 대신궁 역시 매우 황폐해 있었다. 민족의 정신적 뿌리를 황폐한 채 내버려두고는 제아무리 사방에 무용을 떨쳐도 결코 난세가 바로잡히지 않는다 ―고 깨닫고 이 인장(印章)과 더불어 대궐 수리에 나섰다. 백성들의 고달픔을 생각하여 서두르지 않고 2, 3년은 걸릴 작정으로 시마다 야에몬(島田彌右衛門)과 아사야마 니치조(朝山日乘)를 행정관으로 삼아 공사를 진행시키고 있다.

그 무렵의 조정 형편은 상상 이상으로 나빴다. 대궐 담은 무너져 없어지고 군데군데 대나무 울타리며 가시나무 따위를 얽어놓았다. 그 안에 오기마치(正親町) 천황과 황태자가 왕녀 2명과 궁녀 5명 등 10명 남짓한 인원으로 살고 있었다.

천황에게는 그 밖에 두 왕녀가 있었지만, 그들은 형편상 저마다 절로 들어갔다. 이따금 무너진 담 사이로 아이들이 들어가보면 어디나 낡아빠진 발이 내려져 있을 뿐 사람 그림자도 없이 적적했다.

황실에 대한 노부나가의 충성심은 아버지 노부히데 이래의 전통이기도 했지만, 쇠퇴한 현실과 결부되어 그 이상으로 더욱 강해졌다.

'이래서는 안 된다.'

민족적 종가의 쇠퇴는 역사의 어느 장을 넘기든 그대로 백성의 쇠퇴로 이어지고 있었다.

'우선 큰 뿌리를 바로잡아 놓자!'

그런 노부나가의 뜻을 알므로, 노부나가가 흘린 한숨은 히데요시의 가슴을 뼈저리게 때렸다.

"꽃구경 훼방꾼은 우선 에치젠인데, 그쪽에도 손써놓았겠지?"

"예, 이번 상경 목적은 명물 다기(茶器)를 수집하는 일이니 좋은 물건이 있으면 천금만금이라도 주고 사들인다고 온 왕성에 퍼뜨리게 했습니다."

노부나가는 쓴웃음 지었다.

"그래, 다기 수집이라."

아시카가 요시아키는 노부나가의 도움으로 쇼군이 되자 곧 노부나가를 부(副)쇼군으로 추천했다. 그러나 노부나가는 굳이 사양하며 받지 않았다. 노부나가가 부쇼군이 되면 에치젠의 아사쿠라가 가만히 있지 않을 것이기 때문이었다. 아사쿠라 역시 유랑 중인 요시아키를 여러모로 도우며 뒷날을 기약했던 사람이었으며, 시바(斯波)씨로부터 임명된 지방장관으로 가문은 노부나가보다 위였다.

"어리석은 사람이군요. 정세를 파악할 줄 모릅니다."

"아사쿠라 말인가?"

"예, 대장님이 부쇼군을 사양하신 심정을 이해한다면 순순히 상경해야 할 텐데."

히데요시가 엷은 웃음을 띠며 말하자, 노부나가는 눈살을 찌푸리고 혀를 찼다.

"그대는 아사쿠라의 속셈을 모르는구나. 그놈은 이 노부나가와 쇼군이 머잖아 반드시 충돌할 줄 알고 일부러 상경하지 않는 거야."

"바로 그 점입니다. 충돌하게 되면 쇼군은 아사쿠라에게 의지하여 에치젠으로 갈 게 틀림없다, 그때 쇼군을 옹호하여 전투를 벌이겠다는 그것이 정세를 파악하지 못하는 증거지요."

노부나가는 히데요시를 흘끗 보고 일어났다.

노부나가가 꿰뚫어보는 이상으로 히데요시 또한 아사쿠라의 속셈을 들여다보고 있는 모양이다.

"원숭이, 뜰이나 거닐자."

뜰에 나서자 노부나가는 곧장 동산 위의 정자로 들어갔다. 그곳이라면 성안이 널찍이 내려다보이고 사람이 다가올 염려도 없었다. 부풀어오른 벚꽃 봉오리에 한들한들 봄볕이 내리쬐고 있었다.

"이에야스의 상경은 틀림없나?"

"틀림없습니다."

노부나가는 혼잣말처럼 손가락을 꼽아나갔다.

"다케다도 걱정 없고 이세도 평정되었으니…… 원숭이, 아사쿠라 토벌에서 가장 중요한 게 뭐라고 생각하나?"

"예, 호쿠리쿠(北陸)를 공격하는 사이, 혹시라도 아사이(淺井) 님이……"

말하다가 끊자, 노부나가는 물끄러미 하늘을 노려보았다.

"혼간사(本願寺), 히에이산과도 동맹 맺겠지만 아사이 님에게 배후를 찔리지 않도록 방비하는 게 가장 중요한 일이 아닐까 생각합니다."

노부나가는 잠시 침묵한 다음 입술을 씰룩거리며 웃었다.

아사이 나가마사(淺井長政)에게는 절세의 미모로 소문난 노부나가의 막냇누이 오이치 부인이 출가해 있다. 두 사람은 매우 사이좋아 이미 두 딸을 두었으며, 노부나가 역시 줄곧 마음 쓰며 여러모로 힘을 기울여오고 있었다. 그 아사이가 아사쿠라와 손잡고 노부나가의 배후를 찌를 수 있을까……?

"원숭이, 잘 명심하지. 그 밖에는?"

히데요시는 웃으며 절했다.

"기후에서는 그리 많은 병력을 거느리고 가지 마시고, 도중에 힘센 군사들을 모으는 게 중요하다고 생각됩니다만……"

"뭐, 도중에…… 말해봐, 그 방책을."

노부나가의 목소리가 저도 모르게 다급해졌다. 노부나가가 이번의 아사쿠라 공격에서 가장 염려하고 있는 게 군사 이동이었다. 대궐 수리 진행을 볼 겸 다기를 수집하러 간다는 명목으로는 대군을 거느리고 갈 수 없다. 상대에게 눈치채이지 않도록 은밀히 교토에서 이에야스와 합류하여 봄이 늦게 찾아오는 교토의 눈이 녹기를 기다려 단숨에 허점을 찌를 필요가 있었다. 그것이 뜻대로 성공한다면, 히데요시가 염려하고 있듯 아사이와 아사쿠라는 손잡을 시간적 여유가 없을 것이다. 그러므로 어떻게 군사를 움직이면 좋을까 줄곧 머리를 썩이고 있었다. 그런데 히데요시는 그러한 노부나가의 고심을 알고 도중에 힘센 군사들을 모을 방책이 있다고 한다.

"말해봐, 그대의 방책을."

노부나가의 독촉을 받고 히데요시는 빙그레 웃었다.

"대장님은 소싯적부터 씨름을 좋아하셨다고요?"

"그것과 무슨 상관이 있단 말이냐?"

"있고말고요. 대장님, 긴키 일대에서 이세에 걸쳐 평화가 왔으니 그것을 축하한 다면서 도중에 씨름대회를 여십시오."

"흠."

"그러면 솜씨에 자신 있는 인근의 떠돌이무사들이 모여들 게 틀림없습니다. 그 가운데에서 재량껏, 솜씨껏……."

노부나가는 무릎을 탁 치며 저도 모르게 탄성을 터뜨렸다.

"약삭빠른 녀석!"

"장소는 오미의 조라쿠사(常樂寺)가 좋겠지요. 바로 영을 내려 모일 여유를 갖 도록 합니다. 상품이라며 보급대 군량을 실어오게 하고, 구경을 승낙한다는 명목 으로 직속무사들을 거느리고 가는 거지요."

"알았다, 알았어, 원숭이."

"대장님이 선발하시고 난 찌꺼기는 저희들도 줍겠습니다. 새로이 고용된 자들 은 잘 보이려 공을 다투고, 직속무사들은 신참에게 뒤질세라 용기를 낼 겁니다. 이로써 호쿠리쿠 싸움은 우선 승리하리라 생각됩니다만."

노부나가는 별안간 하늘을 우러르며 웃음을 터뜨렸다. 꾸짖는 소리도 컸지만 웃음소리도 보통이 아니었다. 가까운 소나무에서 참새가 도망쳐 날아갔다.

"핫핫하, 씨름 구경을 하면서 교토 나들이라, 잘됐어, 핫핫핫하."

이리하여 바로 그날부터 오와리, 미노, 오미 일대에 씨름대회를 연다는 방이 내 걸렸다. 심판은 역시 남달리 씨름을 좋아하는 후세구라 슌안(不瀨藏春庵).

노부나가 일행이 아사쿠라 공격의 목적을 숨기고 한가로이 기후성을 출발한 것은 겐키(元龜) 원년(1570) 2월 25일이었다.

이튿날 26일에는 오미의 조라쿠사로 들어갔으며, 27, 28일 이틀은 곳곳에서 모 여든 솜씨를 뽐내는 씨름꾼으로 절 경내가 떠나갈 듯 시끌벅적했다.

"역량이 뛰어난 자는 막하에서 채용한다는 풍문일세. 상품보다 그편이 좋겠어."

"어떻게든 대장님 눈에 들었으면 좋겠는데."

역사(力士)들의 속삭임에 섞여 남녀노소들의 속삭임이 들렸다.

"좋은 세상이 되었어. 이제 난리가 없었으면 좋겠네."

"정말 오다 님은 복 많으신 분이야."

노부나가 또한 군중 속에 섞여 한가로운 표정으로 이런 말을 들으며 돌아다녔다. 언제나 민중의 소리를 듣는다―는 것이 노부나가의 굳은 정치신념이었다.

씨름은 오전 10시부터 시작되었다.

이전에 사사키(佐佐木)씨의 수호신이었던 사사키(沙沙貴) 신궁에 불교식 승방이 세워지고, 그 경내 중앙에 씨름장이 높이 만들어져 있었다. 네 기둥의 상부와 관람석은 돗자리로 막이 둘러지고, 그것이 사사키씨의 몰락과 오다 가문의 융성을 말해주듯 바람에 살랑거리고 있다.

군중 사이를 한 바퀴 누비고 나자 노부나가는 의복을 갈아입고 마련된 자리에 앉았다. 누구도 잠시 전까지 군중 속에 섞여 있던 사람인 줄 몰랐다. 모두들 처음으로 우러러보는, 존경과 두려움이 깃든 시선을 집중했다.

그 뜨거운 시선 속에서 노부나가의 공상은 잠시 씨름에서 떠났다. 서쪽에 비와(琵琶) 호수를 두고 뒤로 산을 등진 이 천연의 요새인 아즈치(安土) 땅에 성을 세우고 싶은 생각이 자꾸 떠오른다. 산기슭에서 호수에 걸쳐 성 아랫거리를 만들고, 모든 검문소를 없애 전국의 여러 상인을 자유로이 드나들게 한다면, 이 땅에 무한한 번영이 약속될 게 틀림없다.

'기후도 좋다. 그러나 기후보다도 여기는 왕성에 가깝다. 여기에 수군을 갖추고 히에이산을 감시하며 자리 잡는다면, 아마 천하를 호령할 수 있으리라……'

그렇다. 그 출발이 이번의 아사쿠라 공격이다…… 생각하며 씨름장으로 눈길을 옮기니, 씨름장에서는 조코가와라(長光河原)사의 다이진(大進)과 구다라(百濟)사의 시카(鹿)가 서로 꽉 틀어잡고 얼굴이 시뻘게져 씩씩거리고 있는 참이었다.

씨름을 좋아하는 노부나가는 곧 열중했다. 얼마 뒤 승부는 허리가 끈질긴 다이진의 승리로 돌아갔다. 그러자 시카의 아우 고지카(小鹿)가 뛰어나와 다이진의 가랑이를 잡아챘다.

거만하게 볼수염을 기른 나마스에 마타이치로(鯰江又市郎)가 씨름장에 올라온 무렵부터, 씨름은 글자 그대로 구직(求職)을 건 불꽃 튀는 백병전으로 바뀌었다. 미야이(宮居)라는 몸집 큰 떠돌이무사가 마타이치로에게 번쩍 들어올려져 씨름장 밖으로 내던져지자, 그 이름처럼 푸르죽죽한 살갗을 한 아오지(靑地)라는 친구가 마타이치로에게 도전했다.

이 한 판이 이날의 승부 가운데 가장 역량이 비슷한 구경거리였다. 모두들 들 도적으로 단련된 강철 같은 팔다리로, 쌍방이 기진맥진하여 비틀거려도 승부 나지 않아 마침내 내일로 승부를 미루며 비기고 말았다. 또 한 조는 다이토 쇼곤(大唐正權)과 후카오 마타지로(深尾又次郎)의 대결로, 이 역시 끝내 승부가 나지 않아 이튿날로 미루어졌다.

활짝 갠 이틀 동안의 대행사. 더욱이 사사키씨 일족인 록가쿠 쇼테이(六角承禎)의 수호신 앞에서 벌인 대회였으므로 노부나가는 상인과 농군들에게 엄청난 인상을 주었다.

"천하의 부쇼군을 사양하신 오다 님이라 과연 위엄이 어마어마하시군."

"저 푸짐하게 내리는 상품 좀 보게, 얼마나 유복하신가."

아오지와 마타이치로는 곧 채용되고, 후카오와 다이진과 미야이 등은 그들의 부하로 선발되었으며, 역량이 뛰어난 180여 명은 직속무장의 하졸이며 임시인부라는 명목으로 아즈치를 출발하는 노부나가 뒤를 따랐다.

이렇듯 노부나가는 측근으로 늘 히데요시를 거느리고 교토의 봄을 한가로이 즐기면서, 2월 30일에 전의(典醫) 우두머리 나카라이 로안(半井驢庵)의 집으로 들어섰다.

노부나가가 교토의 나카라이네 집에 도착하자 여러 영주들이 잇따라 문안 인사를 왔다. 그 가운데 마쓰나가 히사히데(松永久秀)와 호소카와 후지타카(細川藤孝) 두 사람은 노부나가가 상경한 목적을 알아내려고 연방 탐색해 왔다.

"대장님, 시중에 나쁜 소문이 떠돌고 있습니다."

히데요시가 말하자 노부나가는 대답했다.

"에치젠 토벌을 하러 올라왔다는 것이겠지."

"바로 그렇습니다. 어떻습니까, 다도(茶道)에 밝은 유칸(友閑) 법사에게 니와 나가히데(丹羽長秀) 님을 딸려 다기를 구하러 사카이까지 보내시면?"

"흠……."

니와는 오다 가문에서 시바타와 더불어 쌍벽을 이루는 중신, 그가 일부러 사카이까지 다기를 수집하러 갔다고 하면 싸울 의사는 없는 것으로 판단될 게 틀림없다.

"좋아, 두 사람을 보내지. 그러나 아직 이르다. 도성에 벚꽃이 활짝 필 무렵이 좋을 거야."

3월 7일, 은근히 기다리던 이에야스가 교토에 도착하자 노부나가는 쇼군을 만나 새로 지은 니조 저택으로 여러 장수를 초대해 탈춤 공연을 하도록 진언했다.

니조의 쇼군 저택 역시 노부나가가 공들여 지은 건물이었다. 왕성 주위의 여러 지방을 평정하고 막부의 위엄을 갖추는 게 인심 안정의 으뜸이라 여기고, 불탄 니조 저택 자리를 다시 동북으로 1정씩 넓히고 해자 두르는 공사를 시작한 것이 지난해 2월 27일이었다. 그리하여 1년 남짓 걸려 이제 겨우 낙성된 것이다.

노부나가는 특히 연못과 돌에 마음 썼다. 옛날 아시카가 요시마사(足利義政)의 저택에 있었던 마루야마(丸山) 바다의 돌과 호소카와 저택에 있던 미도석(美戶石) 같은 천하에 이름난 돌을 운반시킬 때는 노부나가가 손수 나서서 비단으로 싸고 큰 동아줄로 매게 하여 피리며 장구 장단에 맞춰 흥겹게 나르도록 했다.

물론 쇼군 요시아키의 만족보다 교토의 인심 안정을 염두에 두고서 벌인 일이었다. 그러한 시책은 멋지게 성공했다. 교토로 오자 곧 토지세금을 면제하고 군기를 엄하게 하여 과연 오다 님이라는 시민의 신뢰를 얻게 되었다.

탈춤 공연은 14일로 정해졌다.

벚꽃이 새 저택의 큰길을 아름답게 장식했고, 초대받은 공경과 관리들도 비로소 봄을 만난 듯 마음 놓은 표정이었다.

무사 집안으로는 이세의 기타바타케, 히다(飛驒) 태수 아네코지(姉小路), 도쿠가와 이에야스, 하타케야마 다카아키(畠山高昭), 호소카와 후지타카(細川藤孝), 잇시키 시키부다유(一色式部大夫), 마쓰나가 히사히데 등이 초대되었다. 에치젠의 아사쿠라는 이때도 상경하도록 재촉했지만 대답조차 없었다.

나무 향기 그윽한 새 저택에서는 간제다유(觀世太夫)와 곤파루다유(今春太夫)가 번갈아 일곱 번 춤을 추었다.

"아, 왕성에서 탈춤 공연을 하게 될 줄이야."

공경들 중에는 손을 마주 잡고 우는 이들도 몇 쌍 있었고, 요시아키 쇼군은 노부나가가 앞까지 나가 손수 술을 따라주었다.

"천자께서 이번에는 꼭 관직을 받으라는 분부이시니, 사양 마시고 받아주지 않겠소?"

쇼군이 말하자 노부나가는 세게 고개 저으며 사양했다.

"당치도 않은 말씀, 저는 다만 마땅히 해야 할 일을 했을 뿐입니다."

그렇게 말하는 노부나가를 이에야스는 흘끗 보았지만, 일부러 아무 말도 하지 않았다.

탈춤 공연은 시민들 사이에 퍼진 아사쿠라 정벌 소문을 꽤 약화시켰다.

그리고 4월 1일, 니와 나가히데는 유칸 법사와 함께 몇 필의 말에 금은을 싣고 천하 명기(名器)를 수집하러 사카이로 떠났다. 이미 앞서 통지해 놓았으므로 명품들이 속속 모여들었다. 덴오지야(天王寺屋)의 과자 그림, 야쿠시인(藥師院)의 작은 소나무섬, 아부라야(油屋) 조유(常祐)의 홍귤 등은 모두 이때 수집된 것이었다.

그러한 위장 행위를 시키는 한편 노부나가 자신은 서둘러 날마다 공사장에 다니기 시작했다.

"대궐 공사가 너무 늦다."

그때의 차림은 이전의 노부나가를 아는 이라면 눈을 둥그렇게 떴을 게 틀림없다. 감색 바탕 비단갑옷 아래 눈에 띄는 호랑이가죽 앞가리개를 두르고 새까만 말에 올라 일부러 거리를 마구 달렸다.

공사에 필요한 몇만 개의 재목은 오사카(大阪)에서 실어와 도바(鳥羽)에 양륙하여 대궐로 가져갔다. 운반책임자는 오사와 오이노스케(大澤大炊介).

모든 것을 옛 법식에 따라, 목수 하나하나에 이르기까지 사모에 도포를 걸치고 있다. 그 사이를 도바에서 대궐, 대궐에서 도바로 호랑이가죽 앞가리개를 두른 노부나가가 오가므로 사람들 눈을 끌었다.

"오다 님의 충성심은 진심인 것 같아."

거리 시민들은 그렇게 말했고, 그것은 또한 사실이었다. 다만 대궐 완성만으로는 용을 그리고 눈을 그리지 않는 것과 다름없다. 지방에 영지를 정해두어도 그 고장에 난리가 일어나면 쌀 한 톨 도착하지 않는다. 그러므로 공사를 독려하면서 노부나가는 황실의 경제에 부족함이 없도록 왕성 시민들에게 쌀을 빌려주어 그 이자를 헌납하는 식으로 달리 대책을 강구했다. 그렇게 하면 달마다 15석쯤 되는 최저 수입이 마련되어 겨우 10여 명의 하인밖에 부리지 않는 오기마치 천황의 생활은 빠듯하나마 안정되리라는 계산이었다.

교토의 꽃이 졌다. 파란 새잎이 부드럽게 옛 도시를 감싸기 시작했다.

이 옛 도읍에 이대로 평화스러운 날을 지속시키려면, 드디어 '천하포무'의 준엄한 수레를 밀고 나갈 수밖에 없다. 이에야스가 군사를 거느리고 머무르는 쇼고쿠사(相國寺)로 밀사가 파견되었다.

이미 호쿠리쿠 산간의 눈석임물도 골짜기를 흘러내리고 봄볕이 따사롭게 비치기 시작했을 게 틀림없다.

4월 18일. 왕도의 봄을 만끽했으므로 이에야스는 하마마쓰로 돌아간다고 소문내며 출발했다.

이어서 4월 20일.

"오늘은 오다 님 모습이 안 보이는데."

"어떻게 되신 걸까."

공사장 목수들이 이야기하고 있을 즈음 노부나가 또한 이에야스보다 한발 늦게 오미의 사카모토(坂本)로부터 와카사(若狹) 길로 접어들고 있었다.

선두에 커다란 적갈색 기치를 10개 세우고 그다음에 활과 총부대를 두었다. 자랑하는 3간 자루 긴 창을 든 300명 뒤에는 직속무장인 8각장(角將), 9조장(爪將), 12아장(牙將), 36비장(飛將)에게 붉은 화살막이와 검은 화살막이를 두른 500여 기를 딸려 우선 에치젠의 스루가노조(敦賀庄)를 향해 진격했다.

싸우면 바람이 일고 공격하면 둑이 터진다—고 소문난 노부나가 군의 말굽 소리는 연한 초록빛 산속으로 순식간에 삼켜졌다.

지은이

야마오카 소하치(山岡莊八)

그린이

기노시타 지카이(木下二介)

옮긴이

박재희(청춘사도대학교 일문학 전공) 김문운(니혼대학교 일문학 전공)

김영수(와세다대학교 일문학 전공) 문호(게이오대학교 일문학 전공)

유정(조치대학교 일문학 전공) 추영현(서울대학교 사회학 전공)

허문순(경남대학교 불교학 전공) 김인영(숙명여자대학교 미술학 전공)

도쿠가와 이에야스

대망 2

야마오카 소하치 지음/책임편집 박재희 추영현 김인영

1판 1쇄/1970. 4. 1

2판 1쇄/2005. 4. 1

2판 21쇄/2024. 1. 1

발행인 고윤주

발행처 동서문화사

창업 1956. 12. 12. 등록 16-3799

서울 중구 마른내로 144 동서빌딩 3층

☎ 546-0331~2 Fax. 545-0331

www.dongsuhbook.com

사업자등록번호 211-87-75330

ISBN 978-89-497-0293-3 04830

ISBN 978-89-497-0291-9 (세트)

葛飾北齋畫